BASTEI LÜBBE

JON LAND

OMEGA KOMMANDO

Polit-Thriller

BASTEI LÜBBE

BASTEI-LÜBBE-TASCHENBUCH
Band 13 135

Erste Auflage : März 1988
Zweite Auflage : April 1988
Dritte Auflage : Oktober 1989

Deutsche Lizenzausgabe 1988
Bastei-Verlag Gustav H. Lübbe GmbH & Co., Bergisch Gladbach
Originaltitel: The Omega Command
Ins Deutsche übertragen von Uwe Anton
Lektorat: Martin Compart
Titelfoto: Tom Hallman
Umschlaggestaltung: Dieter Kreuchauff
Druck und Verarbeitung:
Brodard & Taupin, La Flèche, Frankreich
Printed in France
ISBN 3-404-13 135-0

Der Preis dieses Bandes versteht sich einschließlich der gesetzlichen Mehrwertsteuer.

Den Professoren
Elmer Blistein und George Monteiro
und dem English Department der Brown University gewidmet.

Danke, daß Sie ein Risiko eingegangen sind.

Danksagung

Für technische Unterstützung während des Schreibens stehe ich in großer Schuld bei Alfred Souza, John Signore und Bill Krieger.

Ich bedanke mich bei Richard Levy für seine Hilfe bei der Auswahl und Beschreibung verschiedener Waffensysteme und bei Shihan John Saviano für seine Hilfe bei der Choreographie zahlreicher Kampfszenen.

Für kreative Unterstützung weit über den Ruf der Pflicht hinaus gilt meine tiefe Dankbarkeit Ann Maurer, dem wunderbaren Toni Mendez und, natürlich, Dr. Morton Kohn, der zum fünften Mal hintereinander auf dieser Seite meiner Bücher erscheint.

Des weiteren bin ich mit einem hervorragenden Herausgeber gesegnet, Daniel Zitin, und einem wahrhaft hilfsbereiten Team bei meinem amerikanischen Verlag Fawcett.

Erwähnt werden müssen ein hervorragender Artikel von Lee Dembart (*Discover*, November 1984, S. 90–92) und ein ausgezeichnetes Buch von Richard S. Lewis (*The Voyages of Columbia*, Columbia University Press, 1984), aus denen ich unschätzbare Informationen gewonnen habe.

Und schließlich gilt meine tiefempfundene Dankbarkeit Emery Pinoe, der seinen Studenten so großzügig von sich schenkt und auch großzügig genug gewesen ist, seine Brillanz mit mir zu teilen.

Prolog

»Houston, hier *Adventurer*.«

»Sprechen Sie, *Adventurer*.«

Astronaut Marjorie Rait umfaßte die Joysticks fester, mit denen sie den mechanischen Robot-Arm des Space Shuttles steuerte. »Ich setze den Bergungsversuch des Satelliten fort.«

»Roger, Marge. Ein Hoch auf die steifen Finger.«

Marjorie Rait lächelte und schob den rechten Joystick hinauf und nach rechts, den Blick auf einen kleinen Fernsehschirm über ihr konzentriert; dessen Bild wurde auch zum Johnson Space Center in Houston übertragen. Es war das vierte Mal, daß sie versuchte, den Robot-Arm zu benutzen, um den die Erde umkreisenden Kommunikationssatelliten zu kleineren Reparaturen an Bord zu holen; die ersten drei Versuche waren aufgrund von Kombinationen aus technischem Versagen und Pech gescheitert. Die Rait preßte die Lippen zusammen, als sie ihre Bemühungen auf dem Schirm beobachtete – der Stahlarm streckte sich langsam zu dem Satelliten aus. Seit dem tragischen Verlust der *Challenger* war der Begriff »Versagen« im Vokabular der NASA nicht mehr vorhanden. Zu viele Menschen schauten zu, warteten darauf, daß wieder etwas schiefging. Die Konstrukteure hatten die *Adventurer* mit genau diesem Wissen im Hinterstübchen gebaut, und ihre beiden bisherigen Missionen waren ohne Zwischenfall verlaufen.

Der Robot-Arm befand sich nun in einer Linie mit dem Satelliten. Die Rait verfluchte den Schweiß, der sich auf ihren Brauen bildete.

»Sieht gut aus, Marge«, erklang die Stimme des Capsule Communicators in Houston, der von allen nur Cap-Com genannt wurde.

»Nur noch ein kleines Stückchen«, versetzte der Astronaut Gordon Caswell von seinem Posten in der geöffneten Ladeluke des Shuttles. Der Robot-Arm sollte den Satelliten in die Luke ziehen, damit er die Reparaturen durchführen konnte. »Klappt hervorragend.«

Marjorie Rait betätigte den linken Joystick, um die gewaltigen

Beißzangen des Arms in Bewegung zu setzen. Sie drückte die Finger sanft zusammen. Die Zangen schlossen sich links unten um die Hülle des Satelliten.

»Ich habe ihn!« sagte sie.

»Holen Sie ihn langsam herunter, Marge«, riet der Cap-Com, der auf dem Hauptfernsehschirm in Houston verfolgte, wie sich der Arm zu der Ladeluke senkte.

»Houston, hier ist Caswell. Jungs, was meint ihr, werdet ihr diese Arme jemals klein genug bauen, daß sie einem geilen Astronauten einen 'runterholen können?«

»O Gott«, erklang die gedämpfte Stimme des Missionsleiters Nathan Jamrock in Houston, als er in seiner Tasche nach einem neuen Päckchen Rennie kramte.

»Wir sprechen hier auf einer offenen Funkverbindung, Gordon«, warnte der Cap-Com.

»Hab nicht dran gedacht«, sagte Caswell.

Der Satellit war jetzt genau über ihm und kam direkt in einer Linie mit der Öffnung in der Reparaturschleuse herab. Marjorie Rait verfolgte seinen Kurs auf dem Monitor und zog den rechten Joystick vorsichtig zurück. 300 Kilometer über der Erdoberfläche würde es kein bestätigendes Klicken von Metall gegen Metall geben, nicht einmal ein Echo von der Ladeluke, das ihr verriet, ob sie es geschafft hatten. Sie schob den Joystick immer noch zurück.

»Bingo«, sagte Caswell, und die Rait atmete zweimal tief durch, als sie den Griff um den Joystick löste. Ihr Blick blieb auf den Monitor gerichtet, der nun Caswell zeigte, wie er den Satelliten seelenruhig befestigte, damit er mit der Reparatur beginnen konnte.

Marge sah nicht, wie die rote Lampe auf der Warntafel direkt über ihr aufblitzte.

»Houston, hier Caswell. Ich habe meinen Werkzeugkasten draußen. Scheint so als hättet ihr Jungs vergessen, einen Philips-Schraubenzieher einzupacken.«

»Dann werden Sie wohl improvisieren müssen, Gordon.«

»Verstanden.«

Der Fernsehmonitor zeigte nun, wie Caswell mit einem Gegenstand, der wie ein gewöhnlicher Schraubenschlüssel aussah, an dem unteren rechten Teil des Satelliten arbeitete. Nach ein paar Sekunden schob er dieses Werkzeug wieder in den Kasten und zog ein anderes hervor. Alle Werkzeuge klemmten eng in eigens für sie angefertigten Klammern, die verhinderten, daß sie sich in der Schwerelosigkeit des Weltraums lösten. Der Kasten selbst war magnetisch mit dem Lukenboden verschweißt und konnte auf Rollen in einer Vielzahl von Richtungen bewegt werden. Caswells Bewegungen muteten langsam und zögernd an, nicht nur wegen der Schwerelosigkeit, sondern auch wegen der Notwendigkeit, bis auf den Millimeter genau zu arbeiten.

Im Cockpit erregte ein sich wiederholender Summton die Aufmerksamkeit von Marjorie Rait.

»O mein Gott«, stieß sie hervor und blickte endlich zu dem roten Licht empor, das auf der oberen Warntafel aufleuchtete. »Houston, hier ist Rait. Die Ortung hat etwas erfaßt. Wiederhole, die Ortung hat etwas erfaßt.«

In Houston wandten sich Dutzende von Technikern zu Schalttafeln, die große, originalgetreue Nachbildungen von denen in der *Adventurer* waren. Einige dieser Techniker waren auch bei der *Challenger* zum Einsatz gekommen, und ihre Instrumente hatten, wenngleich sie nicht so ausgeklügelt gewesen waren, ebenfalls keine Warnungen gegeben.

»Marge«, erklang die ruhige Stimme des Cap-Com, »hier unten können wir nichts feststellen. Wahrscheinlich eine Fehlfunktion Ihrer Instrumente. Überprüfen Sie Ihre Schaltkreise.«

»Negativ«, gab Marge zurück. »Schaltkreise alle in Ordnung. Irgend etwas nähert sich von hinten, in einer Linie mit unserer Umlaufbahn.«

Rait fühlte den eisigen Griff der Panik durch ihren Raumanzug. Warum zeigten die Instrumente in Houston nicht, was die ihren zeigten?

Von ihrer Instrumententafel erklang eine weitere Warnsirene.

»Objekt nähert sich, Houston. Wiederhole, Objekt nähert sich.«

»Wir haben immer noch nichts, *Adventurer*.«

»Was zum Teufel geht da vor?« fragte Caswell. Ein Schraubenschlüssel löste sich aus seiner Hand und glitt ins All. »Ihr macht mich langsam nervös, Jungs.«

In seinen Ohren erklang die Stimme des Projektleiters Nathan Jamrock. »Gordon, schauen Sie sich um. Ist irgend etwas da draußen, ein großer Asteroid, ein Satellit in der Erdumlaufbahn, irgend etwas?«

»Nichts hier draußen bis auf uns Raumfahrer. Ich sehe nur Schwärze und . . . he, Moment mal. Da kommt wirklich etwas von hinten. Noch ziemlich weit entfernt, aber es kommt näher.«

»Können Sie sagen, was es ist?«

»Negativ, Houston. Ich scheine nur eine Reflektion erhascht zu haben, vielleicht etwas, das aufleuchtet . . . Da ist es wieder.«

»Metallisch?«

»Muß wohl.«

Es folgte eine kurze Pause, dann erklang wieder Nathan Jamrocks Stimme. »Gordon, können Sie die Fernsehkamera erreichen?«

»Bestätigung.«

»Dann heben Sie sie auf eine Linie mit dem, was immer sich da draußen nähert. Zeigen Sie es uns.«

»Verstanden.«

Jamrock zog den Kopfhörer von den Ohren und drehte sich zu seinem Stellvertreter um. »Geben Sie Rotalarm.«

Einen Augenblick später erhob sich der Alarm durch das Kontrollzentrum. Das Personal eilte auf seine Plätze. Auf der ganzen Welt lief eine Satellitenüberwachung an. Es wurde eine Direktverbindung mit NORAD errichtet, der Schaltstelle der amerikanischen Luftverteidigung in Colorado, über die sämtliche nachfolgenden Gespräche übertragen werden würden. Der Präsident wurde informiert. Jamrock kaute noch ein Rennie.

Dreihundert Kilometer über Jamrock arbeitete sich Gordon Caswell schwerfällig zu der Fernsehkamera, die vorn in der Ladebucht montiert war. Im College war er für die amerikanische Leichtathletik-Nationalmannschaft gelaufen, doch im All hatte Geschwindigkeit keine Bedeutung. Zehn Meter kamen ihm wie tausend vor, und je mehr Caswell sich anstrengte, desto langsamer schien er vorwärts zu kommen.

Im Cockpit verfolgte Marjorie seinen quälend langsamen Marsch, während sie die *Adventurer* für Ausweichmanöver vorbereitete. Sie wollte sich gerade im Pilotensessel anschnallen, als sie auf dem Monitor sah, wie Caswell abrupt innehielt. Sie war lange genug Astronautin, um zu wissen, daß es im All keine Geräusche gab. Wodurch es ihr nur noch seltsamer vorkam, daß er stehen blieb, weil er anscheinend ein Geräusch vernommen hatte. Und dann aufstöhnte.

»O mein Gott . . .«

»*Adventurer*, hier Houston Cap-Com. Was sehen Sie? Wiederhole, was sehen Sie?« In der Flugüberwachung im Johnson Space Center war alles still wie in einem Grab geworden.

Caswell beobachtete, wie sich das Ding im schwarzen All vor ihm entfaltete, während es näher kam.

»Verdammt, es greift an«, stieß er hervor.

»*Adventurer*, sagten Sie ›angreifen‹?«

»Es kommt näher. Ich sehe, wie . . .«

Die Funkverbindung wurde unverständlich.

»Sie werden schwächer, *Adventurer*.«

»Verdammt . . . näher . . . größer als . . .«

»Die Fernsehkamera«, sagte Jamrock, der sich den Kopfhörer wieder übergestülpt hatte. »Richten Sie sie so ein, daß wir es sehen können. Haben Sie verstanden?«

»Bestä . . .«

Einen Augenblick lang zeigten die Fernsehschirme in der Flugüberwachung Caswells Handschuh, der nach der Linse griff, um sie auf das einzustellen, was auch immer sich dem Shuttle näherte.

»Einstellung vorgenommen«, machte Jamrock durch das Rauschen aus.

Caswell zog die Hand zurück. Das Personal der Flugüberwachung hielt kollektiv den Atem an und atmete dann gemeinsam aus.

Denn das Fernsehbild wurde schwächer, undeutlicher, und brach zusammen.

»Kehren Sie in den Shuttle zurück!« befahl Jamrock. »Marge,

zünden Sie den Hauptantrieb. Marge, hören Sie mich? Marge, hier ist Houston, hören Sie mich?«

Rauschen.

»*Adventurer*, hier ist Houston, hören Sie uns?« Diesmal vom Cap-Com.

Nichts.

»*Adventurer*, hier ist Houston, bitte bestätigen . . .«

Im Kontrollzentrum wurden nervöse Blicke gewechselt.

»Es ist direkt über uns!«

Gordon Caswells verzweifelte Worte waren die letzten, die die Flugüberwachung vernahm, bevor alle Überwachungssignale des Shuttles rot aufleuchteten und dann vollends erloschen. Die Männer versuchten, neue Knöpfe zu drücken, andere Schaltungen auszuprobieren, doch ihren Bemühungen wohnte die gleiche hoffnungslose Verzweiflung inne, die auch ein Operationsteam an den Tag legt, das versucht, einen eindeutig toten Patienten wiederzubeleben.

»*Adventurer*, hier ist Houston, können Sie uns hören?« fragte der Cap-Com ein letztes Mal.

Gordon Caswell konnte nichts hören. Er fuhr damit fort, das monströse Etwas zu beschreiben, das ihn anscheinend verschlucken wollte, während seine gewaltige Masse den Shuttle umhüllte. Ein heller Blitz schickte Hitzepfeile durch Caswells Raumanzug, und er war sich schwach bewußt, daß seine Sichtscheibe sprang, schmolz und ihn dem Vakuum des Alls aussetzte. Er drehte sich nun in der Helligkeit und schien zu treiben.

Und dann war nichts mehr.

In seinem Büro drückte Nathan Jamrock den Telefonhörer näher ans Ohr. In den letzten zehn Minuten hatte er dem Präsidenten die wenigen Schlüsse mitgeteilt, die die NASA über das Schicksal der *Adventurer* ziehen konnte. Er hatte das Space-Shuttle-Programm unmittelbar nach vernichtenden Anhörungen übernommen, die eine völlige Neuformierung der NASA erzwungen hatten. Nicht in seinen wildesten Alpträumen hätte er sich vorgestellt, einmal solch einen Bericht erstatten zu müssen. Die NASA hatte zu viele Vorsichtsmaßnahmen ergriffen. Er hatte sich dessen vergewissert.

»Sie sind sicher, daß kein Fehler aufgetreten ist?« fragte der Präsident.

Jamrock riß die Zellophanfolie von einem neuen Päckchen Rennie ab. »Wir haben es auf Band, Sir. Caswell hat eindeutig bestätigt, daß ihn etwas angegriffen hat. Diesmal war es kein Unfall.«

»Und Sie meinen, die Presse wird es genauso sehen?«

»In diesem Augenblick ist mir das ziemlich gleichgültig. Wir müssen uns mit wichtigeren Angelegenheiten befassen.« Er hielt inne. »Ich empfehle, einen Stationären-Raum-Alarm zu geben.«

»Das wäre das erste Mal, Nate«, sagte der Präsident zögernd.

Jamrock hob zwei Tabletten zum Mund.

»Heute scheint einiges zum ersten Mal geschehen zu sein.«

Erster Teil

MADAME ROSA

Montagnachmittag bis Mittwochnachmittag

1

God rest ye marry, gentlemen,
Let nothing you dismay

Die Weihnachtssänger beherrschten die Straßenecke und flankierten einen lächelnden Nikolaus, der mit seiner Glocke über einem mittlerweile geleerten Sack läutete. Vielleicht war das Lächeln des Nikolaus seit dem Tagesanbruch eingefallen. Vielleicht auch nicht. Mit Sicherheit konnte man nur sagen, daß sein Bart schmutziger, grauer und dünner geworden war, weil die Kinder daran gezogen und Polyesterfäden herausgerissen hatten.

Die Straßen von New York City waren eisig und glatt. Der Sturm, der die Neuenglandküste beutelte, hatte der Stadt seine größte Wucht erspart und sie nur gestreift. Der leichte Schneefall, der vor einigen Stunden aufgekommen war, erschwerte den winterlichen Straßenverkehr zusätzlich.

Doch bei nur noch acht verkaufsoffenen Tagen bis Weihnachten würden sich die New Yorker nicht vom Wetter unterkriegen lassen.

Oh, tidings of comfort and joy
Comfort and joy

Ein roter Porsche schlängelte sich die Straße entlang und kam vor dem Nikolaus und den Weihnachtssängern knirschend zum Stehen. Der Fahrer drückte auf die Hupe, und die Scheibe auf der Beifahrerseite glitt herunter. Der Nikolaus kam hinüber, und der Mann gab ihm einen Zehner.

»Fröhliche Weihnachten, Sir!« sagte der Nikolaus.

Easton lächelte nur. Er war in der Stimmung, großzügig zu sein. Seine Kanäle hatten ihm ein frühes Weihnachtsgeschenk eingebracht. Drei Monate voll anstrengender, langwieriger und manchmal gefährlicher Arbeit hatten sich endlich ausgezahlt.

Der Nikolaus dankte ihm erneut und trat von dem Porsche zurück. Easton drückte einen Knopf, und die Fensterscheibe glitt hoch. Der Porsche fuhr wieder an. Easton erschauderte in der Kälte, die eingedrungen war, und schob den Heizungshebel ein Stück höher. Weit vor einer roten Ampel ging er in den ersten Gang; er bemerkte, daß seine Hand auf dem Schaltknüppel etwas zitterte. Er hatte den Mikrofilm darin versteckt, und allein der Gedanke an dessen Inhalt ließ seinen Atem schneller gehen. Die Windschutzscheibe beschlug etwas. Easton wischte sie mit dem Ärmel ab. Die Ampel schaltete auf Grün um, und der Porsche fuhr langsam über die Kreuzung. Er hatte sein Ziel fast erreicht.

Richtig wäre es natürlich gewesen, den Mikrofilm sofort abzuliefern. Doch seine Vorgesetzten würden noch etwas warten müssen, denn Easton hatte Rücksicht auf seine Therapie zu nehmen. Da er seit fast zwölf Wochen unterwegs war, hatte er vier Sitzungen ausfallen lassen müssen. Er konnte das Haus aus braunem Sandstein und den Portier davor schon sehen. Sein Magen vibrierte vor Vorfreude. Schon fühlte er sich entspannter.

Der Verkehr summte, und der Porsche geriet kurz ins Schleudern, dann griffen die Räder wieder. Auf der Windschutzscheibe hatte sich Schnee angesammelt, und Easton schaltete die Scheibenwischer ein. Der Verkehr vor ihm setzte sich wieder in Bewegung, und Easton lenkte den Porsche nach rechts und schlitterte an den Bürgersteig, wo der Portier wartete. Das Sandsteinhaus erhob sich neben mehreren anderen Gebäuden gleicher Bauart.

Der Portier öffnete ihm die Tür. »Mr. Easton, schön, Sie wieder zu sehen«, sagte er und winkte einem Parkwächter.

Easton gab dem Türsteher das übliche Trinkgeld; er war nicht im geringsten ungehalten, daß sein wirklicher Name gefallen war. Namen hatten in dem Sandsteinhaus keine Bedeutung, Berufe erst recht nicht. Alles vollzog sich mit höchster Diskretion. Senatoren, Bürgermeister, Geschäftsleute – das Sandsteinhaus war ein Ort, wo sie ihre Berufe an der Eingangstür zurücklassen konnten.

Easton beobachtete, wie sein Porsche in die Tiefgarage gefahren wurde, und trat dann durch die Tür, die der Portier ihm aufhielt. Eine tadellos gekleidete Frau erwartete ihn.

»Ah, Mr. Easton, es ist schon lange her.«

»Ich war unterwegs. Die Arbeit, Sie verstehen.«

»Natürlich.« Die Frau lächelte freundlich. Für ihr Alter – sie war mindestens sechzig Jahre alt – sah sie hervorragend aus. Ihr Gesicht zeigte kaum eine Falte, und ihr mattblondes Haar fiel gelockt bis über die Ohren. Sie war eine wandelnde Reklame für moderne Kosmetik und Chirurgie. Madame Rosa hatte eine Rolle zu spielen, und sie mußte drauf achten, diese Rolle einzuhalten. »Ich werde Ihren gewohnten Raum reservieren.«

»Und die . . . Ausstattung?« fragte Easton eifrig.

Madame Rosa lächelte wieder. »Ich bin sicher, Sie werden zufrieden sein.« Sie nahm seinen Mantel und führte ihn zur Treppe. »Möchten Sie vorher eine Erfrischung?«

»Nein.«

»Haschisch, Marihuana, Kokain?«

»Niemals.«

Madame Rosa schalt sich selbst aus. »Ah ja, wie dumm von mir. Natürlich, stumpft die Reflexe ab. Das können wir doch nicht zulassen, nicht wahr?«

Easton sah sie nur an.

Madame Rosa blieb auf halber Treppe stehen. »Schauen Sie doch kurz bei mir vorbei, wenn Sie gehen. Ich weiß Ihre Meinung zu neuem Personal zu schätzen.«

Easton nickte und ging allein weiter. Über den Preis war nicht gesprochen worden. Man mußte einfach in regelmäßigen

Abständen eine Rechnung begleichen, immer in bar und ohne jedes Feilschen. Easton gelangte in die dritte Etage, wandte sich nach rechts und betrat den zweiten Raum auf dem Gang.

dete, und dennoch hatte er einen Augenblick, bevor die Tür nach innen aufgestoßen wurde, das Gefühl, daß etwas ganz und gar nicht in Ordnung war.

Im gleichen Augenblick war Eastons Rückverwandlung zu ihm selbst abgeschlossen. Er schob das Mädchen zur Seite und griff nach seiner Pistole. Doch schon waren zwei Gestalten in den Raum gestürmt und schossen. Der nackte Körper des Jungen fing das erste Sperrfeuer ab; rote Einschüsse sprenkelten seine Haut. Neben ihm explodierte der Kopf des Mädchens, und Easton fühlte, wie eine Kugelsalve seinen Unterleib durchbohrte, als sich seine Hand um die Pistole schloß.

Er hätte sie vielleicht noch aus dem Halfter ziehen können, wäre nicht die Leiche des Jungen über ihm zusammengebrochen und hätte seine Arme auf das Bett gedrückt. Die blicklosen Augen des Jungen starrten ihn an, und Easton fühlte überall dort, wo nur Sekunden zuvor noch die Wonne gewesen war, Schmerzensausbrüche. Er tastete noch immer nach seiner Waffe, mußte aber feststellen, daß sie einfach nicht mehr da war. Der Atem strömte aus ihm heraus, und nur noch das tote Starren des Jungen blieb, bevor das Vergessen ihn ergriff.

»Man hat mich schon über diese beschissene Sache informiert«, sagte der Präsident, als er grimmig das Oval Office betrat. »Ich will wissen, was unternommen wird, um sie in Ordnung zu bringen.«

Die beiden Männer, die vor seinem Schreibtisch saßen, erhoben sich, als er eintrat. Barton McCall, Direktor der CIA, war der nervösere von beiden. Doch McCall wirkte immer so, genau wie Andrew Stimson, Kopf der hochgeheimen GAP, immer ruhig wirkte.

»New York arbeitet hervorragend mit uns zusammen«, erstattete Barton McCall Bericht. »Unter diesen Umständen können wir nicht mehr verlangen. Zum Glück hat die Frau zuerst uns angerufen.«

Der Präsident blieb auf halber Strecke zu seinem Sessel stehen. »Welche Frau?«

»Madame Rosa«, gab McCall zurück. »Besitzerin des . . . Hauses, in dem Easton getötet wurde.«

»Seine Identität war ihr bekannt?«

»Anscheinend.«

»Schrecklich.« Der Blick des Präsidenten richtete sich auf Andrew Stimson. »Sie haben da ja ein tolles Schiff segeln, Andy.«

Stimson schien den Kommentar ungerührt zur Kenntnis zu nehmen. »Madame Rosa erfreut sich seit fünfzehn Jahren einer exklusiven Klientel. Easton hat ihr niemals etwas verraten. Sie wußte, daß er dem Geheimdienst angehörte, und wußte daher in etwa auch, wen sie heute nachmittag anrufen mußte. Sie hat ein Gespür für solche Dinge.«

»Und Easton hat anscheinend Geschmack an etwas, von dem ich mich nicht erinnern kann, es in seiner Akte gefunden zu haben.«

Stimson hob die Achseln. »Das Privatleben eines unserer Agenten geht nur ihn etwas an.«

»Nicht, wenn es ihn umbringt.«

Stimson nickte mit grimmiger Einwilligung. Jahre zuvor, als die CIA zunehmend genauerer Überprüfungen unterzogen worden und die NASA unter Beschuß geraten war, hatte sich eine Kluft aufgetan zwischen dem, was die Geheimdienste benötigten, um effektiv arbeiten zu können, und dem, was ihnen zugestanden wurde. So war eine neue Organisation entstanden, die die Zügel in die Hand nehmen sollte und ganz passend »GAP« genannt wurde – die Kluft. Stimson war ihr erster und bislang auch einziger Direktor.

»Bedenken Sie, Sir«, sagte er zum Präsidenten, »daß der Druck, dem Männer wie Easton ausgesetzt sind, sie manchmal zwingt, sich unerwünschten Zeitvertreiben hinzugeben.«

»Die Sauereien bei Madame Rosa können kaum ein Zeitvertreib genannt werden, Andy.«

»Ich glaube, wir werden überrascht sein, wenn wir die Identität der Kunden herausfinden, die sich zu dieser Zeit in den anderen Räumen vergnügten.«

Der Präsident räusperte sich. »Die wirkliche Frage, meine Herren, lautet, ob der Mord an Easton zufällig geschah, vielleicht als Folge der perversen Phantasien eines anderen Kunden, oder ob er sorgfältig inszeniert wurde.«

»Die Ermittlungen scheinen auf das letztere hinzuweisen«, berichtete McCall, der Direktor der CIA. »Die Männer, die dafür verantwortlich sind, waren erstklassige Profis. Niemand sah, wie sie hineingingen, und wir sind uns nicht einmal sicher, ob jemand sah, wie sie hinausgingen. Wir haben einen Bericht vorliegen, dem zufolge unmittelbar nach den Morden zwei Farbige das Haus verlassen haben sollen, doch selbst das ist ungewiß. Die benutzten Waffen waren Mac-10, und zwei Dreißig-Schuß-Streifen wurden geleert.«

»Herr im Himmel . . .«

»Allein Easton bekam vierzehn Kugeln ab, die Kinder etwa genauso viele.«

Der Präsident runzelte die Stirn. »Werden wir mit den Verwandten dieser Kinder Probleme bekommen?«

McCall schüttelte den Kopf. »Madame Rosa war ihre gesetzliche Erziehungsberechtigte. Sie wird sich um alles kümmern.«

Damit war für den Präsidenten die Sache abgeschlossen. »Jemand muß ein sehr großes Interesse daran gehabt haben, Easton tot zu sehen. Er hätte sich bald melden müssen, nicht wahr?«

»Heute abend«, gab Stimson zurück. »Für diese Zeit war das Treffen angesetzt, von ihm, wie ich hinzufügen darf.«

»Also hat er seinen derzeitigen Auftrag beendet.«

»Zumindest soweit, um auf einer höheren Ebene weiterzumachen.«

»Okay, Andy, frischen Sie meine Erinnerung auf. Woran hat er gearbeitet?«

»Innere Subversion«, erwiderte Stimson. »Terroristengruppen, Revolutionäre und so weiter.«

»Eine besondere Gruppe?«

»Etwas Großes. Easton war der Annahme, einer Gruppe auf der Spur zu sein, deren Größe und Ressourcen alles übertrifft, womit wir es bislang zu tun gehabt haben. Seine Berichte waren nicht präzise, aber er kam allmählich an die Leute ganz oben heran. Er war der Annahme, ein Zeitfaktor spiele keine Rolle.«

»Was durch die Vorgänge dieses Nachmittags anscheinend bestätigt wurde«, versetzte der Präsident. »Nun müssen wir nur noch herausfinden, wer den Countdown eingeläutet hat. Terroristen?«

»Davon gehen wir aus«, gestand Stimson ein. »Aber die GAP hat sich mit vielen einheimischen Terroristengruppen abgegeben, ohne Agenten durch solch eine brutale Hinrichtung verloren zu haben. Wie ich schon sagte, was auch immer Easton herausgefunden hat, es war verteufelt größer als ein gewöhnliches Bombenattentat oder eine Geiselnahme.«

»Und da wir keine Vorstellung haben, worum es geht«, sagte der Präsident, »hoffe ich, daß Sie einen Folgeplan entwickelt haben, um die fehlenden Teile zu finden.«

»Vielleicht hat er irgendwo ein paar Beweise für uns zurückgelassen«, schlug McCall vor.

»Diese Möglichkeit überprüfen wir bereits«, erwiderte Stimson. »Schließfächer und Briefkästen, Hotelzimmer, tote Briefkästen und so weiter. Auch Eastons Wagen . . . sobald wir ihn gefunden haben.«

»Gefunden?« fragte der Präsident.

»Ich fürchte, er wurde etwa zur gleichen Zeit gestohlen, als Easton ermordet wurde«, berichtete Stimson.

»Dann ergibt sich die logische Frage, woran wir jetzt sind. Was zum Teufel sollen wir tun?«

»Unser erster Schritt ist, Easton zu ersetzen«, antwortete McCall schnell. »Jemanden losschicken, der dort weitermacht, wo er aufgehört hat.«

»Gut und schön, wenn wir wüßten, wo das war«, warf Stimson ein. »Wir haben keinen einzigen Hinweis, und wenn wir einen hätten und einen Mann losschicken würden, käme das einem Tanz auf einem eingefetteten Drahtseil gleich.«

»Ich gehe davon aus, Sir«, sagte McCall, sich an den Präsidenten wendend, »daß meine Leute besser imstande sein werden, die Trümmer zu ordnen, wenn Sie diesen Fall der Company unterstellen.«

»Er nahm seinen Anfang bei der GAP, und dort wird er auch sein Ende finden«, sagte Stimson standhaft.

»Schluß mit diesem Scheißdreck, meine Herren«, sagte der Präsident. »Ich habe Sie hierher gebeten, um ein paar Antworten zu bekommen und nicht, um mir Kompetenzstreitigkeiten anzuhören. Andy, Sie scheinen ziemlich versessen darauf zu sein, diese Sache unter der Zuständigkeit der GAP zu halten. Ich nehme an, Sie haben den nächsten Schritt schon vorbereitet?«

Stimson nickte und warf einen raschen Blick auf seinen Gegenspieler von der CIA. »Bartons Vorschlag, einen Ersatzmann für Easton zu finden, hat Vorrang. Doch in den Unterlagen über unsere aktiven Agenten findet sich niemand, der die nötigen Kriterien erfüllt und entbehrlich ist.«

»Womit wir wieder ganz am Anfang wären«, murmelte der Präsident frustriert.

»Nicht unbedingt.« Stimson hielt inne. »Ich schlage vor, jemanden aus der Liste der Inaktiven zurückzurufen.«

»Wen zurückrufen?« fragte McCall argwöhnisch.

Stimson zögerte nicht. »Blaine McCracken.«

»Na, jetzt warten Sie aber ma . . .«

»Ich habe gründlich über die Sache nachgedacht.« Stimsons Stimme behauptete sich gegen die McCalls. »McCracken ist nicht nur der perfekte Mann für den Job, er ist auch . . . entbehrlich.«

»Aus gutem Grund«, schnappte McCall.

»McCracken«, sagte der Präsident. »Kann mich nicht entsinnen, von ihm gehört zu haben.«

»Schätzen Sie sich glücklich«, fuhr McCall fort. »McCracken ist ein Schurke, ein Rebell, ein aufrührerischer Hurensohn, der . . .«

»Er hat es immer verstanden, seine Aufträge erfolgreich abzuschließen«, unterbrach Stimson.

»Immer zu seinen eigenen Bedingungen und immer mit Komplikationen.«

»Ich bin der Meinung, in diesem Fall sind Bedingungen und Komplikationen nebensächlich«, warf Stimson sofort ein. »Es kommt nur auf die Ergebnisse an.«

»Zu welchen Kosten?« fragte McCall herausfordernd. »Der Sack McCracken befolgt keine Befehle und hat diese Regierung jedesmal, wenn wir ihn aufs Schlachtfeld geschickt haben, in Peinlichkeiten gebracht.«

Der Präsident beugte sich vor. »Erzählen Sie!«

McCall räusperte sich.

»Das ist eine lange Geschichte«, erwiderte Stimson.

»Wir haben jede Menge Zeit. Eastons Begräbnis ist erst in zwei Tagen angesagt«, erwiderte der Präsident beißend.

»Ich werde die Laufbahn des Mannes, über den wir hier sprechen, so knapp wie möglich zusammenfassen«, fuhr Stimson fort, als habe er sich die Worte eingeprägt. »Die frühen Stadien von McCrackens Karriere entsprachen durchaus dem Üblichen. Zwei belobigte Dienstzeiten bei den Special Forces in 'Nam. Eine Menge Medaillen. Nach dem Krieg setzte die Company ihn in Afrika und später in Südamerika ein. McCrackens Spezialität war Infiltration.«

»Und Schulkindern beizubringen, wie man Molotow-Cocktails baut«, fügte McCall hinzu.

»Er hatte den Befehl, den Widerstand gegen die Rebellen zu fördern.«

»Und wir mußten eine Menge abdrücken, als die Zeitungen von seinen kleinen Eskapaden mit den Kindern erfuhren. Wenn wir nicht rechtzeitig unsere Spuren verwischt hätten, hätte die Sache mit den Ausbildungslagern in Nicaragua dagegen ausgesehen wie eine kleine Nachricht auf der dritten Seite.«

»Er hat Befehle befolgt«, wiederholte Stimson.

»Nein, Andy, er hat sie auf seine unnachahmliche Art und Weise interpretiert.« McCall schüttelte den Kopf, als habe er Schmerzen, und wandte sich an den Präsidenten. »Wir haben ihn zur Weiterbildung zum SAS nach London geschickt.«

»Ihn dort begraben, meinen Sie«, schnappte Stimson.

»Aber er hat sich ganz schön wieder ausgegraben, was?« schoß McCall zurück. »Es gab einen häßlichen Zwischenfall mit einer arabischen Gruppe, die ein Flugzeug entführte und drohte, jede Minute einen Passagier zu erschießen, wenn die Behörden ihre Bedingungen nicht fristgemäß erfüllten. Die

Engländer waren überzeugt, daß sie blufften. Als der SAS das Flugzeug schließlich gestürmt hatte, waren vier Passagiere tot.«

»Oh, Gott im Himmel.«

»McCracken hat die britischen Behörden im nationalen Fernsehen angegriffen und ihnen vorgeworfen, sie hätten keinen . . . Mumm.«

»Drückte er sich so aus?« fragte der Präsident.

»Nun, nicht unbedingt.« McCall schüttelte den Kopf. »Um seinen Standpunkt zu verdeutlichen, erschien er auf dem Parliament Square und schoß mit einem Maschinengewehr Churchills Statue die Eier ab, zumindest das allgemeine anatomische Gebiet unter dem Mantel der Statue.«

Der Präsident schaute sprachlos drein.

Stimson beugte sich vor. »Weil auf dem Flughafen Heathrow unschuldige Menschen umgekommen sind. McCracken nimmt nicht gern Verluste unter der Zivilbevölkerung hin.«

»Und er ist überzeugt, daß er der *einzige* ist, der sie verhindern kann«, entgegnete McCall. Er drehte sich wieder zum Präsidenten um. »McCracken ist ein gottverdammter Batman, der nicht mal Robin mitspielen läßt. Eine Entlassung kam in seiner Position natürlich nicht in Frage. Um weitere Peinlichkeiten zu vermeiden, versetzten wir ihn also von einem hübschen Posten auf den anderen. Er endete schließlich als Chiffrierexperte in Paris.«

»Und er hat sich bewährt, nicht wahr?« fragte Stimson herausfordernd. »Tut alles, was man ihm sagt, vom Bestätigen verschlüsselter Nachrichten bis zum Bedienen des Reißwolfs, obwohl er innerlich wohl daran zugrunde geht.«

»Ein Agent könnte einen viel schlimmeren Posten bekommen.«

»Nicht ein Agent wie McCracken. Das ist die reinste Verschwendung.«

»Eher eine Notwendigkeit. Er hat sich die Suppe selbst eingebrockt.«

»Schön. Dann übernehme ich die Verantwortung und löffle sie aus.« Stimsons Blick fand den des Präsidenten. »Sir, ich möchte vorschlagen, daß McCracken von der Company zur GAP versetzt wird und dort Eastons Platz einnimmt.«

»Kommt nicht in Frage!« brüllte McCall.

»Was«, begann der Präsident mit seltsamem Gleichmut, »genau meine Reaktion gewesen wäre, wenn Sie mir gestern gesagt hätten, einer unserer Agenten würde im Beisein von zwei Heranwachsenden in einem Bordell niedergeschossen werden. Andy, wenn Sie McCracken einsetzen wollen, um diesen Mist, den man uns eingebrockt hat, aus der Welt zu schaffen, dann setzen Sie ihn ein. Nur schaffen Sie diese Sache aus der Welt.«

McCalls Gesicht lief rot an. »Sir, ich muß protestieren . . .«

»Die Sache ist entschieden, Barton.« Der Präsident seufzte. »In den letzten vierundzwanzig Stunden wurde ein im Untergrund agierender Agent ermordet und ein Space Shuttle direkt aus dem Himmel gepustet. Morgen wird Nathan Jamrock wahrscheinlich mit einem Bericht kommen, aus dem hervorgeht, kleine grüne Männchen hätten die *Adventurer* zerstört, und wer weiß, vielleicht haben die gleichen kleinen grünen Männchen mit Mac-10 statt Strahlenpistolen unter dem Arm heute nachmittag Madame Rosa besucht. Ich frage mich, wo sie als nächstes zuschlagen werden?«

An der Tür des Oval Office klopfte es schwer. Bevor der Präsident antworten konnte, trat schon der Stabschef ein. »Tut mir leid, wenn ich stören muß, Sir«, sagte der drahtige, bebrillte Mann, »aber wir haben gerade die Nachricht bekommen, daß Terroristen in Paris ein Flugzeug mit über einhundert Amerikanern an Bord entführt haben.«

Der leere Blick des Präsidenten glitt von McCall zu Stimson weiter und dann ins Nichts. »Nun, Jungs, anscheinend ist meine Frage gerade beantwortet worden.«

2

»Was verlangen sie also?« fragte Tom Daniels, der Chef der CIA-Sektion Paris, Pierre Marchaut, den Sûreté-Agenten, in dessen Zuständigkeit die Entführung auf dem Flughafen Orly fiel.

Marchaut betrachtete den Amerikaner geduldig, als er von dem Telefon zurücktrat und in seinen Notizen nachschlug. »Die üblichen Dinge, *mon ami*. Freilassung politischer Gefangener, die in französischen Gefängnissen einsitzen, sicheres Geleit in ein Land ihrer Wahl, und daß heute abend eine Nachricht im Fernsehen vorgelesen wird.«

Daniels schritt abrupt zum Fenster und schaute zu der betreffenden 767 hinaus, die abseits von den übrigen Flugzeugen auf einer der Hauptrollbahnen von Orly stand.

»Die Frist?« fragte er Marchaut.

»Die ersten Gefangenen müssen innerhalb von zwei Stunden hierher gebracht werden.«

»*Hierher*? Toll, einfach toll. Und wenn wir uns weigern?«

»Werden sie das Flugzeug in die Luft jagen.« Der stämmige Marchaut, dessen Gesicht von zwei dicken, schwarzen Koteletten beherrscht wurde, hob die Achseln. »Haben Sie etwas anderes erwartet? Die Terroristen haben auch frische Mahlzeiten für ihre Geiseln gefordert.«

»Wie mitfühlend . . .«

»Genau mein Gedanke.«

Ein hagerer Mann mit einem Jiffyumschlag in den Händen betrat den Einsatzraum. Er sprach so schnell auf Französisch, daß Daniels ihm kaum folgen konnte.

»Wir haben gerade eine positive Identifikation der beiden männlichen und des weiblichen Terroristen erhalten. Es handelt sich um bekannte Profis, die in insgesamt siebzehn Ländern gesucht werden. Sie haben alle schon getötet, besonders der bärtige Führer, ein Araber namens Jachmar Bote. Auch die Frau wird mit einer Reihe brutaler Morde in Zusammenhang gebracht.«

»Also wissen wir jetzt, daß sie imstande sind, ihre Drohungen wahrzumachen«, schloß Marchaut grimmig.

»Wenn sie gefaßt werden, bedeutet es die Todesstrafe für sie«, sagte sein Assistent. »Sie haben nichts zu verlieren.«

»Wunderbar«, stöhnte Daniels und griff zum Telefon. »Ich benachrichtige lieber Washington.«

»Was ist mit dem Sprengstoff?« fragte Marchaut.

Sein Assistent hob die Achseln. »Die durch die Fenster aufgenommenen Fotos zeigen eine schwere Verkabelung und anscheinend Plastiksprengstoff. Doch ohne eine Überprüfung können wir nicht sicher sein.«

»Und die Positionen der Entführer?«

»Die Schweinehunde sind clever. Einer sitzt immer zwischen den Passagieren; er hält wahrscheinlich den Auslöser für den Sprengstoff.«

»Dann kommt ein Sturmangriff auf das Flugzeug nicht in Frage«, sagte Marchaut, den Blick auf Daniels gerichtet, der einen Augenblick gezögert hatte, bevor er den Hörer abnahm. »Aber es kommt auch nicht in Frage, fürchte ich, ihre Bedingungen zu erfüllen.«

Daniels trat vor, näher an Marchaut heran. Die anderen in dem Raum, französische Polizisten und Flughafenpersonal, standen in einem Kreis um sie herum.

»Dann haben wir nur noch die Alternative, auf Zeit zu spielen«, sagte der Amerikaner. »Das wäre sowieso mein Vorschlag gewesen. Es hat schon öfter funktioniert, und ich kaufe ihnen die Sache mit dem Sprengstoff sowieso nicht ab.«

»Ja«, fügte Marchaut hinzu, »sobald die Frist abgelaufen ist, liegt der Vorteil bei uns. Vielleicht gibt es eine Möglichkeit, die Forderung nach Mahlzeiten zu unserem Vorteil auszunutzen . . .«

»Die Entführer werden sie nicht essen«, erklang außerhalb des Kreises eine amerikanische Stimme. »Ihre größte Sorge sind die Passagiere, nicht ihr Clowns. Wißt ihr, füttert die Opfer, bevor ihr sie schlachtet. Haltet sie satt und zufrieden.«

Die etwa fünfzehn Männer und Frauen, die sich in der Einsatzzentrale versammelt hatten, drehten sich zu einem großen, athletisch wirkenden Mann mit dunklem Haar und einem sorgfältig geschnittenen Bart um, der an einigen Stellen von grauen Flecken erhellt wurde. Seine Haut war gebräunt und rauh, wie die eines Mannes, der an das Freie gewöhnt war und sich ganz wohl darin fühlte. Eine gebogene Nase und eine Narbe, die über die rechte Augenbraue verlief, markierten ein ansonsten ausgeprägtes Gesicht. Seine durchdringenden Augen waren beinahe schwarz.

»O nein«, murmelte Daniels.

»Sie kennen diesen Mann?« fragte Marchaut verblüfft.

»Leider.« Dann, zu dem Fremden: »McCracken, was zum Teufel haben Sie hier zu suchen?«

»Alle Kinovorstellungen waren ausverkauft, und so mußte ich mir mein Vergnügen woanders suchen«, sagte Blaine McCracken. »Ich bin enttäuscht. Ihr Jungs wißt wirklich, wie man eine Show aufzieht. Ihr bietet einem wirklich was fürs Geld.«

»Verschwinden Sie augenblicklich!« befahl Marchaut.

»Haben Sie mir etwas zu befehlen?«

Marchaut setzte sich in Bewegung. McCrackens Blick ließ ihn erstarren.

»Tun Sie, was er sagt, Blaine«, riet Daniels.

»Damit ich das Finale verpasse? Um nichts auf der Welt, Tommy, mein Junge.« Er trat einen Schritt vor. »Ihr Burschen solltet euch mal hören. Eine Schande, laßt's euch gesagt sein.«

»Wer ist dieser Mann?« fragte ein unsicher gewordener Marchaut.

»Er arbeitet für die Dechiffrierstelle der hiesigen CIA-Sektion.«

»Und was . . .«

»Das will ich Ihnen sagen, Marchaut«, unterbrach McCrakken abrupt, und der Franzose zuckte bei der Nennung seines Namens zusammen. »Ihr Arschlöcher sprecht darüber, die Terroristen zu zermürben, die Frist verstreichen zu lassen, doch das wird euch nur ein Flugzeug voll Hackfleisch einbringen. Und für den Fall, daß ihr es nicht wißt, vierzig Plätze in der Touristenklasse sind mit Kindern aus einer Junior High School aus Fort Lee im Bundesstaat New Jersey besetzt. Ich will Ihnen noch was sagen, Marchaut. Werfen Sie mal einen

Blick auf die Akte des Anführers Bote. Er ist eine wandelnde Irrenanstalt. Seit Jahren versucht er, sich des Ruhmes halber umbringen zu lassen. Das ist genau seine Masche, war es schon immer, schon damals, als ich im Tschad mit ihm zu tun hatte.«

Verwirrt wandte sich Marchaut an Daniels. »Ich dachte, Sie sagten, er arbeitet in der . . . Dechiffrierstelle.«

»Ich bin ein Mann mit vielen Hüten«, erwiderte Blaine. »Und der, den ich gerade trage, verrät mir, daß die Terroristen das Flugzeug in die Luft jagen *wollen*. Allah muß in dieser Woche ein Sonderangebot für Märtyrer haben. Ihre Forderungen sind unerfüllbar. Wenn *Sie* das wissen, werden *die* es doch wohl auch wissen, oder?«

Daniels stürmte vor und baute sich vor McCracken auf. »Sie sind erledigt, Blaine. Keine zweite Chance, keine ruhigen Pöstchen mehr. Vielleicht schickt man Sie in einer Kiste nach Hause.«

»Schaffen Sie diesen Mann hier hinaus!« schrie Marchaut zwei uniformierte Polizisten an, die McCracken an den Ellbogen faßten.

»Wenn Sie schon Särge bestellen«, sagte Blaine, während er sich unwillig abführen ließ, »sehen Sie lieber zu, daß Sie Großabnehmerrabatt bekommen, Tommy, mein Junge. Sie werden eine Menge brauchen, bevor diese Sache ausgestanden ist.«

Die Polizisten zwangen Blaine aus dem Raum und schlossen hinter ihm die Tür. Marchaut trat aufgebracht ans Fenster und schaute nervös zu der gekaperten 767 hinüber.

»Sie müssen lernen, Ihre Untergebenen enger an der Leine zu führen, *mon ami*«, sagte er zu Daniels.

»McCracken ist nicht einfach ein Untergebener«, erwiderte der Amerikaner. »Er ist ein verdammter Ausgestoßener, die Geißel des amerikanischen Geheimdienstes.«

»Da ich die Methoden Ihres Landes kenne, bin ich überrascht, daß dieser Mann so lange im aktiven Dienst geblieben ist.«

Daniels hob nur die Achseln. McCrackens Eliminierung war mehrfach erörtert worden. Doch wie konnte er dem Franzosen erklären, daß kein Geheimdienstchef die Maßnahme billigen wollte, aus Furcht, ein Versagen würde ihn das Leben kosten? McCracken hatte viele Feinde, doch sein Überlebensinstinkt und, was fast noch wichtiger war, sein Rachedurst verhinderten, daß sie ernsthafte Schritte einleiteten.

In der Einsatzzentrale verstrichen die Minuten. Worte fielen, ohne daß etwas gesagt oder beschlossen wurde. So fiel die Entscheidung. Das Ende der Frist war nur noch eine Stunde entfernt, und sie würde verstreichen, ohne daß die Forderungen der Terroristen erfüllt werden würden.

Das Telefon, das Marchaut mit verschiedenen Männern verband, die um die 767 Posten bezogen hatten, klingelte zweimal. Der Franzose hob ab.

»*Qui?*« Sein Mund klaffte auf, sein Gesicht wurde bleich. »Jemand hat *was*? Nein, ich habe diesen Befehl nicht gegeben. Nein, ich will nicht . . . Bleiben Sie einen Augenblick dran.«

Marchaut ließ den Hörer fallen und trat, gefolgt von einem Dutzend seiner Untergebenen, zum Fenster. Sie alle sahen, wie ein Mann einen der flachen Lastwagen, mit denen Mahlzeiten von der Flughafenküche zum Flugzeug transportiert wurden, hinter der 767 zu deren Frachtluke fuhr. Der Fahrer glitt schnell außer Sicht, doch erst, nachdem Daniels durch ein Fernglas genug von seinem Gesicht erkannt hatte.

»Oh, Scheiße«, murmelte er.

McCracken holte tief Luft, als sich der Lastwagen dem rotweißen Jet näherte. Er war zum Flughafen Orly gefahren, sobald die Nachricht der Entführung sein kleines Büro erreicht hatte – über ein Funkgerät, nicht über ein Dechiffriergerät. Seine Vorgesetzten hatten keinen Grund mehr, ihn über solche Vorgänge zu informieren. Und in der Tat war Blaine mit dem Vorsatz nach Orly gefahren, im Hintergrund zu bleiben und die Entwicklung zu beobachten, bis die Untersuchung der Rollbahn und das zögernde Verhalten der verantwortlichen Beamten ihn überzeugt hatten, daß ein paar absolute Dilettanten am Werk waren und andere Menschen ihretwegen zu Hackfleisch gemacht werden würden.

Begriffen sie nicht, mit wem sie es zu tun hatten? Sahen sie nicht ein, daß man mit Terroristen nicht herumspielen und erwarten konnte, den Sieg davonzutragen? Nicht mit diesen zumindest, nicht mit Bote und den Handlangern, die er diesmal mitgebracht hatte.

Ein Sturm auf das Flugzeug war die einzige Überlebenschance für die Passagiere. Und da die Franzosen zu beschäftigt waren, ihre Fingernägel zu säubern, würde McCracken die Drecksarbeit selbst übernehmen. Eine Ein-Mann-Operation. So war es sowieso besser. Die Forderung der Terroristen nach Nahrungsmitteln hatte ihm eine Möglichkeit verschafft.

Er hätte die ganze Sache vielleicht auf sich beruhen lassen können, wäre nicht so deutlich gewesen, daß sich die Geschichte wiederholen und erneut Unschuldige ihr Leben lassen würden. Vor fünf Jahren hatten die Behörden in London die Arme verschränkt, während die Terroristen ihre Finger am Abzug gehabt hatten. McCracken würde das nicht noch einmal zulassen. In London hatte er den Fehler begangen, nachdem die Sache vorüber war, der Statue die Eier abzuschießen. Er hätte sich an die Hoden der verdammten Beamten halten sollen, die sich nicht rechtzeitig entschließen konnten.

Die Tür zur Flugzeugküche öffnete sich, Blaine fuhr den Wagen rückwärts heran und kletterte dann auf die Zelle des Flugzeugrumpfs neben dem Stahlgehäuse, das 150 im Mikrowellenherd erwärmte Schälchen mit gefülltem Huhn enthielt. Er drückte einen Knopf, und die Hydraulik schob die Zelle hoch, bis sie sich auf einer Ebene mit der geöffneten Kombüsentür befand. Er wollte den Karren gerade hineinschieben, als eine Hand in sein Haar griff und ihn heftig zurückzerrte. Blaine stürzte auf den Kombüsenboden und starrte auf den Lauf von Botes Maschinengewehr. Die wilde Mähne und der Bart des Terroristen schienen aus einem Stück zu bestehen. Er grinste bösartig.

Das Dinner ist serviert, Sir, wollte Blaine sagen, hielt jedoch den Mund, denn wenn er zu klugscheißerisch tat, würde man ihn entweder aus dem Flugzeug werfen oder erschießen, und so oder so wäre sein Plan dann ruiniert. Also blickte er einfach auf und versuchte, hilflos dreinzuschauen.

»Ari, durchsuch' diesen Bastard!« befahl Bote.

Ein dunkelhäutiger, schwarzhaariger Junge von kaum mehr als sechzehn Jahren beugte sich über ihn und schob Blaine auf den Bauch. Schmale Hände tasteten ihn überall ab und hatten sich schließlich vergewissert, daß er keine Waffe trug.

»Er ist sauber«, sagte der Junge, und Bote ergriff Blaine am Kragen und zerrte ihn auf die Füße.

»Bulle?« fragte Bote.

»Ja«, gab McCracken zurück, weil man sowieso keinen Zivilisten an Bord des Flugzeuges geschickt hätte.

»Sie haben dich geschickt, um uns auszuspionieren?«

»Nein«, erwiderte Blaine. »Sie haben schon hundert Fotos vom Inneren der Maschine. Ich bin nur hier, um Ihre Forderungen wegen der Mahlzeiten zu erfüllen.«

Bote schien von McCrackens scheinbarer Ehrlichkeit beeindruckt. »Trotzdem ein unglückseliger Auftrag.«

»Ich habe mich freiwillig gemeldet.«

»Du weißt, ich kann nicht zulassen, daß du das Flugzeug verläßt.«

Blaine nickte. »Das habe ich mir schon gedacht, aber es wäre eine nette Geste Ihrerseits, wenn Sie dafür ein paar Passagiere freilassen würden.«

Bote hob mit flammenden Augen sein Gewehr, als wolle er ihn schlagen. »Ich bin nicht an Gesten interessiert. Wenn deine Leute unsere Forderungen nicht erfüllen, werde ich in vierzig Minuten dieses Flugzeug und alle Menschen darin in die Luft jagen.« Er hielt inne. »Und dich jetzt auch, du Arschloch.«

Blaine rührte sich nicht. »Sie haben vor, Ihre Forderungen zu erfüllen«, sagte er zu Bote erneut, weil der Mann, der zu sein er vorgab, das ebenfalls gesagt hätte.

Bote kicherte und rammte ihn gegen die Kombüsenwand, die Hand, die seinen Pullover umklammerte, dicht unter seinem Kinn. Der Terrorist war größer, als McCracken sich erinnerte. Sein Körper stank nach Schweiß, und sein Atem roch übel.

»Du wirst für deine Lügen bezahlen«, sagte Bote sanft. »Ihr alle werdet für eure Lügen bezahlen. Zuerst jedoch wirst du die Mahlzeiten an unsere nervösen Passagiere verteilen, damit sie sich beruhigen. Ari wird dich die ganze Zeit über begleiten, und wenn du eine falsche Bewegung machst, wird er dich töten.« Bote nickte dem Jungen zu, und der Junge nickte zurück.

McCracken zog den Karren mit den Tabletts in den Wagen und schloß dann auf Botes Befehl die schwere Tür hinter sich. Er schob den Wagen vor, drehte ihn vorsichtig um und rollte ihn zu den Sitzreihen mit den verängstigten Passagieren, viele davon Kinder. Blaine sah hoch, und all ihre Blilcke schienen auf ihm zu liegen. Von Ari gefolgt, der eine Uzi in der Hand hielt, schob Blaine den Wagen in den rechten Gang.

Bote blieb vor der Kabine stehen, vor der Filmleinwand, die noch herabgezogen war.

Blaine wuße, daß der dritte Terrorist, eine Frau, irgendwo zwischen den Passagieren saß, den Finger auf einem Knopf, der den Sprengstoff zünden würde. Er konnte die Drähte an der Decke sehen; einige kamen aus den Gepäckabteilen über den Sitzen hervor, in denen der Sprengstoff verstaut sein mußte. Die Drähte hielten den Sprengstoff zusammen, doch der Zünder wurde über Funk ausgelöst; jedenfalls verrieten keine Drahtschnüre die Position der Terroristin. McCrackens Plan basierte jedoch darauf, ihren Sitzplatz ausfindig zu machen. Daß ein zweiter Terrorist in seiner Nähe war, wenn er losschlug, war ein Gottesgeschenk, doch wenn er die Frau nicht finden konnte, war alles umsonst.

Blaine schob den Wagen ein wenig den Gang hinab und fuhr damit fort, die Tabletts mit den Mahlzeiten zu verteilen, die in den geheizten Fächern warm gehalten wurden. Die meisten Passagiere hatten keinen Hunger, nahmen die Tabletts aber doch entgegen, wenn auch nur, um etwas zu tun zu haben. McCracken hatte den Blick immer eine oder zwei Reihen vorausgerichtet und musterte die Augen aller Frauen, um die Terroristin auszumachen, die den Zünder hielt. Die meisten vorderen Reihen waren mit den Kindern aus New Jersey besetzt, wodurch seine Blicke frei schweifen konnten, doch die hohen Rücksitze verhinderten, daß er allzu weit schauen konnte.

In der zehnten Reihe lächelte ein Frau und nahm dankbar das Tablett entgegen. Ihre Blicke trafen sich, und Blaine fühlte, wie sein Magen sich zusammenzog. Irgend etwas stimmte nicht mit ihr. Er senkte den Blick und gab dem Mann neben ihr ein Tablett. Der Blick des Mannes schoß seitlich zu der Frau hinüber, ein nervöses Zeichen – vielleicht unabsichtlich, doch nichtsdestotrotz bestätigte es Blaines Verdacht. Das mußte die Frau sein, die er suchte.

»Beeil dich«, drängte der Terrorist und stieß mit seinem Maschinengewehr gegen den stählernen Karren. Der Junge hätte natürlich niemals zulassen dürfen, daß McCracken den Karren zwischen sie genommen hatte, doch in diesem Fall erwies sich das Glück wertvoller als jede Planung.

Blaine griff in den Karren, um ein weiteres Tablett herauszuziehen, und ließ seine Hand tiefer unter die Oberseite wandern, wo er mit Klebestreifen die Browning befestigt hatte. Sie löste sich mühelos, und er schob sie unter ein Tablett, das er schon mit der linken Hand herauszog. Dabei erweckte er den Eindruck, das Tablett wie ein Stangenbrot mit beiden Händen zu halten. Keiner der Terroristen hatte einen Grund, argwöhnisch zu werden.

Als der Mann die Mahlzeit mit einer Handbewegung ablehnte, feuerte Blaine die Browning zweimal ab. Der Kopf der Frau schnappte zerberstend zurück und besprenkelte Passagiere mit Blut und Gehirnmasse.

Der junge Terrorist brauchte nur einen Augenblick, um den Schock zu verkraften, doch dieser Augenblick genügte McCrakken, die Pistole auf ihn zu richten, wobei das Tablett, das sie verdeckt hatte, zur Seite flog. Er schoß dem Jungen zweimal in die Brust, bevor der den Abzug seiner Uzi drücken konnte.

Er umklammerte sie, als er fiel, und die Kugeln rissen ein gezacktes Muster in den Bodenbelag des Jets. Passagiere schrien, stießen um sich und brachen übereinander zusammen.

»Unten bleiben!« rief Blaine, doch der letzte Teil seiner Warnung verhallte in Botes Maschinengewehrfeuer.

Die Kugeln schlugen in den Tablettkarren, der zu seiner Deckung geworden war, und Blaine schoß eine Salve hoch in die Luft. Von diesem Winkel aus wollte er nicht das Risiko eingehen, anstatt Bote einen Passagier zu treffen.

Der Terrorist feuerte noch immer in einem weiten Bogen, als McCracken aufsprang und vier Schuß in dessen Richtung abgab, wobei die Kugeln Löcher in die dicke Außenhülle des Flugzeuges rissen. Bote schoß noch immer mit der Maschinenpistole, während er um die Ecke verschwand.

Noch ein Zünder, begriff Blaine, während die Furcht wie ein Schlag in seinen Magen fuhr, *er läuft zu einem zweiten Zünder!*

McCracken sprang über den Tablettkarren und rollte sich zwischen den noch immer schreienden Passagieren ab. Er stand fast augenblicklich wieder auf den Füßen und stürmte den Gang zu der Kombüse entlang, in der Bote Deckung gesucht hatte. Als er sie fast erreicht hatte, zwang ihn ein Kugelhagel aus der Maschinenpistole, sich auf den Boden zu werfen. Der Schwung trug ihn zum Vorderteil der Kombüse, wo Bote nach einem Gegenstand in einer schwarzen Tasche griff. Die andere Hand mit der Maschinenpistole wirbelte herum.

Blaine feuerte zuerst.

Sein erster Schuß fuhr in die Brust des Terroristen und schleuderte ihn zurück. Die beiden nächsten trafen seinen Kopf. Bote glitt zu Boden, den schwarzen Zünder noch in der Hand.

Blaine lag noch immer zwischen den anhaltenden Schreien der Passagiere flach auf dem Boden, als zwei Türen der 767 von außen aufgesprengt wurden und ein Stoßtrupp der französischen Sicherheitspolizei hereinstolperte, wobei die Männer sich gegenseitig behinderten.

»Raucher oder Nichtraucher?« fragte Blaine, während er vorsichtig mit erhobenen Händen aufstand.

»Diesmal sind Sie erledigt. Das wissen Sie doch, McCracken, oder?« schnauzte Daniels anklagend auf dem Rücksitz des Peugeots, der auf dem Weg zur amerikanischen Botschaft war.

»Nein, Tommy, mein Junge. Warum erzählen Sie mir nicht mehr darüber?«

Daniels schüttelte den Kopf. »Da haben Sie uns etwas eingebrockt, McCracken. Ich dachte, nach dem Vorfall auf dem Parliament Square vor fünf Jahren könnte mich nichts mehr erschüttern, doch der heutige Zwischenfall übertrifft alles. Jetzt führen Sie Ihre eigenmächtigen Wahnsinnsstücke schon auf fremdem Grund und Boden auf. Können Sie sich vorstellen, was das bedeutet?«

»Ich habe nicht die geringste Ahnung.«

Daniels Fahrer bog scharf nach rechts ein.

»Jetzt ziehen Sie den Kopf nicht mehr aus der Schlinge, McCracken. Das ist eine diplomatische Katastrophe. Washington wird Ihren Kopf auf einem silbernen Tablett präsentieren müssen, damit die Franzosen überhaupt noch mit uns sprechen.« Daniels Blick wurde ungläubig. »Das interessiert Sie überhaupt nicht, was?«

»Mich interessiert, daß kein Passagier getötet worden ist.«

»Darauf kommt es nicht an.«

»Worauf denn?«

Daniels Funktelefon in der Halterung am Rücken des Sitzes vor ihm klingelte, und er hob ab.

»Daniels.« Eine Pause. Sein Blick suchte Blaine. »Ja, er ist jetzt bei mir . . . Was? So war es nicht vorgesehen. Ich bin besser in der Lage, diese Sache . . .« Noch eine Pause. Daniels Gesicht rötete sich. Er knirschte mit den Zähnen. »Ja, Sir, ich verstehe. Ja, Sir, augenblicklich.« Er legte den Hörer wieder auf und sah McCracken an. »Ich habe den Befehl bekommen, Sie nach Washington zurückzuschicken. Sofort. Sieht so aus, als wollte der Präsident Ihnen persönlich Feuer unter dem Hintern machen.«

»Ich sorge dafür, daß er ein paar Streichhölzer für Sie reserviert, Tommy, mein Junge. Aber er hat ja wohl genug.«

3

Als allererstes am Dienstagmorgen schritt Sandy Lister einen Korridor im dritten Stockwerk der New Yorker Hauptzentrale des Fernsehsenders entlang und steckte den Kopf in die vierte Tür auf dem Gang.

»Sind Sie soweit?« fragte sie ihren Assistenten.

T. J. Brown nickte nervös. »Die Recherchen sind abgeschlossen, wenn Sie das meinen. Aber ob ich für ein Treffen mit Shay bereit bin? Auf keinen Fall, Boß.«

»Gut«, sagte Sandy. »Sie werden es schon schaffen.«

Und Sekunden später scheuchte sie T. J. zu dem Fahrstuhl, der sie zum fünfzehnten Stockwerk und zum Büro von Stephen Shay hinaufbringen würde, dem ausführenden Produzenten des Nachrichtenmagazins *Overview*.

Sandy hatte Szenen wie die nun kommende schon Dutzende Mal hinter sich gebracht, doch bei dieser hier war sie nervöser als üblich. Es war eine Story, die sie wirklich machen wollte, eine, die nicht durch die Kanäle des Senders geflossen war und die – sie gestand es ein – vielleicht wirklich etwas außerhalb ihrer Zuständigkeit lag. Der Sender hatte sie von ihrer vorherigen Position als Sprecherin der Vormittagsnachrichten eines Konkurrenten abgeworben und sie zu einem von fünf Reportern bei einem neuen Nachrichtenmagazin gemacht, das es mit der landesweit führenden Sendung *60 Minutes* aufnehmen sollte. *Overview* sollte sich mehr an den Einzelschicksalen der Menschen orientieren und hatte versprochen, sich mit Themen zu befassen, die die amerikanische Öffentlichkeit bei aktuellen Umfragen am stärksten interessierten. Die Sendung sollte frischer und spontaner sein als die der Konkurrenz. Das hatte der Sender Sandy und den Zuschauern zumindest versprochen. Bislang waren vier Berichte ausgestrahlt worden, und zwei weitere lagen vor, und die Ergebnisse waren irgendwie weder frischer noch spontaner gewesen, als es auch bei den Nachrichtensendungen anderer Fernsehsender der Fall war.

Die Einschaltquoten waren jedoch zumindest so gut, wie man erwarten konnte, besonders bei Sandys Berichten, hauptsächlich, weil die leicht verständlichen, profilierten Features, die sie präsentierte, eher nach dem Geschmack der Öffentlichkeit waren als stur vorgetragene Nachrichten. Wenn man es genau nahm – wer wollte schon etwas von Abfällen der chemischen Industrie wissen? Ziemlich viele Zuschauer hatten Probleme damit, genug Geld zu verdienen, damit ihnen das Wasser für die Toilette nicht abgedreht wurde, da wollten sie nichts wissen von dem gesundheitsschädlichen Müll, den irgendein anderer produzierte.

Die Tatsache, daß sie keine ausgesprochene Nachrichtenjournalistin war, bekümmerte Sandy nicht und würde sie wahrscheinlich niemals bekümmern. Sie war stolz auf ihre Interviewtechnik und froh darüber, nicht mit dem rauhen, peinlich vertraulichen Stil einer Barbara Walters oder dem aufgeblasenen, einstudierten Lächeln der Ansager von *Entertainment Today* verglichen zu werden. Bei Themen, die Recherchen erforderten, war sie stets dabei und weigerte sich, auf Abruf vor die Kamera zu treten und etwas vorzulesen, das ein anderer geschrieben hatte. Sie gestattete auch nicht, daß ihre Fragen neu gefilmt und zwischen schamlos oberflächliche Interviewbilder geschnitten wurden. Heraus kamen dabei wesentlich spontanere, ehrlichere Interviews, die nicht zuletzt zu der Tatsache beitrugen, daß Sandys Einschaltquoten die höchsten waren, die eine Frau bei einer Nachrichtensendung erzielte.

Dementsprechend empfand Sandy wachsendes Selbstvertrauen. Sie verspürte nicht den Drang, sich auch noch auf dem Gebiet des harten Journalismus per se zu engagieren, sondern beabsichtigte, eine aktivere Rolle in der Themenauswahl und -aufbereitung zu übernehmen.

Und am heutigen Tag damit anzufangen.

Ihr Vertrag über dieses Aufgabengebiet war nicht präzise. Ihr Treffen mit Stephen Shay an diesem Morgen würde die Sache klären. Sie wußte, was sie wollte, und, was noch wichtiger war, wie sie es deutlich machen konnte. Sie würde um jene Story bitten, die sie am meisten interessierte. Sobald sie sie erst einmal hatte, würde die Sache von allein ins Rollen kommen.

Sie war sich bewußt, daß T. J. Brown ihr auf den Fersen folgte, als sie gemeinsam in Shays Büro traten. Sandy nickte der Sekretärin zu, die ihr zulächelte und sofort den Telefonhörer abnahm.

»Sandy ist hier, Mr. Shay.« Sie wandte den Blick zu ihr empor. »Sie können sofort hineingehen.«

T. J. schien an Ort und Stelle erstarrt zu sein.

»Eine kleine Hilfe«, flüsterte Sandy. »Stellen Sie ihn sich einfach nackt vor.«

»Was?«

»Mein Rhetoriklehrer sagte einmal, wenn man eine Rede halten müsse und etwas nervös sei, solle man sich das Publikum nackt vorstellen.«

Das ließ T. J. lächeln, als sie zur Innentür des Büros gingen. »Shay nackt? Ich kann's ja mal versuchen.«

T. J. hatte seinen Abschluß vor drei Jahren auf der Columbia School of Journalism gemacht, als viertbester seiner Klasse und genauso schwarz, wie er bei Beginn seines Studiums gewesen war. Bei den Nachrichtensendern gab es nicht viele Arbeitsstellen für Minderheiten, und so hatte T. J. eine Weile bei Zeitungen und Rundfunksendern gejobbt, bevor er sich bei der damals noch jungen Sendung *Overview* als Redaktionsassistent bewarb. Die fünf Präsentatoren hatten die über vierhundert Bewerbungen persönlich begutachtet, und besonders Sandy Lister war von T. J. beeindruckt gewesen. Er war für diesen Job eigentlich überqualifiziert, hatte sich aber trotzdem eifrig um ihn beworben. Seine Anstellung war Sandys erste Amtshandlung bei ihrem neuen Sender, eine Entscheidung, die sie keinen Augenblick lang bedauert hatte, selbst, wenn T. J. sie drängte, ihre Themen härter anzufassen und seine eigentliche Aufgabe vernachlässigte, um ihr zu helfen.

Sie trat so leichtfüßig in Stephen Shays geräumiges Büro, wie sie donnerstags abends auch in die Wohnzimmer von Millionen Amerikanern trat.

Shay erhob sich hinter seinem Schreibtisch und kam ihnen entgegen, schüttelte Sandy die Hand und küßte sie leicht auf die Wange.

»Perfektes Timing, San«, sagte er. »Ich habe gerade die Einschaltquoten von der letzten Woche bekommen. Sind um vier Prozent gestiegen.«

Shay war ein gewandter, eleganter Mann, mit perfekt frisiertem, silbergrauem Haar, das ihm bis über die Ohren und leicht in die Stirn fiel. Er zog dreiteilige Anzüge allen anderen Kleidungsstücken vor, und kein Angestellter in der Sendezentrale konnte sich entsinnen, ihn während der Bürostunden jemals ohne Jacke gesehen zu haben. Sein Gesicht wirkte so weich wie das eines Kleinkindes, und er hatte gerade genug Lagerfeld-Aftershave aufgelegt, daß man es den gesamten Tag über roch, ohne den Geruch als zu aufdringlich zu empfinden.

»Ist ja toll«, sagte Sandy ehrlich erfreut. »Steve, ich möchte Ihnen meinen Assistenten T.J. Brown vorstellen.«

Shay schüttelte die Hand, die T.J. ihm reichte. »Thomas Jefferson, nicht wahr?«

»Äh, ja. Aber wieso wissen Sie das?«

»Sie arbeiten in meiner Abteilung, mein Sohn. Es ist meine Aufgabe, so etwas zu wissen. Habe viel Gutes von Ihnen gehört, verdammt viel Gutes.«

»Danke, Sir.«

»Danken Sie mir nicht, machen Sie nur weiter so.« Shays Blick fiel wieder auf Sandy. »Da Sie Ihren Assistenten mitgebracht haben, werden Sie wohl eine Story mit mir besprechen wollen.«

»Stimmt genau, Steve.«

»Kommen Sie aus einem besonderen Grund direkt zu mir?«

»Brauche ich einen?«

Shay lächelte. »Ganz und gar nicht.« Er deutete mit der Hand auf ein Ledersofa und zwei dazu gehörende Sessel, die, getränkt von dem Sonnenlicht, das durch ein Fenster in der Nähe fiel, um einen niedrigen Tisch postiert waren. »Setzen wir uns doch.«

Auf dem Tisch standen zwei Telefone. Männer wie Shay entfernten sich nur selten von ihrer Verbindung zur Außenwelt.

»Kaffee?« bot er an, als sie Platz genommen hatten. Sowohl Sandy wie auch T.J. lehnten ab. »Ich nehme an, Sie möchten sofort zur Sache kommen. Worauf wollen Sie hinaus, Sandy?«

»Nichts Weltbewegendes. Ich würde nur gern eine Sache über Randall Krayman machen.«

»Den Milliardär und Einsiedler?«

»Genau den.«

»Ziemlich schwer, einen Mann zu interviewen, der seit fünf Jahren nicht mehr in der Öffentlichkeit gesehen wurde. Haben Sie irgendeinen Kontaktmann?«

»Nein.«

»Hat einer unserer Konkurrenten die Story auf Halde?«

»60 Minutes hat es mal versucht, die Sache dann aber fallen lassen.«

Shay nickte. »Wie ich mich erinnere, hat man auch uns gelegentlich etwas über Krayman angeboten, doch wir haben abgelehnt, wahrscheinlich aus den gleichen Gründen. Es ist nicht leicht, ein Interview ohne einen Gesprächspartner zu führen, selbst für Sie nicht, San.«

»Deshalb bin ich mit meinem Assistenten direkt in den fünfzehnten Stock gekommen, Steve. Ich glaube, wir können auch ohne das übliche Interview eine verdammt gute Sache über Krayman zusammenstellen. Wir können ein Bild von ihm zeichnen, das auf früheren Interviews und Hintergrundmaterial basiert.«

Shay wandte den Blick skeptisch ab. »Solche Stories sind nicht gerade Ihre Spezialität, San.«

»Sie meinen, für solche Stories zahlen Sie mir keine zwei Millionen im Jahr.«

»Nein«, entgegnete Shay ablehnend, »das meine ich nicht. Wenn Sie ein gutes Thema haben, sind Sie phantastisch, die beste, die ich je gesehen habe. Mir ist es gleichgültig, wie Joe oder Joan Hollywood ihr Privatleben mit ihrem Beruf in Übereinstimmung bringen, doch wenn Sie die Sache bringen, interessiert sie selbst *mich.* Sie erwecken diese Leute zum Leben, und zwar auf eine Art und Weise, die sie nicht herabwürdigt. Auf so eine Begabung kann man einfach kein Preisschild kleben.«

»Sagen Sie das nicht meinem Agenten.«

»Ich meine es ernst, San. Solche Hintergrundberichte sind hervorragend, wenn sie gut sind, aber verteufelt langweilig, wenn sie nicht zünden. Bleiben Sie bei Ihrem Fach, San. Dort liegt Ihre Begabung.«

»Aber Randall Krayman *fällt* in mein Fach«, beharrte Sandy. »Hören Sie mich erst einmal an. T.J. hat einige Nachforschungen angestellt, und was er ausgegraben hat, bestärkt mich in meiner Ansicht, daß ein Bericht über Krayman genau das richtige für mich ist.«

»Ich höre zu«, sagte Shay zögernd.

»T. J.«, gab Sandy das Stichwort.

Brown räusperte sich und öffnete die Jiffy-Tasche, die er seit Beginn des Gesprächs nervös in den Fingern gedreht hatte. »Ich fange lieber am Anfang an. Krayman wurde 1940 in Boothbay Harbor im Bundesstaat Maine geboren. Sein Vater war ein mäßig erfolgreicher Unternehmer, der mit seinen Plastikstoffen eine günstige Ausgangsposition hatte und im Krieg ein Vermögen machte. Als er 1957 starb, sah es aus, als habe er das Unternehmen so weit gebracht, wie es möglich war. Auf dem Papier wurde die Firma von Kraymans Witwe übernommen, doch in Wirklichkeit traf Randall, der gerade achtzehn geworden war, alle Entscheidungen und leitete die Firma. Randall gab seine Pläne, das College zu besuchen, auf, und vervierfachte in nur zwei Jahren die Gewinne der Firma, wobei sie unter seiner Führung zum vielleicht größten Plastikhersteller der USA wurde. Randall Krayman ruhte sich jedoch nicht auf seinen Lorbeeren aus und investierte jeden Cent, den er erwirtschaftet hatte, in Millionen Morgen Land in Wyoming, Montana und benachbarten Bundesstaaten. Die Wissenschaftler wußten, daß irgendwo in diesem Land Öl steckte, doch damals – bedenken Sie, wir schreiben das Jahr 1959 – konnte sich niemand vorstellen, daß die technische Entwicklung soweit voranschreiten würde, um dieses Öl einmal fördern zu können.«

T. J. blätterte um. »Bis auf Krayman. Innerhalb von zehn Jahren sprudelte aus seinen Quellen soviel Rohöl, wie ganz Texas anzubieten hatte, und ihm gehörte jede einzelne Unze davon. Er machte noch ein Vermögen, diesmal ein zu großes, um es auch nur abschätzen zu können. Doch wieder begnügte er sich nicht damit. Er nahm all seine Gewinne und investierte gewaltige Summen in eine neue und geheimnisvolle Technologie, die damals ›der integrierte Schaltkreis‹ genannt wurde.«

»Computer«, murmelte Shay.

»Der Anfang der Explosion der Computertechnik«, fuhr T. J. fort. »Der integrierte Schaltkreis legte den Grundstein für den Computerchip, den Mikrochip, den Mikroschaltkreis, die ganze rasante Entwicklung. Krayman machte ein weiteres unglaubliches Vermögen. Jemand nannte ihn den ›ersten Großgrundbesitzer in Silicon Valley‹.«

»Er muß eine verdammt gute Kristallkugel gehabt haben«, versetzte Shay. »Zuerst Plastik, dann Öl, dann Computer. Besser kann man sein Geld nicht anlegen.«

»Und Krayman hörte noch immer nicht auf. Vor etwa zehn Jahren entwickelten seine Computerkonstrukteure den sogenannten Krayman-Chip, einen hochgezüchteten, hochintegrierten Memory-Chip mit ungeahnter Speicherkapazität, wie zugeschnitten für Computer, die in Fernsehgeräten, Funkgeräten, Telefonanlagen und Radarschirmen Verwendung finden – bei allen Geräten, die mit der Telekommunikation zu tun haben. Einfach unglaublich daran war, daß dieser neue Chip in einem so billigen Verfahren hergestellt wurde, daß Krayman die gesamte Industrie unterbieten konnte.«

»Noch ein Vermögen«, schloß Shay, dessen Interesse mit jedem Absatz aus T. J.s Notizen wuchs.

»Das meinte ich damit, daß Krayman eine so große Rolle in unserem Fach spielt«, warf Sandy ein. »Die Leute sollten jedesmal, wenn sie ihre Fernsehgeräte einschalten, niederknien und sich zweimal in Richtung des Krayman Tower in Houston verbeugen.«

»Das bedeutet noch nicht, daß sie sie auch einschalten werden, um sich eine Reportage darüber anzusehen«, sagte Shay sanft.

Sandy bewahrte die Ruhe. »Bei Howard Hughes' Tod wollten die Sender durch Erstmeldungen einander ausstechen. Die Zuschauer waren fasziniert von ihm, weil sie allgemein von Macht und Reichtum fasziniert werden, je unermeßlicher, desto besser. Nun, im Gegensatz zu Krayman wirkt Hughes wie ein Hilfsschüler. Sie werden sich die Reportage ansehen. Glauben Sie mir.«

Shay wurde schwach. »Gibt es eine Chance, den Mann selbst zu sprechen?«

Sandy hob die Achseln. »Es gibt immer eine Chance, doch ich bezweifle es. Für heute in einer Woche habe ich ein Interview mit Francis Dolorman vereinbart. Dolorman ist der Mann, der die Krayman Industries leitet, seit vor fünf Jahren der verlängerte Urlaub seines Bosses begann. Wenn jemand ein Treffen vereinbaren kann, dann er.«

Shays Augenbrauen zuckten. Er zögerte. »Ich kann Sie eine Woche entbehren, San. Länger nicht, Und auch keine Kameras, nur die Vorarbeiten. Auf der nächsten Redaktionsbesprechung werden wir Ihre Recherchen erörtern und feststellen, ob wir da eine Story haben oder nicht.«

»Das klingt fair«, sagte Sandy.

»Sie waren toll da drinnen, T.J.«, sagte Sandy, als sie im Fahrstuhl hinabfuhren. »Danke.«

»Wie Sie gesagt haben, Boß, es war ganz einfach. Ich mußte ihn mir nicht einmal nackt vorstellen.« T.J.s Gesicht wurde ernst. Der Fahrstuhl hielt an. »Nun, da Sie das Okay für die Story haben, möchten Sie sich vielleicht den Rest meiner Recherchen ansehen.«

»Den *Rest* Ihrer Recherchen?«

Sie traten langsam aus dem Fahrstuhl. T.J. nickte. »Über die Krayman Industries. Da läuft nicht alles koscher ab, wenn Sie wissen, was ich meine.«

Sandy straffte sich und ging weiter. »Sicher. Wie wäre es mit heute nachmittag?«

»Weshalb nicht sofort?«

Sandy schritt weiter den Gang entlang. T.J. lief neben ihr her.

»Sie wollen nichts davon wissen, nicht wahr?« fragte er herausfordernd.

Sandy wandte den Blick ab.

»Was passiert, wenn wir den Krayman Industries auf den Grund gehen, Boß?«

»Randall Krayman, T.J. Das ist die Story, die Shay oben gebilligt hat.«

»Und das klingt, als würde jetzt Shay sprechen; seine Unterscheidung, nicht die Ihre.« Er hielt inne und musterte Sandy, während ein paar Leute vorbeigingen. »Randall Krayman *ist* Krayman Industries. Sie können das eine nicht vom anderen trennen.«

»Man kann keine Firma interviewen, T. J.«

»Man kann auch nicht Krayman interviewen, aber das hindert Sie nicht daran, die Story zu machen. Ich habe einiges Material, das Ihnen vielleicht weiterhelfen würde.«

Sandys Gesichtszüge verhärteten sich. »Wir sind nicht auf der Universität von Columbia, T. J., wir sind in einem Fernsehsender. Die Dinge funktionieren hier anders. Ich will diese Story, doch ich muß Shays Bedingungen einhalten. Sie wissen, wie diese Bedingungen aussehen. Er hat sie uns genannt.«

T. J. nickte schwach und ging davon.

»Heute nachmittag«, rief Sandy ihm nach. »Dann werde ich mir ansehen, was Sie haben.«

»Sicher«, sagte T. J., zu leise, als daß sie ihn hören konnte.

Der Rest des Vormittags schleppte sich für Sandy dahin. Sie bekam die Konfrontation mit T. J. nicht aus dem Sinn. Sicher mußten die Fakten, die er über Krayman Industries ausgegraben hatte, noch genau untersucht und erhärtet werden. Solch eine Verzögerung konnte sie sich einfach nicht leisten. Diese Arbeit würde die wahre Bedeutung ihrer Story verhüllen und die Recherchen noch schwieriger machen, als sie es jetzt schon zu werden versprachen.

Doch betrog sie sich nicht selbst? Sie wollte nicht erfahren, was T. J. entdeckt hatte, weil sie keine Komplikationen verkraften konnte. Sie hatte von Shay bekommen, was sie wollte, und jetzt wollte sie unbehindert arbeiten. Ihr Gebiet waren die Menschen, und bei Menschen konnte man sich einzelne Aspekte heraussuchen. Die Teile ihres Lebens, die nicht in die Story paßten, konnte man einfach fallen lassen. Es hing allein von ihr ab. Ganze Jahre wegen der neuesten Liebesaffäre oder eines neuen Films mit gewaltigem Budget außer acht gelassen. Die Dinge waren einfacher. Sie würde sich sicherer fühlen, selbst bei Randall Krayman, einem Mann, den sie darstellen mußte, ohne ihn kennengelernt zu haben. Das war eine Herausforderung, der sie sich stellen konnte. Doch die

Krayman Industries da hineinzuziehen? Nein, das hatte sie nicht nötig.

Sandy schlug sich noch immer mit diesen Fragen herum, als der Fahrstuhl die Lobby erreichte. Es war fast Mittag, und sie hatte eine Verabredung zum Essen. Wie üblich konnte sie das Gebäude nicht verlassen, ohne unzählige Autogramme zu geben. Die Leute strömten in Scharen herbei, und der Kreis um sie herum schien die anzulocken, die ihn links liegen lassen wollten. Sandy gab so viele Autogramme, wie sie konnte, versuchte jedoch, dabei weiterzugehen. Wie sie sich nach diesen kalten Wintertagen sehnte, wenn sie Hut und Schal trug und unerkannt blieb . . . Die Menschen wollten mit ihr sprechen, diskutieren, was immer ihnen wichtig war. Ihre Stimmen hoben sich wetteifernd übereinander, und einige hatten schon die Lautstärke von Schreien erreicht, als Sandy durch die Ausgangstür in den hellen Dezembertag trat.

Sie gab noch immer Autogramme, und ihre Hände wurden allmählich steif, als sich ein Mann den Weg zu ihr durch die Menge bahnte. Sandy bemerkte ihn nur undeutlich, bis er direkt vor ihr stand, und dann erbebte sie vor Angst, weil er die Hand ausstreckte und mit etwas Dunklem zwischen den Fingern auf sie einzustechen schien.

In diesem Augenblick kannte Sandy die Furcht, die die Prominenz in der Öffentlichkeit empfindet, die Verletzlichkeit des Ruhms und all seine Risiken. John Lennon war erschossen worden, weil er kein Autogramm geben wollte, jeweils eine Kugel für zwei Buchstaben.

Der Mann ergriff sie mit seiner linken Hand, und hinter Sandys Lippen bildete sich ein Schrei. Doch er löste sich erst, als ihre Blicke der Hand des Mannes folgten, wie sie über ihre weiße Jacke glitt und eine Blutspur hinterließ.

Dann brach er zusammen und riß sie ebenfalls nieder, und Sandy sah, daß er an zahlreichen Stellen blutete und sein aufklaffender Mantel nun zahlreiche rote Flecken enthüllte. Seine Stimme drang trocken und krächzend an ihr Ohr, als sie gemeinsam auf den Bürgersteig stürzten, und seine Worte waren durch die gegen ihr Ohr gedrückten Lippen kaum verständlich.

»Halten Sie sie auf! Sie müssen sie aufhalten!«

Sandy schrie erneut, als sie fühlte, wie sich die Hände des Sterbenden an ihr festklammerten.

»Keine Zeit mehr! Keine . . .«

Dann starb der Mann mit einem rasselnden Atemzug, doch erst, nachdem er den schmalen, dunklen Gegenstand in Sandys Handtasche geschoben hatte.

4

McCracken lehnte sich angespannt zurück, als sich die 747 durch die Wolken zum Dulles International Airport senkte. Die Stimme des Piloten verkündete, die Temperatur in Washington betrage drei Grad; der Himmel sei bewölkt, und es werde vielleicht schneien. Auf jeden Fall war das Wetter düster und trostlos, was genau zu Blaines Stimmung paßte.

Man hatte ihm nur wenig Zeit gegeben, um seine Angelegenheiten in Paris zu ordnen und zu packen. Alles mitnehmen, besagte der Befehl, Sie werden nicht zurückkommen. Drei Mann hatten ihn am späten Dienstagmorgen nach Orly begleitet, doch keiner davon hatte mit ihm das Flugzeug bestiegen. Warum auch die Mühe? McCracken konnte nur nach Hause zurückkehren; eine Flucht war ausgeschlossen. Sicher konnte er es versuchen, doch er hatte kaum eine Chance. Früher oder später würden sie ihn erwischen. Wenn sie ihn unbedingt haben wollten, gab es kein Versteck für ihn. All dieser Scheiß, zu gut sein, um erwischt zu werden, gehörte ins Reich der Phantasie und entsprach nicht der Wirklichkeit. Ganz egal, wie gut man war, sie hatten immer genug Leute, um einen zu erwischen.

Blaine fragte sich, was sie tun würden, wenn er nicht auf dem Flughafen erschien. Was, wenn er einfach ein anderes Flugzeug nach Südamerika bestieg? Nein, sie konnten ihn nicht entwischen lassen. Wenn er mit ihnen zusammenarbeitete, würden sie ihn leben lassen, doch völlige Freiheit stand außer

Frage. Sie würden ihn irgendwo tief begraben, wo er sich nicht einmal den Sack kratzen konnte, ohne daß ein Blick an seinen Shorts klebte.

Der Jet landete, und McCracken schritt langsam durch die Gänge zu der Gepäckausgabe. Sein gesamtes Leben steckte in zwei Koffern und einer Reisetasche, und er war nicht überrascht, als er einen untersetzten, gut gekleideten Mann sah, der ihm half, das Gepäck einzusammeln und ihn aus dem Flughafen begleitete. Der große Mann erkannte ihn augenblicklich, und sein Blick wich dem Blaines aus, als er einen der Koffer hochob.

»Hier entlang«, sagte der Mann, und das waren die einzigen Worte, die sie wechselten. Es gab keinen Grund, mehr zu sagen.

Der Mann führte ihn zu einer Limousine, einem Cadillac, dessen Motor leise schnurrte. Während der große Mann hinter dem Steuer Platz nahm, öffnete Blaine die hintere Tür.

»Guten Tag, Mr. McCracken. Ich hoffe, Sie hatten einen angenehmen Flug.«

Die Stimme überraschte Blaine, da er erwartet hatte, allein zu fahren. Ein Begrüßungskomitee erschien ihm unangemessen.

»Wir hatten genug Turbulenzen, daß ich mich wie zu Hause fühlte«, antwortete er dem grauhaarigen Mann in einem braunen Übermantel. Blaine setzte sich und schloß die Tür. Der Fahrer gab Gas. Eine Milchglasscheibe glitt zwischen den Sitzen empor.

»Mein Name ist Stimson, Blaine, Andrew Stimson. Ich leite die GAP.«

Noch mehr Überraschung blitzte in McCrackens Augen auf. »Der Name hätte mir gereicht.« Er zögerte. »Ich habe die Strammgestandenen-Eskorte der Company erwartet, zwei Schafsköpfe wie Ihren Fahrer da vorn. Ich sollte mich wohl geehrt fühlen.«

»Die Company weiß nicht einmal, daß Sie zurück in den Staaten sind.«

»Was?«

»Ich habe Sie hierher bringen lassen«, erklärte Stimson. »Ich hatte schon alles arrangiert, bis nach dieser Sache gestern in

Orly der Präsident wirklich sauer auf Sie wurde. Ihre Akte wurde auf Eis gelegt. Die Company, und was das betrifft, alle anderen auch, glaubt, daß Sie noch in Paris in Haft sind. Ich habe es so arrangiert, daß ein jeder glaubt, ein anderer hätte den Schlüssel.«

»Was ist mit Daniels?« fragte Blaine.

»Machen Sie sich darüber keine Sorgen. Ich bin mir sicher, daß Daniels keinen Befehl in Frage stellt, von dem er glaubt, daß er von ganz oben kam.«

»Glaubt?«

»Treiben Sie es nicht zu weit. Da die einzelnen Abteilungen sowieso nicht mehr miteinander kommunizieren, könnte dieses Spielchen endlos lange weitergehen.«

»Dann sieht es wohl so aus, als hätten Sie sich einen alten Knastbruder angelacht, Mr. Stimson.«

»Nennen Sie mich Andy. Bei dem, was ich Ihnen sagen werde, können wir uns mit dem Vornamen ansprechen.«

»Was ist das also?« fragte Sandy Lister ihren Assistenten, nachdem sie ihm den schmalen runden Gegenstand gegeben hatte, den sie eine Stunde, nachdem sie deren drei auf der Polizeiwache verbracht hatte, in ihrer Handtasche gefunden hatte.

»Sie meinen, das hat Ihnen dieser Tote zugespielt, und Sie haben es nicht den Cops gegeben?« fragte T. J. aufgeregt.

»Der Mann ist gestorben, um es mir zu geben. Ich würde zuerst gern wissen, was es ist.«

»Das klingt nicht nach dem Mädchen, das mir heute morgen die Vorlesung über Berufsethik gehalten hat.« T. J. hielt den Gegenstand in der ausgestreckten Hand. »Sie haben nie viel mit Computern zu tun gehabt, nicht wahr, Boß?«

»Nein, wirklich nicht. Warum?«

»Weil das eine Diskette ist, auf der man Programme abspeichert.«

»Können Sie herausfinden, was darauf ist?«

»Sobald ich mein Terminal eingeschaltet habe.« T. J. legte die Diskette auf seinen Schreibtisch. »Was ist mit der Leiche?«

»Die erste Aufgabe für Ihr Terminal. Sein Name war Benjamin Kelno, aber das ist alles, was ich weiß.«

»Dann werden sich meine magischen Finger mal an die Arbeit machen, Boß.«

»Ich bin in meinem Büro. Rufen Sie an, wenn Sie etwas haben.«

Eine halbe Stunde später blitzte, nachdem T. J. mehrere Umwege eingeschlagen und Sperren umgangen hatte, eine Kurzbiographie von Benjamin Kelno auf dem Bildschirm auf. Er las sie schnell und hielt bei der Hälfte inne, weil seine Lippen zu zittern anfingen.

»Gott im Himmel, verdammt noch mal . . .«

Die Limousine bog auf den George Washington Memorial Parkway ein.

»Ich nehme an, Sie hatten einen guten Grund, mich vom Haken zu holen«, sagte Blaine, das Schweigen durchbrechend.

»Mir ist Ihre Reputation bekannt, einmal angefangene Aufgaben wirklich zu erledigen.«

»Sicher. Wenn Sie Näheres wissen wollen, fragen Sie die Franzosen.«

»Ich habe nicht über Methoden gesprochen. Ich habe über Ergebnisse gesprochen, und Sie erzielen so hervorragende wie kaum ein Agent, von dem ich je gehört habe.«

McCracken sah ihn nur an.

»Haben Sie je von Tom Easton gehört, Blaine?«

»Er arbeitet für die GAP, nicht wahr?«

»Arbeitete. Jemand hat ihn gestern in New York getötet. Er war an einer großen Sache dran, und nun ist diese Arbeit mit ihm gestorben. Wir haben keinen Hinweis darauf, womit er sich befaßt hat.«

»Wie wurde er getötet?«

Stimson lehnte sich zurück. Es überraschte ihn nicht, daß ein Mann wie McCracken das zuerst wissen wollte. »Es gibt ein . . . Haus in New York . . . eine Madame Rosa führt es . . .«

»Ich habe davon gehört.«

»Nun, Easton war Stammkunde dort«, sagte Stimson und erstattete Bericht über die entsetzlichen Einzelheiten des Mordes.

»Professionell«, war McCrackens einziger Kommentar.

»Und brutal«, fügte Stimson hinzu. »Mit wem wir es auch hier zu tun haben, sie geben anscheinend nichts auf subtile Methoden. Oder aber, Easton hatte schon so viel herausbekommen, daß für subtile Methoden keine Zeit mehr blieb.«

»Sie wollen, daß ich dort weitermache, wo er aufgehört hat«, schloß Blaine.

»Und seine ersten Schritte nachvollziehen.«

»Solange ich Madame Rosa das Fell abziehen kann. Kleine Jungs und Mädchen sind noch nie mein Stil gewesen.«

»Sie wußten, daß er dorthin wollte«, sagte Stimson. »Alles war vorbereitet.«

»Sie sagten, Easton sei ein Stammkunde gewesen. Das paßt.«

»Die Sicherheitsvorkehrungen bei Madame Rosa sind engmaschiger als alle in der Hauptstadt, einschließlich des Oval Office. Wenn sie gebrochen wurden, können Sie darauf wetten, daß ein großes Tier dahintersteckt, jemand, der eine Menge zu verlieren gehabt hätte, wenn Easton es bis zu uns geschafft hätte.«

»Wann war er fällig?«

»Gestern abend.«

»Das war ja ziemlich knapp.«

Stimson nickte. »Die Gegenseite hat darauf gewartet, daß er sich bloßstellt.«

»Im wahrsten Sinne des Wortes«, fügte Blaine hinzu. »Eastons Aufgabenbereich war die innere Subversion, nicht wahr?«

»Seine Spezialität. Terroristenvereinigungen, Revolutionäre – solche Sachen.«

»Dann folgert daraus, daß eine dieser Gruppen Madame Rosa einen Besuch abgestattet hat.«

»Aber welche? Die Hinrichtung vollzog sich völlig sauber, eher im Stil eines KGB-Kommandos als einer einheimischen Terroristenvereinigung, die aus unglücklichen Studenten besteht.«

Blaines Augenbrauen zuckten. »Sie unterschätzen sie, genau wie Easton.«

»Ich bin die GAP-Akten zehnmal durchgegangen. Niemand, der dort verzeichnet ist, hätte so eine Hinrichtung abziehen können.«

»Dann haben wir es mit einer neuen Gruppe zu tun . . . oder mit einer, der Ihre Akten keine Gerechtigkeit widerfahren lassen.«

»Wie können wir herausfinden, mit welcher?«

McCracken lächelte, als Stimson das *wir* benutzte. Offensichtlich ging der Direktor der GAP davon aus, daß er zur Zusammenarbeit bereit war, da die andere Alternative wahrscheinlich eine Rückkehr nach Paris und damit Haft darstellte. Blaine dachte kurz nach.

»Eastons Wagen . . . Haben Sie ihn gefunden?«

Stimson nickte ohne Begeisterung. »Gründlich gesäubert und teilweise verbrannt.«

»Haben Sie ihn sich angesehen?«

»Es gab nicht mehr viel, was wir uns ansehen konnten. Aber ja, wir haben ihn uns angesehen.« Stimson schüttelte den Kopf. »Nichts.«

»Ich nehme an, der Wagen ist hierher nach Washington gebracht worden.«

»Natürlich.«

»Ich würde ihn mir gern mal ansehen.«

»Warum?«

»Weil die, die Madame Rosa besucht haben, gewußt haben müssen, daß Easton etwas in seinem Wagen zurückgelassen hat. Ansonsten hätten sie sich nicht die Mühe gemacht, ihn zu stehlen. Ich kann nur hoffen, daß sie nicht gefunden haben, wonach sie suchten.«

»In diesem Fall hätten unsere Leute es gefunden.«

McCracken lächelte wissend. »Den Killern hat die Sache mehr bedeutet. Wenn sie es gefunden hätten, hätten sie sich nicht die Mühe gemacht, den Wagen anzuzünden. Offensichtlich wollten sie nicht, daß jemand dort weitermacht, wo sie aufgehört haben, und vielleicht mehr Glück hat.«

Stimson nickte. »Interessant.«

»Ich werde den Wagen morgen als allererstes überprüfen. Zuerst esse ich aber ein Steak und schlafe die Nacht über.«

»Ich habe Ihre Unterbringung arrangiert.«

»Ein Haus im Besitz der GAP?«

»Das Hotel Four Seasons, unter falschem Namen. Vergessen Sie nicht, niemand weiß, daß wir Sie hergeholt haben, und so müssen wir es auch belassen.«

»Das könnte zu einigen Komplikationen führen.«

»Das glaube ich nicht. Sie erstatten mir und nur mir persönlich Bericht.«

»Keine gesicherten Kanäle oder Zugangskodes? Keine Dekkung?«

Stimson schüttelte den Kopf. »Dafür haben wir keine Zeit. Und selbst, wenn wir die Zeit hätten . . .« Er schien nach Worten zu suchen. »Die Sache ist, Blaine, ich weiß alles über Sie. Ein Einzelkämpfer, ein Renegat, ›McCrackensack‹ – all dieser Scheißdreck. Und es ist wirklich nur Scheißdreck, denn wenn alles gesagt und getan ist, haben Sie Ergebnisse erzielt. Ich will Sie nicht an der Leine halten, doch ich kann auch keine Verantwortung übernehmen, wenn diese Sache schiefgeht und einer meiner Gegenspieler in einer der Drei-Buchstaben-Geheimdienste Sie erwischt.« Stimsons Blick hielt dem Blaines stand. »Schauen Sie, es ist mir gleich, wem Sie in die Eier treten müssen, um dieser Sache auf den Grund zu gehen. Tun Sie es einfach. Ihnen stehen alle Möglichkeiten der GAP offen, und wenn diese Sache ausgestanden ist, kann ich Ihnen einen Posten versprechen, bei dem Sie die Bedingungen diktieren können.«

Blaine musterte ihn genau. »Sie sind die ganze Zeit davon ausgegangen, daß ich bei dieser Sache mitmache.«

Stimson nickte. »Wie ich schon sagte, ich weiß alles über Sie. Man hat Sie jetzt fünf Jahre ins Fegefeuer gesteckt. Ich biete Ihnen einen Ausweg an.«

»In den Himmel oder in die Hölle, Andy?«

»Das bleibt abzuwarten.«

Das Gespräch des Präsidenten mit Nathan Jamrock, der nicht nur das Shuttle-Programm, sondern auch Chef der umstrittenen Abteilung Special Space Projects war, die sich der Entwicklung von Waffen im Weltraum widmete, begann erst um achtzehn Uhr. Die Militarisierung des Weltalls wurde von den meisten Politikern in Washington als unausweichlich wie auch als dasjenige Gebiet betrachtet, auf dem Amerika einen entschiedenen strategischen Vorsprung gegenüber der Sowjetunion besaß. Wenn der nächste Krieg nicht über der Erde ausgefochten werden würde, so dachten viele, dann würde er zumindest dort beginnen. Das derzeitige Raumwarnsystem war mit genau diesen Gedanken entwickelt worden.

»Das heißt also, Sie sind nicht weiter als vor zwei Tagen«, sagte der Präsident entmutigt, nachdem Jamrock seinen letzten Bericht abgeschlossen hatte.

»Ich fürchte nein, Sir.«

»Was ist mit den Bändern?«

Jamrock schüttelte den Kopf, griff in die Jackentasche und holte eine Packung Rennie hervor. Das würde ein Sechs-Tabletten-Treffen werden, dachte er. »Die Computer-Vergrößerungen und -Entwicklungen haben keine neuen Erkenntnisse gebracht. Als Caswell die Kamera auf das . . . was auch immer da kam, gerichtet hatte, war die Übertragung schon gestört.«

»Wodurch gestört, Nate?«

Jamrocks Zähne zerteilten die ersten beiden Rennies. »Durch den gleichen hochentwickelten Mechanismus, der unserer Annahme zufolge auch verhindert hat, daß unsere Bodenradarstationen das verdammte Ding aufgespürt haben. Wir können nach dem Stand unserer jetzigen Technologie aber genauso wenig Aussagen darüber treffen wie über die Methode, mit der der Shuttle zerstört wurde. Das heißt natürlich nicht, daß die Russen nicht etwas entwickelt haben, von dem wir noch nichts wissen.«

»Ich habe bereits mit den Sowjets gesprochen und gehe davon aus, daß sie nichts mit diesem Vorfall zu tun gehabt haben. Sie behaupten, zwei ihrer unbemannten Flugkörper wären unter ähnlichen Umständen zerstört worden. Mir liegen Beweise darüber vor. Offensichtlich strebt eine dritte Partei die Kontrolle über den Weltraum an. Das verrät uns aber noch nicht, was diese dritte Partei beabsichtigt.« Der Präsident hielt inne. »Aber soviel kann ich Ihnen sagen – wer auch immer es ist, er hat da oben eine große Sache am Laufen, und die Zerstörung unseres Shuttles war eine offene Kriegshandlung. Warum? Und was hat Caswell zu beschreiben versucht?«

Jamrock wand sich ungeduldig in seinem Sessel. »Unsere einzige Möglichkeit, mehr zu erfahren, besteht darin, einen zweiten Shuttle hinaufzuschicken.« Er schluckte die zerkleinerten Rennies hinunter. »Mr. President, ich kann die *Pegasus* in neun Tagen startbereit machen.«

Der Präsident trommelte mit den Fingern auf den Schreibtisch und überdachte die Folgen von Jamrocks Vorschlag. Die *Pegasus* war der Prototyp eines laserbewaffneten Shuttles, aus dem eine Flotte entstehen sollte, die alles aus dem All schießen konnte, was zu tief in den amerikanischen Luftraum eindrang. Als Vorläufer eines Star-Wars-Schilds würde solch eine Flotte die höchstmögliche Sicherheit vor einem Feindangriff bieten; gleichzeitig stellte sie den kontroversen ersten Schritt zur Militarisierung des Weltalls dar. Die *Pegasus* war getestet worden und schien einsatzbereit zu sein. Was die Technologie betraf, so gab es grünes Licht. Was die Politik betraf, blitzten überall rote Lichter auf.

»In der Presse und im Capitol werden Rufe nach weiteren Anhörungen laut, Nate.«

»Die NASA könnte sie nicht überleben, Sir. Und selbst, wenn wir sie überstehen würden, spielte das kaum noch eine Rolle. Was auch immer für die Vernichtung der *Adventurer* verantwortlich zeichnet, es ist noch immer dort oben, und ich wette, wer auch immer es kontrolliert, hat noch längst nicht ausgespielt. Vergessen Sie fragwürdige Anhörungen und eingefrorene Rüstungsabsichten. Diesmal ist es da oben zu einer Kriegshandlung gekommen.«

Der Präsident wandte den Blick aus dem Fenster und schaute in den Nachthimmel.

»Wie viele Tage brauchen Sie, um die *Pegasus* startklar zu bekommen?«

»Neun.«

»Schaffen Sie es in acht, Nate.«

»Ich kann es noch immer nicht glauben«, sagte Sandy Lister und erhob sich unbehaglich von ihrem Bürostuhl.

»Sie glauben es aber besser«, erwiderte T.J. Brown. »Benjamin Kelno hat für die Krayman Industries gearbeitet. Das gibt Ihnen zu denken, nicht wahr?«

»T. J. . . .«

Er stand auf und blickte sie über den Schreibtisch hinweg an. »Hören Sie mich erst einmal an. Er taucht an dem Tag mit der Diskette auf, an dem Sie die Genehmigung für die Krayman-Story bekommen, besudelt den ganzen Bürgersteig mit Blut und schafft es aber trotzdem bis hierher, weil er wollte, daß Sie diese Diskette bekommen. Nicht irgend jemand, sondern Sie. Was hat er geflüstert?«

»Daß die Zeit knapp wird, daß ich sie aufhalten muß.«

»*Wen* aufhalten, Boß?«

»Sie wollen, daß ich jetzt Krayman Industries sage, doch den Gefallen werde ich Ihnen nicht tun.«

»Aber es paßt genau!«

»Was paßt? Sie schießen nur ins Blaue, T.J. Wir wissen nicht einmal, was die Diskette enthält, nicht wahr?«

T. J. hob die Achseln. »Irgendein vorbestimmtes Flugprogramm. Wofür, weiß ich nicht. Aber vielleicht kann mir mein Freund bei der Air Force helfen. Ich esse morgen mit ihm zu Mittag.«

»Schauen Sie, die Krayman Industries sind ein großer, multinationaler Konzern, der darüber hinaus noch hervorragend gedeiht. Die Annahme, er könnte in solch eine Sache verwickelt sein, ist doch verrückt.«

»Es gibt eine Menge über diese Leute, das Sie nicht wissen. Wie ich es Ihnen heute morgen schon gesagt habe.«

Sandy setzte sich wieder. »Dann ist es vielleicht an der Zeit, daß ich es erfahre.«

5

Eastons Wagen war ins gerichtsmedizinische Labor der CIA überführt worden, das sich nicht in Langley befand, sondern auf einem geräumigen Gelände über dem Rock Creek Park in der Nähe des Walter Reed Army Medical Center im Nordwesten Washingtons. Dieses Labor war McCrackens erste Station am Mittwochmorgen; er bekam Zutritt aufgrund eines Ausweises, den ihm Andrew Stimson verschafft hatte. Dieser Ausweis war auf einen falschen Namen ausgestellt, und Stimsons Unterschrift war das einzige wichtige Merkmal. Niemand durfte erfahren, daß Blaine sich in Washington aufhielt. In der Hauptstadt verbreiteten sich Nachrichten schnell, und wenn die falschen Leute davon Wind bekamen, war die gesamte Operation gescheitert.

Das Labor der CIA war besser als »Spielzeugfabrik« bekannt, da in den letzten Jahren seine vordringliche Aufgabe in der Entwicklung neuer Waffen für den Feldeinsatz bestanden hatte. McCracken hielt sich in diesen Sektionen, die den Großteil der Spielzeugfabrik ausmachten, nicht lange auf und betrat eine Abteilung, die für gerichtsmedizinische Untersuchungen weltlicherer Natur reserviert und in der Eastons Porsche untergebracht war. Der Wagen befand sich in einem separaten Teil der Garage, und McCracken wurde von einem Mann in einem weißen Laborkittel dorthin begleitet, der zu beabsichtigen schien, jede Bewegung McCrackens auf seinem Merkbogen zu verzeichnen.

»Es kann eine Weile dauern«, sagte McCracken, als sie die Garage erreicht hatten.

»Ich habe den Befehl, bei Ihnen zu bleiben«, entgegnete der Mann. »Aber ich werde Ihnen nicht in die Quere kommen.«

Er schloß die Garagentür auf und schob sie hoch, wodurch er den ehemals feuerroten Porsche enthüllte, der nun schwarz verkohlt war; die Lackierung war gesprungen und hatte Blasen geschlagen. Der Geruch verbrannten Metalls hing in der Luft. Die Türgriffe waren entfernt worden, und Blaine mußte den Innengriff benutzen, um die Tür zu öffnen.

Der Wagen war eine bloße Hülle. Die Sitze waren mitsamt der Verankerungen herausgerissen worden. Die Lenkradsäule war in einem unmöglichen Winkel verbogen, als habe jemand versucht, auch das Lenkrad zu entfernen und dann aufgegeben.

Blaine verbrachte die beiden nächsten Stunden damit, jeden Zentimeter des Porsches abzusuchen, obwohl sein Begleiter mehrfach einwarf, dies sei schon geschehen. Seine Hände und Kleider waren schließlich ölverschmiert, und sein Enthusiasmus wurde mit jeder Hautabschürfung, die er sich an der scharfen Unterseite des Armaturenbrettes zuzog, schwächer. Bevor er sich die beiden übriggebliebenen Reifen vornahm, musterte er seinen Aufpasser und kam zu dem Schluß, das CIA-Personal sei besser ausgerüstet, die Bestandteile verbrannten Gummis zu untersuchen.

Es ergibt keinen Sinn, dachte Blaine. Daß sie den Wagen angezündet hatten, deutete darauf hin, daß sie nicht gefunden hatten, was Easton versteckt hatte. Das bedeutete, daß es sich noch immer irgendwo in dem Porsche befand, außer, das Feuer hatte es vernichtet. Doch Eastons Versteck würde für Flammen unzugänglich sein.

McCracken zwängte sich wieder durch die Tür und kauerte sich dort, wo der Fahrersitz gewesen war, auf den Boden. Das Versteck mußte bequem in Griffweite liegen, damit Easton kein Aufsehen erregte, wenn er es benutzte. Es konnte nicht allzu groß, mußte aber gut geschützt sein, vielleicht durch eine Auspolsterung.

Seine Finger legten sich um den Schaltknüppel, der schräg zur Seite hing. Da ihm nichts bessers einfiel, schraubte er ihn ab, obwohl dies sowohl Eastons Mörder wie die CIA offensichtlich auch schon getan hatten. Er schraubte den unteren Teil los und drückte mit aller Kraft darauf. Er löste sich und entblößte das hohle Innere des Knüppels, ein perfektes Versteck für einen kleinen Gegenstand. Er steckte den Zeigefinger durch die Öffnung und tastete umher. Nichts außer Staub. Er drehte den Knopf in der Hand, steckte den Finger wieder hinein und hielt ihn ins Licht, als sei er eine magische Kristallkugel, die ihm die Antwort verraten könnte.

Der Knopf blieb schwarz und verbrannt. Heute war es um die Magie schlecht bestellt . . .

Blaine wollte den Schaltknüppel gerade zurücklegen, als ihm etwas in den Sinn kam. Der Knopf war etwa zweieinhalb Zentimeter groß, doch nur zwei Zentimeter seines Fingers steckten darin. Blieb also noch ein halber Zentimeter im Knopf verborgen. Ein Geheimfach. Es mußte ein Geheimfach sein.

Blaine zog den Finger zurück und wischte den schwarzen Staub vom Knopf. Die Schaltanweisungen für das berühmte Fünfgang-Getriebe des Porsches erschienen. Der Leerlauf lag in der Mitte, gekennzeichnet durch ein rotes N für den englischen Begriff *Neutral.* Blaine drückte auf das N.

Die verkohlte Oberfläche des Schaltknüppels klaffte auf.

Ohne daß sein Aufpasser es bemerkte, legte McCracken den Schaltknopf auf seinen Schoß und spähte hinein.

Es lag ein Stück Mikrofilm darin, dünn und an den Kanten angesengt. Er nahm es vorsichtig heraus und legte es zwischen zwei Schichten seines sauberen weißen Taschentuchs.

»Ich gebe auf«, sagte Blaine und warf den Schaltknopf fort.

»Wird auch Zeit«, erwiderte sein Aufpasser dankbar.

McCracken traf Andrew Stimson dreißig Minuten später auf einer Parkbank an der Pennsylvania Avenue.

»Wir setzen die Computer darauf an«, sagte Stimson und ließ den Mikrofilm in einen durchsichtigen Plastikumschlag fallen. »Dieser Film besteht fast völlig aus Plastik, einem leicht entflammbaren Material. Es befinden sich wahrscheinlich genug Informationen auf diesem Stück, um ein Dutzend Zeitschriftenseiten zu füllen, aber ich weiß nicht, wieviel davon nach der Temperatur, der es ausgesetzt war, die Computer noch retten können.«

»Ein Name, eine Adresse, irgend etwas«, sagte Blaine.

»Wir geben unser Bestes. Wenn wir Glück haben, befinden sich Wiederholungen gewisser Worte und Begriffe drauf, mit denen der Computer etwas anfangen kann.«

»Das wird eine Weile dauern.«

»Wahrscheinlich.«

»Dann werde ich wohl ein Flugzeug nach New York nehmen und Madame Rosa einen Besuch abstatten.«

Das Taxi fuhr die East Eighty-sixth Street entlang und nahm die Eisfurchen, wie sie kamen.

»Früher Schnee ist ein schlechtes Zeichen für den Winter«, sagte der Taxifahrer zu Blaine. »Ein schlechtes Zeichen.«

Sie kamen an einer Ecke vorbei, an der ein Nikolaus stand, umgeben von Weihnachtssängern, deren Atem genau im Rhythmus mit der Melodie in der hellen Luft kondensierte. Blaine hatte seit seiner Verbannung vor fünf Jahren kein Weihnachtsfest mehr in den Staaten verbracht. Er hatte eine Menge Mistelzweige und geröstete Edelkastanien verpaßt. Weihnachten in Amerika war einzigartig auf der Welt, doch er war seltsam ungerührt von der freudigen Stimmung der Menschen, die über die Bürgersteige strömten und nicht viel um die Vorweihnachtszeit zu geben schienen.

In Wahrheit mochte er die Feiertage nicht, weil sie ihn leer zurückließen. Man sollte das Fest gemeinsam verbringen, doch Blaine hatte niemanden, mit dem er es verbringen und nichts, das er schenken konnte. Er war ein Einzelkind, dessen Eltern seit einigen Jahren tot waren, mit ein paar über das ganze Land verstreuten Tanten und Onkeln, an deren Namen er sich kaum erinnern konnte. Es hatte viele Frauen in seinem Leben gegeben, doch die Affären hatten niemals lange genug gedauert, um sich zu tieferen Beziehungen zu entwickeln.

Dies störte Blaine kaum, doch Weihnachten war eine Ausnahme. Seine Arbeit war sein Leben gewesen, und diese Arbeit erlaubte keine Verbindungen. Durch Menschen, die einem nahestanden, konnten Gegner an einen herankommen, und wer dies für eine Verletzung der Spielregeln hielt, kannte das Spiel nicht. Man flog allein, aß allein, lebte allein und schlief meistens allein. Einige Agenten gingen das Risiko einer Ehe ein, doch nur selten das Risiko, Kinder zu bekommen, denn Kinder waren das verwundbarste Glied in der Kette und konnten nur allzuleicht verschwinden.

Am schlimmsten war, grübelte Blaine, daß solch eine Furcht vor Verbindungen nicht nur wegen der Gegenspieler, sondern auch wegen der eigenen Leute entstand. Die Vorgesetzten hatten gern Druckmittel in der Hand. Sie behandelten Familienväter stets besser, denn wenn die sich falsch verhielten, gab es immer noch jene Knöpfe, die man drücken konnte.

»Ist es hier?« fragte ihn der Taxifahrer.

Sie hatten vor einem Haus aus braunem Sandstein angehalten, vor dessen Eingang sich ein Portier in die Hände blies, um sie zu wärmen.

»Ja, das ist es«, erklärte Blaine dem Fahrer, schob ihm einen Zwanziger zu und bat ihn, den Rest zu behalten.

Blaine trat aus dem Taxi und näherte sich dem Eingang von Madame Rosas Etablissement, nur um den Weg von dem ziemlich untersetzten Türsteher versperrt zu finden.

»Haben Sie einen Termin, Sir?«

Blaine betastete seinen Bart. »Eine Rasur wird's für heut' tun. Nächste Woche gehe ich wieder zur Maniküre.«

Der Türsteher zeigte sich nicht erheitert. »Das ist ein Privatclub, Sir.«

»Club? So nennt man diese Dinger heutzutage? Mann, da ist man ein paar Jahre außer Landes, und das ganze verdammte Wörterbuch hat sich geändert.«

Unsicher geworden beäugte der Türsteher ihn. Ihm lag daran, eine Szene zu vermeiden. McCracken lag daran, eine zu machen.

»Sagen Sie Madame Rosa, daß ein Freund von Tom Easton sie sprechen möchte.«

»Ich kenne keine Frau dieses Namens, Sir.«

Blaine trat ein wenig näher an den Mann heran, seine großen Füße und Hände nicht aus den Augen lassend. »Soll ich es Ihnen genau erklären? Entweder, ich gehe an Ihnen vorbei, oder ich steige über Sie hinweg. Sie haben die Wahl.«

Der Türsteher trat zu einem Telefon, das sich in einem Kasten rechts an der fensterlosen Fassade befand. »Wen soll ich melden?« fragte er McCracken.

»Rudolph R. Rentier.«

Blaine wußte, daß der Name keine Rolle spielte, da der

Türsteher schon nach seiner Waffe griff. Aufgrund seiner bauschigen Jacke bekam er sie jedoch nur langsam heraus, was Blaine den Augenblick gab, den er brauchte. um den Mann zu erreichen und die Hand auf seinen Arm zu legen. Blaine versetzte ihm einen Hieb ins Gesicht und trat ihm noch mit der gleichen Bewegung mit dem Knie in den Unterleib. Der Türsteher stöhnte auf, seine Augen trübten sich, und er sackte zusammen. McCracken packte ihn, hielt ihn fest und hämmerte schnell auf die Tür.

»He, Sie da drinnen! Hilfe! Öffnen Sie die Tür! Diesem Burschen hier ist schlecht geworden!«

McCracken fühlte, wie er und der Türsteher durch das Guckloch beobachtet wurden.

»Nun machen Sie schon!« drängte er und schlug noch heftiger auf die Tür.

Schließlich öffnete sie sich, und ein kleiner, schlanker Asiate trat heraus.

»Ich weiß nicht, was passiert ist«, erklärte Blaine, während er half, den Türsteher hineinzuschleppen. »Er ist einfach zusammengebrochen.«

Die Tür schloß sich hinter ihnen.

»Eine ausgezeichnete Vorstellung«, erklang die Stimme einer Frau durch das dünne Klatschen zweier Hände. Und dann sah Blaine die Pistole in der Hand des Asiaten. »Und wenn Sie jetzt so freundlich wären, die Hände zu heben . . .«

T. J. Brown traf seinen Kontaktmann von der Luftwaffe fünf Stunden, nachdem er die Computerdiskette auf seinen Schreibtisch gelegt hatte. Der Name des Captains lautete Alan Coglan, und T.J. hatte sich während der Recherchen für eine Story über die neue Generation der Testpiloten mit ihm angefreundet, die er vor ein paar Monaten durchgeführt hatte.

Coglan traf ein paar Minuten verspätet in dem Restaurant ein und näherte sich nervös dem Tisch, das Gesicht so steif wie seine Pilotenuniform.

»Woher haben Sie das?« fragte er; er hielt die Diskette in der Hand und machte keine Anstalten, sich zu setzen.

»Spielt das eine Rolle?«

»Das würde ich schon sagen.« Nun nahm Coglan Platz, schob die Füße jedoch nicht unter den Tisch. Er hatte seinen Mantel anbehalten. T. J. beobachtete, wie er die Diskette mit einer Serviette abwischte und sie dann über den Tisch schob. »Ich gebe sie Ihnen zurück, weil ich nichts damit zu tun haben will. Sie haben mich niemals getroffen, verstanden? Und wenn Sie mir nicht sagen wollen, wie Sie diese Diskette bekommen haben, dann gehen Sie zum FBI und sagen es denen – aber sofort, bevor es zu spät ist.«

T. J.s Augen zeigten Furcht. »Al, Sie schüchtern mich ja ganz schön ein. Das ist keine Art, einen Freund zu behandeln. Und das alles wegen eines gottverdammten Flugplans?«

»Ein gottverdammter Flugplan«, echote Coglan. »Klar, die gottverdammte Orbitflugbahn des Space Shuttles *Adventurer*.«

McCracken hob die Hände und ließ sich von dem kleinen Asiaten gegen die Wand drücken und durchsuchen. Der Mann entdeckte die Browning, tastete ihn aber weiterhin am ganzen Körper ab, bis er sicher war, daß Blaine nur diese Waffe getragen hatte.

Er drehte sich langsam um und stand einer eleganten Frau gegenüber, die ein blaues, mit Ziermünzen benähtes Kleid trug.

»Ihr Laufbursche hier hat mir meine Brieftasche gelassen, Madame Rosa«, sagte Blaine.

Die Frau lächelte zuvorkommend. »Ich wollte Ihnen das Vergnügen bereiten, mir selbst zu sagen, wer Sie sind und was Sie hier wollen.« Ihr Blick glitt zu dem Asiaten. »Führe ihn in mein Arbeitszimmer, Chen.«

Der Asiate führte Blaine einen großzügig eingerichteten Gang mit echten Gemälden an den Wänden und antiken Skulpturen auf Säulenfüßen entlang. Sie blieben vor der letzten Tür des Ganges stehen, und Chen wartete mit ihm in dem Raum, bis Madame Rosa erschien.

»Bleib' vor der Tür stehen«, wies sie ihn an.

Chen verbeugte sich leicht und bezog seinen Posten.

Madame Rosa schloß die Tür hinter ihm.

McCracken blickte sich in dem Zimmer um. Es enthielt eine seltsame Mischung aus Möbeln im Kolonialstil und moderner Technik. Über einem Rollpult war eine Reihe Videoschirme in die Wand eingelassen. Auf einem antiken Kirschbaumtisch stand ein Schaltpult, auf dem entweder rote oder grüne Lampen flackerten, die anzeigten, welche Zimmer des Hauses gerade belegt waren.

»Deshalb hat meine kleine Kriegslist also nicht funktioniert«, sagte Blaine, den Blick wieder auf die Monitore und besonders auf jenen gerichtet, der die Front des Sandsteinhauses zeigte. Fünf andere boten verschiedene Ansichten des Gebäudeinneren.

»Eine ziemlich gute Vorstellung«, sagte Madame Rosa.

»Freut mich, wenn sie Ihnen gefallen hat.«

»Solange Sie im Haus keine Zugabe versuchen . . . Chen ist ziemlich erfahren im Umgang mit Eindringlingen. Er würde sich bestimmt freuen, wenn ich Sie ihm übergebe.«

»Kann er schon Kleidung in Männergrößen kaufen?«

Madame Rosa ließ sich zu einem Lächeln hinreißen, das keine Spur Erheiterung zeigte. »Alle anderen, die ihn unterschätzt haben, wurden kurz darauf begraben. Ich habe Chen aus China hergeholt. Seine Reputation eilte ihm voraus.«

McCracken ging in dem Raum umher und inspizierte ihn. »Dann muß er ja genau in diesen aufgedonnerten Puff passen. Sagen Sie, haben Sie jemals daran gedacht, eine rote Lampe über die Eingangstür zu hängen?«

Madame Rosas Gesicht wurde straff vor Ungeduld. »Sie haben dem Portier gegenüber Mr. Easton erwähnt.«

»Ja, das habe ich wohl.«

»Wenn Sie hier sind, um mir zu drohen . . . vergessen Sie es. Ich habe mächtige Freunde . . . bis hinauf nach Washington.«

Blaines dunkle Augen gruben sich tief in die der Madame. »Lady, wenn Sie mich anpinkeln, werde ich Sie nicht schließen, sondern hochgehen lassen.«

»Sie haben mit Easton zusammengearbeitet?«

»Sagen wir, wir haben im gleichen Teich geangelt, und ich übernehme sein Boot. In unserem Geschäft haben wir einen

Kodex, der über den Tod hinausgeht. Ich bin hier, um herauszufinden, wer ihn getötet hat.«

Madame Rosas mit Ziermünzen benähtes Kleid schien zu funkeln. »Ich habe den anderen schon alles gesagt, was ich weiß.«

»Ich höre solche Berichte gern aus erster Hand.«

»Und wer genau sind Sie?«

»Mein Name ist Blaine McCracken, wenn er wichtig für Sie ist.«

»Ist er nicht.«

»Wir haben über Easton gesprochen. Ein Stammkunde, nehme ich an.«

Die Frau nickte. »Alle vierzehn Tage, wenn sein Terminkalender es erlaubte.«

»Immer an den gleichen Tagen?«

Sie schüttelte den Kopf. »Niemals. Das erlaubten seine Arbeit und der Sicherheitsfaktor nicht. Manchmal meldete er sich nur Stunden im voraus an, manchmal einige Tage. Am Montag war es anders.«

»Wieso?«

»Wir hatten einen . . . Sonderauftrag erfüllt. Er hatte schon einige Zeit darauf gewartet.«

Die Zwillinge, begriff McCracken. In was für eine Welt war er hier hineingeraten?

»Das findet nicht Ihren Beifall, Mr. McCracken?«

»Menschen zu behandeln, als wären sie Waren in einem Versandhauskatalog, ist mir schon immer gegen den Strich gegangen.«

»Dann betrachten Sie sich als eine Minderheit. Die Menschen brauchen Entspannung, Zuflucht, einen Ort, wo ihre wildesten Träume Wirklichkeit werden können. Ein Haus wie das meine setzt die eingepferchten Hemmungen auf eine Art und Weise frei, die niemanden verletzt.«

»Sagen Sie das Easton . . . und seinen Zwillingen.«

Madame Rosa zögerte. »Das war eine völlig andere Situation.«

»Und eine ziemlich verwirrende, wenn Sie mich fragen.« Blaine ging zu der Reihe der sechs Monitorschirme hinüber.

»Ich nehme an, es gibt weitere davon in Ihrer Sicherheitszentrale.«

»Natürlich.«

Blaine nickte. »Also waren zwei Personen imstande, all diese Sicherheitsvorkehrungen zu überwinden, in das Gebäude hinein und wieder hinaus zu gelangen und in der Zwischenzeit drei Menschen zu ermorden. Da stinkt etwas.«

»Es waren Profis.«

»Das bin ich auch.«

»Vielleicht waren die Killer einfach besser.«

»Wahrscheinlicher ist, daß sie im Haus Helfer hatten.«

Madame Rosa errötete. »Ich werde mir solche Vorwürfe nicht . . .«

»Ich bin noch nicht fertig. Sie kamen nicht nur hinein und wieder hinaus, ohne gesehen zu werden, sie wußten auch genau, in welchem Zimmer sie Easton finden würden. Sie mußten nicht erst großartig suchen, nicht wahr?«

»Er hat immer das gleiche Zimmer benutzt«, erwiderte sie abwehrend.

»Aber jemand mußte den Mördern das sagen, nicht wahr? Und vielleicht hat die gleiche Person – oder die gleichen Personen – am Montagnachmittag in die andere Richtung geschaut oder fünf Minuten lang den Stecker aus Ihrer Millionen-Dollar-Überwachungsanlage gezogen.« Blaine hielt inne. »Sie hören mich noch immer an, Madame.«

»Ihre Schlußfolgerungen sind unbegründet. Diskretion war immer von vordringlicher Bedeutung für uns. Meine Leute hier durchlaufen mehr Sicherheitsüberprüfungen als der Mitarbeiterstab des Präsidenten.«

»Und über Ihre Leute hinaus?« fragte er herausfordernd. »Jemand könnte etwas gewußt haben. Genug gewußt haben.«

»Nein«, erwiderte die Frau nach einer so langen Weile, daß Blaine überzeugt war, sie hielt etwas zurück.

»Madame Rosa«, setzte er nachdrücklicher an und log bewußt, »ich bin auf eigene Verantwortung hier, ohne offiziellen Auftrag. Das ist eine rein persönliche Angelegenheit. Tom Eastons Mörder dürfen nicht ungestraft davonkommen. Sonst wäre keiner von uns mehr sicher.«

»Ich versichere Ihnen, ich weiß nichts, was Ihnen helfen könnte.« Ihr Blick wurde weicher, und sie schien sich nicht mehr bedroht zu fühlen. »Doch wenn ich sonst noch etwas für Sie tun kann . . .«

Blaine nickte. »Ich vollziehe alle Schritte Eastons bis zu seinem Tod nach. Ich würde gern das Zimmer sehen, in dem er ermordet wurde.«

6

»Chen wird Sie hinaufführen«, sagte Madame Rosa. »Doch Ihre Kollegen haben das Zimmer schon ein Dutzend Mal untersucht. Sie werden nichts finden, das sie nicht auch schon gefunden haben.«

»Das werde ich erst wissen, wenn ich es versucht habe, Madame Rosa.«

Madame Rosa begleitete Chen und Blaine zur Treppe und ließ sie allein hinaufgehen. Als er dem Asiaten folgte, gewann Blaine einen ganz anderen Eindruck von dem Mann oder gab dem ersten vielleicht auch nur nach. Er war Männern wie Chen im Lauf der Jahre oft begegnet, hauptsächlich in Vietnam. Schnelle, leise Killer, die sich mit der Luft bewegen und in den Wind verschwinden konnten. Sie waren gewandt und geschmeidig, imstande, wirksam mit bloßen Händen zu töten. McCracken hatte von mehreren großen und starken Männern gehört, die ihrer Fehleinschätzung von Killern wie Chen zum Opfer gefallen waren. Er würde darauf achten müssen, ihnen nicht zu folgen.

Blaine hielt einen gewissen Abstand, als Chen ihn zur dritten Etage führte und eine Tür öffnete, die sich nicht von den anderen unterschied.

Mit der Zimmereinrichtung war es etwas anderes.

Offensichtlich hatten Washington oder Langley oder beide bestimmt, daß es so belassen werden sollte, wie es war, und obwohl seit dem Mord einige Tage vergangen waren, drehte sich Blaine der Magen um. Überall war Blut, eingetrocknet und verklumpt, gegen die Wände und auf den Boden verspritzt, in die Bettlaken eingezogen. Der Geruch von Weihrauch hing schwer in der Luft, doch nichts konnte die sich haltenden Gerüche oder das Gefühl des Todes auslöschen. McCracken war sicher, selbst mit verbundenen Augen diesen Raum als denjenigen herausfinden zu können, in dem ein Mensch gewaltsam zu Tode gekommen war. Ihm war ein wenig übel, als er noch ein paar Schritte in den Raum machte. Chen blieb im Gang stehen und schob die Tür zu drei Vierteln zu.

Blaine konnte sich genau vorstellen, wie es geschehen war. Die Kinder, die sich über Easton rollten, junge Gesichter, mechanisch anmutend und unsicher, die Unschuld, die zu ihrer Furcht hinzukam und dadurch die Perversität des Anblicks erhöhte. Dann die aufbrechenden Türen, zwei Männer, die hindurchstürmten, heiße Kugeln aus ihren Pistolenläufen, die Blut und Knochen vom Körper sprengten und umherspritzen ließen. Die Gedanken der verwirrten, sterbenden Kinder ließen Blaine zittern, und plötzlich fühlte sich das Zimmer eiskalt an.

Er mußte hier raus. Natürlich hatte Madame Rosa damit recht gehabt, daß es hier für ihn nichts mehr zu finden gab. Doch er hatte alles selbst sehen und fühlen müssen. Nachdem dies geschehen war, trat er zur Tür.

Chen stand nicht mehr im Gang.

Das paßte nicht. Er würde den Befehl erhalten haben, in der Nähe dieses Eindringlings in die Privatwelt Madame Rosas zu bleiben. Wo war er also?

Blaine stellte die Frage zur Seite. Er wollte nur aus diesem Zimmer heraus. Hier gab es nichts, was ihm weiterhelfen würde. Er ging allein die Treppe hinab, nun mißtrauisch geworden, die Sinne scharf wie die eines Tieres auf der Jagd. Er gelangte ins Parterre. Das Sandsteinhaus wirkte verlassen.

Im Gang, der zu Madame Rosas Arbeitszimmer führte, erklang ein Geräusch, zu kurz, um eindeutig identifiziert zu werden, doch scharf genug, um ungewöhnlich zu sein. Blaine ging darauf zu. Auf halber Strecke im Gang zog er die

Browning, die Madame Rosa ihm zurückgegeben hatte, bevor Chen ihn nach oben geführt hatte.

In unbehaglicher Stille näherte er sich dem Büro der Frau. Die Tür stand weit auf, und Blaine sah, daß das Zimmer bis auf das spärliche Licht, das durch ein Fenster fiel, und das stumpfe Leuchten der Videomonitore dunkel war. Er handelte nun instinktmäßig, und sein Instinkt ließ ihn mit der Pistole in der ausgestreckten Hand durch die Tür treten.

Und sein Instinkt ließ ihn das Handgelenk schnell zurückziehen, so daß der herabfahrende Gegenstand die Pistole und nicht sein Handgelenk traf. Die Browning flog in hohem Bogen durch die Luft.

Chen griff Blaine mit seinen *Nunchuku* an, schwang sie hart und schnell mit einer fließenden Bewegung. Blaine duckte sich, und eine Lampe aus chinesischem Porzellan zerbrach in tausend Stücke. Blaine trat zurück und versuchte, ruhig zu bleiben. Die Wirksamkeit von Nunchuku, zwei fünfundzwanzig Zentimeter langen Holzblöcken, die mit einem Draht oder Strick miteinander verbunden waren, beruhte hauptsächlich auf einem Mythos. Die Amerikaner hatten sie zu prunkvollen Waffen gemacht, obwohl sie in Wirklichkeit die ineffektivsten und blendhaftesten aller Waffen des feudalen Japans gewesen waren. McCracken hatte niemals viel Vertrauen in oder Angst vor den Nunchuku gehabt. Man mußte nur die Ruhe bewahren und seinen Vorteil ausnutzen, wenn er kam.

Chen griff ihn erneut an, schwang die Nunchuku hoch über seinem Kopf und benutzte einen als Drehpunkt, um mit dem anderen peitschend zuzuschlagen. Blaine fühlte, wie das harte Holz zweimal an seinem Ohr vorbeipfiff, und duckte sich beide Male im letzten Augenblick. Chen erweckte nun den Eindruck einer Kobra, die sich über den Mungo ärgerte; seine Bewegungen wirkten übereilt und weniger sicher, und Schweiß perlte auf seiner Stirn. Blaine schien im Vorteil zu sein, bis er in dem schwachen Licht über etwas stolperte und stürzte. Er fand sich Auge in Auge mit einer sterbenden Madame Rosa wieder, deren Kopf in dem Blut lag, das aus dem schmalen Riß in ihrer Kehle floß. Also mußte es Draht und keine Schnur sein, das die beiden Holzblöcke des Nunchuku zusammenhielt, und mit dem Draht hatte Chen seine Arbeit erledigt.

Chen sprang ihn mit einem kehligen Schrei an und schwang die Nunchuku in einer kreisrunden Drehung. Es gelang McCracken, sich auf die Seite zu wälzen und schnell genug den Arm zu heben, um die Waffe am tödlichen Schlag zu hindern, wobei er die volle Wucht mit dem fleischigen Teil seines Unterarms auffing. Ein schrecklicher Schmerz explodierte darin, doch er hatte nicht die Zeit, ihn zu verdauen. Blaine ergriff fest den Holzklotz und zog daran, doch Chen folgte seiner Bewegung, antatt ihr Widerstand zu leisten, stürzte auf ihn zu und versetzte ihm einen Tritt gegen das Kinn, als sich McCracken gerade aufrichten wollte.

Blaine fühlte, wie er zurückgeworfen wurde und den Boden unter den Füßen verlor. Sein Kopf schlug gegen einen Tisch, und es gelang ihm, Chens nächstem Schlag rechtzeitig auszuweichen, wodurch der Tisch auseinanderbrach und sie beide mit Splittern überschüttete. Chen hatte das Gleichgewicht verloren, und Blaine warf sich gegen seine Beine und setzte seine überlegene Kraft und seine Größe ein. Er warf Chen zurück, doch erneut folgte der Asiate fließend seiner Bewegung und benutzte McCrackens Schwungmoment, um ihn kopfüber gegen die Wand zu schleudern. Die Nunchuku senkten sich hart auf seinen muskulösen Rücken, und Blaine spürte, wie sein gesamtes Rückgrat taub wurde.

Irgendwie fand er die Kraft, sich zu erheben, und diesmal war es Chen, der ihn unterschätzte und weit zu einem Schlag ausholte, um dem Kampf ein Ende zu bereiten. Das Holz pfiff in einem langen – zu langen – Bogen durch die Luft und gab Blaine die Zeit, sich gegen Chens Körpermitte zu werfen und seinen sich senkenden Arm zu fassen, als die Nunchuku ihr Ziel weit verfehlten. Blaine schwang die rechte Hüfte gegen den kleinen Körper des Asiaten und legte die freie Hand mit genug Kraft um Chens schmalen Hals, um den Mann empor und über seine Hüfte zu werfen. Der Asiate schlug mit dem Rücken und dem Kopf zu Boden.

Als er sich schwankend wieder erheben wollte, glitt Blaine hinter ihn und setzte nun seinerseits die Nunchuku ein. Den einen Holzblock mit der linken Hand festhaltend, ergriff Blaine den anderen mit der rechten, zog die beiden Teile schnell und hart zurück und riß sie auseinander. Hatte Chen sie gerade noch festgehalten, so mußte er den Griff nun lösen.

Blaine stieß sein Knie zur gleichen Zeit in Chens Rücken, als der Draht tief in seine Kehle schnitt und das Fleisch so glatt wie Butter durchtrennte. Blut sprühte hervor. Der Kopf des Orientalen schnappte zurück und sackte dann widernatürlich auf seine Brust, beinahe vom Hals abgetrennt. McCracken stieß den zuckenden Leichnam zu Boden und trat über ihn hinweg zu Madame Rosa.

Es war unglaublich, doch sie lebte noch. Gerade eben, doch sie lebte. Ihre sterbenden Augen suchten ihn. Er glaubte zu sehen, wie sich ihr Mund bewegte, versuchte, den Schatten einer Silbe zu bilden. Ihr Gesicht war gespenstisch bleich, und das Blut sickerte noch immer aus der klaffenden Wunde in ihrer Kehle.

»Se . . . bas . . . tian«, gurgelte sie, und das zerstückelte Wort schien eher aus dem Schlitz in ihrem Hals denn aus ihrem Mund zu kommen. »Se . . .«

Sie wollte das Wort noch einmal sagen, doch diesmal verschluckte es ein Gurgeln, und ihr Blick war auf ewig auf die sechs Monitorschirme gerichtet, die Schwarzweißbilder von dem übertrugen, was ihre Welt gewesen war.

McCracken war augenblicklich wieder auf den Füßen. Er mußte hier heraus, bevor Chens Leute eintrafen. Die Vordertür war der einzige Ausgang, den er kannte. Er suchte seine Browning und hielt sie in der Hand, als er den Gang zurückstürmte.

Er war noch immer leer. Was war geschehen? Wo waren Madame Rosas Kunden, das Sicherheitspersonal?

Er hatte die Tür beinahe erreicht, als ihm ein Schrank ins Auge fiel. Er riß ihn auf und ergriff den ersten Mantel, den er sah, aus schwarzem Kaschmir und wie dazu geschaffen, seine blutverschmierte Kleidung zu verbergen. Die Arme durch die zu kurzen Ärmel steckend, öffnete McCracken die schwere Tür und trat auf die Straße.

Kalte Luft schlug ihm entgegen, und mit ihr kam der

Schmerz. Blaine erstellte instinktiv ein Verzeichnis seiner Verletzungen. Der Unterarm war dick geschwollen und taub, doch es war nichts gebrochen. Der Rücken schmerzte und ließ jede Bewegung zu einer Qual werden; doch erneut nichts Ernstes. Außerdem fuhr ein Pochen durch seinen gesamten Körper. Er verdrängte den Schmerz und war dankbar wegen der kalten Luft, weil sie ihn belebte.

Blaine lief nicht, weil dies zu viel Aufmerksamkeit erregt hätte. Während er schnell ausschritt, kam er an mehreren Telefonzellen vorbei und überlegte, ob er Stimson bei der GAP anrufen sollte. Nein, vordringlich war nun, diese Gegend zu verlassen. Ein Taxi; er brauchte ein Taxi. Sich eins zu beschaffen, würde bedeuten, an der gleichen Stelle zu verweilen, vielleicht mehrere Minuten lang. Blaine entschloß sich, das Risiko einzugehen.

Zum Glück näherte sich schon nach wenigen Sekunden eins. Der Fahrer hatte kaum angehalten, da saß Blaine schon auf dem Rücksitz.

»Immer mit der Ruhe, Kumpel«, sagte der Fahrer. »Haben Sie's eilig?«

»Ja.«

»Wohin?«

»Fahren Sie einfach los.«

Der eisige Blick in Blaines schwarzen Augen bewirkte, daß sich der Taxifahrer umdrehte und nach Luft schnappte. McCracken brauchte Zeit, um nachzudenken, um sich zu erholen und einen sicheren Ort zu finden, von dem aus er Stimson anrufen konnte.

Und was wollte er ihm sagen?

Madame Rosa war ermordet worden, weil sie etwas wußte, etwas, daß sie nach einiger Zeit vielleicht Blaine verraten hätte.

Sebastian . . .

Ihr letztes Wort. Doch wer oder was war Sebastian, und warum wollte sie McCracken darauf aufmerksam machen? Vielleicht eine weitere Verbindung, ein Glied in einer Kette, die Stück um Stück durchtrennt wurde.

Soviel konnte er Stimson sagen. Mehr wußte er nicht. Die Leute, die hinter dem Mord an Easton steckten, würden keine

Fährte zurücklassen. Alle Spuren mußten verwischt werden. Stimson würde Sebastian durch seine Computer laufen lassen. Und auch Chen und vielleicht ein paar der Fährten, die er auftun würde. Man mußte auch den Mikrofilm berücksichtigen. Wenn sie ihn bei der GAP hatten entschlüsseln können, würde Blaines Job wesentlich einfacher sein.

Das Taxi rutschte wie ein Achterbahnwagen über die Eisschollen, bis es vor einer Ampel neben einer Gruppe von Weihnachtssängern und einem Nikolaus, der seine Glocke läutete, anhalten mußte. Der Nikolaus hielt Passanten die versuchten, sich um eine Spende zu drücken, eine Kupferschale in den Weg.

Der Nikolaus sah, wie der Verkehr zum Erliegen kam, und trat auf die Straße, um diese Möglichkeit auszunutzen. Blaine fragte sich, ob er für seine Mühen prozentual an den Spenden beteiligt wurde. Er lehnte sich zurück und schloß die Augen; kalte Luft strömte durch das Fenster und hielt ihn wach. Überall schmetterten Hupen.

Eine Glocke störte ihn und zwang seine Augen auf.

»Fröhliche Weihnachten! Fröhliche Weihnachten!«

Der Nikolaus kam die Fahrerseite des Taxis entlang auf die geöffnete Scheibe zu. Blaine glitt hinüber, um sie hochzudrehen, doch der Mann mit dem falschen Bart hatte sie schon erreicht.

»Fröhliche Weihnachten! Eine Spende für die Armen und Bedürftigen, Sir?«

Blaine hob die Achseln. Wenn er dem Mann etwas gab, würde er ihn am schnellsten wieder loswerden. Er griff in seine Tasche und suchte nach Wechselgeld.

Der Nikolaus schob die Kupferschale tiefer in den Wagen. Der Winkel, in dem er sie hielt, war etwas eigentümlich . . .

Blaines Hand kam mit ein paar Münzen darin zum Vorschein.

. . . und die Art, wie er den Blick auf ihn gerichtet hatte, noch viel eigentümlicher.

Es waren mehr die Augen als alles andere, die McCracken in Bewegung setzten. Gerade, als der Nikolaus seine Schale vorwärts schob, machte Blaine einen Satz zur Seite und beobachtete, wie sich ihr flüssiger Inhalt neben ihn über das Polster des Rücksitzes ergoß. Heißer Dampf stieg empor, als das Vinyl und der Stoff darunter schmolzen.

Säure! begriff McCracken, die Browning schon in der Hand.

Der Nikolaus hatte seine Pistole ebenfalls gezogen, doch Blaine jagte zwei Kugeln in seinen Brustkorb, bevor er abdrücken konnte; sie befleckten seine Aufschläge mit der gleichen scharlachroten Farbe, die auch sein Anzug hatte. Der Nikolaus taumelte zurück, prallte gegen einen anderen vor der Ampel stehenden Wagen und brach dann auf dem Zement zusammen.

»Gott verdammich im Himmel!« schrie der Taxifahrer, und seine Hand tastete verzweifelt nach dem Türgriff.

Ein paar Passanten kicherten, da es so aussah, als habe der Nikolaus endlich um einen Dollar zuviel gebettelt. Einige wenige applaudierten sogar.

Das Vorgehen der Weihnachtssänger konnte man jedoch nicht mißverstehen.

Im Einklang, als hätten sie es einstudiert, zogen sie Waffen aus ihren Mantelinnentaschen. Die erste war eine abgesägte Schrotflinte, und ihr Besitzer feuerte beide Läufe ab, während Blaine sich auf den Boden des Taxis kauerte. Die Schrotkugeln verwandelten den Rahmen des Wagens in ein Nadelkissen und den Kopf des Taxifahrers in Knochensplitter. Der Schock des Todes zwang seinen Fuß hinab, und das Taxi jagte nach rechts, stieß mit einem Wagen zusammen, einem zweiten, und schob dann einen dritten auf den Bürgersteig, bevor es zum Stehen kam.

Blaine wurde heftig zur einen und dann zur anderen Seite geworfen. Seine Hand umklammerte den Türgriff und zerrte hart daran. Die Tür sprang auf, und die Bewegung warf seinen Körper auf den Gehweg. Das Taxi bot ihm Deckung.

Die Weihnachtssänger breiteten sich mit militärischer Präzision aus; die Schreie und die Panik der Passanten beachteten sie nicht. Ein paar Salven aus einer Maschinenpistole schlugen in den Motor des Taxis, und Flammen schossen hinaus.

McCracken rollte sich zur Seite und zeigte sich gerade lange genug, damit ein paar Weihnachtssänger ihre Magazine leerten; die Kugeln gruben sich in den Zement und schleuderten Glas durch die Luft. Er rollte sich noch einmal herum und fand Deckung hinter einem Lastwagen.

Er kroch darunter und richtete seine Browning auf zwei Weihnachtssänger, die mit schweren Büchsen in den Händen vor ihm über die Straße schlitterten. Er hatte nur noch sieben Schuß in der Browning, und sein Streifen Ersatzmunition war noch in dem Übermantel, den er bei Madame Rosa zurückgelassen hatte. Jeder Schuß mußte ein Treffer werden.

Er zielte auf die beiden sich nähernden Weihnachtssänger, drückte ab und traf sie beide in den Kopf. Noch bevor sie auf dem Pflaster zusammengebrochen waren, zerriß ein Kugelhagel, der aus zwei Richtungen gleichzeitig kam, die frisch geteerte Straße vor ihm. Der Einschlag machte ihn kurz benommen, und er war sich nur undeutlich bewußt, daß mehrere Gestalten über die Straße huschten, um bessere Positionen einzunehmen.

Zum Teufel, wie viele Weihnachtssänger waren es gewesen? Sechs? Acht? Vielleicht zehn . . . Eine ganze verdammte Armee!

Blaine wußte, daß sie versuchten, ihn einzukreisen. Sie würden ihn mit schwerem Feuer an Ort und Stelle halten und ihn dann gleichzeitig angreifen, was er wohl kaum überleben würde. Er hörte jetzt das ferne Heulen von Sirenen, doch bei dem dichten Verkehr und den vereisten Straßen würde die Polizei kaum rechtzeitig eintreffen, um ihm zu helfen. Er mußte allein mit den Weihnachtssängern fertigwerden.

Aber wie?

Blaine schob sich zurück und fühlte, wie sein Fuß in einen geöffneten Straßenschachtdeckel am Ende des Lastwagens tauchte. Er hatte eine Vision, zu Tode stürzen und so den Weihnachtssängern ihre Aufgabe abzunehmen. Einen Moment! Stürzen ja, aber nicht zu Tode!

McCracken kroch noch ein Stück zurück, so daß seine Beine in den Schacht glitten, unter dem das Labyrinth der Abwasserkanäle lag, das die Stadtwerke im Augenblick säuberten. Ein perfekter Fluchtweg.

Doch er brauchte mehr.

Während seine Beine den Schacht hinabbaumelten, wartete

Blaine auf den nächsten Kugelhagel von den herannahenden Weihnachtssängern, bevor er zwei Kugeln aus der Browning in den Tank des Lastwagens feuerte. Sofort breitete sich Benzin aus und floß zum Teil auch auf ihn zu.

Er konnte die Schritte der Weihnachtssänger jetzt fast hinter dem Lastwagen fühlen. Sirenen jaulten näher, aber nicht nahe genug. Dann sah er Füße, eine Menge Füße, überall um den Lastwagen herum. Das war sein Zeichen. Er schob den Rest seines Körpers in den Schacht und tauchte in die Eingeweide von New York City ein.

Nachdem Blaine festen Halt hatte, zerrte er ein paar Geldscheine aus einer Hosentasche und sein Feuerzeug aus der anderen. Er knipste es an. Die trockenen Geldscheine fingen sofort Feuer, und er warf das brennende Bündel durch die Schachtöffnung in die Benzinpfütze.

Die Explosion erfolgte fast augenblicklich. McCracken fühlte, wie ihn die gewaltige Hitze des Schlages versengte, als er sich niederkauerte und die Arme um den Kopf legte. Einen Augenblick lang fürchtete er, die Flammen würden der Hitze folgen und ihn verzehren. Sie senkten sich, als kämen sie aus einem Flammenwerfer geschossen, und wichen dann fettem, schwarzem Rauch. Es folgten ein paar weitere, kleinere Explosionen, in die sich gequälte Schreie von der Straßenoberfläche mischten.

Die Schreie währten jedoch nicht lange. Die Weihnachtssänger waren allesamt dem Lastwagen zu nahe gewesen, um der Explosion entgangen sein zu können. Die meisten hatte die Wucht der Detonation wahrscheinlich zerfetzt.

Blaine erhob sich und stellte fest, daß sein Kopf gerade die Decke des Abwasserkanals berührte. Nach dem Sturz in den Schacht schmerzte sein Rücken wieder, doch nichtsdestotrotz bewegte er sich schnell voran. Kaum war er ein paar hundert Meter in den von in regelmäßigem Abstand angebrachten Lampen erhellten Kanal eingedrungen, wurde es naßkalt und roch faulig.

Eine Stelle zu finden, an der er hinausklettern konnte, erwies sich als schwieriger, als er gedacht hatte. Die vielen Kanaldeckel, die er passierte, konnte man von unten unmöglich hochschieben. Er würde warten müssen, bis er auf einen Reinigungstrupp der Stadtwerke stieß.

Er legte fast einen Kilometer zurück, bevor er auf einen traf.

»Stadtverwaltung«, sagte er mit ernstem Gesicht zu den Männern, die ihn ungläubig angafften, als er die Sprossen zur Straße emporkletterte. »Wollte mich nur überzeugen, ob ihr Jungs euch hier unten keinen faulen Lenz macht.«

Blaine mußte nicht mehr befürchten, von möglichen Killern ausgemacht zu werden. Er zerbrach sich statt dessen in erster Linie den Kopf wegen seiner schmutzigen, nassen Kleidung und der Aufmerksamkeit, die sie vielleicht erregen würde. Er mußte sich irgendwo waschen und umziehen, doch zuerst wollte er Stimson anrufen. Er hatte ihm viel zu sagen.

An der Ecke Fifty-sixth und Madison entdeckte er eine öffentliche Telefonzelle und wählte aus dem Gedächtnis die private Telefonnummer des Direktors der GAP. Er mußte sich nicht einmal von der Vermittlung verbinden lassen oder Münzen einwerfen; der Zugangskode, den er vor der Nummer eingetippt hatte, machte dies alles überflüssig.

»Ja?« anwortete eine männliche Stimme, aber nicht die Stimsons.

»Ich brauche Stimson.«

»Er ist nicht hier.«

»Holen Sie ihn.«

»Er ist . . .«

»Holen Sie ihn, Sie Arschloch! Sofort!«

»Ich werde jemanden schicken«, sagte die Stimme nach einer kurzen Pause.

Blaine verspürte den Wunsch, durch das Telefon greifen zu können, um diesem verdammten Bürokraten die Kehle herauszureißen. Es dauerte eine Minute, dann erklang Stimsons Stimme.

»Hier ist Stimson.«

»Wir haben Probleme.«

»Blaine, sind Sie das? Was ist passiert?«

»Eine lange Geschichte. Sie werden einiges davon bald erfahren, nehme ich an.«

»Komplikationen?«

»Ziemlich heftige. Es sind eine Menge Leute dabei umgekommen, Andy, und ich kann von Glück reden, nicht zu ihnen zu gehören.«

»Sind Sie aufgeflogen?« fragte Stimson nach einer Weile.

»Für meine Nachforschungen bei Madame Rosa bekam ich nicht die üblichen Sozialleistungen.«

»Blaine, *bitte*!«

»Nein, Andy, ich bin nicht aufgeflogen. Sie haben auf irgend jemanden gewartet, soviel kann ich Ihnen sagen, und sie müssen ziemlich genau gewußt haben, daß ich dieser Jemand war.«

»Ich brauche Einzelheiten, Blaine, Einzelheiten!«

»Madame Rosa ist tot. Ihr gesamtes Etablissement ist verlassen. Jemand hat eine Menge Fäden ausgelegt und gewartet, bis ich dort auftauchte und daran zog. Draußen lauerten mir der Nikolaus und ein paar Elfen auf, die abgesägte Schrotflinten statt Weihnachtsgeschenke dabei hatten. Und vielleicht bekommen Sie noch eine Rechnung von der Stadt über einen Lastwagen.«

»Als ich Ihnen sagte, Sie könnten so viele Leute in die Eier treten, wie Sie wollen, haben Sie mich beim Wort genommen, was?«

»Nur, weil ich nicht wollte, daß man mich in die Eier tritt, Andy. Und diese Sache muß noch größer sein, als wir gedacht haben. Und wenn Sie mich fragen, der Nikolaus, den ich weggepustet habe, hatte Verbindungen zu anderen Orten als dem Nordpol.« Blaine hielt inne. »Was ist mit dem Mikrofilm? Hat sich etwas getan?«

»Nichts Konkretes, aber wir machen Fortschritte.«

»Wenn Ihre Computer noch ein bißchen Arbeit verkraften sollten, können Sie noch ein paar Sachen für mich überprüfen lassen.«

»Ich habe den Kugelschreiber schon in der Hand.«

»Zuerst brauche ich alles, was Sie über jemanden oder etwas namens Sebastian herausfinden können.«

»Mehr haben Sie nicht? Nur Sebastian?«

»Er oder es hatte etwas mit Madame Rosa zu tun, wenn Ihnen das weiterhilft.«

»Könnte mir helfen. Was noch?«

»Ein Asiate namens Chen, wahrscheinlich von chinesischer Abstammung. Sehr klein, aber sehr tödlich. Und jetzt leider sehr tot.«

»Irgendwie überrascht mich das nicht . . .«

»Wahrscheinlich ein professioneller Killer. Ich würde gern wissen, für wen er in letzter Zeit gearbeitet hat.«

»Warum?«

»Weil ihn jemand bei Madame Rosa eingeschleust hat, jemand mit sehr viel Zeit, Geduld und Intelligenz. Der Mord an Easton war ziemlich gründlich vorbereitet. Entweder war Madame Rosas Etablissement durch und durch infiltriert, oder Eastons Mörder waren unsichtbar.«

»Müssen wir Sie holen?« fragte Stimson grimmig.

»Wie ich im Augenblick aussehe, Andy, müßte ich im Gepäckabteil reisen. Nein, ich werde mich etwas säubern und mich ein paar Stunden lang hier vergraben, während Sie die Informationen einholen. Wann soll ich wieder anrufen?«

»Jetzt haben wir kurz vor zwei. Sagen wir, gegen vier Uhr?«

»Ausgezeichnet.« Blaine wolle sich schon verabschieden, als ihm ein letzter Gedanke in den Sinn kam. »Oh, bevor ich es vergesse, Andy . . . Dieser Nikolaus, der seinen letzten Kamin gesehen hat . . .«

»Ja?«

»Er war schwarz.«

Zweiter Teil

DIE NARCISSUS

Mittwochnachmittag bis Samstagnachmittag

7

»Der Space Shuttle *Adventurer*?«

Sandy Lister konnte nicht glauben, was ein nervöser T.J. ihr soeben berichtet hatte. Sie hatte den Rest des Vormittags damit verbracht, die Informationen durchzusehen, die er am vergangenen Tag über die Krayman Industries zusammengetragen und vorgelegt hatte. Nur wenige seiner Nachforschungen würden vor Gericht standhalten, doch in einem unwiderlegbaren Punkt waren sie zutreffend: die Krayman Industries hatten gewaltige Energien und Mittel investiert, um die Kontrolle über verschiedene Teile der Medien und alle Bereiche der Telekommunikation im allgemeinen zu erlangen. Das Unternehmen war die beherrschende Macht hinter siebenundzwanzig örtlichen Fernsehsendern im ganzen Land und umging Bestimmungen der Kartellbehörde, indem es neue Firmen gebildet hatte, um einzelne Sendergruppen in verschiedenen Regionen zu kontrollieren. All diese Firmen hielt die Gesellschaft Communications Technology International, die gleichzeitig als Abschirmung für Kraymans gewaltige Beteiligungen in den Medien, der Elektronik, dem Tansportwesen und der Computertechnik diente. Diese Beteiligungen erreichten eine Größenordnung in zweistelliger Milliardenhöhe. COM-U-TECH war zum größten Konsortium in der Telekommunikation geworden. Doch warum? Männer wie Krayman handelten nicht aufs Geratewohl. Worauf war er also aus?

»Man nennt das einen Orbit-Flugplan«, fuhr T.J. fort und

rutschte nervös auf dem Stuhl vor Sandys Schreibtisch hin und her.

»Das ist alles, was Ihr Freund von der Luftwaffe Ihnen sagen konnte?«

»Wir sind keine Freunde mehr, Boß.«

»Das Mittagessen verlief nicht harmonisch?«

»Es ist gar nicht zum Mittagessen gekommen. Coglan warf nur die Diskette auf den Tisch, als habe er sich die Hand verbrannt, und gab mir einen Fingerzeig in Richtung FBI.«

»Offenbar hatte er einen guten Grund, Sie dazu zu bringen, die Sache fallen zu lassen.«

»Klar. Wie würde Ihnen denn Hochverrat gefallen?«

Sandy fing an zu lachen, hielt jedoch schnell inne, als sie T.J.s verdrossenen Gesichtsausdruck sah. »Sie machen doch keine Witze, oder?«

»Nicht, wenn Captain Coglan keine gemacht hat, und er schien nicht in der Stimmung für Scherze zu sein.« T.J. seufzte. »Nach der *Challenger*-Explosion hat das Verteidigungsministerium das Shuttle-Programm gerettet und trägt nun praktisch die gesamte Finanzierung. Nach typischer Art des Verteidigungsministeriums ist alles höchste Geheimsache, und selbst, wenn es keine wäre, würden die Behörden einen nicht gerade freundlich behandeln, wenn man sich im Besitz eines Programms für den letzten Flug eines Shuttles befindet, der im All verloren gegangen ist. Um es mal grob auszudrücken: sie werden uns ans Kreuz schlagen. Wenn Sie also zum FBI möchten, werde ich Sie gern fahren.«

»Wo ist der journalistische Hauruck-Wagemut von gestern geblieben?«

»Tief im Innern bin ich ein Feigling.«

»Und deshalb haben Sie nicht darüber nachgedacht, warum ein ermordeter Angestellter der Krayman Industries eine Diskette mit einem Orbit-Flugplan in seinem Besitz haben könnte?«

»Schau an, wer sieht denn jetzt Zusammenhänge . . .«

»Es fiele selbst einem prominenten Nachrichtenredakteur schwer, sie zu übersehen. Kelno hat für Krayman gearbeitet, er hatte die Diskette, ich will mit einer Story über Krayman höchstpersönlich anfangen, als ein sterbender Kelno sie mir in die Tasche steckt. Das klingt doch ganz nach einer gewissen Entwicklung.«

»Werden Sie damit zu Shay gehen?«

Sandy zögerte. »Noch nicht.«

»Weil Sie die Story selbst machen wollen?«

»Weil ich noch nicht genug habe, um damit zu ihm zu gehen. Im Augenblick haben wir zwei Spuren: Kelno und die Diskette. Ihre Aufgabe ist es, alles über Kelno auszugraben, was Sie finden können, während ich herausfinde, welchen konkreten Nutzen eine andere Partei als die NASA von einem solchen Orbit-Flugplan haben könnte.«

»Wie?«

»Über Ihren Freund Captain Coglan. Wenn es mit dem Mittagessen nicht funktioniert hat, werde ich es mit einem Abendessen versuchen.«

McCracken zog seine schmutzige Kleidung aus, kaum daß er die Kette an die Tür seines Zimmers im St. Regis an der Fifty-fifth Street gelegt hatte. Es tat gut, sie auszuziehen, und er rief augenblicklich beim Zimmerservice an, um sein Sportsakko und die Hosen reinigen und bügeln zu lassen. Ja, versicherte man ihm, das könne man innerhalb einer Stunde erledigen. Man müsse jedoch eine zusätzliche Gebühr in Rechnung stellen.

Die Welt ist doch noch die alte, dachte Blaine.

Er duschte ausgiebig und heiß, ließ den Schmutz von dem Dampf lösen, rief noch einmal beim Zimmerservice an, ließ sich ein Truthahnsandwich aufs Zimmer bringen und wählte nach der kleinen Mahlzeit um genau vier Uhr Andrew Stimsons Privatnummer.

»Stimson«, erklang die Stimme des GAP-Direktors.

»Hier ist Blaine, Andy.«

Am anderen Ende der Leitung war nur Schweigen.

»Andy?«

»Sie haben ja ein verdammtes Durcheinander vor Madame Rosas Haus veranstaltet«, sagte Stimson scharf.

»Ich dachte, ich hätte Sie gewarnt.«

»Sie hätten um ein Haar die ganze Straße in die Luft gejagt. Die Suppe ist kochend heiß, Blaine, und wenn herauskommt, daß Sie darin verwickelt waren, muß ich sie auslöffeln. Alle Geheimdienstabteilungen haben sich da oben eingefunden und versuchen zusammenzusetzen, was passiert ist . . . und das meine ich wörtlich. Es ist nicht viel stehen geblieben.«

»Was ist mit unschuldigen Passanten?« fragte Blaine zögernd.

»Ein paar mußten ins Krankenhaus eingeliefert werden, befinden sich jedoch nicht in Lebensgefahr. Beruhigen Sie sich, Ihr Ruf bleibt sauber. Vordringlich ist jetzt, daß die Jungs von der Company und vom Bureau sehr bald herausfinden werden, daß ein Profi dafür verantwortlich zeichnete, und das könnte sie auf meine Schwelle führen. Was sie dahinter finden werden, wird ihnen nicht gefallen. Denken Sie daran, unsere Zusammenarbeit muß unter uns bleiben.«

»Ich weiß.«

Stimson seufzte. »Ich werde Ihnen nicht raten, es ruhig angehen zu lassen, weil ich weiß, daß ich Ihnen den Befehl gegeben habe, einen Auftrag zu erledigen. Ich würde vorschlagen, daß Sie unter diesen Umständen New York verlassen.«

»Erst, wenn ich herausgefunden habe, wie Sebastian in die Sache paßt. Haben Sie ihn oder es in Ihren Computerdateien gefunden?«

»Es ist ein Er, und er ist schon vergeben.«

»Und was heißt das?«

»Das heißt, daß das FBI eine Zeitlang auf Sebastian – alias Don Louis Rose, alias J. D. Sabatini, alias Dominique Derobo – angesetzt war. Er ist Händler.«

»Drogen?«

»Ein paar«, sagte Stimson. »Aber er hat sich auf Menschen spezialisiert.«

»Ah, ein altmodischer weißer Sklavenjäger . . .«

»Bis auf die Tatsache, daß Sebastian schwarz wie die Nacht ist. Er liefert Männer und Frauen, Jungs und Mädchen aller Rassen und jeden Alters. Die meisten Geschäfte wickelt er mit hochklassigen Hurenhäusern wie dem von Madame Rosa ab, doch er hat auch ein paar Privatklienten.«

»Die Zwillinge«, murmelte Blaine.

»Was?«

»Die Zwillinge. Madame Rosa hat mir erzählt, daß Easton sie eigens bestellt hat. Sie muß mich auf Sebastians Spur gesetzt haben, weil sie wußte, daß er der einzige andere Mensch war, der das Lieferdatum der Zwillinge kannte, und zwar auch nicht vom Klapperstorch. Wo finde ich diesen Sebastian, Andy?«

Stimson zögerte. »Ich glaube, Sie halten sich lieber von ihm fern.«

»Nichts da. Es gibt zu viele lose Enden, die er verknüpfen kann. Er muß jemandem von den Zwillingen erzählt haben, und dieser Jemand hat Easton die Falle gestellt.«

»Blaine, das FBI beschattet Sebastian vierundzwanzig Stunden am Tag. Wenn Sie da hineinmarschieren, hat man Sie am Wickel.«

»Ich werde unauffällig vorgehen.«

»Klar doch.«

»Schauen Sie, Andy, wer auch immer Madame Rosas Etablissement infiltriert hat, muß alles bis auf das Lieferungsdatum von Eastons Zwillingen gewußt haben. Nur Madame Rosa und Sebastian können dieses Datum gekannt haben, und da die Madame höchste Diskretion bewahrte, bleibt nur noch Sebstian. Wo ist er?«

Diesmal zögerte Stimson nicht. »Die Berichte vom FBI besagen, daß er vor zwei Tagen aus seinem Penthouse in Manhattan ausgezogen ist. Seitdem hält er sich auf einem Frachter versteckt, der ihm gehört. Er liegt im Hafen von New York.«

»Vor zwei Tagen . . . interessant.«

»Ich dachte mir, daß Ihnen das gefallen wird. Und es gibt noch mehr. Sebastian läßt sein Schiff von einer kleinen Armee bewachen, fast, als erwarte er eine Belagerung.«

»Die Frage ist nur, durch wen?«

»Wenn Sie die Antwort unbedingt herausfinden wollen«, warnte Stimson, »achten Sie darauf, nicht die Aufmerksamkeit des FBI auf sich zu ziehen. Wenn man Sie identifiziert . . .« Der

Direktor der GAP ließ den Satz ausklingen, als wolle er damit seine Bedeutung hervorheben.

»Keine Sorge, Andy. Ich habe schon ein paar Ideen.«

»Und keine Wiederholung der Ereignisse auf der Eighty-sixth Street.«

»Eine Vorstellung am Tag ist mein Limit. Irgend etwas über die Weihnachtssänger oder den Nikolaus?«

»Freiberufliche Killer, soweit wir wissen. Mit Sicherheit Profis, wie Sie vermutet haben, doch ohne Verbindungen zu einer größeren Gruppe. Sieht so aus, als wären sie nur für diesen einen Job angeheuert worden.«

»Oder für zwei«, berichtigte McCracken ihn. »Wir wollen Easton doch nicht vergessen.«

»Die beiden, die ihn erledigt haben, waren Schwarze.«

»Wie der Nikolaus.«

»Ein ziemlich dünner Zusammenhang.«

»Das glaube ich nicht, Andy. Wie viele schwarze Nikoläuse klappern wohl in todschicken Stadtteilen von Manhattan mit ihren Sammelbüchsen?«

»Keine, die Säure in ihren Büchsen haben, wenn Sie das meinen.«

»Die Verbindung geht tiefer. Ich spüre es. Über den Mikrofilm gibt es wohl noch nichts Neues?«

»Die Computer sind ununterbrochen im Einsatz, doch der Film ist schwerer beschädigt, als wir ursprünglich dachten. Meine Leute versichern mir, daß wir bald etwas vorliegen haben werden.«

»Das bringt uns zu Chen, Andy. Was haben Ihre Leute über ihn herausgefunden?«

Stimson räusperte sich, bevor er antwortete. »Wir haben kaum Unterlagen über ihn.«

»Was besagen sie, Andy?«

»Blaine . . .«

»Was besagen sie, Andy?«

»CIA. Sie besagen, daß Chen auf der Gehaltsliste der Company steht.«

Sebastians Frachter, so erfuhr McCracken, trug den Namen *Narcissus* und lag im Hudson River an einem Dock an der West Twenty-Third Street. Blaine entschloß sich, erst nach Anbruch der Dunkelheit dort zu erscheinen und auf ein gewaltsames Vorgehen zu verzichten, da Sebastians private Armee die Aussichten auf Erfolg beträchtlich reduzierte. Er mußte wesentlich subtiler vorgehen und gleichzeitig vermeiden, das FBI auf sich aufmerksam zu machen. Blaine fand schnell eine Lösung, die ihm sogar noch eine Menge Spaß bereiten konnte.

Weniger spaßig war Chens Verbindung mit der CIA. Blaine ging davon aus, daß der Asiate Madame Rosas Bordell infiltriert hatte, um sie auszuschalten, sollte sie zu einer Bedrohung werden. Doch warum wollte die *Company* sie tot sehen und, was noch wichtiger war, Easton gleichermaßen? Gleichgültig, von welcher Perspektive aus er die Sache betrachtete, sie ergab keinen Sinn. Sicher, es gab eine gewisse Konkurrenz zwischen den verschiedenen Geheimdienstgruppen, und manche waren untereinander verhaßt. Dennoch würde niemals ein Geheimdienst den Agenten eines anderen ermorden. Wahrscheinlicher war, daß Chen im Laufe seiner Karriere zu einem Doppelagenten geworden war. Doch für welche andere Seite arbeitete er?

Bei Sonnenuntergang zog McCracken wieder das Sportsakko und die Hosen an, die aus der Hotelreinigung gekommen waren, und bestellte einen Mietwagen, der ihn Punkt sieben Uhr vor dem Hotel abholen sollte. Dann ging er zu einem zwei Block entfernten Herrenausstatter und erstand einen teuren Kamelhaarmantel, der die bescheidene Täuschung, die er beabsichtigte, vervollständigen sollte.

Bei diesem Auftrag strapazierte er sein Spesenkonto beträchtlich, doch dies bekümmerte ihn nicht. Da Agenten der GAP und der Company selten einen ständigen Wohnsitz unterhielten, wurden die Rechnungen für Kreditkarten und dergleichen in einer zentralen Erfassungsstelle gesammelt und von dort aus beglichen. Persönliche Ausgaben wurden direkt von den Gehältern abgezogen. So war es einfacher.

Der Mietwagen traf pünktlich ein. McCracken bezahlte den Fahrer im voraus und nannte ihm die Adresse.

»Sind Sie sicher, daß Sie sich nicht irren, Kumpel?« fragte der Fahrer verblüfft.

Blaine erwiderte, es sei die richtige Adresse.

»Wenn jemand da 'runter fährt, nimmt er normalerweise einen kleinen Flitzer, um einen schnellen Abgang machen zu können, und keinen Panzer wie diesen.« Der Fahrer schüttelte den Kopf. Sein Gesicht war übersät von Narben, und seine Nase war fortwährend angeschwollen. Er sah aus wie ein Boxer, der lange über seine Zeit hinaus gekämpft hatte. Als er den Wagen wieder angelassen hatte und hart das Lenkrad umfaßte, bemerkte Blaine, daß seine Knöchel verhärtet waren. »Wenn Sie mich fragen, die verdammten Hafenbehörden sollten einen elektrischen Zaun um den ganzen verdammten Komplex hochziehen, damit die verdammten Ausländer nicht unsere Stadt vollscheißen. Sie wissen, was ich meine?«

Blaine hob nur die Achseln.

»Ich habe mein ganzes Leben in der Stadt gewohnt«, fuhr die rauhe Stimme fort, als sich der Wagen in den Verkehr einfädelte. »Hab' zweimal gegen Carlos Monzon gekämpft, und er hat mir beide Male die Nase eingeschlagen. Aber er hat sie nicht gut genug eingeschlagen, daß ich nicht mehr den Gestank rieche, der dort aufsteigt, wo Sie hinwollen. Ich hab' 'ne Knarre zu Hause. Wenn Sie ein paar Mäuse springen lassen, halten wir da mal kurz, und ich passe auf Ihren Rücken auf.

»Passen Sie nur auf die Straße auf.«

»Wie Sie wollen, Kumpel. Aber erwarten Sie nicht, daß ich nachsehe, wer sich Blei eingefangen hat, wenn ich Schüsse aus diesem Kahn höre. Ich heiße übrigens Sal Belamo.«

»Freut mich, Sie kennenzulernen«, sagte McCracken.

Die *Narcissus* sah aus wie ein Schiff, das schon lange keinen Gefallen mehr an seinem Spiegelbild fand. Es war ein riesiger Frachter, lang und breit, ein Wal von Schiff, dessen Fleisch in Tod und Verfall verfaulte. Die Hülle, die zahlreiche gerade ausgebesserte Stellen aufwies und noch mehr, die einer Ausbesserung dringend bedurft hätten, war mit Rankenfußkrebsen übersät. Die Buchstaben, die ihren Namen verkündeten, waren von Rissen durchzogen und hatten sich abgeschält. Der Punkt des i fehlte, und das letzte s verfügte nur noch über die untere Hälfte. Das Schiff lag im Dock, wie alte Menschen, die allein und verlassen sterben, die Handgriffe ihrer kalten Betten umklammern.

Blaine sah die ersten von Sebastians Wachtposten, als der Mietwagen noch dreißig Meter von der abgedunkelten Anlegestelle der *Narcissus* am Pier entfernt war. Vier von ihnen hatten sich vor dem hölzernen Plankengang ausgebreitet, der auf das Schiff führte. Sie trugen ihre automatischen Waffen offen zur Schau, als ob hier in den Docks andere Gesetze galten, und Blaine nahm an, daß dies zum größten Teil auch zutraf.

»Gott im Himmel«, stöhnte Sal Belamo. »Wenn Sie mich fragen, wir hätten anhalten und meine Knarre mitnehmen sollen. Was zum Teufel geht hier vor?«

»Fahren Sie langsam heran«, wies McCracken ihn an. »Tun Sie so, als würden diese Männer Sie weder stören noch überraschen.«

»Diese Männer stören mich so sehr, daß ich mir bald die Hosen vollscheiße, Kumpel.«

»Ich lasse ein paar neue Unterhosen für Sie springen, Sal. Tun Sie einfach, was ich Ihnen sage.«

Belamo tat wie geheißen, doch seine Hände krampften sich hart um das Steuerrad.

Blaine wußte, daß er sich jetzt genau im Sichtfeld des FBI befand, und mußte darauf vertrauen, daß der geheimnisvolle Mann an Bord der *Narcissus* auch schon vorher Besuch empfangen hatte. Er hoffte, daß seine bescheidene Verkleidung das Bureau veranlaßte, keine weiteren Nachforschungen über ihn anzustellen. Ein gut gekleideter Mann, der in einer Limousine eintraf, müßte eigentlich dem Bild von Sebastians exklusiver Kundschaft entsprechen.

Belamo hielt den Mietwagen genau vor dem Dock an. McCracken sah, wie sich die Wachen am Fuß der Gangway versteiften und ihre Hände zu den Waffen glitten.

»Wenn Sie mich fragen, Kumpel, Sie machen einen großen Fehler. 'ne Menge Leute kommen hierher und enden als Futter für die Fische, und keiner stört sich einen Dreck daran. Sie wissen, was ich meine?«

»Danke für die tröstenden Worte, Sal. Halten Sie nur den Motor warm.«

»Glühend heiß, Kumpel, glühend heiß.«

Blaine stieg aus und schloß die Tür hinter sich. Er schritt langsam und ruhig aus und blieb dann vor den vier Wachen stehen. Sie beobachteten ihn mit kalter Eindringlichkeit, die Augen so schwarz wie ihre Haut, und allesamt mit Muskelpaketen versehen, die so dick wie Schulterpolster waren.

»Ich möchte Sebastian sprechen.«

»Er ist nicht hier«, sagte einer der Männer, und Blaine war sich wirklich nicht sicher, welcher.

McCracken betastete seinen Bart und trat noch einen Schritt vor, so daß er den Kopf der sperrhölzernen Gangway und die Taue der Handläufe sehen konnte. Auf dem Schanzdeck hielten noch ein paar Mann Wache.

»Für mich ist er zu sprechen«, sagte er ruhig.

»Schreiben Sie ihm einen Brief, wenn Sie etwas von ihm wollen. Ich werde dafür sorgen, daß er ihn erhält«, sagte der kleinste der Männer mit einem Brustkorb von der Größe eines Bierfasses. Der Mann zeigte sein Gewehr.

»Schaut, Jungs, ich habe geschäftlich mit ihm zu reden. Wenn er mich nicht sprechen will, werde ich zurück in meinen Wagen steigen und ihn aus diesem Rattennest herausprügeln, doch das will ich zuerst von ihm persönlich hören.«

»Sie haben Scheiße im Kopf«, sagte der kleine Mann herausfordernd. »Vielleicht verlieren Sie in diesem Rattennest Ihre Eier.« Er hob seine Waffe noch ein Stück. Eine M-16, stellte Blaine fest. Der Posten sah aus wie ein Mann, der dieses Modell schon oft benutzt hatte.

»Wenn ihr unbedingt mit Gewehren spielen wollt, Freunde, dann aber bitte, nachdem ihr Sebastian gesagt habt, daß es Madame Rosa erwischt hat und ihn ein Fleckchen auf dem Friedhof erwartet, wenn er nicht mit mir sprechen will.«

»Sebastian weiß, was mit der alten Hure passiert ist.«

Die Stimme kam vom Kopf des Plankenganges, und McCracken drehte sich gemeinsam mit den Wachen zu ihr um.

»Sebastian weiß alles«, fuhr die Stimme fort.

Blaine konnte die Gesichtszüge des Mannes, der diese Sätze gesagt hatte, in der nebelhaften Dunkelheit nicht ausmachen, sah aber, daß seine Hände auf der Reling ruhten.

»Schon gut, Henry«, sagte Sebastian, »schicke ihn herauf. Aber durchsuche ihn vorher und vergewissere dich, daß er völlig sauber ist.«

Blaine lieferte sich ohne Beschwerden den groben, schwieligen Händen des kleinen Wachtpostens aus und wünschte sich die ganze Zeit über seine Browning oder auch Sal Belamos Knarre steckte wie ein Zungenspatel in seiner Kehle. Nachdem Henry keine Waffe gefunden hatte, führte er ihn die Gangway hinauf, an dessen Kopf Sebastian inmitten eines halben Dutzends weiterer Wachen wartete.

»Besprechen wir unser Geschäft drinnen«, sagte er. »Ich bin für einen Abend schon lange genug draußen gewesen.«

Der adrette Sebastian wirkte zwischen seinen kriegerischen Söldnern deutlich fehl am Platz. Seine Afrofrisur war gut geschnitten und reichte mit ihren kleinen Löckchen gerade bis über die Spitzen der Ohren. Seine Haut war kupferfarben, die Augen karamelbraun und eindeutig verängstigt. Er trug ein Seidenhemd und offensichtlich kostspielige Hosen. Überall an ihm klingelten und leuchteten Ketten, Armbänder und Ringe. Seine Fingernägel waren sauber manikürt.

»Hier entlang«, bat Sebastian, und Blaine folgte ihm eine schmale Treppe hinab in die Tiefen des Schiffes, wobei drei Wachen und ihre Pistolen auf jeden seiner Schritte achteten. Zwei weitere Posten standen vor einer Tür, und der größere öffnete sie, als er Sebastian erblickte. Blaine folgte ihm hinein und zog unter dem niedrigen Rahmen ein wenig den Kopf ein.

Das Licht schmerzte in seinen Augen, und dann ließ die Einrichtung selbst sie größer werden. Sebastians Privatquartier an Bord der *Narcissus* war zu einem Luxusgemach umgebaut worden, mit schweren Hölzern und warmen, braunen Teppichen; der Umgebung entsprechend wies der Raum einen leichten nautischen Anstrich auf. Eine Couch wurde an beiden Seiten von Beistelltischen flankiert, auf denen grobe Seemannstaue lagen. In drei großen Wandregalen voller ledergebundener

Bücher dienten nautische Meßinstrumente, die sich vielleicht einmal auf einer Brücke befunden hatten, als Buchstützen.

Die Tür schloß sich hinter ihnen, und Blaine war überrascht, daß ihnen keine Wachen gefolgt waren. Sebastian schien seine Gedanken zu lesen.

»Machen Sie ja keine Dummheiten«, sagte er, »oder Sie sind tot, bevor Sie sie ausgeführt haben.«

»Sind Ihre Leute so schnell, Sebastian?«

»Der hier«, sagte der Schwarze und enthüllte einen Derringer, den er die ganze Zeit über in der Hand verborgen hatte. »Zwei Läufe, geladen mit Hohlmantelgeschossen. Besonders wirksam auf kurze Reichweite. Bitte, verzeihen Sie mir, daß ich sie auf Sie richte, während wir uns unterhalten.«

»Aber bitte sehr.«

»Ziehen Sie sich einen Sessel heran. Oder würden Sie das Sofa bevorzugen?«

»Ein Sessel tut's auch.«

Blaine tat wie geheißen. Sebastian nahm mit übereinandergeschlagenen Beinen auf der Couch Platz.

»Sie sind ein gut geschützter Mann, Sebastian«, begann Blaine, nicht im geringsten über die auf ihn gerichtete Pistole besorgt.

»Das war Madame Rosa auch, und trotzdem haben sie sie erwischt.«

»Aber Sie haben mich empfangen.«

»Weil Sie kein Schwarzer sind. Wenn man versucht, mich zu beseitigen, wird es ein Schwarzer sein. Außerdem fahre ich morgen früh nach Europa ab. Der Ozean ist voller Verstecke.«

»Und Sie werden natürlich weitere Sonderbestellungen erfüllen, sobald Sie wieder an Land gehen.« McCracken konnte den Sarkasmus in seiner Stimme nicht verbergen.

Sebastian beugte sich vor. »Ich weiß nicht, wer Sie sind, doch wenn Sie wissen, was sich bei Madame Rosa ereignet hat, kennen Sie sich in dem Geschäft wohl aus und wissen vielleicht etwas, das mir helfen könnte. Wobei ich durchaus davon ausgehe, daß mir nichts helfen kann, solange ich in den Staaten bleibe.«

»Dann denken Sie nicht an eine Rückkehr? Eine Menge

perverser Arschlöcher werden wohl unter einem Hormonstau zu leiden haben.«

Sebastian verkniff das Gesicht. »Mister, in diesem Land wird sich ziemlich bald einiges ändern, und ich will dann nicht mehr hier sein.«

Blaine fühlte einen Stich im Magen. Sebastian hatte Angst, aber nicht einfach nur um sein Leben.

»Wer sind Sie überhaupt?« fragte er. »Was haben Sie mit dieser ganzen Sache zu tun?«

»Ich werde Ihnen die Wahrheit sagen, Sebastian, da ich keinen Sinn darin sehe, etwas zurückzuhalten. Mein Name ist Blaine McCracken, und ich habe den Auftrag, Tom Easton in seiner letzten Mission zu ersetzen. Sie erinnern sich doch an Easton, oder? Zusammen mit zwei Zwillingen, die Sie eigens für ihn beschafft haben, wurde er von ein paar Maschinengewehrsalven durchlöchert.«

Den letzten Satz schien Sebastian nicht gehört zu haben. »Wenn Sie Eastons Ersatzmann sind, wäre es klug von Ihnen, auch eine kleine Seereise zu unternehmen.«

»Klar, fahren wir doch zusammen hinaus. Das könnte der Anfang einer wundervollen Freundschaft sein.«

Sebastian hatte den Humor verloren, doch er lächelte trotzdem. »Sie wissen noch nicht, worauf Sie sich eingelassen haben, nicht wahr?«

»Ich habe gehofft, Sie könnten mir helfen, es herauszubekommen. Sie haben Easton den Killern in die Hand gespielt, nicht wahr?«

»Ich hatte keine Wahl«, entgegnete Sebastian, plötzlich abweisend klingend.

McCracken schaute sich um, und sein Blick blieb auf der Tür haften. »Für jemanden, der eine gottverdammte Armee von Beschützern hat, klingt das ziemlich seltsam.«

»Ich habe mir die Armee zugelegt, nachdem sie sich zum ersten Mal an mich gewandt haben.« Sebastians Blick schweifte in die Ferne, und sein Griff um den Derringer lockerte sich. »Sie wußten, daß Easton ein Kunde von Madame Rosa war und von Zeit zu Zeit Sonderwünsche vorbrachte. Da ich Madame Rosas einziger Zulieferer war, kamen sie zu mir. Ich verriet ihnen, für wann die Zwillinge gewünscht wurden. Die Männer schienen zufrieden zu sein.«

»Sie haben diese Kinder gemeinsam mit Easton in den Tod geschickt«, sagte Blaine herausfordernd. »Sie sind so schuldig wie die Männer mit den Mac-10.«

Sebastian erhob sich zitternd vor Wut. »Ersparen Sie mir Ihre Moralpredigt, McCracken. Als ich diese Kinder fand, trieben sie sich in den Straßen von Athen herum und stahlen Obst, um sich ein paar Pfennig am Tag zu verdienen.«

»Sie haben sie also gerettet. Und ich dachte immer, Jerry Lewis sei einzigartig unter den Komikern.«

»Ich habe eine Dienstleistung erbracht, McCracken. Ich liefere Waren an Menschen, die sie sonst nicht erlangen könnten. Und bei neunzig Prozent aller Fälle läuft alles ehrbar ab. Jeder zieht einen Nutzen daraus, und niemand wird verletzt.«

»Aber da sind noch diese anderen zehn Prozent, nicht wahr? Und ich spreche nicht nur von Easton. Sie haben wahrscheinlich eine Menge unschuldiger Kinder in den Tod geschickt, Sebastian. Doch ich nehme an, sie sind besser dran, in den Schlafzimmern irgendwelcher Perverser gefoltert zu werden, als auf der Straße Obst zu stehlen.«

Sebastian kniff kurz die Lippen zusammen. »Ich habe nicht vor, mich mit einem gemieteten Killer – und mehr sind Sie nicht – über Moralbegriffe zu unterhalten. Sie sind kein gleichwertiger Gegner für denjenigen, der hinter all dem steht. Ich rate Ihnen zu fliehen, bevor sie Sie finden, wie sie Easton gefunden haben.«

»Bevor *wer* mich findet?«

Sebastian zögerte. »Die PVR.«

»Nie davon gehört.«

»Wo sind Sie gewesen, im Ausland oder so?«

»Ja, in der Tat. Erzählen Sie mir von dieser PVR. Warum macht sie Ihnen solche Angst, daß Sie sich von einer Armee über und Tauchern unter Wasser schützen lassen?«

In Sebastians Augen blitzte Furcht auf. »Was für Taucher?«

»Auf dem Weg zum Deck sah ich, wie Luftblasen aufstiegen.«

Sebastian zitterte nun fürchterlich. »Ich habe keine Taucher!«

McCracken erhob sich. »Aber wer . . .«

Als hätten beide Männer die Antwort gleichzeitig gefunden, liefen sie zur Tür, verbunden durch die schreckliche Gewißheit, zu spät zu kommen. Gefolgt von einer Handvoll verwirrter Wachtposten polterten sie die Treppe hinauf und hatten das Deck erreicht, als die Explosion erfolgte und die Stille der Nacht zerriß. Hitze versengte die Luft und spannte Blaines Haut, und dann wurde die Welt unter seinen Füßen fortgerissen. Er streckte die Hand aus, doch alles trieb vor ihm davon.

Vor dem Aufprall kam gnädigerweise die Dunkelheit, und so hatte es den Anschein, als treibe er noch immer in einen Tunnel und taumelte stürzend hinein, tief fallend . . .

8

Als Captain Alan Coglan zum ersten Mal Sandy Lister sah, wie sie das Restaurant betrat, konnte er den Blick nicht von ihr wenden. Es war eine gelinde Überraschung für ihn, als sie an seinen Tisch trat.

»Captain Coglan, ich bin Sandy Lister.«

Coglan erhob sich, um sie zu begrüßen. »Ja, ich weiß«, sagte er; nun wurde er etwas mißtrauisch.

»Bitte nehmen Sie wieder Platz, Captain. Ich will versuchen, nicht zu viel von Ihrer Zeit zu beanspruchen, und es tut mir leid, falls ich Ihr Abendessen unterbrochen haben sollte.«

T. J. Brown hatte erfahren, daß Coglan das Abendessen normalerweise in diesem kleinen italienischen Restaurant in der Nähe seines Standortes einnahm, und Sandy war mit der Absicht hierher gekommen, ihm weitere Informationen zu entlocken. Sie nutzte den Umstand, prominent zu sein, nur selten aus. Er war hilfreich, lange Wartezeiten in einem Restaurant oder auf Flughäfen zu vermeiden, doch im allgemeinen stellte er eine Last dar, der es sich zu entledigen galt. Bei Interviews ließ allein ihre Anwesenheit die Leute hilfsbereit werden, und unter diesen Umständen verrieten sie oft mehr, als sie beabsichtigt hatten. Sie hoffte darauf, heute abend ähnliche Ergebnisse zu erzielen.

Coglan hatte sich noch nicht ganz auf seinem Stuhl niedergelassen, als Sandy erneut das Wort ergriff.

»T. J. Brown arbeitet für mich, Captain.«

Coglans Gesicht wurde starr. »Ich bin mir nicht sicher, ob dieses Gespräch eine gute Idee ist, Miß Lister.«

»Was ist ein Orbit-Flugplan, Captain?«

Coglan beugte sich über den Tisch. »Bitte, Miß Lister. Ich hätte eigentlich melden müssen, daß T. J. die Diskette in seinem Besitz hatte, doch aus irgendeinem Grund habe ich es nicht getan. Ihre Frage könnte mich zwingen, es mir anders zu überlegen.«

»Das glaube ich nicht, Captain, denn dann müßten Sie erklären, warum Sie damit so lange gewartet haben. Ihre Leute könnten auch erfahren, daß Sie hier mit mir, einer Fernsehreporterin, zu Abend gegessen haben. Ich bezweifle sehr, daß ihnen der Zeitpunkt besondere Freude bereiten wird«, warnte Sandy, ihre Drohung freundlich formulierend.

»Miß Lister, die Information, nach der Sie sich erkundigt haben, ist streng geheim.«

»Jetzt nicht mehr, Captain. Die Diskette wurde mir von einem Zivilisten übergeben, der dafür sterben mußte. Ermordet wurde, um genau zu sein.«

Coglan zögerte. »Kann ich mich auf Ihre Diskretion verlassen?«

»Absolut.«

»Und Sie werden vergessen, daß diese Begegnung jemals stattgefunden hat?«

Coglan zog seinen Stuhl tiefer unter den Tisch und senkte seine Stimme zu einem Flüstern. »Das Shuttle-Programm fällt nicht in meinen Zuständigkeitsbereich, doch mir sind einige Grundlagen bekannt. Zuerst einmal hat die Mannschaft an Bord unter normalen Umständen kaum eine Kontrolle über den Shuttle, sobald er den Orbit – die Erdumlaufbahn – erreicht hat. Alles wird von Computern in Houston gesteuert und überwacht, die mit den Computern dreihundert Kilometer über der Erde kommunizieren. Über Disketten, Miß Lister. Die Diskette, die T. J. mir gezeigt hat, war eine der wichtigsten, weil sie die vorprogrammierte Erdumlaufbahn enthielt, der die *Adventurer* folgen sollte. Die Diskette besagt, wann und wo sich der Shuttle in jedem Augenblick seiner Mission befindet, von einer Fehlfunktion natürlich abgesehen.«

»Und es ist während des Fluges zu einer Fehlfunktion gekommen?«

Coglan schüttelte den Kopf. »Nein. Alle Kontrollampen zeigten grünes Licht.«

»Genau wie bei der *Challenger* . . .«

»Nein«, entgegnete Coglan abwehrend, »ganz und gar nicht wie bei der *Challenger*. Die letzte Funknachricht . . .« Seine Stimme verhallte.

Sandy runzelte die Stirn. Der Presse war keine letzte Funknachricht mitgeteilt worden. »Welche Nachricht?«

Coglan rückte zurück. »Miß Lister . . .«

»Der Shuttle wurde absichtlich von jemandem vernichtet, nicht wahr?«

Coglan zögerte und nickte dann langsam. »Oder von etwas. Wir haben einen Stationären-Raum-Alarm augelöst, das Gegenstück zu einer Kriegssituation im Weltraum, und eine Pressesperre verhängt.«

»Was ist da oben passiert, Captain?«

»Wie ich schon sagte, alle Nachforschungen sind geheim.«

»Es müßte Gerüchte geben. Es gibt immer Gerüchte.«

»Nur Gerede.«

»Ich würde es gern hören.«

»Inoffiziell, okay?« fragte Coglan; er brauchte die nochmalige Beteuerung.

Sandys Nicken ließ keinen Zweifel übrig.

Coglan seufzte. »Unbemannte Satelliten sind gerade mit Teilen der Trümmer zurückgekehrt. So etwas haben wir noch nie zuvor gesehen. Der Shuttle ist nicht einfach explodiert, einzelne Teile wurden völlig aufgelöst.«

»Mein Gott . . .«

»Wirklich ungewöhnlich daran ist, daß die Radarüberwachungsanlagen in Houston die ganze Zeit über grünes Licht zeigten, während die Ortungsgeräte der *Adventurer* Zeter und Mordio schrien. Selbst als . . . was auch immer es war . . . in Sichtweite der Astronauten kam, war auf keinem Überwachungsschirm auf der Erde auch nur eine Spur davon zu sehen.«

»Das ist doch unmöglich.«

»Es gibt ziemlich viele Wissenschaftler mit Jahresgehältern von über einer Million Dollar, die genau das gleiche behaupten. Ein paar haben sogar die Theorie aufgestellt, der Angriff sei aus dem Weltraum gekommen, als hätten wir uns schlußendlich zu weit in das Territorium einer anderen Macht begeben.«

»Glauben Sie daran, Captain?«

»Absolut nicht. Ich bin ein Militär, Miß Lister, und ich bin nicht der Meinung, man könne jedes unerklärliche Vorkommnis dem Todesstern irgendeines galaktischen Reiches zuschreiben. Der Finger eines Menschen hat auf den Knopf gedrückt, der die *Adventurer* vernichtet hat, und ich habe das Gefühl, daß wir von dem, dem dieser Finger gehört, noch hören werden.«

»Ein verdammtes Durcheinander!« tobte der Präsident. »Ein gottverdammtes, stinkendes, beschissenes Durcheinander!« Er drehte sich vom Fenster des Oval Office um und musterte Andrew Stimson. »Nach diesem Zwischenfall in Paris habe ich Ihre Genehmigung, McCracken einzusetzen, widerrufen. Was zum Teufel gab Ihnen das Recht, ihn einfach eigenmächtig herzubeordern?«

Stimson wünschte sich, im Oval Office würden ein paar Lampen weniger brennen, damit der Zorn auf dem Gesicht des Präsidenten nicht so offensichtlich war.

»Tom Easton hat mir das Recht gegeben, Sir«, sagte er einfach. »Er war mein Mann, und jemand hat ihn mit Blei gespickt. McCracken war meine beste Hoffnung, meine einzige Hoffnung, herauszufinden, wer es tat und warum. Ich hatte den Eindruck, seine Fähigkeiten würden gebraucht.«

»Fähigkeiten, die die Franzosen nach seiner kleinen Eskapade in Paris beinahe soweit gebracht haben, den Kontakt zwischen den Geheimdiensten unserer Länder einzustellen«, schnappte Barton McCall.

»Was ist mit den drei toten Terroristen? Oder haben die gar nichts zu bedeuten?«

»Oh, sie bedeuten eine ganze Menge, wenn sie auf fremden Grund und Boden von einem Agenten erschossen werden, der seit fünf Jahren nicht mehr im Außendienst eingesetzt wurde.« McCall hielt inne und hob dann die Stimme. »Jede Menge Peinlichkeiten! Und als ob das nicht genügte, gab er heute nachmittag noch eine Zugabe auf den Straßen von New York. *Auf den Straßen von New York,* Andy! Wenn diese Explosion ihn nur ein für alle Mal erledigt hätte . . .«

»Was hat McCracken überhaupt auf diesem Boot gewollt?« fragte der Präsident.

»Das habe ich Ihnen doch erklärt. Sebastian stand mit Madame Rosa in Verbindung. Er hat Easton in die Falle gelockt.«

»Dann hat sich McCracken mit Ihrem Wissen in eine Operation des FBI eingeschaltet?«

»Ich mußte es ihm gestatten. Es gab keine andere Wahl.« Stimsons Augen huschten zwischen denen des Präsidenten und McCalls hin und her und versuchten, von ihnen Unterstützung zu bekommen.

»Das Bureau teilt Ihren Standpunkt nicht«, sagte der Präsident. »Es kocht geradezu. Sechs Monate Überwachung und Ermittlungen in den Kamin geschossen.«

»Wegen der Bombe, nicht wegen McCracken.«

McCall zündete seine Pfeife an. »Und was ist mit diesem berühmten Mikrofilm, den McCrackensack auf so geheimnisvolle Art und Weise entdeckt hat? Hat er uns schon weitergeholfen?«

»Er wird uns weiterhelfen«, sagte Stimson, nicht mehr so sicher klingend, wie er gern den Anschein erwecken wollte.

McCall paffte an seiner Pfeife. »Wissen Sie, Andy, das hätten wir alles vermeiden können, wenn Sie ein wenig mehr auf die persönlichen . . . Vorlieben Ihrer Agenten geachtet hätten. Zwillinge, Andy? Also, ehrlich.«

»Und was ist mit Chen, Barton? Oder ist es Routine für Sie,

Ihre Männer in Bordellen einzuschleusen, damit sie Puffmütter umbringen?«

McCall riß die Pfeife aus seinem Mund und hielt sie wie eine Pistole in der Hand. »Mir lagen keinerlei Informationen über diesen Chen vor, bis Sie mich heute nachmittag darüber in Kenntnis gesetzt haben.«

»Vielleicht sollten lieber *Sie* auf *Ihre* Agenten achten.«

»Chen war Freiberufler. Er stand auf der Gehaltsliste der Company, führte aber auch zahlreiche andere Aufträge aus.«

»Das reicht, meine Herren!« unterbrach der Präsident. »Ich werde akzeptieren, was geschehen ist, weil ich es akzeptieren muß. Die Frage lautet jetzt, wie setzen wir die Trümmer zusammen? Andy, wie geht es McCracken?«

»Seit der Explosion fällt er immer wieder in Bewußtlosigkeit. Eine leichte Gehirnerschütterung und zahlreiche Prellungen und Hautabschürfungen. Aber nichts gebrochen. In ein paar Tagen wird er wieder einsatzfähig sein.«

»Dann kann man ihn genauso gut aus dem Krankenhaus entlassen«, sagte der Präsident bestimmt. »Er ist eine zu große Verpflichtung für uns geworden. Sobald er transportfähig ist, Andy, möchte ich, daß er hierher gebracht wird, damit er sich den Fragen eines Komitees über das Fiasko in Paris stellen und eine Entscheidung über seine Zukunft getroffen werden kann.«

»Versetzung in den Ruhestand, Sir?« fragte Stimson.

»*Vor*ruhestand. Ich will ihn so tief vergraben haben, daß er nie wieder zu einem Dorn in unserem Fleisch werden kann.«

»Hinter einem Schreibtisch, Sir, oder in einem Sarg?«

Als allererstes am Donnerstagmorgen traf sich Sandy Lister mit T. J. Brown in dessen Büro. Während er von seinem Computerterminal aufblickte, legte sie den Mantel ab.

»Benjamin Kelno ist so sauber wie gebleichter Schnee, Boß«, berichtete er und überspielte per Knopfdruck die Ergebnisse seiner Anstrengungen auf den Bildschirm.

Enttäuscht nahm Sandy Platz. Sie hatte gehofft, etwas in Kelnos Hintergrund würde ihr einen Hinweis geben, wo und wie er in den Besitz des Orbit-Flugplans gekommen war, den ihr zuzustecken er gestorben war.

»Er hat die letzten zwölf Jahre seines Lebens bei der Abteilung COM-U-TECH der Krayman Industries gearbeitet«, begann T. J., die Informationen von dem Bildschirm ablesend, »auf den Gebieten Forschung und Entwicklung. Er hat eine wichtige Rolle bei der Entwicklung des Krayman-Chips gespielt, doch wie so oft in solchen Fällen wurde er namentlich nicht erwähnt.«

»War er verärgert darüber?«

»Nicht offen. Er bekam ein sechsstelliges Gehalt, er wurde viermal befördert, und er hinterließ eine liebende Frau und Familie. Soweit mir bekannt ist, hat er zahlreiche Angebote von Krayman-Konkurrenten aus Silicon Valley abgelehnt, und es gibt keine Anzeichen dafür, daß er jemals mit einem auch nur verhandelt hat.« T. J. hielt inne und lehnte sich zurück. »Jetzt sind Sie an der Reihe. Wie ist es mit Coglan gegangen?«

Sandy trat von dem Bildschirm zurück. »Die Zerstörung der *Adventurer* war kein Unfall, soviel ist sicher. Und wer auch immer sie aus dem Himmel geblasen hat, er muß ihren Orbit-Flugplan gekannt haben.«

»Kelnos Diskette«, murmelte T. J. »Krayman Industries . . .«

»Ich bin noch nicht bereit, diesen Schluß zu ziehen.«

»Klar, Boß. Aber wenn er zutrifft, und wenn sie Kelno getötet haben, weil er Ihnen die Story bringen wollte, dann kann man sich leicht vorstellen, auf wen sie als nächstes aus sind.«

»Beruhigen Sie sich. Ihre eigenen Nachforschungen haben nichts ergeben, was diese Vermutung stützen könnte. Krayman Industries ist auf die Beherrschung der Medien aus. Die Vernichtung von Space Shuttles paßt da nicht hinein; zumindest sehe ich da keinen Zusammenhang. Wer weiß, was Kelno in seiner Freizeit unternommen hat?«

»Gehen wir damit schon zu Shay?«

»Geben Sie mir noch ein paar Tage.«

»Wozu?«

»Sie haben doch gesagt, Krayman Industries und Randall Krayman seien ein und dasselbe. Morgen habe ich ein Interview mit einem Mann vereinbart, der die Aufgabe hat, im

Krayman Tower für Ordnung zu sorgen. Wenn dort etwas vor sich geht, weiß er dann vielleicht, worum es sich handelt.«

9

Francis Dolorman sah ganz und gar nicht aus wie der Geschäftsführer eines Multi-Milliarden-Dollar-Konsortiums. Als Nachfolger des großen Krayman, der sich vor fünf Jahren zurückgezogen hatte, beanspruchte er wenig Aufmerksamkeit und erhielt noch weniger. Niemand, der dieser kleinen, schmächtigen Gestalt auf der Straße begegnete, würde sie eines zweiten Blickes, wenn überhaupt eines ersten, würdigen.

Obwohl Francis Dolorman mächtig und prominent war, gab er keine verschwenderischen Parties. Er bewirtete keine Politiker. Er träumte nicht davon, sein Foto auf dem Titelbild von *Time*, *Newsweek* oder *People* zu sehen, und würde solch eine Bitte, sollte man sie jemals an ihn richten, abschlagen. Er zog es vor, relativ zurückgezogen zu leben. Unsichtbarkeit in der Öffentlichkeit war ein Geschenk Gottes, weil sie ihm Bewegungsfreiheit verschaffte.

Dolorman hatte die fünf Jahre, die er die Geschicke der Krayman Industries führte, und viele weitere Jahre zuvor nach diesem Glaubensbekenntnis gelebt. Daß ein solch anscheinend freundlicher, fast schüchterner Mann in solch eine Position aufgestiegen war, erschien fast unmöglich, wäre die berechnende Seele nicht gewesen, die tief in ihm lauerte. Solange Dolorman zurückdenken konnte, hatte er davon profitiert, daß andere ihn unterschätzten. Die Befähigung, einen Rivalen hinter sich zu lassen, bevor dieser einen überhaupt als Bedrohung erachtet, ist ein großes Geschenk, besonders in der Geschäftswelt. Dolorman war überaus zufrieden, auf diesen Vorteil bauen zu können, und sah keinen Grund, die Dinge so spät in seinem Leben und seiner Laufbahn noch zu ändern.

Ein ähnliches Vergnügen zog er aus dem Umstand, daß er

den Krayman Tower in Houston betreten und seinen Privatfahrstuhl erreichen konnte, ohne auch nur einen Blick seiner Angestellten auf sich zu ziehen. Nur die, die sahen, wie er in seiner Limousine eintraf – der einzige Luxus, den er sich erlaubte –, starrten vielleicht kurz zu ihm hinüber oder stammelten eine Begrüßung. Dolorman lächelte dann, blieb aber nie stehen, um einen Gruß zu entgegnen oder – Gott bewahre! – ein Gespräch zu führen. Je weniger die Leute von ihm wußten, desto besser.

An diesem Donnerstagmorgen hielt die Limousine vor dem Haupteingang des Krayman Tower an, und Dolorman stieg behutsam aus. Er hatte sich an Bord eines Zerstörers befunden, der im Zweiten Weltkrieg von einem japanischen Kamikaze versenkt worden war, und sein Rücken war schwer in Mitleidenschaft gezogen worden. Der Schmerz ließ nur selten nach, und wie alles im Leben war er einfach etwas, an das man sich gewöhnte.

Da Dolorman seine Gefühle so geschickt verbergen konnte wie seine Schmerzen, zeigte sich auf seinen Zügen nicht die geringste Spur der Anspannung, die er an diesem Morgen empfand. Seine Haut war wie üblich verdächtig bleich und sein weißes Haar so kurz geschoren, daß es wie eine feste Platte wirkte. Er schritt direkt und allein zu seinem Privatfahrstuhl und fuhr damit zu seinem Büro im fünfunddreißigsten und obersten Stockwerk hinauf. Im Geiste zählte er die verschiedenen Abteilungen der Krayman-Holdings auf, als er mit einem Aufblitzen der verschiedenen Stockwerknummern an ihnen vorbeifuhr.

Seine Sekretärin musterte ihn unterwürfig, als er aus dem Fahrstuhl trat. Durch den Schmerz in seinem Rücken wirkten seine Schritte eher wie ein Gleiten denn ein Gehen.

»Mr. Wells und Mr. Verasco warten wie befohlen in Ihrem Büro, Sir.«

»Danke.« Dolorman öffnete die Tür und schloß sie hinter sich wieder. Wells und Verasco erhoben sich respektvoll. Die beiden bildeten einen ausgesprochenen Kontrast. Verasco war ein kleiner, eckiger Mann mit olivengrauer Gesichtsfarbe, in dessen Mundwinkel stets und überall – nur nicht in Dolormans Zimmer – eine Zigarre qualmte; er wußte, daß Dolorman überhaupt keinen Tabakrauch vertrug. Er übte in den Krayman Industries zahlreiche Aufgaben aus, doch keine war so wichtig wie die Koordination von Omega; er hatte dieses Projekt fast seit dessen Anfang geführt. Verascos Erscheinung täuschte nicht minder als die Dolormans. Auf den ersten Blick wirkte er träge, sogar etwas stumpfsinnig. Doch sein Verstand war schnell und lebhaft.

Wells war ein völlig anderer Typ. Er war Leiter des Bereichs Sonderaufgaben des Unternehmens, ein Titel, den man an keiner Tür angeschlagen finden konnte; nichtsdestotrotz war Wells dafür veantwortlich, verborgene Aktivitäten konkurrierender Gesellschaften bei den Krayman Industries zu verhindern und die gleichen Aktivitäten gegen konkurrierende Gesellschaften zu dirigieren. Er arbeitete für das Konsortium als Sicherheitsmann an vorderster Front, und Dolorman hatte den Eindruck, daß dieser Job in keinen besseren Händen liegen konnte. Wells war über einsneunzig groß und trug weiterhin einen Bürstenhaarschnitt, obwohl er überaus plötzlich seinen Abschied aus der Army hatte nehmen müssen. Sein schwerer Knochenbau entsprach der massigen Gestalt, und sein Hals war so dicht mit knotigen Muskeln bepackt, daß er lediglich wie eine Ausdehnung des Kopfes wirkte.

Der Blick, mit dem Dolorman an diesem Morgen Wells bedachte, war typisch kurz; verweilende Blicke waren nur für Leute mit belastbarem Magen gedacht. Wells' linkes Auge war von Narbengewebe bedeckt, das den größten Teil dieser Gesichtshälfte beanspruchte. Eine Augenklappe hätte das Ausmaß der Verletzung verdeckt, doch Wells lehnte sie zugunsten einer Erscheinung ab, die seine Gegner und manchmal auch seine eigenen Leute einschüchterte. Die Verunstaltung erstreckte sich von einer haarlosen Stelle auf der linken Schädeloberfläche bis zur Lippe, so daß diese Gesichtshälfte ständig den Eindruck erweckte, zu einem düsteren Grinsen verzogen zu sein. Wells störte lediglich das fehlende Licht seines überwucherten Auges, da es ihn von der linken Seite verwundbar machte.

Das Glück war Wells nie besonders hold gewesen. Nachdem er mit einem vorgesetzten Offizier aneinandergeraten war, war er aus seiner Spezialeinheit in Vietnam geflogen. Man schickte ihn nach Hause zu seiner Frau, die er nicht vermißte, und auf einen Posten als Ausbilder von Eliterekruten in Fort Bragg. Nachdem er diesen Posten ein Jahr bekleidet hatte, erwischte er seine Frau mit einem Captain im Bett. Er riß dem Mann mit bloßen Händen die Kehle auf und lief gerade zur Eingangstür, als ihm seine Frau einen Topf mit siedendem Öl ins Gesicht schüttete. Wells wandte das Gesicht noch rechtzeitig genug ab, um die eine, nicht aber die andere Hälfte zu retten. Der Schmerz war unbeschreiblich, doch er kämpfte ihn nieder und riß auch seiner Frau die Kehle auf.

Als die Militärpolizei eintraf, war er gerade mit ihrer Brust beschäftigt, um ihr das Herz aus dem Leib zu reißen. Es bedurfte einer gesamten Korporalschaft, um ihn schließlich mit Hilfe einer Zwangsjacke zu bändigen und ins Krankenhaus zu befördern.

Der Fall des verstümmelten Kriegshelden erzeugte nur wenig überregionale Aufmerksamkeit, doch ein kurzer Zeitungsausschnitt erregte Francis Dolormans Interesse, der die seltene Gelegenheit erkannte. In Dolormans Welt bestand oft Bedarf für einen Mann mit Wells' . . . Temperament. Das Problem lag darin, jemanden zu finden, der hinreichend vertrauenswürdig und loyal war. Dolorman zog alle Fäden, an denen er ziehen konnte, um Wells' Freispruch zu erreichen, und stellte den Mann dann ein. Wells hatte an diesem Abend in seinem Haus durchgedreht, doch er war alles andere als auf Dauer verrückt. Er wollte unbedingt leben und schwor als hingebungsvoller Soldat dem Mann, der ihn vor der sicheren Hinrichtung bewahrt hatte, lebenslange Treue. Eigentlich war es sogar mehr als Treue.

Im Lauf der Jahre hatte Dolorman beträchtlichen Nutzen aus Wells' unfeineren Begabungen und seiner Planungsfähigkeit gezogen. Wells war ein Meister der klugen Angriffstaktik und dank seiner Ausbildung und seines Instinktes imstande, sorgfältig geplante Schläge gegen Konkurrenten durchzuführen, wenn die Krayman Industries dies für nötig halten sollten.

Hätte Dolorman von Anfang an Wells nach New York geschickt, dann hätte er es jetzt mit einem dringenden Problem weniger zu tun, das seine augenblickliche Aufmerksamkeit erforderte. Er machte es sich in dem Sessel hinter dem Schreibtisch bequem und senkte den Blick kurz auf Verasco und dann auf Wells.

»Es gibt drei Themen, um die wir uns heute kümmern müssen«, begann er so systematisch wie immer. »Nehmen wir sie uns also in der Reihenfolge ihrer Dringlichkeit vor. Wells, was gibt es Neues über Kelno?«

»Unsere Leute bei der Polizei von New York waren besonders kooperativ«, ewiderte Wells. Der linke Mundwinkel hing dem rechten immer ein wenig hinterher, wodurch seine Worte etwas undeutlich klangen, als spreche er immer mit einem kleinen Bissen im Mund. »Leider haben sie trotz ihrer Anstrengungen die vermißte Diskette nicht auftreiben können. Er hatte sie nicht bei sich, und nachfolgende Durchsuchungen seines Büros und seiner Wohnung verliefen ergebnislos.«

»Könnte er sie mit der Post veschickt oder in einem Schließfach deponiert haben?«

Wells schüttelte den massigen Schädel. »Unmöglich. Unsere Leute beschwören, daß er sie bei sich trug, als sie zuschlugen.«

»Ein Fehlschlag steht Ihnen nicht gut, Wells.«

Wells nahm die Kritik ohne eine Regung zur Kenntnis. »Öffentliche Hinrichtungen werden oft durch unerwartete Zwischenfälle gestört. So war es in New York der Fall. Kelno hat es geschafft, mit der U-Bahn zu fliehen, bevor unsere Männer ihn erledigen konnten.«

»Mit der Diskette natürlich.«

»Anscheinend. Sie trieben ihn erst vor dem Eingang des Fernsehsenders wieder auf.«

»Wo Sandy Lister die Bühne betritt. Unser zweites Problem . . .«

Wells deutete ein Nicken an. »Wir wissen, daß er ihr etwas zugeflüstert hat, und es ist durchaus möglich, daß er ihr die Daten zugespielt hat. Bis jetzt haben wir jedoch keinen Beweis, daß sie sich im Besitz der Daten befindet oder überhaupt von ihrer Existenz weiß.«

»Sie ist Reporterin, Wells. Sie würde sich nicht ohne weiteres von diesen Daten trennen oder ihre Existenz bekanntgeben.«

»Das habe ich in Betracht gezogen, und ebenfalls diese Story, die sie für ihre Nachrichtensendung *Overview* vorbereitet. Ich bin der Meinung, Sie sollten ihr das Interview nächste Woche nicht gewähren.«

»Wenn ich es zu diesem Zeitpunkt absage, Wells, würde es nur ihren Argwohn wecken, was wir unter den gegebenen Umständen unbedingt verhindern müssen. Ihren eigenen Berichten zufolge sind wir über all ihre Schritte informiert, und es deutet nichts darauf hin, daß Kelno etwas gesagt hat, das uns in einen direkten Zusammenhang mit dem bringen würde, was er herausgefunden hat.« Dolorman rutschte unbehaglich in seinem Sessel hin und her und musterte Verasco, der neben Wells wie ein Zwerg wirkte. »Und das führt uns natürlich zu der Diskette selbst. Welchen Schaden kann ihr Inhalt in den Händen Sandy Listers oder einer anderen Person anrichten?«

»So gut wie keinen«, berichtete Verasco verdrossen. »Selbst, wenn sie in Erfahrung bringen sollten, was sich auf der Diskette befindet, gibt es nichts, was auch nur die geringste Verbindung zu uns herstellen würde.«

»Außer bei Miß Lister«, erinnerte Wells ihn. »Kelno hat für uns gearbeitet, und das ist schon eine Verbindung – eine zu deutliche. Ich schlage vor, Sie geben mir die Erlaubnis, alles für ihre Beseitigung vorzubereiten.«

»Das wäre zu diesem Zeitpunkt kaum die sicherste Strategie«, entgegnete Dolorman. »Ihre Story über Randall Krayman befindet sich noch in den frühesten Vorbereitungsstadien, und bei der Diskette – falls sie sich tatsächlich in ihrem Besitz befindet – wird sie dieses Stadium gar nicht erst erreichen. Außerdem ist sie keine Reporterin; sie führt Interviews durch. Indiskrete Nachforschungen gehören kaum zu ihrer Spezialität. Doch wenn sie unter geheimnisvollen Umständen stirbt, könnten Menschen, mit denen sie zusammenarbeitet und deren Spezialität solche Nachforschungen sind, Fragen stellen, die schließlich zu uns führen könnten. Das müssen wir verhindern.«

»Einverstanden«, sagte Wells so leise, daß man ihn gerade noch verstehen konnte. »Für den Augenblick.«

»Mich beunruhigt eher«, setzte Verasco an, »daß wir nicht

herausfinden können, wie Kelno in den Besitz dieser Diskette gelangt ist und mit wem er zusammengearbeitet hat.«

»Die Diskette wurde bei der COM-U-TECH hier in Houston gegen eine Leerdiskette ausgetauscht und an Kelno nach New York weitergegeben«, berichtete Wells.

»Damit er sie der Lister geben konnte?« fragte Dolorman.

»Wenn, dann hat sie sie jedenfalls nicht erwartet. Kelno suchte sie erst auf, nachdem er von ihrer Story über Randall Krayman erfahren hatte. Die eigentliche Frage lautet, mit wem Kelno innerhalb unserer Organisation zusammengearbeitet hat.«

»Ich habe schon seit geraumer Zeit einen unterschwelligen Widerstand erwartet«, fuhr Verasco fort. »Eine Gruppe, die sich an unser Projekt Omega herangearbeitet hat und entschlossen ist, es zu sprengen. Diese Gruppe hat sich die Lister ausgesucht, um Zugang zu den Medien zu bekommen und das Projekt auf diese Weise bloßzustellen.«

Dolorman nickte; seine Gesichtszüge wirkten nun noch verkniffener. »Ja, wenn Kelno lange genug gelebt hätte, um der Lister alles zu sagen, was er wußte, wäre Omega in Schwierigkeiten geraten.«

»Aber er hat nicht so lange gelebt«, entgegnete Wells.

»Sie verstehen nicht, was ich damit sagen will. Kelno haben wir aus dem Weg geräumt, doch die Leute hinter ihm, die irgendwo mitten unter uns lauern, sind noch aktiv. Sie könnten die Lister noch einmal aufsuchen, sie führen, ihr helfen.«

»Noch ein Grund für ihre Beseitigung.«

»Ich würde es vorziehen, den Krebs am Ursprung herauszuschneiden, Wells. Wir müssen mehr über die Feinde in unserer Mitte erfahren. Wir müssen sie vernichten.«

»Sie haben sich zurückgezogen«, erwiderte Wells, »sich noch tiefer in die Erde verkrochen. Sie wissen, daß wir nach ihnen suchen. Das erklärt wahrscheinlich, weshalb sie nicht noch einmal Kontakt mit Miß Lister aufgenommen haben.«

»Dann müssen wir weiterhin Druck auf sie ausüben«, fuhr Dolorman fort, »und ihn verstärken. Die Zeit arbeitet für uns. In knapp einer Woche werden wir Omega aktivieren. Die

Saboteure werden bald Risiken eingehen müssen. Das wird uns in die Lage versetzen, sie zu vernichten.«

»Ich glaube nicht, daß es sich um sehr viele handelt«, überlegte Verasco. »Dennoch dürfen wir den Schaden, den sie anrichten könnten, nicht unterschätzen.«

»Wir sind gerade dabei, alle Bewegungen Kelnos in den beiden letzten Monaten zurückzuverfolgen«, berichtete Wells. »Dieses Vorgehen ist langwierig, aber notwendig. Schließlich werden wir so auf die anderen Verschwörer stoßen.«

Dolorman nickte und fühlte, wie sein Rückgrat sich versteifte. »Ich sehe, daß alles Menschenmögliche getan wird, um diese beiden Probleme zu lösen, doch wir müssen auch noch ein drittes berücksichtigen.«

Wells nickte, öffnete einen Umschlag, holte ein Schwarzweiß-Foto heraus und legte es auf Dolormans Schreibtischkante. »Wir haben nun die eindeutige Bestätigung, daß es sich bei diesem Mann um den handelt, der bei Madame Rosa wie auch an Bord von Sebastians Schiff war.« Wells schob Dolorman das Bild über den Schreibtisch zu. »Sein Name lautet Blaine McCracken.«

»Ja«, sagte Dolorman und musterte das Foto. »Und er hat sowohl den Angriff vor dem Sandsteingebäude wie auch die Explosion des Schiffes überlebt?«

»Ja. Die Einzelheiten über den letzten Vorfall sind knapp, doch anscheinend war er von denen, die sich zu dieser Zeit an Bord aufhielten, der einzige Überlebende.«

»Das scheint Sie nicht zu überraschen. Kennen Sie diesen Mann, Wells?«

Wells starrte geradeaus ins Leere. »Ich kenne ihn. Von Vietnam her. Ihn und diesen Indianer . . .« Wells' Stimme verklang, als habe sie sich in seinen Erinnerungen verloren. Dann richtete er sich auf. »Ich weiß, wo sich McCracken im Augenblick befindet: Im Roosevelt Hospital in New York. Sein Zustand ist nicht mehr bedrohlich. Ich fürchte, wir können nicht darauf vertrauen, daß Gott ihn für uns beseitigt.«

»Dann sollten wir ihn vielleicht ignorieren«, schlug Verasco vor. »Schließlich ist er nur ein Mann . . .«

»McCracken ist nicht nur ein Mann«, schnappte Wells

plötzlich. »Er muß beseitigt werden, und zwar schnell, solange wir noch das Überraschungsmoment nutzen können. Er stellt eine größere Gefahr für Omega dar als alles andere, über das wir gesprochen haben.«

»Ein Krankenhaus«, murmelte Dolorman. »Ich glaube, wir haben jemanden, den wir schon in ähnlichen Situationen benutzt haben. Scola, nicht wahr?«

Wells nickte halbherzig.

»Dann führen Sie die nötigen Telefongespräche, Wells.«

»Scola ist nicht die richtige Wahl für diesen Job.«

»Sie haben einen besseren Vorschlag?«

»Mich.«

»Wir können Sie nicht für solche Routineangelegenheiten entbehren.«

»McCracken ist alles andere als eine Routineangelegenheit, und Scola ist ihm nicht gewachsen. Nur jemand, der auf der gleichen Ebene wie er steht, kann sich mit ihm befassen.«

»Wir werden Scola benutzen, Wells«, sagte Dolorman fest. »Klar?«

Wells grunzte seine Zustimmung.

Dolorman erhob sich schmerzgepeinigt. »Wenn Sie mich dann entschuldigen, meine Herren. Es muß Bericht über die neuen Entwicklungen erstattet werden; ich habe ein Telefongespräch zu führen.«

»Wo sind meine Blumen?« fragte Blaine McCracken, als Andrew Stimson am Donnerstagnachmittag in sein Krankenzimmer trat. »Sie hätten mir wenigstens eine Schachtel Pralinen mitbringen können.«

»In Gift getaucht, wenn es nach Washington ginge.«

»Ich nehme an, unser kleines Versteckspiel ist aufgeflogen.«

»Explodiert wäre ein besserer Ausdruck dafür.«

»Aber für Sie kommt es natürlich nicht in Betracht, mich von der Sache zurückzuziehen.«

»Da haben Sie verdammt recht«, sagte Stimson. »Ich muß mir nur etwas einfallen lassen, wie ich die CIA und alle anderen interessierten Gruppen daran hindere, über mich herzufallen.«

»Gewähren Sie mir noch einen Tag Ruhe, und ich kümmere mich persönlich darum. Die Verletzungen sind nicht so ernst, wie sie aussehen. Ein paar Abschürfungen, eine Gehirnerschütterung und ein knurrender Magen wegen der intravenösen Ernährung.«

McCracken verlagerte unbehaglich sein Gewicht im Bett. Fast sein gesamter Körper schmerzte, und seine Worte klangen angesichts des Gestells mit dem Tropf selbst in seinen Ohren ein wenig seltsam. Durch das Fenster sah er, daß es draußen angefangen hatte, leicht zu schneien. Der Schnee legte einen dämpfenden Schleier über die knirschenden Getriebe der Autos, die immer wieder stehenbleiben und neu anfahren mußten.

»Wissen sie, daß Sie persönlich zu mir gekommen sind?« fragte Blaine.

»Ich bezweifle, daß es sie sehr interessiert. Sie sind zu beschäftigt damit, Ihre Beerdigung zu planen.«

»Die Berichte über meinen Tod klingen einfach zu übertrieben.« McCracken hielt inne. »Schauen Sie, jemand hat mir bei den Docks das Leben gerettet. Jemand hat mich aus dem Wasser gezogen. Wenn dieser Jemand nicht gewesen wäre, würde ich jetzt mit den Engelchen singen.«

Stimson sah auf seine Uhr und trat zum Fuß des Bettes. »Ich habe nicht viel Zeit, Blaine. Ich muß zurück nach Washington, bevor mich die falschen Leute vermissen. Haben Sie von Sebastian irgend etwas erfahren?«

»Ein paar Bruchstücke. Er hatte fürchterliche Angst, soviel weiß ich genau. Er sagte, er würde bei Tagesanbruch mit seinem Frachter in offene Gewässer auslaufen.«

»Anscheinend wollte jemand nicht, daß er davonkam.«

»Jemand namens PVR. Sagt Ihnen das etwas, Andy?«

Stimsons Gesicht erbleichte. Seine Hände kreisten um das Bettgestell und umfaßten es hart. »Die People's Voice of Revolution, die Volksstimme der Revolution, eine subversive Gruppe, die die GAP seit einiger Zeit beobachtet.«

»Eine subversive *schwarze* Gruppe?«

»Ja. Schließen Sie etwas daraus?«

»Das habe ich schon, Andy. Denken Sie doch mal nach. Zwei

Schwarze ermorden Easton, dieser Nikolaus mit der Säure war schwarz, und Sebastian sagte, er hätte mich lediglich empfangen, weil ich ein Weißer sei. Die PVR ist die gemeinsame Verbindung. Hier scheint ein Muster vorzuliegen. Sebastian sagte darüber hinaus, er wolle das Land verlassen, weil die Dinge sich sehr bald ändern würden und er dann nicht mehr hier sein wolle. Paßt das ins Bild, das Sie von der PVR haben?«

»Bislang nicht. Die Gruppe hat noch nie Gewalt angewendet, jedenfalls noch nie offen. Aber das Potential ist zweifellos vorhanden.«

»Viele Mitglieder?«

»Viele, und es werden immer mehr. Die People's Voice of Revolution ist mit einem wahrhaft charismatischen Führer in Gestalt eines Fanatikers namens Mohammed Sahhan gesegnet. Erinnern Sie sich von der letzten Wahl an ihn?«

»Verschwommen. Ich war damals im Ausland. Die französischen Zeitungen brachten mitunter nur spärliche Nachrichten von der Heimatfront.«

»Auf jeden Fall wurde Sahhan durch die öffentliche Behauptung bekannt, es gäbe eine nationale Verschwörung, damit die Farbigen auch weiterhin die Fußabtreter der amerikanischen Gesellschaft blieben. Neunundneunzig Prozent der Bevölkerung, die Farbigen eingeschlossen, waren der Meinung, er sei verrückt, und beachteten ihn einfach nicht. Doch wie man so schön sagt, es gibt immer dieses eine Prozent. Sahhan kam zu einer ziemlich fanatischen Gefolgschaft, die sich dem Ziel gewidmet hat, die Gesellschaft von Grund auf neu aufzubauen.«

»Das klingt nicht gerade nach Gewaltlosigkeit«, versetzte Blaine. »Da liegt die Verbindung, Andy. Die PVR bekam von Sebastian, was sie brauchte, und stattete Madame Rosa dann zur rechten Zeit einen Besuch ab, um Easton auf Eis zu legen, weil er hinter ihre wahre Natur gekommen war. Alles paßt zusammen. Wir brauchen jetzt nur noch die Bestätigung durch diesen Mikrofilm.«

Stimson seufzte. »Im Augenblick muß die Bestätigung von woanders kommen. Wir haben uns den Mikrofilm so eingehend wie möglich vorgenommen, und abgesehen von einer

Menge leerer Stellen haben wir das bekommen.« Stimson griff in seine Jackentasche und zog ein Stück Papier heraus. »Es bleibt Ihnen überlassen, was Sie damit anfangen.«

Er gab Blaine das Blatt, der es eifrig studierte:

HEILIGABENDMENÜ FÜR 15000

Unter dieser Überschrift waren etwa ein Dutzend Nahrungsmittel aufgeführt – Tomaten, Truthahn, Brotlaibe – und bei allen standen Zahlen voran.

»Sieht aus wie ein Einkaufszettel«, sagte McCracken. »Vielleicht will Sahhan am Heiligen Abend groß zuschlagen.«

Stimson zeigte sich nicht erheitert. »Unsere besten Kryptographen haben den Zettel immer wieder durch die Computer gejagt. Wir gehen davon aus, daß es sich um einen Code aus Zahlen und Buchstaben handelt, doch es könnte zuviel von dem Film verlorengegangen sein, um den richtigen Schlüssel zu finden. Irgendwo in diesen Worten ist eine Nachricht verborgen, doch wir wissen nicht, wie wir sie zusammensetzen können.«

»Hat Easton schon einmal solch einen Code benutzt?«

»Wir konnten jedenfalls nichts finden.«

»Vielleicht hätte ich diesen Nikolaus nicht töten sollen«, murmelte McCracken. »Schließlich ist er der Experte für Weihnachten. Vielleicht hat die PVR vor, Elfen zu ermorden oder Rudolph, das rotnasige Rentier, zu entführen.«

»Wenn, dann kann uns nur einer den Grund dafür verraten«, sagte Stimson.

»Mohammed Sahhan«, sagte Blaine, während unten auf der Straße der Angestellte eines Warenhauses auf einen uralten Chevy kletterte, und sein Tonband unablässig verkündete: *»Erledigen Sie Ihre Einkäufe! Nur noch sieben Tage bis Weihnachten!«*

10

»Ladies and Gentlemen, wir werden in wenigen Minuten in Billings landen. Wir bitten Sie, das Rauchen einzustellen . . .«

Für Sandy Lister, die der Spur des geheimnisvollen Randall Krayman folgte, begann der Freitagvormittag mit einer Reise nach Billings im Bundesstaat Montana, um Alex »Spud« Hollins zu interviewen. Hollins war für eine kurze Weile ganz oben in der Geschäftswelt gewesen, nachdem seine Firma einen neuen, hochintegrierten Mikrochip entwickelt hatte, der alle ähnlichen Produkte der Konkurrenz praktisch als veraltet abgetan hatte. Der Chip vereinfachte das elektronische Innenleben von Telekommunikationsmitteln beträchtlich. Sandy gab gar nicht erst vor, zu wissen, womit genau sie es hier zu tun hatte. Sie interessierte viel mehr die Tatsache, daß es Hollins' Firma gewesen war, die Krayman zuerst in den Konkurs gestürzt und dann aufgekauft hatte, nachdem die Entwicklung des berühmten Krayman-Chips der COM-U-TECH Hollins' Konkurrenzobjekt überflüssig gemacht hatte. Hollins war jedoch keineswegs kampflos untergegangen. Seine Schlachten mit Randall Krayman ergaben für endlose Wochen die Schlagzeilen des *Wall Street Journal* – Schlachten, die von vornherein verloren waren, da der Krayman-Chip zu einem Drittel der Kosten seiner eigenen Version hergestellt werden konnte.

Dennoch bestand kein Anlaß, über Spud Hollins' Schicksal Tränen zu vergießen. Er war zum Zeitpunkt der Auseinandersetzung schon ein wohlhabender Mann gewesen, und nachdem Krayman seine Firma für mehrere Millionen Dollar aufgekauft hatte, hatte er endlich seinen Traum angehen können, auf einer riesigen Ranch in Montana Pferde zu züchten. Diesen Traum hatte er nun verwirklicht, und es überraschte Sandy ein wenig, daß er nach so vielen Jahren, während denen er kaum mehr am öffentlichen Leben teilgenommen hatte, einem Interview über ein so heikles Thema wie die Krayman Industries zugestimmt hatte. Vielleicht lag es daran, dachte sie, daß Krayman ihm nicht noch mehr schaden konnte, als er es schon getan hatte. Vielleicht wurde Hollins auch von einem Rachedrang getrieben; in diesem Fall würde Sandy seine Worte sorgfältig überprüfen müssen.

Sie hoffte, daß Hollins sowohl Licht auf die Krayman Industries wie auch auf den Menschen Krayman werfen konnte. Als sie in Billings eintraf, war sie so nervös wie schon seit Jahren nicht mehr. Die Ereignisse in New York hatten sie darüber nachdenken lassen, was wirklich im Krayman Tower vor sich ging. Sie hätte Shay natürlich über die neuen Entwicklungen informieren müssen, hatte sich jedoch standhaft geweigert, weil er ihr die Story abgenommen hätte. Randall Krayman gehörte ihr, und damit auch die Krayman Industries. Sie war des Personality-Journalismus niemals überdrüssig geworden, doch hier hatte sie eine Story, die sowohl ihren Verstand wie auch ihr Gefühl ansprach. Die Veränderung war erfrischend, die Herausforderung willkommen. Sie kam sich vor, als würde sie noch einmal die frühen Jahre ihrer Laufbahn durchleben, in denen sie um jedes Interview mit Händen und Füßen hatte kämpfen müssen. Sie hatte weniger Erfolgserlebnisse gehabt, doch eine größere Befriedigung empfunden.

Sandy stieg die Gangway in die kühle Luft von Billings hinab, und ihre Haut schien dabei zu gefrieren. Sie hatte vergessen, Handschuhe überzuziehen, und ihre Finger waren schon klamm, als sie sie hob, um ihr Gesicht abzuschirmen. Seit ihrer Geburt vor dreiunddreißig Jahren war sie mit den Wintern der Ostküste vertraut, doch keiner davon hatte sie auf solche Temperaturen unter null Grad vorbereitet. Sie schob die Handtasche unter den Arm und steckte die Hände in die Jackentasche.

Bei der Gepäckausgabe baten mehrere Passagiere sie um ein Autogramm, doch die meisten hielten sich zurück. Sie wollte den Koffer gerade vom Band heben, als sich eine große Hand neben der ihren senkte und um den Griff schloß.

»Den trag' ich für Sie, Miß Lister«, sagte eine Stimme gedehnt.

»Wie bitte?«

»Mr. Hollins hat mich hergeschickt, um Sie abzuhol'n, Ma'am. Wollte Sie nicht erschrecken.«

»Das haben Sie auch nicht. Ich habe nur nicht erwartet, abgeholt zu werden.«

Der Mann, der groß und breit war, Mitte Fünfzig, mit einem wettergegerbten Gesicht, nahm mit einer schnellen Bewegung den Stetson ab. »Ja, nun, letzte Nacht gab's einen Sturm, und die Straßen sind ziemlich verschneit. Die Schneepflüge schaffen's nicht immer bis zu unserer Ranch, und Mr. Hollins wollte nicht, daß Sie irgendeinen gemieteten Ford in den Graben setzen.« Er strich sich das Haar zurück, setzte den Cowboyhut wieder auf und führte sie, den Koffer in der Hand, zum Ausgang. »Mr. Hollins hat mir auch aufgetragen, Sie einzuladen, auf der Ranch zu wohnen, wenn Sie möchten.«

»Ich habe schon eine Reservierung im . . .«

»Kein Hotel übertrifft die gute alte Gastfreundschaft der Hollins, Ma'am.« Sie hatten den Ausgang fast erreicht. »Kommen Sie, Ma'am, der Wagen steht direkt vor der Tür. Mein Name lautet übrigens Buck.«

Der »Wagen« erwies sich als ein Chevy Blazer mit Allradantrieb und dem Nummernschild SPUD 6. Buck hatte den Motor laufen lassen, um den Innenraum warm zu halten, eine Geste, die einem Stadtmädchen nicht entging; Sandy wußte, daß jemand, der das gleiche am Kennedy- oder La-Guardia-Airport getan hätte, nach wenigen Augenblicken um ein Auto ärmer gewesen wäre.

Buck schob den Koffer durch die hintere Wagenklappe, und Sandy kletterte auf den Beifahrersitz. Vom Boden aus lag er ziemlich hoch, und einer ihrer Absätze hätte das Unterfangen fast nicht überstanden. Offensichtlich war sie für das Wetter in Billings nicht richtig gekleidet. Ein kalter Luftschwall schlug auf sie ein, als Buck die Klappe wieder schloß. Ein paar Sekunden später ließ er sich hinter dem Lenkrad nieder.

»Wo sind all die Kameras, Ma'am?«

»Was? Oh, Sie meinen, wenn wir das Interview aufzeichnen. Sobald wir die Story zusammengestellt haben und sie genehmigt ist, werde ich noch einmal zurückkommen. Zuerst muß ich erfahren, was Mr. Hollins zu sagen hat.«

»Eine Art Voruntersuchung, was?«

»So etwas Ähnliches, nehme ich an.«

»Damit Sie den Burschen, über den Sie die Story zusammenstellen, so richtig anmachen können, was?«

Buck zog den Blazer auf die Straße, die um den Flughafen verlief. Sandy sah, daß sich der Schnee hoch an den Straßenrändern auftürmte, dort hingeschoben von starken Schneepflügen.

»Das liegt in der Natur unseres Geschäfts, Buck«, sagte Sandy.

»Ja, nun, ich habe von Nachrichtenleuten gehört, die Stories frisieren und zurechtstutzen, bis sie so aussehen, wie sie sie haben wollen. Kann nicht behaupten, daß mir das gefallen würde.«

»Mir auch nicht.«

»Schau'n Sie, Ma'am, es ist so, viele von uns, die für Mr. Hollins arbeiten, würden es nicht schätzen, wenn Sie ihm übel mitspielen. Sie wissen, was ich meine?«

»Ich glaube schon.«

Sie fuhren nördlich auf der Interstate 87, vorbei an den Vororten von Roundup und den Ausläufern von Spud Hollins' Ranch. Angesichts von Bucks Offenheit fragte sich Sandy, um was für einen Mann es sich handelte, daß man ihm mit solcher Loyalität begegnete.

»Das da ist der Musselshell River, Ma'am«, erklärte Buck und deutete mit einem Finger zur rechten Seite. »Von ihm bekommen wir das Wasser für unsere Ranch. Der verdammte Bach ist zu dieser Jahreszeit zugefroren. War bislang ein übler Winter, und das Schlimmste steht uns noch bevor. Könnte der schlechteste Winter seit zweiundsechzig werden, als . . .«

Bucks dröhnende Stimme fuhr fünf Minuten lang fort, bis sie das einfache Tor von Hollins' Ranch erreichten, in dessen Holz ein einziges Wort gebrannt war:

SPUD'S

»Da wären wir, Ma'am«, sagte Buck und bog auf die Nebenstraße. »Fünftausend Hektar des schönsten Landes, das Sie je gesehen haben.«

Buck folgte der kurvenreichen Straße etwa eine Meile über Schnee, der eher festgefahren als beiseite gepflügt war und ihn nicht im geringsten zu stören schien. Und was das Land betraf, so hatte er recht: es war wie auf einer Postkarte gemalt, besonders mit den schneebedeckten Bergen, die unter dem kristallblauen Himmel Wache hielten.

Schließlich erreichte der Blazer die halbkreisförmige Auffahrt, die zu dem zweigeschossigen Landhaus aus Naturholz führte, dessen Dach wie mit einem Mantel aus Schnee bedeckt war. Buck eilte um den Blazer, um Sandy hinabzuhelfen, und sammelte dann ihren Koffer und die Reisetasche ein. Die schwere Doppeltür in der Front des Hauses öffnete sich, als sie sich ihr näherte, und vor ihr stand ein gutaussehender Mann mittleren Alters und reichte ihr die Hand.

»Spud Hollins, Miß Lister. Freut mich, Sie kennenzulernen.«

Sandy erwiderte, das Vergnügen sei ganz das ihre, was sie durchaus ehrlich meinte. Ihre Nachforschungen hatten ergeben, daß Hollins neunundfünfzig Jahre alt war, doch er sah ein gutes Dutzend Jahre jünger aus. Sein glattes, silberfarbenes Haar, das noch immer sehr dicht wuchs, fiel ihm bis über die Ohren und in die Stirn. Er trug verblichene Jeans, ein grobes, am Hals geöffnetes Hemd, das ein buntgeflecktes Halstuch enthüllte, und abgetragene Cowboystiefel. Seine Haut war runzlig und faltig und von der Bergluft und der Wintersonne kupfern gebrannt. Hollins tiefliegende Augen – von der gleichen Farbe wie der Himmel über Montana – beobachteten, wie Buck ihre Taschen ins Haus trug.

»Sie hat Ihre Einladung akzeptiert, Spud«, sagte er.

»Wie schön«, sagte Hollins, und Sandy lächelte gepreßt, ohne sich zu erinnern, daß sie sie tatsächlich akzeptiert hatte.

Hollins schloß die Doppeltür. »Wollen wir zuerst reden oder uns etwas frisch machen?«

»Reden«, sagte Sandy eifrig. »Ich habe eine zu weite Reise hinter mir, als daß ein kurzes Frischmachen noch etwas bewirken könnte.«

»Für eine hübsche Dame wie Sie besteht dazu sowieso nicht viel Veranlassung, schätze ich. Gehen wir ins Wohnzimmer. Kaffee?«

»Bitte.«

»Buck«, sagte Spud, »die Küche soll uns ein paar Tassen Kaffee kochen.«

Dann traten die beiden durch einen kurzen Gang in einen großen Raum, in dem in einem Kamin ein Feuer knisterte.

»Toll«, war alles, was Sandy sagen konnte.

»Ja, das ist auch mein Lieblingszimmer.«

»Es ist wunderschön«, fügte sie lahm hinzu, wie bezaubert von der Naturholzeinrichtung und der Aussicht, die man durch eine nur aus Glas bestehende Wand hatte.

Hollins' Blick schweifte in die Ferne. »Nun, manchmal sitze ich einfach hier und frage mich, wieso es so lange gedauert hat, aus der wirklichen Welt heraus– und in diese hier hineinzukommen. Ich glaube, sie hat in mir gesteckt wie eine Droge. Ich wollte heraus, hatte aber nicht den Mut dazu. Schätze, ich verdanke Randy Krayman mehr als jedem anderen.«

Sandys Augen funkelten. Interviews gingen viel leichter vonstatten, wenn der Befragte das Thema zuerst anschnitt. Sandy faßte den Entschluß, während des Gesprächs kein Tonband zu benutzen und keine Notizen zu machen, nichts zu tun, was den natürlichen Fluß von Spud Hollins' Gedanken unterbrechen könnte. Dieser Mann hatte sie in seinen Bann geschlagen, gefesselt. Er war wie einer dieser Politiker, von denen man nicht den Blick abwenden kann, wenn man sie einmal gesehen hat. Vielleicht hatte er seinen wahren Beruf verfehlt. Nein, wahrscheinlich war Spud Hollins einfach ein Mann, der aufrecht stehen konnte, weil er dem ständigen Druck des Gewichts, das auf so vielen in der Geschäftswelt lastet, entkommen war. Er sah aus wie ein Mann aus einem Werbespot für Ralph-Lauren-Aftershave. In der Tat sah er wie eine rauhe, ländliche Version Ralphs selbst aus.

»Setzen wir uns auf die Couch, Miß Lister«, schlug er vor, und als sie Platz nahmen, bemerkte Sandy ein Kamingesims, das von Bildern seiner zahlreichen Kinder und Enkelkinder umsäumt war. Seine Frau war, wie sie wußte, vor einigen Jahren gestorben, als der Kampf mit Krayman gerade seinen Höhepunkt erreicht hatte.

»Ich habe langsam den Eindruck, an einer Story über den falschen Mann zu arbeiten, Mr. Hollins.«

Hollins lachte. »Nennen Sie mich Spud. Ich habe dieses ganze Getue mit meinem Sitz im Aufsichtsrat hinter mir gelassen. Der Arsch, wenn Sie meine Wortwahl entschuldigen möchten, nimmt eine seltsame Form an, wenn man zu lange im Geschäftsleben sitzt. Nein, Krayman ist eine viel bessere Wahl für diese Sache als ich. Er hat jetzt wahrscheinlich nicht mehr viel Arsch übrig.«

Ein Dienstmädchen trat ein und stellte zwei Tassen mit dampfendem Kaffee und dazu üppig bemessene Schälchen mit Sahne und Zucker auf den Beistelltisch vor der Couch.

»Nicht viele sind bereit, in der Öffentlichkeit über ihn zu sprechen, Spud«, sagte sie und gab zwei Löffel Zucker und einen Schuß Sahne in den Kaffee.

»Kann nicht behaupten, daß ich ihnen dafür einen Vorwurf mache, Sandy. Die Leute haben Angst vor dem alten Randy Krayman, weil sie wissen, daß er im Lauf der Jahre ein paar gefressen hat.«

»Wie Sie zum Beispiel?«

Hollins lächelte, lachte aber nicht. »Nun, in meinem Fall habe ich den Großteil des Fressens erledigt. Krayman schnappte mir hier und da ein paar Bissen weg.«

Sandy nippte an ihrem Kaffee. Er verbrannte ihr die Zunge, schmeckte aber wunderbar.

»Bisse ist eine interessante Wortwahl, Spud. Schließlich haben Sie beide wegen der Computer ja einen regelrechten Krieg ausgefochten.«

»Geschäfte sind kein Krieg, Sandy. Im Krieg nimmt man Gefangene. Im Geschäftsleben frißt man Scheiße. Ich weiß es, weil ich nicht mehr die Nerven hatte, noch länger Scheiße zu fressen.«

»Und Sie mußten an Krayman verkaufen.«

»Wenn ich den Kampf fortgeführt hätte, hätte ich an Krayman verkaufen müssen. Punkt. Wie ich schon sagte, der alte Randy tat mir einen Gefallen. Machte mir ein verdammt gutes Angebot. Er hatte auch jeden Grund dazu.« Hollins schlug die Beine übereinander und griff nach seinem Kaffee.

»Wieviel wissen Sie darüber, was sich damals zwischen uns abgespielt hat?«

Sandy wünschte, sie könnte in ihren Unterlagen nachschlagen. »Es ging hauptsächlich um einen hochintegrierten Memory-Chip. Ihre Gesellschaft hatte zuerst einen in Produktion, dann entwickelte COM-U-TECH einen besseren und unterbot den Preis um zwei Drittel.«

»Ja.« Hollins nickte. »Das erzählt man sich. Wissen Sie, was dieser hochintegrierte Mikrochip bewirkte, Sandy?«

»Nicht genau.«

»Schauen Sie, damals wurden alle Computerchips nebeneinander angebracht. Den hochintegrierten Chip konnte man übereinander stapeln, so daß der gleiche Rechenvorgang in einem Bruchteil der Zeit gelöst wurde, da die einzelnen Informationen geringere räumliche Entfernungen überwinden mußten. Diese Entdeckung revolutionierte zahlreiche Industrien, die meisten innerhalb der Telekommunikation. Was mit dem Kabel eine erste Blüte erreichte und mit der Explosion der Live-Übertragungen via Satellit fortgesetzt wurde, entwickelte nun den Bedarf nach einer Mikroelektronik, die noch schneller und billliger als zuvor arbeiten konnte. Beim Radio war es genauso, beim Telefon auch, vielleicht am ausgeprägtesten. Wie ich gehört habe, hat der Mikrochip auch die gesamte Luftfahrtindustrie revolutioniert. Die gesamte verdammte Fernsprechindustrie mußte umdenken und ganz von vorn anfangen.«

»Alles wegen eines Chips?«

Hollins lächelte schwach. »Heben Sie die Hand, Sandy. Sehen Sie Ihren Daumennagel? Das ist die Größe des Chips, über den wir sprechen.«

»Und Sie hatten ihn zuerst, nicht wahr?«

Hollins' Lächeln wurde noch schwächer. »Ja, das könnte man so sagen.«

»Doch es war Krayman, der Millionen mit dem Chip gemacht hat, ein Vermögen.«

»So haben Sie es gehört, nicht wahr?«

»So hört es seit einem Jahrzehnt jeder.«

»Es ist nicht wahr.«

»Was ist nicht wahr?«

»Krayman hat kein Vermögen mit seinem berühmten Chip gemacht. In Wirklichkeit hat er Geld verloren. Verkaufte die kleinen Scheißdinger zur Hälfte unter den Herstellkosten.«

»Woher wissen Sie das?«

Hollins stellte seine Tasse auf den Tisch zurück und hätte beinahe etwas Kaffee verschüttet. »Weil es niemals so etwas wie den Krayman-Chip gab. Er hat ihn von mir gestohlen.«

Sandy brauchte ein paar Sekunden, bis sie Hollins' Worte verdaut hatte.

»Moment mal«, brachte sie schließlich hervor, »wollen Sie damit sagen, daß der berühmte Krayman-Chip nur ein Abklatsch des Ihren war?«

»Nein, kein Abklatsch. Es war der meine, mit allem Drum und Dran, nur mit ein paar kosmetischen Veränderungen, damit es besser aussah. Als hätte man ›*Vom Winde verweht*‹ Wort für Wort abgeschrieben und mit einem neuen Titel veröffentlicht.«

»Aber wie . . .«

»Glauben Sie mir, Sandy, es vergehen nicht viele Tage im Jahr, an denen ich mir diese Frage nicht auch gestellt habe.« Hollins blickte sich um. »Wenigstens, bis ich mir die Ranch kaufte. Nun ja, die Computerspionage läßt das, was sich zwischen den Russen und unseren Jungs abspielt, wie einen Kindergarten anmuten. Der echte kalte Krieg dreht sich um Schaltkreise und wird direkt hier in den USA ausgefochten. Ist immer schon so gewesen. Ich weiß nicht, wie Krayman meine Konstruktionspläne in die Hand bekam. Werde es wohl auch nie erfahren. Er hat sie jedenfalls bekommen und brachte das Ding etwa ein Jahr nach meinem mit einem neuen Namen auf den Markt . . . und einem anderen Preis.«

»Aber wenn es stimmt, was Sie sagen, muß er das Vermögen, das er gemacht haben soll, in Wirklichkeit verloren haben.«

»Fragen Sie mich danach bitte auch nicht. Zuerst dachte ich, er hätte es auf mich im besonderen abgesehen. Blutrache oder so. Vielleicht mochte er nicht, daß außer IBM noch jemand den gleichen Acker wie er bearbeitete. Vielleicht war es ihm das ganze Geld wert, mich aus dem Weg zu räumen. Weiß Gott, er konnte es sich leisten. Dann kam ich jedoch darauf, daß ihn sein Stolz zu teuer zu stehen kam. Außerdem . . . wieso hat er mich für sechzig Millionen aufgekauft, als sich meine Aktien sowieso schon im freien Fall befanden, wenn er mich zugrunde richten wollte? Nein, das ergab keinen Sinn. Ergibt immer noch keinen Sinn.«

»Vielleicht als Teil eines größeren Bildes?«

»Wie ich es sehe, hat die ganze Sache ihn hundert, vielleicht auch hundertfünfzig Millionen Dollar gekostet, und er ist noch nicht wieder in den schwarzen Zahlen. Ein ziemlich teures Gesamtbild.«

»Haben Sie damals darüber gesprochen?«

»Sicher, mit einer Menge Leuten. Keiner wollte etwas davon hören. Und die, die mir zugehört haben – nun, einige haben es sich sehr schnell anders überlegt, und ein paar schienen sich einfach in Luft aufzulösen. Die meisten waren immerhin so höflich, mir zuzuhören und zu sagen, sie würden die Sache überprüfen.« Hollins kicherte. »Vielleicht überprüfen sie sie noch immer.« Sein Gesicht wurde ernster. »Kann jedoch nicht sagen, daß ich ihnen einen Vorwurf mache. Es ist, wie Sie schon sagten: Niemand will in der Öffentlichkeit über Krayman sprechen, obwohl man ihn nun schon seit fünf Jahren nicht mehr gesehen hat. Stellen Sie sich nur einmal vor, wie es war, als er jeden Tag in den Schlagzeilen der Zeitungen erschien.«

»Sie hätten klagen können.«

»Ich habe geklagt. Der Fall blieb gerade lange genug vor Gericht, daß ich erkannte, ich kämpfte um etwas, das ich nicht mehr haben wollte. Ich hatte hier oben auf Gottes Land zu viel Zeit damit verbracht, Pferde zu züchten, um noch einmal ins Geschäftsleben zurückzukehren. Ich habe bei dem Handel wohl ziemlich gut abgeschlossen. Habe alles bekommen, was ich wollte. Es gibt Tage hier oben, da klingelt das Telefon nicht einmal, und das gefällt mir. Ja, wenn Sie mich fragen, Sandy, ich habe ein besseres Geschäft gemacht als der alte Randy. Ein gerechter Herrgott hat dafür gesorgt, daß er bekam, was er verdient hat. Er ist abgehauen und davongelaufen wie ich, nur, daß er sich versteckt, und ich wette, er hat nicht halb so viel Platz wie ich hier, selbst wenn er zehnmal so viel Land hat.«

Sandy war tief gerührt von diesem Mann, der sein Leben offen vor ihr ausgebreitet hatte. Die ganze Zeit über, während der schmerzlichen Erinnerung an seine schwersten Zeiten, hatte seine Stimme nicht einmal gezittert. Es fehlte jede Emotion, klang eine zufriedene Hinnahme durch, als sei diese Vergangenheit einem anderen zugestoßen. Und vielleicht war sie das auch. Aus Alex Hollins war einfach Spud geworden.

»Was ist mit den Auswirkungen des Krayman-Chips auf den Rest der Computerindustrie?« fragte sie ihn.

»Nun, Sandy, jetzt kommen wir zum wirklich komischen Teil der Geschichte. Schauen Sie, die hochintegrierten Chips haben die Computer so schnell gemacht, daß sie nur noch mit Computern sprechen können, die genau wie sie ausgestattet sind. Also könnte man durchaus sagen, daß der Chip auch die gesamte Computerproduktion revolutioniert und Randy ein Monopol auf dem hochintegrierten Markt eingebracht hat. Diese Sache ist zu knifflig, als daß ihn jemand herausfordern könnte, besonders nach dem, was er mir angetan hat. Die ganze verdammte Telekommunikationsindustrie ist mittlerweile wahrscheinlich mit Chips ausgerüstet, in deren Ecke ein kleines S wie ›Spud‹ eingeätzt sein sollte. Nun ja, man kann kein Fernsehgerät einschalten, in keinem Flugzeug fliegen, nicht einmal eine Spülmaschine benutzen oder auch nur telefonieren, ohne es mit Randall Krayman zu tun zu haben.«

»Dann war es vielleicht doch einen Verlust von einhundertfünfzig Millionen Dollar wert.«

Spud Hollins' Gesicht blieb wie aus Stein gemeißelt. »Das hängt von Ihrem Blickwinkel ab, Ma'am.«

Nachdem Sandy das Interview beendet hatte, benutzte sie den Vorwand, sich frisch machen zu müssen, als Entschuldigung, um auf ihr Zimmer zu stürmen und alle wichtigen Punkte von Hollins' Kommentaren in ihrem Notizbuch festzuhalten. Das war nicht einfach. Sie wollte sich an jedes einzelne seiner Worte erinnern, an jeden farbigen Ausdruck, brachte die Dinge damit jedoch nur durcheinander und mußte das Gespräch schließlich noch einmal von Anfang an rekonstruieren. Als sie fertig war, hatte sie zwölf Seiten mit Kritzeleien gefüllt, und es waren fast zwei Stunden vergangen. Bald würde das Abendessen serviert werden, und sie wollte Hollins' Gastfreundschaft nicht mit Füßen treten, indem sie sich verspätete.

Trotzdem mußte sie noch einmal kurz mit T. J. sprechen. Er würde ihren Anruf erwarten, und sie wollte wissen, ob sich hinsichtlich der Computerdiskette etwas Neues ergeben hatte. Er nahm den Hörer beim zweiten Klingeln ab.

»Ich bin es, T. J. Wie . . .«

»Ich habe Angst, Boß. O Gott, habe ich Angst.« Seine Stimme klang außer sich.

»Immer mit der Ruhe. Was ist los?«

»Der Orbit-Flugplan. Er ist . . . verschwunden.«

11

Am Freitagabend schlich Scola verstohlen durch die Gänge des Roosevelt Hospitals und verbarg ihr Gesicht dabei, so gut sie konnte, hinter dem Wagen, den sie schob. Erstaunlich, wie geschäftig es während des Tages hier zuging, doch sobald sich erst einmal die Nacht gesenkt hatte, schien sich ein Schleier aus ernster Stille auf das Krankenhaus zu legen. Bislang hatte niemand auch nur ein einziges Wort zu ihr gesagt. Wenn sie ihre Schwesterntracht angelegt hatte, um einen Auftrag auszuführen, wurde sie selten angesprochen.

Daß sie eine Frau war, war ihr bei ihrer Tätigkeit als Mörderin eine große Hilfe. Sie war imstande, Dutzende Orte zu betreten, die Männern verschlossen blieben, und die Zahl der möglichen Verkleidungen war endlos. Irgendwie fühlten sich die Opfer von Frauen nicht bedroht. Sie ließen sie zu nahe herankommen, und dann schlug Scola zu. Die Schwesterntracht war schon immer eine ihrer wirksamsten Verkleidungen gewesen.

So war Scola im Laufe der Jahre oft hinzugezogen worden, wenn andere ihre Aufträge verpatzt und ihre Opfer nur verwundet anstatt getötet hatten. Sie kannte die genauen Umstände nicht, die ihren Einsatz bei dem Zielobjekt im Zimmer 434 bewirkt hatten, noch interessierten sie sie. Nun kam es nur darauf an, daß sie völlig konzentriert vorging, wobei ihre Mordinstrumente offen auf dem Wagen lagen, den sie schob.

Scola hatte eine Zeitlang für die CIA gearbeitet, ziemlich erfolgreich sogar. Dann waren jedoch Drogen ins Spiel gekommen. Das war bei aktiven Agenten, besonders gedungenen Mördern, kaum ungewöhnlich, so daß die Company damit durchaus umgehen konnte, zumindest, solange der Süchtige als leichter und nicht als schwerer Fall angesehen wurde. Fünf Monate, nachdem Scola kokainsüchtig geworden war, wurde sie jedoch von einem leichten zu einem schweren Fall erklärt, und sie hatte keinen Job mehr. Die Company wollte nichts mit Süchtigen zu tun haben. Die Gefahr eines Ausrutschers war einfach zu groß. Scola war eine Weile ziemlich wütend und sah sich dann auf dem freien Markt um, auf dem die Bezahlung außerordentlich hoch und die Arbeitszeiten besser waren und sich niemand an ihrer Sucht störte.

Die Räder ihres Wagens knarrten ein bißchen, als sie ihn zum Fahrstuhl schob. Das Geräusch beruhigte sie. Ja, in einem Krankenhaus einen Auftrag zu erfüllen, war eine Art Heimkehr. Die Gebäude waren alle gleich, und sie hatte noch nie in einem versagt.

Die Fahrstuhltüren öffneten sich, und Scola schob den Wagen hinein.

Blaine McCracken nahm die schmerzstillenden Mittel nur des Abends, damit er schlafen konnte. Er wußte, daß er sich erholen mußte, wollte er seinen Dienst schnell wieder antreten. Er würde es Stimson überlassen, die politischen Komplikationen auszuräumen. Ihn interessierte nur, daß sein Körper heilte oder zumindest wieder einsatzfähig wurde. Dazu mußte er schlafen, doch wenn er schlafen wollte, mußte er die Schmerzmittel nehmen.

Blaine hatte sie schon immer gehaßt. In Vietnam hatte er gesehen, wie eine Menge junger Burschen nach nur ein paar Morphiumspritzen an der Front süchtig geworden waren, und seitdem hatte er unter praktisch allen Umständen auf Medikamente verzichtet. Aber dies war eine andere Sache. Seit seinem Gespräch mit Stimson waren über vierundzwanzig Stunden vergangen, und die Untätigkeit zehrte bereits an ihm. Er war ruhelos, und an Schlaf war ohne chemische Hilfsmittel nicht zu denken. Die beiden Pillen, die er vor einer Stunde genommen hatte, entfalteten gerade erst ihre volle Wirkung. Er fühlte, wie er allmählich in die Dunkelheit des Zimmers trieb.

In den letzten Augenblicken, bevor das Bewußtsein ihn verließ, konzentrierte sich Blaine auf die Informationen, die der Mikrofilm enthalten hatte: *Heiligabend-Menü für 15 000* und die Liste der Nahrungsmittel mit den vorausgehenden Ziffern.

Stimsons Computer waren bei dem Versuch, den Code zu knacken, gescheitert. Sie würden ihn auch niemals knacken können, wenn zu viele alphabetische und numerische Komponenten fehlten. Ohne den kompletten Text konnte man keine Wiederholungsmuster finden, und ohne Wiederholungsmuster konnte man Eastons Code niemals brechen.

Doch was, wenn solche alphabetischen und numerischen Muster keine Rolle spielten? Da war noch etwas, das die Computer nicht in Betracht ziehen *konnten*. In seinem Halbschlaf konnte er fast danach greifen und es berühren . . .

Es sieht aus wie ein Einkaufszettel . . .

McCrackens Verstand umschloß diesen Gedanken, als der Schlaf ihn überkam.

Francis Dolorman hielt den Hörer ans Ohr, während er die Nummer wählte. Sein Telefon wurde täglich überprüft, um zu gewährleisten, daß keine Abhör- oder Aufzeichnungsgeräte angeschlossen waren, nichts, womit man die häufigen Diskussionen, die so wichtig für den Erfolg von Omega waren, weitergeben konnte.

»Ja«, meldete sich der Mann am anderen Ende der Leitung.

»Es gibt weitere Komplikationen, Sir.«

»Ich höre, Francis.«

»Wir haben zweifelsfrei festgestellt, daß Kelno die Diskette Sandy Lister übergeben hat. Sie befindet sich wieder in unserem Besitz.«

»Wo liegt dann das Problem?«

»Bei Miß Lister, Sir. Diese Entwicklung macht sie zu diesem Zeitpunkt zu einem ernsten Risiko.«

»Da die Aktivierung Omegas in nur fünf Tagen bevorsteht, erscheint es mir noch riskanter, Miß Lister zu beseitigen. Ohne die Diskette hat sie keinen Beweis, und Sie haben mir bereits versichert, daß sich nichts darauf befand, was sie irgendwie zu uns führen könnte.«

»Wenn keiner von Kelnos Komplizen mit ihr Verbindung aufnimmt. Wells macht bei der Ermittlung ihrer Identitäten kaum Fortschritte. Wenn sie die Lister informieren, könnte es katastrophale Folgen für uns haben.«

»Abgesehen davon, Francis, daß sie dann aus ihren Löchern hervorkommen müßten, und genau das wollen wir doch. Versichern Sie sich, daß Wells für diesen Zeitpunkt bereit ist. Sie werden sich über kurz oder lang zeigen. Der Druck lastet auf ihnen, nicht auf uns. Und was ist nun mit diesem McCracken?«

»Die Sache wird noch heute abend erledigt, Sir. Ich erwarte keine Komplikationen.«

»Bei Männern wie McCracken gibt es immer Komplikationen. Melden Sie sich wieder bei mir, wenn die Sache erledigt ist.«

Scola schob den Wagen um die Ecke und strebte dem Gang mit den Zimmern der Privatpatienten in diesem Stock zu. Sie wußte bereits, daß sich kein Wachposten vor dem Zimmer 434 befand. Das machte ihre Aufgabe noch einfacher, als sie es erwartet hatte.

Die Schwestern, die in dieser Station Dienst taten, schwatzten und kicherten untereinander, und so konnte Scola agieren, ohne sich ankündigen zu müssen. Eine Krankenpflegerin kam ihr entgegen und musterte sie, doch Scola lächelte einstudiert und ging weiter. Zimmer 434 lag direkt vor ihr.

Scola fühlte, wie ihr Herz nun heftiger schlug. Dies lag teilweise an dem Kokain, das sie erst vor einer Stunde zu sich genommen hatte. Die Droge schärfte ihre Sinne und erzeugte das Gefühl in ihr, alles erreichen zu können. Ein Scheitern war ausgeschlossen.

Scola öffnete die Tür zu Zimmer 434 und zog den Wagen hinter sich her. Die Tür schloß sich leise.

Sie trat in die Dunkelheit.

McCracken fühlte, wie er benommen erwachte. Er wußte nicht genau, was ihn aus dem Schlaf gerissen hatte, und sein Verstand arbeitete zu langsam, um vernünftig zu denken. Da war ein Geräusch gewesen, und noch etwas, das ihm im Schlaf gekommen war . . .

Heiligabend-Menü für 15 000 . . .

Er hatte die Antwort im Schlaf gefunden! Sein Körper mußte aus Angst erwacht sein, er würde sie während der langen Nachtstunden wieder verlieren. Blaine kämpfte gegen seinen benommenen Verstand an, kämpfte darum, die Antwort zu behalten, die der Schlaf enthüllt hatte . . .

So einfach, so verdammt einfach . . .

Diese leichte Schärfung seiner Sinne reichte aus, um die Anwesenheit einer anderen Person im Zimmer zu bemerken. Er spürte, wie sich der Eindringling ihm näherte. Nein, er spürte es nicht – er hörte es. Da war ein quietschendes Geräusch, das plötzlich aufgehört hatte.

Einen Augenblick lang trieb McCracken wieder dem Schlaf entgegen, dann zwang er sich, wach zu bleiben.

Mittlerweile hatte Scola in der Dunkelheit die Ampulle seines Tropfes entfernt und durch eine von ihrem Wagen ersetzt, deren Inhalt zu einem schnellen, geheimnisvollen Tod führen würde. Nun mußte sie nur noch die Kanüle mit ihrer Ampulle verbinden.

Blaine fühlte ein leichtes Ziehen am Arm und blickte

benommen zur Seite. Nur langsam gewöhnten sich seine Augen an die tiefe Dunkelheit des Zimmers, die nur durch einen leichten Lichtschimmer unterbrochen wurde, der durch die Jalousien fiel.

In dem Schimmer bewegte sich neben ihm etwas Weißes.

Blaine wußte, daß es eine Schwester war, wußte, daß sie hier nichts zu suchen hatte. Adrenalin strömte durch seine Adern, belebte ihn, gab ihm den Stoß, den er benötigte, um sich wieder bewegen zu können.

Scolas Nadel grub sich tief in die Ampulle, und umgehend tropfte eine klare Flüssigkeit durch den Schlauch direkt in die Adern ihres Opfers.

Seine plötzliche Bewegung erschreckte sie, doch sie hielt sie eher für einen Krampf als für eine zielgerichtete Handlung, bis sie erkannte, daß er eindeutig nach ihr griff. Scola trat zurück und stieß gegen ihren Wagen.

Blaine hatte sich in dem Bett beinahe aufgerichtet, als die Taubheit ihn erfaßte. Sie schien in all seinen Gliedern gleichzeitig einzusetzen und sein Gehirn in Lähmung und Verwirrung zu stürzen. Die weiße Gestalt wich nun über ihm zurück, und es hätte so einfach sein müssen, sie zu ergreifen und am Hals zu würgen. Doch als er versuchte, nach ihr zu greifen, schien es nichts zu geben, womit er greifen konnte, als hätten sich sein Verstand und sein Körper völlig voneinander getrennt.

Er versuchte zu schreien, brachte jedoch nur ein ersticktes Schnarchen heraus. Dann, wie um weiteren Anstrengungen seinerseits zuvorzukommen, drückte die weiße Gestalt etwas auf ihn hinab – eine Hand, genau, eine Hand auf seinen Mund, und Blaine fühlte, wie sein Kopf hilflos von einer Seite zur anderen schwang. Mit einer unglaublichen Anstrengung schüttelte er die Hand von seinem Mund ab und riß mit einer letzten Kraftanstrengung den Arm, der die Nadel hielt, die ihn tötete, so heftig herum, daß sie aus seinem Fleisch glitt.

Die weiße Gestalt tastete eine Weile nach der Nadel, während Blaine einen schwer gewordenen Arm nach dem Knopf für die Nachtschwester ausstreckte. Er hatte ihn fast erreicht, als die weiße Gestalt seinen Arm ergriff und auf das

Bett drückte. Er versuchte, sich loszureißen, herumzudrehen, doch seine Bewegungen kamen zu langsam, zu unzusammenhängend, und er sah, wie die weiße Gestalt das Kissen ergriff und auf sein Gesicht senkte.

Hilfe, warum hilft mir denn niemand!

Blaine hatte nur in Gedanken geschrien. Das Kissen lag auf seinem Gesicht, und es dauerte ein paar Sekunden, bis sein träges Gehirn begriff, daß er nicht mehr atmen konnte. Er versuchte, die Arme zu benutzen, doch sie waren schwer und langsam. Sein Bewußtsein schwand und trieb davon, doch er verspürte seltsamerweise keinen Schmerz, nur Leere.

Plötzlich ertönte ein Klatschen in seinen Ohren, schnell gefolgt von zwei weiteren, einer Pause, und dann einem letzten. Der Druck auf das Kissen ließ nach, und Blaine stellte fest, daß er wieder atmen konnte. Dann wurde das Kissen von seinem Gesicht gerissen, wodurch seine Augen einem plötzlichen, stechenden Licht ausgesetzt waren. Sie schlossen sich reflexbedingt und öffneten sich dann langsam wieder, um zu sehen, wie ein bekanntes Gesicht über ihm schwebte und die Spur eines Lächelns zeigte.

»Jetzt sind Sie mir zweimal was schuldig, Kumpel.«

Und Blaine sah, wie Sal Belamo zwinkerte.

Erst zwei Stunden später kam er voll wieder zu sich und sah sich dem Chauffeur gegenüber, der ihn zu Sebastians Boot im Hafen gefahren hatte.

»Sie haben mich aus dem Wasser gezogen«, stellte Blaine fest, obwohl er den Satz als Frage begonnen hatte.

Sal Belamo nickte, und das Licht betonte die gebogene Nase. »Wenn Sie mich fragen, dieser ganze Auftrag war von Anfang an seltsam.«

»Heute abend sind Sie fast zu spät gekommen.«

Sals Blick senkte sich auf den blutbefleckten Boden, wo zuvor die Leiche der falschen Schwester gelegen hatte. »Die verdammte Hure hatte die Tür abgeschlossen. Ich mußte zurücklaufen und einen Schlüssel holen. Ihr Name lautete Scola. Sie hat mal für die Company gearbeitet.«

»Stimson hat die ganze Sache eingefädelt?«

Sal Belamo erhob sich von seinem Stuhl und streckte sich. »Er hat keine Florence Nightingale mit der Bettpfanne geschickt, wenn Sie das meinen.«

»Ich meine Sie.«

Belamo nickte. »Er hat vor zwei Tagen Ihr Telefon in dem Hotel abhören lassen. Als Sie eine Limousine bestellten, hat er wohl die Gelegenheit wahrgenommen, Ihnen Rückenschutz zukommen zu lassen.«

»Warum hat er mir nichts davon gesagt?«

Sal hob die Achseln. »Da fragen Sie mich zuviel, Kumpel. Ich habe nur Anweisungen ausgeführt. Vielleicht wollte er nicht, daß Sie sich anders benehmen, weil ich in der Nähe war. Heute abend dachte er sich, jemand würde versuchen, Sie zu erledigen, und ich bekam den Befehl, für Ihren ungestörten, sicheren Schlaf zu sorgen. Das bringt uns natürlich zum nächsten Stadium des Plans. Wenn Sie mich fragen, ist es ein wenig viel verlangt, doch Befehl ist Befehl.«

»Was?«

»Der Boß will sichergehen, daß Sie tot sind.«

»Sie meinen, es soll so aussehen, als hätte Scola Erfolg gehabt?« begriff Blaine nach ein paar atemlosen Sekunden.

»Und dabei selbst erledigt wurde«, bestätigte Belamo. »Sollte Ihnen mehr Bewegungsfreiheit geben, wenn Sie wieder auf den Beinen stehen können.«

»Das muß ich Stimson lassen. Er denkt voraus.«

»Ja, wie ich schon sagte, er wußte, daß jemand kommen würde, um den Job zu erledigen, den die Explosion angefangen hatte. Die Sache war nur, ich mußte sie den Versuch machen lassen. Wenn Sie mich fragen, es wurde ein wenig knapp. Ich meine, wenn auf dem Schwesternzimmer niemand die Schlüssel gehabt hätte . . .«

McCracken setzte sich ein wenig höher in seinem Bett auf. In seinem Schädel machten sich zwei Schmiedehämmer an die Arbeit.

»Wir müssen nach Washington, Kumpel. Sind Sie transportfähig?«

»Geben Sie mir bis Sonnenaufgang, und ich bin okay. Jetzt wählen Sie erst einmal Stimsons Privatnummer für mich.«

Belamos kalter Blick zeigte, daß er diesen Wunsch nicht billigte. »Vergessen Sie nicht, Sie sind angeblich tot. Krankenhaustelefone sind nicht abhörsicher, Kumpel, und Leichen führen keine Telefongespräche.«

»Stimson wird es verstehen. Ich werde die Verantwortung übernehmen.«

»Da können Sie Gift drauf nehmen.« Belamo griff zögernd nach dem Telefon auf Blaines Nachttisch. »Ich tue nur, was man mir sagt. Wenn Sie mich fragen, auf diese Art ist das Leben viel einfacher.« Er tippte die Nummer ein und reichte Blaine den Hörer. »Es ist Ihr Kopf, Kumpel. Wär' 'ne Schande, wenn er ihn Ihnen abreißt, nachdem ich ihn gerade erst gerettet habe.«

»Stimson«, erklang nach vier Klingelzeichen die schlaftrunkene Stimme des GAP-Chefs. Offensichtlich hatte der Anruf ihn zu Hause erreicht. Es mußte später sein, als Blaine gedacht hatte.

»Das ist Ihr Weckanruf, Andy. Er kommt direkt von den Himmelstoren.«

»Blaine! Ich habe Belamo befohlen, nicht . . .«

»Beruhigen Sie sich und ziehen Sie die Hosen an, Andy. Sie werden sofort ins Büro fahren wollen, nachdem Sie gehört haben, was ich Ihnen sagen werde. Die Computer konnten den Mikrofilm nicht knacken, weil Sie sie in die falsche Richtung geschickt haben. Es ist so einfach, daß wir es fast übersehen hätten. Ich hatte die Lösung von Anfang an und wußte es nicht einmal.«

»Träume ich noch?«

»Ja, und es ist ein Alptraum.« Blaine hielt inne. »Heiligabendmenü für 15 000 – der Mikrofilm *ist* ein gottverdammter Einkaufszettel. Aber nicht für Lebensmittel, Andy. Ein Einkaufszettel für *Waffen*. Jedes Nahrungsmittel steht für eine andere Waffe. Ich werde Ihnen die Einzelheiten später erklären, doch laut dieser Liste hat Sahhan genug Waffen, um – Sie werden es sich schon gedacht haben – eine Armee von etwa fünfzehntausend Mann auszustatten.«

12

Sal Belamo fuhr McCracken am Samstagmorgen, eine Stunde nach Anbruch der Dämmerung, zum Flughafen La Guardia. Im Krankenhaus benutzten sie Lastenaufzüge und Personalausgänge, so daß niemand Blaine gehen sah. Mittlerweile hatte ein unbekannter Stadtstreicher, der des Nachts zuvor eingeliefert worden war, Blaines Namen, Krankenblatt und gefälschten Totenschein bekommen. Über den scheinbaren Mord im Krankenhaus würde strengstes Stillschweigen gewahrt werden, doch Belamo würde dafür sorgen, daß genug durchsickerte, um Scolas Auftraggeber zu überzeugen, Blaine sei wirklich umgekommen. Belamo hatte das ganze Täuschungsmanöver in den letzten Stunden der Dunkelheit vor ihrem Aufbruch in die Wege geleitet. Er war weitaus intelligenter, als sein mitgenommenes Äußeres und seine rauhe Stimme andeuteten. Blaine hätte sich denken müssen, daß Stimson ihm niemals gestattet hätte, Sebastian allein aufzusuchen, und ihn ganz bestimmt nicht schutzlos im Krankenhaus zurückgelassen hätte.

»Wir werden uns sicher noch einmal begegnen, Sal«, sagte er zum Abschied auf dem Flughafen.

»Sobald ich die Erkältung überstanden habe, die mir der Sprung ins Hafenbecken eingebracht hat.«

»Abgemacht.«

Der kurze Flug nach Washington verlief ohne Probleme, und wie abgesprochen stieg McCracken in das Taxi mit dem ihm bekannten Nummernschild, das vor dem Washington National Airport wartete. Andrew Stimson saß auf dem Rücksitz.

»Morgen, Andy.«

Stimsons Gesicht war bleich, und die Augen schienen tief in den Höhlen zu liegen. »Das ist alles, was wir über Mohammed

Sahhan und die People's Voice of Revolution haben«, sagte er mürrisch und warf drei Jiffytaschen zwischen ihnen auf den Sitz. »Lesen Sie es sich sorgfältig durch. Vielleicht finden Sie etwas, das Ihnen weiterhilft.«

»Hatte ich mit seiner Armee recht?«

Stimson seufzte. »Wir können nichts beweisen, aber das hat nichts zu bedeuten. Sie haben recht. So paßt alles zusammen, und bis auf weiteres gehen wir von dieser Prämisse aus.« Ein grimmiges Nicken. »In diesem Fall hat ein radikaler Fanatiker also fünfzehntausend Mann unter seinem Befehl . . .«

»Und jede Menge Waffen«, fügte Blaine hinzu.

»Wir wissen nicht, ob er sie schon hat«, sagte Stimson hoffnungsvoll. »Vielleicht ist die Lieferung noch nicht angekommen.«

»Vielleicht noch nicht die gesamte Lieferung, doch die Menge an Waffen, über die wir hier sprechen, müßte sowieso nach und nach eingeschmuggelt und weitergeleitet werden, vielleicht sogar über einen Zeitraum von Monaten hinweg. Und vergessen Sie nicht, daß Eastons Speiseplan dem Heiligabend galt. Wir haben nur noch vier Tage.«

Stimsons Gesicht wurde noch bleicher. Er lehnte den Kopf etwas zurück. »Mein Gott, ein Anschlag am Heiligen Abend . . .«

»Ob es Ihnen nun gefällt oder nicht, alles deutet darauf hin. Es ist ein wenig verrückt, wenn Sie mich fragen. Woher hat er all diese Männer? Es ist fast unmöglich, fünfzehntausend Menschen dazu zu bewegen, zu den Waffen zu greifen.«

»Nicht, wenn Sie bedenken, daß sich fünfundzwanzig Millionen Schwarze auf der gleichen Seite des Zauns wie wir befinden«, erklärte Stimson. »Kein überraschendes Verhältnis, nicht wahr? Auf der anderen Seite stehen wahrscheinlich viel mehr. Es mußte nur jemand wie Sahhan her, um sie zu motivieren und zu organisieren.«

Das Taxi quälte sich durch den morgendlichen Berufsverkehr.

»Und da bricht die gesamte Scheiße zusammen, Andy, bei der Organisation. Armeen müssen mehr als nur motiviert werden, sollen ihre Gewehre funktionieren.«

»Dies ist keine Armee im üblichen Sinne. Das meiste von dem, was die Männer wissen müssen, hätte man ihnen in kleinen Gruppen beibringen können, vielleicht sogar im Einzelunterricht.«

»Aber früher oder später müssen sie sich zusammenschließen.«

Stimson schüttelte den Kopf. »Nicht, wenn Sahhan seine Hausaufgaben erledigt hat. Der GAP, der Company und dem Bureau liegen mehrere neue Erhebungen vor, wie vieler organisierter Terroristen es bedürfte, um dann die gesamte Zivilisation ins Chaos zu stürzen, wenn der Zeitpunkt richtig ist. Die Zahlen, mit denen wir es zu tun hatten, lagen doch beträchtlich niedriger als fünfzehntausend.«

»Dann müssen Sie auch mögliche Taktiken und Strategien in Betracht gezogen haben.«

»Und die sind auch Sahhans Helfern bekannt. Terroristen müßten nicht das gesamte Land unterwerfen, nur die bedeutendsten Stadtgebiete – sagen wir, die dreißig größten. Das würde fünfhundert Mann pro Stadt bedeuten – organisiert, gut bewaffnet und mit dem Überraschungsmoment auf ihrer Seite.«

»Und sie wollen am Heiligen Abend zuschlagen – wenn die Polizei und alle anderen Reserveeinheiten nur noch aus Notbesetzungen bestehen.« Blaine fröstelte plötzlich. »Bei der Feuerkraft, die Sahhan laut dieses Einkaufszettels hat, wird am Weihnachtsmorgen das Kriegsrecht gelten.«

»Genau deshalb habe ich mit einem alten Freund von mir Kontakt aufgenommen, mit Pard Peacher, dem Kommandanten der Delta-Force-Anti-Terror-Einsatztruppe. Er schickt kleine, getarnte Eliteeinheiten in alle größeren Städte, um die einzelnen terroristischen Zellen aufzuspüren, eine Art Such- und Vernichtungsmission.«

»So lange ihr Einsatz sich nicht herumspricht«, warnte Blaine. »Sahhans Männer würden sich nur noch tiefer in den Untergrund zurückziehen. Dann würden wir sie niemals finden.«

»Peacher ist ein Profi, und seine Männer sind die besten im

ganzen Land, allesamt von den Israelis ausgebildet. Sie wissen, was sie tun.«

Blaine dachte schon wieder über etwas anderes nach. »Aber der Schlüssel sind immer noch die Waffen, Andy, nicht die Menschen. Angenommen, Sahhan hat sein Arsenal in Empfang genommen, dann ist es sehr wahrscheinlich, daß er eine Feuerkraft dieser Größenordnung erst in letzter Sekunde an seine Männer verteilen wird. Wenn wir also seine Versorgungskanäle finden und die Spur zu seinen Vorratslagern zurückverfolgen, könnten wir die Verteilung verhindern und den Mistkerl noch in den Startlöchern abfangen. Keine Waffen – keine Revolution.«

Stimson blinzelte. »Mir gefällt, wie Sie die Sache anfassen. Und jetzt besteht kein Grund mehr, Ihnen ein Exekutionskommando nachzuschicken, da Sie praktisch schon tot sind.«

»Weiß Washington davon, daß Sie mit Peacher Kontakt aufgenommen haben?«

»Nein, das ist unter uns geblieben. Ich habe Pard die Lage erklärt, und er stimmt mir zu. Es gibt kein Element des Vertrauens mehr, falls es je eins gegeben haben sollte. Sie haben uns einen Gefallen getan, indem sie versucht haben, Sie in New York zu beseitigen. Nun sieht uns Washington nicht mehr über die Schulter, genau wie Sahhan.«

Blaine zögerte. »Angenommen, er hat die Scola angeheuert.«

»Wer sollte es sonst gewesen sein?«

»Ich weiß es nicht. Aber irgend etwas stinkt hier, und dieser Gestank führt nicht unbedingt zu Sahhan zurück. Die Scola zum Beispiel. Sie kommt mir nicht wie eine Attentäterin vor, die er anheuern würde oder zu der er überhaupt Zugang hätte. Ich kann den Finger nicht darauf legen, aber ich weiß, daß noch jemand in die Sache verwickelt ist, Andy. Sahhan ist nur ein Teil dessen, was hier vor sich geht, ein Teil, der in einem Zusammenhang mit einer noch größeren Partei steht.«

»Wir sprechen über einen gottverdammten Bürgerkrieg, der in fünf Tagen ausbrechen wird, Blaine. Um wieviel größer kann die Sache noch werden?«

»Um einiges. Denken wir doch einmal nach. Angenommen, Easton hat herausgefunden, was Sahhan vorhat, das und sonst nichts. Wir wissen, daß es Sahhans Leute waren, die ihn durch Sebastian in eine Falle gelockt haben, und daß zwei Schwarze den Mord ausführten. Doch dann bricht die Verbindung mit der PVR zusammen. Chen hat nicht zu ihnen gehört, die Weihnachtssänger nicht, und die Scola auch nicht.«

»Sie behaupten, Sahhan habe eine Art stillen Teilhaber?«

»Jemand, der aus Bürgerunruhen auch einen Gewinn ziehen würde. Aber wer? Und warum?«

Stimson deutete auf den Datumsanzeiger seiner Uhr. »Heute haben wir den Zwanzigsten, Blaine. Mittwoch ist Heiliger Abend. Also haben wir noch eine Menge Zeit, die Antworten zu finden.« Stimson zog einen Umschlag aus seiner Tasche und gab ihn McCracken. »Sahhan hält heute nachmittag eine Vorlesung an der George Washington University. Hier ist eine Eintrittskarte sowie eine Einladung zu dem anschließenden Empfang. Vielleicht bekommen Sie einen gewissen Einblick, mit was für einem Mann wir es zu tun haben.«

»Ich kann es kaum erwarten.«

Sandy Lister hatte es über ein Dutzend Mal mit T.J. Brown durchgesprochen, so daß ein weiteres Mal nichts schaden konnte.

»Sie sagen, Sie haben die Diskette auf Ihrem Schreibtisch liegenlassen?« fragte sie.

»Nein!« schrie T. J. ins Telefon. »Ich habe sie in die oberste Schublade gelegt und sie abgeschlossen. Da bin ich mir ganz sicher. Ich habe die Diskette in die Hülle zurückgesteckt und sie verschlossen.«

»Hat Sie dabei jemand beobachtet?«

»Zum letzten Mal, ich habe nichts bemerkt. Wie könnte ich das auch? Mein Büro ist nicht gerade abgeschieden. Jeder, der Wert darauf legte, hätte mich beobachten können. Schauen Sie, ich habe letzte Nacht nicht in meiner Wohnung geschlafen. Ich bin noch nicht einmal dorthin zurückgekehrt. Ich habe Angst. Ich glaube, jemand . . . beobachtet mich. Ich habe dieses schreckliche Gefühl, daß die Leute, denen Kelno die Diskette gestohlen hat, sie sich zurückgeholt haben. Das bedeutet, sie wissen, daß wir sie hatten – *ich* sie hatte. Und sie haben Kelno aus dem gleichen Grund umgebracht. Sie haben ihn umgebracht!«

Sandy wußte, daß es keinen Sinn hatte, T.J. zu beruhigen. »Was soll ich denn jetzt tun?« fragte sie ihn.

»Rufen Sie Shay an«, schnappte er. »Diese Sache ist mir über den Kopf gewachsen, und Ihnen auch. Bringen Sie ihn dazu, uns zu helfen.«

»In Ordnung«, sagte Sandy. »Ich fahre in ein paar Stunden nach Texas weiter. Ich werde ihn von dort aus anrufen. Bis dahin weiß ich, was ich ihm sagen werde. Was haben Sie also für mich über Simon Terrell herausgefunden?«

»Die Adresse in Texas, um die Sie gebeten haben. Haben Sie einen Kugelschreiber?«

Als Sandy zu einem späten Frühstück in die Küche des Hollins-Landsitzes die Treppe hinabging, entdeckte sie, daß ihre gepackten Taschen schon auf sie warteten.

»Wohin fahren Sie nun, Ma'am?« fragte Spud Hollins, als sie in die Küche traten.

»Nach Texas, auf den Spuren Simon Terrells.«

»Kraymans Assistent, bis der alte Randy sich entschloß, seinen Abschied einzureichen?«

»Genau der.«

»Nun, Sie kommen ja bald zu uns zurück.« Hollins zwinkerte ihr zu. »Und vergessen Sie nicht, eine Kamera mitzubringen.«

Als sie den Tisch erreicht hatten, blieb Sandy stehen. »Darf ich Ihnen eine letzte Frage stellen, Spud?«

»Schießen Sie los.«

»Warum sind Sie bereit, nach so vielen Jahren damit vor die Kamera zu treten? Sie haben alles, was ein Mensch sich nur wünschen kann, und nach Ihrem eigenen Eingeständnis hat Randall Krayman Ihnen einen Gefallen erwiesen. Und doch sind Sie bereit, wieder in die Öffentlichkeit zu treten, riskieren eine Gegenbeschuldigung, weitere Interviews, vielleicht sogar einen Prozeß. Warum, Spud?«

Hollins lächelte, doch Sandy erkannte, daß die Geste nach

innen gerichtet war. »Weil das, was Krayman getan hat, nicht richtig war, und ich das Gefühl habe, daß er noch nicht fertig damit ist.«

Mohammed Sahhans Vorlesung sollte um vierzehn Uhr im Lisner-Auditorium auf dem George-Washington-Campus stattfinden. McCracken hatte im Laufe der Jahre mehreren Personenschutzteams für Staatsführer angehört, und Sahhans Sicherheitsmaßnahmen standen den meisten davon in nichts nach. Das einzige Merkmal, das den etwa dreißig Leibwächtern fehlte, waren die winzigen Ohrmikrophone, die typisch für den Geheimdienst waren.

Mit Hilfe von Stimsons Eintrittskarte konnte Blaine einen Sitzplatz in der VIP-Sektion des Saales ergattern. Er hatte eine gute Sicht aufs Podium, und wenn er hierher gekommen wäre, um den radikalen Minderheitenführer zu ermorden, hätte er auf keine bessere Gelegenheit hoffen können.

Er hatte den größten Teil des Morgens damit verbracht, die Unterlagen durchzuarbeiten, die Stimson ihm über Sahhan verschafft hatte. Der Führer der PVR war ein Fanatiker, doch er machte den Fanatismus beinahe respektabel. Er wurde mit Diplomaten, Kongreßabgeordneten, ausländischen Staatsführern und wichtigen Geschäftsleuten abgebildet. Eine Zeitungsmeldung berichtete eingehend von dem Unfall eines vorwiegend aus Farbigen bestehenden Arbeitertrupps, den niemand überlebt hatte. Es kam ziemlich schnell zu Ausschreitungen. Sahhan stiftete Frieden und bewahrte ihn lange genug, um einen neuen Vertrag mit der Firma auszuarbeiten, der grundlegend besser war als alles, worauf die streikenden Arbeiter hoffen konnten. In einem anderen Fall hatten die Elektrizitätswerke einer großen Stadt im Norden armen Familien, die die Rechnungen nicht mehr bezahlen konnten, den Strom abgestellt; Sahhan bezahlte nicht nur die Rechnungen, er ließ es sich auch nicht nehmen, jeder betroffenen Familie persönlich einen Scheck zu überreichen.

Als der Führer der People's Voice of Revolution ohne eine vorherige Ankündigung auf die Bühne trat, erklang aus den vorderen Reihen vereinzelter Applaus, der lauter wurde, als die restlichen Zuschauer ihn bemerkten. Sahhan lächelte und winkte dem Publikum, als er das Podium erreicht hatte. Die gleißenden Scheinwerfer wurden von seiner dunklen Sonnenbrille reflektiert.

Blaine war von seiner körperlichen Erscheinung nicht im geringsten beeindruckt; ganz im Gegensatz zu Malcolm X oder Louis Farrakhan verfügte er über keine gewinnende Statur. Sahhan war klein und dünn. Seine dicht gelockte Afrofrisur fiel über Haut vom Farbton dunklen Kupfers. Er trug einen mittelgrauen, gut geschnittenen und offensichtlich teuren Anzug. Seine Hände hatten das Mikrophon kaum ergriffen und aus dem Ständer gezogen, als seine ölige Stimme auch schon das Auditorium erfüllte.

»Brüder«, begann er und hielt augenblicklich inne. »Genau, ich spreche euch alle als Brüder an. Ich trage diese Sonnenbrille, damit ich die genaue Farbe eurer Haut und eure Gesichter nicht erkennen kann. Weil ihr hierher gekommen seid, nehme ich an, daß irgend etwas in euren Herzen nach Gerechtigkeit ruft. Brüder und Schwestern, ich höre diese Rufe, habe sie schon immer gehört. Ich bin durch dieses Land gereist und habe die Qualen und Leiden so vieler Schwarzer und auch Weißer gesehen. Ich habe Tränen vergossen, doch Tränen werden fortgewischt. Ich habe mich von einem Mann des Gebetes zu einem Mann der Tat verändert. Ich bin ein General, Brüder und Schwestern, und ich bin heute in der Hoffnung hierher gekommen, daß eure Seelen sich meiner Armee anschließen werden.«

McCracken fühlte, wie ihn angesichts von Sahhans schicksalsschwerer Metapher fröstelte. Wie viele Menschen in diesem Auditorium argwöhnten die Wahrheit? Welche Gedanken versuchte der Führer der PVR in ihre Köpfe zu verpflanzen?

Sahhan trat langsam zum Bühnenrand und schritt dann auf und ab, während er fortfuhr:

»Brüder und Schwestern, es gibt eine Verschwörung in dieser Nation, eine Verschwörung so großen Ausmaßes, daß sie das Lebensblut eines ganzen Volkes zu ersticken droht. Ich spreche von uns, Brüder und Schwestern, den Schwarzen Amerikas. Die im Publikum, deren Haut nicht schwarz ist, sollen in ihren Herzen nach Schmerz und Ungerechtigkeit suchen. Ihr seid hier, weil auch ihr verletzt und betrogen wurdet, weil man euch unrechtmäßig etwas Wertvolles nahm, das in Wirklichkeit euch gehört. Ihr mögt vielleicht gegen meine Worte und gegen meine Sache stehen, werdet eines Tages aber feststellen, daß ihr genauso ein Opfer dieser Beleidigungen seid, von denen ich heute sprechen möchte. Denn diese Beleidigungen und Grausamkeiten und Ungerechtigkeiten sind nicht auf eine Rasse oder eine Kultur beschränkt. Sie breiten sich aus, und bald, sehr bald, wird die Hautfarbe uns nicht mehr trennen.«

Sahhan hob die freie Hand, als wollte er Gott huldigen. »Ja, es gibt eine Verschwörung, und mein Volk ist ihr zum Opfer gefallen. Die, die vor mir über diese Straßen geschritten sind, Männer wie Malcolm X und Martin Luther King, wurden alle wegen ihrer Worte und Taten niedergemacht – weil sie die Wahrheit sprachen. Sie waren Männer des Friedens, und sie reichten der Gesellschaft, die nur danach trachtete, sie zu vernichten, in einer freundschaftlichen Geste die Hand.« Er senkte die Hand wieder und ballte sie zur Faust. »Ich werde kein solches Angebot machen. Die Zeit für einseitige Freundschaft ist vorbei. Wir müssen uns erheben und uns weigern, die schrecklichen Bedingungen zu akzeptieren, unter denen zu leben wir gezwungen wurden.«

Sahhan schritt zurück zum Rednerpult und schlug mit der Faust darauf. Der Raum erzitterte unter dem Druck des Echos, das aus den Lautsprechern drang.

»Schenkt ihren Lügen keinen Glauben!« schrie er ins Mikrophon. »Glaubt nicht einen Augenblick lang, daß die Stadtsanierungen oder die Erfüllung irgendwelcher Forderungen etwas geändert haben. Das sind nur Blendwerke der Verschwörer, die eure Aufmerksamkeit von der Wahrheit ablenken sollen. Und die Wahrheit ist, daß es niemals einen solchen Plan wie die Große Gesellschaft gegeben hat. Ich war vor vielen Jahren dabei, als all die Verträge unterzeichnet und die Versprechungen gemacht wurden. Doch die Versprechungen verblichen, und die Verträge verstaubten, und die Große Gesellschaft wurde nur ein weiteres Blendwerk.« Er senkte die

Stimme und schien sich ein wenig zu entspannen. »Und was hat das bewirkt, Brüder und Schwestern?« fragte Sahhan hinter seiner Sonnenbrille, zögernd, als erwartete er, jemand würde ihm antworten. »Es hat bewirkt, daß wir in den Randgebieten einer Gesellschaft leben und keine Hoffnung haben, jemals hineingebeten zu werden. Die Straßensperren werden uns immer im Weg stehen, uns immer den Weg versperren, uns die Hoffnung nehmen. Die Straßensperren werden immer bleiben . . . außer, wir leiten Schritte ein, sie selbst zu entfernen.«

Applaus zersplitterte Sahhans letzte Worte. Blaine hörte ein paar zustimmende Schreie und Pfiffe, bemerkte aber auch, daß mehr als nur ein paar Mitglieder des Publikums aufstanden und gingen. Er bemerkte zum ersten Mal, daß Sahhan ohne irgendwelche Aufzeichnungen oder vorbereitete Manuskripte sprach, was seiner Darbietung nur noch mehr Feuer verlieh.

»Und wen zählen wir nun zu den Schuldigen, Brüder und Schwestern? Wen zählen wir zu den Feinden, die wir unterwerfen müssen? Seht euch die hartherzigen, erpresserischen Geschäftsleute an, denen die unbeheizten Gebäude gehören, die wir mit den Ratten teilen. Wir zahlen ihnen Mieten, die wir uns nicht leisten können, und sie erwidern uns den Gefallen, indem sie ihre ungezieferverseuchten Gebäude verkaufen und uns auf die Straße setzen, wenn sie finanzielle Vorteile daraus ziehen können. Ihnen gehören die Banken, die Zeitungen und die Fernsehsender. Die Politiker fressen ihnen aus der Hand und gewährleisten, daß die Straßensperren an Ort und Stelle bleiben. Sie . . .«

Blaine erkannte allmählich, wie gefährlich Sahhan wirklich war. Er drückte die tiefsten Frustrationen des Publikums aus. Bei den meisten würde dieses Gefühl nicht anhalten. Anderen würde es schwerer fallen, diese radikale Predigt abzuschütteln. Ein paar, bei weitem der kleinste Teil, würden Taten verlangen.

Das waren die, die Sahhan eigentlich erreichen wollte.

»Und so, meine Brüder und Schwestern«, fuhr er fort, »bleiben wir ein Volk ohne Heimat. In dieser Welt, in der wenige über viele herrschen, müssen wir uns zusammenschließen und zusammenstehen. Es sind natürlich nicht nur die Hausbesitzer und Bankiers, die auf der anderen Seite stehen, sondern unzählige andere, die gegen uns denken und handeln. Ihnen allen müssen wir zeigen, daß wir keine weiteren Leiden und Ungerechtigkeiten hinnehmen werden . . .«

Sahhan feuerte seine Belehrungen nun mit der Geschwindigkeit eines Maschinengewehrs ab. In Blaines Ohren schien er sich zu wiederholen, alte Gedanken aufzubereiten. McCracken ließ seine Augen und seine Gedanken wandern. Er hatte nicht damit gerechnet, etwas Ungewöhnliches zu bemerken, und war daher ziemlich überrascht, als er den fettleibigen Schwarzen erblickte, der direkt hinter der Bühne stand, dort, wo Sahhan hervorgetreten war.

Der Name des Mannes war Luther Krell.

Und er war Waffenhändler.

13

Blaine hatte Luther Krell während seines Aufenthaltes in Afrika kennengelernt, in den letzten Tagen, da er sich mit der Company noch gut gestanden hatte. Krell hatte Waffenlieferungen für verschiedene revolutionäre Gruppen arrangiert und sich gegen exorbitante Gebühren von der Bestellung bis zur Überprüfung der Waren um alles gekümmert. Krell kannte keine Lieblinge, und Politik interessierte ihn nur so lange, wie er sich damit die Taschen füllen konnte. Liberal oder konservativ, reaktionär oder radikal, das spielte nicht die geringste Rolle.

Eine wachsende Reputation als Betrüger hatte Krell gezwungen, aus Afrika nach Südamerika zu fliehen. Dort war er untergetaucht. Doch Gerüchte hatten durchgehend besagt, daß er, wenn der Preis stimmte, stets der richtigen Gruppe für Waffengeschäfte zur Verfügung gestanden hatte. Mohammed Sahhan stand sicherlich der richtigen Gruppe vor, und die ziellose Gewalt, die die PVR versprach, war Krells bester Verbündeter. Wenn er mit Sahhan unter einer Decke steckte, würde er wissen, wo die Waffen und die Munition versteckt waren. Wenn man an diese Waffen herankäme, würde der Heilige Abend friedlich verlaufen.

Das Problem lag darin, an Krell heranzukommen, solange er noch allein und verletzlich war. Blaine dachte darüber nach, wie er am besten zuschlagen konnte, als Sahhans Rede nach fünfundvierzig Minuten ein abruptes Ende fand. Während deren Verlauf, so schätzte Blaine, hatte ein gutes Drittel des Publikums das Interesse verloren. Die etwa vierhundert Übriggebliebenen applaudierten Sahhan, als er sich langsam verabschiedete; einige rissen in ihrem Enthusiasmus die Arme so hoch, daß ihnen die Schultergelenke auszukugeln drohten.

Sahhans Leibwachen schirmten die Bühne sofort ab, um das Publikum zurückzuhalten. Damit war Krell in diesem Moment nicht mehr erreichbar, und Blaine blieb nur noch der Empfang als Möglichkeit.

Die George Washington University lag im Herzen der Hauptstadt, auf der einen Seite begrenzt von der Pennsylvania Avenue und auf der anderen von der Virginia Avenue. Der Eingang zum Alumni House befand sich direkt unterhalb des Lisner-Auditoriums auf der Twenty-first Street. Blaine wartete draußen und sah zu, wie die Gäste hineingingen, bis sich eine genügende Anzahl versammelt hatte, daß er sich darunter verbergen konnte. Er stieg die Stufen hoch und zeigte einem uniformierten Wachposten, der ihn aufmerksam musterte, seine Einladung.

Der Empfang wurde in einer Raumflucht gegeben, die normalerweise den exklusivsten Studentenveranstaltungen vorbehalten war. Das Mobiliar und die Einrichtung waren überraschend extravagant. Im Augenblick konnte Blaine weder Sahhan noch den feisten Waffenhändler ausmachen. Frauen in schwarzweißem Aufzug gingen mit Tabletts voller Champagnergläser und verschiedener Horsd'œuvres umher. Für die Gäste, die etwas anderes als Champagner bevorzugten, hatte am Ende des geräumigen Saals eine Bar geöffnet.

Hinten rührte sich etwas, und McCracken mußte Sahhan nicht sehen, um zu wissen, daß er eingetroffen war. Die weißen Gäste, wahrscheinlich Beamte der Universitäts- und Stadtverwaltung, wichen merklich zurück, während andere vorwärts drängten, um Sahhan zum Erfolg seiner Rede zu gratulieren und alle weiteren Sätze aufzufangen, die er von sich geben mochte.

Noch immer kein Krell. Solche Versammlungen waren noch nie Sache des feisten Mannes gewesen. Blaine würde ihn suchen müssen, und das hieß, in die Offensive zu gehen. Normalerweise wäre solch ein Zug in solch einer Umgebung nicht in Frage gekommen, da das Risiko, sich dem Feind zu offenbaren, viel zu hoch gewesen wäre. Doch der Heilige Abend stand zu nah bevor, um irgend etwas auf den morgigen Tag zu verschieben, und so ging Blaine durch den Raum auf Sahhan zu, ohne die geringste Vorstellung, was er tun würde, wenn er ihn erreicht hatte.

Es gelang ihm, auf dem Weg zu der Gruppe, die den Führer der PVR umgab, zwei Glas Champagner hinabzustürzen. Sahhan beantwortete höflich Fragen; zwei muskulöse Leibwächter umgaben ihn. Er trug natürlich noch die Sonnenbrille und hielt ein Glas in der Hand, in dem sich Mineralwasser zu befinden schien. Sahhan machte einen schlechten Witz, und die Gruppe lachte fast wie auf ein Stichwort. Blaine war der einzige Weiße darunter, und als der schwarze Führer seine hinter der Sonnenbrille verborgenen Augen schweifen ließ, blieben sie lange genug auf Blaine haften, um ihm die Gelegenheit zu geben, die er brauchte.

Er trat vor. »Mir hat Ihre Rede sehr gefallen, Mr. Sahhan, doch ich habe eine Frage.«

Sahhan wirkte überrascht. Sein Kopf ruckte ein wenig zur Seite. »Bitte.«

Blaine zögerte nicht. »Glauben Sie diese Scheiße über eine Verschwörung der Hausbesitzer und Bankiers wirklich oder benutzen Sie sie nur als Propaganda, um Ihrer Gefolgschaft einen konkreten Feind zu geben?«

Diesen Worten folgte eine tödliche Stille, die erst durchbrochen wurde, als ein Champagnerglas auf den Teppich fiel. Die riesigen Leibwächter sahen unsicher zuerst einander und dann Sahhan an. Andere Wachen, die spürten, daß Ärger drohte, näherten sich von den Eingängen.

Sahhan winkte sie mit einer Handbewegung zurück und

zwang sich zu einem kleinen Lächeln, das die Spannung brach. »Eine anmaßende Frage, aber eine, die ich wohl beantworten muß. Doch wer stellt sie?«

Blaine schob sich ein wenig vor. »Sam Goldstein von der Associated Press.«

Daraufhin verschwand Sahhans Lächeln. Er musterte Blaine wie ein Boxer, der seinen Gegner abschätzt, bevor die erste Runde eingeläutet wird.

»Ja, Mr. Goldstein«, sagte er glatt. »Ich glaube, daß alles, was ich gesagt habe, auf der Wahrheit beruht.«

»›Auf der Wahrheit beruht‹ oder wahr ist? Da gibt es einen Unterschied, Mr. Sahhan.«

»Keinen, den ich sehen könnte.«

»Dann schauen Sie nicht genau genug hin.«

Stille breitete sich im Raum aus. Andere Gäste traten langsam näher, bildeten einen Kreis um die beiden, die sich das Wortgefecht lieferten, wie Kinder bei einer Prügelei auf dem Schulhof. Blaine wußte, daß die Menge gegen ihn war, gab jedoch nichts darum. Er mußte das Gespräch fortsetzen, bis Krell in der Menge auftauchte.

Sahhan schloß die Lücke zwischen ihnen bis auf kaum einen Meter, wobei die beiden Leibwächter jedem seiner Schritte folgten. »Ich will Ihnen sagen, was ich sehe, Mr. Goldstein. Ich sehe eine Arbeitslosenquote unter den Schwarzen von fast zwanzig Prozent, die mehr als dreimal so hoch ist wie die unter den Weißen. Ich sehe ständig erfolgreiche Versuche des Kongresses und der Justiz, uns die wenigen Rechte, die wir uns in den Sechzigern erkämpft haben, wieder zu nehmen. Ich sehe, daß Bürgerrechtsprozesse jetzt entschieden werden, bevor überhaupt eine Verhandlung stattgefunden hat. Schulen, die Schwarze diskriminieren, werden Steuererleichterungen gewährt, und was das allgemeine Wahlrecht betrifft, haben wir Boden verloren und nicht gewonnen.«

»Das stimmt alles, und es ist alles ungerecht«, stimmte Blaine zu, »doch kaum eine Verschwörung.«

»Aber ich bin noch nicht fertig, Mr. Goldstein.« Sahhan wußte, daß er die Menge nun in seinen Bann geschlagen hatte und sie beherrschte. »Sehen Sie aus dem Fenster, und ich sage

Ihnen, was *Sie* sehen. Der Anteil der schwarzen Familien, denen eine Frau vorsteht, ist auf fast fünfzig Prozent gewachsen. Heute wird jedes vierte schwarze Baby von einem Mädchen unter neunzehn Jahren geboren, und fast neunzig Prozent dieser Mütter sind ledig. Jedes Jahr werden Hunderttausende Schwarze von den Essensmarken ausgeschlossen, und das Schulspeisungsprogramm hat sich fast völlig in Luft aufgelöst. Menschen wie Sie sind voller herausfordernder Fragen, doch würden Sie sie auch noch stellen, wenn Sie ein Kleinkind gesehen haben, das an Rattenbissen gestorben ist? Oder eine achtköpfige Familie, die sich mitten im Winter vor einem Küchenofen in mottenzerfressene Decken einhüllt? Ich könnte weitere Beispiele aufführen, Hunderte mehr, doch ich weiß, daß Sie sie einfach nicht verstehen würden, weil Sie mir immer noch nicht zuhören. Niemand hört zu . . . bis man ihn dazu zwingt.« Dann, zu seinen Leibwächtern: »Entfernt ihn von hier. Er stellt alles dar, was wir verachten, alles, das unsere Verzweiflung verursacht hat.« Sahhan stieß mit einem knochigen Finger in McCrackens Richtung und richtete seine Aufmerksamkeit wieder auf die Menge. »Menschen wie er werden bald aufhorchen, wenn wir den Kampf mit ihnen nach ihren Regeln aufnehmen. Sie haben genug Chancen gehabt. Ihr Schicksal ist besiegelt. *Entfernt ihn.*«

Blaine fühlte, wie die mächtigen Pranken der beiden riesigen Leibwächter ihn an den Schultern faßten und zurückdrängten. Er konnte ihnen lange genug Widerstand leisten, um einen letzten Satz von sich zu geben:

»Frohe Weihnachten, Sahhan.«

Ihre Blicke trafen sich durch die dunkle Sonnenbrille, und Blaine fühlte Sahhans Panik. Der Fanatiker hatte verstanden, was er sagen wollte. Sein Mund klaffte auf, doch bevor er antworten konnte – wenn er dies vorgehabt hatte – hatten die großen Leibwächter Blaine zum Hinterausgang gedrängt. McCracken vermutete, daß sie ihm draußen eine Abreibung verpassen würden, und mußte sich entscheiden, wieviel er über sich ergehen lassen würde, bevor er die beiden Männer ausschaltete.

Nicht viel, entschloß er sich, nachdem sie ihn ein paar Stufen auf den Hinterhof des Studentenwohnheims hinuntergeworfen hatten. Er erhob sich langsam von dem Zement, als eine bekannte Stimme ihn erstarren ließ.

»Ich habe den Befehl, von hier an zu übernehmen.«

Die Leibwächter blieben stehen. Ein fettleibiger Mann trat zwischen ihnen die Stufen hinab, gefolgt von zwei Männern, die kleiner, aber genauso tödlich wirkten. Er blieb auf der zweiten Stufe stehen, so daß sie eine gleiche Höhe erreichten, als McCracken sich aufgerichtet hatte, und Blaine sah in die gelben Augen von Luther Krell.

»Hallo, Krell. Lange nicht gesehen.«

Krell bedeutete Sahhans Leibwächtern, wieder ins Haus zu gehen. Sie zogen sich zögernd zurück. »Ich wußte, ich würde Sie einmal erwischen, wenn ich nur genügend Geduld hätte, McCracken.«

»Sie warten noch immer darauf, Krell. Heute ist nicht Ihr Tag.«

Der fette Mann lächelte. Die Männer hinter ihm auf der Treppe zogen ihre Waffen. Der Hof war von hohen Gebäuden umgeben, die aufgrund der Weihnachtsferien verlassen waren, so daß nicht mit unbeteiligten Zuschauern zu rechnen war.

»Heute *ist* mein Tag, McCracken.«

Wie auf ein Stichwort bog ein schwarzer Cadillac um die Ecke des Studentenwohnheims und blieb vor ihnen stehen.

»Wir machen eine Spazierfahrt«, sagte Krell. »Sie haben den Weg zur Hölle angetreten.«

»Was trägt man dort zu dieser Jahreszeit?«

»Versuchen Sie es mit Sommergarderobe.«

Dann waren Krells Männer neben ihm, drückten ihn gegen den Wagen und durchsuchten ihn gründlich. Als sie nichts fanden, schien der fette Mann enttäuscht zu sein.

»Heute keine Waffen dabei?« stichelte er.

»Ich habe Metalldetektoren an allen Türen erwartet. Wollte keine Szene verursachen . . .«

Blaine hatte den Satz kaum beendet, da wurde er zwischen Krells Helfer auf den Rücksitz gedrängt. Der fette Mann setzte sich neben den Fahrer, der den großen Wagen um die andere

Seite des Alumni House zog und dann nach rechts auf die Twenty-first Street abbog.

»Ich habe gehört, Sie hätten schlechte Zeiten hinter sich, McCracken«, sagte Krell. »Sie sind in Ihrem Gewerbe zur Witzfigur geworden. Es überrascht mich, daß Sie in die Staaten zurückkehren durften.«

Blaine erwiderte Krells Blick. »Ich habe Freunde in niedrigen Positionen.«

»Jemand hat Sie geschickt, um Sahhan zu ermorden, nicht wahr?«

»Keineswegs. Hinter Ihnen bin ich her, und ich werde Ihnen einen Gefallen tun. Sorgen Sie dafür, daß diese Clowns augenblicklich ihre Pistolen einstecken, und geben Sie mir ein paar Auskünfte, und ich lasse Sie leben. Ansonsten habe ich keine andere Wahl.«

Krell drehte seine massige Gestalt auf dem Beifahrersitz soweit, daß er McCracken mit der flachen Hand über das Gesicht schlagen konnte. »Du verdammter Scheißkerl!« schnaubte er, die Augen glühend.

Blaine fühlte, wie von seinem Mund Blut tropfte. Der Cadillac bog nach rechts auf die G Street ab. »Wie immer eine große Klappe, was, Fettsack? Warum sind Sie nicht vernünftig?«

»Du bist nicht in der Position, Fragen zu stellen, McCracken. Ich habe lange auf diesen Tag gewartet.«

»Ihre letzte Chance, Fettsack . . .«

»Es wird schmerzen, McCracken. Ich werde dafür sorgen, daß es schmerzt.«

Blaine fuhr mit der Zunge über seine Backenzähne und löste eine Kapsel von der Größe einer Krone, die in einem Mahlzahn steckte.

»Versprechen Sie mir nur, daß Sie sich nicht auf mich setzen, ja?«

Krell beugte sich vor, um erneut zu schlagen, als Blaine die Kapsel zerbiß und ihren Inhalt ausspuckte. Für die beiden Wachen hatte es den Anschein, als würde er den fetten Mann einfach anspucken, und in der Tat befanden sich die Bestandteile der Kapsel in seinem Speichel. Sobald diese jedoch mit

Luft in Kontakt kamen, verwandelten sie sich in ein Gas, das eine ähnliche Auswirkung hatte wie das Senfgas, das im Ersten Weltkrieg geächtet worden war. Das Gas traf den fetten Mann ins Gesicht, und er heulte vor Schmerzen auf und schlug die Hände auf die Augen und den Mund. Die Pein zwang seinen Kopf zurück, und er stürzte gegen den Fahrer.

Der Cadillac geriet auf der G Street außer Kontrolle, Bremsen quietschten; andere Wagen wurden herumgerissen, um einen Zusammenstoß zu vermeiden, als er seitlich ausscherte.

Der Leibwächter links neben Blaine versuchte, mit der Pistole zu zielen, doch McCracken faßte sein Handgelenk und schlug ihm den stählernen Lauf ins Gesicht. Er fühlte, wie Knorpel und Knochen nachgaben, und im gleichen Augenblick schoß seine andere Hand vor und zwang die Pistole des zweiten Leibwächters hoch, gerade, als er schoß. Die Kugel durchschlug das schwere Stahldach und erfüllte den kleinen Innenraum mit dem scharfen Geruch von Schwefel.

Der zweite Leibwächter wollte erneut schießen, als der Caddy gegen ein paar auf der G Street geparkte Autos prallte. All seine Insassen wurden nach vorn geschleudert. Der Fahrer versuchte, die Kontrolle über den Wagen zurückzugewinnen, doch es war viel zu spät. Der Caddy schob eine ganze Reihe Wagen auf den Bürgersteig und kam dann endlich zu einem Halt.

Blaine sah, daß die Pistole des ersten Leibwächters auf dem Boden lag, und griff danach, als der zweite sich wieder aufrichtete. Blaine pumpte ihm zwei Kugeln in den Kopf. Blut spritzte gegen die Scheiben. Krell schrie noch immer. Der Fahrer griff in seine Jackentasche, doch McCracken wollte nicht herausfinden, was er dort verbarg. Eine Kugel zerschmetterte seinen Hinterkopf und schleuderte ihn gegen die Windschutzscheibe.

Dann öffnete Blaine die Überreste der hinteren Tür auf der Beifahrerseite und zerrte Krell durch die vordere hinaus. Er schleppte ihn den Bürgersteig der G Street entlang, bis sie auf der rechten Seite ein paar Studentenwohnheime erreichten. Er zog Krell in den schmalen Betongang, der zwischen zwei der Heime verlief, und stieß ihn zu Boden. Der fette Mann keuchte, hustete und hatte die Hände noch immer vor das Gesicht geschlagen. Blaine vergewisserte sich, daß er die Pistole in seiner Hand sah.

»Alles«, bettelte Krell zwischen zwei rasselnden Atemzügen. »Ich werde Ihnen alles sagen.« Speichel und trocknendes Erbrochenes verunstalteten seine Mundwinkel.

Blaine drückte ihm die Pistole gegen die Schläfe. »Was weißt du über Sahhans Armee?«

»Nichts!«

Blaine drückte die Pistolenmündung tiefer, bis das Fleisch darunter aufplatzte. »Heiligabend, Krell, erzähle mir über den Heiligen Abend!«

»Ich weiß nichts darüber. Ich bin nur ein Mittelsmann. Ich gebe Befehle weiter, arrangiere Lieferungen.«

»Waffenlieferungen?«

»Ja.«

»Durch wen?«

»Deveraux«, keuchte Krell. »In Frankreich.«

»Deveraux?« sagte Blaine mehr zu sich selbst als zu Krell. Deveraux war der erfolgreichste, respektierteste Waffenhändler auf der ganzen Welt. Warum sollte er sich auf solch eine Sache einlassen? »Da mußt du dir schon etwas Besseres einfallen lassen.«

»Es ist die Wahrheit! Bisher neun große Lieferungen! Eine steht noch aus. Ich koordiniere alle Geschäftsbeziehungen zwischen Deveraux und Sahhan, so daß es keine direkte Verbindung zwischen ihnen gibt.«

»Hat Sahhan sich das alles einfallen lassen?«

»Nicht direkt . . . Sie müssen mich leben lassen! *Ich sage Ihnen alles, was ich weiß*!«

»Beantworte nur meine Fragen. Wer hat dich auf Sahhan angesetzt?«

»Ich kenne ihre Namen nicht. Sie haben mich zu ihm geschickt und alle finanziellen Vereinbarungen getroffen. Ich sage Ihnen doch, ich war nur ein Mittelsmann!«

»Waren sie schwarz oder weiß?«

»Was?«

»Die Männer, die Sie angesprochen haben. Waren sie schwarz oder weiß?«

»Weiß. Alle. Sie betonten ausdrücklich, man dürfe Sahhan niemals mit den Waffenkäufen in Zusammenhang bringen. Man sagte mir, ich solle die beste Qualität kaufen. Der Preis spiele keine Rolle. Ich ging zu Deveraux.«

»Und Deveraux kümmerte sich um die Lieferungen . . .«

»Aber er wußte nicht, an wen er lieferte. Ich habe schon zuvor mit ihm zu tun gehabt. Er dachte, die Waffen und der Sprengstoff seien für Südamerika bestimmt.«

»Wie wurde die Bezahlung durchgeführt?« Allmählich wurde Blaines Hand steif; er lockerte ein wenig den Druck, den die Pistole auf die Schläfe des fettleibigen Mannes ausübte.

»Bar, immer in bar. Übergabe in ledernen Diplomatenkoffern. Summen, die Sie mir kaum glauben werden . . . *Ich sage Ihnen ja alles*!«

»Wohin wurden die Waffen verschifft?«

»Das weiß ich nicht.«

Blaine drückte den Lauf härter gegen seinen Kopf, und Krell kippte zur Seite. McCracken hielt ihn dort gefangen, eine Seite des feisten Kopfes gegen den Beton gepreßt.

»Ich schwöre Ihnen, ich weiß es nicht! Wenn ich es wüßte, würde ich es Ihnen sagen. Das hat alles Deveraux geregelt. Die Waffen wurden in großen Lagerhäusern gesammelt, von wo aus Sahhans Männer sie verteilt haben. Das geht schon seit Monaten so. Es gibt diese Rüstkammern in jeder größeren Stadt, und alle sind gut versteckt.«

»Wo sind diese Waffenlager? In welchen Städten?«

»Das haben sie mir nie gesagt. Ich habe nie gefragt. Das war nicht meine Aufgabe. Sie müssen mir glauben!«

Blaine glaubte ihm. Er blickte sich um. Niemand war in der Nähe. Noch immer jaulten Sirenen. Er hatte nur noch wenig Zeit; bald würde es hier vor Polizei wimmeln.

Krell schluckte hart. »Ich habe Ihnen alles gesagt, was ich weiß. Sie müssen mich gehen lassen!«

Blaine sagte nichts, spannte nur den Finger um den Abzug. Krell mußte sterben.

»Sie haben es versprochen!«

Und in diesem Augenblick des Zögerns wußte Blaine, daß er den Mann nicht erschießen konnte. Nicht jetzt, nicht auf diese Art. Krell war sowieso so gut wie tot. Er hatte geredet, und das bedeutete, daß ein anderer den Job erledigen würde.

McCracken zog die Pistole zurück und riß Krell mit einem mächtigen Ruck hoch.

»Fort mit dir, Fettsack! Veschwinde! Bald wird man Schlange stehen, um dir den Arsch anzusengen.«

Krell sah nur einmal zurück, schockiert, aber dankbar, stolperte dann um die Ecke und war verschwunden.

Andrew Stimson traf McCracken neunzig Minuten später auf dem Rücksitz eines anderen Taxis und lauschte mit grimmiger Zurückhaltung den Einzelheiten von McCrackens Bericht.

»Sie haben Ihrer Reputation mit Sicherheit Genüge getan, Blaine.«

»Sie bekommen, wofür Sie bezahlen, Andy. Wir haben keine Zeit, um mit diesen Leuten Spielchen zu treiben. Ich kenne nur diese Möglichkeit, den Job zu erledigen.«

»Ich wollte Sie nicht kritisieren. Ich weiß, womit wir es hier zu tun haben.« Stimson zögerte. »Doch ich kann nicht gerade behaupten, ich würde billigen, daß Sie sich Sahhan offenbart haben.«

»So kam ich an Krell heran, und das war es wert. Ich mache mir keine Sorgen darüber.«

»Ich nehme an, Sahhan hat keinen guten Eindruck auf Sie gemacht.«

»Er ist ein Fanatiker, Andy, und alle Fanatiker mit einer so großen Gefolgschaft wie der seinen sind gefährlich. Doch was diese Sache am Heiligen Abend betrifft, so hat er eine Menge Hilfe gehabt. Jemand benutzt ihn, und der gleiche Jemand hat Krell als Mittelsmann für die Waffengeschäfte mit Deveraux aufgebaut.«

»Unsere Freunde, die Chen und die Scola engagiert haben?«

Blaine nickte. »Genau die. Nur Deveraux paßt nicht ins Bild. Er setzt den Standard für respektable Waffenhändler, für die, die nicht aus einer Garage heraus operieren. Ein paar Yachten, eine Villa im Süden Frankreichs. Eindeutig ein gutes Leben. Er hat jede Menge Kugeln verkauft.«

»Wissen Sie, wo Sie ihn finden können?«

»Er führt all seine Geschäfte von Paris aus. Ich habe Kontakte, die mich über die Einzelheiten ins Bild setzen können.«

Stimson runzelte besorgt die Stirn. »Passen Sie auf, mit wem Sie sprechen, Blaine. Sie spielen da ein Ein-Mann-Stück.«

»Genau. Was gibt es Neues von General Peachtree?«

»Peacher. Seine Einheiten sickern allmählich in die Städte ein. Es wird noch eine Zeit dauern, bis er etwas zu berichten hat.«

»Dann mache ich mich besser schnell auf den Weg nach Paris.«

»Versuchen Sie, nicht zu viele Leichen auf den Straßen zurückzulassen«, warnte Stimson. »Dort drüben kann ich Ihnen mit meinen Leuten keine Deckung geben. Sie sind völlig auf sich allein gestellt.«

»Ich will es auch gar nicht anders.«

Dritter Teil

SAN MELAS

Samstagnachmittag bis Dienstagmorgen

14

Der vergangene Tag war für Sandy Lister eine Übung in völliger Frustration gewesen. Der einzige Lichtblick war das Telefongespräch mit Stephen Shay, das sie T.J. Brown versprochen hatte. Shay lauschte aufmerksam ihrer Geschichte, von dem Augenblick an, da sie die Computerdiskette erhalten hatte, bis zu ihrem Verschwinden nach dem Interview mit Hollins in Billings. Irgendwie machte Shays Schweigen Sandy nur noch nervöser. Während sie ihre Story erzählte, wurde ihr Mund immer trockener, und am Ende lag der schwache Geschmack von Blut auf ihrer Zunge.

»Sie hätten mich sofort darüber informieren sollen«, sagte Shay, als sie fertig war. »Sie haben gegen die Regeln verstoßen.«

»Ich weiß.«

»Sie haben eine Untersuchung der Polizei und wahrscheinlich auch der Bundesbehörden behindert, indem Sie Beweise zurückgehalten, und dann die nationale Sicherheit gefährdet, indem Sie mit diesem Coglan gesprochen haben. Ganz zu schweigen davon, daß Sie aus eigener Befugnis eine Story weiterverfolgt haben, ohne eine entsprechende Genehmigung des Senders und . . .«

»Schon gut, Steve. Ich bin auf dem Rückweg. Wenn Sie meinen Kopf auf einem Tablett wollen – Sie haben ihn.«

»Warten Sie einen Augenblick, Sie haben mich nicht aussprechen lassen. Ich billige Ihre Methoden nicht, doch es bleibt die Tatsache bestehen, daß Sie an einer heißen Story dran sind, und lange, bevor ich Produzent wurde, war ich Journalist.«

»Ich bin immer nur ein Interviewer gewesen, vergessen Sie das nicht. Zur richtigen Zeit lächeln und neue Antworten aus eigentlich langweiligen Menschen hervorlocken.«

»Nein, San, durch die Verbindung mit Krayman wird die Sache zu Ihrem Fall, und ich möchte, daß Sie dranbleiben. Und was die Diskette betrifft, so hängt es zu neun Zehnteln davon ab, wer sie besitzt, und wir haben das verdammte Ding nicht mehr.«

»Aber wer hat sie gestohlen, Steve?«

»Ich erwarte von Ihnen, daß Sie mir das bis Weihnachten sagen können.«

»Es muß jemand aus dem Sender gewesen sein. Und T.J. glaubt, daß er beobachtet wird.«

»Wahrscheinlich reine Einbildung. Doch um ganz sicher zu gehen, werde ich unsere Sicherheitsleute auf die Sache ansetzen. Von jetzt an müssen Sie mich ständig auf dem laufenden halten, San. Rufen Sie mich regelmäßig an. Ich will über jeden Schritt, den Sie tun, informiert sein. Ich will wissen, wohin Sie gehen, bevor Sie dort sind.«

Sandy seufzte erleichtert auf; es gelang ihr kaum, die Tränen der Dankbarkeit zurückzuhalten. »Ich bin jetzt auf dem Weg nach Texas«, informierte sie Shay, »auf den Spuren Simon Terrells, Randall Kraymans Stellvertreter, bis er sich vor ein paar Jahren zurückzog.«

»Terrell . . . nie von ihm gehört. Warum verfolgen Sie diese Krayman-Story weiterhin, nachdem Sie nun die Space-Shuttle-Story haben?«

»Weil es einen Zusammenhang gibt. Ich weiß nur noch nicht, welchen. Dieses Interview mit Hollins hat viel mehr Fragen als Antworten ergeben. Randall Krayman wollte unbedingt die totale Kontrolle über diesen hochintegrierten Memory-Chip, der in der Telekommunikationstechnologie benutzt wird. Er hat bei jedem Fernsehgerät, Telefon und Radio, das in diesem Land benutzt wird, die Hand im Spiel, und das gefällt mir gar nicht.«

In der Leitung wurde es kurz still.

»Sie nehmen den Mund ganz schön voll, San.«

»Sie hätten Hollins hören sollen.«

»Das werde ich . . . wenn Sie ihn erneut besuchen, um das Interview aufzuzeichnen.«

»Danke, Steve.«

»Sorgen Sie nur dafür, daß ich das nicht eines Tages bedaure.«

Wie sich herausstellte, wäre es Sandy vielleicht besser ergangen, wenn Shay sie von der Story abgezogen hätte. Ihr Flugzeug von Billings war am Samstagnachmittag erst vierzig Minuten in der Luft, als ein Schneesturm es zwang, in Wyoming zu landen. Sie verbrachte vier elende Stunden auf einem winzigen Flughafen und bekam ein abgepacktes Automatenessen serviert, dessen Verfallsdatum unkenntlich gemacht worden war.

Schließlich landete sie am frühen Samstagabend in Dallas, nur, um herauszufinden, daß Simon Terrell nicht mehr unter der Adresse wohnte, die T.J. ihr gegeben hatte. Seine neue Adresse erforderte eine Fahrt auf der Route 35 in Richtung Denton in einem Mietwagen, dessen Kühler nach dreißig Kilometern auf der Autobahn zu kochen anfing. Er wurde von der Mietwagenfirma umgehend durch ein Kompaktmodell ersetzt, das bei jedem etwas heftigeren Windstoß die Spur wechselte.

In Denton erging es ihr nicht besser. Simon Terrell hatte vor fast sechs Monaten sein Apartment dort gekündigt und eine weitere Nachsendeadresse hinterlassen, diesmal Hunderte von Kilometern entfernt in Seminole im Bundesstaat Oklahoma.

Sandy verbrachte die Nacht in einem Motel an der Autobahn und brach am frühen Sonntagmorgen nach Seminole auf. Zum Frühstück und Mittagessen hielt sie an, und bei der Tankstelle, an der sie den Wagen volltankte, erstand sie eine Straßenkarte von Oklahoma. Als sie nach Norden abbog, war es schon brennend heiß. Die Klimaanlage war eine Weile der reine Segen, doch dann näherte sich der Temperaturanzeiger des Wagens gefährlich dem roten Bereich und zwang Sandy, statt dessen die Fenster zu benutzen. Die heiße Brise bereitete ihr Kopfschmerzen, übertönte das schwache Radio und tränkte ihren Rücken mit Schweiß, bis sie glaubte, das Vinylpolster klebe an ihrer Haut.

Überraschenderweise fand sie Seminole jedoch mit wenig Mühe und ermittelte auch schnell Simon Terrells letzte Nachsendeadresse.

»Sind Sie sicher, daß Sie diese Adresse suchen?«

»Absolut«, sagte Sandy zu dem Verwalter des Greenleaves-Friedhofs.

Ein trockenes Lächeln flog über das Gesicht des Mannes. »Dann wird es verdammt schwer für Sie, hier ein Interview zu bekommen. Die meisten unserer Gäste haben nicht mehr viel zu sagen.« Und er lachte.

Da diese Spur ins Nichts führte, mußte Sandy ihren potentiellen Gesprächspartner, wenn er sich noch in der Siebeneinhalbtausend-Seelen-Gemeinde aufhielt, durch gute, altmodische Beinarbeit aufspüren.

Nachdem sie die Staatsgrenze von Oklahoma passiert hatte, hatte die Hitze etwas nachgelassen, und Seminole war angenehm kühl. Im Radio wurden Regenschauer vorausgesagt. Sandy hielt zuerst vor einem Grillrestaurant an und stellte ein paar Fragen. Die Gäste schienen ihr mit Mißtrauen zu begegnen; ihre Antworten waren knapp und unfreundlich. Niemand hatte je von einem Simon Terrell gehört.

»Sie sind doch diese Frau aus dem Fernsehen, oder?« fragte einer der Gäste sie.

»Ja«, erwiderte Sandy, einmal froh, erkannt worden zu sein.

»Oh.« Mehr sagte der Mann nicht, bevor er sich wieder seinem Bier zuwandte.

Sandy trank drei Tassen Kaffee, während sie über ihren nächsten Schritt nachdachte. Wenn Simon Terrell wirklich nach Seminole gezogen war, würde er einen falschen Namen benutzen. Sie erhob sich von ihrem Tisch und setzte sich an der Bar neben den Mann, der sie erkannt hatte. Sein Haar ergraute allmählich, seine Augen waren müde geworden, und er trug ein geflicktes Hemd.

»Ist in den letzten Monaten irgendwer hierher gezogen, sagen wir, ein Mann von etwa vierzig Jahren?«

»'ne Menge Leute kommen hier durch«, erwiderte der Mann, von seinem Bier aufblickend.

»Ich meine jemanden, der sich hier niedergelassen hat.«

Der Mann drehte sein Glas, bis sich oben Schaum bildete. »Suchen Sie nach einem Ehemann?«

»Nur eine Story.«

Der Mann zog die buschigen Augenbrauen hoch. »Dieser Bursche, hinter dem Sie her sind – hat er was Unrechtes getan?«

»Nein, er kennt einen anderen, über den ich eine Story mache. Ich brauche seine Hilfe.«

»Irgendeine Chance, daß ich in Ihrer Sendung auftauche, wenn ich Ihnen helfe?«

»Nein«, sagte Sandy offen, und sie lächelten beide.

Der Mann setzte das Bier ab und bestellte ein neues. »Nur ein Mann hier in der Gegend paßt auf Ihren Jungen, aber sein Name ist nicht Terrell. Ich liefere Sachen an alle Indianerreservate in dieser Gegend, und er tauchte vor ein paar Monaten auf. Ein Lehrer oder so.«

»Etwa vierzig?«

»Ich bin nicht gut darin, einen auf sein Alter zu schätzen, aber ich würde sagen, ja, vielleicht ein paar Jährchen mehr oder weniger. Er hat aber lange Haare.«

»Erinnern Sie sich an den Namen des Mannes?« fragte Sandy, dem Barkeeper einen Schein für das Bier hinüberschiebend, bevor der alte Mann die Hand in seine abgetragenen Hosen stecken konnte.

»Trask, glaube ich«, erwiderte er. »Steve Trask.«

Der Wegbeschreibung des Mannes zum Indianerreservat war leicht zu folgen; die Straßen verliefen gerade, und Abzweigungen waren gut ausgeschildert. Sandy wußte, daß sie Terrell endlich gefunden hatte. Männer auf der Flucht nahmen oft andere Namen an, behielten meistens jedoch die gleichen Initialen bei, um Fragen wegen Etiketten und Aufklebern auf Koffern, Büchern, Handtüchern und anderen Gegenständen zu vermeiden. Simon Terrell war also auf der Flucht. Denton war nicht das richtige für ihn gewesen, und Greenville auch nicht; also versuchte er es nun mit den gleichen Initialen, aber einem anderen Namen in Seminole.

Das Reservat lag draußen auf dem freien weiten Land und wies keine Stromleitungen, Kabel, nicht einmal Telefonmasten auf. Wenn Terrell sich verstecken wollte, hatte er sicher den richtigen Ort gefunden. Doch warum in Seminole? Warum unter Indianern?

Sandys Überzeugung, daß Trask Terrell war, schwand, als sie sich dem Reservat näherte. An den Zäunen, die kleine, sorgfältig gebaute Wohnhäuser umgaben, befanden sich keine Namensschilder. Es gab auch größere Gebäude, von denen aber keins auf irgendeine Art gekennzeichnet war. Sie parkte ihren Wagen zwischen ein paar Kleinlastern und stieg aus.

Es waren nur wenige Leute in der Nähe, und keiner schenkte ihr viel Beachtung. Aller Wahrscheinlichkeit nach würde kaum einer der Reservatbewohner sie erkennen. Sie schritt über den staubigen Erdboden, sehnte sich nach einem Paar Stiefeln und näherte sich vor dem Parkplatz einem rundlichen Indianer mittleren Alters.

»Kann ich Ihnen helfen?« fragte er höflich.

»Ich suche Steve Trask.«

»Sie werden ihn irgendwo in der Nähe der Schule finden.« Der Indianer zeigte mit einem schwieligen Finger nach links. »Etwa fünfzig Meter in diese Richtung. Er wird wahrscheinlich mit den Kindern hinter dem Gebäude sein.«

Sandy folgte dem Richtungshinweis des Indianers und glaubte, in ein anderes Zeitalter geraten zu sein. Unter freiem Himmel nähten Frauen und rührten über offenen Feuern den Inhalt großer Töpfe um. Sie sah nur wenige Männer und vermutete, daß die anderen auf den benachbarten Feldern waren.

Die Schule war nicht schwer zu finden, und als Sandy sich ihr näherte, konnte sie in einiger Entfernung das Kichern von Kindern hören. Sie folgte einem Pfad zur Hinterseite des Hauses. Eine Gruppe von etwa zwanzig Kindern war mit verschiedenen Spielchen beschäftigt, und weitere zehn saßen in einem Kreis um eine komplizierte Anordnung von kleinen

Steinen. Der Kopf eines einzelnen Erwachsenen – der Sandy den Rücken zugewandt hatte – beherrschte die Szene. Sandy trat näher und atmete tief durch.

»Mr. Trask?«

Der Mann drehte sich langsam um und stand auf.

»Hallo, Miß Lister, ich habe Sie erwartet«, sagte Simon Terrell.

15

»Woher wußten Sie . . .«

»Daß Sie kommen würden?« fragte Terrell, die Arme auf den Schultern eines Jungen und eines Mädchens, die ihm gegenüberstanden. »Ich habe einen Freund in Ihrem Sender, der mich warnte, Sie seien mir auf der Spur. Ich wußte, daß Sie mich früher oder später auftreiben würden, doch ich habe erwartet, daß Sie gleich ein Kamerateam mitbringen.«

»Hätten Sie vor einer Kamera gesprochen?«

»Ich bin nicht sicher, ob ich Ihnen selbst ohne Kamera überhaupt etwas zu sagen habe. Und Sie können diese Scheiße mit den vertraulichen Informationen von vornherein vergessen, weil es bei den Leuten, mit denen Sie es zu tun haben, keine Vertraulichkeiten gibt.«

Der Wind peitschte auf und zerzauste Terrells viel zu langes Haar. Er sah in etwa so aus, wie Sandy ihn sich vorgestellt hatte, nur, daß er ein wenig zerlumpter und nicht so elegant war. Sein lockiges Haar fiel, vom Wind durchwühlt, um sein Gesicht. Er hatte einen Zwei- oder Dreitagesbart und eine sonnengebräunte Haut, die seine hellblauen Augen noch eisiger wirken ließ. Seine Stiefel klapperten laut auf dem Kieselboden, als er auf Sandy zuging; die beiden Kinder hielten sich noch immer an seinen Armen fest.

»Geht und spielt mit den anderen«, sagte er leise. Sie zögerten einen Augenblick und gingen dann, Sandy eifersüchtig musternd.

»Das ist eine ziemliche Abkehr von den Krayman Industries, Mr. Terrell«, sagte sie und schüttelte die ihr dargebotene Hand.

Terrell blickte sich um. »Ich hätte diesen Schritt schon vor Jahren tun sollen. Nennen Sie mich übrigens Simon.«

»Wieso wußte Ihr Kontaktmann in meinem Sender, wie Sie zu erreichen sind?«

»Ich bin nicht völlig zum Einsiedler geworden, Miß Lister.«

»Sandy.«

»Sandy. Es gibt ein paar Leute, die wissen, wie sie mich im Notfall erreichen können.«

Sie gingen zu der Schule hinüber, bis sie den Schatten eines großes Baumes erreicht hatten.

»Dieser Platz ist so gut wie jeder andere«, sagte Terrell. »Solange Sie nichts dagegen haben, sich die Hosen schmutzig zu machen. Ich muß ein Auge auf die Kinder halten.«

»Selbstverständlich«, sagte Sandy, und sie setzten sich auf die Erde. Ihr Blick glitt zu den Kindern hinüber, die in einiger Entfernung spielten. »Sind Sie ihr Lehrer?«

»In der Woche, ja. An den Wochenenden bin ich ihr Babysitter. Die älteren Kinder arbeiten mit ihren Eltern, meistens auf den Feldern. Einige gehen auf die Jagd. Ich habe mich freiwillig für diese Aufgabe gemeldet.«

»Tun Sie damit Buße für vergangene Sünden?«

Terrell lächelte kurz über diese Frage. »Nein, ich versuche nur, sie zu vergessen. Mein ganzes Leben hat so lange auf der Technik basiert, daß ich fast vergessen habe, was es mit den Menschen auf sich hat. Schließlich wurde es zu viel. Ich kam mir eher vor wie eine dieser Maschinen, die ich bediente, als wie ein Mensch. Ich mußte heraus, also lief ich davon.«

»Doch Sie laufen noch immer davon, nicht wahr?« hakte Sandy nach. »Ist jemand hinter Ihnen her?«

Sandy hatte damit gerechnet, daß Terrell zögern würde, doch seine Antwort kam augenblicklich. »Niemand ist hinter mir her, und ich glaube, daß ich auch nicht mehr davonlaufe. Über zehn Jahre lang habe ich für den mächtigsten Mann der Welt gearbeitet. Ich habe Dinge gesehen, die ich lieber vergessen möchte, und Dinge getan, die ich lieber einem anderen in die Schuhe schieben möchte. Man könnte sagen, daß ich eher vor mir selbst als vor sonst irgend jemand davongelaufen bin. Ich habe mich einfach zurückgezogen.«

Sandy dachte daran, wie Spud Hollins auf seiner Ranch in den Hügeln Montanas lebte. »Randall Krayman scheint diese Reaktion in den Menschen hervorzurufen. Sie haben die Krayman Industries ein paar Jahre vor seinem Rückzug verlassen, nicht wahr?«

»Etwa vier Jahre vorher«, sagte Terrell. »Eine neue Generation übernahm die Firma, angeführt von einem gewissen Francis Dolorman. Sie verschafften sich bei Randy Gehör und drehten seine Gedanken um. Er wollte nicht mehr auf mich hören.«

»Sie waren mit Krayman befreundet?«

»Wir waren Freunde, Sandy, und das machte es nur noch schwerer. Mich plagen seit langem Schuldgefühle, besonders, als er dann verschwand.«

»Haben Sie in den letzten fünf Jahren noch einmal mit ihm gesprochen?«

»Ich habe versucht, ihn zu erreichen, doch entweder will er nichts von mir hören, oder jemand anderes will nicht, daß er von mir hört. Ich glaube, er steckt in Schwierigkeiten.« Terrell hielt inne und spielte mit dem Gras neben seinen Knien. »Vielleicht haben Dolorman und seine Helfershelfer Randys Verschwinden ›arrangiert‹, so daß sie sein Unternehmen so führen können, wie sie es für richtig halten.«

Sandy fühlte, wie sich ihr Puls beschleunigte. Überraschung vermischte sich mit Erregung. »Sie wollen sagen, man hat ihn *entführt*?«

»Das zumindest.«

»Mein Gott . . . aber warum? Was könnten die Entführer damit erreichen?«

»Einiges. Ich muß ein wenig ausholen, damit Sie es verstehen. Ich kannte Randy Krayman besser als irgendwer sonst. Ich wußte, was ihn motivierte, was er liebte und verabscheute. Und am meisten hat er Amerika geliebt. Ich weiß, das klingt abgedroschen, aber es ist die Wahrheit. Dieser Bursche hat sein Land wie besessen geliebt, und er erlebte buchstäblich schlaflose Nächte bei dem Gedanken, es könnte durch eine schlechte Führung der Vergessenheit anheimfallen. Er war der Meinung, die Menschen verstünden einfach nicht, was da vor sich ging; sie müßten ausgebildet, informiert und falls nötig sogar überwacht werden.« Terrell sah Sandy in die Augen. »Durch die Medien überwacht. Das geht fast zwanzig Jahre zurück. Krayman fing damit an, Fernsehsender zu kaufen, und als das Kabel aufkam, stieg er groß ein. Er war der Meinung, wenn ihm ein großes Tochterunternehmen in jedem Staat gehörte, vielleicht sogar ein Fernsehsender, könnte er auf lange Sicht die öffentliche Meinung beeinflussen und es mit der Hilfe des Kabelfernsehens vielleicht sogar *schaffen*.

Es hat nicht funktioniert, Sandy. Sicher, er entschied ein paar Wahlen nach seinem Geschmack. Das hat ihm wahrscheinlich auch eine Menge Unterstützung eingebracht, abgesehen von einer verdammten Menge Geld. Doch in Wirklichkeit wollte er, daß seine Stimme die einzige war, der Amerika zuhörte, eine Art allwissender Paul Harvey, der den Leuten viel mehr als nur ein paar Nachrichten übermitteln wollte. Als er durch seinen Plan, die Fernsehsender und Networks zu kontrollieren, dieses Ziel nicht erreichen konnte, sah er sich nach einer anderen Möglichkeit um. Das war vor zehn Jahren, kurz, bevor ich ging.«

»Und was er sich schließlich ausdachte, hat etwas mit dem Krayman-Chip zu tun, nicht wahr?«

»Nicht nur etwas. Alles.«

»Er verkaufte den Chip für einen Bruchteil der Herstellungskosten.«

Terrell blickte überrascht auf. »Wie haben Sie das erfahren?«

»Spud Hollins. Erinnern Sie sich an ihn?«

Terrell nickte. »Der arme Kerl. Einer von vielen, die die Krayman Industries schluckten und wieder ausspuckten, als sich Dolorman und seine Bande durchgesetzt hatten.«

»Ihr ehemaliger Boß bezahlte ihm sechzig Millionen für ein bankrottes Unternehmen. Warum tut Hollins Ihnen so leid?«

»Randy hat ihn ausbezahlt, weil er sich schuldig fühlte, weil er wußte, daß er ein Unrecht begangen hatte. Trotzdem mußte er zur Durchsetzung seiner Pläne tun, was er getan hat.«

»Dann können Sie bestätigen, daß COM-U-TECH Hollins'

Entdeckung nachbaute und als ›Krayman-Chip‹ auf den Markt brachte.«

»Wenn Sie nur auf diese Nachricht aus sind, Sandy, ist Ihr Blickfeld um einiges zu klein. Das ist doch altbekannt. Es interessiert niemanden mehr.«

»Aber der Chip war nur Teil eines größeren Plans, nicht wahr, Simon? Krayman wollte, daß sein Chip in jedes einzelne Gerät der Telekommunikationsindustrie eingebaut wird. Warum?«

Terrell hob die Schultern. »Ich wünschte, ich könnte es Ihnen verraten, Sandy, doch ich kann es nicht. Etwa zu dieser Zeit gewann Dolorman Einfluß auf Randy und überzeugte ihn, mich auszuschließen. Randy war damals besessener denn je und hätte sich von nichts aufhalten lassen, dafür zu sorgen, daß das Land so geführt wurde, wie er es für richtig hielt. Seine Absichten waren gut, wirklich.«

»Sie wissen, wie man so schön über den Weg zur Hölle spricht, Simon.«

»Sicher, doch nicht Randy begab sich auf ihn, sondern Dolorman und seine Helfershelfer. Sie zogen die Fäden, und Randy billigte es.« Ein schmerzlicher Ausdruck legte sich auf Terrells Gesicht. »Ich sah Randy in jenen Tagen immer seltener. Schließlich bekam ich einen neuen Aufgabenbereich zugewiesen, doch ich kündigte nicht, in der Hoffnung, Randy vor den Leuten, die ihn umgaben, wie auch vor ihm selbst retten zu können. Ich war sein Freund. Ich mußte es versuchen. Doch Dolorman hetzte ihn gegen mich auf. Er hatte Randy in seinem schwächsten Augenblick erwischt und nutzte seinen Vorteil bis zum letzten aus. Wir sprachen in diesen letzten paar Monaten nicht mehr oft miteinander, und wenn, dann machten die Dinge, die Randy von sich gab, mir wirklich Angst.«

»Was für Dinge?«

»Er blieb ziemlich verschwommen. Ich erinnere mich nicht mehr genau daran. Der Grundtenor schien zu sein, daß er endlich eine Möglichkeit gefunden hatte, seine Wünsche durchzusetzen.«

»Die Kontrolle der öffentlichen Meinung in Amerika?«

»Eher die Kontrolle über das gesamte Land. Dolorman und

seine Bande hatten ihm irgend etwas in den Kopf gesetzt, und ich weiß nur mit Sicherheit, daß es ursprünglich irgendeinen Zusammenhang mit dem Krayman-Chip gab.»

»Wann haben Sie zum letzten Mal mit Krayman gesprochen?«

»Etwa ein halbes Jahr, bevor er endgültig verschwand, kam ich noch einmal an ihn heran. Er redete wirres Zeug. Sie hätten es bald geschafft, sagte er, aber es sei Unrecht. Großes Unrecht. Das ist sein Ausdruck, nicht meiner. Er sagte, er würde sie aufhalten, bevor es zu spät sei . . . und dann verschwand er plötzlich.«

»Wollen Sie damit sagen, daß Dolorman und seine Leute ihn umgebracht haben?«

»Oder entführt, und sie halten ihn irgendwo gefangen.«

»Aber das haben Sie niemandem erzählt, und Sie haben auch nicht von Ihren Befürchtungen hinsichtlich des Krayman-Chips gesprochen.«

»Mit wem sollte ich darüber sprechen, Sandy?« fragte Terrell, und in seinen Worten vermischten sich Verbitterung und Furcht. »Dolorman leitete die Krayman Industries und hatte alle Macht geerbt, die mit dieser Position einhergeht. Es gibt eine Menge Leute auf der Gehaltsliste von Krayman, die kein reguläres Gehalt bekommen, wenn Sie wissen, was ich meine. Randy hatte wichtige Beamte und Politiker geschmiert, und Sie können darauf wetten, daß Dolorman diese ›Beziehungen‹ vor fünf Jahren fortsetzte. Mehr noch, die Bestechungsliste wächst ständig. Die kleinen Burschen, die sie vor Urzeiten geködert haben, sind nun große Tiere geworden. Bei der Macht, die die Krayman Industries ausübten, ist es nicht mehr ausgeschlossen, daß der Konzern eines Tages sogar einen Präsidenten ins Amt hievt. Ich reiße mich nicht gerade darum, gegen solch eine Art von Macht vorzugehen, nicht, wenn Randy mir nicht den Rücken freihält.«

»Aber das hat Sie nicht daran gehindert, einige Überlegungen anzustellen, worauf diese Leute aus sind, nicht wahr?«

»Ich habe eine Menge schlaflose Nächte damit verbracht. Verbringe sie noch immer damit. Daß ich hierher gezogen bin, hat die Vergangenheit nicht ausgelöscht, sie nur ein wenig abgeschwächt. Die Computerelektronik war schon immer mein

Metier, Sandy. Sie hat Randy und mich ursprünglich zusammengebracht und schließlich wieder getrennt. Die Auswirkungen, die der Krayman-Chip haben würde, waren allesamt ziemlich erschreckend, doch einige ganz besonders.«

»Ich höre.«

»Es wird ein wenig kompliziert und technisch. Und der Schlüssel liegt letztlich in den Veränderungen der Gesellschaft selbst. Der Computer ist mittlerweile die Achse, um die sich alles andere dreht. Wir sind keine industrielle Gesellschaft mehr, sondern eine informationsorientierte. Es wäre ein wenig abgedroschen, das, was sich im Augenblick abspielt, die Informationsrevolution zu nennen, doch die Auswirkungen der derzeitigen Veränderungen ähneln nicht nur ein wenig denen, die man bei der industriellen Revolution hinnehmen mußte.«

»*Hinnehmen* hat einen negativen Beigeschmack.«

»Eine schlechte Wortwahl meinerseits. Der Computer hat sicher weit mehr positive Aspekte als negative. Er hat im Leben und in der Arbeitswelt sicherlich vieles vereinfacht. Aber wie ich schon sagte, die Zeiten ändern sich. Heute ist es weniger eine Frage der Datenverarbeitung als eine der Datenübertragung. Das gesamte nationale Energienetz wird von Computern beherrscht, die mit anderen Computern kommunizieren.«

»Hollins hat so etwas erwähnt«, entgegnete Sandy. »Er sagte, mit dem Krayman-Chip wäre ein schnellerer Datenaustausch möglich.«

»Die Daten können nicht nur schneller, es können auch mehr Daten ausgetauscht werden. Wenn man das Land beherrschen will, wäre die Telekommunikation die beste Möglichkeit, es anzugehen. Man muß nur dafür sorgen, daß sich die Computer nicht mehr miteinander unterhalten oder genau das sagen, was man wünscht.«

»Durch den Krayman-Chip?«

»Nun«, sagte Terrell, »wenn es einen Weg gäbe, alle Computer gleichzeitig auszuschalten, hätte man die gesamte Nation lahmgelegt.«

Sandys Haare wehten in der Brise. Ein paar Kinder saßen knapp außerhalb der Hörweite und beobachteten sie.

»Aber was ist mit den Kommunikationssatelliten, die Tausende von Kilometern hoch in einer Erdumlaufbahn kreisen?« fragte sie ihn. »Ich habe einmal gehört, eines Tages würden sie eine Kommunikation auf der Erdoberfläche überflüssig machen.«

»Eine einsichtsvolle Beobachtung, aber keine völlig zutreffende. Natürlich, die Bedeutung der Kommunikationssatelliten wird immer gewichtiger. Bevor sie ihre Signale jedoch weitergeben können, muß man sie erst einmal zu ihnen hinaufschikken, und dieser Vorgang hängt hauptsächlich . . .«

»Wieder vom Krayman-Chip ab«, vollendete Sandy den Satz.

Terrell nickte. »Und nur zu Ihrer Information, Krayman Industries habe in diesem Augenblick vier eigene Kommunikationssatelliten in der Erdumlaufbahn.«

»Und vielleicht noch etwas . . .«

»Was meinen Sie?«

»Was würden Sie sagen«, entgegnete Sandy leise, »wenn ich den Beweis hätte, daß die Krayman Industries mit der Vernichtung der *Adventurer* in der letzten Woche zu tun haben?«

»Was für Beweise?« fragte Terrell und beugte sich vor.

»Eine Kopie des Orbit-Flugplans des Shuttles, die mir ein sterbender Angestellter der Krayman Industries zugespielt hat.«

»Sagten Sie, *ein sterbender*?«

»Ein ermordeter, um genau zu sein.«

»Mein Gott«, murmelte Terrell. »Das ergibt keinen Sinn. Die Vernichtung eines Space Shuttles; nein, das ergibt keinen Sinn.« Er sah zu Boden und dann wieder auf. »Wenn die *Adventurer* nicht etwas gesehen hat oder hätte, das sie nicht sehen sollte. Das würde erklären, wieso Krayman überhaupt im Besitz des Orbit-Flugplans war. Wenn sie etwas in den Himmel geschickt haben, werden sie wissen wollen, ob der Kurs des Shuttles vielleicht daran vorbeiführt.«

»Einen Augenblick! Wie würde Krayman etwas *in den Himmel bekommen*?«

»Genau so, wie sie ihre Kommunikationssatelliten in die

Erdumlaufbahn bekommen haben. Indem sie einen Start unter Vertrag genommen haben.«

»Bei der NASA?«

»In diesem Fall eher in Übersee, wahrscheinlich mit der Hilfe Frankreichs. Die Krayman Industries werden so wenig Fragen wie möglich beantworten wollen, und die Franzosen stellen überhaupt keine, solange alle Rechnungen fristgemäß bezahlt werden.«

»Aber was haben sie da oben, was ein Space Shuttle vernichten könnte?«

Terrells Gesicht erbleichte, und er war mit den Gedanken ganz woanders.

»Herr im Himmel, das erklärt es . . .«

»Erklärt was?«

»Den Start der *Pegasus*.«

»Simon, wovon reden Sie?«

Er musterte sie eindringlich. »Ein bewaffneter Shuttle, der am Zweiten Weihnachtstag starten soll.«

»Bewaffnet? Dieses Programm wurde vom Kongreß gestoppt.«

»Kein Programm, das das Militär dringend genug will, wird jemals gestoppt. Die Mittel wurden lediglich umgeleitet. Mit der *Pegasus* hat die NASA eine ganz neue Shuttle-Generation komplett mit Schutzschildern, fortgeschrittener Radartechnik und zwei Laserkanonen, die zwei Meter dicken Stahl durchtrennen können.« Terrells Blick hob sich zum Himmel. »Und sie wird dort hinaufgeschickt, um nach dem zu suchen, was die *Adventurer* zerstört hat.«

»Woher wissen Sie das alles?«

Terrell seufzte. »Ich kann nicht mein gesamtes altes Leben hinter mir lassen, Sandy. Ich interessiere mich noch immer für neue Techniken. Ich weiß, welche Telefonnummern ich wählen muß, und gestern erst hat mir eine dieser Nummern die Information über *Pegasus* gegeben.«

»Aber Sie haben keine Ahnung, was den Shuttle dort oben erwartet.«

»Und auch nicht, was ursprünglich in den Orbit geschossen wurde. Kommunikationssatelliten umkreisen die Erde in einer

Höhe von etwa 32 000 Kilometern, doch die der *Adventurer* betrug lediglich dreihundert. Von dieser Höhe aus kann man nicht gerade viel tun.«

»Anscheinend aber genug«, sagte Sandy. »Ich nehme nicht an, daß Sie eine Idee haben, wo ich etwas über die fehlenden Teile des Puzzles erfahren könnte?«

»Doch – in Houston.«

»Bei der NASA?«

»Und im Hauptquartier der Krayman Industries.«

»Wie angenehm«, brachte Sandy halbherzig hervor.

Dolorman beugte sich gepeinigt vor, die Augen vor Unglauben weit aufgerissen. »Würden Sie das bitte wiederholen, Wells?«

»Der Mann, der sich bei Sahhans Empfang als Reporter ausgab, war Blaine McCracken.«

»McCracken ist tot. Wir haben eine positive Bestätigung darüber erhalten.«

»Damals war ich nicht überzeugt, und nun bin ich sicher, daß er noch lebt. Nach dem Empfang kam es zu einem Zwischenfall, der ganz McCrackens Stil entspricht.«

»Was für ein Zwischenfall?«

»Der Mittelsmann Krell verschwand, und seine Leibwächer wurden getötet.«

»Selbst wenn es sich so verhält, ein gewisser ›Stil‹ ist kaum eine Grundlage für eine solche Schlußfolgerung«, widersprach Dolorman.

»Ich halte mich auch an Beschreibungen, die Gäste des Empfangs gegeben haben«, erwiderte Wells. »Ich habe von Anfang an gesagt, die Scola sei nicht imstande, sich mit McCracken zu befassen, und ich bleibe bei meiner Behauptung.«

»Was hat es mit diesem McCracken auf sich, Wells?« fragte Dolorman. »Was ist damals in Vietnam geschehen?«

»Ich bin ihm noch etwas schuldig.« Mehr sagte der große Mann nicht.

Dolormans Gesichtsausdruck wurde starr. »Wenn Sie recht haben, Wells, könnte das ganze Projekt Omega in Gefahr sein.

Bei lediglich zweiundsiebzig Stunden bis zur Aktivierung können wir das nicht dulden.«

»Ich glaube, wir gehen die ganze Sache falsch an«, warf Verasco ein. »Wenn McCracken noch lebt, müssen wir davon ausgehen, daß er noch immer für Andrew Stimson und die GAP arbeitet. Mir erscheint es viel einfacher, Stimson loszuwerden.«

Dolorman drehte sich zu dem Vernarbten um. »Wells?«

Wells' noch bewegliche Augenbraue hob sich. »Überlassen Sie das mir.«

»Ich habe Ihnen schon die Ausmerzung der Sicherheitslecks überlassen, und in dieser Hinsicht hat sich nicht viel getan.«

»Meine Leute kreisen im Augenblick die Quelle ein. Ein Durchbruch steht unmittelbar bevor.«

»Sorgen Sie lieber dafür. Mit je weniger Komplikationen wir es in den kommenden Tagen zu tun haben, desto besser.«

»Dann gehe ich davon aus, daß der Befehl, Sandy Lister nicht zu töten, weiterhin Bestand hat?«

Dolorman nickte. »Wir tun besser daran, sie auf eine Fährte zu setzen, die nur ins Nichts führen kann.« Er drehte sich vorsichtig zu Verasco um. »Sahhan bereitet mir mehr Kopfzerbrechen. Hat diese unangenehme Sache auf dem Empfang ihn entmutigt?«

»Wenn überhaupt«, entgegnete Verasco, »dann ist er motivierter denn je. Unsere Leute in seiner Umgebung melden, daß er sich in einen Rausch hineinsteigert. Er kann nachts kaum schlafen. Anscheinend kann der Heilige Abend gar nicht schnell genug für ihn kommen.«

»Oder für uns«, fügte Dolorman hinzu.

16

McCracken traf am späten Samstagabend in Paris ein und setzte sofort alle Hebel in Bewegung, um ein Treffen mit dem berühmtesten Waffenhändler der Welt, François Deveraux, zu arrangieren. Deveraux beanspruchte den Ruhm für sich, der einzige Waffenhändler zu sein, den eine große amerikanische Nachrichtensendung nicht dem Stereotyp entsprechend dargestellt hatte als einen Mann mit Sonnenbrille, der aus einem Lagerhaus gestohlene Gewehre verkauft. In der Tat waren die meisten geschäftlichen Transaktionen Deveraux' sowohl respektabel wie auch völlig legal. Die überwältigende Mehrheit seiner Geschäfte schloß er mit legitimen militärischen oder paramilitärischen Gruppen ab, die amerikanische oder russische Waffen kaufen, jedoch – aus welchen Gründen auch immer – nicht direkt mit den Herstellern verhandeln wollten. Seine Waren stammten oft aus Überschüssen und häufig aus zweiter Hand. Deveraux machte aus seinem Beruf kein Geheimnis und wählte sich seine Kunden mit soviel Vorsicht und Diskretion aus, wie er es sich leisten konnte.

Blaine kannte den Waffenhändler ziemlich gut, hatte ihm vor etwa zehn Jahren sogar einmal das Leben gerettet, als eine Gruppe fanatischer arabischer Terroristen es Deveraux übelnahmen, daß er sich aus einem Geschäft mit ihnen zurückgezogen hatte. Blaine war eingesprungen und hatte sich persönlich um das Mordkommando gekümmert. Dessen Auslöschung beanspruchten schließlich die Israelis für sich.

Also war Deveraux ihm einen Gefallen schuldig, und das müßte seine Aufgabe wesentlich vereinfachen, obwohl Blaine nicht begeistert war, nach Paris zurückzukehren. Hier hatte er die bei weitem schlimmsten Jahre seiner Karriere verbracht, als sich die Verbitterung in ihm angehäuft hatte, bis sie schließlich vor kaum einer Woche auf dem Flughafen übergekocht war. Schon der Geruch des Flughafens Orly brachte die ganze Bitterkeit dieser Jahre zurück, die ganze Wut über die Tatsache, daß seine eigenen Leute ihn eingesargt hatten.

Blaine mietete sich in einem Hotel ein, erledigte ein paar

Telefonate und wartete dann in der Dunkelheit, mit dem Schlaf liebäugelnd. Es wurde Morgen, bevor er erfuhr, daß sich François Deveraux nicht nur in Paris aufhielt, sondern auch an diesem Abend eine Galavorstellung der berühmten Pariser Oper besuchen würde. Deveraux würde in seiner Privatloge sitzen, und Blaine würde ihn den ersten Akt genießen lassen, bevor er seinen Auftritt machte. Er konnte wirklich von Glück sprechen, denn wenn Deveraux verreist oder anderweitig indisponiert gewesen wäre, hätte er kostbare Zeit mit der Suche nach ihm verloren.

Die Oper als Treffpunkt bereitete McCracken nur ein Problem – es war strikte Abendgarderobe erforderlich, zumindest, wenn er sich unauffällig in Deveraux' Kreisen bewegen und nicht sofort auffallen wollte. Blaine rief bei der Hotelconcierge an, die einen Schneider zu ihm hinaufschickte, der seine Maße nahm. Bis sechs Uhr an diesem Abend würde man ihm einen geliehenen Smoking in der richtigen Größe zur Tür bringen, keine geringe Leistung an einem Sonntag.

Der schlimmste Aspekt des Lebens im aktiven Außeneinsatz war das Warten. Und das schlimmste am Warten war, daß man Zeit zum Nachdenken bekam. Blaines Gedanken kreisten, während er sich den Tag über in seinem Hotelzimmer aufhielt, ausschließlich um Luther Krell. Er hätte ihn töten sollen. Kurz und schmerzlos. Man hätte das von ihm erwartet, und es wäre sicher auch richtig gewesen, da Krell seine Tarnung als Toter auffliegen lassen konnte. Sicher konnte er sich sagen, daß der Fettleibige, nachdem er einmal geredet hatte, nicht wagen würde, zu Sahhan zurückzukehren, daß er sowieso so gut wie tot war. Doch das war eine Selbsttäuschung. McCracken hatte den Job nicht erledigen können, weil er solch einen Mord im Hinrichtungsstil nicht mehr über sich bringen konnte. Töten in Selbstverteidigung oder zur Verteidigung anderer war eine Sache; eine Kugel in einen winselnden Fleischklumpen zu jagen, eine völlig andere. Diese Haltung bedeutete Verletzbarkeit. Vor fünf Jahren hätte es keinen Zweifel, kein Zögern gegeben, und Blaine zitterte bei dem Gedanken, wann dieses Zögern beim nächsten Mal auftreten würde.

Sein Smoking wurde eine halbe Stunde zu spät geliefert, um

halb sieben, was ihm gerade noch genug Zeit ließ, sich anzukleiden und die Oper vor dem Anfang des ersten Aktes zu erreichen. Am beunruhigendsten war, daß er keine Schußwaffe besaß. Eine Pistole ins Land zu schmuggeln oder hier zu kaufen, hatte sich als unmöglich erwiesen; damit war ein zu hohes Risiko verbunden gewesen; doch nun kam Blaine sich nackt vor. Er nahm ein Taxi zur Oper; er hatte eine Eintrittskarte reservieren lassen, und so bestand kein Grund zur Eile, bis auf die Tatsache, daß er Zeit brauchte, um Deveraux' Privatloge ausfindig zu machen.

Bei der Pariser Oper handelt es sich um ein gewaltiges, vor beinahe zweihundert Jahren errichtetes Gebäude. Obwohl es mittlerweile unzählige Male umgebaut worden war, hatte es nichtsdestotrotz die Eleganz seiner Geburtsepoche bewahrt. Menschen in Abendgarderobe drängten sich in kleinen Gruppen zusammen, plauderten und nippten Champagner. Blaine hoffte, Deveraux unter ihnen zu finden; in diesem Fall konnte er ihr Gespräch zu einem frühzeitigen Ende bringen und sich den ersten Akt der Oper sparen.

Er hatte dieses Glück nicht. Der Waffenhändler war nirgendwo zu sehen, und Blaine fand seinen Sitz fünf Minuten, bevor das Licht gedämpft wurde. Seine Blicke streiften über die Privatlogen über ihm; einige davon waren so weit zurückgesetzt, daß man ihre Benutzer nicht ausmachen konnte. Von einer kräftig gebauten Dame neben ihm lieh er sich ein Opernglas und begutachtete die Logen erneut, sich bewußt, die Suche abbrechen zu müssen, sobald das Licht ausgeschaltet wurde. Das Orchester war mit dem Stimmen der Instrumente fertig. Ihm blieben nur noch Sekunden.

Er suchte die mittleren Logen auf der linken Seite der Halle ab, als sich ein Mann erhob, um einige weibliche Gäste zu begrüßen. Blaine lächelte. François Deveraux hatte sich kein bißchen verändert. Sein Toupet schien nur besser zu sitzen als bei ihrer letzten Begegnung, doch ansonsten sah er noch genauso aus. Seine Haut war von der Sonne bronzen gebräunt, und das Fehlen von Falten und Runzeln verdankte er weniger der Natur als dem geschickten Messer eines plastischen

Chirurgen. Sein Lächeln blitzte weiß und voll auf, und er küßte die Damen höflich.

Die Lampen erloschen, und Trommelwirbel durchdrang die Luft. Die Oper würde gleich anfangen. Blaine gab das Fernglas zurück und sank auf seinen Stuhl zurück. Er zwang sich zu applaudieren, bis die Leute neben ihm damit aufhörten.

Die nächste Stunde verging so langsam wie kaum eine, an die er sich erinnerte. Er kannte weder den Titel der Oper, noch konnte er der Handlung folgen, die sich auf der Bühne entwickelte. Die hohen Töne und das Dröhnen des Orchesters schmerzten in seinen Ohren, und er ertappte sich dabei, wie er zahlreiche verstohlene Blicke zu Deveraux' Loge warf und sich fragte, was er tun würde, wenn dem Waffenhändler die Vorstellung genauso wenig gefiel und er die Oper vorzeitig verließ.

Schließlich fand der erste Akt sein Ende, und Blaine arbeitete sich an den anderen Opernbesuchern in seiner Sitzreihe vorbei und bahnte sich den Weg den Gang entlang, auf dem sich schon ziemlich viele Menschen drängten. Als er den Blick zu Deveraux' Loge hob, fühlte er, wie die Frustration in seiner Magengrube nagte. Er mußte den Waffenhändler dort oben allein sprechen. Wenn Deveraux sich entschlossen hatte, die Bar aufzusuchen, mußte Blaine vielleicht einen weiteren Akt durchstehen, und er war nicht sicher, ob er das ertragen würde.

Er bewegte sich mit der Menge in die Lobby und stieg dann gegen den Strom die Treppe hinauf, die zu den Logen führte. Er hatte versucht, sich die Lage der Loge Deveraux' einzuprägen; eine überflüssige Aufgabe, wie sich herausstellte, da zwei Wachposten vor deren Eingang stationiert waren. Diese Leibwächter dienten mehr der Dekoration, denn die Privatlogen waren untereinander verbunden und nur durch eine dünne Trennwand und einen Vorhang voneinander getrennt. Blaine ging an Deveraux' Loge vorbei und betrat die zweite dahinter.

»Verzeihung«, sagte er, schob sich an zwei überraschten Pärchen vorbei und glitt hinter den Vorhang.

In der nächsten Loge wiederholte er die gleiche Prozedur

und steckte dann den Kopf durch die Vorhangfalte zu Deveraux' Loge.

»*Bonsoir*, Monsieur Deveraux.«

Die beiden Frauen fuhren zusammen. Deveraux drehte sich schnell um.

»*Mon dieu*«, murmelte er, plötzlich bleich im Gesicht.

»Nimm es leicht, François, du siehst aus, als hättest du ein Gespenst gesehen«, sagte Blaine und trat durch den Vorhang.

»Vielleicht habe ich das auch, *mon ami*, oder der Champagner war zu stark.«

»Hast du etwas dagegen, wenn ich dir Gesellschaft leiste?«

»*Oui, oui.* Bitte, komm herein.«

Blaine trat vor und rückte den Vorhang wieder zurecht. Deveraux trug den beiden Frauen auf, noch eine Flasche Champagner zu bringen und die Leibwächer anzuweisen, dafür zu sorgen, daß er nicht gestört werden würde.

»Ich habe gehört, man hätte dich in den Staaten getötet, *mon ami*«, sagte Deveraux leise, als sie allein waren.

»Ich kann doch keinen Abgang machen, bevor wir nicht quitt sind, nicht wahr?«

Deveraux zog einen kleinen Tisch, auf dem ein goldener Spucknapf stand, näher zu sich. Trotz seines luxuriösen, weltmännischen Lebensstils hatte er es niemals aufgegeben, Tabak zu kauen. Das einzige Zugeständnis, das er machte, bestand darin, das teuerste Zubehör zu kaufen und den Tabak in goldenen Beuteln aufzubewahren, die einigermaßen respektabel wirkten. Nun steckte er einen Pfriem in den Mund.

»Wir müssen uns unterhalten, François.«

»Hast du Probleme? Wenn ja, dann ist mein Haus auch dein Haus. Niemand in Frankreich würde es wagen, dich anzurühren, wenn du unter meinem Schutz stehst.«

»Das ist es nicht. Außer dir weiß niemand in Frankreich, daß ich hier bin.« Eine Pause. »Ich arbeite wieder.«

»Für deine Leute? Ich dachte, deine Tage bei ihnen seien endgültig gezählt.«

»Formell sind sie das auch. Das ist eine strikt geheime und inoffizielle Angelegenheit. Niemand trägt die Verantwortung, und so weiter.«

Mit einer Eleganz, die all seinen Bewegungen zu eigen war, spie Deveraux Tabaksaft in den Napf.

»Welche Abteilung?«

»Die GAP.«

»Ah, die geheimste von allen . . .«

»Und auch die verzweifeltste. Sie hat vor einer Weile einen Agenten verloren, und ich nehme dessen Stelle ein. Dieser Agent hatte eine Verschwörung irgendwelcher schwarzer Fanatiker aufgedeckt, am Heiligen Abend die Vereinigten Staaten mit einem zweiten Bürgerkrieg zu überziehen.«

»Und wo komme ich ins Spiel?«

»Du hast ihnen die Waffen dafür geliefert.«

Deveraux hätte den Spucknapf beinahe verfehlt. Er versuchte, die Ruhe zu bewahren. »Weil wir Freunde sind, Blaine, will ich vergessen, was du gesagt hast. Du kennst mich zu gut, um zu argwöhnen, ich könnte mich auf solch eine Sache einlassen.«

»Nicht wissentlich vielleicht. Du hast in den letzten sechs Monaten neun fast identische Waffenbestellungen in verschiedene Teile der USA geliefert, nicht wahr?«

Deveraux' Augen blitzten unsicher auf. »Ja, ziemlich große Lieferungen an verschiedene neue amerikanische Söldnertruppen, die in Mittelamerika eingesetzt werden sollen.«

»Das haben sie dich glauben gemacht.«

»Sie hatten einwandfreie Beglaubigungen.«

»Kein Geschäft, in dem Luther Krell seine Hände hat, ist, was es zu sein scheint. Du solltest das besser wissen als jeder andere.«

»Der fette *Mistkerl* . . .«

»Ich habe ihn für eine Weile aus dem Verkehr gezogen.«

»Dann bin ich dir noch etwas schuldig, *mon ami*.«

»Du kannst deine Schuld begleichen, indem du mir ein paar Fragen beantwortest.«

»*D'accord*. Ich stehe dir zu Diensten.«

»Wohin wurden die Lieferungen geschickt, François?«

Deveraux spuckte erneut und dachte kurz nach. »Größere Städte. New York, Los Angeles, Houston, Philadelphia, Chicago. An die anderen kann ich mich ohne Unterlagen nicht erinnern.«

»War jede Lieferung gleich groß?«

»Mehr oder weniger. Es bestand kein Grund für mich, irgendwelche Fragen zu stellen.« Deveraux zögerte. »Verrate mir, was da vor sich geht.«

»Es ist ziemlich kompliziert, aber es dreht sich um einen Mann namens Mohammed Sahhan.«

»Ich habe von ihm gehört, *mon ami.* Ein gefährlicher Mann.«

»Und nun sehr gut bewaffnet.«

»Ich hatte keine Ahnung«, sagte Deveraux entschuldigend. Er hob den Spucknapf an den Mund, als habe er kein Vertrauen mehr in seine Treffsicherheit.

»Niemand wirft dir etwas vor. Sahhan hatte Hilfe. Jemand legte ihn mit Krell herein, und Krell legte dich herein.«

»Wer?«

»Genau das weiß ich nicht. Aber es ist jemand mit Macht, Verbindungen und Geldmitteln. Normalerweise packt man Diplomatenkoffer nicht voller Geld.«

Diesmal verfehlte Deveraux den Spucknapf, obwohl er ihn noch unter das Kinn hielt. Seine Lippen zitterten. »Lederne Diplomatenkoffer«, murmelte er.

»Krell hat mir verraten, daß er dich auf diese Art bezahlt hat.«

»Ja, aber es gibt noch einen anderen Kunden, der mich auf die gleiche Art bezahlt und ebenfalls im Hintergrund bleibt. Er hat sogar noch mehr Waffen erworben als Krell. Doch alle Lieferungen sind an einen Ort gegangen.«

»Wohin?«

»Auf eine karibische Insel namens San Melas. Klein. Abgeschieden.«

»Was uns nicht weiterhilft.«

»Warte, ich bin noch nicht fertig. Die Insel befindet sich im Privatbesitz dieses amerikanischen Milliardärs.« Deveraux zögerte, den Namen auszusprechen. »Randall Krayman.«

Einen langen Augenblick saß McCracken nur da und musterte Deveraux. Krayman, dessen Vermögen das von Howard Hughes schätzungsweise um das Vierfache übertraf, besaß mit Sicherheit genügend Mittel, um die geheimnisvolle Partei sein zu können, die Sahhan unterstützte. Und die Verbindung zwischen ihnen war nun nicht mehr zu übersehen. Doch welche Vorteile konnte Randall Krayman aus einer Verbindung mit einem radikalen Fanatiker und seinen Plänen für eine Revolution am Heiligen Abend ziehen?

»Blaine?«

Deveraux' Stimme riß ihn aus seiner Trance.

»Entschuldige, François.«

»Der zweite Akt wird gleich anfangen, *mon ami.* Wir sollten unser Geschäft zuvor abgeschlossen haben«, sagte Deveraux, den Blick abgewandt.

»Du hast Angst.«

»Krayman ist ein mächtiger Mann, niemand, dem man ins Gehege kommen sollte.«

»Du kommst ihm nicht ins Gehege, François. Du versiehst mich lediglich mit Informationen, die am Heiligen Abend vielleicht Tausende Menschenleben retten können.«

»Glaubst du wirklich, daß Krayman hinter Sahhan steht?«

»Ich muß von dieser Annahme ausgehen. Allerdings kenne ich nicht die Gründe, die dahinter stecken könnten.«

»Die kann ich dir auch nicht nennen, *mon ami.* Welche Rolle spielt die Insel? Warum braucht er so viele Waffen?«

McCracken hob die Achseln. »Wahrscheinlich zu Übungszwecken. Er muß Sahhans Truppen auf San Melos auf den Angriff vorbereiten. Das ergäbe einen Sinn. Ein paar hundert Mann alle paar Wochen würden mehr als nur reichen. Niemand würde Verdacht schöpfen.« Blaine suchte den Blick des Franzosen. »Ich muß auf diese Insel, François.«

»*Unmöglich*! Die Piloten meiner Flugzeuge melden, daß sie schwer bewacht wird und die Gewässer um die Insel vermint sind. Mehrere unschuldige Fischer, die in letzter Zeit dem Ufer zu nahe gekommen sind, sind einfach verschwunden.«

Deveraux schien etwas einzufallen. »Moment, es könnte eine Möglichkeit geben, doch sie ist sehr riskant . . .« Sein Blick wurde schärfer. »Morgen früh startet von einem meiner Flugplätze eine Maschine mit einer letzten Lieferung zur Insel.«

»Dann ist es ganz einfach – ich muß nur an Bord sein.«

Deveraux schüttelte den Kopf. »So einfach ist das nicht.« Er nahm den Tabakpfriem aus dem Mund und ließ ihn in den goldenen Spucknapf fallen. »Die Leute, die Krayman repräsentieren, haben darauf bestanden, daß die Waffen jedesmal von der gleichen Mannschaft geliefert werden. Einen davon durch dich zu ersetzen, würde ihren Argwohn wecken und dir nicht helfen, deine Aufgabe zu bewältigen.«

»Wieso nicht?«

»Weil meine Männer von der Landung auf San Melas bis zum Abflug ununterbrochen beobachtet werden. Die Wachtposten lassen sie niemals aus den Augen, während sie die Waffen auf dem Landeplatz auf Lastwagen umladen.«

»Dann muß ich mich verstecken und mich davonschleichen, während die Lieferung umgeladen wird.«

Deveraux schüttelte noch energischer den Kopf. »*Non, mon ami.* Die Landebahn ist von dem Ausbildungslager – wenn es sich um ein solches handelt – ziemlich weit entfernt und liegt in offenem Gelände. So ein Versuch wäre Selbstmord. Ich schulde dir zu viel, als daß ich zulassen könnte, daß du solch ein Risiko eingehst.«

Blaine lächelte. »Dann werden wir uns wohl etwas anderes einfallen lassen müssen . . .«

Als er seinen Plan in allen Einzelheiten erklärt hatte, stimmte sich das Orchester auf den zweiten Akt ein.

»Es ist immer noch sehr, sehr riskant«, sagte Deveraux, der alles andere als überzeugt war.

»Ich muß auf diese Insel, François, und dir ist keine bessere Möglichkeit eingefallen.«

Der Franzose nickte zögernd. »Sei morgen vormittag um elf Uhr auf meinem Flughafen in Gournay.«

»Du meinst, ich bekomme wirklich noch etwas Schlaf?«

Deveraux zwinkerte. »Du kannst dir sogar noch den Rest der Vorstellung ansehen, *mon ami.*«

»Was wissen Sie über Randall Krayman, Andy?« fragte McCracken später an diesem Abend in seinem Hotelzimmer. Das Gespräch fand über eine saubere Notleitung statt; ein Abhören oder Aufzeichnen des Telefonats war damit ausgeschlossen.

»Warum?« fragte Stimson.

»Weil ich glaube, daß er das fehlende Stück ist, nach dem wir die ganze Zeit über gesucht haben.« Und Blaine erläuterte, welche Schlüsse er aufgrund der von François Deveraux erhaltenen Informationen gezogen hatte.

»Habe ich Sie richtig verstanden?« sagte Stimson schließlich. »Ein zurückgezogen lebender Milliardär finanziert Sahhans großen Schlag am Heiligen Abend und bildet dessen Helfershelfer auf seiner Insel in der Karibik aus.«

»Genau«, bestätigte Blaine. »Auf einer Insel namens San Melas, zu der ich morgen früh aufbrechen werde.«

»Und welchen Nutzen könnte Krayman aus dieser Sache ziehen?«

»Das werde ich erst wissen, wenn ich dort bin, Andy. Vielleicht können Ihre Computer uns eine kleine Starthilfe geben. Vielleicht befindet sich etwas in ihren Speichern, das uns verrät, was Krayman oder seine Leute vorhaben. Jeder einzelne verdammte Zug dieser Sache wurde sorgfältig geplant, von Chen bis zu Krell. Irgend etwas Neues von Peachfuzz?«

»Seine Leute machen Fortschritte, aber nur langsam. Zu langsam. Das Spiel hängt noch immer von Ihnen ab.«

»Ich habe so ein Gefühl, als würde der Tanz gerade erst anfangen.«

17

Bei Deveraux' Landebahn in Gournay handelte es sich eigentlich nicht um einen offiziellen Flughafen. In der Tat wußten nur ein paar wenige Eingeweihte, daß sie dann und wann noch Verwendung fand. Sie war auf dem Höhepunkt des Zweiten Weltkriegs von französischen Widerstandstruppen angelegt worden, die sie benutzten, um Menschen aus Frankreich hinaus und Waffen herein zu schmuggeln. Damals hatte sie ihre Zwecke hervorragend erfüllt, und heute diente sie

Deveraux als eine von zehn Bahnen in Frankreich, von denen aus er seine Lieferungen auf den Weg schickte.

McCracken traf um halb elf im klirrenden Frost des Morgens in einem Mietwagen ein und stellte fest, daß die Transportmaschine bereits ihre Motoren aufwärmte.

»Mr. McCracken?« fragte ein Mann mit einer französischen Maschinenpistole, der sich ihm näherte.

»Grüße aus Paris.«

»Mr. Deveraux hat uns informiert. Wir haben Sie erwartet. Ich werde dafür sorgen, daß Ihr Wagen zum Hotel zurückgefahren wird. Mr. Deveraux besteht darauf, daß es keine Beweise für Ihr Hiersein gibt.«

Blaine schloß die Wagentür hinter sich.

»Mein Name ist André«, fuhr der Mann fort, der die Dreißig noch nicht erreicht zu haben schien. »Mr. Deveraux hat mich angewiesen, Ihnen zu Diensten zu stehen. Alles wurde nach Ihren Wünschen arrangiert. Wir mußten improvisieren, doch ich denke, Sie werden durchaus zufrieden sein. Bitte folgen Sie mir.«

Das Wirbeln der Propeller dröhnte in Blaines Ohren, als er André im Laufschritt zu der Ladeluke der großen Maschine folgte. Sie stiegen eine Rampe in eine feuchte, dunkle Welt hinauf, die nur vom Licht einiger in unregelmäßigen Abständen angebrachter Arbeitslampen erhellt wurde.

»Hier drüben, Mr. McCracken.«

André führte ihn zu einer Holzkiste in der hinteren linken Ecke, die in etwa die gleiche Größe und Form wie alle anderen hatte.

»In der Kiste befinden sich zwei schwere Maschinengewehre«, erklärte André. »Dazwischen wurde ein Abteil eingebaut, in dem Sie sich verbergen können, wenn wir die Insel erreicht haben. Einige Bretter wurden gelöst und wieder locker befestigt. so daß eine bescheidene Kraftaufwendung Sie aus dem Inneren der Kiste befreien wird.« Andrés Blick wurde vorsichtig. »Wenn die Kiste fallen gelassen wird oder irgendwo anstößt, könnten sich die Bretter lösen, und man würde Sie vorzeitig entdecken. Etwas Besseres konnten wir in so kurzer Zeit nicht konstruieren.«

»Ich verstehe.«

»Auf jeden Fall müssen Sie erst Zuflucht in der Kiste suchen, wenn die Crew Sie informiert, daß sie mit dem Landeanflug begonnen hat. Man wird Ihnen dann helfen, eins der schweren Maschinengewehre sowie einen falschen Boden herauszunehmen, damit Sie in die Kiste schlüpfen können. Haben Sie dazu noch irgendwelche Fragen?«

»Fliege ich in der Kiste Erste oder Touristenklasse?«

André lächelte. »Wie immer Sie wollen. Erwarten Sie nur keine hübschen Stewardessen. Brauchen Sie eine Handfeuerwaffe?«

Blaine nickte. »Eine kleine und zuverlässige. Eine Heckler und Koch, wenn es Ihnen möglich sein sollte.«

Mit einem schmalen Lächeln zog André eine schlanke Pistole aus seiner Tasche. »Mr. Deveraux hat Ihren Wunsch vorausgesehen«, sagte er und überreichte Blaine eine Heckler & Koch P-9.

»Ausgezeichnet«, sagte Blaine, als er sie entgegennahm.

»Der Flug wird bei günstigem Wind etwa neun Stunden dauern. Die Crew wird sich bemühen, es Ihnen so bequem wie möglich zu machen.«

Blaine verstaute die Pistole in seiner Jackentasche und dankte André. Er trug ein Sporthemd, Halbschuhe und eine Windjacke, eine für die Karibik, aber nicht für Frankreich im Dezember angemessene Garderobe. Er zitterte vor Kälte. Der Rest seines Gepäcks wurde zu einem GAP-Depot in den Staaten weitergeleitet, wo er es nach seiner Rückkehr abholen würde.

Wie er seine Rückkehr von San Melas bewerkstelligen würde, wußte er noch nicht genau. Er machte sich nur insofern Gedanken über die Zukunft, als er hoffte, die Kiste würde irgendwo abgestellt werden, von wo aus er ungehindert in Kraymans Lager eindringen konnte. Es würde immer eine Fluchtmöglichkeit geben, sagte er sich; zumindest hatte er bislang immer eine gefunden. Improvisation war verlangt, die Fähigkeit, etwas aus dem Nichts zu schaffen.

Obwohl Blaine in der Nacht zuvor sechs Stunden Schlaf bekommen hatte, nickte er bald nach dem Start wieder ein, und der überraschend angenehme Flug tat nur wenig, ihn aufzurütteln. Er erwachte immer wieder und schlief wieder ein, bis er schließlich bemerkte, daß das große Flugzeug zum Landeanflug angesetzt hatte.

Der Erste Offizier tauchte aus dem Cockpit auf. »Ich fürchte, es ist an der Zeit, zum blinden Passagier zu werden, Sir«, sagte er.

Blaine genehmigte sich zuerst eine Tasse Kaffee und ein Brötchen, dann ging er zu der Kiste hinüber.

»Draußen haben wir achtundzwanzig Grad und Sonnenschein«, berichtete der Erste Offizier. »Ein ideales Wetter zum Sonnenbaden.«

»Wie spät ist es?«

»Sechzehn Uhr dreißig. Noch vier Stunden bis zum Sonnenuntergang.«

»Danke«, erwiderte Blaine, und gemeinsam schoben sie die Kiste in den hinteren Teil des Frachtraums.

Nicht einmal zehn Minuten später lag McCracken zwischen zwei schweren Maschinengewehren in seinem ureigenen Grab. Die Dunkelheit war vollkommen, und es war unbequem in der Kiste. Blaine streckte die Glieder, so gut er konnte, und kämpfte gegen die Krämpfe an, die seine Arme und Beine in regelmäßigen Abständen zusammenkrümmten. Nun glaubte er zu wissen, wie es war, lebendig begraben zu sein, und die Stöße, denen sein Körper ausgesetzt war, als die Maschine landete, machten die Sache nur noch schlimmer. Sein Kopf bekam einen großen Teil der Erschütterungen ab, und er konnte sich noch nicht einmal drehen, um ihn zu schützen. Er spürte, wie die Bremsen griffen, hörte, wie sie quietschten, und entspannte sich, als das Flugzeug ausrollte.

Der unbequemste Teil der Reise, hoffte er, war vorüber.

Blaine hörte, wie die schweren Frachtluken geöffnet und Rampen herangeschoben wurden. Dann hörte er gedämpfte und zusammenhanglose Schritte. Knappe Befehle wurden gerufen. Mit jeder Minute näherten sich die Schritte und Stimmen seiner Kiste.

Schließlich spürte er eine Bewegung. Er fühlte, wie seine Kiste über den Boden gezogen wurde. Dann folgten ein harter

Stoß und ein Donnern, und sie rutschte auf der Rampe hinab. Auf dem Boden stieß sie mit einer anderen zusammen; sie schwankte und drohte umzukippen. Blaine umklammerte in der Dunkelheit seine Pistole. Wenn er nun entdeckt wurde, wollte er sich zumindest nicht kampflos ergeben. Doch die Kiste kam unbeschädigt zum Stehen. Er hörte, wie ein Lastwagen zurückgesetzt wurde und Gabelstapler heranfuhren.

Die Hitze in der Kiste drohte ihm den Atem zu nehmen. Er fühlte sich verkrampfter denn je und wünschte sich, es würde mehr Licht durch die haarfeinen Risse im Holz der Kiste fallen. Seine Augen würden ihm am meisten zu schaffen machen, wenn er sie plötzlich der blendenden karibischen Sonne aussetzte. Er würde weder sehen noch kämpfen können und konnte nur darauf hoffen, daß es nicht dazu kommen würde.

McCracken wurde heftig gegen die Wand der Kiste geworfen, als sie von einem Gabelstapler auf einen Lastwagen gehoben wurde. Das spärliche Licht verschwand, die Dunkelheit war wieder total. Die Minuten wurden zu Stunden, und immer noch zog sich der Verladevorgang dahin. Blaine atmete seinen eigenen Schweiß. Die Stimmen um ihn herum waren weiterhin zu hören; manchmal lachten sie. Ein Rumpeln erklang, und Blaine begriff, daß die Abfahrt des Lastwagens kurz bevorstand. Es folgte ein weiteres Rumpeln, der Motor des Lastwagens sprang an, und dann wurde sich Blaine einer Bewegung bewußt, die zuerst nur langsam war, aber ständig schneller wurde.

Die Straße, die zum Ziel des Lastwagens führte, war nicht besonders gut. Blaine wurde gegen die Wände der Kiste geworfen und versuchte, soweit es ihm möglich war, die Stöße mit den Händen aufzufangen. Er rollte auf jede nur vorstellbare Art und Weise hin und her.

Blaine sah auf die Leuchtziffern seiner Armbanduhr. Siebzehn Uhr fünfundvierzig – er hatte noch gut drei Stunden Tageslicht, um zu finden, was er suchte. Fünfzehn Minuten später hielten die Lastwagen an, die Motoren wurden ausgeschaltet, und das Entladen begann. McCracken konnte fühlen, daß er sich in einem geräumigen Gebäude befand; eine kühle

Brise verschaffte ihm durch die Ritzen der Kiste Linderung. Das Entladen schien endlos zu dauern; nur die Armbanduhr lenkte Blaine von der Monotonie seiner selbstauferlegten Beengtheit ab. Erst gegen halb sieben zogen sich die Stimmen zurück, und eine schwere Tür schlug zu. Blaine wartete weitere zehn Minuten, um völlig sicher zu sein, zog dann die Füße bis zur Brust an und richtete sie auf das lockere Teil der Kiste. Er trat kräftig zu.

Die lockeren Bretter gaben nicht nach. Die Wucht des Tritts erzeugte ein Echo, das McCrackens Meinung zufolge die Aufmerksamkeit eines jeden Wachpostens auf dem Gelände erregen mußte.

Er wartete weitere zwei Minuten, bevor er seinen Körper von einem Ende seines Gefängnisses zum anderen drehte. Offensichtlich hatte er es mit der falschen Seite versucht, was ihm beinahe die Entdeckung und eine schmerzhafte Drehung innerhalb der Kiste eingebracht hatte. Schließlich zog er die Knie wieder bis zur Brust hoch und wiederholte die Prozedur.

Die Bretter lösten sich mit überraschender Leichtigkeit und fielen zu Boden.

McCracken wurde völlig steif und wagte kaum zu atmen, als könne sein Schweigen den bereits erzeugten Lärm auslöschen. Dann atmete er tief ein und schob sich aus seinem Gefängnis.

Seine Beine berührten den Zementboden und gaben unter seinem Gewicht nach. Er massierte sie, um die Durchblutung anzuregen, und zog sich hoch. Sein gesamter Körper fühlte sich wie gerädert an. Er streckte seine Muskeln und machte Lockerungsübungen. Schmerz fuhr durch seine Glieder, als er sie ausstreckte. Blaines Augen hatten sich allmählich an das Licht gewöhnt.

Der Raum, in dem er sich befand, hatte die Größe einer Schulturnhalle und eine hohe Decke. Sonnenschein fiel durch die Fenster und spendete genug Licht, um zu erkennen, daß der Boden der Halle mit Kisten aller Größen bedeckt war. Blaine schritt durch Schmutz und Staub an ihnen vorbei und untersuchte einige auf ihren Inhalt. Er fand Granaten, Gewehre, Panzerfäuste und unzählige Kisten mit Munition. Soweit er sehen konnte, befand sich kein Wachposten hier, doch er wußte nicht, was ihn hinter den gewaltigen Schiebetüren erwartete. Er mußte es sorgfältig überprüfen, bevor er es auch nur ins Auge faßte, die Halle zu verlassen.

Ein schmaler Sims verlief unter den Fenstern an der Hallenfront. Blaine lehnte sich mit den Schultern gegen eine Kiste und schob sie vor, bis sie die Vorderwand beinahe berührte. Er zog sich hinauf, holte tief Luft und sprang dann zu dem Sims hinauf.

Seine Hände faßten den Rand des Simses, und seine Beine schlugen gegen die Mauer. Mit schmerzverzerrtem Gesicht zog er sich hoch. Es dauerte seine Zeit, und Blaine war sich ständig der Tatsache bewußt, daß das leichteste Ausgleiten einen sechs Meter tiefen Sturz auf den harten Hallenboden bedeutete.

Schließlich stand er aufrecht, ein wenig schwankend, doch sein Gleichgewicht haltend. Verstohlen bückte er sich und blickte durch die schmutzverkrusteten Scheiben.

Was er sah, raubte ihm den Atem.

Von dem Fenster aus überblickte er einen Militärstützpunkt, an dessen Peripherie sich ein Ausbildungsgelände mit verschiedenen Übungsplätzen befand. Blaine sah Schießstände, Hindernisbahnen, Nahkampfzonen und Manövergelände, auf denen im Augenblick zwei Truppen zu üben schienen, die eine blau, die andere rot gekleidet. Der Schießstand war am weitesten entfernt, und Blaine konnte kaum die Männer ausmachen, die mit ihren automatischen Waffen menschengroße Puppen mit Blei spickten.

Die meisten Übungsplätze befanden sich zu weit entfernt, um Einzelheiten ausmachen zu können. Dazu mußte er näher heran. Es würde nicht einfach sein, sich dem Ausbildungsgelände zu nähern, ohne Aufmerksamkeit zu erregen. All diese Männer trugen Kampfanzüge, und McCracken hatte keinen greifbar. Außerdem deutete das leise Scharren von Stiefeln unter ihm darauf hin, daß sich direkt vor dem Lagergebäude ein Wachposten befand, der von hier oben nicht zu sehen war, doch nichtsdestotrotz verhinderte, daß Blaine durch den Vordereingang floh. Damit blieb die Rückwand übrig, in der sich keine Tür befand und auch kein praktischer Sims unter den

Fenstern. Unter der gesamten Decke verliefen jedoch Dachsparren. Sie mußte Blaine für sich ausnutzen.

Er brauchte ein Seil, doch bei einer schnellen Inspektion des Hangars trieb er keins auf. Der beste Ersatz waren die Stricke, die um einige Kisten geschlungen waren. Er holte ein Allzweck-Messer aus der Jackentasche und schickte sich an, eine ausreichende Anzahl von Stricken zu zerschneiden. Dann benötigte er noch ein paar Minuten, sie mit Knoten, die er lange vor Vietnam gelernt hatte, zusammenzubinden.

Blaine zog die verschiedenen Abschnitte des Seils stramm, um sie auf Schwachstellen zu überprüfen, und band, nachdem er keine gefunden hatte, das eine Ende um das Messer und warf es über den tiefsten Dachsparren. Dann verknotete er das andere Ende zu einer Schlaufe und zog sie am Seil hoch. Als das Tau fest saß, kletterte er unter Einsatz von Armen und Beinen hinauf. Das Seil war rauh und riß ihm die Hände auf. Als er den Dachsparren erreicht hatte und sich hinaufzog, tropfte ihm Schweiß in die Augen.

Er befand sich auf gleicher Höhe mit einem Fenster und balancierte vorsichtig hinüber. Er griff nach dem Riegel. Das Fenster öffnete sich so weit nach innen, daß Blaine bequem hindurchsteigen konnte. Er zog das Tau zu sich empor und ließ es dann durch das Fenster wieder hinab. Es endete etwa anderthalb Meter über dem Boden, eine Entfernung, die er mit einem Sprung mühelos bewältigen konnte. Dann schwang er sich herum und schob die Beine zuerst durch das Fenster. Das Seil ergreifend, ließ er sich zum Boden hinab, wo er fest auf den Füßen landete. Er tastete nach dem Messer und der Heckler & Koch, um sich zu vergewissern, daß er die Waffen nicht verloren hatte. Als nächstes mußte er sich nun eine Uniform verschaffen.

Der Wachposten vor dem Gebäude würde ihm dazu verhelfen.

Blaine lief zur Seite der Halle und drückte sich, tief in ihrem Schatten bleibend, gegen die Mauer. Er schlich Schritt um Schritt weiter, bis er kaum noch einen Meter von der Ecke entfernt war. Dann trat er mit seinen Schuhen Staub auf. Als dies keine Reaktion erzeugte, grub er sie tiefer in den Boden und rasselte mit ein paar Kieselsteinen.

Die Schritte des Wachpostens kamen näher.

Blaine wartete, bis er um die Ecke gekommen war, dann schlug er zu. Der Mann sah nur noch, wie eine Gestalt aus dem Schatten sprang. Als sein Verstand verarbeitet hatte, was vor sich ging, hatte sich McCrackens Messerklinge schon tief in seine Nierengegend gesenkt. Der Wachposten erstarrte und starb ohne ein Geräusch. Blaine zerrte ihn von der Ecke tiefer in den Schatten, kleidete ihn aus und zog die Montur des Wachpostens über seine eigene. Da das Messer tief unten in seinen Rücken eingedrungen war, konnte er die beschädigte Stelle im Hemd des Toten in seine Hose stecken. Ihm fiel auf, daß es sich bei dem Wachposten um einen Weißen handelte, was ihm eigentümlich vorkam, doch er hatte keine Zeit, um darüber nachzudenken.

Blaine benötigte kaum eine Minute, um die gesamte Uniform des Toten überzuziehen, die ihm allerdings nur notdürftig paßte; die Hose war bauschig und zu kurz und die Jacke zu weit. Er drückte die Leiche des Mannes in eine Bodensenke direkt neben der Halle. Schließlich steckte er die Heckler & Koch in seinen Gürtel, schwang sich die M-16 des Postens über die Schulter und nahm seinen Posten vor der Lagerhalle ein.

Von dort aus hatte er einen ungehinderten Blick auf die verschiedenen Ausbildungsgelände, und was er dort sah, ließ ihn frösteln. Er erkannte die Methoden der gleichen Guerilla-Ausbildung, die er vor so vielen Jahren ebenfalls genossen hatte. Auf jedem Übungsplatz trugen einige Männer – wahrscheinlich die Ausbilder – dunklere Uniformen und Barette. Krayman scheute keine Ausgaben. Er hatte wahrscheinlich die besten paramilitärischen Ausbilder angeheuert, die derzeit verfügbar waren, Männer, die ihr Gewerbe in Vietnam oder Korea gelernt hatten. Die meisten Ausbildungsmethoden waren ihm gut bekannt, andere schienen für eine städtische Umgebung statt für einen Dschungel modifiziert worden zu sein.

Blaine blickte nach rechts und sah eine Reihe Jeeps und Truppentransporter; anscheinend handelte es sich dabei um den Fahrzeugpark. Dahinter waren ein halbes Dutzend M60-Panzer abgestellt, deren angesengtes und narbiges Metall davon kündete, daß sie ihre Feuertaufe allesamt schon hinter sich hatten.

Blaine fragte sich, welchen Nutzen die Panzer für die PVR haben könnten, als ihm etwas anderes in den Sinn kam. Die Techniken, die die Männer hier einstudierten, hatten nichts mit dem zu tun, womit sie am Heiligen Abend konfrontiert werden würden. Die gesamte Ausbildung konzentrierte sich darauf, gegen ähnliche bewaffnete und unterwiesene Männer vorzugehen. Die PVR würde jedoch zuschlagen und sich wieder zurückziehen, aus dem Hintergrund das Eigentum ihrer Feinde zerstören und den totalen Terror verbreiten. Menschen würden sterben, doch wahrscheinlich kampflos. Lediglich eine Polizei in Feiertagsbesetzung würde vielleicht Widerstand leisten; der größte Teil der Bevölkerung würde zu Hause sitzen und sich *Ist das Leben nicht schön?* mit James Stewart ansehen. So gut ausgebildete Truppen müßten die großen Städte des Landes eigentlich mühelos nehmen können, doch der Drill, dem sie unterworfen wurden, deutete nicht darauf hin.

Verwirrt beobachtete Blaine die Männer auf den Übungsgeländen näher; nicht eigentlich die Männer, sondern ihre Ausbildung und ihr Verhalten. Es schien sich bei ihnen nicht um radikale Amateure zu handeln, die man mit zehn leichten Lektionen in mörderische Profis verwandelt hatte. Ihre Bewegungen waren schnell, präzise und sicher – von einer professionellen Sicherheit.

McCracken zerbrach sich noch immer den Kopf darüber, als eine durchdringende Sirene erklang. Sein Herz machte einen Satz, und er fühlte, wie Panik in ihm emporstieg. Man wußte, daß jemand eingedrungen war. Die mehreren hundert Soldaten auf den Übungsplätzen näherten sich im Laufschritt dem Hauptgebäude. Blaine blieb auf seinem Posten und hielt den Atem an.

Über eine kleinere Anhöhe näherten sich zwei Panzer, gefolgt von weiteren schweren Fahrzeugen und einhertrottenden Infanteristen. Also fuhr man zu seiner Ergreifung schweres Gerät auf . . .

Dann entspannte sich Blaine. Die Truppen marschierten nur auf und stellten sich sauber und ordentlich um den Rand des befestigten Geländes auf, das die Lagerhallen und Wohnquartiere barg. Das war nur eine . . .

Blaines Gedanken verharrten. Er kniff die Augen zusammen und rieb sie anschließend. Er konnte die Soldaten nun deutlich sehen, und was er sah, war unmöglich.

Es konnte nicht sein. Und dennoch sah er es.

Jeder einzelne Mann war weiß.

McCrackens Anruf aus Paris hatte Andrew Stimson zutiefst aufgewühlt. Eine revolutionäre schwarze Gruppe, die am Heiligen Abend zuschlagen wollte, war schon schlimm genug. Doch wenn darüber hinaus jemand wie Randall Krayman in die Sache verwickelt war, mußte noch viel mehr dahinterstecken.

McCracken behauptete, Krayman würde die Waffenkäufe der PVR finanzieren. Warum? Welche Vorteile konnte der geheimnisvolle Milliardär aus solch einer Verbindung ziehen? Stimson wußte nur wenig über den Mann und hatte sofort nach McCrackens Anruf einige seiner Mitarbeiter beauftragt, alles über ihn zusammenzustellen, was sich in den Unterlagen finden ließ.

Er wäre selbst die Nacht über geblieben, doch die Erschöpfung machte ihm allmählich zu schaffen. Er hatte in den letzten Tagen kaum geschlafen, und allmählich forderte sein Körper sein Recht. Nachdem er zum dritten Mal über seinem Schreibtisch eingeschlafen war, kam Stimson zu der Ansicht, es sei an der Zeit, für den heutigen Tag aufzuhören. Er benachrichtigte seine Leibwächter und ließ seinen Wagen vor die Tür des GAP-Hauptquartiers bringen.

Diese Prozedur war heutzutage für hochrangige Verwaltungsmitglieder üblich, auch für jene, die wie Stimson im Verborgenen agierten. Zwei Wagen mit jeweils zwei Leibwächtern, einer vor und einer hinter ihm. Normalerweise fuhr er seinen Wagen selbst, da er das Alleinsein genoß und das Gefühl der Hilflosigkeit verabscheute, das aufkam, wenn man von einem Chauffeur gefahren wurde. Heute hätte er beinahe nach einem Fahrer verlangt, es sich dann jedoch überlegt: Es würde ihm gut tun, selbst zu fahren.

Stimson setzte sich hinter das Steuer seiner unauffälligen Limousine und signalisierte dem ersten Wagen, er solle losfahren. Der zweite würde etwas zurückfallen und ihn gegen einen Angriff von hinten abschirmen.

Am frühen Abend hatte ein gefrierender Regen eingesetzt, und als der Wagenzug auf eine überraschend leere Autobahn fuhr, schneite es, und die Straßen waren eisglatt. Automatisch schaltete Stimson die Scheibenwischer und die Belüftung ein, um die Scheibe aufzutauen. Die Wischer strichen unregelmäßig über das eisige Glas, doch Stimson bemerkte es kaum; er hing anderen Gedanken nach.

Da Randall Krayman Sahhan offensichtlich benutzte, war zu befürchten, daß der Schlag am Heiligen Abend Teil eines weit umfassenderen Planes war. Katastrophale Folgen standen ins Haus, wobei die PVR wohl nur den Funken liefern würde.

Hinter Stimson schloß der folgende Wagen langsam auf.

Der Chef der GAP erschauderte. Gott sei für Blaine McCracken gedankt, dachte er. Kein anderer von Regeln und Vorschriften beeinträchtigter Agent hätte so weit kommen können. Stimson hatte einen guten Griff getan, McCrackens Fähigkeiten für sich zu nutzen.

Der folgende Wagen war noch näher herangekommen und nur noch knapp zwanzig Meter entfernt.

Stimson sah in den Rückspiegel und wußte, daß etwas nicht stimmte, noch bevor er bemerkte, daß ein Scheinwerfer des Wagens erloschen war. Als sie auf die Autobahn fuhren, hatten noch beide funktioniert. Während er mit seinen Gedanken ganz woanders war, mußte dort hinten etwas geschehen sein. Die Wagen waren ausgetauscht, seine Leibwächter aus dem Spiel genommen worden, und nun war der Feind nahe genug, daß man auf ihn spucken konnte.

Stimson hörte das Dröhnen der Maschine, als der Wagen beschleunigte und auf der anderen Spur neben ihn zog. Er drückte aufs Gas und betätigte die Hupe in der Hoffnung, seine Männer im vorausfahrenden Wagen würden ihn hören.

Beide Fenster auf der Beifahrerseite des fremden Wagens glitten hinab.

Stimsons Kehle schnürte sich vor Panik zu, doch er gab ihr nicht nach, selbst dann nicht, als er sah, wie die schwarzen Läufe auf den Fensterrahmen abgestützt wurden. Ein Teil von ihm war noch immer im Außendienst tätig. Ein Teil von ihm reagierte auf die einzig mögliche Art und Weise.

Noch immer das Pedal bis zum Blech durchtretend und sich dem vorderen Wagen nähernd, riß Stimson das Steuerrad scharf nach links, in der Hoffnung, gegen den Wagen neben ihm zu schleudern und so genügend Zeit zu gewinnen, damit der vordere Wagen zurückfallen konnte.

Fast hätte es funktioniert. Metall knirschte an Metall, dann blitzten die Läufe rot auf, und Stimson hörte, wie das Glas um ihn herum zersprang. Gleichzeitig drangen einige Scherben zusammen mit Dutzenden von Bleikugeln in sein Fleisch und nahmen ihm das Leben. Er versuchte zu atmen, hatte jedoch keine Luft mehr. Auch das Lenkrad war verschwunden. Er fühlte, wie er zusammensackte, die Augen schmerzhaft aufgerissen, als eine weitere Salve seinen letzten Lebensfaden zertrennte. Der Wagen neben ihm rammte wieder gegen den seinen und drückte ihn wild schleudernd gegen die Leitplanke und dann über sie hinweg und mit einem einzigen Satz in eine Dunkelheit hinab, die in Flammen ausbrach, als der Aufprall erfolgte.

Dann war nur noch Tod ringsum.

18

Der Schock legte sich schnell, und dann begriff McCracken, welche Bedeutung seine Entdeckung hier hatte.

Es gab nicht eine, sondern zwei Armeen! Die eine weiß, und die andere schwarz. Und Randall Krayman finanzierte beide!

Blaine konnte keinen Sinn darin sehen. Es war zu schnell zu

viel auf ihn eingestürmt. Er brauchte Zeit, um sich einen Reim auf die Dinge zu machen.

Wenn Sahhans Truppen am Heiligen Abend eingesetzt werden würden, welche Rolle spielten dann diese hier? Vielleicht eine Verstärkung?

Nein, das ging nicht auf. Die Mischung aus den beiden Armeen würde sich als flüchtiger erweisen als ihre gemeinsame Mission. Außerdem handelte es sich bei diesen weißen Truppen um professionelle Söldner. Im Vergleich zu ihnen waren Sahhans fanatische Anhänger blutige Amateure, deren größte Waffe der Schock und die Überraschung sein würde. Die Männer, die er im Augenblick beobachtete und die sich ordentlich in Reihen aufstellten, konnten darauf verzichten. Eine ausreichende Anzahl dieser Männer würde . . .

Eine andere Sirene jaulte auf und unterbrach Blaines Gedankengang. Die Männer verstreuten sich in alle Richtungen; die meisten betraten jedoch die Kasernen. Die Befehlshaber gingen gemeinsam davon und ließen eine kleine Anzahl Wachen auf dem Übungsgelände und dem Fahrzeugpark zurück. Aus allen Richtungen kamen Söldner auf ihn zu, und Blaine wußte, daß es nicht lange dauern würde, bis man die Leiche des echten Wachpostens entdeckte.

Er verließ seinen Posten und ging zu dem Übungsgelände hinüber, ein wenig geschützt durch die ähnlich gekleideten Männer, an denen er vorbeikam. Er hielt die M-16 etwas straffer über seine Schulter und tastete in dem Pistolengürtel nach dem genauen Sitz seiner zusätzlichen Munitionsstreifen. Er näherte sich aus keinem besonderen Grund dem Schießstand, auf dem mechanische Puppen besonders realistische Übungsziele abgaben. Über ihm bäumte sich ein Wachturm auf, bemannt von Söldnern mit Ferngläsern und einem großkalibrigen Maschinengewehr. Er bemühte sich nach Kräften, den Anschein zu erwecken, zu tun, was man ihm aufgetragen hatte, und bewegte sich im langsamen Schritt einer diensttuenden Wache.

Kurz, bevor er das Übungsfeld erreichte, blickte er zu der Lagerhalle zurück. Dort herrschte offensichtlich Aufruhr. Die Männer mit den Baretten liefen zu einer großen Gruppe

Soldaten in Kampfanzügen hinüber. Man hatte die Leiche des Wachpostens gefunden. Blaine verfluchte die Sonne, weil sie in der Karibik nicht eher unterging. In der Dunkelheit hätte man die Leiche niemals gefunden.

Er erreichte den Schießstand, froh, daß er ihn gewählt hatte, da er von dem Hauptkomplex am weitesten entfernt war und der Landebahn verhältnismäßig nahe lag. Instinktiv hatte er begonnen, seine Flucht zu planen. Er hatte alles erfahren, was es hier auf San Melas zu erfahren gab; allerdings hatte er nichts davon erwartet. Er hatte lediglich neue Fragen aufgeworfen. Er würde jetzt quer über den Schießstand gehen, dann über den Hügel und zur Landebahn. Früher oder später würde ein Flugzeug starten, und er mußte irgendwie an Bord gelangen.

Blaine hatte den Stand zur Hälfte überquert, als eine der mechanischen Puppen zu ihm aufsah. Er erstarrte mitten in der Bewegung und fühlte, wie ihn ein Schock durchfuhr.

Das Ziel war keine Puppe.

Es war ein Mensch. Von zahlreichen Salven getroffen und aus blicklosen Augen starrend.

Es waren echte Kriegsspiele, die hier gespielt wurden, mit lebendigen Menschen anstelle von Pappkarton-Umrissen. Die Gesichtszüge der Leiche waren zu blutverschmiert, als daß er sie noch ausmachen konnte. Vielleicht herrschte auf San Melas das Gesetz vom Überleben des Stärksten. Nur die besten wurden von der Insel geschickt, um . . .

»He, du da! Das ist Sperrgebiet!«

Blaine hatte den Jeep nicht gehört, der neben ihm angehalten hatte. Er drehte sich langsam um und sah sich zwei Männern mit Gewehren im Anschlag gegenüber.

»Das ist mein Gebiet. Ich bin nur auf Streife.«

»Scheißdreck! Ich kenne dich nicht! Ich weiß nicht . . .«

McCracken handelte, bevor der Mann den Satz vollendet hatte. Er spürte, daß seine Ausrede vergeblich sein, ihm nicht helfen würde. Er griff nach der M-16 an seiner Schulter, ließ sich fallen und betätigte den Abzug, als er den Boden berührte.

Die beiden Männer konnten nur noch jeweils eine harmlose Salve abfeuern, dann wurden sie von seinem Kugelhagel gefällt. Doch der Lärm der Schüsse würde sicherlich hundert andere Söldner auf den Schießstand locken. Gegen solch eine Übermacht zu kämpfen oder vor ihr zu fliehen, war unmöglich. Sie zu täuschen war etwas anderes.

Blaine feuerte drei Salven ins Nichts hinter dem Rand des Übungsplatzes ab. Panik vortäuschend, umklammerte er sein Gewehr und lief in die Richtung zurück, aus der er gekommen war. Ein Einfall in letzter Sekunde ließ ihn sich neben den beiden Männern, die er erschossen hatte, zu Boden werfen. Seine Hand ertastete die Wunde des einen, und als er sie zurückzog, war sie naß vor Blut. Er schmierte es über seine Stirn und das Gesicht und wischte den Rest des besseren Effektes wegen auf seine grünen Hosen.

Er lief von dem Platz, schaute mit erzwungener Furcht zurück und zog ein Bein theatralisch hinter sich her.

Wahre Fluten von Söldnern strömten ihm entgegen, angeführt, wie er es erwartet hatte, von den Offizieren mit den Baretten.

»Helft mir! Hilfe!«

Blaine taumelte ihnen entgegen, fieberhafter denn je über die Schulter zurückschauend.

»Unten bleiben!« rief er warnend. »Unten bleiben!«

Die meisten befehlshabenden Offiziere warfen sich zu Boden und nahmen Deckung. Ein paar blieben stehen; Blaine brach vor ihren Füßen zusammen. Er rang nach Atem und sorgte dafür, daß sie das Blut sahen, das an seiner Wange hinablief.

»Wie viele?« fragte einer der Offiziere.

»Keine Ahnung«, keuchte Blaine. »Vielleicht sechs. Ich kann es nicht genau sagen. Sie kamen überraschend über den Hügel. Sie schienen überall zu sein.«

»Wie sind sie bewaffnet?«

»Weiß ich nicht«, stöhnte Blaine.

»Wie sind sie bewaffnet, habe ich gefragt! Reißen Sie sich zusammen, Mann!«

Der Offizier mit dem Barett packte Blaine und schüttelte ihn an den Schultern.

»Ich weiß es nicht, ich weiß es nicht . . .«

»Sie sollen sich zusammenreißen, sagte ich!«

Blaine starrte ihn leer an. »Sie sind schwer bewaffnet. Automatische Waffen.«

»Melden Sie sich im Lazarett!« bellte der Offizier und bedeutete seinen Männern, ihm zu folgen.

McCracken humpelte in die entgegengesetzte Richtung. Er hatte sich etwas Zeit verschafft, doch das half ihm bei seiner Flucht nicht weiter. Und nun *entfernte* er sich von der Landebahn. Moment mal! Der Fahrzeugpark in der Nähe der Lagerhallen! Dort konnte er sich einen Jeep oder Lastwagen beschaffen und zur Landebahn fahren . . .

Blaine beschleunigte seine Schritte nur ein wenig, als ihm weitere uniformierte Männer entgegenkamen. Die Offiziere, die den Übungsplatz untersuchten, würden jetzt jeden Augenblick begreifen, daß es keinen Überfall gegeben hatte, daß sie hereingelegt worden waren. Er mußte den Fahrzeugpark vorher erreicht haben.

Er gelangte auf eine Schotterstraße und richtete sich auf. Plötzlich setzte er zu einem Sprint zu dem Fahrzeugpark an. Hinter ihm erklangen Rufe und Schreie. Als er das Dröhnen von Schritten auf dem Zement hörte, blickte er zurück und sah, wie Männer mit Waffen im Anschlag zu ihm herüberstürmten.

Blaine drehte sich vollends herum und feuerte eine Salve zurück, woraufhin die meisten Soldaten in Deckung sprangen. Hunderte andere kamen von dem Schießstand herbeigelaufen. Offensichtlich war seine List aufgeflogen. Ein Jeep würde ihm nun nichts mehr nutzen, nur das Unvermeidliche länger aufschieben. Ein Panzer jedoch . . .

Er spurtete auf die Kettenfahrzeuge zu.

Das Maschinengewehr auf dem Wachturm eröffnete das Feuer, und Blaine duckte sich hinter eine Hauswand, um den Kugeln zu entgehen. Das Maschinengewehr trieb ihn in die Enge; er war nun ein leichtes Ziel für die zahlreichen Söldner, die sich um das Gebäude herum näherten. Er mußte jetzt handeln . . .

Im bernsteinfarbenen Licht der frühen karibischen Abendsonne konzentrierte sich Blaine auf einen Tank am Ende der Reihe. In Vietnam hatte er mehr als nur einen M60 gefahren; es waren kraftvolle, aber klobige Maschinen, für deren Bedienung mindestens drei Mann erforderlich waren. In letzter Zeit waren jedoch viele mit Computertechnik ausgestattet worden, so daß es einem einzigen Mann möglich war, den Panzer zu fahren und gleichzeitig das Geschütz zu bedienen. McCracken konnte nur hoffen, daß diese M60 dazugehörten. Wenn nicht, gab es nur noch die Hoffnung für ihn, mit dem großen Geschütz so viel Schaden wie möglich anzurichten, bis sie ihn erwischten.

Blaine mußte das Risiko eingehen, von den Kugeln getroffen zu werden, und sprintete aus seinem Versteck. Er lief in einem Zickzack-Kurs, um es dem Maschinengewehr auf dem Turm so schwer wie möglich zu machen. Mittlerweile hatten ihn die Söldner jedoch beinahe erreicht und fächerten in einer lange geübten Taktik aus, um ihn zu umzingeln. Noch ahnten sie nicht, was er beabsichtigte.

Als er mit einem letzten Satz den Panzer erreichte, prallten Kugeln von dessen stählerner Haut ab. Er ging hinter dem Geschützturm in Deckung, öffnete eine der Luken und sprang kopfüber hinein.

Er prallte hart auf und erhob sich sofort, um die Luke zu schließen und zu verriegeln. Weiterhin prallten Kugeln von der Stahlpanzerung ab, einige mit einem lauteren Geräusch als andere. Blaine schaltete die Kabinenbeleuchtung ein und trat zum Steuerpult. Er dankte seinem Glück; bei allen Anzeigen handelte es sich um Digitalgeräte, was besagte, daß dies ein modernisierter Panzer war.

Das Kontrollpult befand sich zu seiner Rechten, und er drückte den Hauptschalter, und der Dieselmotor brummte auf. Die Pedale unter ihm ähnelten denen, die man auch in einem Auto fand, links die Bremse und rechts das Gas. Direkt vor ihm befand sich ein T-Eisen, das das Lenkrad ersetzte. Etwas erhöht zu seiner Rechten befand sich der Waffenleitstand und die Zielautomatik, deren Daten auf einen Miniaturbildschirm übertragen wurden. Der digitale Anzeiger darüber zeigte »3« an, was bedeutete, daß das Hauptgeschütz mit drei Raketen ausgestattet war. Man konnte sie mit einem Knopf in Reichweite des T-Eisens abschießen, so daß er gleichzeitig fahren und feuern konnte. Die Knöpfe, mit denen man das Maschinengewehr bediente, befanden sich auch in angenehmer Reichweite, und als Blaine den Schaltknüppel in den ersten Gang schob, kam er nicht umhin, die Wunder moderner Ballistik zu bestaunen.

Trotzdem bedeuteten drei Raketen kaum mehr als eine kleine Ablenkung. Die Chancen, von der Insel fliehen zu können, erschienen ihm plötzlich äußerst gering. Die Kugeln, die noch immer vom Äußeren des Panzers abprallten, erinnerten ihn daran, daß er sich nicht ewig hier verschanzen konnte.

McCracken riß das T-Eisen hart nach rechts, um den M60 links herumzuziehen und den Fahrzeugpark zu verlassen. Er steuerte direkt auf die größte Truppenansammlung zu, ins Zentrum der Offensive gegen ihn. Er drückte die Augen enger gegen die Gummilinsen, die wie das Periskop eines U-Bootes funktionierten, und sah, wie die Soldaten unsicher zurückwichen, sich vor dem Angriff des monströsen Fahrzeugs zurückzogen. Die Höchstgeschwindigkeit des M60 betrug vielleicht fünfzig Stundenkilometer, doch McCracken fuhr nicht so schnell, um manövrierfähig zu bleiben. Eine Explosion zu seiner Rechten erschütterte den Tank, und Blaine justierte sein Sichtgerät auf ein größeres Blickfeld.

Auf dem Turm stand ein Mann mit einer Panzerfaust, die ein zweiter gerade mit einem weiteren Geschoß lud. Blaine bremste den Panzer ab und schaltete auf automatische Zielerfassung um.

Auf dem Bildschirm vor ihm erschien ein Gitter, darunter einige Zahlen. Er nahm Ziel, bis sich der Wachtturm im Mittelpunkt des Gitters befand.

Der Mann, der die Panzerfaust hielt, kniete nieder.

Blaine drückte den roten Feuerknopf.

Die Wucht des Schusses drückte ihn in seinen Sitz und brachte den Panzer zum Stehen. Blaine beobachtete durch das Sichtgerät, wie ein verschwommener Fleck auf dem Wachtturm zuschoß und ihn in einen gelben Feuerball verwandelte. Überall regnete es Metall und Holz.

Der Digitalanzeiger klickte auf »2« hinab.

McCracken wendete den Panzer und hielt auf die größte Truppenkonzentration zu. Er fuhr sich mit der Hand über die Stirn. Sein nächstes und letztes Ziel würde der größte

Söldnertrupp sein. Vielleicht konnte er in der Verwirrung entkommen. Vielleicht . . . Einen Augenblick! Verwirrung, das war es. Wollte er entkommen, mußte er die *größtmögliche* Verwirrung erzeugen.

Blaine drückte das Gaspedal tiefer hinab und griff an dem T-Eisen vorbei zu ein paar Knöpfen. Die beiden Maschinengewehre am Bug des Panzers reagierten, indem sie jene Söldner in Deckung zwangen, die tapfer oder verrückt genug waren, sich dem stählernen Ungetüm in den Weg zu werfen.

Er riß den M60 nach links und hielt auf die Lagerhalle zu, aus der er ursprünglich gekommen war. Er hatte das Gebäude fast erreicht, als das Geschoß einer Panzerfaust in die Seite des Panzers schlug und Staub und Schutt durch die Kabine wirbelte. Der Geruch von verbranntem Metall und Leitungen drang in seine Nase.

»Komm schon, Baby«, preßte McCracken hervor. »Halte nur noch einen Augenblick durch . . .«

Der Panzer schien ihn zu hören und zu gehorchen; er ratterte auf einer beschädigten Kette vorwärts, während weitere Explosionen in Blaines Ohren dröhnten. Er schwang den Gefechtsturm in die Richtung, aus der sie kamen, und feuerte das Geschütz ab, ohne richtig Ziel genommen zu haben. Die Rakete schlug weit vor ihrem Ziel ein, verschaffte ihm jedoch die Sekunden, die er brauchte.

Der Zähler klickte auf »1« hinab.

Er donnerte mit dem M60 durch die schweren Hallentüren, rollte einfach durch sie hindurch, während der Geschützturm wieder in seine ursprüngliche Lage zurückschwang. Das T-Eisen zitterte in seinen Händen, und er mußte es in verrückten Manövern herumreißen, um die Behinderung durch die beschädigte Kette auszugleichen. Die Zielautomatik war mit Infrarot ausgestattet, so daß er selbst in der Dunkelheit keine Probleme hatte, die Ecke ausfindig zu machen, in der die Kisten mit den Granaten verstaut waren. Während der Panzer vorwärts rollte und Kisten aus seiner Bahn schob, feuerte Blaine seine letzte Rakete ab.

Das Ergebnis erfolgte sofort. Und war spektakulär.

Der gesamte Teil des Gebäudes explodierte in einem

blendenden Feuerball, und die gewaltige Hitze und die Flammen griffen um sich und verzehrten Kiste um Kiste mit anderen Sprengstoffen und Munition. Blaine verließ den M60 einen Augenblick, bevor die Flammen seinen Teil der Halle erreichten, und lief davon, während sie an seinem Rücken leckten. Eine Explosion katapultierte ihn durch die Luft, und als er auf dem Boden aufschlug, riß eine weitere Explosion die Wand vor ihm nieder. Mit den heranstürmenden Flammen als Deckung kroch Blaine hinaus.

In dem Stützpunkt herrschte das totale Chaos. Jede Ordnung war zusammengebrochen. Söldner liefen in alle Himmelsrichtungen auseinander, ohne die geringste Vorstellung, was sie in solch einem Fall zu tun hatten. Die Offiziere riefen Befehle, doch es war sinnlos. In der Lagerhalle, die zu einer formlosen Masse aus zusammenbrechenden, übereinanderstürzenden Gebäudeteilen geworden war, die bald von den wütenden Flammen verzehrt werden würden, erklangen weitere Explosionen.

McCrackens Gesicht war schwarz versengt, und er blutete aus einer Vielzahl kleiner Verletzungen. Als er sich durch das Chaos bewegte, fielen ihm viele andere Männer auf, die ähnlich aussahen, besonders unter jenen, die dem Befehl Folge geleistet hatten, das Feuer mit Schläuchen zu bekämpfen, die nur einen unzureichenden Druck aufwiesen. Dann erhob sich über alle anderen Geräusche eine Stimme aus den Lautsprechern.

»Achtung! An das gesamte Personal! Bereiten Sie sich augenblickich für eine Evakuierung zum Com-Center in Newport vor. In fünf Minuten werden Sie mit Lastwagen zur Landebahn gebracht werden. In fünf Minuten werden Sie mit Lastwagen zur Landebahn gebracht werden.«

Sie geben das sinkende Schiff auf, dachte Blaine. Zumindest das habe ich erreicht. Und ich habe ein gewaltiges Waffenlager vernichtet.

Das Com-Center in Newport . . .

Was zum Teufel war das? Spielt keine Rolle, dachte McCracken, das ist auf jeden Fall meine Gelegenheit zur Flucht.

Er betrat eine Kaserne, in der Söldner fieberhaft ihr Zeug

zusammenpackten, und fand ein verwaistes Bett mit einem dazu gehörigen Spind. In der Halbdunkelheit und dem Durcheinander achtete kaum jemand auf sein Gesicht, das darüber hinaus mit Ruß und Blut bedeckt war. Er würde keine Schwierigkeiten bekommen, solange der wirkliche Eigentümer des Bettes nicht vorzeitig zurückkehrte.

Blaine zog einen formlosen grünen Kampfanzug an und stöberte in dem Spind herum, um genügend Gegenstände für einen Seesack aufzutreiben, genau, wie es die anderen taten. Er würde sich genauso verhalten wie die anderen. Sie waren seine Fahrkarte von der Insel.

Er verließ die Kaserne wieder, den Seesack in der Hand, mit der zweiten Welle von Söldnern. Das Feuer war mittlerweile völlig außer Kontrolle geraten. Da die Löschvorrichtungen höchst unzureichend waren, hatte es auf benachbarte Gebäude übergreifen können.

Blaine lief zum Fahrzeugpark hinüber und schwang sich auf die Ladefläche eines Lastwagens. Die dort herrschende Dunkelheit kam ihm entgegen. Übermütig half er den letzten Söldnern hinauf, die nach hinten drängten, um noch einen Sitzplatz zu finden. Einige gaben auf und setzten sich auf den Boden. Es gelang McCracken, weit hinten, in der Nähe der Fahrerkabine, ein freies Fleckchen auf der Bank zu finden.

Der Lastwagen rumpelte los, machte mit knirschendem Getriebe einen Satz und dann noch einen. Der noch nicht warmgelaufene Motor war bockig, doch der Fahrer gab Gas, bis die Maschine protestierend aufheulte. Blaine verfolgte den Weg, den sie nahmen, so gut er konnte durch die offene Wagenklappe. Der Wagen nahm eine asphaltierte Straße durch den Gebäudekomplex und erreichte dann die festgebackene, unbefestigte Straße, die sie zur Landebahn führen würde. Blaine erkannte deren rauhen Belag von der Landung her und fand es außerhalb einer Kiste kaum bequemer.

Seine Furcht, als Betrüger erkannt zu werden, war verflogen, als die Lastwagenkarawane die Landebahn erreichte. Genug Augenpaare hatten ihn betrachtet und sich wieder abgewandt, so daß er zu der Überzeugung gekommen war, nicht nur die Dunkelheit und der Ruß seien seine Verbündeten, sondern auch die Tatsache, daß diese Männer während ihrer Ausbildung Fremde füreinander geblieben waren.

Das führte ihn zu dem Schluß, daß ihre Ausbildung nicht lange gedauert hatte, und zu der Frage, wie viele vor ihnen gekommen waren.

Das Com-Center in Newport . . .

Was, wenn dieses Ziel nur einer von vielen Stützpunkten im ganzen Land war, zu denen Kraymans weiße Söldnertruppen mit Flugzeugen transportiert worden waren? Blaine mußte davon ausgehen, daß Sahhans PVR-Zellen schon ähnliche strategische Stellungen bezogen hatten. Zwei verschiedene Armeen, beide zum Zuschlagen bereit, beide von Randall Krayman finanziert. Doch wo war die Verbindung?

Diese Fragen und Rätsel beschäftigten Blaines Gedanken auch noch nach dem Start, als er in einem überfüllten Frachtraum saß. Er hatte zuvor zwei Männer belauscht, die sich über die Zielkoordinaten unterhielten, und wußte daher, daß es sich um das Newport im Bundesstaat Rhode Island handelte – ein ziemlicher Glücksfall, da er vor einigen Jahren dort einen Monat verbracht hatte, als er sich von einem besonders harten Auftrag an den berühmten Stränden dieser angesehenen Gemeinde erholte. Er erinnerte sich noch gut an die Gegend.

Blaine döste mehrmals ein während des Achtstundenfluges, der um drei Uhr morgens ein abruptes Ende auf einer aufgegebenen Landebahn fand. Die Männer streckten und schüttelten sich wach und versuchten, die Trägheit zurückzudrängen, die nach so einer langen Reise aufgekommen war. Sobald das Flugzeug ausgerollt war, öffneten einige Männer die Türen und ließen die Rampen hinab. Blaine stieg inmitten einer kleinen Gruppe hinab und fühlte, wie die kalte Luft auf ihn einschlug. Paris war erträglich gewesen, und auf San Melas hatte eine dampfende Feuchtigkeit geherrscht; so war die Rückkehr in die ungewöhnliche, frühe Winterkälte ein Schock.

Den anderen Männern schien es nicht anders zu ergehen, doch die Offiziere mit den Baretten machten ihnen Tempo und ließen sie zu einem Hangar hinüberlaufen, bei dem es sich um einen gewaltigen Gefrierraum hätte handeln können.

Nach so langer Zeit in der Dunkelheit brannte selbst das

gemäßigt helle Licht in Blaines Augen. Er schirmte sie ab, als er sich in die Reihe einordnete; den Seesack ließ er zu seinen Füßen liegen, und er hatte darauf geachtet, daß sein Gesicht noch rußverschmiert war. Die Männer hatten mit militärischer Präzision Grundstellung in der Kälte eingenommen. Blaine bemerkte, daß sich hinter einem eis- und schmutzverkrusteten Fenster einige Offiziere mit einem Riesen von Mann beratschlagten, der den Übermantel eines Zivilisten trug. Selbst aus dieser Entfernung sah man dem Mann seine Unzufriedenheit an. Die Männer hinter dem Fenster gingen auseinander, und einen Augenblick später erklang eine rauhe, nuschelnde Stimme über ein Lausprechersystem im Hangar.

»Die unglücklichen Zwischenfälle auf San Melos ändern nichts«, begann die Stimme. »Sie wissen, was Sie zu tun und wann und wo Sie sich zusammenzufinden haben. Ihre Waffen liegen bereit, wie auch frische Kleidung, Bargeld und alle nötigen Papiere. Von nun an verläuft alles nach Plan. Verhalten Sie sich nur genau Ihren Befehlen entsprechend, außer, Vorgesetzte, die sich mit dem richtigen Codewort ausgewiesen haben, erteilen Ihnen neue Anweisungen. Um Verwirrung zu vermeiden, sind die Codes zum Abbruch der Mission und der Neugruppierung im ganzen Land gleich. Bitte befolgen Sie in den kommenden Tagen *genau* Ihre Befehle. Die Zeit ist beinahe reif. Seien Sie bereit und bleiben Sie wachsam. Das ist alles.«

Die Söldner drehten sich wie auf ein Stichwort zu den Türen in der Vorderseite des Hangars um, und Blaine drehte sich mit ihnen um. Er verdaute noch immer die Worte des unbekannten Sprechers, als seine Reihe im Gänsemarsch zum Ausgang abmarschierte. Er mußte nur noch durch diese Tür treten, dann hatte er es geschafft.

Er hatte die Tür fast erreicht, als sich eine Hand auf seine Schulter legte und ihn herumriß. Er blickte zu dem grausam entstellten Grinsen einer Gestalt hinauf, die nur noch ein halbes Gesicht hatte und eine Pistole in der Hand hielt.

»Ich habe Sie erwartet, McCracken«, sagte Wells.

Vierter Teil

NEWPORT

Dienstagmorgen bis Mittwochmorgen

19

Die Gestalt lief durch den dichter fallenden Schnee und blickte sich dabei in regelmäßigen Abständen flüchtig um, als erwarte sie, von einem großen Raubtier angesprungen zu werden. Der Mann war oft durch diese Wälder gelaufen, seitdem er sich vor Jahren in ihnen niedergelassen hatte. Er nahm niemals den gleichen Weg und hatte kein konkretes Ziel, keine bestimmte Absicht. Er lief zumeist, wenn die Erinnerungen an das Höllenfeuer zu nahe kamen, lief, als wolle er damit die Kluft verbreitern, die ihn vom Höllenfeuer trennte.

Doch heute war es anders. Heute lief er, weil er spürte, daß etwas nicht in Ordnung, etwas aus dem Gleichgewicht gekommen war. Er war ein großer Mann, doch seine Füße schienen den hartgebackenen Schnee von Maine kaum zu berühren, seine Schritte kaum ein Geräusch zu verursachen. Die Alten hatten ihn gelehrt, daß alles möglich war, wenn man sein Gleichgewicht bewahrte, das des Geistes und das des Körpers und das der Welt. Die drei existierten als Einheit, und keins war vorhanden, wenn nicht alle vorhanden waren. Heute waren sie nicht vorhanden.

Denn etwas *kam* auf ihn zu. Kein großes Tier mit Zähnen wie Messer und Klauen wie Rasierklingen; etwas, das nicht so genau umrissen, aber gleichermaßen tödlich war. Er konnte dieses Gefühl nur mit dem vergleichen, das oft einem Hinterhalt im Höllenfeuer vorausging. Er hatte in diesen Fällen überlebt, indem er auf das Gefühl der Unausgeglichenheit achtete, wenn es kam, leichte Erschütterungen, die ihn warnten, kurz bevor der Charlie* aus einem seiner unzähligen Tunnels hervorspringen würde.

Doch das, was er nun verspürte, war nicht leicht faßbar. Es griff aus den Schatten nach ihm, nur, um zurückzuweichen, wenn er herumfuhr. Doch bald, so wußte er, würde es sich zeigen.

Und er wußte, daß er dann zur Stelle sein würde.

»Es ist lange her, Wells. Als wir uns das letzte Mal begegneten, hatten Sie noch Ihr ganzes Gesicht, glaube ich.«

Wells stieß ihn hart zurück, und plötzlich war McCracken von einem halben Dutzend Männern mit Gewehren umzingelt. Ein Kastenwagen kam schlitternd neben ihm zum Stehen. Einer der Männer riß die hinteren Türen auf.

»Steigen Sie ein«, befahl Wells.

Blaine wollte dem Befehl Folge leisten, drehte sich dann jedoch zu den Wachen um. »Hat unser hübscher Knabe hier euch in letzter Zeit wieder mal in ein Massaker geführt?«

Es ging auf Vietnam im Jahre 1969 zurück. Wells und McCracken waren in verschiedenen Abteilungen der Special Forces gewesen. Blaine hatte vom ersten Augenblick an gewußt, daß der Krieg nicht zu gewinnen war. Der Vietcong hatte das gesamte Land untertunnelt. Truppen erschienen aus dem Nichts und verschwanden wieder in ihm. Fallen, Minen, Hinterhalte – es war ein Guerillakrieg, der Krieg des Vietcong. Doch Blaine erfüllte seine Aufgabe nichtsdestotrotz mit so viel Würde und Ehre, wie er unter diesen Umständen aufbringen konnte.

Seine Division war Anfang März gegen die Stadt Bin Su vorgerückt, und bis zu diesem Tag verfolgte ihn der Anblick, der sich ihm bot. Die gesamte Bevölkerung – Frauen und Kinder eingeschlossen – war niedergemetzelt worden. Überall lagen Leichen und Leichenteile; offensichtlich waren die Menschen gefoltert worden. Am schrecklichsten waren die Köpfe, die man auf Pfähle gespießt und zu Zielübungen

* Slangbezeichnung für den Vietcong (Anm. d. Übers.).

mißbraucht hatte. Man hatte gegen jeden Ehrenkodex verstoßen. Jemand mußte dafür bezahlen.

Blaine wurde gewarnt, die Sache auf sich beruhen zu lassen, und entgegnete dem Adjutanten, er solle sich einen Bambusstab in den Arsch rammen. Der Cong war der Feind, doch es waren auch Menschen, und es gab Regeln im Feld, die man beachten mußte. Wenn man sie vergaß, würde etwas viel Wichtigeres als dieser Krieg verloren gehen. Es bedurfte eines Monats und der Hilfe eines verrückten Lieutenants, bei dem es sich zufällig um einen Indianer handelte, doch dann hatte Blaine die Einheit ausfindig gemacht, die für Bin Su verantwortlich war. Sie stand unter dem Befehl von Vernon Wells.

Dann machte Blaine seinen einzigen Fehler. Er hätte Wells töten sollen, anstatt ihn festzunehmen. Oder zulassen sollen, daß der Lieutenant ihn skalpierte, als er Blaine geradezu darum anflehte. So wurde der gesamte Zwischenfall schließlich vertuscht. Die schuldige Einheit wurde aufgelöst und Wells selbst in die Staaten zurückgeschickt. Der Indianer kam niemals darüber hinweg. Blaine kochte, aber im stillen. Er hatte getan, was er konnte.

Der Kastenwagen fuhr an. Wells legte Handschellen um McCrackens Gelenke und vergewisserte sich, daß alle vier Wachen ihre Waffen auf McCracken gerichtet hatten. Es herrschte nur spärliches Licht in dem Fahrzeug, doch gelegentlich erhellte eine Straßenlampe das Gesicht des großen Mannes und das leichte Grinsen, das unter seinen verunstalteten Zügen lag.

»Ich wußte immer, ich würde Sie einmal erwischen«, höhnte er.

»Habe ich Sie nicht neulich in *Das Phantom der Oper* gesehen?«

Wells' Grinsen verblich. »Ihr Ungestüm überrascht selbst mich, McCracken. Ich habe ihnen von Anfang an gesagt, daß die Scola Sie nicht erledigen kann. Selbst als die Berichte das Gegenteil behaupteten, wußte ich, daß sie gescheitert war. Und als die Nachricht über San Melas kam, wußte ich, daß Sie an Bord dieses Flugzeugs sein würden.«

»Ich sollte mich eigentlich geschmeichelt fühlen. Wann werde ich erfahren, wohin es geht?«

»Wir sind fast da.«

»Sie arbeiten für Krayman, nicht wahr, Wells? Oder ist Ihr Friseur der einzige, der Ihnen näher steht?«

Wells' Hand holte aus; nicht die, die die Pistole hielt, sondern die andere erschien aus dem Nichts und schickte Blaine auf den Teppichboden des Kastenwagens. Der Schlag war fast beiläufig gewesen, hatte viel mehr Gewalt zurückgehalten, als er freigesetzt hatte, und doch waren seine Auswirkungen schwindelerregend und scharf.

»Kann ich das als eine Bestätigung auffassen?« fragte Blaine.

Wells blieb stumm und ausdruckslos.

»Ist das jetzt nicht der Zeitpunkt, wo Sie eigentlich sagen müßten, ich könnte mir die Sache um einiges erleichtern, wenn ich auspacken würde?«

»Warum sollte ich mir die Mühe machen?« erwiderte Wells, nun vernehmlich nuschelnd. »Sie werden jetzt nicht reden, und wahrscheinlich auch später nicht. Ich kenne Sie gut, McCracken, wahrscheinlich besser als sonst jemand. Wir haben ein halbes Dutzend Gelegenheiten gehabt, Sie zu töten, aus denen kein anderer entkommen wäre.«

»Wer ist ›wir‹?«

Wells wandte den Blick ab, als der Kastenwagen nach links abbog, etwa zwei Kilometer weiterfuhr und anhielt, als er einen geräumigen Parkplatz neben einem Gebäudekomplex erreichte, der nach einer großen Sportanlage aussah. Blaine machte an einem der Gebäude große reflektierende Buchstaben aus:

JAI ALAI*

»Wir sehen uns ein Spiel an?« fragte Blaine.

»Es ist gerade Winterpause«, erwiderte Wells. »Wir müssen improvisieren.«

»Sparen Sie sich das Geld, mein Freund«, entgegnete Blaine. Dann fügte er flüsternd hinzu: »Sport ist Mord.«

* Ein dem *Racket* ähnliches spanisches Ballspiel (Anm. d. Übers.).

Ein dämonisches Lächeln legte sich über die normale Hälfte von Wells' Gesicht. »Heute abend bestimmt.«

Sie stießen Blaine vom Wagen und weiter zum Eingang des Sportpalastes. Ein Mann im Vorraum hielt eine der Türen auf. Blaine wurde hindurchgeführt, an ein paar Kettengängen und Drehkreuzen vorbei zu den verlassenen und schwach erhellten Wettschaltern.

Wells ging voran zu den unteren Rängen der teuersten Sitzplätze und dann die breiten Stufen hinab. Unten war nur die Ringbeleuchtung eingeschaltet, als fände ein hitziges Spiel statt, wobei die Wetter zahlreiche Dollars auf die Spieler mit den unaussprechlichen Namen gesetzt hatten. Blaine konnte sich die Jubel- und Buhrufe genau vorstellen.

Es bedurfte jetzt schon einer beträchtlichen Armee, um ihn hier herauszuholen.

Ein paar Sekunden später führten ihn die Männer auf die glatte Ringoberfläche und zu der grünen Vorderwand. Sie bestand aus Granit und wies Tausende weißer Flecken von den Aufschlägen der felsharten Bälle auf. Heute abend hatte man jedoch etwas in die glatte Fläche eingelassen.

Ein paar Handschellen.

Wells trat auf dem Ringbogen zurück, als man Blaine die Handschellen abnahm und die Arme brutal auf den Rücken zwang. Die Zurückhaltung des großen Mannes war eine unausgesprochene Warnung: schalte meine Männer aus, und du hast es immer noch mit mir zu tun. Blaine leistete keinen Widerstand. Sie stießen ihn zurück, und seine Stiefel knallten gegen den hüfthohen Metallrahmen, der bei einem Jai Alai-Spiel mit einem ähnlichen Geräusch Tiefschläge anzeigte. Man zwang Blaines Arme wieder auseinander und schloß die Handschellen um die Gelenke.

Zum ersten Mal in dieser Nacht fühlte er sich völlig unterworfen. Er hatte keine Fluchtmöglichkeit mehr, außer, er würde im richtigen Moment irgendwie die Hände durch die Handschellen zwängen, auch wenn er sich dabei die Haut aufriß. Doch er bezweifelte, daß es soweit kommen würde; Wells hatte nicht vor, ihn aus den Augen zu lassen.

»Warum braucht Ihr Boß zwei Armeen?« fragte Blaine, als sie

sich zwanzig Meter entfernt gegenüberstanden. Seine Stimme rief ein metallisches Echo hervor.

»Sie haben die Stücke gut zusammengesetzt«, erwiderte Wells und versuchte ein Grinsen. »Nun werden Sie mir verraten, wer Ihnen bei Ihrer Arbeit zu Diensten gewesen ist.«

»Warum braucht Ihr Boß zwei Armeen?« wiederholte Blaine.

»Verraten Sie mir, welcher Spur Sie gefolgt sind.«

»Ich arbeite allein. Das müßten Sie noch aus Vietnam wissen. Die einzige Ausnahme ist natürlich der Indianer.«

Die eine Hälfte von Wells' Gesicht rötete sich. »Wir wissen, daß Sie in Paris waren. Mit wem arbeiten Sie zusammen? Wen haben Sie informiert?«

»Sie haben heute abend auf dem Flugplatz einen *Abbruch* erwähnt«, beharrte Blaine. »Einen Abbruch von was?«

»Warum machen Sie es sich selbst so schwer, McCracken?«

»Zwei Armeen, Wells. Wofür braucht Krayman zwei Armeen? Sahhans Truppen allein ergeben ja einen Sinn, obwohl ich nicht verstehe, welchen Zusammenhang sie mit Krayman haben. Aber warum die Söldner? Sie passen nicht ins Bild.«

Der große Mann sah ihn nur an.

»Außer, Sie haben vor, das Land zwischen ihnen aufzuteilen. In diesem Fall . . .« Plötzlich erkannte Blaine die Wahrheit. »Krayman hat die Söldner angeheuert, um Sahhans Truppen zu vernichten. Das ist es, nicht wahr?«

Wells' Schweigen war Bestätigung genug.

»Warum?« fragte Blaine ihn.

»Sagen Sie es mir.«

»Sahhans Leute, von Krayman finanziert, überraschen das Land mit ihrem Angriff am Heiligen Abend und erzeugen überall Chaos. Dann marschieren die ebenfalls von Krayman finanzierten Söldner ein und stellen wieder eine einigermaßen vernünftige Ordnung her. Es ergibt noch immer keinen Sinn.«

»Weil es etwas gibt, das Sie nicht wissen«, verhöhnte Wells ihn. »Und Sie werden sterben, ohne es jemals zu erfahren.«

»Wenn ich sowieso sterben werde, können Sie es mir ruhig verraten.«

»Ich habe nichts für melodramatische Enthüllungen übrig.

Was sollte eine Leiche außerdem mit solch einer wichtigen Information anfangen?« Wells hielt inne. »Ich frage Sie ein letztes Mal. Wo sind Sie gewesen, und mit wem haben Sie gesprochen, nachdem Sie das Krankenhaus verlassen haben?«

McCracken preßte die Zähne aufeinander und musterte ihn.

Wells wandte sich ab und winkte zum Spielereingang hinüber. Ein Mann in einem schwarzen Trainingsanzug schlenderte gemächlich heraus, zog einen *Cesta*-Handschuh über und drehte die Schultern, um sich aufzulockern.

»Kennen Sie sich mit Jai Alai aus, McCracken?«

»Ich habe bei Wetten schon meinen Anteil verloren.«

»Ich spreche von den physikalischen Aspekten«, sagte Wells. Auf ein Zeichen holte der Spieler mit dem Arm aus, und ein weißer Ball schoß aus seinem *Cesta* hervor und schlug drei Meter neben Blaine mit einem Knall gegen die Wand. »Der Ball wird *Pelota* genannt. Er besteht aus Ziegenleder und kann Spitzengeschwindigkeiten von fast dreihundert Stundenkilometern erreichen.« Der Spieler fing den Ball wieder auf und schickte ihn mit einer peitschenden Bewegung erneut auf den Weg; diesmal schlug er drei Meter links neben Blaine gegen die Wand. »Der Name dieses Mannes lautet Arruzi«, fuhr Wells fort. »Er ist in Fachkreisen weniger für Schnelligkeit als für seine Genauigkeit bekannt.«

Arruzi feuerte von der Mitte des Platzes einen Ball ab, ließ ihn einmal aufprallen und warf einen weiteren. Beide schlugen jeweils etwa anderthalb Meter von Blaines Kopf entfernt gegen die Wand. Der Knall schmerzte in Blaines Ohren. Arruzi warf den *Pelota* in seinem *Cesta* hoch.

»Der Treffer eines felsharten Balles bei dieser Geschwindigkeit wird irreparable Knochenzertrümmerungen hervorrufen«, sagte Wells. »Der Getroffene wird wohl extreme Schmerzen erleiden. Haben Sie eine Vorstellung davon, McCracken, an wie vielen Stellen man einen menschlichen Körper mit dem Ball treffen kann?«

Arruzi warf erneut, diesmal tiefer; der Ball schlug einen Meter von Blaines rechtem Bein gegen das Metall.

»Sagen Sie mir, wen Sie erreicht haben, McCracken. Sagen

Sie mir, wer sonst noch etwas über den Heiligen Abend, Sahhan und San Melas weiß.«

Blaine täuschte tiefe Gedankenverlorenheit vor. »Ich setze fünfzig auf den ersten Wurf und zwanzig auf den zweiten.«

Wells nickte Arruzi zu. Der Spieler peitschte den *Pelota* mit einer knappen Bewegung auf die Vorhandseite. Er schlug kaum dreißig Zentimeter von Blaines Kopf entfernt gegen die Wand.

»Ein Treffer an dieser Stelle würde Sie töten«, erklärte Wells wie unbeteiligt. »Doch das können wir nicht zulassen, nicht wahr? Zuerst werden wir ein paar Knochen brechen müssen. Sie haben es auch verdient, nach all dem Ärger, den Sie uns eingebrockt haben.«

»In Ordnung«, sagte Blaine, »ich setze zwanzig auf den fünften Doppelwurf.«

Arruzi warf erneut; diesmal schien der weiße Fleck direkt gegen Blaines Stirn zu rasen, nur, um dann abzudrehen und zehn Zentimeter unter seinem rechten Arm gegen die Wand zu prallen.

»Ich verliere langsam die Geduld, McCracken«, sagte Wells. »Sie stellen hohe Anforderungen an Arruzis Treffsicherheit. Er könnte sein Ziel einmal verfehlen und Sie treffen, bevor ich ihm die Anweisung dazu gebe.«

Der *Pelota* wirbelte erneut auf ihn zu und traf ihn diesmal unter dem linken Arm. Blaine zuckte unwillkürlich zusammen und stellte sich auf die Zehenspitzen, um dem Ball auszuweichen. Sein Herz pochte gegen seine Brust.

»Mit wem haben Sie gesprochen, McCracken?«

»Na gut, setze ich eben zwanzig auf . . .«

»Es ist wohl an der Zeit für ein Beispiel . . .«

Arruzi holte langsamer mit dem Arm aus. Der *Pelota* flog niedrig und gradlinig auf ihn zu, diesmal kein verschwommener Fleck, sondern klar auszumachen. Blaine versteifte sich und schloß die Augen.

Der Treffer hätte ihn zu Boden geworfen, hätte er stürzen können. Der sich langsam bewegende Ball prallte mit einer größeren Kraft, als er sie je verspürt hatte, in seinen Magen. Er hatte einmal einen Messerstich in den Unterleib bekommen, und das war das einzige Gefühl, das er damit vergleichen konnte. Die Luft wurde ihm aus den Lungen gepreßt, und sein Brustkorb fiel ein. Er versuchte einzuatmen, doch da war keine Luft, nur ein tosender Schmerz in seinem Leib, als triebe man einen brennenden Fußball hinein. Er würgte.

Der *Pelota* rollte zwischen den beiden roten Linien aus, zwischen denen man zum Wurf ansetzen mußte, und Arruzi hob ihn mit seinem *Cesta* auf.

»Das waren vielleicht sechzig Stundenkilometer«, erklärte Wells. »Träfe der Ball selbst mit dieser geringen Geschwindigkeit auf eine Rippe, würde sie splittern, und vielleicht würde ein lebenswichtiges Organ durchbohrt werden. Bei zweihundert Stundenkilometern könnte man die Auswirkungen mit einem Sprung aus dem fünften Stockwerk vergleichen.« Blaine spürte, daß der große Mann die Situation genoß. Er hatte niemals damit gerechnet, daß er, Blaine, reden würde, oder daß er überhaupt etwas Wichtiges zu verraten hatte. Die ganze Szene war für Wells nur ein sadistisches Vergnügen. »Erzählen Sie mir von Paris, McCracken.«

Blaine hätte vielleicht geantwortet, hätte er nur den Atem dazu gehabt. Doch so hob sich Arruzis Arm erneut – diesmal konnte man die Bewegung nur verschwommen ausmachen – und Blaine wandte den Kopf ab.

Der *Pelota* schlug zwischen seinen gespreizten Beinen ein, keine zehn Zentimeter unter seinem Schritt.

»Mit diesem Wurf hat er nur die Entfernung abgemessen«, verkündete Wells. »Verraten Sie mir, wer sonst noch vom Heiligen Abend weiß.«

Blaine atmete tief durch, sagte aber nichts.

Arruzi hob seinen *Cesta* und holte wieder mit dem Arm aus.

Blaine sah, wie der *Pelota* als verschwommener Fleck direkt auf seinen Schritt zuflog und handelte, als ein Treffer unausweichlich schien. All seine Muskeln in Armen und Schultern einsetzend, um Hebelkraft zu gewinnen, riß Blaine die Beine hoch und spreizte sie wie ein Kunstturner. Seine Stiefel knallten neben den gefesselten Händen gegen die Wand.

Der *Pelota* schlug genau dort gegen die Wand, wo sich zuvor seine Leiste befunden hatte.

Blaine ließ die Beine wieder zurückfallen. Sein Oberkörper war ein einziger heftiger Schmerz; Bänder und Knorpel waren über ihre Möglichkeiten hinaus gestreckt worden.

»Diesmal zielen wir auf Ihren Arm, McCracken«, höhnte Wells. »Den können Sie nicht aus der Schußlinie bringen, oder?« Er zögerte. »Erzählen Sie mir von Paris.«

Blaine sah ihn nur an. Er fühlte, wie der Schweiß in seinen Augen brannte, und sein Geschmack lag schwer auf seinen Lippen.

Wells nickte Arruzi zu. Der Spieler holte aus.

Plötzlich erloschen die Lichter in der Arena, und die gesamte Anlage stürzte in völlige Dunkelheit. Arruzis Wurf prallte gegen die Seitenwand. Blaine spürte, wie der *Pelota* auf dem Weg zu dem Gitter, das die Zuschauer vor Fehlwürfen schützte, an ihm vorbeizischte.

Wells rief Befehle, doch die Dunkelheit hatte auch ihn verwirrt, und die Worte kamen völlig genuschelt und kaum verständlich heraus. Blaine ergriff die Gelegenheit, seine Hände zu befreien. Er zog die Arme hinab, und Stahl riß seine Haut auf, als er spürte, wie zwei starke Hände ihn festhielten. Ein Schlüssel öffnete zuerst die eine, dann die andere Handschelle. In der Dunkelheit konnte Blaine lediglich den ungewöhnlichen blauen Glanz des Leuchtzifferblattes der Armbanduhr des Mannes sehen. Seine Arme wurden aus den aufgeschlossenen Versenkungen gezerrt.

»Verschwinden Sie schon«, flüsterte ihm eine Stimme zu.

Die einzige Beleuchtung in der Arena kam von den beiden Ausgangsschildern, und Blaine stürzte auf eins zu. Als er die schweren Türen beinahe erreicht hatte, blitzte eine Bewegung vor ihm auf, und er fühlte die Wärme eines Körpers, hörte schnellen Atem. Der Mann tastete wahrscheinlich nach einer Waffe, als Blaine gegen ihn prallte und ihm mit knirschenden Fäusten ein paar Schläge versetzte, die ihn zu Boden schickten.

McCracken sprang über ihn hinweg und stürzte durch die Ausgangstür.

Er wußte, daß das Klappern des Echos ihn verraten würde,

und schaute nicht einmal zurück, als er in die Kälte der Nacht hinauseilte. Nur sein grüner Kampfanzug und das Hemd schützten ihn vor der bitterkalten Luft. Sein Magen schmerzte schrecklich, und er hatte das Gefühl, jedesmal, wenn er mit dem rechten Bein auftrat, einen Tritt versetzt zu bekommen. Er hatte das Gebäude durch den hinteren Eingang verlassen und lief zur Vorderfront, der Hauptstraße entgegen, über die man ihn hergebracht hatte.

Hinter ihm schlugen Türen zu und wurden Befehle gerufen. Man hatte ihn entdeckt, und die Männer aus der Arena verfolgten ihn.

Kugeln schossen von hinten durch die Luft, als die Männer ihm nachsetzten. Es war selbst dem besten Schützen beinahe unmöglich, ein sich bewegendes Ziel zu treffen, während er sich selbst bewegte, besonders bei Nacht. Dieses Wissen war Blaine ein Trost, doch er wußte auch, daß es nur eine Frage der Zeit war – und sehr viel blieb ihm nicht – bis sie ihn allein durch ihre überlegene Zahl in die Enge treiben würden. Sich nicht von ihren Kugeln erwischen zu lassen, reichte nicht aus. Er mußte ihnen endgültig entkommen.

Die Türen, durch die man den Arena-Komplex betreten konnte, waren verschlossen und mit Ketten gesichert. Blaine stürmte an ihnen vorbei und kletterte den Zaun hinauf. Während Kugeln von allen Seiten um ihn herum pfiffen, schwang er sich hinüber. Seine schlecht sitzenden Armeestiefel behinderten ihn nun allmählich, und das war das letzte, das er sich leisten konnte. Er lief die Straße hinauf, die der Lastwagen entlanggekommen war, und betete um ein Fahrzeug mit einem freundlichen Fahrer – oder einem unfreundlichen, den er überwältigen konnte.

Der Himmel war noch immer pechschwarz, die Dämmerung noch über eine Stunde entfernt. Gut. Die Dunkelheit war sein Verbündeter. Sie reduzierte den Vorteil, den der Gegner durch seine überlegene Zahl hatte, beträchtlich.

Blaine verließ die Straße und lief an ihrem gebüschbewachsenen Rand entlang. Hier war die Dunkelheit noch tiefer und wurde nicht einmal durch den Schein der Straßenlampen gebrochen. Man würde ihn noch schwerer ausmachen können.

Die Scheinwerfer eines Autos, das um eine Ecke bog, erfaßten ihn kurz. Blaine spurtete auf die Straße und winkte mit den Armen.

»He! He!«

Der Wagen zog um ihn herum und fuhr weiter. Hinter sich hörte Blaine Schreie und Schüsse. Zumindest zwei von Wells' Leuten hatten ihn entdeckt. Der Vorteil lag nun wieder auf ihrer Seite.

Er sprang zurück in das Gebüsch am Straßenrand und lief dort weiter. Solange er außer Sicht blieb, hatte er eine Chance. Noch ein paar hundert Meter, und er würde die Route 113 erreichen, eine Hauptstraße, die selbst zu dieser Stunde stark befahren sein würde. Einer der Wagen darauf würde ihm zur Flucht verhelfen.

Vierzig Meter voraus erhaschte McCracken den Blitz einer Bewegung auf seiner Straßenseite. Ein Pistolenlauf, auf dem sich der Lichtschein der Straßenlaterne fing. Er sah die Bewegung erneut und blieb stehen, vernahm nun hinter sich raschelnde Geräusche. Sie hatten ihn eingekreist.

Blaine sah, wie ein Auto – nein, ein Lastwagen – in die Kurve vor ihm bog. Der Truck strahlte vor Helligkeit und war seine letzte Chance. Als der Lastwagen die leichte Anhöhe erklomm, lief er auf die Straße und blieb direkt in seinem Weg stehen. Das Quietschen der Reifen und Kreischen der Bremsen verriet Blaines Verfolgern genau, wo er sich befand, und sie konnten ihn im Scheinwerferlicht des Trucks sehen. Schüsse peitschten durch die Luft, und der Lastwagen zog herum, um Blaine auszuweichen.

»Sie verrückter Hund!« rief der Fahrer, als er mit der Fahrerkabine neben Blaine zum Halt kam.

Blaine *war* verrückt, verrückt genug, um zu dem Lastwagen hinüberzulaufen und sich an seiner Seite festzuhalten, als der Fahrer schon wieder Staub aufwirbelte. Erst ein paar Sekunden später bemerkte der Fahrer die Gestalt, die sich an dem Wagen festklammerte und deren Füße gefährlich nahe über die Straße schleiften, und trat wieder auf die Bremse.

Die Masse des Trucks trug ihn weit an Wells' Männern

vorbei, die ihre Schritte beschleunigten, als sie sahen, wie die Bremslichter des Lastwagens erneut aufleuchteten.

»Sie verdammter verrückter Hund!« brüllte der kräftig gebaute Lastwagenfahrer und holte mit einer Rohrzange aus, um sie auf den Schädel seines seltsamen Anhalters zu schlagen.

Er sollte die Bewegung niemals vollenden.

Ein Querschläger aus der Pistole eines Verfolgers traf ihn in die Brust und warf ihn zurück. Während rings um Blaine Kugeln abprallten und metallene Splitter aus dem Lastwagen rissen, zog er sich zur Fahrerkabine hoch. Er schwang sich hinein und hatte den Motor auf Touren gebracht, noch bevor er die Tür hinter sich geschlossen hatte. Er schaltete schnell in den ersten Gang hinab und brauste davon, in seinem Kielwasser eine Staubwolke zurücklassend, die seine Verfolger verschluckte.

Blaine hatte keine Zeit für eine Kehrtwendung, und so fuhr er in die Richtung weiter, die der Lastwagen schon eingeschlagen hatte – die Straße an der Arena entlang. Anscheinend war keiner von Wells' Männern dort zurückgeblieben, und es gab auch keine Straßensperren. Blaine entspannte sich ein wenig.

Als er sich dann einer Stelle näherte, an der sich die Straße gabelte, sah er, wie sich von rechts mit beträchtlicher Geschwindigkeit zwei Wagen näherten. Blaine zog den Wagen scharf nach links und beobachtete im Rückspiegel, wie die Wagen um die Kurve bogen und seine Verfolgung aufnahmen.

Blaine gab der Maschine mehr Gas und raste an einem Schild vorbei, auf dem GOAT ISLAND stand. Er folgte den Pfeilen und holte noch mehr Geschwindigkeit aus dem Lastwagen heraus. Er war vor Jahren einmal auf einer Wohltätigkeitsveranstaltung auf der exklusiven Goat Island gewesen. Die Insel war nur klein und wurde von luxuriösen, teuren Apartmenthotels, Häfen und einem bekannten Sheraton-Hotel beherrscht, das stets mehrere Sommer im voraus ausgebucht war. Kaum der ideale Ort, sich irgendwo zu verstecken – keine Insel war für solch einen Zweck ideal – aber alles, was er hatte. Er raste dem Damm entgegen, der Goat Island mit Newport verband, bog mit kreischenden Reifen durch Kurven und um Ecken, und der Motor heulte auf, als er auf den kurzen

Geraden alles aus ihm herausholte. Ihm folgten immer noch die beiden Wagen, zwei Schatten in der Nacht.

Der Damm näherte sich schnell, und McCrackens Zähne schlugen aufeinander, als die Reifen des Lastwagens darüber polterten. Die Wagen folgten ihm Seite an Seite hinüber. Blaine hörte den lauten Knall eines Gewehrschusses und schwang den Lastwagen nun von einer Seite auf die andere, um kein so leichtes Ziel mehr zu bieten. Dann erklang der Stakkatogesang eines Maschinengewehrs, und einen Augenblick später explodierte die Heckscheibe und überschüttete ihn mit Glas. Ein paar scharfe Splitter gruben sich in seinen Hals und Kopf. Er verzog das Gesicht vor Schmerz, hielt den Lastwagen gerade und drückte das Gaspedal völlig durch.

Nun sah er deutlich das Sheraton vor sich, dahinter die breite Inselpromenade, die nun, im Winter, völlig verlassen war. Und er sah noch etwas anderes.

Am Ende des Damms standen zwei Wagen und blockierten die Straße. Dahinter standen Männer, die ihre Waffen auf den Dächern abstützten. Ein helles Licht fiel in McCrackens Augen und blendete ihn, dann wurde das Feuer auf ihn eröffnet. Es gelang ihm, sich unter die Windschutzscheibe zu ducken, doch dabei glitt sein Fuß einen kurzen Augenblick vom Gaspedal. Die folgenden Wagen zogen heran und durchsiebten das Führerhaus mit Maschinengewehrfeuer. Die Kugeln pfiffen über Blaines Kopf, während er versuchte, das Lenkrad ruhig zu halten, um mit dem Lastwagen die behelfsmäßige Barrikade zu durchbrechen.

Ein besonders lauter Knall peinigte seine Ohren, dann ein weiterer, und dann wurde ihm das Lenkrad aus den Händen gerissen.

Sie hatten die Reifen zerschossen!

Blaine kämpfte um die Beherrschung des Lastwagens, hatte sie jedoch verloren. Er brach nach links aus, dann nach rechts und durchbrach kurz vor dem Ende des Dammes die rechte Leitplanke.

McCracken versteifte sich, um gegen den Aufprall auf der harten Wasseroberfläche gewappnet zu sein, doch er kam zu schnell für ihn, und dann war das Wasser überall, durchtränkte ihn mit schwarzer Kälte, wie das Maul eines riesigen Tieres, das sich öffnete, um ihn zu schlucken und hinabzuzerren.

20

»Etwas Neues?« fragte Wells den Mann, der die Suche in dem eiskalten Wasser koordinierte.

»Keine Spur von ihm«, antwortete der und senkte sein Fernglas. »Niemand hätte diesen Aufprall überleben können. Er ist ertrunken.«

Die hellen Flutlichtscheinwerfer glitten weiterhin über das Wasser und das nahegelegene Ufer.

»Ich will mehr Männer und einen Hubschrauber«, befahl Wells. »Und zwar sofort.«

»Das würde noch mehr Aufmerksamkeit erregen, als wir jetzt schon haben«, warnte der Mann.

»Das ist mir egal. Ich will McCracken.«

»Er kann nicht mehr am Leben sein. Außerdem dämmert es bald, und . . .«

Wells' Hand schoß vor, legte sich um die Kehle des Mannes und drückte ihm die Luft ab. Er hob den Mann hoch, bis er mit den Zehen gegen den Damm scharrte.

»Ich dachte, ich hätte eindeutige Befehle gegeben«, sagte Wells kühl. »Sie bedürfen weder einer Verbesserung noch einer Erörterung. Habe ich recht?«

Mit blau angelaufenem Gesicht nickte der Mann.

»Gut.« Wells ließ ihn wieder auf den Boden hinab. »Dann führen Sie meine Befehle jetzt aus.«

Der Mann hastete gekrümmt davon.

Wells wußte, daß McCracken dort draußen war, wahrscheinlich noch im Wasser. Männer wie er starben nicht so schnell. Andere hatten mit ihren Aufträgen, ihn zu eliminieren, versagt, und nun hatte auch er, Wells, versagt. Er war Versagen nicht gewohnt. Wenn sie ihm nicht die Scola in das

Krankenhaus geschickt hätten, wären diese Anstrengungen überflüssig gewesen. Während die Scheinwerfer weiterhin die Stelle absuchten, wo der Lastwagen die Leitplanke durchbrochen hatte, fühlte Wells, wie Verbitterung in ihm emporstieg.

McCracken war noch immer dort draußen, und Wells wollte ihn nun unbedingt finden, weil es mehr denn je zu einer persönlichen Sache zwischen ihnen geworden war. Blaine hatte in Vietnam seine Karriere in der Armee zerstört und ihn diese Nacht gedemütigt. Es blieben vierzig Minuten bis zum ersten Licht der Dämmerung, und bis dahin wollte er den Mistkerl tot oder gefangengenommen haben.

Wells verfluchte leise die ganze Episode.

Blaine schwamm langsam. Er ließ sich von den Strömungen treiben und blieb so lange unter der Oberfläche, wie er es zwischen den Atemzügen aushalten konnte. Nach allen zehn Metern oder so lechzten seine Lungen nach Luft, und er stellte sie mit einem schnellen Vorstoß über die Oberfläche zufrieden. Ein paar Mal war er im Licht eines Scheinwerfers aufgetaucht, und Panik hatte ihn überkommen, bis er begriffen hatte, daß er nicht entdeckt worden war.

Sein Plan war, außer Reichweite der Scheinwerfer und entlang der kleinen Insel zu schwimmen, bis sie schließlich nach links bog. Dann konnte er an Land gehen. Er war nur noch ein kleines Stück von seinem Ziel entfernt, doch seine Schwimmstöße wurden steifer. Das kalte Wasser der Bucht forderte seinen Tribut. Seine Lungen flehten nach jedem zweiten Schwimmstoß nach Luft, und er gab sein Bestes, um ihrem Verlangen nachzukommen. Sein Körper zitterte nicht mehr so heftig, doch er wußte, daß dies nur ein vorübergehender Zustand war. Sobald er das Ufer erreicht hatte und dem Wind und Temperaturen ausgesetzt war, die nicht einmal halb so hoch lagen wie die des Wassers, würde sich auf jeden Fall Untertemperatur einstellen, vielleicht sogar Erfrierungserscheinungen, wenn er so lange lebte. Er fragte sich, wie lange er unter solchen Umständen fliehen konnte und wie handlungsfähig er sein würde, falls Wells und seine Helfershelfer ihn wieder auftreiben sollten.

Wahrscheinlich nicht sehr handlungsfähig, dachte er bedauernd. Dennoch schwamm er weiter.

Schließlich hatte er den Kreis, den die Suchscheinwerfer abdeckten, verlassen. Er hatte das Ende der Insel erreicht und schlug sich nach links, schwamm mit langsamen, gleichmäßigen Bewegungen zum Ufer, als wolle er nicht die Strömungen stören oder ein Platschen riskieren, das die Aufmerksamkeit seiner Verfolger erregen könnte. Die Küste von Goat Island war felsig, und seine Hände wurden von den zerklüfteten Felsen aufgerissen, als er an Land kroch. Eine tiefe Erschöpfung überkam ihn. Er wollte nur dort am Ufer liegen und eine Weile schlafen, bevor er sich zwang, den Weg fortzusetzen.

Nein! Der Frieden und die plötzliche Wärme waren Illusionen, die seine Erschöpfung verursachte. Wenn er jetzt schlief, bedeutete es den Tod für ihn, ob Wells ihn nun fand oder nicht. Doch selbst, wenn er in Bewegung blieb, würde die Kälte ihn töten. Er fühlte, wie sie durch sein Fleisch drang und seine Knochen spröde machte. Er mußte sich eine dicke Jacke beschaffen, um die Kälte abzuwehren.

Über ihm knirschten Schritte im Schnee. McCracken blieb liegen und rührte sich nicht, und der Lichtkegel einer Taschenlampe schwang über ihn hinweg. Das mußte einer von Wells' Wachposten sein, und der Mann war allein. Blaine kroch zu dem schmalen Strand hinüber, von dem der Strahl der Taschenlampe kam. Als er ihn fast erreicht hatte und in kaum zehn Metern die Gestalt des Mannes ausmachte, der die Taschenlampe trug, kletterte er auf die Straße und sprang vorwärts, wobei der kalte Wind jede Vorsicht verweht hatte.

Der Wachposten drehte sich viel zu spät um, und Blaines Faust traf ihn, bevor seine Augen sich überhaupt konzentrieren konnten. Sekunden später steckte McCracken die Arme durch die Ärmel der dicken Jacke des Mannes. Die Wärme vertrieb seine Unterkühlung fast augenblicklich. Das Klappern seiner Zähne wurde langsamer und hörte dann ganz auf, als er die Straße entlangging und sich umsah, ob er nicht weitere Wachposten Wells' bemerkte.

Blaine versuchte, seine Schritte zu beschleunigen, doch sein

Herz und die Lunge revoltierten. Die Erschöpfung überwältigte ihn. Ihm war wieder kalt. Die Anstrengungen der Verfolgung und des darauffolgenden Tauchens erwiesen sich als kräftezehrender, als er erwartet hatte. Das Wasser an den Beinen seines Kampfanzuges war zu Eis verkrustet, und er hörte, wie es knackend zerbrach, wenn er sich bewegte. Gott sei Dank hatte er die Jacke . . .

Das Sheraton-Hotel bäumte sich zu seiner Rechten auf, ein warmes, einladendes Ziel. Doch Wells würde dort zuerst nach ihm suchen, und er würde noch nicht einmal durch die Eingangstür kommen. Seine einzige Alternative lag darin, weiterzumarschieren, die Rolle des Wachpostens zu spielen, dessen Jacke er trug. Er war niemand in der Nähe, der ihm Fragen stellen konnte. Er ging gemessenen Schrittes weiter und erweckte den Eindruck, er suche nach jemandem. Er verschaffte sich Zeit, und mit der Zeit würde auch eine Chance kommen.

Er passierte die Dammündung, auf der es vor Truppen wimmelte, und sein Herz hämmerte gegen seinen Brustkorb. Er ging weiter über einen Parkplatz zu der Promende, die an einem Jachthafen entlangführte, dessen Dockreihen von den Bootsbesitzern reserviert waren, die den Sommer hier verbringen würden. Jetzt war niemand in der Nähe, der ihm zur Flucht verhelfen könnte.

Außer . . .

Es war die gelbe Hülle am anderen Ende der Docks, die zuerst seine Aufmerksamkeit erregte, und dann die Rampe, die zum Wasser hinabführte. Er beschleunigte seine Schritte nur ein wenig und konzentrierte den Blick auf sein Ziel. Er war jetzt fast da.

Seine Finger scharrten über den schlanken Rumpf eines Schnellbootes, unter dessen Hülle zwei starke Motoren hervorspähten. Jetzt durfte er nicht mehr zögern.

Schnell zog McCracken die gelbe Hülle zurück und löste die Bolzen, die das Schnellboot auf der Rampe hielten. Er sah, daß das Boot den Namen *Sting* trug und stieß es dort, wo das Bild einer Hummel aufgemalt war, leicht an, um es in Bewegung zu setzen.

»He, was haben Sie da zu suchen?« Der Ruf kam aus der Richtung des Dammes, und ihm folgten laute Schritte.

Blaine sprang über die Seite des Boots und kam gerade, als die *Sting* auf dem Wasser aufschlug, auf dem kalten Bretterdeck zu stehen.

»Da drüben! Da drüben!«

Das Boot trieb auf die Bucht zu, als die ersten Schüsse auf ihn abgegeben wurden. Sie zertrümmerten die Windschutzscheibe und bedeckten Blaine mit Glas, während er auf dem Rücken unter dem Armaturenbrett lag und mit den Anlasserdrähten spielte. Er hielt die beiden richtigen aneinander, und der Motor hustete und erwachte dann mit der Gewalt einer Rakete zum Leben. Blaine blickte hinter sich und erkannte den Grund.

Die *Sting* war mit zwei Motoren zu je 220 PS ausgerüstet und daher unglaublich leistungsstark. Blaine holte aus ihnen heraus, was er konnte. Die Nase des Bootes hob sich aus dem Wasser, und es stob in die Bucht wie ein Pferd, das man nach langer Zeit aus dem Pferch gelassen hatte. Als er sich schließlich aufrichtete, sicher, aus der Reichweite der Kugeln zu sein, flimmerte die Nadel des Tachometers bei 120 Stundenkilometern. Der Lärm der feindlichen Salven war völlig verstummt. Seine Häscher würden auf Verstärkung warten. Es spielte keine Rolle mehr. Wenn sie nicht ein Boot von der gleichen Leistungsfähigkeit wie die *Sting* hatten, hatte er sich soeben endgültig von ihnen verabschiedet.

Er blickte sich um, um sich einen Überblick über seine Position zu verschaffen. Er wußte, daß es sich um eine Meerenge der Narragansett Bay handelte, wußte, daß er bis zur Dämmerung auf die Zivilisation stoßen würde, wenn er der Bucht einfach folgte. Zum ersten Mal seit der Landung in Newport entspannte er sich. Er fror noch immer, und seine Zähne schlugen wie verrückt aufeinander. Auf der Bucht herrschte kein Schiffsverkehr, doch er war vollauf damit beschäftigt, zahlreichen treibenden Eisbergen auszuweichen. Nun mit 130 Stundenkilometern fahrend, näherte er sich dem Ende der Meerenge und schaltete die Positionslampe der *Sting* ein.

Seine Ohren registrierten ein fernes Rattern und schrieben es zuerst als Echo der beiden Motoren der *Sting* auf dem offenen Wasser zu. Als es lauter wurde, riß er den Kopf herum, doch da erfaßte schon der Kegel des Suchscheinwerfers sein Boot.

Ein Hubschrauber! Ein gottverdammter Hubschrauber!

Der gute alte Wells gab nicht so schnell auf.

Der Hubschrauber raste über ihn hinweg, und ein Mann lehnte sich unsicher hinaus und feuerte mit einem Maschinengewehr auf ihn. Blaine riß die *Sting* in einem engen Bogen herum und hielt wieder der Meerenge entgegen. Der Hubschrauber glich das Manöver mit einem weiteren Bogen aus und nahm die Verfolgung auf.

Das Boot fuhr fast 140, als der Hubschrauber wieder darüber hinwegflog. Blaine riß das Lenkrad hart nach rechts, um das Boot wieder aus der Meerenge zu ziehen. Der Hubschrauber blieb ein wenig zurück und stieg ein wenig höher, um besser manövrieren zu können, obwohl der Schütze hinter dem Maschinengewehr sein Ziel nun schwerer finden würde. Doch selbst, wenn der Hubschrauber nur an der *Sting* dranblieb, reichte es schon. Wells hatte wahrscheinlich eine ganze Armee aufmarschieren lassen.

Die *Sting* jagte durch das Wasser, und Blaine mußte das Lenkrad so fest wie möglich packen, um nicht die Beherrschung über das Boot zu verlieren. Der eisige Wind peitschte in sein Gesicht, und als er versuchte, mit der Zunge seine Lippen zu benetzen, erkannte er, daß er auch in ihnen das Gefühl verloren hatte.

Der Schütze im Hubschrauber nahm das Boot aufs Geratewohl unter Feuer, legte es nur darauf an, sein Opfer in Schach zu halten, traf sein Ziel aber trotzdem. Das Armaturenbrett explodierte in einem Splitterhagel, und einen Augenblick lang tanzte die *Sting* auf und ab, als Blaine zurückwich, um nicht getroffen zu werden. Etwas schnitt in seine Schulter, eine Kugel oder ein Trümmerstück; er wußte es nicht, und es spielte auch keine Rolle. Die Kälte betäubte den Schmerz schnell, wodurch das warme Blutrinnsal, das aus der Wunde floß, zu einer noch seltsameren Wahrnehmung wurde als bei normalen Temperaturen.

McCracken hatte das Boot in die Meerenge zurückgesteuert,

als der Hubschrauber wieder über ihn hinwegzog. Diesmal verfehlte ihn der Kugelhagel weit, doch ein Glückstreffer fand den Treibstofftank und durchbohrte ihn. Der scharfe Geruch von Benzin drang in Blaines Nase, und er beobachtete, wie die gelbliche Flüssigkeit von unten aufs Deck quoll. In ein paar Sekunden würde er langsam auf dem Wasser treiben, eine perfekte Zielscheibe für den Schützen im Hubschrauber. Noch einmal ans Ufer zu schwimmen war undenkbar; er würde es niemals überleben, besonders nicht jetzt, mit einer Schulterverletzung.

Was blieb ihm also noch übrig?

Die *Sting* raste elegant über das Wasser, als sei sie sich ihrer tödlichen Wunde nicht bewußt. Der Scheinwerferkegel des Hubschraubers fiel auf ihr zertrümmertes Armaturenbrett, und ein roter Gegenstand erregte Blaines Aufmerksamkeit. Er griff danach und berührte unter dem Steuerrad Metall. Er zerrte den Gegenstand hervor und erkannte, daß es sich um eine Notfall-Ausrüstung mit einer Leuchtpistole handelte. Er öffnete die Lasche mit einer Hand und steuerte die *Sting* mit der anderen.

Die Signalpistole lag zentimetergenau in einer Vertiefung. Darunter befand sich eine Leuchtpatrone. Wenn man sie nicht gerade gegen eine Metallplatte abschoß, war sie so gut wie eine Handgranate.

McCracken hatte keine andere Wahl. Er nahm die Patrone aus ihrer Vertiefung und hielt sie ans Deck, damit sie etwas Benzin aufsaugte. Das würde ihre Sprengkraft erhöhen.

Der Hubschrauber kam mit lautem Knattern näher und schoß weitere Salven auf das Boot ab, das Geschwindigkeit verloren und zu stottern angefangen hatte.

McCracken klappte die Signalpistole auf, drückte die Patrone hinein, schnappte die Pistole zu und überprüfte den Abzug. Er würde nur einen Schuß haben. Der mußte sitzen.

Der Motor der *Sting* stotterte, setzte wieder ein und stotterte erneut. Als die Geschwindigkeit zusehends nachließ, steuerte Blaine das eisverkrustete Ufer an. Das langsamer werdende Boot ergab nun ein besseres Ziel für den Hubschrauber, der sich näherte und die Gelegenheit erkannt hatte.

McCracken spielte mit dem Steuerrad. Er riß es nach rechts

und nach links, um ein schlechteres Ziel zu geben, während er die Signalpistole fest in der rechten Hand hielt.

Er hob die Hand erst, als das Maschinengewehrfeuer gefährlich nahe gekommen war und der Hubschrauber sich direkt über ihm befand. Dann benötigte er kaum eine Sekunde, um die Pistole hochzureißen und zu zielen, und noch weniger, um den Abzug durchzudrücken.

Die Patrone schoß mit einem Knall zu dem Hubschrauber hinauf.

Die Halbdunkelheit der aufziehenden Dämmerung wurde von einer Feuerkugel zerrissen, von einem gelben Ball, der schwarzen Rauch spuckte und Stahl aushustete. Nur die Restgeschwindigkeit der *Sting* bewahrte Blaine vor dem mörderischen Schrapnell- und Trümmerhagel. Der Motor setzte aus, als Blaine sich nur noch wenige Meter vom Ufer entfernt befand, im gleichen Augenblick, da der brennende Rumpf des Hubschraubers auf die Wasseroberfläche traf und langsam zu sinken begann.

Blaine schwang sich über die Seite der *Sting* und tätschelte das Boot wie ein treues Haustier. Er stand in hüfthohem Wasser und schritt zum Ufer, hinter dem sich ein gewaltiges Landhaus befand, das zu Eigentumswohneinheiten umgebaut worden war. Der Weg hinauf war steil; es war zwar ein Handlauf angebracht, der aber dick mit Eis überzogen war.

Gerade, als das erste Sonnenlicht auf die Bucht fiel, schleppte sich McCracken über die Kuppe und starrte auf einen Whirlpool, in dessen dampfend heißem Wasser zwei Paare den Tag begannen oder die Nacht beendeten.

Blaine ging auf den Pool zu, die Kleidung schwer vor Wasser, das schon zu frieren anfing. Er zitterte, doch er wußte, daß er ein Lächeln auf sein Gesicht gezwungen hatte, das er kaum noch fühlen konnte.

»Wollen Sie nicht zu uns 'reinkommen?« fragte eine der beiden Frauen in dem Pool; sie war offensichtlich betrunken. Auf dem dampfenden Wasser trieben Gefäße mit Drinks.

»Hätte nichts dagegen«, sagte Blaine und sprang voll bekleidet hinein.

»Waren Sie an Bord des Flugzeugs, das gerade ins Wasser gestürzt ist?«

»Was für ein Flugzeug?« erwiderte McCracken und tauchte den Kopf unter Wasser.

Die weiblichen Benutzer des Whirlpools erklärten Blaine abwechselnd, wohin es ihn verschlagen hatte. Dies war das Manor House, erklärten sie, der exklusivste Eigentumswohnungskomplex im exklusiven Bonniecrest Village. Sie hatten ihre Wohnung für 200 000 Dollar gekauft, und ihr Wert hatte sich schon verdoppelt. Ob das kein Geschäft sei, wollten sie wissen.

Blaine pflichtete ihnen bei.

Nun kam es ihm vordringlich auf die Zeit an, auf die Zeit und die Tatsache, daß Wells die Jagd nicht wegen des Verlustes eines Hubschraubers aufgeben würde. Vielleicht würde er versuchen, die gesamte Gegend abzuriegeln, um sein Jagdwild ein für alle Mal zu erwischen. Doch der Morgen war angebrochen, und bald würden sich die Bewohner dieser Newport-Gemeinde auf den Weg zur Arbeit machen. Wells hatte mehr als genug damit zu tun, McCracken in diesem Durcheinander aufzustöbern.

Nach vierzig Minuten in dem Whirlpool, die seinen Kreislauf wieder in Gang brachten, nahm Blaine dankbar einen Bademantel und frische Kleidung entgegen. Bevor er die zu kleinen Sachen zum Wechseln anzog, desinfizierte und verband er seine Schulterverletzung, bei der sich herausgestellt hatte, daß es sich lediglich um einen Kratzer handelte. Die Leute waren sehr gastfreundlich gewesen, und Blaine nahm sich vor, ihnen eines Tages auch einen Gefallen zu erweisen. Er konnte damit anfangen, indem er die Eigentumswohnung so schnell wie möglich verließ. Zuerst mußte er jedoch einen Anruf machen. Er hatte sich seit beinahe zwei Tagen nicht mehr gemeldet. Er hatte Stimson viel zu berichten, genug, daß die GAP gegen Sahhan und Krayman vorgehen und nach den überall im Land verstreuten Söldnertruppen suchen konnte.

Sahhans Truppen würden gegen Unschuldige vorgehen,

und die Söldner gegen Sahhans Truppen, wobei Krayman die treibende Kraft hinter beiden war. Den Grund dafür vermochte Blaine noch nicht zu erkennen, aber nur deshalb nicht, weil es etwas gab, das er noch nicht wußte. Krayman war ein Pragmatiker. Dieser Plan war jahrelang vorbereitet, und nichts war dem Zufall überlassen worden.

Blaine wählte auf einem Telefon in einem Schlafzimmer Stimsons Privatnummer. Das Freizeichen erklang, dann das Winseln eines sich abspielenden Tonbandes.

»Die von Ihnen gewählte Nummer ist zur Zeit nicht in Betrieb.«

Die Verbindung wurde unterbrochen; das Freizeichen folgte.

Blaine runzelte die Stirn. Hatte er eine falsche Nummer gewählt? Er versuchte es nochmal.

»Die von Ihnen gewählte Nummer . . .«

Blaine legte auf. Stimson war über seine Privatnummer überall zu erreichen: Unterwegs in seinem Wagen, zu Hause, im Büro, überall. McCracken überlegte, wieso diese Nummer außer Betrieb sein konnte, und wies den schlimmsten Grund dafür zurück, weil er dann aufgeschmissen sein würde. Die Vorstellung, Stimson sei tot, war undenkbar. Sicher gab es eine andere Erklärung.

Blaine wählte die normale Notfall-Nummer der GAP. Eine weitere Tonbandstimme begrüßte ihn. »Bitte hinterlassen Sie Ihre Nummer. Wir werden sofort zurückrufen.«

Blaine gab die Nummer durch, die auf dem elfenbeinweißen Telefon stand. Keine dreißig Sekunden später klingelte es.

»Ihr Name«, fragte eine dumpfe Stimme.

»Ich muß Stimson sprechen.«

»Ihr Name«, wiederholte die Stimme.

»Hören Sie, Sie Arschloch, ich werde mir nicht die Mühe machen, Ihnen meinen Namen zu nennen, weil ich nicht auf Ihrer Einsatzliste stehe. Ich wurde vom Chef selbst beauftragt und muß mit ihm sprechen.«

»Haben Sie eine Codenummer oder Bezeichnung?«

»Nein, verdammt, ich habe nur mit Stimson persönlich zu tun. Code Neun-Null.« Blaine schlug sich gegen die Stirn. »Nein, ihr habt eine andere Bezeichnung dafür. Ich kenne euren Code nicht.«

»Wenn ich nicht augenblicklich einen gültigen Code bekomme, werde ich die Verbindung unterbrechen.«

»Meinetwegen. Sagen Sie mir nur, ob Stimson noch lebt. Es ist wichtig.«

Es klickte in der Leitung. Blaine legte den Hörer auf.

Er war völlig allein. Stimsons Plan hatte sich als Rohrkrepierer erwiesen. Das Undenkbare war geschehen. Jemand hatte den Chef der GAP erwischt, und Blaine hatte keinen Kontaktmann mehr. Genauso schlimm war, daß es die Rückruf-Prozedur, die er befolgt hatte, dem GAP-Personal ermöglichte, den nicht autorisierten Anruf zurückzuverfolgen. Sie würden Nachforschungen betreiben. Man würde eine Einsatzeinheit losschicken, eine Einheit, die McCracken als Feind betrachtete.

Er mußte hier heraus. Aber wohin? Wem konnte er seine Geschichte erzählen?

Der CIA. Er würde es darauf ankommen lassen müssen . . .

Die Company war noch immer sein offizieller Arbeitgeber. Und er konnte sie erreichen, weil ihm diesmal alle richtigen Codes bekannt sein würden. Er würde ein Alarmsignal geben, und sie würden Vorkehrungen treffen, ihn zurückzuholen. Die Sache mit Chen – und daß die Company darin verwickelt war – spielte keine Rolle. Seine Ermittlungen über Krayman ließen alle Meinungsverschiedenheiten mit seinem offiziellen Arbeitgeber belanglos werden. Die CIA war seine beste Wahl – und seine einzige.

McCracken wählte eine andere Nummer.

»Theaterkasse«, begrüßte ihn eine Stimme, ohne daß es sich um eine Bandaufzeichnung handelte.

»Ich habe meine Eintrittskarte verloren.«

»Status?«

»Code Neun-Null.«

»Diese Vorstellung ist ausverkauft.«

»Überprüfen Sie meine Berechtigung, verdammt! Gallahad Sechs-Null-Neun.«

»Wie lautet Ihre Bezeichnung?«

»Dreifach-X-Ultra.«

Eine Pause.

»Es tut mir leid, diese Akte ist abgelegt.«

Es klickte in der Leitung. Blaine knallte den Hörer auf.

Es tut mir leid, diese Akte ist abgelegt . . .

Wie hatte er nur so verdammt dumm sein können? Natürlich war seine Akte abgelegt; die Company hielt ihn für tot. Ein weiterer Teil von Stimsons Plan, seinen Auftrag abzuschirmen. Nun, jetzt war er abgeschirmt, abgeschirmt von jedem sicheren Regierungshafen. Eine schwarze Revolutionsarmee und eine aus Söldnern bestehende Widerstandstruppe würden in den Straßen Amerikas aufeinanderprallen, und er konnte niemanden davor warnen. Alle Notfallnummern, die er im Gedächtnis hatte, waren nutzlos, da man in den Telefonzentralen die gleichen Informationen verlangen würde und er ihnen nicht entsprechen konnte; also würde man seinen Anruf nicht zur nächsthöheren Dienststelle weiterleiten. Man hielt ihn für tot. Die Ironie daran – gerade, weil man ihn für tot hielt, würde er bald vielleicht wirklich tot sein.

Er mußte sofort aus Newport heraus und sich irgendwo Zeit verschaffen. Nun hatte er es nicht mehr nur mit Wells' Leuten zu tun; jetzt mußte er sich auch mit Teams der GAP und der CIA befassen, die diese Nummer überprüfen würden, da eine Verletzung der höchst geheimen Sicherheitsnummern stattgefunden hatte.

Blaines Gedanken trieben zu der Arena zurück, zu der Tatsache, an die er während der folgenden hektischen Flucht nicht mehr gedacht hatte: jemand hatte dafür gesorgt, daß die Lichter erloschen, und ihn dann von Wells' Handschellen befreit. Aus irgendeinem Grund wollte jemand, daß er überlebte.

Doch mehr Leute wollten ihn tot sehen.

21

Francis Dolormans Rücken schmerzte am Dienstagmorgen so schrecklich, daß er kaum sein Gewicht in dem Sessel verlagern konnte. Sich zu setzen und aufzustehen war eine quälende Erfahrung für ihn, nicht minder quälend als der letzte Bericht von Wells.

»Also lebt McCracken noch immer«, war sein einziger Kommentar.

»Einzig und allein, weil sich diesmal die Rebellen eingemischt haben«, entgegnete Verasco. »Wells hat McCracken in Newport gefangengenommen, doch einer von ihnen hat ihn befreit.«

»Es sieht Wells ähnlich, daß seine eigenen Leute infiltriert sind.«

»Vielleicht erweist es sich als Segen«, sagte Verasco. »Einer seiner Männer – der Rebell, wie wir annehmen – ist verschwunden. Wells ist gerade dabei, seine Bewegungen zurückzuverfolgen, und die Nachforschung wird zweifellos zu seinen Mitverschwörern führen.«

»Wells soll seine Energien voll in diese Richtung konzentrieren. Ich werde mich um McCracken kümmern.«

»Und wie?«

»Solange er allein steht, kann er uns nicht schaden. Doch wenn er empfängliche Ohren in Washington erreichen sollte . . . Wir haben Kontakte an den richtigen Stellen, die für eine weitere Isolation McCrackens sorgen können. Ich werde sie benachrichtigen. Ich möchte, daß all diese Störfaktoren bis zur Aktivierung von Omega ausgeschaltet sind. Sehen wir uns unseren Zeitplan an.«

Verasco schlug ein Faltblatt auf seinem Schoß auf. »Morgen früh werden wir zu dem Flughafen in Maine fliegen und uns auf den Weg zur Horse Neck Island machen, um unsere letzten Vorbereitungen zu treffen.«

»Die bislang natürlich nach Plan vorangeschritten sind. Und wann ist die Mobilmachung von Sahhans Truppe abgeschlossen?«

»Neun Uhr vormittags östliche Standardzeit. Das entspricht sechs Uhr an der Westküste.«

»In beiden Fällen ist es noch dunkel.«

»Wie der Plan es vorsieht.«

Anscheinend zufriedengestellt, nickte Dolorman. »Und wann tritt die zweite Phase in Kraft?«

»Genau vier Stunden, nachdem Sahhans Truppen mobilisiert wurden. Unser Freund im Himmel wird sechzehn Minuten brauchen, um von einer Küste zur anderen zu fliegen und zu gewährleisten, daß genau zur richtigen Zeit ein Höchstmaß an Lähmung erreicht ist. Die dritte Phase, das Eintreffen der Söldner, wird zwölf bis sechzehn Stunden darauf beginnen.«

»Ich dachte, wir hätten uns auf vierundzwanzig geeinigt.«

»Eine geringe Abweichung, um auf dem Gipfel der Panik eine höchste Sichtbarkeit zu gewährleisten. Ihre heroische Reaktion muß unwiderlegbar erscheinen, aber auch verschwommen anmuten. Die Gerüchte und obskuren Berichte werden zu unserem Vorteil arbeiten.«

»Ich nehme an, die Vorbereitungen für die vierte Phase sind abgeschlossen?«

Verasco nickte. »Die gesamte Ausrüstung ist auf der Horse Neck Island an Ort und Stelle und einsatzbereit. Die Installation aller Datenfernübertragungs- und Fernseheinrichtungen wurde gestern abgeschlossen. Alle Tests verliefen ausgezeichnet. Natürlich muß die Aktivierung der vierten Phase aus dem Augenblick heraus beschlossen werden. Wir müssen flexibel sein. Der genaue Zeitpunkt wird schwer zu bestimmen sein, da sich die öffentliche Meinung nur schwer abschätzen läßt.«

»Die Öffentlichkeit wird zu dieser Zeit schon uns gehören«, versicherte Dolorman ihm. »Sie wird empfinden, wie wir es gern möchten.«

»Aber erst nach dem Heiligen Abend, und Ihr Interview mit Sandy Lister wird in knapp einer Stunde stattfinden.«

»Ihr Tonfall deutet daraufhin, daß Sie der Meinung sind, ich sollte es absagen.«

»Ich sehe keinen Vorteil, den es uns so kurz vor der Aktivierung von Omega bringen könnte.«

Dolorman schob sich ein Stück vor. »Sie kennt viele Leute,

hat viele Kontakte. Ein aufmerksames Ohr an der falschen Stelle könnte Omega einen beträchtlichen Schaden zufügen. Indem wir uns Miß Lister gegenüber kooperativ verhalten, gehen wir sicher, daß sie keinen Grund hat, solch einen aufmerksamen Zuhörer zu suchen. Ihre Handlungen und ihre Korrespondenz haben uns Anlaß zu der Vermutung gegeben, daß sie bislang noch nicht nach einem solchen Zuhörer gesucht hat. Doch das muß nicht auf die anderen zutreffen, mit denen sie Kontakt gehabt hat. Einer davon kennt vielleicht noch immer die richtigen Nummern, die man anrufen müßte, woraufhin eine augenblickliche Gegenmaßnahme unsererseits erforderlich wäre.«

»Sie erwarten doch nicht, daß sie zu Ihnen kommt und Ihnen genau das verrät?«

»Ihre einzige Waffe sind ihre Kenntnisse, und daher rechne ich damit, daß sie viel von dem enthüllt, was sie weiß. Das wird uns zu den betreffenden Personen führen.«

Verasco wirkte keineswegs überzeugt. »Sie ist ziemlich prominent, Francis, in ihrem Metier ein Star. Die größten Sorgen mache ich mir über *ihre eigenen* Verbindungen.«

Diese Bemerkung entlockte Dolorman ein Lächeln. »Aber die wichtigsten dieser Verbindungen sind durchtrennt worden. Ich glaube, wir können der Sache ganz gelassen entgegensehen.«

Sandy Lister lehnte sich mit den Schultern gegen die Fahrstuhlwand und versuchte, ihr Zittern zu beruhigen. Die Türen glitten zu, und die Kabine fuhr von Dolormans Büro zur Lobby hinauf.

Das Interview war gelaufen.

Und Dolorman hatte sie geschafft. Sie war der Aufgabe nicht gewachsen gewesen. Die Verzweiflung hatte gegen sie gearbeitet, ihr die Sicherheit genommen.

Sie war von ihrem Gespräch mit Simon Terrell direkt nach Houston geflogen und Sonntagabend eingetroffen. Am Montagmorgen hatte sie zuerst T. J. Browns Nummer im Sender angerufen.

Die Stimme, die ihr antwortete, war nicht die seine.

»Wer spricht dort?« fragte sie.

»Wie bitte?«

»Hier ist Sandy Lister. Ich möchte T. J. Brown sprechen.«

»Oh, Miß Lister«, erwiderte die Stimme, »jemand von oben sagte mir, Sie würden wahrscheinlich anrufen. Ich bin gerade in Ihr Büro gezogen. Ihr Assistent hat Urlaub.«

»Er hat was?«

»Es traf mich auch völlig überraschend. Ich bekam gerade die Anweisung, in Ihr . . .«

»Danke«, warf Sandy ein und legte abrupt auf.

Sie griff wieder nach dem Hörer und wählte T. J.s Privatnummer. Es klingelte und klingelte. Niemand hob ab.

Ihr Assistent hat Urlaub . . .

Sandy fühlte, wie eine klamme Kälte ihr Rückgrat emporstieg. Den Hörer noch in der Hand, wählte sie Stephen Shays Privatnummer.

»Mr. Shays Vorzimmer.«

»Mr. Shay, bitte. Hier spricht Sandy Lister.«

»Es tut mir leid, Miß Lister, er ist leider nicht da.«

»Wann ist er zurück?«

»Nicht in den nächsten vierzehn Tagen. Er ist zu einer Konferenz nach Europa geflogen.«

»Hat er eine Nummer hinterlassen? Es handelt sich um einen Notfall.«

»Leider nicht«, sagte die Sekretärin, und Sandy legte auf.

Denn ein Mann in Shays Position hinterließ immer eine Nummer, wo man ihn erreichen konnte. Außer, er war gar nicht verreist. Außer, es handelte sich um ein abgekartetes Spiel.

Alles war ein abgekartetes Spiel.

Sie hatten T. J. Sie hatten Shay.

Sandy verbrachte den Rest des Morgens damit, am Telefon bei einer Reihe NASA-Angestellter um einen Termin zu bitten. Niemand war bereit, sie zu sprechen. Bei zweien ging sie soweit, *Pegasus* zu erwähnen, und erhielt nur höfliche Absagen. Niemand wollte etwas sagen. Also würde sie keine Hilfe von der NASA bekommen, jedenfalls nicht im Augenblick, und auf eine schnelle Hilfe kam es an.

Nun konnte sie sich nur noch an Dolorman halten, und sie hatte eine Strategie vorbereitet. Ein kleines Tonbandgerät, das sie in ihrer Handtasche versteckt hatte, würde das gesamte Gespräch aufzeichnen. Danach würde sie zum FBI gehen. Sie würde ihnen alles über den nachgebauten Krayman-Chip und die Besessenheit des Milliardärs, Amerika zu beherrschen, erzählen. Sie würde ihnen erklären, daß die COM-U-TECH im Besitz der Orbit-Flugpläne der *Adventurer* war und daß Krayman etwas ins All geschickt hatte, das als Satellit getarnt gewesen war. Wenn sie nach Beweisen fragen würden, würde sie ihnen die Tonbandaufzeichnung des Interviews mit Dolorman übergeben. Mit ihren Computern würden sie feststellen können, auf wie viele ihrer direkten Fragen Dolorman gelogen hatte. Das hieß natürlich, daß sie diese direkten Fragen stellen mußte, und schon dadurch ging sie ein gewaltiges Risiko ein.

Als sie vor knapp einer Stunde im Krayman Tower eingetroffen war, war sie, begleitet von einem Mann des Sicherheitsdienstes, in Dolormans Privataufzug hinaufgefahren. Nun begleitete der gleiche Mann sie hinab, und als sie das Interview im Geist noch einmal abrollen ließ, tastete sie nach der Ausbeulung des Tonbandgeräts in ihrer Handtasche.

Dolormans Büro war groß und luxuriös eingerichtet. Die Gemälde an den Wänden waren echt, und eine Wand bedeckte ein mit ledergebundenen Büchern gefülltes Regal. Den größten Eindruck machte jedoch Dolormans Schreibtisch auf sie. Es handelte sich zweifellos um den größten, den sie jemals gesehen hatte, sauber und aufgeräumt, und ohne die geringste Spur von Durcheinander.

»Bitte verzeihen Sie, daß ich mich nicht erhebe, Miß Lister«, sagte Dolorman. »Aber mein Rücken macht mir seit mehreren Jahren zu schaffen, und es wird immer schlimmer.«

Sandy trat ein und blieb auf halber Strecke zwischen der Tür und dem Schreibtisch stehen. »Ja, das hat sich bei meinen Recherchen ergeben.«

Nachdem der Sekretär die Tür hinter ihnen geschlossen hatte, musterten sie einander kurz.

»Ihre Recherchen müssen ziemlich gründlich gewesen sein«, sagte Dolorman.

»Wie man es von einem Profi erwarten kann.«

»Bitte setzen Sie sich, Miß Lister.«

Sandy wählte den Chippendale-Stuhl einen Meter vor dem Schreibtisch des Weißhaarigen. Als sie sich zurücklehnte, ertastete ihre Hand das Tonbandgerät durch den Stoff ihrer Handtasche und schaltete es ein.

»Sie müssen mein Unbehagen entschuldigen«, fuhr Dolorman fort. »Ich gewähre nicht viele Interviews.«

»Der Sender und ich wissen es zu schätzen, daß Sie für uns eine Ausnahme machen.«

»Aber Sie werden die Bedingungen einhalten?«

Sandy nickte. »Wir werden das Interview erst nach Ihrer ausdrücklichen Zustimmung senden. Ich lasse dahingehende Verträge vorbereiten, bevor ich mit einem Filmteam zurückkehre.«

»Nun liegt es an mir, meine Dankbarkeit auszudrücken.« Dolorman beugte sich gequält vor. »Es würde mir jedoch helfen, wenn ich genau wüßte, wie Ihre Story aussehen soll.«

»Sie beginnt mit einem ausführlichen Porträt von Randall Krayman, dem reichsten Mann der Welt . . .«

»Dem würden viele Menschen widersprechen.«

»Das spielt keine Rolle. Für mich ist Krayman eine faszinierende Persönlichkeit, ein Mensch, der unglaublich auf Zukunftstrends eingestimmt ist und das Glück hat, gewaltige Summen in diese Trends investieren zu können. Ich bin der Meinung, daß es über diesen Mann, dessen Macht und Einfluß so viele andere berührt hat, noch zahlreiche unbeantwortete Fragen gibt. Ich versuche, in meinem Bericht einige dieser Antworten zu geben.«

»Wirklich ein ehrgeiziges Unterfangen, da Ihnen von Anfang an klar war, daß ein Interview mit Mr. Krayman nicht in Frage kommt.«

»Eigentlich hatte ich eine Weile lang die Hoffnung, es könnte zumindest ein Telefonat mit vorher abgesprochenen Fragen stattfinden. Ich dachte, vielleicht bin ich imstande, Sie zu überzeugen, es für mich zu vermitteln.«

Dolorman kicherte. »Miß Lister, Sie überschätzen meinen Einfluß auf Randall Krayman.«

»Aber Sie sind der einzige Mensch, der einen direkten Zugang zu ihm hat.«

»Das habe ich niemals abgestritten. Ich stehe ständig in Kontakt mit ihm, da er noch ein lebhaftes Interesse an den gewaltigen Unternehmen hat, die er sich mühsam erwarb, indem er diese zukünftigen Trends, von denen Sie gesprochen haben, voraussah.«

»Warum hat er sich dann zurückgezogen?«

»Zu viel Druck, nehme ich an. Randall Krayman erfüllte seine Pflichten gern, doch es kam ein Punkt, da sich zu viele Pflichten einstellten. Ein Mann mit der Aufmerksamkeit und der Rücksichtnahme, auf die Randall Krayman so stolz war, muß zu viele Entscheidungen treffen. Er hat einfach die Geduld verloren und wollte für eine Weile seine Ruhe haben.«

»Und aus dieser Weile sind fünf Jahre geworden, Mr. Dolorman?«

Dolormans Gesicht wurde beschaulich. »Zeit kann man sich mit noch so viel Geld nicht kaufen, Miß Lister. Es tut mir leid, wenn es sich wie ein Klischee anhört, doch bei Randall Krayman trifft es einfach zu. Er hatte die Vierzig überschritten, und plötzlich schienen die Dinge, die seinem Leben fehlten, wichtiger als sein gewaltiger Reichtum. Er hatte niemals Zeit für eine Frau oder eine Familie. Zahlreiche Häuser, Güter, Landsitze, sogar eine Privatinsel, aber nichts, was wirklich ihm gehörte.«

»Wenn ein Haus kein Heim ist . . .«, murmelte Sandy.

»So etwas in der Art, nehme ich an. Und bei Randall Krayman bestand das Problem darin, daß er seine Häuser mehr wie Hotels behandelte, in denen er wohnte, wenn es ihm genehm war.«

»Also hat er diesen fünfjährigen Urlaub genommen, damit er seinen Besitz einmal richtig genießen kann.«

»Es ist viel komplizierter. Wäre es mir möglich, das Interview zu arrangieren, für das Sie so großes Interesse zeigen, würden Sie es verstehen. Doch Randall Krayman würde niemals zustimmen. Er verabscheut es mittlerweile, im Blickpunkt der Öffentlichkeit zu stehen. Er zieht es vor, als rätselhafter

Mensch zu gelten. Dadurch ist es nicht einfach, eine Reportage über ihn zu machen, sogar für Sie nicht.«

»Ich bin von der Theorie ausgegangen, daß ein Mensch die Summe seiner Taten ist, Mr. Dolorman. Wenn dies zutrifft, müßte man die Story aber ganz anders anfassen.«

»Ach ja?«

»Jemand, mit dem ich im Verlauf meiner Recherchen gesprochen habe, meinte, man könne Randall Krayman nicht von den Krayman Industries trennen, die beiden seien gleichbedeutend«, sagte Sandy und dachte an T.J., und mit diesem Gedanken durchflutete sie neuer Zorn. »Würden Sie diesem Satz zustimmen?«

»Bis zu einem gewissen Punkt, durchaus.«

»Also konzentriere ich mich bei meiner Story nun nicht mehr auf Krayman selbst, sondern auf seine gewaltigen multinationalen Holding-Gesellschaften, besonders auf die, die um die COM-U-TECH angesiedelt sind.«

»Warum gerade die COM-U-TECH?«

»Weil es das neueste seiner erfolgreichen Unternehmen ist. Die Fernsehzuschauer von heute wollen nicht von Plastik oder Öl hören. Sie wollen von Computern und neuen Technologien hören. *Telekommunikation* ist heute das große Schlagwort, nicht wahr?«

Dolorman sah sie nur an.

»Als was für ein Mensch würde Randall Krayman dastehen, wenn man ein Urteil über die Summe seiner Taten fällt, die mit der Telekommunikation zu tun haben, Mr. Dolorman?«

»Wenn Sie von seinen Gesellschaften sprechen, die sich auf dem Gebiet des Kabelfernsehens engagieren, dann hat sein Werk dem Fernsehen völlig neue Wege erschlossen. Er hat bewiesen, daß man der Öffentlichkeit wichtige Dienste erweisen und gleichzeitig einen Gewinn erwirtschaften kann.«

Sandy fühlte, wie ihr Herz gegen ihren Brustkorb schlug. Nun konnte sie nicht mehr zurück.

»Dagegen ist nichts einzuwenden, Mr. Dolorman, doch wie sieht es über das Kabelfernsehen hinaus aus? Was ist mit den kommerziellen Fernsehsendern, den Networks?«

»Den Krayman Industries gehören einige.«

»Wie viele?«

»Ich habe die genauen Zahlen nicht vorliegen.«

»Schätzen Sie einfach.«

Nun war es an Dolorman, trotzig das Kinn vorzuschieben. »Miß Lister, ich weiß genug über Reporter, um mir klar zu sein, daß sie niemals eine Frage stellen, von der sie die Antwort nicht schon kennen. Warum sagen Sie es mir nicht?«

»Bei meinen Recherchen bin ich auf siebenundzwanzig verschiedene Unternehmen gestoßen.«

»Ein eindeutiger Verstoß gegen gültige Gesetze. Offensichtlich stimmt das Kartellamt nicht mit Ihnen überein.«

»Vielleicht hat das Kartellamt nicht so genau nachgeforscht. Ich habe herausgefunden, daß die Besitzverhältnisse in einem Labyrinth aus Krayman-Gesellschaften verborgen sind.«

Dolorman verdaute die Information und benetzte seine Lippen. »Unser ungewöhnliches Interesse auf dem Gebiet der Datenfernübertragung führte zu Fusionen und Aufkäufen anderer kleinerer Gesellschaften mit ähnlichen Aktivitäten, wenn auch in einem viel kleineren Maßstab. Als wir sie geschluckt haben, können wir durchaus ebenfalls ein paar Fernsehsender mitgenommen haben, doch ich versichere Ihnen, daß Ihrer Entdeckung kein Muster zugrunde liegt. Dieses Vorgehen war von unserer Seite aus völlig unbeabsichtigt.«

»Wären Sie bereit, das vor einer Kamera zu wiederholen?«

»Ich wüßte nicht, warum ich nicht dazu bereit sein sollte.«

»Weil es zu Fragen führen könnte, die den Krayman-Chip betreffen.«

Dolorman lächelte einfach, und das Lächeln wurde zu einem schwachen Gelächter. »Ich sehe, die Gerüchte sind zu Ihnen vorgedrungen. Das habe ich auch erwartet.«

»Welche Gerüchte?« fragte Sandy, entäuscht, wie ruhig er auf ihren Einwurf reagierte.

»Daß wir den Chip einem Mann namens Hollins gestohlen und ihn als den unseren ausgegeben haben.« Noch immer lächelnd schüttelte Dolorman den Kopf.

»Ich nehme an, Sie können beweisen, daß es nur ein Gerücht ist?« fragte Sandy lahm.

»Das müssen wir nicht. Miß Lister, es gibt Menschen, die ihren Lebensunterhalt damit verdienen, indem sie behaupten, die patentierte Erfindung eines anderen sei ihre eigene. Sie sind eher verschlagen als klug. Sie wissen, daß ein langer Streit vor Gericht weitaus teurer kommt als eine bescheidene Abfindung, und sie sind Experten darin, genug Indizien zu sammeln, um sicher zu gehen, daß die Gerichtsverhandlung lange dauern wird. Dieser Hollins war einer der besten von ihnen.«

»Bis auf die Tatsache, daß der Fall gar nicht vor Gericht kam. Randall Krayman hat ihm sechzig Millionen Dollar für eine damals wertlose Firma gezahlt, Mr. Dolorman.«

»Damals war sie tatsächlich wertlos, wenn auch einzig und allein wegen Mr. Hollins' geschäftlichen Fehlentscheidungen. Mr. Krayman hat seine ursprüngliche Investition in diese Firma innerhalb der beiden ersten Jahre verdoppelt, Miß Lister. Und wenn Sie wirklich Wert auf so viel Genauigkeit legen, dann interessiert es Sie vielleicht, daß das erste Übernahmeangebot fast ein Jahr *vor* der Entwicklung des Krayman-Chips erfolgte. Die ganze Sache war ein Ablenkungsmanöver, das sich Hollins ausgedacht hat, um den Preis seiner Firma in die Höhe zu treiben.«

Sandy kam sich hilflos vor. Sie konnte den ganzen Tag hier sitzen und Dolormans Antworten durchlöchern; trotzdem blieben sie plausibel und hätten sogar vor der Kamera standgehalten. Es überraschte sie, wie gelassen er unter Druck reagierte. Sie hatte ihn unterschätzt und kam sich nun geschlagen vor. Frustriert fiel ihr auf, wie ihre Strategie des geduldigen Bohrens zu bröckeln begann.

»Wie viele Datenübertragungssatelliten hat die COM-U-TECH in der Erdumlaufbahn?« fragte sie plötzlich.

»Drei, glaube ich.«

»Drei, die von Houston aus gestartet wurden.« Und nun der Bluff. Sandy musterte ihr Gegenüber genau. »Und einer von Frankreich aus.«

Dolormans Augenlider zuckten. »Ach ja? Ich fürchte, darüber ist mir nichts bekannt.«

»Ist Ihnen bekannt, daß einer Ihrer Angestellten letzte Woche in New York ermordet wurde?«

Die Überraschung auf seinem Gesicht wirkte echt. »Das war mir nicht bekannt.«

»Sein Name war Benjamin Kelno, und er arbeitete in der Forschungsabteilung der COM-U-TECH. Bevor er starb, schob er mir eine Computerdiskette in die Handtasche. Die Diskette enthielt den Orbit-Flugplan des Space Shuttles *Adventurer*.«

Dolormans Betroffenheit wirkte genauso echt wie seine Überraschung. »Haben Sie die Behörden informiert?«

»Wäre das in Ihrem Sinne gewesen?«

»Miß Lister, wenn einer unserer Angestellten in eine illegale oder gegen die Moral verstoßene Sache verwickelt ist, würde ich ihn persönlich den Behörden melden.«

»Wozu benötigt die COM-U-TECH dieses Programm?«

»Die COM-U-TECH? Ich dachte, Sie hätten gesagt, Sie hätten es von Kelno bekommen.«

»Da besteht eine offensichtliche Verbindung.«

»Nicht für mich, keineswegs. Die Krayman Industries beschäftigten fast eine Million Menschen. Wir können doch nicht für die Taten eines jeden einzelnen davon verantwortlich sein.«

»Wie haben Sie die Diskette aus dem Büro geschafft?« fragte Sandy, während sich die Verbitterung allmählich wie eine Säuregrube im Mittelpunkt ihes Magens anfühlte.

»Ich weiß nicht, was Sie meinen.«

»Sie wurde gestohlen. Sie haben sie sich zurückgeholt.«

»Miß Lister, Ihre Unhöflichkeit ist . . .«

»Waren die Krayman Industries verantwortlich für die Vernichtung des Space Shuttles?«

»*Was?* Nein. Natürlich nicht.«

»Verfügt die Krayman Industries über irgend etwas im Weltraum, das *imstande* wäre, einen Space Shuttle zu vernichten?«

Dolormans Gesicht war vor Zorn rot angelaufen. »Miß Lister«, setzte er an, bemüht, seine Stimme ruhig zu halten, »dieses Interview hat mittlerweile einen Punkt erreicht, an dem . . .«

»Was haben Sie mit T. J. Brown und Stephen Shay gemacht?«

»Mit wem?«

»Zwei Leute, mit denen ich im Sender zusammengearbeitet habe. Ganz zufällig sind sie verschwunden. Haben die Krayman Industries etwas damit zu tun?«

»Ich werde gar nicht erst darauf antworten . . .«

»Sie sollten es aber lieber.«

»Dann lautet die Antwort auf all Ihre Fragen nein. Und ich möchte Ihnen die Mühe ersparen, weitere zu stellen, indem ich alle gleichzeitig beantworte.« Dolorman erhob sich umständlich; die Bewegung verursachte ihm offensichtlich Schmerzen. »Miß Lister, ich habe diesem Interview hauptsächlich wegen Ihrer Reputation zugestimmt, fair, ehrlich und nicht auf einen Konfrontationskurs ausgerichtet zu sein. Ich weiß nicht, was Sie sich von diesen wilden Anklagen erhoffen, doch ich kann Ihnen verraten, daß Ihnen kein Angestellter der Krayman Industries bei der Fertigstellung Ihrer Story auch nur die geringste Hilfe zukommen lassen wird.« Er bedachte sie mit einem boshaften Blick. »Ich würde Ihnen ja drohen, Ihrer Karriere zu schaden, doch das werde ich mir sparen, weil ich der Überzeugung bin, daß Sie über kurz oder lang selbst Ihrer Karriere beträchtlichen Schaden zufügen werden. Heute haben Sie Ihre Reputation zugrunde gerichtet, und dieser Schaden könnte durchaus irreparabel sein.«

»Mr. Dolorman . . .«

»Miß Lister«, unterbrach Dolorman lauter, »unser Gespräch hat sein Ende gefunden. Obwohl ich Ihnen den Grund dafür nicht nennen kann, werde ich Ihnen einen großen Gefallen tun. Unter meinem Schreibtisch befindet sich ein Knopf, über den ich direkt unsere Sicherheitsabteilung informieren kann. Ich werde zwei Minuten warten, bevor ich ihn drücke. Wenn Sie sofort aufbrechen, werden Sie Zeit genug haben, das Gebäude ohne eine peinliche Eskorte zu verlassen.«

Sandy erhob sich und ging zur Tür.

»Ich bin Ihnen wohl zu Dank verpflichtet, Miß Lister«, rief Dolorman ihr nach, die Schmerzen noch immer auf seinem Gesicht. »Sie haben meine Gründe bestätigt, mich niemals mit Reportern abzugeben.«

Sandy verließ das Büro.

Der Lift beendete seine langsame Fahrt abwärts, und der Wachposten trat vor ihr hinaus und hielt ihr die Tür auf. Sandy ging zum Ausgang und erstarrte. Draußen vor den Glastüren stand ein Mann in einem cremefarbenen Anzug. Er war heute morgen in ihrem Hotel gewesen, in der Lobby, kurz bevor sie aufgebrochen war. Sie war sich ganz sicher. Sie eilte hinaus und hielt ein Taxi an, sorgsam darauf bedacht, nicht in die Richtung des Mannes zu blicken.

Der Mann in dem cremefarbenen Mantel hielt direkt darauf ein Taxi an.

Dolorman beendete seinen Bericht über das Interview und wechselte den Hörer von der rechten in die linke Hand.

»Was sie weiß, *könnte* uns schaden«, meinte er zu dem Mann am anderen Ende der Leitung. »Und sie wird jemanden finden, der ihr zuhören wird, besonders mit ihren Verbindungen in den Medien.«

»Ja, das wäre schon möglich. Aber wir dürfen das natürlich nicht zulassen. Ich nehme an, Sie werden damit fertig, Francis.«

»Ich habe nach Wells geschickt.«

»Gut. Dann sehe ich Sie morgen auf dieser Insel. Ziehen Sie sich warm an. Die Wettervoraussage ist nicht gerade ermutigend.«

»Auf Wiederhören, Sir.«

»Fröhliche Weihnachten, Francis.«

Wells hatte seit beinahe zwei Tagen nicht mehr geschlafen, doch sein Gesicht zeigte mehr Verbitterung darüber, McCrakken in Newport entwischt haben zu lassen, als Erschöpfung. Er nahm Dolormans Befehle ohne eine Regung entgegen. Er hatte den Militärdienst schon immer wegen dessen Klarheit geschätzt. Mit seiner Arbeit für die Krayman Industries war es nicht anders.

»Wells, Sie müssen begreifen, mit welchen Risiken diese Sache verbunden ist«, warnte Dolorman. »Sandy Lister ist bekannt. Wir können uns jetzt keine Märtyrer leisten. Es muß wie ein Unfall aussehen.«

»Das wird es auch.«

»Und die Sache muß heute abend erledigt sein.«

Die normale Hälfte des Gesichts des großen Mannes verzog sich zu einem Lächeln.

Sandy fuhr zum Hotel Four Seasons zurück und ging direkt zum Fahrstuhl, ohne nach dem Mann in dem cremefarbenen Anzug Ausschau zu halten. Na und, sollten sie sie doch beobachten! Sie wußten sowieso, daß sie hier war, und später an diesem Abend würden sie ihr direkt zum FBI folgen.

Sie befürchtete, daß Dolorman sie bei dem Interview ausgestochen hatte, doch sie hatte das Band, und nur darauf kam es an. Sie hatte genug direkte Fragen stellen können, und er hatte sie, ohne zu zögern, mit Lügen beantwortet. Das Band würde es beweisen, sobald sie es erst einmal zum FBI geschafft hatte. Dann würde das Bureau die Sache in die Hand nehmen.

Sandy spulte das Band zurück, drückte auf den Wiedergabeknopf und wartete, während das Band abgespielt wurde.

Es folgte Stille. Kein Geräusch, nicht einmal ein Rauschen.

Das Band war gelöscht worden!

Wo? Wie?

Sandy fühlte, wie ihr Atem stockte. Dann fiel es ihr ein. Der Wachmann, mit dem sie im Fahrstuhl von Dolormans Büro hinabgefahren war, hatte sie kurz gestreift, als sie an ihm vorbei in die Lobby hinausgetreten war. Ein hinreichend starker Magnet in seiner Hand, und das Band war gelöscht. Dolorman hatte alles in Betracht gezogen.

Es würde keinen Abstecher zum FBI für sie geben, wenigstens nicht sofort. Es bedurfte sicherer Beweise, sollten die Behörden gegen die Krayman Industries einschreiten, Beweise, die sie nicht mehr besaß. Sie konnte nur noch mit leicht abstreitbaren Anklagen aufwarten. Dafür hatte Dolorman schon gesorgt.

Doch sie würde keine Beweise brauchen, um ihre Story in die Medien zu bringen. T. J. Brown und Stephen Shay waren ausgeschaltet worden, doch damit würde man sie nicht zum Schweigen bringen. Es gab andere Sender, Zeitungen, Fernsehnachrichten. Die Leute würden ihr zuhören, weil sie sie kannten. Indem sie Dolormans Pläne aufdeckte, würde sie die Behörden zumindest soweit bringen, erste Untersuchungen einzuleiten, die später die Wahrheit an den Tag bringen würden.

Sie fühlte sich wieder lebendig, sogar ein wenig aufgewühlt; ihre Furcht war zurückgedrängt worden. Sie mußte nachdenken, ihr Vorgehen genau planen.

Das Telefon klingelte viermal, bevor es ihr überhaupt auffiel.

»Ja«, sagte sie.

»Miß Lister?«

»Wer spricht dort?«

»Ich habe Sie heute morgen im Krayman Tower gesehen«, flüsterte eine männliche Stimme. »Ich weiß, was Sie suchen, und ich habe es. Den Beweis, meine ich.«

»Beweis wofür?«

»Was Krayman vorhat. Die gesamte Geschichte.«

»Sagen Sie mir, wer Sie sind.«

»Das spielt keine Rolle. Sie kennen mich sowieso nicht. Kelno hat zu uns gehört.«

»Zu uns?«

»Es gibt noch andere. Ich kann nicht mehr sprechen. Wir müssen uns treffen.«

»Warten Sie! Woher soll ich wissen, daß Sie nicht zu . . . ihnen gehören?«

»Das wissen Sie nicht. Aber das gilt für uns beide, nicht wahr? Es ist ein Risiko, doch wenn wir es nicht eingehen, bleibt uns nichts mehr.«

»Was meinen Sie denn damit . . . bleibt uns nichts mehr?«

Panik durchsetzte die Stimme des Mannes. »Sie beobachten mich. Ich muß auflegen. Ich kann Sie in einer Stunde treffen. Ich werde sie abschütteln. Sie müssen kommen. Bitte!«

Beweise, hatte der Mann gesagt. Das, was sie am dringendsten benötigte.

»Sagen Sie mir, wo.«

Der Mann gab ihr die Adresse. Sandy notierte sie.

Dann klickte es, und die Verbindung war unterbrochen.

22

McCracken hatte erwartet, daß es nicht leicht sein würde, Newport zu verlassen, und sollte recht behalten. Die Stadt war Teil einer Insel mit nur drei großen Zufahrtsstraßen. Auf die hatte Wells seine Leute natürlich konzentriert, und seine Methoden erwiesen sich als wirksam. Unter dem Vorwand, Bauarbeiten durchzuführen, waren Straßensperren errichtet worden, an denen Wells' Leute den Verkehr überwachten. Sie schienen überall zu sein, an jeder Straßenecke und Ampel, und ihre Augen spähten in jeden Wagen und musterten jeden Insassen. Sobald sie ihr Opfer unter den Fahrzeugpassagieren entdeckt hatten, würden sie zum Telefon greifen, und am Ende der Straße würde ein Empfangskomitee aufmarschieren.

Von Anfang an, nach seinen erfolglosen Gesprächen mit den Notzentralen, hatte Blaine gewußt, daß es nicht in Frage kam, die Stadt hinter dem Steuer eines gestohlenen Wagens zu verlassen. Sich in einem Anhänger oder auf der Ladefläche eines Lastwagens zu verstecken, war eine Möglichkeit, doch er kannte in dieser Gegend niemanden, dem er genug vertraute, um dieses Risiko einzugehen. Die Antwort fiel ihm mit überraschender Leichtigkeit ein.

Er bestellte sich telefonisch ein Taxi, wobei er eine kleine Privatfirma wählte. Der Fahrer erwies sich als bärtiger, junger Mann. Blaine hatte Schwierigkeiten, einen Handel mit ihm abzuschließen. Für eine bestimmte Anzahl noch trocknender Scheine würden sie die Plätze tauschen. Blaine würde den Wagen fahren, und der Fahrer würde auf dem Rücksitz als Passagier Platz nehmen. McCrackens einzige Verkleidung würde eine tief in die Stirn gezogene Schirmmütze sein; er rechnete fest damit, nicht mehr zu brauchen. Schließlich würden selbst Wells' beste Männer nicht ihre Zeit mit einem Taxifahrer verschwenden. Nur die Passagiere waren ihnen wichtig, und in diesem Fall erinnerte der Passagier kaum an den Mann, den sie suchten.

Blaine befolgte genau die Anweisungen des Fahrers und erreichte schließlich die Stadt Bristol. Nun mußte er jemanden finden, der ihm zu Hilfe kommen und verraten würde, was mit Stimson geschehen war. Das Problem dabei war, daß sein Alleingang auf dieser Mission ihn jeder Deckung beraubt hatte, und sein Jahr im Ausland hatte ihn alle vertrauenswürdigen Kontakte gekostet, die er zuvor vielleicht gehabt hatte.

Doch es gab einen Mann, wenn auch nicht in Washington, sondern in New York: Sal Belamo, der ihm schon zweimal das Leben gerettet hatte. Er hatte Belamos Privatnummer. Vorausgesetzt, Sal war nicht mit einem Auftrag unterwegs, konnte Blaine ihn als Zwischenmann benutzen, der ihn mit jemandem zusammenbringen würde, dem Blaine seine Geschichte erzählen konnte. Daß Stimson nicht erreichbar war, war ihm eine Warnung, es nicht auf eigene Faust zu versuchen. Man würde ihn beobachten. Stimsons Feinde waren auch die seinen.

Zwei Telefonate später war Blaine zu dem Entschluß gekommen, daß er New York City am besten mit dem Zug erreichen konnte. Die Eisenbahn bot einen besseren Schutz als ein Flugzeug. Kurz vor Mittag fuhr in Providence ein Zug ab, womit er noch fast eine Stunde hatte, zum Bahnhof zu gelangen.

Noch immer das Taxi benutzend, traf er fünf Minuten vor der Abfahrt ein und nahm für die dreieinhalbstündige Fahrt in einem Nichtraucherabteil Platz. Der Zug erwies sich als besser besetzt, als er gedacht hatte, doch da er zwischen Providence und New York nur dreimal stoppte, hielten sich die kritischen Augenblicke für McCracken in Grenzen.

Der Zug traf pünktlich in New York ein, und Blaine hatte keine Probleme, vor der Penn Station ein Taxi anzuhalten. Er trug dem Fahrer auf, in nördliche Richtung zu fahren. Er hatte Belamos Nummer, doch nicht seine Adresse. Sobald er ihn erreicht hatte, würde der ehemalige Boxer ein paar Stunden brauchen, um die Informationen zu bekommen, die er haben mußte. Blaine hatte keine Ahnung, wie er diese Zeit totschlagen sollte; eine Mahlzeit in einem Restaurant, ja sogar ein Drink in einer Bar kamen nicht in Frage.

Als das Taxi ein Wohnhaus mit zahlreichen erhellten Fenstern an der East Fifty-sixth passierte, wies Blaine den Fahrer an, ihn aussteigen zu lassen. Es war kein Problem, an dem Portier vorbeizukommen, und auch nicht, eine Wohnung zu finden, die schon länger als nur diesen Nachmittag verlassen war. Die matschigen, verschneiten Straßen sorgten dafür, daß die Fußmatten vor jeder Eingangstür ständig naß waren, Blaine mußte nur eine trockene vor einer Wohnung mit dunklen Fenstern finden, und er hatte seine befristete Zuflucht.

Er fand eine auf der zweiten Etage, mit Blick auf die Straße. Bei dem Schloß handelte es sich um ein übliches Modell mit fünf Nocken, das sich in der gleichen Zeit knacken ließ, die man auch zum Aufschließen benötigte. McCracken schaltete das Licht nicht ein und wählte Sal Belamos Nummer.

»Ja?« meldete Sal sich knarrend.

»Erkennen Sie meine Stimme?«

»Wenn das ein obszöner Anruf ist, verpissen Sie sich lieber.«

»Es ist keiner. Erkennen Sie mich immer noch nicht?«

»Sprechen Sie weiter. Wie wär's mit einem Hinweis?«

»Sie haben mir letzte Woche zweimal das Leben gerettet.«

»McCrackensack! Wie geht's Ihnen?«

»Nicht so gut, und benutzen Sie meinen Namen nicht. Ich brauche Ihre Hilfe.«

»Warum wenden Sie sich nicht an Stimson, Kumpel?«

»Sein Telefon funktioniert nicht.«

Eine Pause. »Wenn Sie mich fragen, kein gutes Zeichen.«

»Ich möchte, daß Sie die Fassade für mich überprüfen und herausfinden, was passiert ist. Dann schnappen Sie sich General Pard Peacher oder jemanden, der für ihn arbeitet. Finden Sie heraus, ob er mit seinen Stadtgruppen irgendwelche Fortschritte gemacht hat. Ich gebe Ihnen gleich die Einzelheiten. Am wichtigsten ist jedoch, daß man mich nach Hause holt.«

»Dafür brauche ich ein paar Stunden. Wo sind Sie?«

»Ich habe mir eine Wohnung in der East Fifty-sixth Street geborgt. Hausnummer einhundertvierzig.«

»Ich werde auf die Minute genau um achtzehn Uhr mit der Limousine davor halten. Wir unterhalten uns während der Fahrt. In New York achtet niemand auf eine Limousine.«

»Darauf würde ich nicht wetten.«

Getreu seinem Wort fuhr Sal Belamo um punkt achtzehn Uhr mit der schwarzen Limousine vor dem Wohnhaus vor. Blaine beobachtete ihn aus dem Fenster und machte keine Anstalten, die Wohnung zu verlassen, bis Belamo ausstieg und die Innenbeleuchtung einschaltete, so daß McCracken sehen konnte, daß die Limousine leer war.

»Ihr Wagen, Sir«, verkündete Belamo eine Minute später und öffnete die hintere Tür.

»Gehört Ihnen dieser Kleinlaster?« fragte McCracken, als sie beide im Wagen saßen.

»Die GAP hat ihn mir zur Verfügung gestellt. Wie ich schon sagte, er ergibt eine gute Tarnung. Ich sehe nicht gerade wie ein Chauffeur aus. Zu hübsch.« Er hielt inne und musterte Blaine im Rückspiegel. »Hören Sie, tut mir leid, wenn ich unseren kleinen Plausch unterbreche, doch ich hätte die Fahrt gern schnell hinter mich gebracht.«

»Was haben Sie herausgefunden?«

»Was wollen Sie zuerst hören, die guten oder die schlechten Nachrichten?«

»Fangen wir mit Stimson an.«

Belamo bog auf die Lexington Avenue ab. »Ja, das ist die schlechte Nachricht. Er ist verschwunden.«

»Ist er tot?«

»Alles deutet darauf hin, doch niemand will es bestätigen. Ich habe jede Möglichkeit versucht, ihn zu erreichen, und das haben auch ein paar andere. Wenn er so lange verschwunden ist, ohne von sich hören zu lassen, ist es ziemlich sicher, daß er niemals wieder von sich hören lassen wird.«

»Klingt, als wollte man etwas vertuschen.«

»Nein, das ist ganz üblich bei der GAP. Unsere Befehlskette funktioniert nicht so wie die der Jungs mit den drei Buchstaben. Wir verlieren unseren Chef, und es wird mal interessant. Wenn

Sie mich fragen, ich bin froh, daß ich nur dasitze und auf Anrufe warte. So gibt's keine Komplikationen.« Ein weiterer Blick in den Rückspiegel. »Das heißt, bis zu Ihrem Anruf.«

»Was ist mit Peacher?«

»Ich habe seinen Stellvertreter erwischt. In den alten Tagen haben wir ein paar Mal zusammengearbeitet. Er hat nicht gewußt, wovon zum Teufel ich überhaupt sprach. Sagte, sie hätten nichts von Stimson gehört, und Ihre Stadtgruppen gäbe es auch nicht.«

»Oh, mein Gott . . .«

»Es sieht schlimm aus, nicht wahr?«

»Ja. Peacher muß dazugehören. Vielleicht gehört die gesamte Army dazu, zumindest die Führungsspitze. Das würde eine Menge erklären. Was haben Sie sonst noch für mich?«

Belamo bog nach links ab. »Das Beste kommt noch, Kumpel, der Grund, warum das eine kurze Fahrt werden muß. Die wirklich schlechte Nachricht besteht darin, daß man nach Ihnen sucht.«

»Wer?«

»Kann ich nicht genau sagen. Nachdem ich mich bei der GAP umgehört habe, rief ich einen Kumpel bei der Company an und ließ Ihren Namen fallen. Ihre Akte ist geschlossen worden. Sie existieren nicht mehr.«

»Vergessen Sie nicht, ich sollte ja als tot gelten.«

»Sicher, aber diese Akte wurde erst heute morgen geschlossen. Ein hohes Tier möchte, daß aus dem Bluff Wirklichkeit wird.«

»In der GAP oder der Company?«

»Weder noch. Oder in beiden. Der Befehl trug den Code Blau. Davon gibt's nicht viele. Ein gemeinsames Unternehmen, könnte man sagen, und jeder, der eine Pistole hat, wird darauf angesetzt. Heute abend werden die Straßen nicht sicher sein.«

»Wissen sie, daß ich in New York bin?«

»Das nicht, aber wenn Sie mich fragen, wird es nicht mehr lange dauern.« Belamo schüttelte den Kopf. »Das ist eine unheimliche Sache, Kumpel, regelrecht unheimlich. Niemand redet, weil keiner etwas weiß. Alle tauchen unter. Man bringt Profikiller ins Spiel. Sie können sich nicht mehr an die

Company wenden. Ich kann Sie nicht einschleusen, keiner kann es. Außer natürlich, Sie haben nichts dagegen, in Stücken anzukommen.«

Stille erfüllte die Limousine. Belamo wollte ein paar Mal etwas sagen, überlegte es sich aber immer wieder.

»Schauen Sie«, begann er schließlich, »wenn Sie für eine Weile untertauchen wollen, kann ich vielleicht etwas arrangieren. Ein paar Freunde sind mir noch ein paar Gefallen schuldig. Wenn Sie mich fragen, das ist Ihre beste Chance.«

McCracken schüttelte den Kopf. »Trotzdem vielen Dank, Sal. Fahren Sie mich einfach zum LaGuardia-Flughafen, bevor sich der Code Blau auf alle erstreckt.«

»Wohin wollen Sie?«

»Nach Atlanta.«

»Was ist Atlanta, Kumpel?«

»Das Hauptquartier der PVR und Mohammed Sahhan.«

Der Präsident beugte sich ungläubig vor. »Sagen Sie das noch einmal, Bart«, sagte er zu McCall, dem Direktor der CIA.

»Wir haben den Mann, der in unserer Notzentrale angerufen hat, eindeutig als Blaine McCracken identifiziert.«

»Wie?«

»Durch den Code und den Tarnnamen, den er nannte. Beide sind so einzigartig wie Fingerabdrücke, und selbst, wenn das nicht der Fall wäre, der Stimmenvergleich hat bestätigt, daß er es war.«

»Aber McCracken ist tot!«

»Anscheinend hat Stimson daran gedreht. Er wollte McCrakken weiterhin bei dieser Mission einsetzen, ohne daß wir es wissen.«

»Und die Leiche im Roosevelt Hospital?«

»Irgendein Stadtstreicher. Ich bekam gerade den Bericht des Teams, das ich heute morgen dorthin geschickt habe. Stimson hat alle Löcher sauber gestopft. McCracken ist immer noch dort draußen, und die Zentrale hat sich geweigert, seinen Ruf weiterzuleiten, weil wir seine Akte nach seinem Tod geschlossen haben.«

»Aber nun wissen wir, daß er nicht getötet wurde. Und im Augenblick ist er der einzige, der uns verraten kann, welche Sache Andy verfolgte – und wieso er getötet wurde.«

»Es wird nicht leicht sein, ihn zu finden«, sagte McCall ernst. »Er ist zu gut, zu professionell. Er hat keinen Grund, uns zu vertrauen, und wird jeden töten, der ihm zu nahe kommt. Wir können nur hoffen, daß er noch einmal anruft.«

»Wie stehen die Chancen dafür?«

»Schlecht. Er weiß, daß er allein ist, und so wird er es von nun an beibehalten wollen.«

»Gottverdammt, Bart!« Der Präsident kochte vor Zorn. »Ich kann nicht glauben, was Sie mir da erzählen wollen. Uns steht ein vollständiges Geheimdienst-Netzwerk zur Verfügung, und wir sollen nur abwarten können?«

»Und hoffen, daß wir schnell genug sind, wenn er auftaucht.«

»Schnell genug, um McCracken zu fangen?« entgegnete der Präsident sarkastisch. »Dann achten Sie darauf, daß Ihre Jungs die Laufschuhe anziehen.«

Die Adresse, an der der Anrufer sich mit Sandy treffen wollte, befand sich in einem heruntergekommenen Elendsviertel der Stadt aus Stahl und Glas, das als Fünfter Bezirk bekannt war, direkt hinter der Universität von Houston. Die Bevölkerung des Fünften Bezirks war fast ausnahmslos schwarz und lebte in Hütten oder Wellblechbehausungen, von denen einige über vierzig Jahre alt waren. Dazwischen verstreut lagen zahlreiche moderne Wohnhäuser, die von optimistischen Männern errichtet worden waren, die sich vorstellen konnten, Houstons großer Aufschwung würde sich bis hierher erstrecken. Dies war natürlich niemals der Fall gewesen, und man hatte die Häuser von der Steuer abgeschrieben und ihrem Schicksal überlassen.

Es ergibt keinen Sinn, dachte Sandy, als sie an einem leerstehenden, sechsgeschossigen Wohnhaus emporblickte, dessen leere Fensteröffnungen mit Brettern vernagelt waren.

Warum wollte sich der Anrufer an solch einem Ort mit ihr treffen?

Sandy hatte den Hinterausgang des Four Seasons benutzt, um dem Mann in dem cremefarbenen Anzug auszuweichen, oder wem auch immer, den Dolorman mittlerweile zu ihrer Beobachtung abgestellt hatte. Und nun ging sie über die verlassene Straße, die Handtasche eng umklammert, als befürchte sie, jeden Augenblick würde jemand an ihr vorbeistürzen und sie ihrem Griff entreißen. Die Stufen, die zu dem Gebäude hinaufführten, waren noch ziemlich robust, und ihre Füße, die in Schuhen mit hohen Absätzen steckten, waren dankbar dafür. Die Tür wies Löcher auf; man hatte die Schlösser herausgerissen. Sie nahm an, daß dieses Gebäude nun als Treffpunkt der örtlichen Jugend und von Landstreichern diente, die durch den goldenen Süden zogen.

Die Tür knarrte, als sie sie aufschwang, und der Gestank schlug fast augenblicklich auf sie ein. Er schien aus einer Mischung aus Staub, Schimmel, Schweiß und verdorbenem Essen zu bestehen. In der Eingangshalle fielen Sandy einige stählerne Briefkästen an der Wand auf. Die Vorderteile fehlten, und die Namen der ehemaligen Bewohner waren von so dickem Staub bedeckt, daß sie unlesbar waren. Die Treppe lag rechts vor ihr, und ihre hohen Absätze klapperten auf dem Holzboden, als sie sich ihr näherte.

Der Anrufer hatte sie angewiesen, ihn in der Wohnung 4C zu treffen. Sandy ging die Treppe hinauf und griff nach dem Geländer. Das morsche Holz bebte, und die Streben des Geländers standen praktisch frei und unverbunden. Die Stufen knarrten, wenn sie darauf trat, und sie hielt sich nahe an der Wand, um sich abstützen zu können. Schließlich lag die erste Treppenflucht hinter ihr. Etwas zuversichtlicher nahm sie sich die zweite vor.

Sie hatte sie zur Hälfte zurückgelegt, als eine Stufe unter ihr nachgab. Ihr Fuß stieß durch das Holz, und ein Großteil ihres Beines folgte. Sie griff nach etwas, an dem sie sich festhalten konnte, doch da war nichts. Ihre Fingernägel scharrten vergeblich über die Wand, und einen Augenblick lang bildete sie sich ein, bis hinab in den Keller zu stürzen und zwischen den Ratten zu sterben.

Am Ende brach sie nur bis zum Oberschenkel ein. Sie kämpfte gegen ihr Zittern an und zog das Bein aus dem Loch, sorgsam darauf bedacht, sich an den scharfen Splittern, die die Öffnung umrahmten, nicht die Haut aufzureißen. Es gelang ihr, den Schuh zu retten, doch ihr Strumpf war zerrissen. Sandy hielt kurz inne, um sich zu beruhigen und wieder zu Atem zu kommen, und ging dann weiter.

Diesmal war sie vorsichtiger bei jeder Stufe, überprüfte das Holz, bevor sie ihm ihr gesamtes Gewicht anvertraute. Diese Treppen konnten nur das Gewicht der Kinder verkraften, die das verlassene Haus als Zuflucht benutzten. Für deren Anwesenheit fanden sich auf jeder Etage Beweise in Form von Schokoladenriegelpapier, auf dem es vor Ameisen wimmelte. Nervös erreichte sie die vierte Etage, sich schon Gedanken um den Abstieg machend.

Auf jeder Etage befanden sich sechs Wohnungen, und die meisten Türschilder waren schon vor geraumer Zeit verschwunden. Sie suchte nach 4C und mußte sich dabei allein auf die Umrisse auf dem Holz der Türen verlassen. 4C erwies sich als die letzte auf der linken Seite, und der Boden des Ganges, der zu der Tür führte, schien kaum stabiler zu sein als die Treppe. Sie bewegte sich so vorsichtig, daß selbst das Klicken ihrer hohen Absätze verstummte. Sie erreichte die Tür und klopfte leicht.

»Hallo?«

Keine Antwort aus dem Wohnungsinnern.

»Hallo? Ich bin es, Sandy Lister . . .«

Immer noch keine Antwort. Sandy klopfte noch einmal.

Die Tür schwang auf, und Sandy trat in die Dunkelheit. Überraschung schnürte ihr die Kehle zu. Die Wohnung war tatsächlich mit mehreren Stühlen und einem Sofa eingerichtet. Sie sah einen Schreibtisch, mehrere Lampen und auf den Fensterbänken zahlreiche Kunststoffpackungen von McDonalds und Kentucky Fried Chicken. Die Lampen waren nicht eingeschaltet, so daß die Nachmittagssonne das einzige Licht bot. Es fiel stumpf durch Fenster, die so dick mit Schmutz verkrustet waren, daß man ihn noch nicht einmal mit einem Rasiermesser abkratzen konnte.

Sandy machte ein paar Schritte in den Raum und schaltete eine Lampe ein. Deren Licht tat nur wenig dazu, die Halbdunkelheit des Raums aufzuhellen. Doch rechts war noch ein Zimmer. Sie wollte darauf zugehen, als sich die Tür hinter ihr leise schloß. Sandy wirbelte herum und sah, wie drei Männer auf sie zukamen. Der erste hatte eine Glatze, und der zweite, ein wahrer Riese, hielt eine Pistole in der Hand . . .

Und der dritte war Stephen Shay. Stephen Shay, Produzent der Nachrichtensendungen des Senders und ihr Boß bei *Overview*, stand zwischen zwei Männern, deren Augen das Versprechen des Todes bargen.

»Es tut mir leid, Sandy.« Mehr sagte er nicht.

23

»Wirklich«, fügte Shay ruhig hinzu, bevor sie wieder zu Atem gekommen war.

Sandy versuchte, eine Frage zu stellen, doch sie bekam keine Luft. Ihre Kehle fühlte sich an, als hätte man sie mit Toilettenpapier ausgestopft.

»T. J.«, brachte sie schließlich unter Aufbietung all ihrer Kräfte zustande.

»Ich fürchte, er wurde zu einem Problem«, entgegnete Shay nüchtern. »Das Risiko, daß er über kurz oder lang die Behörden informieren würde, war zu groß. Das konnten wir nicht zulassen.«

»Wer ist wir?«

»Spielt das eine Rolle?«

»Ihr habt T. J. umgebracht, nicht wahr?«

Shays Schweigen beantwortete ihre Frage.

»Sie waren die ganze Zeit schon dabei!« sagte sie herausfordernd. »Sie arbeiten für Krayman!«

Shay machte noch ein paar Schritte in die Wohnung,

während der Glatzkopf und der Riese in seinem Schatten blieben. Er bedachte Sandy mit einem bedauernden Kopfschütteln.

»Ich konnte mir nicht vorstellen, daß Sie so weit kommen würden«, sagte er. »Ich habe Ihre Fähigkeiten und Ihre Beharrlichkeit unterschätzt. Jetzt werden Sie diese beiden Eigenschaften teuer zu stehen kommen.«

»Das soll heißen, daß Sie mich auch umbringen werden, nicht wahr?« schrie Sandy Shay an, froh, daß der Zorn in ihrer Stimme von ihrem Entsetzen ablenkte.

Shay senkte den Blick. Sein brauner, dreiteiliger Anzug wirkte in diesem verfallenden Gebäude völlig fehl am Platz. Irgendwie hatte er es die Treppen hinauf geschafft, ohne sich auch nur an einer Stelle zu beschmutzen.

»Ich habe versucht, sie zu überzeugen, mich mit Ihnen reden zu lassen«, sagte er. »Ich habe ihnen gesagt, ich könnte Ihnen die Situation erklären, Sie dazu bringen, sich uns anzuschließen.«

Sandy wußte, daß sie Zeit brauchte, wollte sie aus dieser Sache noch herauskommen. »Ich höre.«

Shay schüttelte den Kopf. »*Sie* aber nicht. Ihre Befehle sind eindeutig. Sie wissen zu viel, mehr als jeder andere lebende Mensch, von einem kleinen Kreis einmal abgesehen.«

»*Worüber*, Stephen? Verstehen Sie, das habe ich nie erfahren.«

»Jetzt spielt es keine Rolle mehr.«

»Der Meinung bin ich nicht.«

Er musterte sie ungeduldig. »Sie wissen wirklich nicht, womit Sie es hier zu tun haben, nicht wahr? Sie kennen wirklich nicht das Ausmaß ihres Einflusses?«

»Ein Einfluß, der sich erst jetzt bemerkbar macht, nicht wahr, Steve? Es hat etwas mit hochintegrierten Mikrochips im Wert von ein paar Milliarden Dollar und einem mechanischen Ungetüm im Weltall zu tun, das imstande ist, einen Space Shuttle zu vernichten. Sagen Sie mir nur, ob ich einigermaßen richtig liege.«

»Das reicht.« Shay trat vor. »Es fällt mir nicht leicht, Sandy. Bitte glauben Sie mir das.«

»Stecken Sie sich Ihr beschissenes Gerede doch sonstwo hin, Boß.« Sandy trat zurück, suchte nach einem Fluchtweg, nach einer Waffe, nach irgend etwas. Sie mußte Shay dazu bringen, noch etwas zu sagen, mußte sich so viel Zeit kaufen, wie er zu geben bereit war.

»Das reicht«, wiederholte Shay, und seine beiden Helfershelfer traten neben ihn. Der fette Riese steckte seine Pistole ein. »Es muß wie ein Unfall aussehen, Sandy. Wenn Sie sich wehren, werden sich Ihre Qualen nur verlängern.«

»Gehört Krayman der ganze Sender? Oder arbeiten nur Sie für ihn? Wie mächtig ist er, Steve? So ein verdammter Mist, daß ihm nicht das gesamte Land gehört, aber das will er ja jetzt ändern, was?« Sandy war so weit zurückgewichen, wie sie konnte. Ihre Schultern drückten gegen zerbrochene und zersprungene Fensterscheiben. Ihre Hand schloß sich um eine von ihnen, und sie fühlte einen stechenden Schmerz von der dolchähnlichen Scherbe. »Was hat Krayman für die guten alten USA vorgesehen, Boß? Wozu setzt er seine Killermaschine im Himmel ein?«

Shay musterte sie leer. Er antwortete nicht, und der glatzköpfige Mann und der fette Riese traten noch näher an sie heran.

Es muß wie ein Unfall aussehen.

Sie würden sie aus dem Fenster werfen! Berühmte Reporterin stürzt zu Tode, während sie Story in abbruchreifer Mietskaserne recheriert . . .

Ihre Finger schlossen sich um die dolchähnliche Glaskante und brachen sie ab. Sie ließ die Angst nun deutlich auf ihrem Gesicht erscheinen und sah die beiden sich nähernden Männer bittend an.

»Nein, bitte nicht.« Dann, an Shay gewandt: »Halten Sie sie zurück, Steve, *bitte.*« Sie flehte geradezu, und ihre Stimme ließ genug Verzweiflung erkennen.

Der glatzköpfige Mann näherte sich ihr von der linken Seite und überließ die rechte seinem schwerfälligen Kollegen. Einen Augenblick lang war Sandys rechte Hand frei, und mehr als einen Augenblick brauchte sie nicht.

Sie stieß ihren Glasdolch in einem Bogen hinauf. Ihre

Bewegung hatte kein bestimmtes Ziel. Es genügte ihr, daß die Scherbe irgendwo antraf. Sie hörte ein dumpfes Geräusch und fühlte dann, wie Fleisch nachgab, als sie die Scherbe weitertrieb. Sandy sah, wie der glatzköpfige Mann die Augen verdrehte und zu würgen begann, als die breitere Hälfte der Scherbe aus seiner Kehle hervortrat. Er stolperte gegen den Riesen, und Sandy lief an beiden vorbei. Stephen Shay machte einen Schritt, um ihr den Weg abzuschneiden, doch sie stieß ihn beiseite und stürzte auf den Korridor.

Sie wußte, daß der Vorteil nun auf ihrer Seite war. Er war jedoch nur gering und würde nicht lange währen, wenn irgend etwas sie aufhielt. Sie erreichte die Treppe und lief zur dritten Etage hinab.

Von unten polterten Schritte die Treppe hinauf. Wie hatte sie nur so achtlos sein können? Natürlich hatte Shay einen weiteren Mann in der Eingangshalle zurückgelassen, um sich gegen mögliche Eindringliche abzusichern. Wenn sie ihre Flucht nach unten fortsetzte, würde sie ihm direkt in die Arme laufen. Wenn sie die Treppe wieder hinaufeilte, würden Shay und der Muskelprotz sie erwischen.

Damit blieb ihr nur noch das dritte Stockwerk übrig, und sie lief einen Korridor entlang, der mit dem in der vierten Etage identisch war. Sie rannte, hatte den trügerischen Boden vergessen und bedachte auch nicht, daß das laute Klicken ihrer Absätze sie vielleicht verraten würde.

Hinter ihr erklangen Stimmen: Männer, die zusammentrafen und sich hektisch beratschlagten. Sandy versuchte, die Türen zu öffnen.

Die beiden ersten waren verschlossen, doch bei der dritten fehlte das Schloß völlig. Sie stieß die Tür auf und lief durch ein Wohnzimmer zu dem Fenster, das zur Straße lag. Es war in einem wesentlich schlimmeren Zustand als dasjenige, aus dem sie ein Stockwerk höher die Scherbe gebrochen hatte, und bot überhaupt keinen Widerstand, als sie es aufbrach, um sich Zugang zu der Feuertreppe zu verschaffen.

Sie hatte es geschafft. Drei Etagen die Feuertreppe hinab, und sie würde verschwunden sein.

Sandy verließ der Mut, als sie die Überreste dessen sah, was ihr zur Flucht auf den Erdboden hinab hatte verhelfen sollen. Zwischen dem ersten und dem zweiten Stockwerk fehlte ein beträchtlicher Abschnitt der stählernen Stufen. Es war ein Ding der Unmöglichkeit, über die Treppe hinab zu fliehen. Nun konnte sie nur noch hinauf. Ohne die Folgen ihres Vorgehens zu bedenken, quetschte sich Sandy aus dem Fenster und kletterte, so schnell es ihre hohen Absätze zuließen, hinaus, wobei sie die Schuhe verfluchte, weil sie sie behinderten.

Als sie das fünfte Stockwerk erreicht hatte und zum sechsten und letzten hinaufkletterte, vernahm sie erneut Stimmen. Sie schaute nicht zurück, da ein Blick hinab nur ihre Flucht verlangsamt hätte.

»Nein!« rief eine Stimme, die sie für die Shays hielt, aus einem Fenster unter ihr. »Keine Kugeln, verdammt!«

Ihr Tod mußte noch immer wie ein Unfall aussehen. Das hieß, daß sie noch eine Chance hatte. Sie kletterte von der Feuerleiter aufs Dach. Sie stolperte über eine Kante, schlug der Länge nach hin und rappelte sich schnell auf, um ihren nächsten möglichen Zug zu überdenken.

Es standen nicht viele zur Wahl. Ein Sprung auf ein anderes Dach war ihre einzige Chance, doch von den vier Möglichkeiten gehörten zwei zu höheren Gebäuden, und eins war weit außer Reichweite. Übrig blieb ein Gebäude von gleicher Höhe, eine Gassenbreite entfernt. Aus Angst, ein Zögern würde ihre Aufgabe unmöglich machen, streifte Sandy ihre Schuhe ab und lief zurück, um genug Anlauf zu bekommen. Der Sprung ging über zweieinhalb, vielleicht drei Meter. Sie mußte es jetzt schaffen.

Sandy setzte sich in Bewegung und stürmte über das Dach, die Augen auf ihr Ziel gerichtet. Den Augenblick lang, den sie sich in der Luft befand, war sie überzeugt, es nicht zu schaffen, und verkrampfte sich in Erwartung des sicheren Todes.

Dann landete sie hart auf der anderen Seite und rollte sich nach dem Aufprall ab. Als sie über die Schulter zurückblickte, sah sie, wie der fette Muskelprotz zögerte, ihr zu folgen, und hörte Stephen Shays verzweifelte Befehle. Dann hatte sie die Dachtür gefunden. Ihre Hände tasteten an der Klinke und stellten fest, daß die Tür unverschlossen war. Als sie sie zuschlug, prallte eine Kugel gegen den äußeren Rahmen. Offensichtlich hatte Shay seine ursprüngliche Absicht, einen Unfall zu »konstruieren«, aufgegeben. Sie hatte ihn geschlagen.

Doch es blieben noch sechs Stockwerke, die sie hinabsteigen mußte. Sandy nahm sie schnell und verschwendete keinen einzigen Gedanken daran, sich keinem Geländer mehr anzuvertrauen, ohne es vorher überprüft zu haben. Die ersten beiden Treppenfluchten legte sie schnell zurück.

Auf halber Höhe der dritten fühlte sie, wie ihr Bein nachgab, und begriff dann schnell, daß es gar nicht ihr Bein war, sondern ein ganzer Treppenabschnitt. Als sie stolperte, hielt sie sich an dem Geländer fest, doch es gab nach, und sie stürzte ebenfalls. Sie spannte die Muskeln an, um den Aufprall abzufangen. Er kam schnell, doch Sandy blieb immer noch in Bewegung und stürzte die Treppenflucht hinab, auf der sie gelandet war. Sie war kaum noch bei Bewußtsein, als sie ausrollte und sich dann versuchsweise erhob. Keine ihrer Verletzungen schien ernsthafter Natur zu sein, doch genau wußte sie es nicht. Sie berührte mit den Fingern die Wangen, und als sie sie wieder senkte, waren sie warm und naß und klebten vom Blut aus zahlreichen kleinen Wunden. Die Stellen, an denen sie sich Verletzungen zugezogen hatte, fühlten sich taub und geschwollen an. Sie wußte, daß sich bald ein Schock einstellen würde, und kämpfte dagegen an.

Als sie einen ersten Schritt machte, gab der rechte Knöchel unter ihr nach. Die Verletzung mochte nicht schwerwiegend sein, doch sie reichte aus, um sie zu behindern, und das machte sie schwerwiegend genug. Sie schickte sich an, die vierte Treppe hinabzusteigen, und hielt sich nun am Geländer fest, wenngleich sie sorgsam darauf achtete, sich nicht darauf abzustützen.

Wenn Shay und der Muskelprotz ihr über das Dach gefolgt waren, würden sie nun das klaffende Loch überwinden müssen, das ihr Sturz durch die Treppe hinterlassen hatte, und das würde sie beträchtlich aufhalten. Dieser Gedanke trieb sie auch, als sie oben die ersten Schritte hörte, zu neuer Entschlossenheit an. Sandy machte sich an die dritte Treppe.

Ein massiges Ungetüm griff nach ihr. Eine Hand umklammerte ihre Kehle, und als die andere sich dazu gesellte, begriff Sandy, daß sie den Mann vergessen hatte, den Shay in der Eingangshalle des anderen Gebäudes zurückgelassen hatte; ein verhängnisvoller Fehler, denn nun hatte er sie.

Sandy benutzte ihre Fingernägel als Waffen und grub sie, so tief sie konnte, in seine Augen und seine Haut. Der Mann schrie schmerzerfüllt auf, lockerte den Griff jedoch nicht und schlug sie heftig gegen eine Wand. Sie fühlte, wie hinter ihr der Verputz aufbrach, und versuchte, die Hände des Mannes beiseite zu stoßen, doch er war zu stark für sie. Sie hätte sich auch mit den Beinen wehren können, wäre das eine Bein nicht unbrauchbar gewesen und hätte das andere nicht alle Kraft aufbringen müssen, nur damit es nicht unter ihr nachgab. Sie scharrte seitwärts an der Wand entlang, um zu verhindern, daß der Mann ihr völlig die Luft abschnitt. Sie ging wieder auf sein Gesicht los, doch er hatte nun die Arme ausgestreckt, und sie konnte es nicht erreichen.

Seine Finger schlossen sich eng um ihre Kehle, und von seinen aufgerissenen Wangen tropfte Blut. Sandy fühlte, wie ihr die Luft abgeschnürt wurde, fühlte den gewaltigen Druck in ihrem Kopf einen Augenblick, bevor sich Taubheit in ihren Gliedern ausbreitete. Sie schlug heftig mit den Händen um sich, bekam jedoch nichts zu fassen.

Sandy begriff, daß sie starb. Ihre Augen waren geöffnet, doch ihre Sicht verschwamm. Ihre Ohren hörten nur den rauhen Atem des Mannes, der sie tötete.

Plötzlich erklang hinter ihr ein Krachen und ein Schrei. Der Killer wurde abgelenkt, und sein Griff lockerte sich etwas. Sandy fand die Kraft zum Widerstand und schwang den gesamten Körper herum, um sich loszureißen. Sie begriff nicht, was geschehen war, doch sie wußte, daß sie eine letzte Frist hatte, eine Chance zu überleben, und griff danach.

Als der Killer wieder nach ihr griff, hastete Sandy der Treppe entgegen. Als er sie jedoch zum Geländer zerrte, leistete sie keinen Widerstand, sondern unterstützte seine Bewegung, so daß sein Schwung ihn an ihr vorbeitrug. Sie warf sich mit aller Kraft gegen ihn, als er sein Gleichgewicht noch nicht zurückgefunden hatte, und hörte, wie sich sein Schrei mit dem Splittern von Holz vermischte, als er durch das Geländer brach und drei Stockwerke tief stürzte.

Sie fuhr herum und starrte in das Gesicht des fetten Muskelprotzes, den eins der Bretter, die bei ihrem Sturz zersplittert waren, gepfählt hatte. Er war durch das gleiche Loch in den Tod gestürzt. Seine Glieder zuckten noch. Blut strömte aus seinem Mund.

Nun stand nur noch Stephen Shay zwischen ihr und der Freiheit. Sie humpelte zur nächsten Etage hinab. Nur noch eine Treppe, und sie hatte es geschafft.

Dann blieb sie stehen.

Die Treppe, die zur Eingangshalle führte, war völlig morsch. Sandy fuhr so schnell herum, wie sie es wagte, und humpelte den Gang entlang, vorbei an zertrümmerten oder völlig fehlenden Türblättern. Ihre Augen und Ohren konzentrierten sich auf Shays Angriff. Sie versuchte, sich nach dem, was sie davon gesehen hatte, den Grundriß des Gebäudes vorzustellen. Ein Teil der Feuerleiter war noch intakt und von den weiter hinten liegenden Räumen zugänglich.

Beim nächsten Schritt gab der Boden unter ihr nach. Sie fühlte, wie sie stürzte, breitete die Hände aus, und hielt sich an den Überresten des Fußbodens fest. Ihre Füße baumelten in der schwarzen Luft unter ihr. Sie sah hinab.

Unter ihr war ein breites, zerklüftetes Loch, das sich bis zum Keller senkte; nach einem Sturz von fast zehn Metern warteten ein Stapel scharfer, zugeschnittener Bretter und ein paar Zementklötze auf sie. Im gleichen Augenblick, da ihr Griff an dem verfaulenden Holz über ihr nachgab, fühlte Sandy, wie Panik in ihr emporstieg. Irgendwie mußte sie die Kraft finden, sich mit ihren schmerzpochenden Fingern hochzuziehen.

Ein Schatten bäumte sich über ihr empor. Sandy blickte auf und sah, wie Stephen Shay regungslos neben ihre Hände trat.

»Helfen Sie mir, Steve«, sagte sie leise, nicht bittend. »Helfen Sie mir.«

Sein anfänglicher Gesichtsausdruck hatte Hoffnung in ihr geweckt, die jedoch verpuffte, bevor sie die Worte ausgesprochen hatte. Schweigend schob er die Sohlen seiner abgescharrten, staubigen europäischen Schuhe neben ihre Finger und hob die Spitzen. Er würde ihr auf die Finger treten, und sie würde zu Tode stürzen oder dort unten mehrere Stunden verkrüppelt und bewegungsunfähig liegen müssen, bevor der Tod käme. Widerstand war sinnlos. Das war das Ende.

Die Spitzen von Shays Schuhen hatten sich gerade auf ihre Finger gesenkt, als ein gedämpftes Spucken erklang. Über ihr schien sich Shays Gesicht in Nichts aufzulösen, als er rückwärts stürzte und ihre Finger freigab. Nichtsdestotrotz verlor eine Hand ihren Halt, und auch die zweite rutschte ab, als zwei starke Hände ihre Gelenke umschlossen und sie mit einer schnellen Bewegung aus dem Schlund zerrten, der sie zu verschlingen gedroht hatte.

Tränen strömten Sandys Wangen hinab und vermischten sich mit dem Blut. Atemlos vor Erleichterung starrte sie einen Mann an, der ihr irgendwie vertraut vorkam. Nein, nicht der Mann, nur sein Anzug.

Ein cremefarbener Anzug. Es war der Mann, der ihr aus dem Hotel gefolgt war!

Er hob seine schallgedämpfte, noch rauchende Pistole auf. »Wir müssen hier heraus«, sagte er. »Es werden noch mehr kommen.«

Aus seinen Worten klang berechtigte Besorgnis, aber keine Panik. Sein cremefarbener Anzug wies kaum einen Fleck oder Riß auf. Seine Augen maßen den Gang ab, wie der Strahl eines Leuchtturms Schiffe durch die Nacht geleitet.

Er schob die Pistole ins Schulterhalfter zurück. »Sie sind verletzt«, sagte er und trat auf Sandy zu. »Hier, stützen Sie sich auf meine Schulter. Ein paar Schritte weiter befindet sich ein Hinterausgang, durch den wir das Haus ungefährdet verlassen können.«

»Wer sind Sie?« fragte sie, endlich ihre Stimme zurückgewinnend.

»Später«, sagte der Mann und führte sie davon.

24

McCracken steuerte den Wagen der Gebäudereinigungsfirma durch die Dunkelheit von Atlanta zum Hauptquartier der People's Voice of Revolution. Sahhans gemeinnütziger Institution gehörte ein modernes zehnstöckiges Gebäude in den Ausläufern des Fairlie-Poplar District im Schatten des berühmten Peachtree Center. Eine Stunde zuvor hatte sich Blaine durch die schweren Sicherheitsmaßnahmen vor dem Haus und in der Lobby überzeugen lassen, daß sich Sahhan in dem Gebäude aufhielt. Sein Problem war nur, wie er sich Zutritt in das Haus verschaffen konnte.

Der Kastenwagen der Gebäudereinigungsfirma war die Antwort gewesen. Der wirkliche Reinigungsarbeiter lag nun bewußtlos im hinteren Teil des Fahrzeugs. Blaine hatte seinen weiten Overall über seine eigene Kleidung gezogen.

Am Flughafen war er von einem Mann abgeholt worden, den Sal Belamo benachrichtigt hatte. Die ganze Sache war inoffiziell abgelaufen; nur eine Vereinbarung unter Freunden. Der Mann würde ihm keine Deckung verschaffen; er hatte nur die Aufgabe, McCracken eine Waffe zu bringen und ihn zu Sahhans Hauptquartier zu fahren.

Blaine zog den Lieferwagen in einer weiten Kurve herum und hielt direkt vor dem Haupteingang des Gebäudes.

»Ich bin neu«, rief er einer der Wachen zu. »Können Sie mir sagen, wo der Dienstboteneingang ist?«

»Da lang und um die Ecke«, rief der Wachmann und deutete in die Richtung.

»Danke«, sagte Blaine und fuhr weiter.

Der Dienstboteneingang befand sich direkt hinter einer Rampe, über die man eine Tiefgarage erreichen konnte. An jeder Seite der Tür stand ein Wachposten. Blaine stieg aus dem Lieferwagen, ging, ohne auf die beiden Wachen zu achten, zur Ladetür und holte eine Kehrmaschine heraus. Der wirkliche Gebäudereiniger lag unter einem Stapel Putztücher.

»Haben Sie einen Passierschein, Mann?« fragte einer der Wachen.

Blaine fischte in seinen Taschen nach dem Bildausweis, der dem echten Gebäudereiniger gehörte. Er hatte gehofft, ihn nicht vorzeigen zu müssen, um sich Zutritt zu dem Gebäude zu verschaffen. Der Mann auf dem Foto wies nur eine entfernte Ähnlichkeit mit ihm auf.

Der Wachmann verglich sein Gesicht mit dem Ausweis. »Das sieht Ihnen aber nicht sehr ähnlich, Mann.«

»Das macht der Bart. Hatte ihn vor einem halben Jahr noch nicht.«

Der Wachmann musterte ihn immer noch.

»He, schauen Sie«, sagte Blaine plötzlich gelassen. »Wenn Sie mich nicht 'reinlassen wollen, steige ich in den Wagen und fahre nach Hause. Ist mir scheißegal, Boß. Mir fehlen sowieso zwei Mann, und ich kann mir genausogut im Fernsehen das Spiel der Hawks ansehen. Ganz wie Sie wollen.«

Die Wachen wechselten Blicke miteinander und hoben dann die Schultern.

»Stecken Sie sich den Besucherausweis an«, sagte der erste Wachmann. Und vergessen Sie es nicht.«

Er gab McCracken einen Besucherausweis. Blaine befestigte ihn augenblicklich an einer Overalltasche und zog die Kehrmaschine rückwärts zur Tür. Eine der Wachen hielt sie ihm auf. Dann war er in dem Gebäude, und das Hämmern in seiner Brust ließ etwas nach. Er fragte sich, was geschehen wäre, wenn die Wachen die Maschine überprüft hätten, bevor sie ihn hineingelassen hatten. Hätten sie die Pistole gefunden, die er in den Windungen der Schnur versteckt hatte? Das spielte jetzt keine Rolle mehr. Blaine zerrte sie los und steckte sie in eine seiner geräumigen Taschen.

Er schleppte die Kehrmaschine über die Fliesen und überlegte, wie er Sahhan ausfindig machen und zu ihm vordringen konnte. Es schien verrückt, doch noch in New York war Blaine zu dem Schluß gekommen, seine beste Strategie sei nun, den radikalen Schwarzen zu überzeugen, daß er benutzt wurde, lediglich das Werkzeug eines weißen Milliardärs war. McCrakken würde seine Kenntnisse über den Plan als Beweis anbieten und konnte nur hoffen, daß Sahhan ihm glauben würde. Wenn er Sahhan fand, mußte er auch einen Weg finden, ihn zu überzeugen. So einfach war das. Morgen war Heiligabend.

Ohne es zu bemerken, hatte Blaine die Kehrmaschine direkt in die Lobby gezogen, in der es vor Wachen nur so wimmelte. Es war zu spät, einfach kehrtzumachen; damit würde er noch größere Aufmerksamkeit erregen. Also ging er zu den Fahrstühlen.

Zwei von Sahhans Wachen erschienen neben ihm, einer auf jeder Seite. Blaine blickte kurz auf und dann wieder zu seiner Maschine hinab. Sein Herz pochte erneut gegen seine Brust. Er folgte ihnen in den Fahrstuhl.

Einer der beiden drückte den Knopf für das zehnte und oberste Stockwerk. McCracken gab vor, seine Hand zurückzuziehen, als habe auch er dieses Stockwerk wählen wollen.

»Tut mir leid, die Etage wird bis morgen warten müssen«, informierte ihn eine eisige Stimme.

»Ich arbeite am Heiligen Abend nicht, Boß«, sagte Blaine.

Der Mann schüttelte nur den Kopf. »Heute abend nicht.«

Ohne zu protestieren, drückte Blaine auf den Knopf für die neunte Etage. Das zehnte Stockwerk war ihm nicht zugänglich. Er hatte Sahhan gefunden, aber in welchem Büro hielt er sich auf? Wo genau auf der zehnten Etage war er? Jedes Stockwerk beherbergte meterlange Gänge. Er konnte unmöglich jeden einzelnen Raum auf der zehnten Etage absuchen.

Der Fahrstuhl hielt auf der neunten. Blaine stieg aus und zog seine Maschine hinter sich her. Dieses Stockwerk schien verlassen zu sein. Alle auf den Gang führenden Türen waren verschlossen, und lediglich das Notlicht war eingeschaltet. Sein Opfer war über ihm. Irgendwo. Gut bewacht, zu gut bewacht, um leicht erreicht werden zu können. Es mußte jedoch einen Weg geben.

McCracken schickte sich an, die Schnur seiner Maschine zu entrollen, nur für den Fall, daß er von einem der hausinternen Monitore überwacht wurde. Seine Gedanken beschäftigten sich jedoch weiterhin mit seiner selbstgebastelten Aufgabe. Er konnte die Treppe hinauf nehmen, doch sie würde bewacht sein, und selbst, wenn er die Wachen überwältigte, mußte er zu viele Hindernisse ausräumen, bis er zu Sahhan vorgedrungen war. Er brauchte einen direkten Weg in das Büro des Fanatikers – aber welchen?

Sein erster Gedanke war, die Außenfassade des Hauses hinaufzuklettern. Es handelte sich jedoch um ein ziemlich modernes Gebäude, dessen Wände zu einem großen Teil aus Glas bestanden.

Blaine schaute zur Decke hinauf und spürte, wie sich ein dünnes Lächeln auf seine Lippen legte. Wenn es sich um ein normales Bürogebäude handelte, gab es zwischen jeder Etage einen isolierten Zwischenraum. Das oberste Stockwerk, in diesem Fall das zehnte, verfügte dann über eine Art Dachboden, der Leitungsrohre und Stromkabel barg und ausreichende Bewegungsfreiheit bot, wenn man dort hinauf gelangen konnte. Blaine überdachte die Möglichkeiten, die er hatte. Die Treppe kam nicht in Frage, und der Fahrstuhl auch nicht . . .

Moment! Der Fahrstuhl! Natürlich konnte er ihn nicht im üblichen Sinn benutzen, doch was, wenn er improvisierte? Die Kehrmaschine hinter sich herziehend, ging er zum Fahrstuhlschacht hinüber und drückte den Abwärts-Knopf.

Dreißig Sekunden später glitten die Türen auf, und Blaine atmete auf, als er feststellte, daß die Kabine verlassen war. Er betrat sie, das Kehrgerät im Schlepptau. Dann betätigte er den Knopf, der dafür sorgte, daß sich die Türen nicht schlossen und – was noch wichtiger war – der Fahrstuhl an Ort und Stelle verharrte.

McCrackens Blicke konzentrierten sich auf die Klappe über ihm. Es hatte keinen Sinn, sich darüber Sorgen zu machen, die Wachen könnten feststellen, daß der Fahrstuhl in der neunten Etage festhing, und Nachforschungen anstellen. Er mußte darauf hoffen, daß es ihnen bei allem anderen, was sie noch im Kopf hatten, erst auffallen würde, wenn es zu spät war.

Die Klappe lag außerhalb seiner Reichweite, und Blaine wollte sich nicht in ein Büro wagen, um einen Stuhl oder etwas anderes zu holen, auf das er sich stellen konnte. Dann erkannte er, daß er solch eine Hilfe schon mit seiner treuen Kehrmaschine hatte. Sie war mit Sicherheit schwer und massiv genug, um sein Gewicht zu tragen. Wenn er die Maschine schräg gegen die Wand stellte, würde er sie als behelfsmäßige Leiter benutzen können.

Blaine mußte einen Höhenunterschied von einem Meter überwinden, und die Kehrmaschine ermöglichte es ihm. Er stieß die Klappe mit beiden Händen auf und schob sie beiseite. Den Rand der Öffnung fassend, zog er sich aufs Dach der Kabine hinauf. Seine Augen weiteten sich, um sich an das plötzliche Licht zu gewöhnen. Der Geruch nach Schmiermittel und Öl drang ihm in die Nase, als er auf das Dach des Fahrstuhls kletterte und nach den Kabeln griff, um sie zu überprüfen. Sie waren schlüpfrig, aber stark. Seine Augen durchdrangen die Dunkelheit um ihn herum.

Was er suchte, lag fünf Meter über ihm, eine Öffnung von der Größe einer halben Tür im Schacht. Durch dieses Öffnung bekam er Zugang zu dem Dachboden, der direkt über dem zehnten Stockwerk lag und ihm so von oben einen direkten Weg in Sahhans Büro bieten würde. Blaine überprüfte die Kabel ein letztes Mal und fing an zu klettern.

Er kam äußerst langsam voran. Das Schmiermittel auf den Kabeln legte sich auf seine Hände, so daß er kaum zufassen konnte. Jedesmal, wenn er eine Hand von dem Kabel nahm, mußte er sie an seiner weißen Uniform abwischen. Dann konnte er sich ein Stück weiter hinaufziehen und die andere Hand abwischen. Er fand einen gewissen Rhythmus für dieses Vorgehen und erreichte schließlich die Türklappe. Sie war eingeklinkt, aber nicht verschlossen. Blaine hielt sich mit den Händen am Kabel fest, stieß mit den Beinen zu und drückte die Tür auf.

Er zwängte sich durch die Öffnung und kroch in den dahinterliegenden Raum. In der Halbdunkelheit machte er Meter und Meter von Kabelsträngen und verzweigten Rohren aus, die alle in ordentlichen Mustern angebracht waren. Die Hitze war erstickend; zu den Schmierstoffen, die seine Haut bedeckten, gesellte sich nun Schweiß, und Blaine drehte sich auf den Bauch und kroch unter und über einigen Rohren weiter. Der zehnte Stock würde bis auf Sahhan und seine Wachen verlassen sein. Er mußte sich nach Geräuschen, am besten nach Stimmen orientieren, um sein Opfer zu finden.

Er wollte den Gang unter allen Umständen vermeiden. Dort würden Wachen postiert sein, und scharrende Geräusche von oben würden sie vielleicht warnen. Steif und verkrümmt, während die Hitze seine Haut versengte, kroch McCracken weiter. Er hielt inne, als er unter sich eine Stimme hörte, gedämpft durch die Isolierung; einzelne Worte waren nicht auszumachen. Die Worte folgten rasch aufeinander, wurden aber gelegentlich von Pausen unterbrochen. Manchmal waren die Sätze lang, manchmal nicht. Ein Telefongespräch, erkannte Blaine. Es mußte Sahhan sein, was bedeutete, daß er sich direkt über dem Büro des militanten Farbigen befand.

Ein paar Meter weiter, schon über dem Nebenraum von Sahhans Büro, wie er schätzte, fand Blaine eine Klapptür, die, wenn man sie öffnete, einzelne Schichten der Fiberglasisolation darunter enthüllte. Er riß sie heraus, bis die weißen Deckenplatten zum Vorschein kamen, und griff hinab, um eine davon zurückzubiegen.

Unter ihm lag ein leerer Raum, der von einer einzigen Lampe erhellt wurde. Er drückte die Platte weiter zurück und steckte den Kopf durch die Öffnung, um besser sehen zu können.

Es war ein Konferenzraum, beherrscht von einem großen, von Stühlen umgebenen Konferenztisch. Doch McCrackens Augen fielen sofort auf eine Zwischentür, die diesen Raum mit dem benachbarten – mit Sahhans Büro – verband. Blaine gratulierte sich zu seinem Glück.

Er brach die Deckenplatte vollends heraus und ließ sich leise auf den Konferenztisch unter ihm hinab. Genauso leise stieg er von dem Tisch zu Boden. Der Teppich verschluckte die gedämpften Geräusche, die er verursachte, als er zur Verbindungstür schlich.

Blaine drückte die Klinke hinab; die Tür war unverschlossen. Nun konnte er Sahhans Stimme ganz deutlich erkennen.

Blaine schraubte den Schalldämpfer auf den Lauf der Automatik, die Belamos Kontaktmann ihm beschafft hatte. Er lehnte die Schulter gegen die Tür und umfaßte fest die Klinke.

Dann stürzte er in Sahhans Büro.

25

»Legen Sie den Hörer auf. Langsam.«

McCrackens schnelle Untersuchung des schwach erhellten Büros hatte keine Wachen ergeben, nur Sahhan, der hinter seinem Schreibtisch saß, den Telefonhörer eng ans Ohr drückte und wie üblich eine Sonnenbrille trug. Blaine machte einen Schritt auf ihn zu und vergewisserte sich, daß der Fanatiker seine Waffe sah.

»Sagen Sie Ihrem Gesprächspartner, daß etwas Ihre augenblickliche Aufmerksamkeit verlangt. Nur das. Ein anderes Wort, und ich werde Sie auf der Stelle töten.«

Sahhan befolgte genau die Anweisungen. Blaine konnte die Furcht in den Augen hinter der Sonnenbrille spüren. Klickend wurde der Hörer aufgelegt.

»Sie sind doch nicht hierher gekommen, um mich zu töten, oder?« fragte Sahhan.

»Nicht, wenn es sich vermeiden läßt.«

Der Radikale schüttelte den Kopf und rückte den Stuhl zurück, um McCracken besser beobachten zu können. »Nein, wenn Sie mich töten wollten, hätten Sie es schon getan. Sie sind ein Profi. Profis müssen nicht ihren Zorn aufstacheln, um eine Begründung für das Töten zu finden.«

»Das nehme ich als Kompliment.«

»Es war auch so gemeint.« Sahhan beugte sich vor, das Gewicht zu einer straffen Kugel gespannt. »Warten Sie, ich kenne Sie. Sie waren auf diesem Empfang vor ein paar Tagen bei der George-Washington-Universität. Mr. Goldberg, nicht wahr?«

»Goldstein.«

»Nun ja, Mr. . . . äh . . . Goldstein, was kann ich für Sie tun, wenn Sie nicht hierher gekommen sind, um mich zu töten? Sie wissen sicher, daß sich überall in diesem Gebäude Wachen befinden, so daß Sie nicht damit rechnen können, von hier zu fliehen.« Sahhan schob die Sonnenbrille tiefer auf die Nase, als könne er den Mann, der eine Waffe auf ihn richtete, so besser sehen. »Andererseits würde das einen Mann mit Ihren

Möglichkeiten kaum stören, nicht wahr? Schließlich haben Sie ja auch einen Weg zu mir gefunden. Ich bin sicher, Sie haben sich auch schon einen Weg hinaus überlegt.«

»Sie selbst werden mich hinausbegleiten, Sahhan.«

»Eine Entführung?«

Blaine schüttelte den Kopf. »Eine Entscheidung, die Sie selbst treffen werden, nachdem Sie gehört haben, was ich Ihnen zu sagen habe.«

»Wenn Sie vorhaben, weitere herausfordernde Fragen zu stellen, dann kann ich Ihnen versichern, daß die Antworten . . .«

»Diesmal keine Fragen. Nur Fakten. Ich weiß vom Heiligen Abend.«

Sahhans Gesichtsausdruck änderte sich nicht. »Soviel habe ich mir schon gedacht, als Sie ihn beim Empfang erwähnten. Sie haben die richtigen Leute auf sich aufmerksam gemacht. Anscheinend ist es ihnen nicht gelungen, Sie zu eliminieren.«

»Sie haben Randall Krayman oder einen seiner Vertreter angerufen, habe ich recht?«

Sahhans Mund klaffte auf. Alle Worte, die er hatte sagen wollen, waren vergessen.

»Machen Sie sich nicht die Mühe, mir zu antworten, Sahhan. Ich kenne die Wahrheit bereits. Krayman finanziert Ihre Privatarmee. Sein Geld steckt hinter diesem Anschlag am Heiligen Abend, und er hat Sie sogar mit Luther Krell bekannt gemacht, um zu gewährleisten, daß seine Männer mit den richtigen Waffen ausgestattet werden.«

Sahhan blickte zur Seite. »Auch Wissen kann eine gefährliche Waffe sein, manchmal eine tödliche.«

»Genau wie Pistolen. Und in diesem Fall wissen Sie nur die Hälfte von dem, was wirklich vor sich geht.« Blaine machte ein paar Schritte, bis er kaum noch einen Meter von Sahhan entfernt stand. Er sah, wie der Fanatiker erstarrte. »Hören Sie genau zu, Sahhan, denn jetzt geht der Spaß erst richtig los. Krayman hat Sie die ganze Zeit benutzt. Sie sind Teil eines viel größeren Plans. Ich komme gerade von einer Insel in der Karibik, die den Namen San Melas trägt und Krayman gehört. Er hat dort seit weiß Gott wie vielen Monaten Söldner darauf ausgebildet, Ihre Truppen zu vernichten, sobald sie ihren Zweck erfüllt haben. Und ich spreche nicht nur von Ihren Truppen. Sie selbst stellen eine viel zu große Bedrohung für ihn dar, als daß er Sie leben lassen könnte. Krayman ist auf irgendeine absolute Beherrschung aus. Die PVR ist ihm nur wichtig, weil sie ihm eine Entschuldigung gibt, seine Privatarmee auf die Straßen des Landes zu schicken.«

Sahhan musterte ihn ruhig. »Ihre Fakten sind nicht ganz richtig, Mr. Goldstein. *Ich* benutze Krayman. Die ganze Sache war meine Idee.«

»Nein«, beharrte Blaine. »Denken Sie doch nur an Ihre Verhandlungen mit Krayman und seinen Leuten. Liefen sie nicht zu glatt, zu sauber ab? Wie viele Ideen hat man Ihnen eingegeben, wie viele Worte in den Mund gelegt? Wer hat die Taktik für diesen Schlag ausgearbeitet? Diese Operation läuft nach einem großen Plan ab, ist durch und durch professionell. Krayman hat Ihnen Ratgeber zur Seite gestellt. Man hat Ihnen Rat erteilt, so subtil vielleicht, daß Sie später glaubten, Sie seien selbst auf die Ideen gekommen. Es gibt Männer, die auf solche Fälle spezialisiert sind. Glauben Sie mir, ich weiß, wovon ich rede.«

»Nichts wissen Sie!« brauste Sahhan auf, und seine Stimme hob sich ein wenig. »Glauben Sie etwa, ich hätte all das, was Sie gesagt haben, nicht in Betracht gezogen? Krayman und ich arbeiten zusammen, um gemeinsame Ziele zu erreichen, doch wenn all das vorüber ist, werde nur ich mein Ziel erreicht haben. Fünfzehntausend meiner Gefolgsleute warten dort draußen auf den Heiligen Abend. Doch sobald sie damit angefangen haben, das Chaos zu verbreiten, das dieses Land verdient hat, werden sich ihnen Hunderttausende anschließen. Die Armen, die Unterdrückten, die mit Füßen Getretenen, die Verbitterten – sie werden sich gemeinsam gegen ihre Unterdrücker erheben. Was immer Krayman sonst geplant hat, es wird keine Rolle mehr spielen, weil er es ohne mich nicht bewerkstelligen kann. Die Lähmung des Landes wird vollkommen sein, und nur ich werde sie aufheben können.«

»Ist ja toll«, sagte McCracken ungläubig. »Er hat vor, Sie hereinzulegen, und Sie haben vor, ihn hereinzulegen. Das ist der blauäugigste Plan, der mir je untergekommen ist. Sie wollen Krayman wirklich schlagen? Dann pfeifen Sie Ihre Truppen zurück. Sagen Sie Ihr Vorhaben für den Heiligen Abend ab. Seine Söldner werden an Ort und Stelle verharren müssen. Man kann sie nicht mobilisieren, weil es nichts gibt, wogegen man sie mobilisieren könnte.«

»Selbst, wenn es diese Söldner gäbe, würden sie nur in meine Hände spielen«, erwiderte Sahhan mit glühenden Augen. »Ja, ihre Kämpfer mit meinen Truppen in vorderster Linie werden die anderen Unterdrückten nur noch schneller zum Widerstand bewegen. Ich hätte solch einen Plan selbst in Erwägung ziehen müssen.« Sein Blick schärfte sich. »Und wenn Sie mich jetzt bitte entschuldigen, meine Geduld ist erschöpft . . .«

McCracken sah, wie sich sein Finger bewegte, und sprang vor. Zu spät. Er hatte den Knopf unter seinem Schreibtisch gedrückt; die Bürotür sprang auf, und Wachen stürmten in den Raum. Blaine ergriff Sahhan an der Schulter und drückte ihm den Pistolenlauf mit dem Schalldämpfer gegen die Schläfe. Die Wachen erstarrten, waren unsicher geworden, richteten jedoch weiterhin ihre Waffen auf ihn.

Dann brach Sahhan das Schweigen.

»Holt ihn euch«, befahl er seinen Wachen. »Er wird mich nicht töten, weil er dann selbst sterben muß.« Sein Blick huschte kurz zu McCracken. »Ich kenne Leute wie ihn.«

Blaine wollte ihn schon für diesen Satz töten, konnte den Abzug aber nicht durchziehen. Sahhans Wachen näherten sich langsam. McCracken nahm die Pistole vom Kopf des Fanatikers und hob die Hände.

Ein Meer starker Arme ergoß sich über ihn; ihre Griffe waren so sicher wie Eisen. Sie rissen Blaine brutal zur Tür, und er protestierte nicht, versuchte auch nicht, ein letztes Mal mit dem Radikalen zu reden, der grinsend hinter seinem massiven Schreibtisch saß.

»Verfahrt auf die übliche Art und Weise mit ihm«, wies Sahhan seine Leute an. »Doch seid besonders vorsichtig. Er könnte Freunde haben, die ihn beobachten.« Er schob die Sonnenbrille wieder den Nasenrücken hoch. »Sorgt dafür, daß sie sich nicht einmischen können. Und jetzt schafft ihn mir aus den Augen.«

McCracken wurde auf den Gang und zum Fahrstuhl gestoßen. Pistolen waren auf ihn gerichtet. Er wurde gegen die Wand gedrückt, und während die Kabine zur Tiefgarage hinabfuhr, durchsuchte man seinen Overall. Blaines Sinne schärften sich. Er würde in der Garage einen Fluchtversuch wagen, wahrscheinlich dann, wenn die Hände einiger Wachen mit den Türen eines Wagens beschäftigt waren. Wenn er etwas Glück hatte und die Garage dunkel genug war, konnte er es vielleicht schaffen.

Im Tiefgeschoß glitt die Kabinentür auf. Einer der Schwarzen blieb neben der Fahrstuhltür stehen, während die anderen Blaine durch die dunklen Eingeweide des PVR-Gebäudes führten. Einer von ihnen ging voraus, um den Weg zu sichern. Also blieben vier übrig – zwei auf jeder Seite, alle groß und schwer bewaffnet.

Sie gelangten zu einer dunklen Oldsmobile-Limousine. Zwei Männer blieben neben Blaine stehen, während die beiden anderen zu den Türen traten. Wenn Blaine zuschlagen wollte, war dies der richtige Augenblick.

In diesem Moment taumelte der Mann zu seiner Rechten zurück; aus seiner Brust schoß eine rote Fontäne. Blaine hörte ein dumpfes Geräusch, wie das Echo eines einzelnen Absatzes, der auf dem Boden klapperte, und begriff, daß er in der Schußlinie stand. Er ließ sich fallen. Ein zweiter Farbiger brach neben ihm zusammen; er hatte kein Gesicht mehr.

Die beiden restlichen Wachen fuhren herum, riefen sich etwas zu. Einer versuchte, sein Walkie-Talkie aus der Tasche zu zerren. Es folgten zwei lange, schallgedämpfte Salven, dann eine kürzere. Dann zwei weitere Salven. Die beiden letzten Wachen brachen neben dem Aufzug zusammen. Blaine hörte, wie sich Schritte näherten, und robbte näher zu der Leiche der ersten Wache, hinter der er Deckung gesucht hatte. Die Finger des Toten umklammerten noch die Pistole. McCracken griff danach, als sich ein Mann, der völlig in Schwarz gekleidet war und eine Uzi hielt, über ihm verharrte.

»Wir stehen auf der gleichen Seite!« rief der Mann, doch

seine Worte überzeugten Blaine weniger als die Tatsache, daß er die Uzi locker zu Boden richtete.

Dann sah McCracken seine Uhr, deren Leuchtzifferblatt in der dunklen Ecke in einem seltsamen Blau strahlte. Er erkannte das Leuchten aus Newport wieder. Das war der Mann, der ihn dort gerettet hatte! Er zog die Hand von der Pistole der toten Wache zurück.

»Ein Wagen wartet auf uns«, sagte der Mann. »Kommen Sie!«

»Wer sind Sie?« brachte Blaine heraus, als er sich erhob.

»Wir werden Ihnen alles zu gegebener Zeit erklären. Jetzt müssen wir erst einmal ein Flugzeug erwischen.«

Als der Anruf von Wells kam, packte Francis Dolorman im Schlafzimmer gerade einen großen Koffer.

»Sind Sie sicher?« fragte Dolorman, nachdem der große Mann seinen Bericht abgeschlossen hatte.

»Die Rebellen in unserer Organisation haben ihre hoffnungslose Lage erkannt«, sagte Wells, »und ihre Verzweiflung hat zu ihrer Enttarnung geführt. Die Beweise sind unwiderlegbar. Mehrere befinden sich in Gewahrsam, und die anderen haben sich an dem fraglichen Ort versammelt.«

»Und unsere Antwort?«

»Schon in Arbeit. Nur noch ein paar Stunden, und wir werden bereit sein. Spätestens bei Anbruch der Dämmerung.«

»Es darf niemand entkommen, Wells. Töten Sie alle.«

»Betrachten Sie es als erledigt.«

Die lange Fahrt in nordwestlicher Richtung, Louisiana und Arkansas entgegen, war für Sandy Lister zu einer Übung in Frustration geworden. Den späten Nachmittagsstunden war der frühe Abend gefolgt, dann die Nacht, und schließlich war Mitternacht gekommen und vorüber. Sie hatte versucht, den Mann auszufragen, der ihr das Leben gerettet hatte und nun ohne Rast fuhr, doch seine Antworten waren ausweichend, wenn er überhaupt welche gab. Schließlich ignorierte er sie völlig. Seit sie vor fünf Stunden Louisiana erreicht hatten, hatte er kein einziges Wort mehr mit ihr gewechselt. Sandy erinnerte sich genau daran, weil sie es zu diesem Zeitpunkt aufgegeben hatte, Fragen zu stellen. Sie versuchte zu schlafen, wachte aber jedesmal schnell wieder auf. Die Fahrt mit dem geheimnisvollen Fremden, der ihr das Leben gerettet hatte, war zu aufregend, als daß sie die Augen schließen konnte.

Knapp dem Tod entgangen zu sein, war schlimm genug, aber schlimmer war noch, daß ein Mann sie hatte töten wollen, dem sie vertraut hatte. Doch Stephen Shay hatte wahrscheinlich die ganze Zeit über zu Krayman gehört. Als einer seiner Leute ernsthaft aus der Reihe getanzt war, hatte es in Shays Verantwortung gelegen, die Dinge wieder hinzubiegen. Sie empfand angesichts seines Todes wenig Mitgefühl. Nein, nun zerbrach sie sich in erster Linie den Kopf darüber, daß bald eine Operation beginnen würde, in die irgendwie ein Killersatellit in einer Kreisbahn um die Erde verwickelt war.

Ein Satellit, der von Randall Krayman dorthin gebracht worden war, dem Mann, der hinter all dem steckte.

Da der Fahrer in dem cremefarbenen Anzug ihre Fragen nicht beantworten wollte, war Sandy gezwungen, ihre eigenen Schlüsse zu ziehen. Offensichtlich gehörte er einer Gruppe an, die gegen Krayman arbeitete. Sie hatte von Anfang an den Eindruck gehabt, daß Kelno Teil eines größeren Ganzen war, und nun würde sie bald genau erfahren, was es mit diesem Ganzen auf sich hatte.

Sandy vertrieb sich die Zeit damit, im Geiste die Fahrt nach Little Rock auf eine Karte einzutragen. Der Fahrer nahm absichtlich einige Umwege in Kauf und achtete im Rückspiegel ständig auf mögliche Verfolger. Kurz vor vier Uhr morgens erreichten sie die Ausläufer von Little Rock und fuhren auf der Route 40 und später 65 in nördliche Richtung weiter. Hinter Greenbier bogen sie auf eine abgelegene, ungepflasterte Seitenstraße ab. Sandy beugte sich über das Armaturenbrett, um nach ihrem endgültigen Ziel Ausschau zu halten.

Es war ein uralter, aufgegebener Flughafen, dessen wenige Gebäude den Launen der Natur überlassen worden waren . . .

Nein, einen Augenblick! Er war nicht aufgegeben worden.

Da waren Fahrzeuge. Und Menschen. Vor allem Bewaffnete, die sie aus den Schatten heraus beobachteten.

Der Fahrer hielt den Wagen ein Stück von den anderen entfernt an. Sandy stieg aus und folgte ihm. Er wartete, bis sie ihn eingeholt hatte, und führte sie zu der geräumigen Eingangshalle des Flughafengebäudes. Der Mann ging wieder und schloß die Tür hinter sich. Sandy hörte, wie sich jemand bewegte, und sah, wie sich eine Gestalt von einer Kunstledercouch in der Ecke der Lounge erhob.

»Willkommen im inneren Heiligtum«, sagte der Mann und reichte ihr die Hand. Er war ein dunkler Typ und wirkte sehr männlich; sein Gesicht war wettergegerbt und wurde von einem Bart geschmückt. Er hatte die dunkelsten Augen, die Sandy je gesehen hatte.

»Ich bin Sandy«, sagte sie.

»Blaine McCracken«, erwiderte der Mann. Die Frau kam ihm bekannt vor, doch er war sich nicht sicher, wo er sie schon einmal gesehen hatte. Er hatte schon lange den Overall des Raumpflegers abgelegt, doch die Kleidung, die er darunter getragen hate, fühlte sich noch immer ölig und vor getrocknetem Schweiß steif an. »Kommen Sie oft hierher?« fragte er die Frau.

»Nur in Begleitung . . . und unter Zwang.«

»Ja. Ich kenne das Gefühl.«

»Dann haben wir wohl etwas gemeinsam.«

»Mehr, als wir ahnen, glaube ich allmählich. Doch wie sagte man so schön zu mir? ›Wir werden Ihnen bald alles erklären.‹«

»Klingt vertraut«, stimmte Sandy zu.

Der Mann trat näher an sie heran. »Hat der Name Randall Krayman irgendeine Bedeutung für Sie?« fragte er plötzlich.

Sandy fühlte, wie sich ihre Schultern durchbogen. »Wieso haben Sie . . .«

»Nur ein Versuch.« McCracken lächelte und wollte noch etwas sagen, als eine Stimme von der Schwelle seine und Sandys Aufmerksamkeit erregte.

»Die letzte Prüfung steht uns leider noch bevor«, sagte die Stimme.

Und in den Raum trat Simon Terrell.

26

McCracken entnahm dem Gesichtsausdruck der Frau, daß sie den Mann kannte, der gerade eingetreten war. Der Fremde kam zu ihnen und streckte die Hand aus.

»Mein Name ist Simon Terrell. Miß Lister brauche ich mich nicht vorzustellen; wir haben uns schon kennengelernt.«

Blaine erwiderte den Händedruck. »Ihren Namen kenne ich nun«, sagte er. »Doch wer *sind* Sie?«

Sandy antwortete, bevor Terrell die Gelegenheit dazu hatte. »Der Kopf einer Rebellengruppe innerhalb der Krayman Industries, dem gemeinsamen Nenner unserer Aktionen.«

»Miß Lister hat die Sache ziemlich genau getroffen«, gab Terrell zu. »Wir konnten das Risiko, mit einem von Ihnen direkten Kontakt aufzunehmen, nicht eingehen.«

»Also haben Sie gewartet, bis ich mit Ihnen Kontakt aufgenommen habe?« begriff Sandy. »In Seminole.«

»Ich habe Vertrauen in Ihre Fähigkeiten, doch ich habe trotzdem einen Mann abgestellt, der Sie unterstützen sollte. Sie haben ihm in dem Restaurant ein Bier ausgegeben.«

»Warum haben Sie mir nicht mehr verraten, als wir uns unterhielten? Die Wahrheit zum Beispiel.«

»Weil Ihre nachfolgenden Aktionen mich verraten hätten. Ich wußte damals schon, daß man Sie beobachtet. Daß Sie mich aufsuchten, war ein logischer Schritt, und ich mußte sichergehen, daß Ihre weiteren Schritte auch logisch schienen.«

»Trotzdem haben sie versucht, mich zu töten.«

»Ihr Interview mit Dolorman gab den Ausschlag dafür. Sie sind jetzt nicht mehr nur ein bloßes Ärgernis für sie.« Terrell hielt inne. »Aber Sie müssen noch viel mehr wissen, Sie beide. Gemeinsam kennen Sie fast alle Teile des Puzzles. Vielleicht können wir einander helfen.« Terrells Blick konzentrierte sich auf Sandy. »Sie zuerst, Sandy. Verraten Sie uns, was Sie herausgefunden haben.«

Sie mußte nur kurz nachdenken. »Im Prinzip, daß die Krayman Industries vor etwa zehn Jahren einen hochintegrierten Mikrochip gestohlen haben, der ihnen anscheinend die

Kontrolle über die Telekommunikationsindustrie und später irgendwie über das ganze Land verschaffen sollte. Sie haben auch etwas im Himmel, das als Satellit getarnt ist und vor zehn Tagen den Space Shuttle *Adventurer* zerstört hat.«

»Das ist ja nicht zu fassen«, entfuhr es Blaine.

»Sie sind an der Reihe, Mr. McCracken«, sagte Terrell.

»Krayman finanziert zwei Armeen«, begann Blaine. »Einmal eine Gruppe von radikalen Schwarzen, die am Heiligen Abend in Großstädten im ganzen Land zuschlagen werden, zum anderen eine Söldnertruppe, die das Radikalenheer ausmerzen soll, sobald es seine Aufgabe erfüllt hat.«

»Und was ist das für eine Aufgabe?«

»Unruhe und Chaos hervorzurufen, eine ›völlige Lähmung‹, wie ihr Führer es ausdrückt.«

»Und könnten sie das erreichen?«

»Allein kaum. Doch sie könnten diesem Ziel verdammt nahe kommen, eine Menge Menschen töten und noch mehr in Angst und Schrecken versetzen.«

»Doch was würde sie daran hindern, diese völlige Lähmung herbeizuführen?«

»Die offiziellen Stellen würden am Heiligen Abend langsamer reagieren, schließlich aber doch Vergeltungsmaßnahmen einleiten, denen Sahhan und die PVR nichts entgegenzusetzen haben. Die Army könnte binnen einiger Stunden hunderttausend Mann mobilisieren. Die Auseinandersetzungen wären schnell beendet. Das Land würde innerhalb von einer Stunde wissen, was da vor sich geht. Die Bevölkerung würde wissen, daß die Situation unter Kontrolle ist. Das würde die Auswirkungen des Schlages stark beeinträchtigen.«

Terrell nickte. »Und wenn alle Kommunikationskanäle plötzlich zusammenbrächen . . . oder gekappt würden? Was dann, Mr. McCracken?«

Blaine dachte nach. »Das . . . ist schwer zu sagen.«

»Aber leider nicht so schwer zustande zu bringen. Nicht mehr jedenfalls.« Terrell hielt inne und tauschte mit jedem von ihnen Blicke aus. »Sie beide haben soeben die beiden Teile eines Plans verkündet, der darauf abzielt, Amerika zu beherrschen. Ich habe in den beiden letzten Jahren, die ich für die

Krayman Industries tätig war, an diesem Plan mitgearbeitet. Erst vier Jahre nach meiner Kündigung erkannte ich die wahre Tragbreite dessen, worin ich verstrickt gewesen war, und wandte mich an den einen Mann, der diesen Plan aufhalten konnte: an Randall Krayman. Ich machte Randall begreiflich, daß sein Traum pervertiert worden war. Er versprach mir, ihm ein Ende zu bereiten.«

»Also haben sie ihn umgebracht«, schloß Blaine.

Terrell nickte. »Und verkündet, er habe sich aus der Gesellschaft zurückgezogen. Er war für sie sowieso nicht mehr nützlich, wie so viele andere auch, die mit Omega zu tun hatten.«

»Omega?«

»Der Name des Plans, den Sie beide aufgedeckt haben. Vor fünf Jahren, zur Zeit von Kraymans ›Verschwinden‹, haben sich die Räder von ›Omega‹ schon gedreht.« Terrell zögerte und sah Sandy an. »Sie hatten mit Ihrer Vermutung recht, warum Krayman Hollins' Mikrochip gestohlen hat. Er brauchte die Kontrolle über den hochintegrierten Mikrochip.«

»Aber warum?« fragte Sandy ihn.

Terrell fuhr sich mit der Hand über das Kinn. »Hat einer von Ihnen schon einmal von einem Computervirus gehört?«

»Verschwommen«, erwiderte McCracken. »Das Laborpersonal macht sich unersetzlich, indem es technische Störungen in ein Programm einbaut, die es nur selbst beheben kann.«

»Wenn man es einfach ausdrücken will, kommen Sie dem Sachverhalt ziemlich nahe«, bestätigte Terrell. »Sagen wir, ein Angestellter macht sich Sorgen, daß er gefeuert oder abgeschoben werden soll. Er programmiert einen Virus in den Computer, der erst aktiv werden wird, wenn man sein Kennwort aus dem System gezogen hat. Sobald der Computer die Tilgung registriert, infiziert der Virus jedes bedeutende Programm, das auf dem Computer verarbeitet wird, löscht Speicher, bringt Daten durcheinander und verursacht allgemeine Verwüstungen, woraufhin vielleicht sogar das gesamte System abgeschaltet werden muß.«

»Offensichtlich«, warf McCracken ein, »versuchen die

Krayman Industries mit diesem Projekt Omega, das gleiche in einem größeren Maßstab zu vollbringen.«

»In einem wesentlich größeren, Mr. McCracken«, fügte Terrell hinzu. »Das gesamte Land ist betroffen, um genau zu sein.«

»Inwiefern?« fragte Sandy.

»Um die Antwort darauf zu verstehen, müßten Sie mehr über Computerviren im allgemeinen wissen«, erwiderte Terrell. »Ein Computervirus ähnelt in gewisser Hinsicht einem biologischen Virus. Beide dringen in einen Gastkörper ein, um sich zu reproduzieren. Beide sind zur Zeit des ursprünglichen Eindringens unglaublich klein: im Fall des Computervirus' würde eine Speicherkapazität von zweihundert Bytes genügen, um den Prozeß ins Rollen zu bringen. Und beide breiten sich unglaublich schnell aus. Ein Computervirus könnte binnen ein paar Wochen jedes Programm in einem größeren System infizieren, indem er sich von einem Programm zum anderen überträgt – von Gastkörper zu Gastkörper. Der Virus ist während dieses Zeitraums – seiner Inkubationszeit – nicht aufzuspüren. Doch wenn gewisse im voraus programmierte Bedingungen erfüllt werden, wie im Falle dieses Angestellten die Tilgung eines Codeworts, greift der Virus das System mit all seiner Macht an und verursacht eine Art Epidemie. Bis die verzweifelten Programmierer den Virus in ihrem System ausfindig gemacht haben, wird *er* schon das System sein. Der Computervirus übernimmt die Maschine genauso leicht, wie ein biologischer Virus seinen Gastkörper erkranken läßt.«

Terrell beugte sich vor. »Es gibt zwei Möglichkeiten, einen Computervirus zu erzeugen. Entweder, man programmiert ihn in einen bereits verhandenen Chip . . . oder man gibt ihn in diesen Chip ein, noch bevor er in den Computer eingebaut wird.«

»Oh, mein Gott«, stöhnte Sandy, und hektische Flecken überzogen ihre Haut. »Der Krayman-Chip . . .«

Terrells Blick bestätigte, daß sie richtig lag. »In Seminole sagte ich Ihnen, Sandy, Krayman habe den direkten Versuch, Kontrolle über das Land zu erringen, zugunsten eines technologischen Versuchs aufgegeben. Die Möglichkeit dazu bot ihm diese Art von Computervirus, die seine Wissenschaftler entwickelt haben. Bedenken Sie dabei, daß der Schlüssel zu jedem Computervirus eine vorprogrammierte Kombination von Bedingungen ist, die innerhalb eines Chips gespeichert werden. Der Computer wartet darauf, daß etwas geschieht oder nicht geschieht, was von dem jeweiligen Programmierer abhängt. Kraymans Wissenschaftler haben eine Möglichkeit entdeckt, eine Deaktivierungsvorrichtung in einen Chip einzubauen. Eine Milliarde Mikrochips warten auf das gleiche Signal, das sie alle veranlassen wird, ihre jeweiligen Systeme zu deaktivieren – und das ist das wesentliche Merkmal von Omega. Das einzige, was Krayman damals fehlte, war der Chip selbst und, was noch wichtiger war, die völlige Beherrschung der Produktion. Wenn Omega Erfolg haben sollte, benötigte er beides.«

»Spud Hollins«, murmelte Sandy.

»Genau«, nickte Terrell. »In der Computerindustrie gibt es ein Sprichwort – wenn du keine eigene Idee hast, stehle die eines anderen. Nun, COM-U-TECH hat nicht nur Hollins' Chip gestohlen, die Gesellschaft hat ihn auch zu einem so niedrigen Preis angeboten, daß sie schließlich alle Konkurrenz vom Markt verdrängte und der einzige Produzent dieses Chips wurde.«

»Der ausnahmslos in der Telekommunikation eingesetzt wird?« fragte Blaine.

»Und bei den zahlreichen Seitenzweigen, genau. Allmählich verstehen Sie die Tragbreite dieses Planes, seine ganze Ungeheuerlichkeit. Wir haben also eine Milliarde Mikrochips überall im Land verteilt, in allen Geräten, die mit der Datenübertragung zu tun haben, vom Fernsehen über das Telefon bis zur kommerziellen Luftfahrt. Die Chips befinden sich in allen Maschinen und tun, was man von ihnen erwartet, warten jedoch die ganze Zeit über auf ein Signal, das ihnen befiehlt, ihr System abzuschalten.«

»Und ich nehme an, Krayman hat hunderttausend Computerprogrammierer eingestellt, die zur gleichen Zeit auf die richtigen Knöpfe drücken«, sagte Blaine ungläubig.

»Nicht ganz. Man braucht dazu nur einen Mann mit einem Knopf.«

»Wie?«

»Warum sagen Sie es mir nicht?«

Doch es war Sandy, die das Wort ergriff. »Der Satellit der COM-U-TECH, der die *Adventurer* vernichtet hat. Das Signal für all diese Mikrochips wird aus dem Weltraum kommen.«

Terrell nickte nachdrücklich. »Der Satellit benötigt etwa sechzehn Minuten, um die gesamten kontinentalen USA zu überfliegen. Während dieser Zeit wird er ein Hochfrequenzsignal aussenden, auf das die Chips geeicht sind. Wenn sie es empfangen, werden alle Fernseh- und Radiosender ihr Programm einstellen. Das Telefon wird nutzlos werden, und man kann die meisten üblichen Transaktionen, vor allem im Bankwesen, vergessen. Die Banken werden keinen Zugang mehr zu ihren Computerspeichern haben, was bedeutet, daß die Kunden keinen Zugang mehr zu ihrem Geld haben werden.«

»Mein Gott«, murmelte Blaine. »Das ganze Land wird . . .«

»Gelähmt sein, Mr. McCracken? Sie haben dieses Wort schon einmal benutzt. Sie waren der Annahme, Sahhan allein könne diese Lähmung bewirken. Wahrscheinlich nicht. Aber gemeinsam mit Omega wird solch eine Lähmung das einzige denkbare Resultat sein.«

»Also wird die Staatsmacht ausgeschaltet . . .«

»Nicht die Staatsmacht«, berichtigte Terrell ihn. »Nur die Daten- und Datenfernübertragung. Und diese Daten und Aufzeichnungen wie Kontostände und so weiter werden auch nicht gelöscht, sondern nur eingefroren, unzugänglich gemacht.«

»Und dann?« fragte Blaine gespannt.

»Ihr Timing liegt ein wenig schief. Meinen Informationen zufolge wird die Operation erst mehrere Stunden, nachdem Sahhans Truppen gleichzeitig in zahlreichen Großstädten zugeschlagen haben, in ihre Omega-Phase eintreten. Dies wird der Fall sein um einundzwanzig Uhr östlicher Standardzeit« – Terrell warf einen Blick zu der draußen aufgehenden Sonne – »heute abend. Am Heiligen Abend. Die Kommunikationskanäle werden unterbrochen, sobald wirklich Panik aufgekommen ist, sagen wir gegen Mitternacht, nachdem zahlreiche

Schußwechsel stattgefunden haben und das Land in groben Umrissen informiert wurde. Es wird nicht einmal mehr möglich sein, bei der Polizei anzurufen oder sich im Fernsehen die Nachrichten anzusehen. Die Panik wird eskalieren und sich selbst hochschaukeln. Alle Kontrollsysteme werden zusammenbrechen.«

»Und dann werden uns Kraymans Söldner wie die Kavallerie zu Hilfe eilen . . . und uns retten, wenn Sahhans Leute sie nicht niedermachen. Sie sind für einen Notfall, wie Sie ihn beschrieben haben, ausgebildet – Zivilverteidigung im Falle eines atomaren Angriffs und so weiter. Sie verfügen über ihre eigenen Kommunikationsmöglichkeiten. Wir können unmöglich verhindern, daß sie sich untereinander verständigen.«

»Doch, es gibt eine Möglichkeit«, sagte Terrell einfach. »Kommunikationswege sind nutzlos, wenn niemand Befehle über sie erteilt. Omega hat mit viel mehr zu tun als nur mit Computern. Es gibt Menschen, die von Anfang an mit dem Projekt zu tun hatten und der Annahme sind, die Zeit sei reif für eine zentralere und dauerhaftere Führung des Landes.«

»Peacher«, murmelte Blaine. »Herr im Himmel, es paßt alles zusammen . . .«

»Das Militär ist in den höchsten Ebenen infiltriert worden«, fuhr Terrell fort. »Ebenen, die den gesamten Apparat kurzschließen können. Das gleiche gilt für Ihre Geheimdienste. Es war Dolorman, der Sie isoliert und Ihre Beseitigung befohlen hat. Nur ein paar von Kraymans Leuten haben Ministerposten einnehmen können, doch sie sind hoch genug aufgestiegen, um die Macht zu ergreifen, während sich das Chaos ausbreitet und die einzelnen Ministerien der Regierung voneinander abgeschnitten sind. Verstehen Sie denn nicht? Kraymans Leute werden die einzigen sein, die genau wissen, was vor sich geht. Alle anderen werden den Täuschungen zum Opfer fallen, die man ihnen aufzwingt.«

Blaine ging plötzlich ein Licht auf. »Die Söldner . . . die Bevölkerung wird denken, daß sie ein Teil der echten Streitkräfte sind, die natürlich handlungsunfähig sind.«

Terrell nickte. »Genau. Und die Söldner werden nicht nur Sahhans Truppen ausmerzen, sondern auch diejenigen beseitigen, die Dolorman im Weg stehen, und so den Krayman Industries den Weg bahnen, die Macht zu ergreifen. Sie werden als die Guten dastehen, die alles sehr vereinfacht haben. Anschläge aus dem Hinterhalt, Hinrichtungen – wer wird das in diesem Durcheinander schon abschätzen können? Ohne die Medien wird die Bevölkerung nur sehen, was sich direkt vor ihren Augen abspielt: die Armee marschiert ein, um die Nation vor einem gewaltigen Aufstand zu retten, und verkündet dazu das Kriegsrecht.«

»Während der tatsächliche Aufstand gerade stattfindet«, vollendete Blaine. Dann schüttelte er den Kopf. »Doch ich kann immer noch nicht glauben, daß die Streitkräfte während dieser Vorgänge verhandlungsunfähig sind. Ihr Einwand bezüglich des Zusammenbruchs der Kommunikationswege ist natürlich berechtigt, doch man muß trotzdem die Kommandokette berücksichtigen. Sie soll auch noch in einem Notfall funktionsfähig bleiben, und die Krayman Industries können kaum alle Ebenen kontrollieren.«

Terrell zuckte die Achseln. »Daran habe ich auch gedacht. Offensichtlich gibt es noch etwas, von dem wir nichts wissen. Dolorman hat eine andere Möglichkeit gefunden, die Armee so lange auszuschalten, wie es für seine Zwecke nötig ist, und wir müssen einfach davon ausgehen, daß aus dieser Ecke keine Hilfe kommt.«

»Man kann Ihnen nicht verübeln, daß Sie etwas übersehen«, sagte Blaine. »Dolormans Plan ist brillant. Es war schon schwer genug, den Plan überhaupt zu erkennen.«

»Das könnte der *zweite* Punkt sein, den ich übersehe«, entgegnete Terrell. »Ich habe fünf Jahre meines Lebens damit verbracht, jeden Schritt, den wir gemacht haben, zu organisieren und zu kontrollieren. Ich habe Dolorman studiert. Er ist ein hervorragender Geschäftsmann, skrupellos und arglistig, doch nicht sehr kreativ. Ich kann nicht glauben, daß dieser ganze Plan von ihm stammt.«

»Sie sind der Meinung, er fungiert nur als vorgeschobener Strohmann für jemanden?«

»Wenn nicht für Krayman, für wen dann?!«

Es war Sandy, die das darauf folgende Schweigen brach und

das Thema wechselte. »Warum haben Sie Kelno zu mir geschickt, Simon?«

»Weil wir zuerst beabsichtigten, Sie zu benutzen, um Omega zu entlarven, nachdem wir erfahren hatten, daß Sie eine Story über Krayman planen. Doch nachdem Kelno umgebracht wurde, waren Sie nur noch ein Ärgernis, das Dolormans Aufmerksamkeit von uns ablenkte. Wir beobachteten Sie weiterhin und halfen Ihnen, wenn es nötig war, weil Sie uns vielleicht ja doch noch von Nutzen sein könnten.«

»Haben Sie gewußt, daß Stephen Shay zu ihnen gehörte?«

»Alle Fernseh-Networks sind von Kraymans Leuten durchsetzt. Während Omega seinen Lauf nimmt, sollen sie die Macht an sich reißen. Wenn die Telekommunikationssysteme wieder funktionieren, werden neue Männer sie beherrschen. Das ist eins der grundlegenden Prinzipien des Plans. Wenn man die Telekommunikation beherrscht, beherrscht man das Land. Die Bevölkerung wird nur zu sehen bekommen, was Dolorman ihr zeigen will. Er wird imstande sein, jedes Bild zu malen, das ihm nützlich ist, und die Reaktivierung des gesamten Kommunikationsapparates solange verzögern, bis seine Männer in der Privatwirtschaft und der Regierung nicht mehr von ihren Positionen zu verdrängen sein werden.«

»Sie können mir nicht sagen, daß die Leute keine Fragen stellen werden«, warf Blaine ein.

»Einige werden Fragen stellen, doch wozu wird das führen? Sie haben keine Möglichkeit, ihre Meinung zu verbreiten oder sich mit anderen zusammenzuschließen, die genauso denken wie sie, zumindest nicht schnell genug.«

»Und wie paßt die Vernichtung des Space Shuttles ins Bild?« fragte Sandy.

»Wenn sein Signal die Milliarden infizierten Mikrochips erreichen soll«, erwiderte Terrell, »muß der Satellit der COM-U-TECH es aus einer Höhe von etwa dreihundert Kilometern über der Erdoberfläche abstrahlen. Obwohl der Satellit dank seiner hochmodernen Störmechanismen auf keinem Radarschirm einer Bodenstation erscheint, hätte die Erdumlaufbahn der *Adventurer* zu Sichtkontakt mit ihm geführt. Das konnte Dolorman nicht zulassen. Ursprünglich war sein Satellit nur zum Schutz vor Asteroiden und Weltraumschutt bewaffnet, Doch als der Orbit-Flugplan der *Adventurer* eine direkte Annäherung zeigte, wurde der Satellit zu einem Angriff programmiert. Das verdammte Ding ist unverwundbar.«

»Was ist mit der *Pegasus?«* erinnerte Sandy ihn. »Sie sagten, dieser Shuttle sei auch bewaffnet, und der Start sei vorgesehen für . . .«

»Den zweiten Weihnachtstag, wobei am Heiligen Abend ein Probelauf stattfinden wird«, sagte Terrell. »Die ganze Sache findet unter höchster Geheimhaltung statt. *Pegasus* kann uns jedoch nicht helfen; der Shuttle wird sich niemals vom Boden erheben. Cape Canaveral und die NASA sind mit dem Krayman-Chip infiziert. Omega wird den Start unmöglich machen.«

»Da fällt mir ein«, sagte Blaine, »was wird die Russen daran hindern, uns die Hölle heiß zu machen, während das ganze Land kommunikationsunfähig ist.«

»Ganz einfach«, erklärte Terrell nüchtern. »Sämtliche Geräte, die zur Landesverteidigung benutzt werden, haben einen anderen Krayman-Chip bekommen. Die Liebe zu Amerika hat diesen Plan zuerst zustande kommen lassen, und die gleiche Liebe verhindert, daß die Vereinigten Staaten durch diesen Plan in eine verletzbare Position geraten. NORAD, SAC und alle Raketensilos werden auch weiterhin funktionsfähig sein, offensichtlich unter dem Status einer erhöhten Alarmstufe.«

»Dolorman scheint an alles gedacht zu haben«, sagte Sandy leise.

»Vielleicht doch nicht«, erwiderte Terrell und richtete all seine Aufmerksamkeit auf McCracken. »Wir haben von einer undichten Stelle in Kraymans Sicherheitsabteilung erfahren, daß Sie in die Sache verwickelt sind, und zwar, als Ihr Tod ursprünglich befohlen wurde. Einer der Männer des Teams, das Sie in Newport gefangengenommen hatte, gehörte zu uns.«

»Der, der mir in Atlanta das Leben gerettet hat . . . und in der Sportarena.«

»Wir hätten es vorgezogen, Sie dort zu uns zu holen, doch die Umstände machten dies natürlich unmöglich. Sehen Sie,

Mr. McCracken, zu diesem Zeitpunkt waren wir schon zu dem Schluß gekommen, daß wir Sie brauchen würden.«

»Irgendwie gefällt mir das nicht . . .«

»Ich kenne Ihre Akte, Blaine«, sagte Terrell. Es bereitete ihm ein wenig Mühe, sein Gegenüber mit dem Vornamen anzusprechen. »Ich kenne Ihre manchmal etwas ungewöhnliche Vergangenheit. Ich habe von McCrackensack gehört, und von allem, was mit diesem Spitznamen einhergeht. Ich weiß aber auch, daß Sie ein Infiltrationsexperte sind. Wenn ich mich recht entsinne, war die Infiltration Ihr Spezialgebiet in Vietnam.«

»Und danach.«

»Gut, denn nun brauchen wir diese Fähigkeit dringend. Der Killer-Satellit der COM-U-TECH kann nur auf eine Art und Weise unbrauchbar gemacht werden: Indem man den Computer vernichtet, der ihn steuert. Dieser Computer befindet sich zufällig auf einer Insel vor der Küste von Maine, die ebenfalls Krayman gehört und nicht nur stark bewacht wird, sondern auch sehr unzugänglich ist.«

»Sagen Sie es mir nicht, lassen Sie mich raten.« Blaine fuhr sich mit einer dramatischen Geste über das Kinn. »Sie wollen, daß ich auf diese Insel vordringe und den Stecker herausziehe.«

Terrell nickte langsam. »Wir haben leider keine andere Wahl. Die gesamte Operationsbasis für Omega befindet sich dort. Doch vernichten wir den Computer, wird der Satellit die Maschinen niemals abschalten, und so wird die Lähmung, von der wir gesprochen haben, niemals zustande kommen.«

Blaine lehnte sich zurück. »Klingt ziemlich einfach. Wir beschaffen uns ein Flugzeug und ein paar Bomben und machen die Insel dem Erdboden gleich.«

»So einfach ist es nicht«, warf Terrell ein. »Es genügt nicht, einfach die Insel auszuschalten. Glauben Sie mir, das haben wir oft genug in Erwägung gezogen. Dafür würden wir nicht Sie brauchen, das Problem ist, daß Sahhans Truppen damit nicht aus der Welt geschafft sind. Die Vernichtung des Satelliten wird sie nicht daran hindern, Tausende unschuldiger Menschen zu töten, und viele der vorbestimmten Opfer sind wichtige Mitglieder der Regierung unseres Landes. Sahhans Leute sind genauso fanatisch wie er. Sie haben sich mittlerweile wahrscheinlich in einen Kampfrausch hineingesteigert. Wir können einfach nicht sagen, was sie tun werden, wie viele Menschen sie dann noch grundlos töten werden. Heute abend.«

Blaines Gedanken rasten. »Dann muß es irgendeine Art Abbruch-Signal für die Truppen geben, falls es zu einer Änderung der Pläne kommen sollte.«

Terrells Gesicht zeigte zum ersten Mal Verbitterung. »Natürlich. Aber es gibt eine Komplikation.«

»Die zweifellos mit der Insel vor Maine zu tun hat«, sagte Blaine wissend.

»Genau. Dieses Abbruch-Signal ist ebenfalls in den Computer einprogrammiert, der den Killer-Satelliten steuert. Wenn wir die Insel zerstören, werden wir auch unsere einzige Chance zunichte machen, Sahhans Truppen zurückzurufen.«

»Gibt es eine Möglichkeit, daß wir das Signal nachahmen können?«

Terrell schüttelte den Kopf. »Unmöglich. Das Abbruch-Signal besteht aus einer kurzzeitigen Aktivierung des Omega-Effekts auf die Datenfernübertragung heute abend zwischen sieben und acht Uhr östlicher Standardzeit. Wenn die Radios oder Fernsehgeräte von Sahhans Männern während dieser Zeitspanne für fünf Sekunden ausfallen, werden sie wissen, daß ihre Revolution am Heiligen Abend erst einmal verschoben ist.«

»Wollen wir das mal auf die Reihe bringen«, sagte Blaine und ordnete im Geist die Fakten, während er sprach. »Ich muß also in dieses Inselhauptquartier hinein, mich vergewissern, daß der Computer das Abbruch-Signal sendet, und ihn dann zerstören. Kein Problem. Das schüttle ich doch aus dem Ärmel.«

»Da ist noch mehr«, fügte Terrell zögernd hinzu. »Wir brauchen einen Ausdruck von allen Agenten der Krayman Industries, um sie den Behörden zu übergeben, sobald Omega erst einmal aufgeflogen ist.«

»Setzen Sie es einfach auf meine Rechnung . . .«

»Sie werden Hilfe haben, Blaine – von jedem, der heute hier ist, auch von mir selbst.«

»Sie sind kein Soldat, Terrell, und man braucht schon ein paar schrecklich gute, um diese Sache durchzuziehen.«

»Einige der anderen sind Soldaten. Und zwar verdammt gute.«

Blaine nickte. »Erzählen Sie mir von dieser Insel.«

»Wegen ihrer unregelmäßigen Form trägt sie den Namen Horse Neck Island. Die Küste ist eine zerklüftete, natürliche Verteidigung, die eine Annäherung in der Nacht praktisch zum Selbstmordkommando macht.«

»Und wir werden des Nachts anrücken, nicht wahr?«

»Glauben Sie mir, es gibt keine andere Möglichkeit.« Terrell suchte in seinen Taschen. »Ich habe hier eine Karte . . .«

Etwas drang an Blaines Ohr, ein vertrautes Geräusch, das sein Herz schneller schlagen ließ. Über ihm wurde ein mechanisches Winseln allmählich zu einem Tosen.

»Gott im Himmel«, murmelte er.

»Was ist los? Was ist?« fragte Sandy.

McCracken wirbelte zu Terrell herum. »Wir müssen hier heraus! Kommen Sie, schnell!«

Terrell erhob sich, rührte sich aber nicht von der Stelle. »Was wollen Sie . . .«

»Flugzeuge, Terrell! Sie kommen schnell näher und werden uns gleich zur Hölle jagen. Sie sind . . .«

Blaines restliche Worte gingen unter. Die Jetpiloten griffen an!

Er wollte noch eine Warnung rufen, als die erste Explosion das Gebäude erschütterte. Fensterglassplitter flogen in den Raum und wurden zu tödlichen Geschossen. Instinktiv warf sich Blaine auf Sandy, weil sie ihm am nächsten stand, und riß sie zu Boden.

Das Glas schnitt wie hundert Messer in Terrells Körper, die meisten Splitter über seiner Taille. Sein Kopf wurde nur noch von ein paar Hautsehnen an Ort und Stelle gehalten. Sein Körper zitterte und zuckte schrecklich.

Weitere Explosionen erfolgten, jede Sekunde eine neue, so hatte es den Anschein, und im Donnern der Explosionen und Dröhnen der Jets konnte man nur noch die Schreie der Sterbenden hören. Noch mehr Schotter prasselte neben Blaine herab, als er – Sandy auf dem Boden liegen lassend – zu Terrells Leiche hinüberkroch. Er ergriff das große Blatt Papier, das zu drei Vierteln in der Tasche des Toten steckte. Der obere Teil war blutgetränkt, doch das Blatt, Terrells Karte der Horse Neck Island, war erhalten geblieben.

Neben ihm wollte Sandy sich erheben und öffnete den Mund, um zu schreien. Blaine machte einen Satz zu ihr hinüber und packte sie. Er riß sie wieder hinab und bedeckte ihren Mund mit der Hand, um ihr Schluchzen zu ersticken. Weitere Teile der Decke stürzten auf sie hinab; das gesamte Gebäude stürzte Stück für Stück ein.

»Hören Sie mir zu«, sagte Blaine in ihr Ohr. »Seien Sie still und bleiben Sie liegen. Das ist unsere einzige Chance, hier herauszukommen. Haben Sie mich verstanden?«

Sandy machte keine Anstalten, ihm zu antworten. Statt dessen wimmerte sie weiter vor sich hin.

»Hören Sie zu!« befahl er und faßte sie härter an. »Wenn sie überhaupt landen, werden sie sich nur kurz umsehen. Sie werden nicht alle Gebäude überprüfen. Sie werden nicht genau wissen, wie viele Leute hier waren, also haben wir eine Chance. Wenn Sie leben wollen, machen Sie kein Geräusch und bewegen sich nicht. Wenn Sie sich weiterhin wehren, werde ich selbst Sie töten!«

Sandy hörte auf zu wimmern. Sie sah in McCrackens Augen und erkannte, daß er genauso viel Angst hatte wie sie auch. Ein weiterer Teil der Decke stürzte ein.

Auf dem Weg zum Flughafen machte die Limousine ihren letzten Halt – vor Francis Dolormans Haus. Es war punkt sieben Uhr am Morgen des Heiligen Abends. Der Chauffeur lud die Taschen ein und verstaute sie im Kofferraum, während sich Dolorman umständlich auf dem Rücksitz niederließ. Verasco und Wells befanden sich schon im Wagen.

»Ihre Basis befand sich in Mittelarkansas«, berichtete Wells. »Sie wurde ausgelöscht.«

»Ausgezeichnet«, sagte Dolorman und unterdrückte eine Grimasse des Schmerzes. »Und was ist mit dem Mann in

Sahhans Büro, der solch eine unheimliche Ähnlichkeit mit Blaine McCracken aufwies?«

Wells wußte, daß diese Bemerkung als Beleidigung gedacht war, doch er schüttelte sie ab. »Wir haben allen Grund zu der Annahme, daß er sich in der Basis in Arkansas aufhielt.«

»Also haben wir ihn diesmal endlich eliminiert?«

»Bei McCracken gibt es keine Garantien. Doch selbst, wenn er überlebt haben sollte, kann er uns nun nicht mehr gefährlich werden. Ohne den Rest der Rebellen steht er allein.«

»Er stand von Anfang an allein, Wells.«

»Jetzt hat er es aber mit unserer Inselfestung zu tun, vorausgesetzt, er weiß überhaupt von ihr. Nicht einmal ein Heer könnte deren Mauern überwinden.«

Dolormans Blicke gruben sich in Wells' erhaltenes Auge. »Ihre Männer haben diese Basis in Arkansas gründlich durchsucht?«

»Gründlich genug, um keine Überlebenden zu finden.«

Dolorman wandte sich an Verasco. »Und auf dem Flughafen ist alles vorbereitet?«

»Ich habe den Zeitplan ein wenig auf Vordermann gebracht«, berichtete Verasco. »Maine scheint mit einer weißen Weihnacht gesegnet zu werden. Die Wettervorhersage hat einen Schneesturm angekündigt.«

Der Mann saß in dem Gehölz, und der Wind peitschte Schnee von den durchhängenden Ästen über ihm. Er schob eine große Hand in den Beutel, den er an seinem Gürtel trug, und zog sie mit einer Faust voller Futter wieder hervor. Er wartete. Kaum eine Minute später hatte sich der erste Vogel niedergelassen, schnell gefolgt von zwei weiteren. Zuerst näherten sie sich ihm nur zögernd und kamen schließlich nur soweit heran, daß sie ihm das Futter von der ausgestreckten Hand picken konnten.

Vögel hatten ihm schon immer viel sagen können. An dem Tag, da er seinen größten Schrecken erlebt hatte und in das Höllenfeuer getreten war, hatten sie ihm die furchtbaren Qualen eines grundlosen Todes gezeigt, Bilder von taumelnden Frauen und Kindern, deren Gedärme durch Hände quollen, die sie auf ihre Leiber gedrückt hatten, und von Männern, die aus reinem Vergnügen weiterhin schossen. Er hatte nicht geruht, bis die dafür Verantwortlichen gefunden waren. Die Vögel hätten es ihm nicht vergeben, und auch nicht die Seelen der gefolterten Toten, die er gesehen hatte. Da er sie entdeckt hatte, war er auch verantwortlich für ihre Seelen, und wenn er versagt hätte, wäre das Gleichgewicht für immer gestört gewesen.

Heute jedoch sagten die Vögel ihm nichts. Das Kommende ging über sie hinaus, vielleicht über alles; seine Erscheinung war groß genug, um alles gleichzeitig einzuhüllen, so daß selbst die Vögel die Veränderung nicht spüren würden. Doch nichts wurde ihm je ohne Grund gezeigt. Er verstand nun, daß es einem anderen überlassen sein würde, ihn zu dem Ort zu führen, wo diese Erscheinung ihren Anfang nahm. Vergangenheit und Gegenwart wirbelten durcheinander, vermischten sich, bis die Unterscheidungsmerkmale, die herauszufinden er hierher gekommen war, vollends verschwanden. Er lächelte, nun sicher, wer der andere sein würde.

Die Vögel leerten seine Hand, ohne seine Haut zu verletzen, und der Mann griff in seinen Beutel, um neues Futter zu holen.

Fünfter Teil

HORSE NECK ISLAND

Heiligabend und Weihnachten

27

»Sie sind doch völlig verrückt, Kumpel!« rief der Pilot wieder. »Wissen Sie das?«

»Das hat man mir schon mal vorgeworfen«, erwiderte McCracken. Ich will noch einen Blick auf diese Insel werfen, aber aus der Nähe.«

»Die Winde über diesem Gewässer werden uns auseinanderreißen. Ist nicht drin. Nicht für alles Geld, das Sie aus Ihrer Tasche da ziehen.«

»Fliegen Sie nur noch einmal die Küste entlang. Für einen weiteren Hunderter.«

Der Pilot zögerte nur kurz. »Danach ist aber Schluß.«

Und das kleine Flugzeug legte sich wieder in die Kurve.

Blaine saß auf dem Sitz des Copiloten. Sandy kauerte sich in einem dritten Sitz zusammen, die Arme eng um ihren Oberkörper geschlungen. Die Temperatur lag kaum über null Grad, und als sie sich der Küste genähert hatten, war der Sturm stärker geworden. Der Schnee türmte sich in hohen Verwehungen auf. Das Wasser stach dunkel gegen sein Weiß hervor.

»Zufrieden?« fragte der Pilot.

Blaine wandte den Blick von der Horse Neck Island ab und nickte. »Es gibt einen kleinen Flughafen, etwa fünfundzwanzig Meilen nördlich von hier, in der Nähe einer Stadt mit dem Namen Stickney Corner. Ich möchte, daß Sie dort landen.«

»Kommt nicht in Frage, Kumpel! Das ist jetzt weit genug gegangen. Ich bringe diesen Schrotthaufen zu Hause in

Portsmouth hinunter und lege ihn schlafen. Und mir ist es egal, was Sie sagen oder . . .«

McCracken sagte kein Wort, bemühte sich nicht einmal, den Piloten mit mehr Geld zu bestechen. Er brachte ihn mit einem Blick zum Schweigen, der kälter war als die Luft jenseits der Windschutzscheibe.

»Sie werden mich führen müssen«, gab der Pilot nach.

»Kein Problem.«

Das Flugzeug nahm Kurs nach Norden.

Blaine hatte Sandy um kurz vor sechs an diesem Morgen aus dem Schutt von Terrells Hauptquartier in Arkansas gezogen. Nachdem sie zwei Stunden gelaufen waren und Autos angehalten hatten, hatten sie den Flughafen Little Rock erreicht, von wo aus sie einen Flug nach Boston buchen konnten. Am Logan Airport benutzte Blaine seine von der Regierung ausgegebene Kreditkarte, um sich eine beträchtliche Summe Bargeld zu verschaffen. Es war typisch, überlegte er, daß die CIA seine Existenz aus den Unterlagen löschte, aber vergaß, seine Kreditkarte zu stornieren. Mit einem Teil des Bargelds kaufte er auf dem Flughafen Wintermäntel und Kleidung zum Wecheln für sich und Sandy. Dort erfuhr er auch, daß für die gesamte Küste Neuenglands Wintersturmwarnung gegeben worden war.

Es regnete, als sie Boston verließen; ein heftiger Winterschauer ging nieder. Blaine mietete einen Wagen und fuhr mit einer noch immer erschütterten Sandy auf dem Beifahrersitz in nördliche Richtung los. Im nördlichen Massachusetts hatte sich der Regen in Graupel verwandelt, und als sie die Grenze von New Hampshire erreichten, begann es zu schneien. Der Schnee lag schon fünf Zentimeter hoch, und mit jeder Minute wurden es mehr. Räumkommandos versuchten, die weiße Pracht in den Griff zu bekommen, konnte jedoch nicht mithalten. Blaine war gezwungen, seine Geschwindigkeit auf siebzig und dann auf sechzig Stundenkilometer zu reduzieren, und seine Hände umklammerten nervös das Steuerrad. Bei diesem Tempo würden sie die Muscongus-Bucht wahrscheinlich nicht mehr rechtzeitig erreichen, um seinen Plan ausführen zu können.

Er hatte den Flug nch Osten damit verbracht, die blutgetränkte Karte zu studieren, die er aus Terrells Tasche gezogen hatte. Die Horse Neck Island lag östlich von Port Clyde in der Bucht. Es handelte sich um eine kleine Insel, die sich nahe einer abgeschiedenen Halbinsel befand, die dort ins Meer ragte. Die Form der Insel war in der Tat unregelmäßig, und ihre Küste schien aus einer gefährlichen Mischung aus Klippen und Gegenströmungen zu bestehen. Selbst bei Tage und bestem Wetter würde eine Annäherung schwierig werden. Und Blaine würde es bei Nacht und inmitten eines tödlichen Blizzards versuchen müssen.

Auf der Karte wurde die Insel von der Festung beherrscht, die Terrell erwähnt hatte. Es handelte sich um einen geräumigen Landsitz, der mit dem Rücken an einen steilen, alleinstehenden Berg gebaut war und dessen drei andere Seiten von einer hohen Gipsmörtelmauer umgeben waren. Zwischen der Mauer und dem Gebäude lag ein Hof, eine riesige Fläche, die man bei einem offenen Angriff überwinden mußte. Bei diesem Wetter und unter den gegebenen Zeitbeschränkungen war ein Eindringen über den Berg nicht möglich. Also mußte er über die Mauer in das Gebäude gelangen. Auf und hinter der Mauer und auf dem Hof selbst würden Wachen postiert sein. Wenn auch nur einer von ihnen ihn sah oder Verdacht schöpfte und die Leute in dem Gebäude alarmierte, würde sein Plan gescheitert sein. Zum Glück verbot das Wetter, daß Boote vor der Küste patrouillierten, so daß ihm eine ungehinderte Annäherung möglich sein würde.

Wenn er es sicher an den Klippen vorbei schaffte.

Wenn er überhaupt ein Boot fand.

Als Blaine und Sandy den Privatflughafen in Portsmouth, New Hampshire, erreichten, machte ihr Pilot gerade Feierabend. Ein dickes Bündel Geldscheine, das Blaine ihm unter die Nase hielt, überzeugte ihn davon, das Risiko eines Fluges die Küste von Maine hinauf einzugehen und ein Ziel etwa fünfunddreißig Kilometer nordöstlich von Boothbay Harbor anzusteuern. Kaum waren sie in der Luft, fing der Pilot an, sich zu beklagen, und Blaine sah sich gezwungen, sein Honorar in regelmäßigen Abständen zu erhöhen, nur um ihn zum Schweigen zu bringen.

Nun würde er sie auf einem kleinen Flughafen in der Nähe von Stickney Corner absetzen, denn dieser Ort barg das Schlüsselelement von Blaines Plan. Er konnte Horse Neck Island unter keinen Umständen allein nehmen. Er brauchte Hilfe.

Und Hilfe war zu haben in den Wäldern um Stickney Corner.

Blaine hatte während des Fluges kaum ein paar Worte mit Sandy Lister gewechselt. Sie schien ihm mit Vorsicht und Unbehagen zu begegnen und ihm nicht sehr zu vertrauen, obwohl er ihr das Leben gerettet hatte.

»Ich muß Sie etwas fragen«, hatte sie während der Autofahrt in Richtung Norden gesagt.

»Nur zu.«

»In dem einstürzenden Haus in Arkansas haben Sie gesagt, wenn ich nicht stillhielte, würden Sie mich töten. Haben Sie das ehrlich gemeint?«

Blaine zögerte nicht. »Keineswegs. Doch ich mußte Sie beruhigen. Und es hat funktioniert, nicht wahr?« fügte er mit einem Augenzwinkern hinzu.

»Aber Sie haben schon getötet. Das fühle ich.«

»Es ist mein Job, Lady. Und meistens erledige ich ihn besser und sauberer als die anderen.«

»Sauberer?«

»Es wird kein Unschuldiger in Mitleidenschaft gezogen. Das kann ich nicht ausstehen. Im Gegensatz zu einigen meiner Kollegen betrachte ich tote Passanten nicht als einzukalkulierende Verluste.«

»Mein Gott, in was für einer Welt leben Sie?«

»In der gleichen wie Sie, Lady, nur daß ich sie eher als das sehe, was sie wirklich ist. Man hat versucht, Sie zu töten, nicht wahr? Und Sie haben getötet, um Ihr Leben zu retten. Es war nicht gerade schön, aber Sie haben es getan, und ich wette, Sie fühlten sich danach nicht schuldig.«

»Der Unterschied ist nur, daß Ihnen das Töten Freude bereitet.«

»Glauben Sie das wirklich?« fragte Blaine ungläubig. »Lassen Sie sich eins sagen, Lady, ich tue das, wovon ich meine, daß ich es tun muß, denn dieser Glaube ist alles, was ich habe. Es gibt

Dinge, die sind größer als Sie oder ich oder all die Menschen, die ich getötet habe.«

»Wie unser Land zum Beispiel, nicht wahr?«

»In der Tat. Es mag trivial klingen, und vielleicht ist es das auch. Die Vereinigten Staaten haben da draußen wesentlich mehr Feinde als Freunde. Jemand muß etwas wegen des Gleichgewichts unternehmen.«

Lange Minuten verstrichen, bevor Sandy wieder das Wort ergriff.

»Sie sagten, wir würden in Maine jemanden treffen. Wen?«

»Wareagle.«

»Nicht *wo*, wen?«

»Wareagle ist ein wer: Johnny Wareagle. Ein mißmutiger Indianer, gegen den ich wie ein Sonntagsschulprediger wirke. Wir haben eine Weile in Vietnam zusammengearbeitet. Johnny hat sich für vier Dienstzeiten verpflichtet, wurde dreimal ausgezeichnet und bekam zwei Purple Hearts. Kam nach Hause, und das Leben hat ihm eins geschissen. Als es zu übel wurde, flippte er völlig aus und zog in die Wälder. Nahm ein paar seiner Freunde mit, alles indianische Soldaten. Sie leben vom Land. Kein Strom, kein Telefon. Eine Art Reservat für ausgemergelte Vietnam-Veteranen.«

»Und Sie glauben, sie werden uns helfen?«

»Vielleicht, wenn sie uns nicht zuvor töten. Johnny und seine Jungs haben mit Fremden nicht allzu viel im Sinn. Ich war zuletzt vor ungefähr acht Jahren hier. Wareagle hat mich kaum erkannt. Er war zu sehr damit beschäftigt, seine Indianerphilosophie durchzukauen, um sich an alte Zeiten zu erinnern. Aber er ist über zwei Meter groß, und im Vertrauen gesagt, er ist der einzige Mensch, den ich je kennengelernt habe, der mir Angst einjagt. Mit seinen Jungs ist's kaum anders. Wenn uns jemand auf die Horse Neck Island und in die Festung bringen kann, dann er.«

»Da unten ist die Landebahn«, sagte Blaine und zeigte dem Piloten mit dem Finger die Richtung an.

»Verdammt, die ist noch nicht mal zementiert!« protestierte

der Pilot. »Wenn Sie glauben, ich würde die Kiste da unten aufsetzen, müssen Sie verrückt sein.«

»Wir haben schon geklärt, daß ich verrückt bin, also lassen Sie's nicht darauf ankommen. Wenn Sie nicht tun, was ich sage, bekommen Sie als Trinkgeld eine Kugel in den Kopf.«

Der Pilot schluckte schwer und ging in den Senkflug. »Vielleicht kann ich von da unten nicht wieder starten«, beharrte er.

»Dann ziehen wir eine Plane über Ihr Flugzeug und warten, bis im Frühling Tauwetter einsetzt. Kapiert?«

»Arschloch«, murmelte der Pilot leise.

Die Landung ging überraschend sanft vonstatten, wobei die dichte Schneedecke wie ein Polster wirkte. Unangenehm wurde es nur, als der Pilot bremste und die Maschine ins Rutschen kam. Der Pilot riß den Steuerknüppel herum und verhinderte in letzter Sekunde, daß die Maschine von der schmalen Landebahn ins Unterholz ausbrach. Blaine sah auf die Uhr. Es war kurz nach vier; noch fünf Stunden, bis Sahhans Truppen zuschlagen würden, und weniger als vier, um das Abbruchsignal zu senden.

Der Pilot ließ den Motor laufen, während Blaine Sandy aus der Kabine half.

»Wenn Sie das nächste Mal in Portsmouth sind, verschonen Sie mich gefälligst mit Ihrem Besuch«, rief er ihnen nach.

Blaine schnippte ihm noch ein paar Hundertdollar-Scheine zu. »Kaufen Sie sich ein neues Ich.« Dann führte er Sandy von der schneebedeckten Landebahn in den Wald.

»Ich hoffe, Sie kennen den Weg«, seufzte sie, nachdem sie ein paar hundert Meter gegangen waren.

»Es ist schon eine Weile her«, erwiderte Blaine, »doch in Gegenden wie dieser ändert sich nicht viel.«

»Was ist mit den Bewohnern? Johnny Wareagle könnte zu angenehmeren Gefilden weitergezogen sein.«

»Als ich ihn das letzte Mal sah, war er entschlossen, sich in diesen Wäldern begraben zu lassen. Die indianischen Geister haben es vorausgesehen, und er wollte nicht gegen ihre Vision verstoßen. Es dauert jedoch noch eine Weile, bis es soweit ist.

Der Bastard ist unverwüstlich. Selbst die Geister haben wahrscheinlich Angst vor ihm.«

Sie legten weitere hundert Meter zurück, und die Bäume standen nun nicht mehr so eng. Einige waren bis auf die Stümpfe gefällt, offensichtlich das Werk von Menschen. Sandy vernahm das plätschernde Geräusch eines kleinen Baches und sah sich danach um, als McCracken sie am Arm faßte. Sie sah ihn an; er hatte einen Finger auf den Mund gelegt, um ihr zu bedeuten, leise zu sein. Seine Augen blickten auf und dann nach rechts, und Sandy schaute in die gleiche Richtung.

Den Pfad zu einer kleinen Lichtung entlang kroch der größte Mann, den sie je gesehen hatte. Wareagle trug ein wildledernes Wams, das seine schwellenden, bronzenen Arme unbedeckt ließ, und sein langes schwarzes Haar wurde von einem farbig bestickten Band aus der Stirn gehalten. Sandy fiel auf, daß er die Haare zu dem traditionellen indianischen Pferdeschwanz zusammengebunden hatte. Er näherte sich der Lichtung, und plötzlich sah Sandy seine Beute.

Ein Hirsch, ein junger Bock, den sein Geweih als Einjährigen verriet, scharrte auf dem Boden nach Futter; seine Keulen waren durch die spärliche Winternahrung abgemagert.

Wareagle kroch näher. Der Bock hob den Kopf und sog die Luft ein, als sei er sich einer Anwesenheit bewußt, die er nicht ganz erfassen konnte und von der er sich nicht bedroht fühlte.

Wareagle blieb unbeweglich liegen, bis sich der Bock wieder dem schmalen Streifen gefrorenen Grases zuwandte, den er entdeckt hatte. Dann bewegte er sich wieder, so langsam und ruhig, daß sein Fortkommen im Schneefall fast unmerklich war.

Sandy mußte den Warnschrei niederkämpfen, der in ihrer Kehle aufstieg, als der riesige Indianer nur noch eine Armeslänge von dem Tier entfernt war. Ihr Herz hämmerte heftig, doch das Geschehen auf der Lichtung hielt sie in seinem Bann.

Wareagle hob plötzlich die Hand. Sandy sah, daß sie von einem ledernen Halbhandschuh bedeckt war, der die Finger freiließ. Sie sah aus wie eine Keule, als sie sich plötzlich senkte und den Hinterläufen des Tieres einen Schlag verpaßte. Das Tier stürmte wie von Sinnen von der Lichtung, wobei seine Beine bis zu den Kniegelenken in den Schnee eintauchten.

»Das nennt man Versohlen«, erklärte Blaine leise.

»Was?« entgegnete Sandy, aus ihrer Trance gerissen.

»Ein uraltes indianisches Ritual, das die Einheit von Kraft und Heimlichkeit symbolisieren soll. Die Knaben wollen damit ihr Mannestum beweisen, und die Männer sich selbst. Johnny wollte es mir einmal beibringen, ohne großen Erfolg. Ich nehme an, es muß wohl im Blut liegen.«

Wareagle war an der Stelle niedergekniet, wo der Bock gestanden hatte, als wolle er die Aura aufnehmen, die das majestätische Tier zurückgelassen hatte. Er wandte ihnen seinen gewaltigen Rücken zu, doch Sandy konnte sehen, daß seine Hände auf den Knien ruhten und er zu meditieren schien, während sich auf seinem Haar Schneeflocken sammelten.

Blaine hob die Hand, um Sandy zu bedeuten, sie solle bleiben, wo sie war; dann näherte er sich der kleinen Lichtung. Er blieb zwei Meter von Wareagle entfernt stehen, die Privatsphäre des riesigen Indianers akzeptierend.

»Hallo, Blainey«, sagte Johnny, ohne sich umzudrehen.

»Woher weißt du, daß ich es bin, Indianer?«

»Ich habe gefühlt, wie du dich durch die Wälder genähert hast. Deine Aura ist ausgeprägt«, erklärte Johnny, immer noch abgewandt, die Hände auf den Knien gefaltet. »Und die Geister haben mich gewarnt, du würdest kommen. Sie haben deinen Namen auf dem Wind getragen.«

»Es ist lange her, Indianer. Viele Monde, wie ihr sagt.«

»Und es hätten noch viel mehr sein sollen.« Wareagle drehte seinen Oberkörper und sah ihn an. »Du bringst Blut in deinem Schatten, Blainey. Dein Geist stört den Frieden der Wälder.«

»Ich brauche deine Hilfe, Johnny.«

»Du mußt lernen, deine Gewalt zu bezwingen, Blainey. Der stärkste Bogen muß nicht unbedingt einen Pfeil abschießen, um seine Stärke zu beweisen.«

»So hast du nicht gesprochen, als du mich aus einem Hinterhalt der Vietcong gerettet hast.«

»Karma, Blainey. Einen Monat zuvor hast du mich durch ein Minenfeld getragen.«

»Deine gesamten dreihundert verdammten Pfund. Ich glaube, die Minen schreckten vor dir zurück.«

Wareagle lächelte und erhob sich. Er trat vor und faßte McCracken an den Schultern.

»Es betrübt meine Seele, mich an diese Zeiten zu erinnern, Blainey, doch ich will sie nicht vergessen. Wir waren damals vieles, doch hauptsächlich waren wir lebendig. Das Überleben gab uns einen Sinn. Das Leben war einfach, so frei von den Komplikationen, die die Seele besudeln.« Er trat zurück, und sein Gesichtsausdruck wurde wieder starr. »Ich bin hierher gekommen, um diesen Komplikationen zu entrinnen, Blainey. Du bist nur ein Spiegelbild, eine Irreführung des Schneefalls.«

»Wie viele Männer sind bei dir, Johnny?«

»Sechs Seelen auf der Suche nach Frieden.«

»Sind sie gut?«

»Sie sind gut darin, zu atmen, das frische Wasser zu trinken, das sauber durch diese Hügel fließt, und die Luft zu riechen.«

»Vietnam?«

Wareagle nickte. »Die Geister jener Tage suchen noch immer ihren Schlaf heim.«

»Meinen auch.»

»Warum die Fragen, Blainey?«

»Weil es in diesem Augenblick einen anderen Krieg gibt, Indianer. Die Front ist etwa fünfzig Kilometer entfernt, und es ist an uns zu kämpfen. Noch einmal.«

Wareagle nickte erneut; er schien nicht überrascht. Schneeflocken tanzten um sein Gesicht. »Die Geister haben mich davor gewarnt, noch bevor sie mich warnten, du würdest kommen. Sie sprachen von einem Bösen ohnegleichen, das der Welt seinen Stempel aufdrücken würde.«

»Das ist eine gute Umschreibung unserer Widersacher . . .«

»Sie sprachen von Männern, die nach dem Blut der Macht dürsten, von Männern, die es trinken wollen, bis ihr Bauch platzt, und dann immer noch nicht aufhören. Das Böse, das sie verbreiten, hat sogar diese Wälder erreicht. Ich fühle, wie es mit dem Schnee fällt und den Boden versengt.«

McCracken trat näher an ihn heran und wischte sich den Schnee aus dem Gesicht. »Die Leute, hinter denen ich her bin – Wells gehört zu ihnen. Er ist auf der Horse Neck Island.«

Der Indianer schwieg einen langen Augenblick, und seine

Augen blickten durch Blaine hindurch, als sähe er nicht Blaine, sondern das Massaker von Bin Su und den Mann, der es befohlen hatte. Als Blaine schließlich das Schweigen brach, waren seine Worte kaum ein Flüstern. »Wirst du mir helfen, Johnny?«

Wareagles Augen blickten in die Ferne. »Meine Seele ist dort drüben im Höllenfeuer gestorben, Blainey. Ich bin in diese Wälder hier gekommen, um eine neue zu schmieden. Ich war innerlich verkrüppelt, verletzt, und die Geister sagten, dies sei der Ort, an dem ich Heilung suchen solle. Also kam ich hierher. Und die Heilung begann. Ohne Seele, ohne Sein, fing ich an zu schmieden. Ich habe meine Seele neu geschaffen. Ich schmiedete immer weiter, wurde mit jedem Tag, der verging, ein neuer Mann, kein besserer, sondern ein anderer. Dann, eines Tages nicht fern von diesem, Blainey, verharrte das Wasser des Baches, und die Geister ließen mich die neue Seele sehen, die ich geschmiedet hatte.« Wareagle hielt inne, und sein Gesicht schien den Wind herauszufordern. »Sie hatte die gleiche Gestalt wie die alte, Blainey. Die Geister hatten mich eine wichtige Lektion gelehrt: ein Mensch kann nicht zu einem anderen werden. Sein Manitu bleibt sein Manitu. Weiterentwickeln vielleicht, aber niemals ändern, weiterentwickeln durch die zahlreichen Prüfungen, die uns die Geister in den Weg legen.«

»Diese Mission ist die letzte Prüfung.«

»*Das Leben* ist die letzte Prüfung. Vietnam, Laos, Kambodscha – nur kleine Schritte auf dem Weg.«

»Und nun Maine, Indianer.«

28

»Wer ist die Frau, Blainey?« fragte Wareagle, als sie zu Sandy hinüber gingen, die ruhelos unter einem Baum stand, der sie teilweise vor dem Schnee beschirmte.

»Jemand, der genauso lang wie ich darin verwickelt ist.«

Wareagle nickte verstehend. »Ihre Seele ist aus den Fugen geraten, zerrissen von Furcht. Sie hat neue Gewässer betreten und beherrscht nicht einmal in den ruhigsten Strömungen ihre Schwimmstöße. Habe Geduld mit ihr.«

McCracken setzte zu einem Achselzucken an, aus dem ein Lächeln wurde. »Ehrlich, Indianer, dann und wann machst du mir richtig Angst. Die Worte, die die Geister dir zuflüstern, kommen der Wahrheit ziemlich nahe. Eines Tages würde ich gern lernen, wie man diese Worte hören kann. Ich werde darin besser sein als beim Versohlen. Versprochen.«

Wareagle musterte McCracken ernst und blieb plötzlich stehen. »Um zu hören, Blainey, muß man zuerst verstehen können. Und dann muß dein Manitu wie ein Schwamm wirken und die gesamte Bedeutung der Worte aufnehmen. Doch dein Manitu ist unnachgiebig. Er erlaubt nicht, daß der schmale Horizont, den er einnimmt, verbreitert wird.« Der Indianer blickte in die Ferne, über die weißgefrorenen Äste hinaus, die sich in der Luft kreuzten. »So bist du imstande gewesen, so lange dort draußen zu bleiben. In gewisser Hinsicht beneide ich dich um diese Eigenschaft, denn sie ermöglicht es dir, das Leben ohne Fragen zu ertragen. Du nimmst es hin, Blainey, und das ist eine größere Gabe, als du wahrscheinlich ahnst.«

Sie gingen weiter.

»Wells«, sagte Wareagle, als schmecke der Name auf seiner Zunge wie Schmutz. »Sein Manitu war schwarz und besudelt. Er hat das verloren, was einem Menschen sein Gleichgewicht gibt.«

»Nun, er hat auch die Hälfte seines Gesichts verloren. Er wird das Kommando über die feindlichen Truppen haben, und ob er sich nun im Gleichgewicht befindet oder nicht, er ist ein verteufelt guter Soldat. Das trägt nicht gerade zu unseren Chancen bei.«

»Chancen haben keine Bedeutung für die Geister, Blainey.«

Sie erreichten Sandy, und Blaine stellte die beiden kurz einander vor. In der Nähe des riesigen Indianers fühlte sie sich offensichtlich noch unbehaglicher, und Wareagle hatte der Zivilisation schon zu lange den Rücken gekehrt, um sich in der Gesellschaft von Fremden wohlzufühlen. Sie gingen etwa zweihundert Meter weiter, dann nahm Sandy den Geruch eines Lagerfeuers wahr. Der Indianer führte sie auf eine Lichtung, die von sieben kleinen Hütten umsäumt war.

Auf der Mitte der Lichtung versorgte ein weiterer Indianer das Feuer und fächerte die Glut mit einem Stock auf, um weitere Holzscheite aufzulegen. Irgend etwas schien mit ihm nicht zu stimmen, und als sie sich dem kleinen überhängenden Schutzdach näherten, unter dem das Feuer errichtet worden war, sah Sandy, was diesen Eindruck hervorrief.

Der Indianer hatte nur eine Hand.

Er sah auf, bemerkte Wareagle und die sich nähernden Fremden, und sein Körper straffte sich. Johnny ging voraus und sprach kurz mit ihm. Der kleinere Indianer nickte und ging davon.

»Running Deer wird die anderen holen«, sagte Wareagle zu McCracken. »Sie sind in den Wäldern. Es wird eine Weile dauern.«

Blaine runzelte die Stirn. »Wenn sie alle verkrüppelt sind, Johnny, kannst du ihm sagen, er brauchte sich die Mühe nicht zu machen.«

»Wir alle sind verkrüppelt«, sagte Wareagle ruhig. »Innerlich oder äußerlich. Verluste verkrüppeln uns, wenn wir es zulassen. Im Fall von Running Deer kann er mit seiner verbleibenden Hand den Tomahawk um so besser werfen. Die Geister haben für einen Ausgleich gesorgt.«

»Was die Waffen angeht, werden sie mehr für uns tun müssen, wenn wir Erfolg haben wollen«, sagte Blaine.

»Hier, Blainey, ist wie in alten Zeiten jeder Mann ein Meister mit seinem erwählten Todeswerkzeug. Die uralten Waffen sind genauso tödlich wie die modernen, die wir im Höllenfeuer zurückgelassen haben.«

»Wir haben es mit einer ganzen Armee zu tun, Indianer.«

»Dann haben wir die Kraft und die Fähigkeit, leise zu töten, nötiger. Außerdem«, fügte Wareagle mit einem schwachen Lächeln hinzu, »haben wir nicht alle modernen Waffen aufgegeben.«

Er führte Blaine in eine der Hütten. Sandy folgte ihnen, weniger, weil sie neugierig war, sondern um der Kälte zu entfliehen. Als sie die Tür wieder geschlossen hatten, zog Wareagle eine Feldkiste unter einem einzelnen Feldbett hervor und öffnete sie. McCrackens Augen strahlten, als er den Inhalt sah.

»Nicht schlecht, Johnny«, sagte er und blickte hinab auf zwei M-16, von denen eine an der Unterseite mit einem Granatwerfer ausgestattet war. Des weiteren befanden sich mehrere Handfeuerwaffen in der Kiste, dazu beträchtliche Mengen an Munition und einige Thermolit-Sprengladungen. In Vietnam waren Sprengungen eine von Wareagles Spezialaufgaben gewesen. »Weißt du denn noch, wie man mit diesem Zeug umgeht?«

»Wissen ist wie die Sonne, Blainey: sie geht nur unter, um wieder aufzugehen. Wenngleich die Waffen uns vielleicht helfen könnten, muß ich dich warnen, daß die meisten meiner Männer nichts mit ihnen zu tun haben wollen. Die Geister sind mit ihnen strenger als mit mir gewesen.«

»Wir können sie nicht mit leeren Händen in die Sache marschieren lassen.«

»Das werden wir auch nicht. Jeder verkörpert den Geist seiner Waffen. Ihr überragendes Können wird dich überraschen.«

»So lange es uns am Leben hält . . .«

»Du mußt mich nun in die Einzelheiten einweihen, Blainey.«

McCracken zog Terrells Karte aus der Tasche und breitete sie auf dem Bett des Indianers aus. »Das ist die Horse Neck Island in der Muscongus-Bucht. Diese Insel ist unser Ziel, und wir müssen sie bis heute abend sieben Uhr dreißig erreicht haben.«

Wareagle blickte aus dem Fenster und schätzte das spärliche verbliebene Licht ab. »Nur noch zweieinhalb Stunden. Eine schwierige Aufgabe, selbst, wenn die Geister mit uns sind.«

»Du kennst die fragliche Gegend?«

Wareagle nickte. »Die Küsten aller Inseln in diesem Gebiet sind heimtückisch. Doch bevor wir dieses Hindernis überhaupt erreichen, haben wir noch eine schwierige Fahrt und eine unmögliche Reise über das Wasser vor uns.«

»Eine unmögliche?«

»Der Sturm wird alle akzeptablen Schiffer aus den Docks vertrieben haben; ihre Schiffe sind wertlos für uns.«

»Nicht, wenn wir eins stehlen können.«

»Nur ein Seemann, der mit diesen Gewässern vertraut ist, hat eine Chance, bei solch einem Wetter den Riffen zu entgehen. Ein Boot allein ist nutzlos.«

»Nehmen sich deine Geister am Heiligen Abend frei, Indianer?«

»Sie geben Ratschläge, Blainey. Sie wirken keine Wunder.«

»Dann will ich dir etwas sagen. Vielleicht ist ein Wunder nötig, um diese Sache durchzuziehen. Und es steht wesentlich mehr auf dem Spiel als nur unser Leben; in diesem gottverlassenen Loch haben wir für das ganze gottverdammte Land gekämpft, und der Feind auf der Horse Neck Island ist schlimmer als jeder, mit dem wir es dort drüben zu tun gehabt haben.«

Wareagle nickte, ausdruckslos wie immer. Der Schnee auf seinem Haar war zu schimmernder Nässe geschmolzen.

»Wir werden zu den Docks fahren, Blainey«, sagte er, »und die Geister werden uns einen Weg über das Wasser weisen. Wenn das nicht ihr Plan wäre, hätten sie dich nicht zu mir geführt.«

»Jetzt brauchen wir also nur noch einen eigenen Plan.«

Wareagle deutete auf die Stellen auf Terrells maßstabsgerechter Zeichnung, an denen Wachen postiert waren.

»Das Problem, Blainey, besteht darin, daß wir uns der Insel in einem Boot nähern müssen. Selbst die Geister werden nicht imstande sein, dieses Boot vor den Inselausgucken zu verbergen.«

Ein heulender Wind peitschte durch die Bäume. Blaine blickte wieder aus dem Fenster.

»Aber der Sturm wird uns verbergen.«

»Nur aus der Ferne. Sobald wir die Riffe überquert haben und uns diesem Dock hier nähern, wird das Wetter uns nicht mehr schützen.«

»Dann müssen wir uns etwas einfallen lassen.«

An Wareagles Hüttentür klopfte es. Der große Indianer öffnete sie, und Running Deer stand draußen, leicht außer

Atem. Einige leise Worte wurden gewechselt. Wareagle wandte sich an Blaine und dann kurz an Sandy.

»Meine Männer warten draußen auf uns. Ich glaube, ihr solltet sie kennenlernen.«

Einschließlich Running Deer waren es sechs. Sie standen nebeneinander, und das Licht des Feuers tanzte auf ihren Gesichtern.

»Sie wissen, was vor sich geht, nicht wahr?« fragte Blaine Wareagle flüsternd, als sie sich den Männern näherten.

Johnny nickte. »All denen, die zuhören, haben die Geister in dieser Gegend viel zu sagen, Blainey.«

Sandy blieb auf halbem Weg zwischen den Männern und Wareagles Hütte stehen. Etwas an der Gruppe jagte ihr Angst ein. Ihre Gesichter waren furchterregend starr und leer, die Augen dunkler als die Nacht und leuchtend wie die einer Katze. In diesen Augen lag ein gewisses Potential an Gewalt, der zu entfliehen sie hierher gekommen waren, die sie jedoch wieder eingeholt hatte. Abgesehen von Running Deer war nur einer von ihnen körperlich behindert. Ihm fehlte aber keine Hand, sondern ein Bein, und er trug einen hölzernen Ersatz.

»Wir brechen auf.« Mehr sagte Wareagle ihnen nicht. »In zehn Minuten. Bereitet eure Waffen vor.«

Die sechs Indianer traten schnell, aber nicht überstürzt ab. Der mit dem Holzbein humpelte, um Schritt zu halten.

»Ich glaube, diesen Käpt'n Ahab können wir zurücklassen«, schlug Blaine vor.

»Nightbird war im Höllenfeuer Scharfschütze, Blainey. Er wird uns eine große Hilfe sein.«

»Wir haben nur zwei Gewehre, Indianer, eins für dich und eins für mich.«

Sie kehrten zu seiner Hütte zurück. Wareagle schüttelte den Kopf. »Für dich und Nightbird, Blainey. Ich benutze heutzutage lieber den Bogen.«

Als sie die Hütte betreten hatten, sah Blaine endlich Sandy ins Gesicht.

»Sie werden hier warten.«

»Nie im Leben!« erwiderte sie scharf. »Ich weiß noch nicht

einmal, wo zum Teufel ich bin. Wenn ihr nicht zurückkommt, sitze ich den ganzen Winter über hier fest.«

»Dann werden wir Sie unterwegs irgendwo absetzen.«

Sandy musterte ihn voller Schock und Zorn. »Vielleicht haben Sie vergessen, daß sie versucht haben, auch mich zu töten. Glauben Sie wirklich, ich wäre sicherer, wenn ich allein durch Maine fahre, anstatt Sie zu der Insel zu begleiten? Sehen Sie es doch ein, wenn Sie es nicht schaffen, bin ich sowieso so gut wie tot.«

McCracken sah Wareagle an, und der nickte. »Können Sie mit einer Pistole schießen?« fragte Blaine Sandy.

»Ich kann es lernen.«

McCracken gab ihr eine .45er, die sie ungeschickt in ihren Gürtel steckte, und ließ sie auch noch zwei grüne Segeltuchrucksäcke mit zusätzlicher Munition tragen. Der große Indianer trug den Plastiksprengstoff. Blaine warf sich die M-16 mit dem Granatwerfer über den Rücken und reichte dem Scharfschützen Nightbird die Standardversion. Running Deer hatte zahlreiche handgearbeitete Tomahawks an seinem Gürtel befestigt. Von den anderen Männern trug einer einen Bogen, einer diverse Wurfmesser; ein dritter zog eine lange Bola aus Metall vor, während der vierte genau wie Wareagle Pfeil und Bogen gewählt hatte.

Zehn Minuten, nachdem sich die Männer getrennt hatten, hielten zwei geschlossene Jeeps mit Allradantrieb auf der Lichtung. Bis auf die Windschutz- und Heckscheiben waren sie dick mit Schnee bedeckt. Die Scheibenwischer gaben ihr Bestes, den noch immer fallenden Schnee abzuwehren.

»Haben die Geister die Rechnung für die beiden Schlitten abgezeichnet, Johnny?« fragte Blaine.

Wie immer ignorierte Wareagle seinen Versuch, humorvoll zu sein. »Ein Rückzug aus der Gesellschaft ist nicht gleichbedeutend mit einer Preisgabe der Wirklichkeit, Blainey. Es kann zu Notfällen kommen. Vorräte müssen beschafft werden. Außerdem waren für die Kämpfe innerhalb unserer Seelen keine Maschinen verantwortlich.«

Sandy und Blaine fuhren mit Wareagle und einem Fahrer in einem Jeep, während sich die fünf anderen Indianer im zweiten zusammendrängten. Sie fuhren eine schneebedeckte Straße hinab, die man anscheinend mit keinen moderneren Hilfsmitteln als Macheten gerodet hatte. Unentwegt scharrten zusammengebrochene Äste an ihren Fahrzeugen; da sich der Schneefall verstärkt hatte, war die Sicht gleich Null. Im Wald hatten sie nicht bemerkt, wie wild der Sturm geworden war. Johnny vermutete, daß bereits fünfundzwanzig Zentimeter Schnee gefallen waren und fünf weitere fallen würden, bevor sie das Dock auf der Horse Neck Island erreicht haben würden.

Nach zehn quälenden Minuten wandten sie sich auf der Route 17 in östliche Richtung. Selbst für die Jeeps mit Allradantrieb war die Fahrt tückisch. Gelegentlich türmte sich neben ihnen eine Schneewehe auf, die fast genauso hoch war wie die Jeeps selbst, und nur die schnellen Reflexe der Fahrer bewahrten die Fahrzeuge davor, hoffnungslos steckenzubleiben.

Sie sahen keinen einzigen anderen Wagen oder Schneepflug auf der Straße, und je näher sie dem kamen, bei dem es sich eigentlich um die Zivilisation hätte handeln sollen, desto schlimmer wurden die Sichtverhältnisse. Die Scheinwerfer der Jeeps waren nutzlos. Sandy hatte keine Ahnung, wie der Fahrer überhaupt die Kurven und Hindernisse erahnen konnte, doch irgendwie gelang es ihm. Die Fahrt machte ihr Angst, und sie konnte nicht verhindern, daß ihr Herz vor jeder nicht einzusehenden Biegung einen Satz machte. Der Schnee schlug gegen die Windschutzscheibe und überzog sie manchmal wie mit einer dicken Decke, die zeitweise sogar den Scheibenwischern Einhalt gebot. Sie hatten schwer zu kämpfen und trugen jedesmal den Sieg davon, schienen jedoch immer mehr aus sich herausholen zu müssen, während der Schnee immer dichter fiel.

»I'm dreaming of a white Christmas«, sang Blaine in seiner besten Bing-Crosby-Darstellung, als sie auf die Route 1 abgebogen waren. *»Just like the ones I used to know . . .«*

Sandy wollte ihm schon sagen, er solle den Mund halten, lächelte dann jedoch über sich selbst, als sie bemerkte, daß selbst Wareagle ein leises Lächeln zeigte. Von allen Charakter merkmalen McCrackens verwirrte sie sein Sinn für Humor am meisten. Er schien so fehl am Platz in der Welt der Gewalt und des Todes, in der er schon so lange lebte. Dann kam ihr etwas in den Sinn: vielleicht hatte er auf diese Art überlebt und gleichzeitig seine geistige Gesundheit bewahrt. Sie erinnerte sich an das Entsetzen, das sie in Houston überkommen hatte, als sie getötet hatte, um nicht getötet zu werden. Es schwang immer noch nach, und sie wußte, daß es ihren Schlaf heimsuchen würde, solange sie lebte. Blaine McCracken hatte den größten Teil seines Lebens mit solchen Erfahrungen zugebracht. Er war zynisch und sarkastisch, und vielleicht konnte er allein deshalb weitermachen. Sie nahm an, daß sein Sinn für Humor eine Art Waffe war, die er wie jede andere benutzte.

Auf der Route 1 kamen sie nicht besser voran als auf der Route 17. Offensichtlich waren vor einiger Zeit Schneepflüge auf dieser Straße zum Einsatz gekommen und hatten dafür gesorgt, daß sich unter dem neu gefallenen Schnee eine dünne Eisschicht gebildet hatte. Die Jeeps schlingerten wie betrunken über die Straßen; mittlerweile waren die Bremsen genauso nutzlos wie die Scheinwerfer. Hätte es Straßenschilder gegeben, der Schnee hätte sie schon längst bedeckt. Soweit Sandy sich erinnern konnte, hatte der indianische Fahrer nur einmal auf die Karte geschaut, auf der der Weg zur Muscongus-Bucht und zur Horse Neck Island verzeichnet war. Er wandte die Augen nur von der schneeverwehten Straße, um sich im Rückspiegel zu überzeugen, daß der zweite Jeep noch seinen Spuren folgte.

Schließlich wurde der Jeep langsamer, und Sandy glaubte, auf ihrer rechten Seite Wasser auszumachen; es unterschied sich durch die dunkle Oberfläche vom Land. Sie hatten die Route 1 vor ein paar Minuten verlassen und schienen durch ein kleines Dorf zu fahren. Sie konnte jedoch nur wenige Lichter erkennen, und die waren schwach, als hätten die Bewohner des Dorfes alle Vorhänge zugezogen und versteckten sich vor dem draußen tobenden Sturm.

Der Jeep fuhr weiter durch die Stadt, und Sandy konnte die Geräusche der Wellen hören, die in der Nähe heftig auf das

Ufer rollten. Ein paar hundert Meter weiter bedeutete Wareagle dem Fahrer, er solle anhalten.

»Es ist kurz vor sieben«, verkündete McCracken. »Wir haben nicht mehr viel Zeit.«

»Die Geister, die uns führen, richten sich nicht nach Minuten, Blainey. Ihr Blick ist ewig. Die Zeit, die sie uns verschaffen, wird ausreichen.«

Blaine hob nur die Schultern und stieg aus, wobei er seine Waffen mitnahm. Sandy folgte ihm und blieb hinter ihm stehen, als sich Wareagle und die anderen Indianer näherten. In der Ferne, mitten in der Bucht, konnte sie die dunkle Form der Horse Neck Island ausmachen. Sie schlängelte sich wie eine große Schlange auf dem Wasser – eine Illusion, die durch den verwehenden Schnee verursacht wurde.

»Dort drüben«, sagte Wareagle.

Blaines Blicke folgten der Linie von Johnnys Finger zu dem kleinen, baufällig wirkenden Pier, der sich vom entferntesten, zerklüfteten Küstenrand aus erstreckte. Aus dieser Entfernung wirkte er völlig bleich, bis auf einen dunkleren Fleck, der sich im Rhythmus mit dem Wind bewegte.

Es war ein Boot, ein Fischerboot.

»Sieht so aus, als würden deine Geister doch auf uns achten, Indianer«, sagte Blaine, wieder von Hoffnung erfüllt.

Wareagle schüttelte den Kopf. »Wir werden es niemals schaffen. Blainey. In ruhigen Gewässern hätten wir eine Chance. Aber jetzt, heute abend, werden die Riffe uns der eisigen See ausliefern. Das Boot ist nutzlos für uns. Nur ein Mann, dessen Manitu diese Gewässer sehr gut kennt, könnte es schaffen.«

»Wir müssen es versuchen, Johnny«, beharrte Blaine. »Selbst, wenn wir die Bucht durchschwimmen müssen, wir müssen es versuchen.«

»Vielleicht doch nicht«, sagte Sandy plötzlich. Sie deutete auf die kleinen, grauen Wolken eines Holzfeuers, die aus dem Kamin einer Hütte direkt neben dem Pier quollen. Im Fenster flackerte Lichtschein. »In dieser Hütte ist jemand.«

McCracken wandte sich an Wareagle. »Der Besitzer des Bootes?«

»Wenn die Geister uns beistehen, ist alles möglich.«

»Dann wollen wir mal sehen, ob wir einen Seemann anheuern können.«

29

McCracken klopfte fünfmal laut an die Tür, dann hörte er, wie innen ein Riegel zurückgeschoben wurde. Die Fenster waren so dick mit Eis verkrustet, daß man das Innere der Hütte von außen unmöglich einsehen konnte. Es brannte ein düsteres Licht in der Hütte, doch erst, als die Tür zu ächzen begann, wußte er mit Sicherheit, daß sich jemand darin aufhielt.

»Was wollen Sie?« fragte der Bootsmann und öffnete die Tür nur einen Spalt breit.

»Wir brauchen Ihre Hilfe«, entgegnete Blaine, während der Wind Neuschnee durch die schmale Öffnung blies. Im Inneren der Hütte fühlte er nun die Wärme eines Feuers und roch das harzige Versprechen einer Linderung der Kälte, die es bot.

»Ahjoh«, knurrte der Schiffer mit rauher, wettergefärbter Stimme. »Ihr Burschen kommt besser erst mal aus dem Sturm, bevor ihr noch erfriert.«

»Dazu haben wir keine Zeit.«

»Ihr habt genug Zeit, um zu erfrieren, und genau das werdet ihr tun, wenn ihr nicht auf mich hört.«

Blaine gab nach und betrat die Hütte, gefolgt von Sandy und dann Wareagle, den der Schiffer scharf musterte.

»Da draußen sind noch mehr«, sagte er. »Ich habe sie gehört.«

»Wenn sie hereinkommen, wird ihnen die Kälte nur noch grausamer erscheinen, wenn sie wieder hinaus müssen«, erklärte Wareagle. »Es war ihre Wahl.«

»Ahjoh. Diese Nacht bringt um, wen sie kann. Ihr Burschen . . . und Sie, Lady . . . seid ganz weiß im Gesicht. Ihr wart schon 'ne Weile draußen, nicht wahr?«

»Wir brauchen Ihr Boot«, setzte Blaine an.

»Mein Boot ist nicht zu vermieten, Freund.«

»Aber zu chartern? Wir brauchen auch Sie. Sie müssen es steuern.«

»Bessere Mänenr als ich sind in Küstenstürmen abgesoffen, mein Freund. Und auch bessere Boote als meins.«

Blaine folgte dem Bootsmann näher an eine Kerosinlampe heran, in deren Schein er das Gesicht des Mannes zum ersten Mal genau sehen konnte. Es war ein formloses Gesicht, weder jung noch alt, die Gesichtszüge von einem Stoppelbart verborgen, und mit stumpfen Augen unter einem ergrauenden Haarschopf.

»Geld ist kein Problem«, erklärte er.

»Sie haben recht, es ist keins«, schnappte der Schiffer, »denn Geld kann einem kein neues Leben kaufen.«

»Aber ein neues Boot.«

»Ich bin mit dem, was ich habe, ganz zufrieden«, erwiderte der Bootsmann. »Es steckt noch etwas Leben in ihm.« Er hielt inne. »Wohin wollt ihr Burschen in so einem Sturm überhaupt so schnell?«

»Horse Neck Island.« Blaine sah auf seine Uhr. »Wir müssen uns beeilen.«

McCracken überlegte kurz, ob er seinem Wunsch mit dem Gewehr Nachdruck verleihen sollte, und der Schiffer mußte seine Gedanken gelesen haben, denn seine stumpfen Augen wandten sich zu der M-16, die über McCrackens Schulter hing. »Habt ihr vor, in den Krieg zu ziehen oder so?« fragte er und fuhr sich mit der Hand über die Bartstoppeln.

»Oder so«, erwiderte Blaine gespannt.

Der Bootsmann nickte. »Ich kenne diese Gewässer besser als jeder andere, Mister. Aber dieser Sturm ist mörderisch. Könnte gut sein, daß er uns gegen die Klippen wirft.«

»Wir sind bereit, dieses Risiko einzugehen.«

»Wie viele seid ihr?«

»Neun«, erwiderte Blaine und machte sich gar nicht erst die Mühe, Sandy auszusondern.

»Das Boot wird ziemlich zu tragen haben, mein Freund. Es wird verdammt schwer fahren und tief im Wasser liegen. Bei den Wellen da draußen ist das kaum ratsam.«

»Aber Sie werden es schaffen«, sagte Blaine, und aus irgendeinem Grund wußte er, daß dieser zerlumpte Mann in einer Hütte, die nach abgestandenem Schweiß und billigem Whisky stank, es wirklich schaffen würde.

»Lassen Sie mich nur mein Ölzeug anlegen, mein Freund.«

Wells hatte den größten Teil des Nachmittags im Überwachungsraum vor den Monitorbildschirmen und Kommunikationsgeräten verbracht, die ihn mit seinen über die Insel verstreuten Wachen verbanden. Der Sturm war ein wahrer Segen, denn er verbot einen Angriff aus der Luft völlig. Da bei diesem Wetter schon vor Anbruch der Nacht eine Annäherung über das Wasser ausgeschlossen war, hätte er sich eigentlich entspannen können.

Doch er entspannte sich nicht. Irgend etwas nagte an ihm. Der peitschende Schnee des Sturms hatte eine Überwachung durch die Fernsehkameras zumindest während der Nachtstunden unmöglich gemacht, so daß Wells sich völlig auf seine Wachen verlassen mußte. Mehrmals hatte er die Festungsmauern verlassen, um die Insel persönlich zu überprüfen und die aufgepeitschten Gewässer mit einem Fernglas abzusuchen, als erwarte er Besucher.

Nun rückte halb acht jedoch schnell näher. In kaum mehr als einer halben Stunde würde der Computer die Möglichkeit ausschließen, die Aktion abzubrechen, und Omega würde unausweichlich ablaufen. Wells entkrampfte sich ein wenig bei diesem beruhigenden Gedanken, doch erst, wenn der fragliche Augenblick verstrichen war, würde er sich völlig entspannen können. Er verließ den Kommunikationsraum und ging zur Kommandozentrale in der vierten Etage hinauf, wo zwei bewaffnete Männer vor der Tür Posten bezogen hatten. Wells schob seinen Ausweis in einen Schlitz, woraufhin die Tür aufschwang.

»Ah, Wells«, grüßte Verasco hinter einer Computerkonsole. »Ich habe gerade einige letzte Checks gefahren. Unser Satellit funktioniert ohne die geringste Störung.«

Auf der einen Seite der Kommandozentrale befanden sich

sechs Computerterminals, und auf der gegenüberliegenden eine große Luftkarte der Erde, auf der ständig die Position von Kraymans Satellit angezeigt wurde. Im Augenblick blitzte der weißte Lichtpunkt, der den Satelliten darstellte, über Mitteleuropa auf. Zwei Männer standen vor der Karte und klemmten Zettel an ihre Merkblöcke. Die Terminal-Operateure hinter ihnen waren verantwortlich für die Überwachung aller lebenswichtigen Daten des Satelliten. Die einzigen Doppelfenster des Raumes blickten zu dem Berg hinaus. Schnee und Eis hatten sich darauf gesenkt und verliehen der Kommandozentrale den Eindruck eines Grabes.

»Wo ist Mr. Dolorman?« fragte Wells.

Verascos runder Kopf nickte zu einer schweren Tür hinter der Weltkarte hinüber. »Er trifft die letzten Vorbereitungen.«

Wie auf ein Stichwort öffnete sich die schwere Tür, und Dolorman kam unbeholfen heraus. »Irgend etwas zu berichten, Wells?«

»Keine Eindringlinge, melden alle Ausgucke.«

»Sie klingen trotzdem besorgt.«

»Nur beunruhigt.«

»Wegen McCracken?«

»McCracken ist tot. Es könnte andere geben.«

Dolorman lächelte zu ihm hinauf. »Machen Sie sich darüber keine Sorgen. In genau sechsunddreißig Minuten wird niemand mehr verhindern können, was wir um neun Uhr beginnen werden.« Dann, zu Verasco: »Können unsere Kommunikationsexperten etwaige Meldungen der Luftaufklärer entgegennehmen?«

Verasco nickte. »Sie haben ihre Position jetzt eingenommen.«

»Dann kann uns nichts mehr aufhalten.«

Auf Verascos Schreibtisch summte ein Telefon. Er hob ab und lauschte kurz, dann wandte er sich schnell an Dolorman.

»Er will Sie wieder bei sich haben.«

Dolorman trat wieder zu der schweren Tür. Bevor er den dahinterliegenden Raum betrat, blickte er zu der Wanduhr hinauf. »Fünfunddreißig Minuten, meine Herren.«

Wegen des zusätzlichen Gewichts durchpflügte das Schiff nur träge die Wogen. Die Strömungen schlugen gegen seine Seite und überschütteten das Deck mit kaltem Meerwasser. Blaine und Johnny Wareagle waren auf Deck geblieben, während sich Sandy und die anderen Indianer in der kleinen Kabine zusammendrängten. Sie hatten mittlerweile zwei Drittel der Strecke zur Horse Neck Island zurückgelegt und sahen, wie die Insel vor ihnen an Masse gewann. Sie wirkte bedrohlich.

»Wann werden die Männer am Ufer uns entdecken?« fragte Blaine den Schiffer, der unbeweglich hinter dem Steuerruder stand, die Augenbrauen und den Bart von Eiskristallen durchsetzt.

»Sobald wir das Riff überqueren, nehme ich an. Ahjoh, dann wird der Sturm uns keine Deckung mehr geben.«

»Irgendwelche Ideen?« fragte Blaine Wareagle.

»Wenn sie uns sehen, werden sie uns versenken . . . außer, sie sehen keinen Grund dazu.«

»Was meinst du damit?«

»Niemand schießt ein Pferd ohne Reiter nieder. Diesen Anschein müssen wir auch von unserem Boot erwecken. Wenn die Geister uns beistehen, könnte es klappen.«

»Und wenn sie uns nicht beistehen?«

»Dann wären wir schon tot – schon lange tot, Blaine. Wir wären im Höllenfeuer gestorben.«

McCracken wandte sich an den Bootsmann. »Wenn wir die Klippen überquert haben . . . ist es dann möglich, daß wir zu dem Dock der Insel getrieben werden?«

»Mit den Strömungen, meinen Sie, mein Freund? In einer Nacht wie dieser kann man sie kaum ausrechnen. Die Sturmwinde treiben das Wasser in alle möglichen Richtungen. Aber ich glaube, ahjoh, mit ein wenig Glück könnten wir es schaffen.«

»Die Geister meines Freundes stehen uns bei«, sagte Blaine mit einem Seitenblick auf Wareagle. »Also dürften wir mit dem Glück keine Schwierigkeiten haben.«

Eine Minute später – die unregelmäßige Form der Insel war nun deutlich zu erkennen – erreichten sie die Felsen. Die Augen des Schiffers waren nach vorn gerichtet, obwohl sie ihm kaum helfen konnten, wenn es darum ging, die tödlichen Hindernisse auszumachen, die sich erhoben, um den Boden aus seinem Boot zu reißen. Statt dessen konzentrierte er sich auf die Küste der Insel. Er hatte die mörderischen Felsformationen fest im Gedächtnis verankert und konnte das Boot dementsprechend steuern. Obwohl er fast kein Gas mehr gab, war das Schiff noch immer der Gnade der tosenden Wellen ausgeliefert und wurde trotz der ständigen Anstrengungen des Schiffers, das Ruder ruhig zu halten, von einer Seite auf die andere geworfen.

In der Kabine unter Deck hörte Sandy, wie Felsen an der Schiffshülle kratzten. Sie hörte das schreckliche, raspelnde Scharren an den hölzernen Planken und fragte sich, wie lange es noch dauern würde, bis Salzwasser einsickerte.

Über ihr gab der Bootsmann seine letzte Kraft, um den gefährlichsten Formationen auszuweichen und es lieber mit den kleineren aufzunehmen. Gelegentlich verlangsamte sich das Schiff mit einem mahlenden Knirschen bis hin zu jenem Punkt, wo es den Anschein hatte, es sei auf Grund gelaufen und könne nicht weiter. Doch stets riß der Schiffer das Ruder gerade noch rechtzeitig herum, so daß die Strömungen das Schiff befreiten und es seine verzweifelte Fahrt fortsetzen konnte. Blaine fühlte, wie sein Herz hämmerte, und wußte, daß selbst Wareagle darum kämpfte, die Ruhe zu bewahren. So nahe der Insel fiel der Schnee unglaublich dicht, und sie konnten nur für kurze Augenblicke in ihn hineinsehen, bevor das Brennen auf ihren Gesichtern zu stark wurde und sie sie abwenden mußten.

Plötzlich wurde die Fahrt des Boots gebremst, als hätte sich aus dem Wasser heraus eine riesige Hand um seinen Rumpf geschlossen. Der Schiffer gab behutsam Gas und schob das Ruder nach rechts. Der Lärm unten war ohrenbetäubend, wie von Fingernägeln auf einer Kreidetafel, doch das Schiff löste sich von der Felsformation und kippte in das wogende Meer. Sie waren den Riffen entkommen.

In der Kabine unter Deck fühlte Sandy durch ihre Handschuhe, wie kaltes Salzwasser einsickerte. Es kam nicht durch ein großes Leck, sondern aus vielen kleinen. Bald fühlte sie, wie es um ihre Beine strömte. Ein Zittern schüttelte sie, als die Maschine ausgeschaltet wurde, und die schreckliche Erwartung, ertrinken zu müssen, ließ ihren Atem schneller gehen. Dann wurde die Kabinentür leise geöffnet, und Wareagle kam herein, gefolgt von McCracken. Während der riesige Indianer seinen Männern die nächste Phase des Plans erklärte, nahm Blaine Sandy beiseite und ging ihre Aufgabe mit ihr durch. Sie akzeptierte sie bereitwillig, froh, etwas zu tun zu haben, womit sie ihre Gedanken von der Panik ablenken konnte.

Blaine führte sie auf Deck, wo sie sich mit einer Persenning-Plane bedeckten. Sie konnte den Bootsmann nicht finden und begriff, daß auch er sich irgendwo verborgen und das Schiff den Launen des Wassers überlassen hatte. Blaine hatte ihr Versteck so gewählt, daß er die Geschehnisse durch einen Riß in der Persenning verfolgen konnte, und auch Sandy konnte den einen oder anderen Blick erhaschen. Sie trieben anscheinend ziellos einem weißen Dock zu, das sich aus dem schwarzen Wasser erhob. Zuerst schien es sicher, daß sie es verpassen würden, doch der Schiffer hatte die Strömungen genau berechnet, und aus zwanzig Metern Entfernung nahmen sie genau Kurs darauf.

Blaine bemerkte den einzelnen Mann auf dem Dock; er war froh, daß es sich nur um einen handelte, jedoch weniger glücklich darüber, daß er sein Gewehr auf das Schiff richtete. Es war die Aufgabe des Mannes, auf sich nähernde Schiffe zu achten, doch dieses mußte sich – offensichtlich verlassen – von seiner Verankerung losgerissen haben und vom Wind hierher getrieben worden sein. Wundersamerweise war es dem Zorn der spitzen Klippen entkommen. Solange er das Schiff nicht genauer untersucht hatte, gab es nichts an das Hauptquartier zu melden. Er erwartete zwar, nichts zu finden, hielt das Gewehr aber trotzdem für alle Fälle bereit.

Als sie noch zehn Meter entfernt waren, öffnete sich die Kabinentür nur einen Spalt breit, weit genug für Windsplitter, Wareagles Messerwerfer, um Platz für eine seiner Klingen zu haben. Blaine atmete ganz flach und zog die Persenning weiter über sich selbst und Sandy. In dieser Position war er überaus verwundbar, doch er hatte keine andere Wahl. Wenn irgend etwas die Aufmerksamkeit des Dockpostens erregte und er schoß oder Verbindung mit der Basis aufnahm, war ihre Mission gescheitert.

Der Mann beobachtete, wie das verlassene Schiff etwas schneller wurde, als es sich dem Dock näherte. Es rammte hart gegen einen Pfahl, und der Posten bemerkte, daß es sehr tief lag, das Deck von Salzwasser überschwemmt. Offensichtlich war das Boot im Sinken begriffen. Er würde beim Hauptquartier um weitere Anweisungen nachfragen müssen. Seine Hand griff nach dem Walkie-Talkie an seinem Gürtel.

Windsplitter warf das Messer durch die Öffnung in der Kabinentür.

Die Klinge drang bis ans Heft in die Brust des Mannes. Er verharrte einen Augenblick lang, dann brach er auf dem Dock zusammen.

Blaine schlug die Persenning zurück. Augenblicklich zerrte Windsplitter die Klinge aus der Brust des Postens und steckte sie wieder in die Scheide an seinem Gürtel. Dann öffnete Blaine die Knöpfe und Schnallen des schweren Wintermantels des Mannes. Wenn jemand seinen Tod beobachtet hatte, würde es in Sekundenschnelle hier vor Wells' Leuten wimmeln. Wenn nicht, und wenn sie schnell genug arbeiteten, würde Blaines Plan vielleicht aufgehen.

Schließlich gelang es ihm, die bauschige Jacke von der Leiche zu lösen und sie Sandy hinzuhalten. Sie glitt mit den Armen hinein, und er knöpfte sie wieder zu. Als letztes befestigte er die Kapuze wieder an Ort und Stelle, so daß sie bei diesem Sturm aus der Ferne wie der Posten aussah, der auf dem Dock Wache schob. Kaum eine Minute, nachdem Windsplitters Klinge ihr Ziel gefunden hatte, stand sie mit einem schweren Gewehr in den behandschuhten Händen auf dem schneebedeckten Dock und sah mit einem Schauder auf den dunklen Fleck auf ihrer Brust hinab.

»Sie müssen nur dort stehen bleiben«, wies Blaine sie an. »Wenn man Sie auf dem Walkie-Talkie ruft, antworten Sie nicht. Noch besser, legen Sie die Hand über das Mikrophon und sagen Sie, Sie könnten sie nicht verstehen.«

Der Schiffer würde ebenfalls zurückbleiben, um alle nötigen

Reparaturen durchzuführen, damit das Schiff wieder seetüchtig wurde. Der einbeinige Nightbird würde mittlerweile Stellung hinter dem Dock beziehen, um ihnen für ihre Rückkehr aus der Festung – nachdem sie ihre Mission vollendet hatten – Deckung zu geben. Blaine wußte, daß sich der Indianer in der Rolle der Wache wesentlich besser als Sandy gemacht hätte, doch seine Behinderung war zu auffällig dafür. Er blickte sich um. Der Pier erstreckte sich zwanzig Meter vom Ufer ins Wasser. Danach kamen dreißig Meter schneebedeckten Strands und dann der Wald, durch den sie sich der Festung nähern würden.

»Gehen wir«, sagte Blaine.

Mit Wareagle an der Spitze entfernten sie sich schnell vom Ufer und fanden einen Weg, der in den Wald führte.

»Glaubst du, daß es irgendwelche elektronischen Fallen gibt?« flüsterte Blaine Wareagle zu. »Stolperdrähte oder so?«

»Ich bezweifle es, Blainey. Es hausen zu viele kleine Tiere hier, die einen Fehlalarm auslösen könnten.«

Ein paar stille Minuten später erreichte die kleine Gruppe eine Lichtung und hielt an deren Rand inne. Von ihrem Standort aus konnten sie den Landsitz durch den Schneefall sehen, genau wie einige Wachposten auf den hohen Stuckmauern, die ihn umgaben.

»Sie werden uns Probleme bereiten«, sagte Blaine leise. »Es sind mehr, als wir erwartet haben. Ich zähle sieben.«

»Acht«, sagte Wareagle.

Ganz in der Nähe brach ein Ast ab und zwang sie zu stummer Beweglosigkeit. Schritte näherten sich; Schnee knirschte, dann machte Blaine ein Stiefelpaar aus. Wareagle gab Thunder Cloud ein Zeichen, dem Indianer, dessen Spezialität die lange Kette mit dem Stahlball an ihrem Ende war, eine Variation der antiken Bolo. Thunder Cloud löste die Waffe aus seinem Gürtel und wickelte sie schnell auf, während er zum Anfang der Lichtung glitt.

Der sich nähernde Wachposten war noch zwei Meter entfernt, als sich Thunder Cloud niederkauerte und die Bolo warf. Sie zischte durch die Luft und wickelte sich um die Kehle des Mannes, getrieben von der schweren Kugel, bis sie ihm die

Luft abschnürte. Die Hände des Mannes faßten verzweifelt nach dem Metall, und er taumelte zurück, als Thunder Cloud das Ende der Kette ergriff und der gekrümmte Stahl durch das Fleisch seiner Kehle fuhr. Der Schrei, den er ausstieß, erstarb in Blut und Schmerz. Thunder Cloud fing die zuckende Leiche auf, als sie stürzte, und zerrte sie auf die Lichtung.

»Hier werden noch weitere Posten patrouillieren«, warnte Wareagle. »Die Geister warnen mich vor sechs, vielleicht sieben Mann zwichen uns und der Mauer.« Er nickte Running Deer, Windsplitter und Thunder Cloud zu, der gerade seine Waffe von der Kehle des toten Postens entfernt hatte. Bereitwillig schwärmten die drei Indianer gleichzeitig aus, um den Weg zur Mauer um den Landsitz freizumachen.

»Wir müssen uns noch immer mit den Wachen auf der Mauer befassen«, erinnerte Blaine Wareagle. »Wir müssen die Mauer erklettern, wenn wir in die Festung hinein wollen.«

Er nahm die M-16 mit dem Granatwerfer von der Schulter. Wareagle faßte die Waffe am Lauf und hielt sie fest.

»Kugeln bringen eine laute Warnung mit sich, Blainey. Es gibt einen anderen Weg.«

Und McCracken beobachtete, wie der riesige Indianer und seine beiden verbliebenen Soldaten, Swift Colt und Cold Eyes, steif ihre Bögen von den Rücken nahmen und Pfeile einlegten.

Durch den Wald drangen leise Geräusche zu ihnen vor. Ein Stöhnen, ein Ächzen, ein Pfeifen durch die Luft, ein dumpfer Aufschlag – all diese Geräusche wiederholten sich mehrmals, und ein jedes verriet Wareagle, daß ein weiterer Feind seiner Truppe zum Opfer gefallen war. Doch es blieb keine Zeit, sich über den Erfolg seiner Taktik zu freuen. Die Wachen würden Bericht erstatten und Kontrollpunkte passieren müssen, was Tote nicht mehr können. Bald würden die Männer, die in der Festung Dienst taten, merken, daß etwas nicht in Ordnung war.

»Wir müssen jetzt zuschlagen, Blainey«, flüsterte Wareagle. »Die Geister befehlen es.«

Blaine nickte und folgte Johnny von der Lichtung. Cold Eyes und Swift Colt gingen hinter ihnen, die Bögen schußbereit.

Im Wohnhaus war Wells auf seinen Platz in dem Überwachungsraum zurückgekehrt. Die Bilder, die die Kameras der Außenüberwachung einspielten, hatten ihn völlig frustriert, und es hatte auch nichts eingebracht, sein gutes Auge zusammenzukneifen, um sich einen Reim auf die weißen Schemen auf den Monitorschirmen zu machen. Wells zog die Jalousien vor den Fenstern zurück, von denen aus man den Hof überblicken konnte. Zumindest ein Wachposten würde im Falle eines Angriffs Alarm schlagen.

Nichtsdestotrotz war Wells ruhelos. Keine seiner logischen Überlegungen konnte das Gefühl unterdrücken, etwas sei nicht in Ordnung. Er spürte seine Nerven. Vielleicht hatte es etwas damit zu tun, daß er wiederholt gescheitert war, McCracken zu eliminieren. Wells hatte in seinem Leben kaum einmal versagt. Doch McCracken war ja schließlich in Arkansas umgekommen. Wenn jemand hier auf der Insel war, dann nicht er.

»Verbinden Sie mich mit dem Posten, der am Dock Wache hält«, rief er dem Mann zu, der die Kommunikationskonsole überwachte.

Wareagle hielt inne.

»Was ist los?« flüsterte Blaine.

»Es sind Männer auf dem Hof«, sagte Johnny. »Wenn wir die Wachen auf der Mauer niederschießen, aber nichts gegen die Männer auf dem Hof unternehmen, werden die unsere Anwesenheit bemerken.«

»Wir haben nur das Überraschungsmoment. Wir dürfen es nicht verlieren.« McCracken dachte schnell nach. »Wir müssen die Männer auf dem Hof zur gleichen Zeit wie die auf der Mauer angreifen.«

Die drei Indianer, die McCracken losgeschickt hatte, trafen innerhalb weniger Sekunden ein. Blaine machte sich nicht die Mühe, sie zu fragen, wie sie ihren Anführer ausfindig gemacht hatten. Sie benahmen sich wie Tauben, die nach Hause zurückkehrten.

Tauben . . . Bäume . . .

Blaine blickte durch den dicht fallenden Schnee nach oben.

Bäume umgaben die Mauer; einige standen ihr ganz nahe oder hingen sogar über. Die richtigen Männer dort oben mit den richtigen Waffen konnten die Posten auf der Mauer *und* dem Hof erledigen. Er erklärte Wareagle kurz den Plan.

»Schaffen es deine Jungs dort hinauf, ohne gesehen zu werden, Indianer?« fragte er schießlich.

»Sie schaffen es überall hin, ohne gesehen zu werden, Blainey, bis die Umstände sie zwingen, schließlich doch zu erscheinen. Sobald sie im Hof sind, wird ihre Anwesenheit denen im Haus nicht mehr verborgen bleiben.«

»Bring mich nur bis zur Eingangstür, Indianer«, erwiderte Blaine. »Den Rest übernehme ich.«

Sandy hörte, wie ihr Walkie-Talkie summte, und fuhr erschrokken zusammen. Sie zögerte und hoffte, der Ruf sei für einen anderen bestimmt.

»Wasserwache Eins, hören Sie mich«, wiederholte die Stimme.

Sie nahm das Funksprechgerät vom Gürtel und bedeckte das Mundstück aus Plastik mit behandschuhten Fingern, genau, wie Blaine es ihr aufgetragen hatte. Sie atmete tief ein und sprach mit tiefer Stimme.

»Ich . . . kann . . . Sie . . . kaum . . . verstehen . . .«

»Wiederholen Sie, Wasserwache Eins.«

»Sie sind ganz leise. Ich kann Sie kaum verstehen.«

Eine andere Stimme erklang. »Wasserwache Eins, Ihr letzter Bericht ist ausgeblieben. Ist alles in Ordnung?«

»Ja. Ich wollte Bericht erstatten, doch dieses Ding funktionierte nicht.« Sandy drückte einen Teil des Handschuhs fester auf das Mundstück. »Können Sie jemanden mit einem Ersatzgerät herüberschicken?«

»Nicht nötig, Wasserwache Eins«, sagte die zweite Stimme. »Bleiben Sie nur wachsam.«

Wells riß sich den Kopfhörer von den Ohren und drehte sich zu dem verwirrten Nachrichtenoffizier um.

»Was soll das heißen, Sir? Wasserwache Eins sollte keinen Bericht erstatten.«

»Ich weiß«, sagte Wells. »Jetzt verbinden Sie mich sofort mit irgendeinem Posten auf dem Hof.«

»Mit welchem?«

»Mit irgendeinem! Es spielt keine Rolle!«

Der Funker tat wie geheißen, wartete, wiederholte den Funkspruch dann. Nach der dritten Wiederholung drehte er zu Wells um.

»Sie . . . antworten nicht, Sir.«

Wells eilte bereits zur Tür. »Geben Sie Alarm!«

Der Funker drückte auf den roten Knopf auf seiner Konsole.

30

Um zweiundzwanzig Minuten vor acht hatten Wareagles Männer schließlich ihre Stellungen in den Bäumen eingenommen. Windsplitter saß mit seinen Messern im ersten, Running Deer mit seinen Tomahawks im zweiten und Cold Eyes mit seinem Bogen in einem dritten. Blaine blickte zu den Bäumen hinauf und konnte die Indianer tatsächlich nicht entdecken, so perfekt war ihre Tarnung. Sie waren so geschickt die Äste hinaufgestiegen, daß sie den darauf liegenden Schnee kaum verwischt hatten.

Johnny hatte Swift Colt, den Träger des zweiten Bogens, bei sich behalten, und nun trennten sie sich, um eine bessere Sicht zu ihren vorher ausgemachten Zielen auf der Mauer zu haben. Blaine ging mit Thunder Cloud zum Fuß der Mauer und sah zu, wie er gebogene Glieder einer Kette an den Enden zweier Seile befestigte. Um die Spitze der Mauer verlief ein Vorsprung, und vorausgesetzt, auf der Innenseite befände sich ein ähnlicher Vorsprung, würde sich die über die Mauer geworfene Kette dort verhaken. Der Indianer gab Blaine eins der Seile und behielt das andere für sich. Sie wollten gemeinsam die Mauer erklimmen und in den Hof hinabspringen, wobei Wareagle und Swift Colt ihnen bald folgen würde, wenn alles nach Plan verliefe. Die anderen würden sich ein wenig später aus ihren

Baumgipfeln fallenlassen. Daß sie die Wachen auf dem Hof so überraschend angriffen, mußte den Vorteil, den diese durch ihre überlegenen Waffen hatten, ausgleichen.

Das Geräusch einer schreienden Eule erklang. Es war soweit.

Wareagle und Swift Colt erschossen die Wachen, die ihnen auf der Mauer am nächsten standen, und hatten schon die nächsten Pfeile eingelegt, bevor die anderen Wachen überhaupt bemerkten, daß ihre beiden Gefährten zu Boden gestürzt waren. Insgesamt sechs Mann patrouillierten auf dem Innenhof, und bevor sie reagieren konnten, wurden sie von einer Reihe von Waffen in Kopf oder Brust getroffen. Zwei von Windsplitters Messer fanden ihr Ziel, dazu einer von Running Deers Tomahawks und drei pfeifende Pfeile von Cold Eyes' Bogen.

Blaine und Thunder Cloud hatten gerade die Mauerkante erreicht, als der letzte Wachposten darauf unter Wareagles und Swift Colts Pfeilen fiel. Sie waren gerade auf den Hof gesprungen, als die Alarmsirenen erklangen.

Plötzlich flimmerte der Hof vor Licht, in dessen Strahlen die Schneeflocken zu tanzen schienen. Die Eingangstür des Landhauses brach auf, und eine Horde von Männern strömten heraus, deren Maschinengewehre schon aufblitzten.

McCracken warf sich zu Boden und feuerte eine Salve, mit der er ein paar der vordersten Angreifer fällte, und schob dann den Sicherungshaken des Granatwerfers zurück. Er drückte ab und fühlte, wie der Rückstoß ihn nach hinten warf. Die Granate schlug in der Vorderwand des Gebäudes ein und schickte Holz- und Gesteinsplitter durch die Luft. Running Deer und Windsplitter ließen sich auf den Hof fallen, während Cold Eyes auf dem Baum blieb, um ihnen mit dem Bogen Deckung zu geben.

McCracken lief an der Mauer entlang, feuerte auf die vorwärts stürmenden Wachen und wartete auf eine Gelegenheit, in das Haus einzudringen. Wareagle und Swift Colt, die sich noch auf der Mauer befanden, gaben einen ständigen Pfeilhagel auf die Truppe ab, die aus dem Loch strömte, das die Granate in die Fassade des Gebäudes gerissen hatte. Dem einarmigen Running Deer gelang es, zwei Wachen zu töten, die den Pfeilen entgangen waren. Dann hob er seinen letzten

Tomahawk wild über den Kopf und stieß einen Kriegsruf aus, während er sich in eine Gruppe von Kraymans Leuten warf. Er tötete einen letzten, bevor eine Kugel sein Blut auf den Schnee vergoß.

Blaine schoß ununterbrochen, bis sein Munitionsstreifen verbraucht war; dann duckte er sich hinter die Deckung eines Landrovers, um einen neuen einzulegen. Mittlerweile hatten Kraymans Männer den Hof unter Kontrolle. Es schien Hunderte von ihnen zu geben, obwohl ein paar Dutzend auch gereicht hätten; wahrscheinlich war diese Zahl sowieso zutreffender. Blaine tastete nach den Thermolit-Ladungen in seiner Tasche und fragte sich, ob die Zeit gekommen sei, sie zu benutzen.

Er hatte gerade den zweiten Munitionsstreifen in die Waffe geschoben, als eine von Kraymans Wachen hinter dem Landrover hervorsprang und mit einem Gewehr auf ihn zielte. Blaine wollte sich zur Seite werfen, hatte jedoch schon begriffen, daß es zu spät dafür war, als ein Pfeifen die Luft zerriß und Thunder Clouds Bola sich um den Hals des Mannes schlang. Der Indianer prallte heftig zurück, und Blut sprudelte aus der Kehle des Postens, als eine Salve aus einem Maschinengewehr Thunder Clouds Körper in zwei Teile riß. Der Indianer fiel mit einem stummen Schrei auf den Lippen in den Schnee.

McCracken ergriff das Maschinengewehr des toten Postens und warf es zu Wareagle hinauf, der gerade seinen Vorrat an Pfeilen erschöpft hatte.

»Gib mir Deckung!« rief Blaine, holte zwei Thermolit-Bomben aus seiner Jacke und riß von einer den Ring ab. Noch immer laufend, warf er sie zu dem größten Trupp von Kraymans Männern hinüber. Sie war kaum auf dem Boden aufgeschlagen, als er die zweite zu einer anderen Gruppe hinüberwarf. Die beiden Explosionen erfolgten fast gleichzeitig und spuckten mehrere hundert Pfund blutgetränkten Schnees in die Luft. McCracken stürmte durch den weißen Tunnel, den er selbst geschaffen hatte, und bereitete eine dritte Bombe.

Er erreichte die Vordertreppe, als erneut Schüsse aufpeitschten und weitere Söldner durch den Eingang stürmten, nur um von einer Salve aus seiner M-16 empfangen zu werden. Sie flohen einen Gang entlang, und Blaine warf seine dritte Bombe in ihre Richtung. Ganz in seiner Nähe zerriß ein Kugelhagel von der entgegengesetzten Seite den Beton, und er schwenkte den Granatwerfer in diese Richtung und feuerte. Die Thermolit-Explosion war bereits verklungen und hatte die Wände erschüttert, und als die Granate zündete, schien das gesamte Haus zu erzittern.

Blaine sprintete zu der Haupttreppe hinüber. Johnny hatte noch drei Mann, und sie allein konnten nicht alle Posten Kraymans zurückwerfen. Blaine konnte nur darauf hoffen, daß sie die Söldner hinreichend lange ablenkten und er so die Zeit bekommen würde, zu dem Computer zu gelangen, der Omega kontrollierte. Er warf einen Blick auf seine Uhr. Kaum noch sechzehn Minuten, dann war die Frist abgelaufen.«

Er lief die Treppe hinauf und nahm zwei und drei Stufen auf einmal.

Wells verriegelte hinter sich die stahlverstärkte Tür der Einsatzzentrale. Die Augen aller Männer, die hier ihren Dienst taten, richteten sich auf ihn, und im Raum herrschte Stille, abgesehen von ein paar piepsenden Geräuschen von den Computerterminals. Verasco machte eine Handbewegung und bedeutete den Männern, wieder an ihre Arbeit zurückzukehren. Auf der Monitordarstellung erreichte der Satellit gerade Asien.

»Was ist da draußen los?« fragte Dolorman mit steinernem Gesicht.

»Wir werden angegriffen«, berichtete der Mann mit dem Narbengesicht atemlos. »Ich weiß nicht, wie viele es sind, aber sie sind verdammt gut.« Wells hielt inne. »Es ist McCracken. Ich kann es fühlen.«

Dolormans Blicke glitten zu der schweren Tür, die Wells gerade hinter sich geschlossen hatte. »Um Gottes willen, Wells, finden Sie ihn!«

Draußen schien das Feuergefecht abzuflauen.

»Ich werde ihn finden«, sagte Wells.

McCracken stürmte den Gang auf der zweiten Etage entlang. Das verzweifelte Hämmern von Schritten über und unter ihm machte es unmöglich zu sagen, ob ihn jemand verfolgte. Er nahm an, daß man gesehen hatte, wie er das Gebäude betrat, und konnte nur hoffen, die Verwirrung würde lange genug sein Verbündeter bleiben, um einer Gefangennahme zu entgehen. Er wußte nicht genau, wonach er suchte, nur, daß er es erkennen würde, wenn er es gefunden hatte. Auf diesem Stockwerk öffnete er vier Türen und fand nichts.

Die fünfte Tür war der Eingang zu einem Alptraum.

Dahinter befand sich eine perfekte Nachbildung des Oval Office. Kraymans Plan hatte nichts übersehen. Terrell hatte gesagt, die Illusion der Kontrolle würde durch alle verfügbaren Mittel und Wege errichtet werden, und er hatte recht behalten, mit den Insignien des Präsidenten hinter sich konnte ein jeder, dessen Worte von allen Fernsehstationen im Land ausgestrahlt wurden, Aufmerksamkeit erringen, vor allem, wenn die Bedeutung seiner Position anscheinend schon durch eine Illusion bestätigt worden war. Es war unglaublich. Doch es würde geschehen, und nur die Aktivierung des Abbruchsignals innerhalb von fünfzehn Minuten konnte es verhindern.

Blaine durchsuchte schnell den Rest der zweiten Etage und eilte zur dritten hinauf. Hinter den meisten Türen, die er öffnete, befanden sich weitere Nachbildungen von Räumen aus dem Weißen Haus: der Presseraum, das Büro des Außenministers. In einem anderen befanden sich zahlreiche Videorecorder, die mit gewaltigen Schaltpulten verbunden waren. Dolorman und Konsorten hatten also schon zahlreiche Reden – oder Illusionen – vorbereitet.

Von diesem Räumen aus konnte man ganz Amerika beherrschen. Sahhans Truppen würden ihre Revolution beginnen, der Killer-Satellit würde sämtliche Einrichtungen der Telekommunikation kurzschließen, und dann würden die Söldner aufmarschieren. Die letzten Teile von Dolormans Plan würde man ganz langsam verwirklichen, mit unmerklichen Veränderungen, sobald seine Leute erst einmal zu den Schaltstellen der Macht aufgestiegen waren. Das Land würde sich in der Gewalt der Krayman Industries befinden.

Blaine fiel auf, daß die Kampfgeräusche vor dem Gebäude verhallt waren. Da Wareagle keinen Widerstand mehr leistete, konnten sich Dolormans Leute nun wieder auf das Haus konzentrieren.

Blaine stieg die dritte Treppe hinauf. Er hielt den Rücken zur Wand gerichtet und die M-16 schußbereit. Er hatte keine Granaten mehr, doch noch einen vollen Magazinstreifen.

Die vierte Etage wirkte genauso verlassen wie die beiden letzten. Ein niedriger Grundwasserspiegel würde verhindert haben, daß Dolorman das Risiko eingegangen war, seine Kommandozentrale in dem leichter zu verteidigenden Keller einzurichten. Und er würde auch gar nicht mit einem Angriff gerechnet haben. Also mußte sich die Kommandozentrale irgendwo hier oben befinden.

Blaine schlich weiter.

Der langgezogene Gang war fast völlig dunkel, als er ihn erreichte. Das einzige Licht fiel aus einem Spalt unter einer Tür am Ende des Ganges. Das Geräusch von McCrackens Schritten wurde von dem dicken Teppich verschluckt, als er sich der Tür näherte. Wenn die Tür vor ihm zur Kommandozentrale führte, hätte sie schwer bewacht sein müssen. Es ergab keinen Sinn.

Blaine befand sich auf halbem Weg zwischen der Treppe und dem erhellten Raum, als sich die Türen, die auf den Gang mündeten, gleichzeitig öffneten, Männer heraussprangen und ihre Waffen auf ihn richteten. Der Gang war plötzlich hell erleuchtet. Blaine warf einen Blick zu seiner M-16 hinab und ließ die Waffe sanft auf den Teppich gleiten.

Zwischen den Wachen vor ihm öffnete sich ein Pfad, und Wells trat hindurch.

»Es ist vorbei, McCracken«, fuhr der Mann mit dem vernarbten Gesicht ihn an und kam näher. »Sie haben verloren.«

»Die Umstände waren ja nicht gerade zu meinen Gunsten, mein Hübscher«, höhnte Blaine. »Wenn es nur Sie gegen mich geheißen hätte, dann . . .«

Blaine sah den Schlag, der ihn in den Magen traf und zu Boden warf, gar nicht.

»Ihre Indianerbande ist tot, und meine Männer durchsuchen

die Insel, ob sich irgendwo noch welche versteckt haben.« Wells ergriff seine Schulter und zog ihn mühelos hoch. »Kommen Sie. Mr. Dolorman würde gern den Mann kennenlernen, der ihm so viele Probleme bereitet hat.«

Sie gingen zur Tür am Ende des Korridors, und Wells öffnete sie, indem er eine Karte in einen Schlitz steckte. Die stahlverkleidete Tür schwang auf.

Überall befanden sich Computerkonsolen, hinter denen Dolormans Untergebene saßen, die aufmerksam die Daten auf den Bildschirmen verfolgten. Hier befand sich offensichtlich die zentrale Kommandostelle für den Satelliten, der jedes Fernsehgerät, jedes Radio und Telefon im Land kurzschließen sollte. Blaine hatte ihn schließlich doch noch gefunden, doch nun nutzte es ihm nichts mehr. Er bemerkte, wie sich auf einer riesigen Weltkarte ein weißer Punkt dem Pazifischen Ozean näherte. Er stellte fest, daß die – von der Tür abgesehen – einzige Fluchtmöglichkeit aus dem Raum aus einem eisverkrusteten Fenster bestand. Schade nur, daß es im vierten Stockwerk lag. In der Wand gegenüber der Weltkarte befand sich eine schwere Tür, hinter der Blaine weiteres Gerät vermutete.

Eine Digitaluhr an der Wand verkündete: 7:48.

Ein weißhaariger Mann erhob sich langsam aus einem hochlehnigen Sessel in der entgegengesetzten Ecke des Raumes.

»Blaine McCracken«, setzte Dolorman mit einem leichten Lächeln auf den Lippen an. »Ich wollte, daß Wells Sie mir lebendig übergibt, damit Sie den Augenblick Ihres Versagens noch erleben, bevor er Sie tötet. Das Abbruch-Signal um acht Uhr ist nun ein unmöglicher Traum. Trotz Ihrer heroischen Anstrengungen haben Sie versagt, und ich möchte, daß Sie vor Ihrem Ableben noch den Schmerz dieses Scheiterns kosten.«

»Sie sind doch verrückt. Sie werden damit nicht durchkommen.«

»Sie sprechen halbherzig, weil Sie selbst nicht an Ihre Worte glauben. Im Prinzip *sind* wir schon damit durchgekommen. Nichts, das Sie oder ein anderer unternehmen werden, kann uns nun noch aufhalten.«

Blaine suchte nach Einwänden und stellte fest, daß er keine fand. »Ihr Satellit stürzt Amerika also in die Kommunikationsdunkelheit, während Sahhans Marionettentruppen eine Revolution beginnen, die Ihre eigenen Söldner schnell unterdrücken werden. Was dann, Mr. Dolorman?«

»Ganz einfach, Mr. McCracken. Wir übernehmen.«

»Indem Sie ein nachgebautes Oval Office benutzen? Irgendwie habe ich Sie klüger eingeschätzt.«

»Glauben Sie mir, das ist nur ein Teil des Plans. Es ist alles vorbereitet. Das Land wird sehen, was wir es sehen lassen, glauben, was wir es glauben machen wollen. Es gibt immer noch ein paar Dinge, von denen Sie nichts wissen. Kommen Sie, da ist jemand, der Sie kennenlernen möchte . . .«

Blaine rief sich Terrells Theorie in Erinnerung, daß es jemanden über Dolorman gäbe, bei dem es sich um den tatsächlichen Leiter der Operation Omega handelte, »Ja«, sagte er, »bringen Sie mich zu Ihrem Boß.«

Blaine fühlte, wie Wells' starke Arme ihn an den Ellbogen faßten und ihn zu der schweren Innentür stießen. Dolorman drückte die Klinke hinab und öffnete die Tür.

»Hier entlang, Mr. McCracken.«

Während Wells ihn festhielt, folgte Blaine Dolorman in einen schwach erhellten Raum, der mit Leuchtdioden, Digitalmeßinstrumenten, Hochgeschwindigkeitsdruckern und Monitoren angefüllt war. Vor einer Reihe von Computerterminals befanden sich leere Stühle – das hieß, alle waren leer bis auf einen. Wells schloß die Tür hinter ihnen, und McCrackens Blicke blieben auf dem Mann haften, der dort saß, ihnen den Rücken zugewandt.

»Hier ist er, Sir«, verkündete Dolorman.

Der Mann schwang auf dem Stuhl herum und erhob sich. Er hatte silbergraues Haar und eine wettergegerbte Haut.

»Randall Krayman«, sagte Blaine, zuversichtlich, daß er alles richtig zusammengereimt hatte.

»Tut mir leid, wenn ich Sie enttäuschen muß, mein Sohn«, sagte der Mann und kam zu ihnen herüber. »Aber mein Name ist Alex Hollins.« Er streckte die Hand aus. »Meine Freunde nennen mich Spud.«

31

Sandy straffte sich, als sie hörte, wie schnelle Schritte durch den Schnee polterten. Mehrere Männer näherten sich dem Ufer. Was sollte sie tun? Es mußten Dutzende von Männern sein. McCracken hatte für solch einen Fall keine Anweisungen gegeben.

Die Schritte kamen näher. Noch immer blieb sie starr stehen. Sie dachte an den indianischen Scharfschützen, Nightbird, der mit dem Gewehr in der Hand in der Nähe wartete. Würde er eingreifen? Nein, er hatte den Befehl, die Rückkehr Wareagles und seiner Leute zu sichern. Er konnte es nicht riskieren, seine Anwesenheit zu verraten. Die Entscheidung, was nun zu tun war, lag bei ihr. Doch sie konnte sich nicht entschließen.

Plötzlich schlang sich ein Arm um ihre Schulter. Sie fuhr herum und sah neben sich den zerlumpten Schiffer, das Gesicht und die Hände mit Öl verschmiert.

»Am besten, wir verstecken uns, Miss«, flüsterte er und zerrte an ihr. »Ahjoh, wenn sie uns hier finden, werden sie uns bestimmt erschießen.«

Er wollte sie von dem Dock fortführen.

»Was ist mit dem Boot?« fragte Sandy.

»Dem werden sie keine Beachtung schenken«, erwiderte er. »Vielleicht bemerken sie es nicht einmal. Danach suchen sie nicht. Wir beeilen uns lieber.«

»Aber wo können wir uns verstecken? Sie werden überall suchen.«

»Es gibt eine Möglichkeit«, versicherte der Schiffer ihr, während ihre Beine in den hohen Schnee hinter dem Dock einsackten.

McCracken starrte den Mann noch immer an. »Sandy Lister hat Sie interviewt.«

Spud Hollins rammte die Daumen in die Taschen seiner verblichenen Jeans. »Genau. Ich nehme an, Sie sehen ein, daß ich sie ein wenig in die Irre führen mußte. Meine Junge-vom-Lande-Nummer klappt immer.«

»Das ist von Anfang an Ihre Operation gewesen«, mutmaßte Blaine. »Der Satellit, Sahhan, der Söldner – das ganze Projekt Omega.«

Hollins nickte. »Ich war immer der Annahme, man sollte Ruhm für sich beanspruchen, wenn man ihn verdient hat, mein Sohn, doch eine Menge davon kommt auch Mr. Dolorman dort drüben zu. Ich ging mit den Anfängen meiner Idee zu ihm, und er besorgte die Feinjustierung.«

»Der Krayman-Chip . . . niemand hat ihn gestohlen. Sie haben ihn ihnen gegeben.«

»Ganz genau. Er war der Schlüssel zu dieser ganzen verdammten Sache. Aber ich hätte nicht annähernd die Möglichkeiten gehabt, die den Krayman Industries offenstanden. Dieser Chip verlieh uns die Kontrolle über des Telekommunikationsgeschäft. Der Rest folgte ganz automatisch.«

Blaine sah über Hollins' Schulter zu dem riesigen Computer hinüber. »Wie der Satellit da oben, den Ihr mechanisches Ungetüm offensichtlich steuert.«

»Wie Sie zweifellos herausgefunden haben werden, ist dieser Satellit der Schlüssel zu der gesamten Operation. In ein paar Stunden wird er das letzte Kommando senden, das die Computer unseres Landes bekommen werden, bevor wir es übernehmen. Das Omega-Kommando, mein Sohn.«

»Aber Omega hat nicht mit einer Maschine angefangen, Spud. Es fing mit Ihnen an. Wieso?«

»Weil ich, wie Randall Krayman, der Ansicht war, Amerika würde von kurzsichtigen Männern, die das Land falsch führten, zugrunde gerichtet. Wir werden fast überall von der Spitze verdrängt, und auch die wenigen Vorteile, die uns noch blieben – eine moderne Technologie und Agrikultur – büßten wir zusehends ein. Was noch schlimmer war – wir verloren unseren Stolz. Etwas mußte geschehen, ein drastischer Schritt. Krayman hatte die Möglichkeiten, die finanziellen Mittel – aber nicht den Mumm.«

Blaines Blicke wanderten von Hollins zu den verschiedenen Konsolen hinüber, die direkt in den riesigen Computer eingebaut worden waren. Irgendwo war der Abbruch-Mechanismus, den er finden mußte. Es war 7 Uhr 51.

»Also gingen Sie zu Dolorman und zogen das falsche Spiel mit dem Krayman-Chip durch, nicht wahr? Dolorman schwor Krayman auf die Geschichte ein, und so setzten Sie die Produktion und den Vertrieb in Gang. Danach haben Sie Krayman dann getötet.«

Hollins nickte. »Das war vor fünf Jahren. Wir hatten in dem Wagen, den er fuhr, eine Bombe angebracht, und sowohl er wie auch sein Fahrer wurden getötet. Wie ich mich entsinne, trug sich dies auch zur Weihnachszeit zu. Wir arrangierten die Geschichte mit seinem angeblichen Rückzug, damit Francis die Firma übernehmen konnte, ohne daß Fragen gestellt wurden.«

»Und Sie haben ihm Ihre Anweisungen gegeben. Sie haben an Krayman verkauft, weil Sie wußten, daß Sie über kurz oder lang sowieso seinen Konzern leiten würden. Dann sind sie auf diese Ranch in die Provinz gezogen, damit man gar nicht mehr an Sie denkt.«

Hollins kniff die Augen zusammen. »Hat ziemlich gut geklappt, nicht wahr? Ich brauchte Bewegungsfreiheit, Platz, um all das zu arrangieren, was arrangiert werden mußte.«

»Aber nichts davon wird funktionieren. Sie können Ihre Söldner wie Soldaten kleiden, aber deshalb werden die wirklichen Streitkräfte nicht in aller Ruhe zusehen, ganz egal, wie viele von den hohen Tieren Sie kontrollieren.«

»Wer sagt denn, daß sie in aller Ruhe zusehen sollen? Sie werden fast von Anfang an mobilisiert.«

»Was?«

»Oh, ich versichere Ihnen, nicht so, daß sie die Aufgabe der Söldner behindern werden. Sie werden verwirrende Befehle erhalten und als Peripherieverteidigung in Gebieten dienen, die weit außerhalb des tatsächlichen Geschehens liegen, und sie werden keinen Anlaß haben, diese Rolle in Frage zu stellen, da . . .«

» . . . sie glauben werden, die Söldner seien Spezialeinheiten, die ausgeschickt wurden, um sich direkt mit den Revolutionären zu befassen«, vollendete Blaine.

»Danach«, fuhr Hollins fort, »werden wir die Streitkräfte

aufmarschieren lassen, um die Ordnung wiederherzustellen und aufrechtzuerhalten. Sie werden das Land beherrschen – für uns. Sie werden sich ganz und gar nach unseren Anweisungen richten, McCracken. Sie werden gar nicht argwöhnen, außer der Niederschlagung einer gewalttätigen Revolution sei noch etwas geschehen. Mittlerweile – das Omega-Kommando wurde bereits ausgegeben – kontrolliert dieser Computer jede Kommunikation und Datenübertragung in diesem Land. Ohne das Kommunikationsnetzwerk wird jeder Lebensbereich in Amerika zum Stillstand kommen. Wenn die Dinge wieder in Bewegung geraten, mein Sohn, dann so, wie wir es gern möchten. Unsere Leute werden alle wichtigen Positionen eingenommen haben oder bald einnehmen.«

»Sie sagen, Sie täten dies für Ihr Land, Hollins. Was ist mit den Menschen, die heute abend sterben werden, mit *unschuldigen* Menschen? Oder zählen die nicht für Sie?«

Hollins hob seine breiten Schultern. »Glauben Sie mir, mein Sohn, wenn es einen anderen Weg gäbe, hätte ich ihn gewählt.«

Die Uhr zeigte 7:54.

»Und nun, Mr. McCracken, muß ich Mr. Wells bitten, Sie wieder in den Kontrollraum zurückzuführen, während ich unserem Satelliten seine letzten Anweisungen zukommen lasse. Sie gehen auch, Francis.«

Dolorman nickte folgsam.

Wells schob Blaine brutal zur Tür, und ein verzerrtes Lächeln legte sich auf seine Lippen. »Du gehörst mir«, sagte er leise. »Wenn das vorüber ist, gehörst du mir.«

Dolorman schloß hinter ihnen die Tür zum Computerraum. Wells griff in seine Tasche, zog ein Paar Handschellen hervor und zwang Blaines Handgelenke zusammen. Wenn Blaine handeln wollte, durfte er nicht länger warten.

Das Lichtzeichen war nur noch ein paar Blitze von der Westküste der USA entfernt. Das Abbruch-Signal mußte ausgelöst werden, bevor es die Küste erreicht hatte.

Blaine wollte sich gerade von Wells losreißen und nach dem Gewehr eines der Wachposten greifen, als das eisverkrustete Fenster am Ende des Raumes explodierte. Ein schrecklicher, langgezogener Schrei erfüllte seine Ohren, und seine Augen nahmen den schönsten Anblick auf, den er je gesehen hatte.

Johnny Wareagle stürzte durch das zertrümmerte Glas in den Kontrollraum, in jeder Hand ein Maschinengewehr und auf alles schießend, was sich bewegte. Johnny konzentrierte sich zuerst auf die bewaffneten Wachen, so daß zu dem Zeitpunkt, da seine Beine festen Stand hatten, ihm niemand mehr wirklichen Widerstand leisten konnte. Ein paar Männer wollten fliehen, wurden jedoch von ein paar schnellen Salven aus Johnnys Maschinengewehren gestoppt. Dolorman eilte dem Eingang zum Computerraum entgegen, als eine Salve eine blutige Linie über den Rücken zog, der ihm so lange zu schaffen gemacht hatte. Er brach zusammen.

Wells war der einzige, der schnell genug reagierte, um noch eine Chance zu haben. Er griff zu seiner Waffe. Doch Blaine sprang ihn an, warf ihn zu Boden und riß von einem in der Nähe stehenden Schreibtisch einen Briefbeschwerer aus Messing. Er schlug immer wieder auf das Gesicht des großen Mannes ein, bis Wells keinen Widerstand mehr leistete.

Blaine blickte auf und sah, daß Wareagle zur Tür lief. Die Läufe seiner Maschinengewehre rauchten noch.

Aus dem Gang erklangen Geräusche. Jemand machte sich an der Tür zu schaffen.

Wareagle schoß die elektronische Türschloßplatine heraus. Die Tür war verriegelt.

»Der Computer ist in diesem Raum!« rief Blaine und stürmte zu der Tür, hinter der sich Hollins befand. »Der Abbruch-Mechanismus, die Satellitensteuerung, alles!«

Blaine drückte die Klinke. Sie gab nicht nach. Die Tür war von innen verriegelt worden.

»Johnny!« rief er verzweifelt.

Es war 7 Uhr 56.

Der Indianer atmete schwer. Blut tropfte von den unbedeckten Stellen seines Halses, des Gesichts und der Arme. Durch das Fenster, das er zertrümmert hatte, blies der kalte Wind Schnee in den Kontrollraum. Im Gang hämmerten Männer gegen die Tür zur Kommandozentrale.

Wareagle löste eine grüne Thermolit-Ladung von seinem

Gürtel und schleuderte sie zur Tür des Computerraums. Dann warf er sich neben Blaine auf den Boden.

Die Tür explodierte nach innen; Rauch und Splitter umgaben sie. Gleichzeitig rappelten sie sich hoch und mußten sich sofort wieder fallen lassen, um einem Feuerstoß aus einem Maschinengewehr zu entgehen, der offensichtlich von Hollins stammte.

»Töte ihn nicht!« rief Blaine Wareagle zu. »Töte ihn nicht!«

Johnny hatte schon in diesem Sinne reagiert. Sein Messer teilte die Luft und grub sich in die fleischige Handfläche des Schützen. Hollins schrie schmerzerfüllt auf und ließ das Gewehr zu Boden fallen. Das Messer steckte in seiner Hand.

Einen Augenblick später hielt Wareagle ein anderes Messer an die weiche Haut von Hollins' Kehle.

»Das Abbruch-Signal!« fragte Blaine. »Wie betätige ich es?«

Hollins schwieg.

»Sie haben nicht den Mut zu sterben, Hollins«, fuhr Blaine ihn an. »Sagen Sie es mir, oder der Indianer reißt Ihnen die Kehle heraus!«

Hollins' Atem ging schnell und schwer. Er verdrehte die Augen, um die Messerspitze an seiner Kehle sehen zu können.

»Das Abbruch-Signal!« wiederholte Blaine. »Heraus damit!«

Die Uhr schlug auf 7:59 um.

»Unter der mittleren Konsole ist ein Schlüssel«, pfiff Hollins. »Drehen Sie ihn!«

Blaine stürmte zur mittleren Konsole und folgte den Anweisungen. Ein roter Knopf sprang aus der Konsole hervor.

»Drücken Sie ihn, und Sie aktivieren die Abbruch-Sequenz«, erklärte Hollins zwischen gequälten Atemzügen.

Blaine drückte den roten Knopf. Die Konsole schien ihn zu verschlucken.

»Abbruch-System ausgelöst«, verkündete eine mechanische Stimme. *»Folgeplan eingeleitet . . .«*

Blaine und Johnny sahen sich an. Die Uhr klickte auf 8:00.

»Wiederhole, Folgeplan eingeleitet . . .«

Blaine riß Hollins aus Johnnys Griff und schüttelte ihn. »Was ist da passiert? Was habe ich ausgelöst?«

Hollins sah mit einer befremdlichen Gelassenheit zu ihm hinauf; die Schmerzen in seiner Hand ließen ihn zittern. »Sie können nicht gewinnen, mein Sohn. Sie haben niemals eine Chance gehabt. Sie haben Omega nicht unterbrochen, sondern nur verschoben. Gerade eben hat unser Satellit alle Einrichtungen der Telekommunikation für ein paar Sekunden unterbrochen, als Signal für Sahhans Truppen, ihre Mission *nicht aufzugeben,* sondern vierundzwanzig Stunden zu *warten,* bis die Kommunikationseinrichtungen erneut ausgeschaltet werden – dann aber auf Dauer. Das wird ihr Signal zum Losschlagen sein. Alles wird wie geplant verlaufen, nur einen Tag später.«

»Aber das Abbruch-System . . .«

»Es hat nie ein Abbruch-System gegeben, mein Sohn. Terrells Leute haben davon erfahren, weil wir es so wollten. Fehlinformationen, könnte man dazu sagen, entwickelt als letzte Sicherheitsmaßnahme gegen eine erfolgreiche Durchdringung unserer Verteidigung. Haben Sie wirklich geglaubt, wir wären töricht genug, um solch ein Loch in unserem Plan zu belassen?«

»Es muß einen Weg geben, den Plan aufzuhalten, Hollins! Es muß einfach einen Weg geben!«

»Dann versuchen Sie, den Computer zu bedienen.«

Blaine berührte die Tastatur einer Konsole. Ein elektrischer Schlag zuckte durch seine Hand.

»Indem Sie den Abbruch-Knopf gedrückt haben, haben Sie den Computer automatisch ausgeschaltet, nachdem er seine letzten Anweisungen gegeben hat«, erklärte Hollins triumphierend. »Er wird sechsunddreißig Stunden lang keine weiteren Instruktionen mehr annehmen und wurde – genau wie unser Satellit – dazu programmiert, sich gegen ein Eindringen zu verteidigen. Er hat bereits ein Signal zu dem Satelliten hinaufgeschickt, das ihm die Anweisung erteilt, morgen abend um acht Uhr östlicher Standard-Zeit mit dem vollständigen Ablauf des Omega-Projeks zu beginnen. Sie können ihn nicht mehr aufhalten. Nicht einmal der Computer kann ihn noch aufhalten. Der Satellit arbeitet selbständig. Sie haben das Omega-Kommando ausgelöst, mein Sohn.«

»Dann jage ich Ihren verdammten Computer in die Luft!«

Und Blaine packte das Maschinengewehr, das noch auf dem Boden lag.

»Nur zu«, höhnte Hollins. »Vernichten Sie den Computer,

und die Auswirkungen von Omega werden irreversibel sein. Dann kann man dem Satelliten nicht mehr befehlen, die Kommunikationseinrichtungen wieder zu aktivieren, nachdem er sie abgeschaltet hat.«

Das Maschinengewehr entglitt Blaines Händen. »Sie Bastard! Es muß eine Möglichkeit geben!«

»Es gibt keine. Es ist vorbei. Sie haben verloren, mein Sohn. Der Satellit arbeitet selbständig, ist programmiert, morgen abend die gesamte Operation einzuleiten, und befindet sich außerhalb selbst Ihrer Reichweite.«

Blaines Augen waren noch immer auf den Computer gerichtet und suchten nach dem Unmöglichen. Die ruhige Gewißheit von Hollins' Worten lenkte seine Aufmerksamkeit so lange ab, daß Hollins die unverletzte Hand mit einer kleinen Pistole darin aus der Tasche ziehen konnte. Blaine sah sie und sah ebenfalls, wie sich Wareagle auf der anderen Seite des Raumes in Bewegung setzte. Doch er wußte, daß der Indianer Hollins niemals rechtzeitig würde erreichen können, um ihn am Schießen zu hindern, und genausowenig er selbst.

Blaines Hand schloß sich um den Drehstuhl vor einem der Computerterminals. Mit einer plötzlichen, schnellen Bewegung rollte er den Stuhl in Hollins' Richtung, gerade, als der den Arm hob, um zu zielen.

Der Stuhl prallte gegen ihn. Hollins wurde der Boden unter den Füßen fortgerissen, und er fiel nach hinten.

Er stürzte mit solcher Wucht gegen den Computer, daß 30 000 Volt durch seinen Körper fuhren und ihn buchstäblich an Ort und Stelle schmorten. Seine Haut wurde purpurrot, seine Augen wölbten sich zu doppelter Größe vor, und die Jeans und das Baumwollhemd qualmten. Sein Mund öffnete sich zu einem Schrei, der kaum eine Sekunde anhielt, bis der Tod ihn schluckte, während der Strom ihn dort festhielt, bis sein gesamter Körper sich in eine Masse aus aberwitzigen Zuckungen verwandelte.

»Die Haupttür, Blainey! Sie sind fast durch!«

Diese Worte rissen McCracken aus seiner Trance, und er stürmte mit Wareagle in den Kontrollraum und zu dem zerbrochenen Fenster. Eine Reihe von Seilen verliefen von dem

Dach bis zwei Meter über den Boden. Offensichtlich war Wareagle dem Kampf auf dem Hof über das Dach entkommen und dann den oberen Teil des Seiles heruntergeklettert, um sich Zutritt in die Kommandozentrale zu verschaffen.

Sie glitten das Seil schnell hinab, wobei ihre Hände von dem Eis auf seiner Oberfläche aufgerissen wurden. Als sie losließen, dämpfte der Schnee ihren Fall wie ein Polster, und Johnny durchtrennte das Seil mit einer einzigen Salve aus einer Maschinenpistole, um zu verhindern, daß die Wachen ihnen auf dem gleichen Weg folgten.

Sie liefen gemeinsam durch den Wald zu dem Dock. Wareagles instinktiver Orientierungssinn führte sie, und bevor die Erschöpfung einen zu großen Teil von Blaines Atem stahl, konnte er seine Gedanken laut äußern.

»Der Satellit! Jetzt ist er der Schlüssel. Wenn wir ihn zerstören, zerstören wir Omega!«

»Die Geister ziehen nicht durch den Himmel, Blainey. Wir müssen uns anderswo Hilfe suchen.«

»Wir haben keine Zeit dazu! Wer würde uns glauben?«

»Wir müssen es versuchen!« rief Wareagle im Laufen. »Wir haben keine andere Wahl.«

Plötzlich begriff Blaine, daß sie doch eine hatten. »Florida«, murmelte er. »Wir müssen nach Florida. Canaveral.«

Das waren die letzten Sätze, die sie wechselten. Sie näherten sich dem Küstenstreifen, an dem das Boot angelegt hatte. Johnny ahmte seinen Eulenschrei nach. Nightwing würde sie schon erwarten.

Sie hörten das Trampeln von Füßen; es hatte den Anschein, als sei das Geräusch überall. Beide schwangen die Maschinengewehre von den Schultern und hielten sie schußbereit. Die Küste lag unter ihrer hohen Schneedecke direkt vor ihnen. Nichts deutete darauf hin, daß der Sturm nachließ. Im Gegenteil, es schneite noch wesentlich heftiger als zuvor. Blaine und Johnny stürmten auf eine Lichtung.

Vierzig Meter voraus lag der Pier. Beide kniffen die Augen zusammen. Es war unglaublich, doch das Boot lag noch an Ort und Stelle.

Plötzlich stürzten vor ihnen Männer aus dem Wald und

eröffneten das Feuer. Blaine erwischte einige mit einer einzigen Salve, doch nun hatte er seine Position verraten, und das Ufer wurde eindeutig von Wells' Leuten gehalten. Wells mochte mit zerschmettertem Gesicht in der Kommandozentrale liegen, doch er war mit ihnen noch nicht fertig.

Von seinem Standort im Schnee aus sah Blaine, wie die Söldner zwischen ihm und dem Pier ausschwärmten. Kein Wunder, daß sie das Boot unversehrt gelassen hatten. Es war der Köder für die Falle, in die er und Wareagle direkt hineingestolpert waren. Doch was war mit Sandy, dem Schiffer und Nightbird?

Dann machte er schnelle Schritte aus, die in einiger Entfernung hinter ihm im Schnee knirschten, ein Anzeichen, daß weitere Söldner aus dem Haus die Verfolgung aufgenommen hatten. Er und Wareagle waren umzingelt, oder würden es bald sein. Sie hatten kaum noch Zeit.

»Haben wir noch ein paar Sprengladungen?« flüsterte Blaine Johnny zu, während Maschinengewehrfeuer über ihren Köpfen pfiff.

»Zwei Thermolits.«

»Gib mir eine. Du nimmst die rechte Seite, ich die linke. Wir müssen dieses Boot erreichen.«

Wareagle nickte zustimmend. Neuerliches Maschinengewehrfeuer wirbelte Schnee in ihre Gesichter. Die polternden Schritte hinter ihnen waren näher gekommen.

»Los!«

Und sie erhoben sich gleichzeitig und liefen parallel zum Ufer in entgegengesetzte Richtungen. Während Blaine rannte, spuckte überall um ihn herum Schnee auf. Der Schnee und die Dunkelheit verzerrte das Ziel der Söldner, doch früher oder später würden sie ihn erwischen. Blaine schätzte, daß er es mit zumindest fünfzehn Soldaten zu tun hatte, vielleicht auch mit zwanzig, von denen sich die meisten auf das Gebiet vor dem Pier konzentrierten. Er riß die Lasche aus seiner Thermolit-Bombe und warf sie ihnen entgegen. Wareagle tat auf seiner Seite das gleiche.

Dann lief Blaine in einem Halbkreis zum Boot zurück. Er hatte seine Geschwindigkeit so gewählt, daß er in dem Augenblick aus der Deckung auftauchen würde, da die Sprengladungen am Strand explodieren würden. Seine Bombe explodierte einen Augenblick vor der Wareagles, und beide liefen nun landeinwärts und versuchten, mit ihrem Kreuzfeuer so viele der nun wehrlosen Söldner wie möglich zu erwischen. Er stürmte direkt an ihnen vorbei, das Maschinengewehr heiß in seinen Händen.

Dann klemmte es, und er wußte, daß er tot war. Doch am anderen Ende des Docks erhaschte er eine Bewegung – hinter den feindlichen Truppenlinien. Wie zur Antwort auf ein Gebet erhob sich eine Gestalt mit einem Gewehr in den Händen aus dem Schnee und mähte Wells' Leute nieder, als seien es Kegel bei einem perfekten Wurf in die vollen. Ein paar leisteten Widerstand, doch Wareagle kam von rechts und benutzte seine letzte Munition, um sie zu töten. Wenige Sekunden nur, und ihre Leichen lagen überall verstreut, und warmes Blut schnitt Narben in den tiefen Schnee.

Blaine warf seine nutzlose Waffe fort und spurtete zu dem schneeverkrusteten Mann mit dem Gewehr; er hielt ihn für den Scharfschützen Nightbird, doch dann sah er, daß dieser Mann größer war, und als er näherkam, erkannte er ihn auch.

Es war der Schiffer!

»Habe nie viel für sowas übrig gehabt«, sagte er und warf das Gewehr in den Schnee. »Wenn ich Sie wäre, mein Freund, würde ich zusehen, daß ich ganz schnell von dieser Insel herunterkomme.«

Der Schnee unter ihm geriet in Bewegung, und Sandy Lister erhob sich, wischte das weiße Pulver von ihrer Kleidung und hustete es aus ihrem Mund. Sie wollte gerade etwas sagen, als weitere Schüsse die Luft zerrissen; diesmal kamen sie aus dem Wald.

»Laufen Sie zum Boot!« rief Blaine.

Wareagle hatte das Schiff fast schon erreicht, und der Bootsmann war auch schon unterwegs. Sandy stolperte, und Blaine hielt sie fest. Gemeinsam machten sie sich an die zwanzig Meter zum Strand, die sie von dem kleinen Boot trennten.

»Schnell, Blaine!« rief Wareagle, als er das Tau von der Verpfählung löste.

McCracken schleppte sich schneller durch den hohen Schnee.

Sandy rutschte aus, und er riß sie wieder hoch. Hinter ihnen erklangen regelmäßig weitere weiche Einschläge. Die letzten feindlichen Söldner waren in Nightbirds Reichweite gekommen und bezahlten dafür. Doch selbst Nightbird konnte nicht alle von Wells' Leuten niederschießen. Ein Querschläger traf Sandy ins Bein und warf sie zur Seite. Blaine kniete nieder, um die Bewußtlose hochzuheben.

Die schwarze Gestalt schleuderte sich durch die Dunkelheit auf ihn. Ein Schrei durchdrang die Nacht, und noch bevor sich zwei starke Hände um seinen Hals legten, wußte Blaine, daß Wells, der alles andere als tot war, ihn angefallen hatte, wobei sein Zorn ihm größere Kräfte denn je verlieh. Sie rollten im Schnee herum, und der Mann mit dem vernarbten Gesicht versuchte, den Griff um seine Kehle zu schließen. Die noch erhaltene Seite seines Gesichts war geschwollen und blutig, doch sein verbleibendes Auge nahm noch soviel wahr, daß Wells einen Schlag gegen Blaines Kinn landen konnte, der ihn benommen machte.

Sie rollten weiter, und McCracken kam oben zu liegen, schlug mit dem Ellbogen in den Mund des Vernarbten und versuchte dann, wieder auf die Füße zu kommen. Als er es fast geschafft hatte, griff Wells nach ihm und riß ihn um.

In der Hand des Narbigen blitzte ein Messer auf.

Es senkte sich rasch und sicher, und nur Blaines plötzliche Bewegung nach rechts verhinderte, daß es ihm die Kehle durchtrennte. Wells stach noch einmal zu, und diesmal wich McCracken nach links aus und rammte gleichzeitig eine Hand unter das Kinn des Narbigen.

Wells schien den Schlag nicht zu spüren. Er senkte das Messer ein drittes Mal, und McCracken fing sein Handgelenk ab und hielt es in der Luft fest. Wells bleckte wie ein Tier die Zähne und schrie erneut auf, als seine freie Hand nach Blaines Kehle griff.

McCracken fühlte, wie sich die Finger in sein Fleisch gruben und versuchten, es zu zerreißen. Seine Augen quollen aus Furcht vor. Er versuchte verzweifelt, die Finger abzuwehren, die ihm den Atem nahmen und die Kraft raubten.

Wells wurde plötzlich steif. Die Hand um Blaines Kehle zuckte und ließ dann los. Wells stürzte zur Seite; das vordere Drittel eines Pfeils war durch sein gutes Auge wieder herausgedrungen.

Diesmal war er wirklich tot.

Blaine schaute auf und sah, wie Wareagle vor dem Boot auf dem Dock kniete und einen weiteren Pfeil einlegte, um sich mit einem Söldner zu befassen, der mit gezogener Waffe aus dem Wald stürmte. Ihm folgten weitere Männer.

»Komm schon!« rief Johnny.

Blaine hob die bewußtlose Sandy auf und lief dem Boot entgegen, während Kugeln um ihn herum durch die Luft pfiffen. Der Schiffer hatte das Boot vom Dock abgestoßen, und Blaine sprang auf Deck. Vom Ufer folgten ihnen Kugeln, doch sie blieben geduckt in Deckung und genossen bald den vollen Schutz der Dunkelheit und des Schnees.

»Nun können die Seelen von Bin Su ruhen, Blainey«, sagte Wareagle leise.

»Zwanzig Jahre zu spät«, erwiderte McCracken.

»Wie geht es ihr?« fragte Blaine, nachdem der Schiffer sie sicher über das Riff gesteuert hatte.

»Ein glatter Durchschuß«, berichtete der Indianer. »Die Geister haben ihn abgelenkt. Es war der Frau nicht bestimmt, heute abend zu sterben. Blainey. Sie ist stark, genau, wie ich es dir zuvor gesagt habe.«

»Sie wird einen Arzt brauchen.«

»Nightbird wird sich darum kümmern.«

»Nightbird ist noch auf der Insel.«

»Doch die Geister führen seine Kugeln. Er wird die Söldner hindern, uns in Booten zu verfolgen, und dann selbst ein Boot stehlen und zu dem Dock kommen, von dem aus wir aufgebrochen sind.« Wareagle musterte den Schiffer. »Bis Nightbird zurückkehrt, wird sie bei ihm in Sicherheit sein.«

Blaine akzeptierte, weil er keine andere Wahl hatte. »Es tut mir leid um deine Männer, Indianer«, sagte er lahm.

»Sie haben ihren Frieden mit den Geistern gemacht, Blainey. Sie sind besser dran als du und ich.« Er hielt inne. »Die Geister haben gelacht, als du davon sprachst, nach Florida zu gehen. Ich habe sie gehört. Wir müssen ihren guten Willen nicht versuchen. Sie haben uns bis hierher geholfen. Um mehr zu bitten, hieße, diese Gunst zu verspotten. Bitte um zuviel, und du erhältst gar nichts.«

»Dann werden wir uns selbst helfen müssen, Indianer. Cape Canaveral ist unsere nächste Station, und wir müssen bis morgen früh dort sein.«

»Was erwartet uns dort, Blainey?«

»Die einzige Möglichkeit, die uns noch bleibt, um den Satelliten daran zu hindern, Omega zu aktivieren: ein bewaffneter Space Shuttle mit dem Namen *Pegasus.* Er soll am Freitag starten; heute soll ein Probelauf stattfinden. Wir werden dem Shuttle einen Weihnachtsbesuch abstatten, Johnny.«

»Um ihm auf den Weg zu helfen?«

»Um ihn zu entführen.«

32

Nathan Jamrock hatte an diesem Tag schon seine zehn Rennies geschluckt, und in der Erwartung, daß es noch schlimmer kommen würde, hatte er ein zweites Päckchen eingesteckt.

»Wiederholen, Paul«, sagte er von seinem Sessel im Kontrollraum des Johnson Space Centers in Houston ins Kopfhörermikrofon.

»Ich sagte, scheißt auf alle anderen Tests«, erklang wieder die Stimme des Kommandanten der *Pegasus*, Paul Petersen, aus der Kabine des Space Shuttles elfhundert Kilometer entfernt in Florida. »Achten Sie nur darauf, daß diesmal die Scheißhäuser funktionieren. Die Klempner haben bei 'ner Reparatur im Weltraum horrende Anfahrtskosten.« Petersen war ein urwüchsiger Südstaatler aus Alabama, der davon geträumt hatte, ein Astronaut zu werden, seit John Glenn in der *Friendship 7* die Erde umkreist hatte. In jenen Tagen hatte er noch nicht daran gedacht, daß man sich im Weltraum auch um die körperlichen Bedürfnisse und Funktionen kümmern mußte.

Jamrock steckte sich zwei weitere Rennies in den Mund. »Bei uns zeigen alle diesbezüglichen Checks grünes Licht, Paul.«

»Scheiße, das habt ihr auch beim letzten Mal gesagt, und ich wäre bald an Blähungen gestorben, als ich zwei Tage einhalten mußte.«

»Wir haben das Problem beseitigt.«

»Wenn Sie sich irren, bringe ich Ihnen 'nen Schuhkarton voll zurück, Boß.«

Trotz seiner Beanspruchung lächelte Jamrock. Petersen war der richtige Mann für diese Mission, da bestand gar keine Frage. Er hatte in der Luftwaffe Karriere gemacht und war ganz und gar Soldat, und dies war schließlich eine militärische Mission. Es war auch die wichtigste Mission, mit der Jamrock je zu tun gehabt hatte. Die *Pegasus* mußte morgen starten. So einfach war das. Davor mußten jedoch noch fast eintausend Tests erfolgreich abgeschlossen werden. Nach der *Challenger* konnte es sich die NASA nicht leisten, sich mit Vermutungen zu begnügen. Und doch, wenn die *Pegasus* es nicht schaffen würde . . . Jamrock entschloß sich, diesen Gedanken nicht durchzuspielen. Er würde noch zehn Minuten warten und dann zwei weitere Rennies kauen.

»Kommandant, hier ist Jamrock, hören Sie mich?«

»Wie einen schmutzigen Witz, Boß, laut und deutlich. Was kann ich für Sie tun?«

Jamrock warf einen Blick auf den Terminplan, den sein Assistent ihm eben gereicht hatte. »Alle primären Hilfsantriebe, Treibstoffleitungen und Tanks zeigen grünes Licht.«

»Dann können wir ja jetzt mit den Scheißhäusern anfangen, Boß.«

»Der Startcountdown steht auf T minus vierundzwanzig Stunden und einunddreißig Minuten, Paul. Wir können den Probelauf durchführen, wann immer Sie bereit sind.«

»Ich und Bob würden Ihnen ja gern zu Gefallen sein, aber der Richtschütze hat's noch nicht bis an Bord geschafft.«

»Wo zum Teufel ist er?«

»Da dies eine genaue Startsimulation ist, wird er wahrscheinlich mal eben scheißen, genau, wie er es morgen vor dem Start tun wird. Ich sage Ihnen, Boß, diesmal sollten wir für alle Fälle ein paar Windeln mit hinauf nehmen.«

»Melden Sie sich wieder, wenn der Waffenmann wieder an Bord ist, Paul.«

Jamrock nahm den Kopfhörer ab und massierte seine Schläfen. Er haßte Startsimulationen noch mehr als die Starts selbst, denn er trug zwar die Verantwortung, hatte aber keine Kontrolle. In elfhundert Kilometern Entfernung vom Startort mußte er sich auf gesichtslose Stimmen, endlose Zahlenkolonnen, Diagramme und Computerüberblicke verlassen. Sobald die *Pegasus* in der Luft war, war sie sein Baby, doch bis dahin konnte zu vieles schiefgehen. Nicht, daß die Situation sich ändern würde, sobald sich der Shuttle im Weltraum befand.

Commander Paul Petersen machte sich Sorgen, wie er in der Erdumlaufbahn scheißen konnte.

Jamrock machte sich Sorgen, was die *Pegasus* dort oben finden würde.

Er hatte seine zehn Minuten Frist vergessen und kaute zwei weitere Rennies.

Zwei Stunden zuvor hatte ein Wagen mit zwei NASA-Inspektoren aus Houston auf dem Weg zum Kennedy Space Center das Sicherheitstor von Cape Canaveral passiert. Die Insassen des Wagens betraten sofort das Sperrgebiet, in dem die Astronauten die letzten Tests absolvierten und die letzten Mahlzeiten einnahmen, bevor sie an Bord gingen. Da die Pässe den Inspektoren offenen Zutritt gestatteten, hielt sie niemand auf. Und da sie aus Houston kamen, erwartete niemand, sie zu kennen, obwohl ein über zwei Meter großer Mann mit indianischen Gesichtszügen später sicherlich für Gesprächsstoff sorgen würde.

Der Weg, den Blaine McCracken und Johnny Wareagle von der Horse Neck Island nach Florida genommen hatten, war lang und mühsam gewesen. Der Schiffer hatte versprochen, auf Sandy Lister zu achten, bis Nightbird eintraf, und stimmte zu, selbst für alle medizinischen Vorkehrungen zu sorgen, wenn der Scharfschütze nicht von der Insel wegkäme. Wareagle gab ihm den Namen und die Adresse eines Arztes, den sein Volk in Notfällen konsultierte.

»Er stellt keine Fragen«, erklärte Johnny.

Der anhaltende Sturm machte es unmöglich, den Flughafen von Portland zu benutzen, wodurch eine Fahrt zum nächsten noch geöffneten Flughafen – dem von Boston – nötig wurde. Bevor sie in einem der Jeeps aufbrachen, rief McCracken eine Nummer in New York an. Er hatte seinen Wunschzettel für Weihnachten schon geschrieben und kannte nur einen Mann, der die gewünschten Sachen auch beschaffen konnte.

»Teufel!« rief Sal Belamo, als McCracken seine Liste heruntergelesen hatte. »Was haben Sie vor?«

»Das ist eine lange Geschichte, Sal.«

»Wenn Sie mich fragen, verzichten Sie lieber darauf. Wie nannte man Sie? McCrackensack? Jetzt verstehe ich allmählich den Grund . . .«

»Können Sie die Sachen besorgen?«

»Kein Problem mit der Kleidung und den Pässen. Ich werde einen Freund von mir mit einer Kiste Schampus beglücken müssen. Was das andere Zeug betrifft . . .«

»Ich brauche es, Sal. Ich würde nicht darum bitten, wenn es nicht lebenswichtig wäre.«

»Man kommt nicht leicht an diese Sachen heran, Kumpel, besonders am Heiligen Abend.«

»Ich habe Vertrauen in Sie. In etwa sechs Stunden werde ich von LaGuardia anrufen. Wir werden auf Weihnachten anstoßen.«

»Ich bringe den Stern von meinem Baumschmuck mit. Wenn Sie mich fragen, Sie müssen zaubern können, um Ihren Plan durchzuziehen, worum es sich dabei auch handelt.«

Blaine und Johnny traten die lange Fahrt in südliche Richtung nach Boston an. Als sie das Flugzeug nach New York bestiegen, war der Schnee Regen gewichen. Ihre Kleidung war feucht und schmutzig, doch sie konnten sie erst wechseln, nachdem sie sich mit Belamo getroffen hatten. Blaine rief ihn wie versprochen an, und dreißig Minuten später trafen sie sich in einer Bar im Flughafen LaGuardia. Sal sagte, der *gesamte* Wunschzettel befände sich draußen im Kofferraum seines Wagens. Es sei nicht leicht zu bewerkstelligen gewesen, wiederholte er ständig, und kippte seinen Drink hinunter.

Um vier Uhr morgens wurde ein mit Kleidung gefüllter Koffer – der zahlreiche andere Gegenstände verbarg, die Blaine angefordert hatte – in ein Flugzeug nach Miami geladen. McCracken und Wareagle hatten auseinanderliegende Sitze gebucht, so daß sie jeweils auf verdächtige Aktivitäten in der Nähe des anderen achten konnten. Sie schliefen in vorher verabredeten Schichten, bis das Flugzeug neunzig Minuten nach Sonnenaufgang in Miami landete. Sie nahmen sich in einem Motel ein Zimmer, duschten und legten die Kleidung an, die Belamo ihnen besorgt hatte. Die für Wareagle war ein wenig zu klein, tat es zur Not jedoch. Es kam sowieso nur auf die Ausweise an, die sie an ihren Aufschlägen befestigten und diese Ausweise waren perfekt, ein Tatbestand, dem sie später zu verdanken hatten, daß sie sofort und ohne weitere Überprüfungen auf dem Gelände von Cape Canaveral und des Kennedy Space Center Einlaß fanden.

Sie machten sich bis elf Uhr morgens rar und spielten die Rolle von einfachen Beobachtern, die die Routineprozeduren verfolgten und sich Notizen machten. Sie sprachen mit kaum einem anderen und taten nichts, um unerwünschte Aufmerksamkeit auf sich zu ziehen.

Kurz vor elf machten sich der Kommandant und der Erste Offizier des Shuttles in voller Ausrüstung und unter schwerer Bewachung auf den Weg zur Startrampe. Da es sich um eine Generalprobe für den morgigen Start handelte, war jeder Schritt mit dem identisch, den sie auch morgen tun würden.

Doch morgen war es zu spät. Morgen um diese Zeit hätte Hollins' Killer-Satellit die NASA und den Rest des Landes schon lahmgelegt.

Drei Mannschaftsmitglieder sollten den Jungfernflug der *Pegasus* bestreiten. Das letzte – der Flugoffizier, wobei es sich in diesem Fall um die Tarnung des Richtschützen handelte – hatte oben im Bereitschaftsgebäude ein paar Schwierigkeiten mit seiner Ausrüstung. Dies war sein erster Flug, und er litt unter dem üblichen Muffensausen. Blaine und Wareagle fuhren mit dem Fahrstuhl zu der Etage hinauf, in der er sich umzog. Das

Gebäude befand sich unter schwerer Bewachung, und nur ihre Ausweise ermöglichten ihnen den Zutritt. Sie wurden zum Umkleideraum des Richtschützen geführt, klopften an und traten ein, ohne auf eine Antwort zu warten. Den Sicherheitsleuten auf dem Gang hatten sie die Anweisung gegeben, sie nicht zu stören. Das war eine offizielle Angelegenheit der NASA. Den Wachen wurde gesagt, sie sollten erst in zwanzig Minuten mit dem Flugoffizier rechnen.

Doch erst fast eine halbe Stunde später verließ der behelmte Flugoffizier mit dem Koffer der Luftversorgung in der Hand den Raum. Der Indianer hatte den Richtschützen leise außer Gefecht gesetzt und in eine Trance versetzt, die ihn stundenlang ohne Bewußtsein belassen würde. Sie hatten den Inhalt von Wareagles Aktentasche schnell in den Koffer der Luftversorgung umgeladen, und Johnny, der erfahrene Experte für Sprengladungen, hatte die richtigen Verbindungen geschaltet, während Blaine dem Mann, dessen Platz er einnehmen würde, den Raumanzug auszog. Blaine empfand den Anzug als schwer und behindernd, und ohne Wareagles Hilfe hätte er ihn niemals allein anlegen können.

»Bis morgen früh, Blainey«, sagte Wareagle stolz, bevor er McCrackens Helm zuschnappen ließ.

»Hoffentlich.«

»Hoffnung hat nichts damit zu tun. Vertraue dich nur den Geistern an. Sie werden sich um den Rest kümmern.«

»Ich dachte, du hättest gesagt, sie würden nicht durch den Weltraum streifen.«

»Der Weltraum wird neu für sie sein . . . wie auch für dich.«

Blaine hob die Achseln.

Er sah die Männer nicht an, die ihn vom Bereitschaftsgebäude zu dem Fahrzeug begleiteten, das ihn zur Startrampe bringen würde. Daß ein Astronaut schon zu dieser Zeit den Helm trug, war zwar schon vorgekommen, aber nicht die Regel. Die Wachen und Techniker schienen diesem Umstand jedoch keine große Beachtung zu schenken. Dies war schließlich nur ein Probelauf. Morgen ging es richtig zur Sache, und sie bewahrten sich ihren Enthusiasmus und ihre Gefühle für dieses Ereignis auf. Daß heute Weihnachten war, erwies sich für McCracken auch von Vorteil, denn deshalb waren die Mitglieder des Stabes, die Familie hatten, mit ihren Gedanken vielleicht nicht ganz bei der Sache.

Wareagle würde mittlerweile im Bereitschaftsgebäude bleiben und jeden daran hindern, den Raum zu betreten, in dem der echte Richtschütze bewußtlos lag, bis Blaine sicher an Bord der *Pegasus* war.

McCrackens Begleiter halfen ihm in den wartenden Kastenwagen, der über die schwarze Zementpiste zum Shuttle fuhr. Die Startrampe befand sich noch an Ort und Stelle und würde zurückgeklappt werden, sobald das letzte Mannschaftsmitglied die *Pegasus* betreten hatte. Blaine atmete auf. Abgesehen vom Fahrer hatten ihn nur zwei Mann in den Kastenwagen begleitet, und keiner von ihnen schien auf ein Gespräch versessen.

Blaine schwitzte fürchterlich in seinem Anzug, und die Beengung war fast unerträglich. Ganz abgesehen davon, daß er ohne jedes Training oder Vorbereitung einen Start in den Weltraum durchstehen mußte. Es war jedoch sinnlos, sich darüber jetzt den Kopf zu zerbrechen. Wichtig war nur, daß er sich bald an Bord der *Pegasus* befinden und einen Kurs fliegen würde, der sich mit dem des Killer-Satelliten schnitt, der um acht Uhr an diesem Abend seinen tödlichen Überflug beginnen würde.

Die beiden Männer, die Blaine begleitet hatten, halfen ihm aus dem Kastenwagen und begleiteten ihn in einen kleinen Fahrstuhl, der an der Front geöffnet war. Die Fahrt die Startrampe hinauf zur Luke des Shuttles schien endlos. Mit der Hilfe der Männer stieg Blaine unbeholfen durch die Luke und näherte sich dann, den Luftversorgungskoffer mitschleppend, der vorne gelegenen Kabine. Als er das Cockpit erreicht hatte, drang eine ungeduldige Stimme mit einem Südstaaten-Akzent an seine Ohren.

»Ich sag' Ihnen doch, ich weiß nich', wo er is'. Es hieß, er sei unterwegs, Boß . . . Ja. ich weiß. Aber ich sage doch nur, wenn ich in den Weltraum starte und nicht vernünftig scheißen kann, dann mach' ich vielleicht ein Fenster auf und lasse es Ihnen auf den Schoß fallen.« Der Sprecher, offensichtlich der Kommandant, drehte sich zu Blaine um, als der, sich an den Handgriffen festhaltend, über die Schwelle des Cockpits trat. »Wird aber auch Zeit, Gus.« Dann, wieder in das Kopfhörermikro: »Er ist da, Boß. Wir können mit dem Probestart anfangen.«

Als der Kommandant sich wieder zu McCracken umdrehte, hatte der den Helm abgenommen und eine Neun-Millimeter-Pistole in der Hand.

Captain Paul Petersen begriff zuerst nicht. Seine Augen wölbten sich vor. »Verdammt, was soll das hei . . .«

Blaine unterbrach ihn mit seiner besten Nachahmung eines lateinamerikanischen Akzents.

»Fliegn Se daas Flugzeug naach Kuba, Mann.«

»Sie werden *was*?« Nathan Jamrock leerte ein Päckchen Rennie auf seinem Schreibtisch aus.

»Entführt«, erklang Petersens monotone Antwort.

»Man kann keinen Space Shuttle entführen!« schrie Jamrock gellend. »Und das Ding startet doch erst morgen!«

»Wir werden die Dinge etwas beschleunigen«, sagte eine andere Stimme.

»Wer sind Sie?«

»Der Nikolaus. Ich habe meinen Schitten gestern im Halteverbot stehen lassen und muß nun schnell zum Nordpol zurück. Meine Frau, Sie verstehen.«

»Was?«

»Mr. Jamrock«, fuhr Blaine in einem etwas ernsthafteren Tonfall fort. »Ich habe eine Bombe an Bord dieses Shuttles, die ich mit einem einfachen Knopfdruck zünden kann. Zwanzig Pfund starker Plastiksprengstoff. Captain Petersen wird das alles später bestätigen. Im Augenblick denken Sie erst einmal darüber nach, was passieren wird, wenn die gefüllten Treibstofftanks der *Pegasus* in die Luft gehen. Erinnern Sie sich an die *Challenger*? Ich habe gehört, die Auswirkungen einer Explosion am Boden ließen sich mit der einer kleinen Kernspaltung von über drei Kilotonnen vergleichen. Eine verheerende Wirkung. Geben Sie Cape Canaveral einen Abschiedskuß.«

Jamrock warf vier Rennies in den Mund. Der Mann wußte, wovon er sprach. Wie er an Bord des Shuttles gelangt war, war eine andere Sache. Doch er hatte das Unmögliche geschafft; daher mußte man davon ausgehen, daß er zu allem fähig war.

»Okay«, gab er nach, »wieviel verlangen Sie?«

»Geld? Keins. Ich will den Shuttle. Er wird innerhalb von einer Stunde starten, oder ich drücke den Knopf.«

»*Was?* Das ist . . . unmöglich!«

»Ein Probelauf kommt dem Start so nahe, daß man die nötigen Änderungen durchführen kann, Mr. Jamrock.«

»Nein, so geht das nicht. Seit der Wiederaufnahme der Flüge wurde der Modus geändert. Wir können kein Risiko eingehen. Es stehen Menschenleben auf dem Spiel.«

»Genau das, was ich sage. Eine Stunde.«

Jamrock suchte nach einem Ausweg und fand keinen. »Warum?« brachte er schließlich hervor. »Warum tun Sie es?«

»Ist das eine offene Funkverbindung?«

»Was meinen Sie?«

»Kann jemand hören, was wir sagen, verdammt?«

»Ein paar«, gestand Jamrock ein. »Ich habe Notalarm gegeben.«

»Nun, ich hoffe, man hat die höchsten Sicherheitsmaßnahmen ergriffen«, sagte Blaine in sein Mikrofon, die Pistole immer noch auf Pilot und Copilot gerichtet. »Das ist eine Zufallstat, Mr. Jamrock, und ich habe keine politischen Absichten. Ich kenne den Grund für die morgige Mission der *Pegasus*. Nur – morgen wird es zu spät sein.«

»Wovon sprechen Sie?«

»Die *Adventurer* wurde von irgend etwas im Weltraum vernichtet, und Sie schicken die *Pegasus* hinauf, um den Gefallen zu erwidern. Diese Shuttle ist mit Laserkanonen bewaffnet, die dem, was da oben wartet, vielleicht gleichwertig sind.«

»Woher wissen Sie . . .«

»Das spielt keine Rolle. Ich weiß, wogegen wir hier kämpfen. Ich weiß, wozu unser Feind fähig ist, und ich weiß, wer ihn dort hinaufgeschickt hat. Und ich weiß, was heute abend um acht Uhr passieren wird, wenn wir ihn nicht vernichten. Am wichtigsten jedoch ist, daß ich die Koordinaten des verdammten Dings kenne, so daß ihr Geistesriesen hier unten eine Kurstangente berechnen könnt.«

»Ihre Worte ergeben keinen Sinn«, keuchte Jamrock und merkte im gleichen Augenblick, daß seine Stimme das Gegenteil verraten hatte.

»Sie müssen mir vertrauen.«

»Wie kann ich jemandem vertrauen, der versucht, einen Space Shuttle zu entführen?«

»Ich versuche es nicht, Jamrock, ich habe es bereits getan. Und kommen Sie gar nicht auf den Gedanken, sich etwas Melodramatisches einfallen zu lassen, etwa einen Sturmangriff oder so, denn er wird nicht funktionieren, und eine Menge unschuldiger Leute würden sterben.«

Jamrock zögerte. Er mußte den Unbekannten hinhalten, damit sich die Sicherheitsleute auf die neue Lage einstellen konnten. Das FBI war sicher schon unterwegs.

»Ich brauche Einzelheiten. Namen, Daten, eine Erklärung, wer hinter diesen . . . Dingen steckt, die Sie behaupten.«

»Dafür haben wir keine Zeit. Wenn Sie den Präsidenten noch nicht informiert haben, tun Sie es jetzt. Lassen Sie mich mit ihm sprechen.« Blaine lächelte schwach. »Sagen Sie ihm, es sei McCrackensack, und er sei drauf und dran, noch ein paar Leuten in die Eier zu treten.«

33

In dem Büro, in dem sich das rote Telefon zum Weißen Haus befand, war es heiß und stickig; die Klimaanlage erfüllte ihre Aufgabe nur unzureichend. Jamrock beendete die Zusammenfassung der Ereignisse.

»Hat der Shuttle-Kommandant die Existenz des Sprengstoffes bestätigt?« fragte der Präsident schließlich.

»Er ist kein Experte, meint jedoch, er könnte durchaus einen großen Knall verursachen. Die Sicherheitsabteilung hat mir schon einen Bericht zukommen lassen, wie sie den Shuttle zurückholen könnte. Wir sind auf solch einen Zwischenfall vorberei . . .«

»Nein!« befahl der Präsident. »Unter keinen Umständen werden Sie etwas derartiges unternehmen. Sie wissen nicht, mit wem wir es hier zu tun haben. Vertrauen Sie mir.«

»Das hat McCracken auch gesagt.«

»Nun, vielleicht sollten wir ihm vertrauen.«

»Sir?«

»Stellen Sie mir eine Direktverbindung mit ihm her, Nate. Mal hören, was er zu sagen hat.«

»Wir haben versucht, Sie ausfindig zu machen, nachdem Sie aus Newport angerufen haben«, sagte der Präsident ein paar Minuten später zu Blaine. »Stimsons Tod hat uns ins Schlittern gebracht. Wir haben nicht gewußt, daß Sie für ihn tätig waren.«

»Irgend jemand hat es mir erschwert, mich bei Ihnen zu melden. Wie man so schön sagt . . . man hat einen Preis auf meinen Kopf ausgesetzt.«

»Wer hat ihn ausgesetzt?«

»Das ist eine lange Geschichte.«

»Bis zum Start haben wir noch einundfünfzig Minuten.«

Und Blaine faßte, so gut er konnte,die Ereignisse der letzten zehn Tage von Eastons Entdeckung und nachfolgender Tötung bis zu dem Zusammenhang mit Sahhan und der PVR zusammen; von dem Schußwechsel bei Madame Rosa bis zu seinem Flug nach Paris, der ihn weiter nach San Melas und zu der zweiten Armee der Krayman Industries geführt hatte. An dieser Stelle berichtete er von den Entdeckungen, die Sandy Lister gemacht hatte und die von Simon Terrell bestätigt und ergänzt worden waren. Schließlich erläuterte er die Ereignisse auf der Horse Neck Island und den nachfolgenden Flug nach Florida. Alles in allem brauchte er zwanzig Minuten, um die Geschichte zu erzählen, die Geschichte eines komplizierten Labyrinths aus Tod und Gewalt, das vielleicht unvermeidlich zu einem neuen Herrschaftssystem in den Vereinigten Staaten führen würde.

»Und Sie sagen, Kraymans Leute seien überall?« fragte der Präsident.

»Jetzt sind es Hollins' Leute, doch das spielt keine Rolle. Ja, sie haben alle wichtigen Positionen eingenommen. Sie sollen die Macht an sich reißen. Niemand steht außer Verdacht. Sie müssen genauso vorsichtig sein, wie ich es war.«

»Was kann ich tun?«

»Befehlen Sie den Start des Shuttles, Mr. President«, entgegnete McCracken. »Wir müssen diesen Satelliten vernichten, bevor er das Signal ausstrahlt.«

»Und Sahhans Truppen?«

»Dem Folgeplan entsprechend werden sie erst mobilmachen, sobald der Satellit seine Arbeit aufgenommen hat. Ohne den Satelliten werden sie nicht zum Einsatz kommen, genausowenig wie die Söldner.«

»Das klingt ja ganz einfach.«

»Das war nicht meine Absicht. Es ist alles andere als einfach. Daß die *Pegasus* startet, besagt noch lange nicht, daß sie auch Erfolg haben wird. Wenn sie scheitert, werden Sie Sahhan mit konventionelleren Methoden aufhalten müssen. Ich empfehle, unsere Kriegsmaschinerie in Bewegung zu setzen und die Streitkräfte darauf vorzubereiten, alle größeren Städte zu besetzen. Ansonsten werden nächstes Jahr eine Menge Leute keine Weihnachtsgeschenke mehr auspacken.«

»Also gut«, sagte der Präsident. Nach einer Pause fuhr er fort: »Ich werde Jamrock befehlen, den Shuttle so schnell wie möglich hochzubringen. Ich nehme nicht an, daß ich Sie überreden kann, das Cockpit zu verlassen.«

»Auf keinen Fall.«

»Dann wünsche ich Ihnen einen guten Flug.«

»Wenn Sie nichts dagegen haben, Kumpel, würde ich vorschlagen, daß Sie dieses Ding da jetzt einstecken«, bat Captain Petersen, die Augen auf Blaines Pistole gerichtet.

»Ich fühle mich besser, wenn ich es in der Hand halte.«

»Schauen Sie, ich bin auf Ihrer Seite. Wenn Sie uns helfen können, das verdammte Ding zu finden, das wir vernichten sollen, dann ist es mir scheißegal, was die da unten sagen. Aber sind Sie schon jemals mit einem Raumschiff geflogen?«

»Ich bin schon immer gern Achterbahn gefahren.«

»Ja, nehmen Sie dieses Gefühl mal fünf, und Sie haben in etwa die drei G, die wir bei dem Start aushalten müssen. Dieser Druck hat schon bessere Männer als Sie ohnmächtig werden lassen.«

»Ich habe mein Dramamin* eingesteckt.«

»T minus zweiundzwanzig Minuten bis zum Start.«

Nach der Ankündigung, aus dem Probelauf sei ein echter Start geworden, entwickelte sich sowohl im Johnson Space Center in Houston wie auch im Kennedy Space Center in Florida eine hektische Betriebsamkeit. Das Personal hastete umher, und die Erfahreneren darunter verschwanden für ein paar Minuten, um Plastikhüllen über ihre Autos zu werfen, damit der heiße Staub, der sich beim Start in einem Radius von fast einem halben Kilometer ausbreitete, nicht den Lack beschädigte.

»T minus zwanzig Minuten . . .

Nachdem aus dem Weißen Haus der Startbefehl ergangen war, hatte der Alarm eine volle Minute lang in der Basis gegellt.

»Das ist keine Übung. Ich wiederhole, das ist keine Übung. Die Notstartvorkehrungen wurden eingeleitet. Die Notstartvorkehrungen wurden eingeleitet.«

Da der Probelauf alle Vorkehrungen eines tatsächlichen Starts einschloß, konnten die Mannschaften in Houston und Florida dort weitermachen, wo die Übung abgebrochen worden war, wenn auch nun schneller und konzentrierter. Das einzige Problem bislang hatte in einem ausgebrannten Motor im Startgerüst bestanden, der vor dem Take-off der *Pegasus* ausgewechselt werden mußte. Die Bodenmannschaft in Florida schleppte ihn schließlich mit der Hilfe von zwei Bulldozern aus dem Weg.

»Wir haben T minus zwölf Minuten . . .«

Alle Systeme funktionieren einwandfrei. Alle Lampen zeigen grün.«

An Bord der *Pegasus* half Captain Petersen Blaine dabei, sich in der Startposition anzuschnallen; die Pistole machte ihn noch immer nervös, als er die Sicherheitsgurte um McCrackens Hüfte und Brust strammzog.

* In den USA bekanntes Mittel gegen See- und Luftkrankheit (Anm. d. Übers.).

»Ich hoffe, Sie stecken dieses Ding vor dem Start noch ein, Kumpel.«

»Sobald Sie auch angeschnallt sind, Commander«, erwiderte Blaine, der auch den schweigsamen Copiloten keine Sekunde aus den Augen ließ.

»Na gut, da Sie mir nicht vertrauen, sollten Sie nicht vergessen, daß das der kürzeste Weltraumflug werden kann, den Sie je unternommen haben. Ich brauche nur einen Ihrer Sicherheitsgurte nicht richtig zu befestigen. Die Druckkräfte beim Start würden Sie durch die Kabine schleudern, von einer Wand zur anderen. Aber machen Sie sich keine Sorgen, Kumpel, ich habe sie alle befestigt, weil ich Ihnen glaube und weiß, daß Sie unsere beste Chance sind, sobald wir erst mal im Himmel sind.«

Blaine schob den Sicherungsriegel seiner Pistole vor und steckte sie unter seinen Sitz.

»So ist es besser«, seufzte ein erleichterter Petersen. »Jetzt können wir den letzten Check durchziehen . . .«

»T minus vier Minuten . . .«

Als der letzte Check abgeschlossen war und ergeben hatte, daß alle Systeme zufriedenstellend arbeiteten, wandte sich Petersen wieder an McCracken.

»Wollen Sie den Flugplan erfahren?«

Blaine ertappte sich dabei, wie er durch seine dicken Handschuhe die Lehnen des Sitzes umklammerte. »Ich habe im Augenblick nichts Besseres vor.«

Petersen lächelte. »Zwei Minuten nach dem Start werden wir automatisch die feststoff-angetriebenen Hilfstriebwerke abwerfen. Die Haupttriebwerke brennen etwa sieben Minuten länger und tragen uns in die Erdumlaufbahn. Sobald sie abgeschaltet werden, werden wir dieses Ungetüm von Treibstofftank abwerfen und in eine niedrige, ovale Erdumlaufbahn eintreten.«

»T minus sechzig Sekunden bis zum Start . . . Fünfundfünfzig . . .«

»Den Rest erkläre ich Ihnen später«, sagte Petersen und wandte sich seinen drei Monitoren zu, auf denen ständig veränderte Daten abrollten.

»Fünfzig . . .«

Petersen hatte in diesem Augenblick buchstäblich nichts zu tun. Der gesamte Startablauf wurde von einem Computer in Houston gesteuert. Er kam sich eher wie ein Passagier denn wie der Pilot vor.

»Wir haben T minus dreißig Sekunden. Neunundzwanzig, achtundzwanzig, siebenundzwanzig . . .«

Blaine fühlte, wie seine Zähne klapperten. Ein schreckliches Gefühl der Angst überkam ihn. Er kämpfte gegen den Drang an, seine Sicherheitsgurte zu zerreißen und die Notluke aufzureißen, um diesem Alptraum zu entgehen. Sein gesamter Körper hatte zu zucken angefangen.

»Alles Gute«, sagte Nathan Jamrock in sein Mikrofon.

»T minus zweiundzwanzig Sekunden, und der Countdown läuft. T minus fünfzehn, vierzehn, dreizehn . . . T minus zehn . . .«

Die gewaltigen Startraketen unter der *Pegasus* hatten zu feuern begonnen. Das Raumschiff rumpelte und schien in eifriger Erwartung seines Starts zu zittern.

»T minus fünf . . . das Haupttriebwerk hat gezündet . . .«

Ein donnerndes Tosen drang in Blaines Ohren. In den Beobachtungsräumen konnte man verfolgen, wie ein blendender Blitz aus orangenen und gelben Flammen aus den Antriebsdüsen des Shuttles schoß und im gleichen Augenblick schon von einer Dampfwolke verdunkelt wurde. »Haupttriebwerke und Feststoff-Hilfstriebwerke gezündet!« sagte eine Stimme in Blaines Helm.

Der Boden zitterte und drohte aufzubrechen. Eine Hitzewelle rollte über die Kilometer des unbebauten Landes, die die Startrampe umgaben.

»Wir sind gestartet!« bellte eine Stimme.

Die *Pegasus* erhob sich geduldig in die Luft, anscheinend unbehelligt von all der hektischen Aktivität, die mit ihrem Start einhergegangen war. McCracken hatte keinen Sinn für das großartige, majestätische Ereignis. Sein Körper fühlte sich an, als sei er in eine Kiste von einem Drittel seiner Größe gequetscht worden. Sowohl von oben wie auch von unten wurde Druck auf ihn ausgeübt, und sein Kopf schien sich immer mehr seinen Zehen zu nähern. Er wollte schreien, fand jedoch seine Stimme nicht. Er wußte, daß er atmete, schien jedoch keinen Einfluß darauf zu haben. Er war überzeugt, er würde ersticken, und hätte an seine Kehle gefaßt, hätte er die Arme von den Lehnen heben können. Schließlich gab er auf und zwang seine Schultern so weit gegen seinen Anzug zurück, wie es ihm möglich war. Er bekam undeutlich mit, daß sich die Flugbahn der *Pegasus* leicht abflachte und in seinen Kopfhörern eine rasche Abfolge von Worten erklang.

»*Pegasus,* hier ist die Kommandozentrale in Houston«, erklang die Stimme des Bodensprechers der NASA. »Sie fliegen ein paar Grad höher als geplant. Sollte kein Problem sein, doch rechnen Sie mit einer etwas größeren Abwurfhöhe der Triebwerke.«

»Roger, Houston«, sagte Petersen.

Kaum zwei Minuten später hörte Blaine, wie der Bodensprecher in Houston verkündete, die Feststoff-Triebwerke hätten sich von dem Shuttle gelöst. Nun wurde die *Pegasus* von dem Schub ihrer drei Haupttriebwerke ins All getragen. McCracken hatte sich etwas entspannt und atmete freier, fühlte sich aber noch immer wie gerädert, als fahre er auf einem rasanten Karussell, das er nicht verlassen konnte. Drei Minuten nach dem Start hatte die *Pegasus* eine Geschwindigkeit von eintausendneunhundert Metern pro Sekunde. Nach sechs Minuten hatte sich diese Geschwindigkeit mehr als verdoppelt. McCrackens Herz schlug doppelt so schnell wie normal. Durch ein Seitenfenster beobachtete er, wie die Erde unter ihnen zurückblieb.

Kaum eine Minute später senkte sich die Nase des Shuttles, um an Geschwindigkeit zu gewinnen. Als sie sich wieder hob, legte das Raumschiff fast fünftausend Meter pro Sekunde zurück.

Neun Minuten nach dem Start fühlte Blaine, wie sich etwas aufbäumte, als habe jemand kurz auf die Bremsen getreten.

»Houston, wir haben den Hauptantrieb abgeworfen«, meldete Petersen.

Blaine fühlte, wie ihm der Magen ungehindert den Hals hinaufsprang, bis eine plötzliche Änderung der Flugbahn ihn zu seinen Füßen hinabzwang.

»*Pegasus,* hier ist Houston. Der Treibstofftank hat sich gelöst. Viel Glück am Steuerknüppel, Captain.«

»Hab' Sie verstanden, Houston. Danke für Ihre Hilfe.«

Die Empfindung, die Blaine gehabt hatte, war von einem Ausweichmanöver der Flugcomputer ausgelöst worden, die die *Pegasus* von dem im freien Fall befindlichen Tank entfernen wollten.

Jetzt hätte er sein Dramamin gut gebrauchen können.

»Welche Höhe haben Sie, *Pegasus?*«

»Houston, unsere Instrumente zeigen eine Höhe von eins sieben null Kilometern an. Steigend. Zwei Triebwerke für Manöver in der Umlaufbahn gezündet. Nähern uns einem Orbit von eins sieben fünf nautischen Meilen.«

»Roger, *Pegasus.* Alle Systeme zeigen grünes Licht. In ein paar Sekunden werden Sie die Reichweite unserer Funkstation auf den Bermudas verlassen. Wir melden uns dann über Madrid wieder.«

»Si, Señor«, sagte Petersen.

»Was geschieht nun?« fragte Blaine den Kommandanten ein paar Minuten später.

»Für den Anfang haben wir erst einmal eine Umlaufbahn erreicht. Doch wir steigen weiterhin, und damit verändert sich auch leicht unsere Umlaufbahn. Der besseren Manövrierfähigkeit halber wird sie schließlich die Form einer Ellipse annehmen. Sobald wir unsere endgültige Höhe erreicht haben, werden wir eine Kursveränderung vornehmen.« Petersen rückte seinen Kopfhörer zurecht. »Wir haben folgende Strategie: Wir werden den gleichen Orbit einnehmen, den die *Adventurer* hatte, als sie auf dieses Ding stieß. Da wir dank Ihnen den Vorteil haben, genau zu wissen, wo es sich um acht Uhr befinden wird, haben unsere Flugcomputer Zeit genug, um sicherzustellen, daß wir dieses Ding irgendwo über dem Pazifik treffen, bevor es über die Vereinigten Staaten fliegen kann. Bei fast dreißigtausend Stundenkilometern laufen die Dinge ziemlich schnell ab, aber uns werden ein paar Minuten bleiben.«

McCrackens Blicke wanderten über die endlosen Reihen von

Knöpfen, Schaltern und Meßinstrumenten im Cockpit. »Ja, aber wie gut können Sie unseren Bus steuern, wenn es an der Zeit ist?«

»Sie meinen die Handsteuerung? Ich erspare Ihnen die Details«, fuhr Petersen fort, als Blaine nickte, »doch wegen ihrer militärischen Natur kann man die *Pegasus* steuern wie einen gottverdammten Ferrari.«

»Also werden Sie manövrieren können, sobald wir unseren Freund ausgemacht haben.«

»Ich werde Sie dorthin bringen können, wohin Sie wollen.«

»Das haben Sie schon, Captain.«

34

Die Minuten zogen sich zu quälend langen Stunden hin. Der Kabinendruck hatte sich stabilisiert, und Blaine hatte schon vor einer Weile den lästigen Helm abnehmen können. Dennoch war an Bequemlichkeit nicht zu denken. Seine Bewegungen fühlten sich langsam und verzögert an, und an dem gewichtslosen Dahintreiben war ihm schon lange der Spaß vergangen. Er mußte jedoch eingestehen, daß die Aussicht spektakulär war. Über weite Strecken ihres Fluges spielte Petersen den Reiseführer, indem er verschiedene Länder und Gewässer bezeichnete, über die die *Pegasus* hinwegflog.

Sie hatten ihre fünfte Erdumkreisung begonnen und befanden sich mitten über dem Pazifik, als Captain Petersen seine Kopfhörer zurechtrückte.

»Houston, hier ist *Pegasus*. Wir haben unsere Kreisbahnhöhe von eins sieben fünf nautischen Meilen erreicht und Kurs auf Schnittpunkt mit Komet X-Ray genommen. Triebwerke ausgeschaltet. Ein sauberer Flug, Houston.«

»Roger, *Pegasus*.«

»Houston, wir müßten uns in einigen Minuten in der Nähe von Komet X-Ray befinden. Zeigen Ihre Instrumente etwas?«

»Negativ, *Pegasus*. Alle Geräte und Überwachungsstationen geben grünes Licht. Der Himmel gehört euch.«

»Verstanden.«

Da es sich um eine offene Funkverbindung handelte, wurde der wahre Zweck der Shuttlemission durch anscheinend bedeutungslose Phrasen getarnt. Komet X-Ray war die Codebezeichnung für den Satelliten, den sie suchten. Petersen machte sich jedoch keine Illusionen über die Antwort aus Houston auf seine Frage. Er hatte alle Berichte über die Vernichtung der *Adventurer* genau gelesen und sich deren letzte Funksprüche eingeprägt. Aber in diesem Fall hatte es keine Warnung gegeben. Die Killermaschine war aus dem Nichts erschienen.

»Houston, wir behalten derzeitigen Kurs bei und versuchen, Komet X-Ray zu sichten. Wir werden uns jede Minute melden. Wiederhole, jede Minute.«

»Roger, *Pegasus*.«

»Gebt uns Bescheid, wenn ihr da unten was Außergewöhnliches bemerkt, Houston.«

Um 7 Uhr 50 örtlicher Standardzeit flog die *Pegasus* über die Wake Island im nördlichen Pazifik hinweg. Petersen hatte nun die Handsteuerung eingeschaltet und hielt den Shuttle einfach auf dem vorbestimmten Kurs.

»Houston«, sagte Petersen, »hier *Pegasus*. Ich steige ein wenig höher, um unsere Kreisbahn zu verlangsamen und dem Komet X-Ray die Chance zu geben, uns einzuholen.«

»Roger, *Pegasus*.«

Petersen wandte sich an McCracken. »Wenn wir dieses Ding finden, Blaine«, sagte er ernst, »dann wird es Ihr Job sein, es aus dem Himmel zu pusten. Ich werde Sie einweisen.« Er rutschte zur Seite, damit Blaine neben ihm Platz fand. Dann deutete er auf ein Computerpanel, das sich in bequemer Reichweite seiner rechten Hand befand. Die Schalttafel wurde von einem Monitor und zwei Joysticks beherrscht. »Das Ding mag vielleicht wie ein Videospiel aussehen, ist jedoch der Schießmechanismus für die Laserkanonen.«

»Wo werfe ich die Geldmünze ein?«

»In Jamrocks Toilette im hinteren Teil des Shuttles. Wenn das System eingeschaltet ist, sehen Sie auf jeden Fall folgendes.«

Petersen legte einen Schalter um, und der Bildschirm erwachte zum Leben und zeigte eine Reihe dreidimensionaler rechtwinkliger Formen, die zu einem einzigen Viereck verschmolzen, das wiederum in einzelne Abschnitte unterteilt war.

»Okay«, fuhr er fort, »wir haben zwei Geschütze, je eins vorn auf jeder Seite. Da niemand erfahren soll, daß wir bewaffnet sind, sind die Laser aus Sicherheitsgründen hinter Hitzeschildpfannen verborgen, die bei Aktivierung der Geschütze zur Seite gleiten. Sehen Sie dieses grüne Licht in der rechten Ecke des Panels?«

»Klar.«

»Es zeigt an, daß die Pfannen geöffnet und die Geschütze einsatzbereit sind. Ein Sicherheitsmechanismus verhindert, daß die Geschütze bei geschlossenen Pfannen abgefeuert werden können. Den Schußwinkel der Kanonen kann man mit den Joysticks verändern. Sie sind mit dem gleichen Schaltkreis verbunden; wenn Sie also einen Joystick bedienen, bedienen Sie beide Geschütze.« Petersens Hand fuhr zu dem Bildschirm. »Jetzt kommt das Wichtigste. Sobald wir Ihren Satelliten gefunden haben, müssen Sie die Joysticks so justieren, daß er sich im Mittelpunkt des Rechtecks auf dem Bildschirm befindet. Je näher wir ihm kommen, und je größer er ist, desto mehr einzelne Abschnitte wird er beanspruchen. Und vergessen Sie nicht, hier oben legt man ziemlich schnell gewaltige Strecken zurück, und wenn Sie das Ding treffen wollen, muß es sich noch immer im Mittelpunkt des Rechtecks befinden. Alles klar?«

Blaine hob die Achseln. »Wäre es nicht besser, wenn Sie das Schießen übernehmen, Sheriff?«

»Ich muß dieses Baby steuern.«

»Was ist mit Ihrem Deputy dort drüben?« fragte Blaine und nickte zu dem Copiloten hinüber.

»Er wird das verdammte Ding ausfindig machen und die Orter und die Schutzschilde bedienen.«

»Schutzschilde? Wo sind wir hier, auf einer neuen Reise des Raumschiffes *Enterprise?*«

»Wir sind durchaus auf dem Weg dorthin, Blaine, doch haben Sie keine allzu hohen Erwartungen. Die Schutzschilde sind nur ein neues Spielzeug, das auf einer umgekehrten Polarisierung basiert und noch nicht perfektioniert werden konnte. Wir können nur hoffen, uns nicht darauf verlassen zu müssen.«

»Ja, hoffen wir das.«

Es war 7 Uhr 52. Die Philippinen kamen allmählich näher. Aus dieser Höhe wirkte der Pazifik wie ein wundervolles blaues Tuch.

Blaines Sessel befand sich hinter dem des Piloten und Copiloten, und der Geschützmechanismus befand sich in einer Art geneigter Konsole in bequemer Reichweite. McCracken rutschte unbehaglich hin und her, ungeduldig auf die Auseinandersetzung wartend, die bald erfolgen mußte. Er schaute durch die Sichtscheibe der Kabine hinaus und suchte nach dem Satelliten, irgendeinem Gegenstand. In der durchdringenden Dunkelheit des Alls waren Gegenstände, die kein eigenes Licht erzeugten, praktisch unsichtbar. Wenn der Killersatellit schwarz angestrichen war, konnte er sich genau über ihnen befinden, und man würde ihn nicht sehen können.

»Ich frage lieber in Houston nach«, erklärte Petersen.

McCrackens Finger spielten mit den Joysticks.

»Houston, hier *Pegasus.* Wir haben gerade die Philippinen erreicht. Ich werde die Bordraketen abfeuern, den Shuttle herumziehen und auf Kurs halten.«

»*Pegasus,* hier Houston. Wir haben verstanden, aber Sie klingen ein wenig gedämpft. Könnten Sie den letzten Satz wiederholen?«

»Ich sagte, ich werde den Shuttle herumziehen und . . .«

Im Kommandozentrum in Houston übertönte statisches Rauschen den letzten Teil von Petersens Satz. Die Störungen wurden nun stärker. Alle Augen hoben sich von ihren Terminals und blickten zu dem modernsten Radarschirm der Welt auf, der den Shuttle und alles in seiner Nähe überwachte. Im Augenblick zeigte er nur einen einzigen blauen Punkt, der die *Pegasus* symbolisierte.

»*Pegasus,* zeigt Ihr Radar etwas?«

»Wiederholen, Houston«, bat Petersen durch das Rauschen.

»Ist irgend etwas auf Ihrem Radarschirm?«

Der Copilot schüttelte den Kopf. Petersen antwortete.

»Negativ, Houston. Nichts.« Sein letztes Wort war für die Männer auf der Erde unverständlich.

»*Pegasus*, wir können Sie kaum verstehen. Die Fernsehverbindung ist unterbrochen. Wiederhole, die Sichtverbindung ist gestört . . . Was ist da oben los? *Pegasus*, bitte bestätigen Sie.«

Die einzige Antwort bestand aus einem Rauschen.

»*Pegasus*, bitte bestätigen Sie.«

Stärkeres Rauschen. Die Existenz des Shuttles war auf einen winzigen blauen Punkt auf einem riesigen Bildschirm geschrumpft. Jedes Auge in der Kommandozentrale folgte diesem Punkt, suchte nach Bestätigung, kämpfte gegen Panik an.

»Oh, mein Gott«, sagte Nathan Jamrock laut. Eine Handvoll Rennies fielen zu Boden. »Es wiederholt sich.«

»Houston, hören Sie mich? Hier *Pegasus* . . . Bitte kommen, Houston.« Petersen zog den Shuttle um 180 Grad herum, so daß er seiner Bahn nun mit dem Heck voraus folgte, und sah McCracken grimmig an. »Die Verbindung ist unterbrochen.«

»Und was geschieht jetzt?«

Blaine sah, wie Petersen schwer schluckte. »Wir halten unseren Kurs, so gut wir können. Das Ding müßte jede Sekunde hier sein.«

Ein rotes Licht blitzte auf dem Panel des Copiloten auf, und ein Alarm ertönte.

»Captain«, rief der Copilot, »die Ortung hat etwas erfaßt.«

»Wo?«

Zwanzigtausend Meter hinter uns. Da wir gedreht haben, richten wir dem Objekt die Schnauze entgegen. Es kommt schnell näher.«

»Schalten Sie die vorderen Schutzschilde ein.« Dann, zu Blaine gewandt: »Sieht aus, als würde der Scheißkerl sich endlich zeigen.« Und er drückte den Knopf, der das Waffensystem einschaltete.

Der Copilot legte vier Schalter um, und unter jedem leuchtete ein grünes Licht auf.«

»Schilde errichtet, Captain.«

Petersens Blicke suchten den Bildschirm ab. »Komm schon, du Miststück«, drängte er das fremde Objekt.

»Fünfzehntausend Meter, Captain.«

»Wie ist der Kurs des Objekts?«

Der Copilot zögerte. »Direkter Kollosionskurs.«

Petersen runzelte die Stirn. »Sieht so aus, als würden wir gleich das Weiße im Auge des Tigers sehen, Blaine. Schieben Sie Ihre Sichtblende hinab und machen Sie sich bereit.«

Blaine nahm die Joysticks in warme, schweißnasse Hände und konzentrierte sich auf den nun funktionsbereiten Zielsuch-Bildschirm. Irgend etwas füllte allmählich dessen Vierecke aus.

»Entfernung zehntausend Meter«, sagte der Copilot. »Kommt noch immer näher. Müßte jeden Augenblick in Sicht kom . . . Oh, mein Gott . . .«

Die drei Männer starrten aus dem Sichtfenster des Cockpits und sahen ihn gleichzeitig. Der Killer-Satellit sah aus wie eine riesige Pistolenkugel, die im All rotierte; seine Größe entsprach mindestens der der *Pegasus.* Etwa auf einem Drittel der Höhe befanden sich dicke Stützen an dem schlanken, dunklen Gebilde, die wie Landebeine aussahen und von einem Gewirr aus Kabeln und Stahl miteinander verbunden waren. Das untere Drittel schien einen größeren Durchmesser zu haben als die oberen.

»Sieht aus, als hätte ihn jemand mit einer verdammt großen Kanone hochgeschossen«, murmelte Petersen . . .

»Entfernung siebentausendfünfhundert Meter . . .«

McCracken arbeitete jetzt fieberhaft an den Joysticks und versuchte, den Killer-Satelliten in die Mitte des Bildschirms zu bekommen. Doch er wich ihm ständig aus und änderte den Kurs, um ihn der Kreisbahn der *Pegasus* anzupassen. Diese geringen Abweichungen genügten, um die Zielautomatik abzuschütteln.

»Ich bekomme ihn nicht zu fassen!« sagte er in sein Mikrofon und leckte sich den Schweiß von der Oberlippe.

»Entfernung fünftausend Meter, wird langsamer . . .« Der Copilot drehte sich zu Petersen um. »Das Ding wird verdammt langsam, Captain.«

»Nun schießen Sie schon, Blaine!« befahl Petersen. »Um Gottes willen, schießen Sie das Scheißding aus dem Himmel.«

Bevor McCracken feuern konnte, nahm der Satellit eine gleichbleibende Entfernung zur Bahn des Shuttles ein. Zylindrische Anhängsel lösten sich von den Seiten und breiteten sich wie ein Fächer aus. Diese Erweiterungen waren reflektierend. Der Zentralkörper drehte sich und gab dabei seine schwarze Farbe zugunsten der gleichen leuchtenden Oberfläche auf, aus der auch seine erweiterten Seiten bestanden.

»Gott im Himmel«, murmelte Petersen.

McCracken warf einen kurzen Blick auf den Satelliten und drückte beide Joystick-Knöpfe. Zwei eisblaue Strahlen schossen aus der Spitze des Shuttles hervor und genau dem Mittelpunkt ihres Gegners entgegen. Blaine fühlte, wie sich auf seinen Lippen ein Lächeln bildete.

Doch es hielt nicht lange an. Der Laserstrahlen prallten von der reflektierenden Oberfläche ab wie Licht von einem Spiegel und wurden in einer Kaskade ins All zerstreut. »Zielen Sie höher!« befahl Petersen. »Wir müssen eine Schwäche in . . . Was zum . . .«

McCracken sah den Blitz, der sich aus dem Satelliten löste, eine Sekunde, bevor er den Aufschlag spürte. Seine Helmsichtscheibe wurde einen Augenblick lang undurchsichtig und bewahrte ihn vor der Erblindung, während die *Pegasus* heftig erzitterte. Pfannen aus ihrer weißen Oberfläche rasten an den Sichtscheiben vorbei und ins All hinaus.

Wir brechen auseinander!« rief Blaine.

»Das ist nur der Hitzeschild«, berichtigte Petersen ihn, während er darum kämpfte, den Shuttle im Gleichgewicht zu halten. »Genauer gesagt ein paar Teile davon. Nicht genug, um uns Probleme zu bereiten.«

»Jesus . . .«

»Schutzschilde?« fragte Petersen den Copiloten.

»Halten. Ich habe vier grüne Lichter.«

Der Killer-Satellit schoß erneut und traf die *Pegasus*, als Petersen sie gerade in einem Ausweichmanöver senkte. Der Treffer schüttelte sie heftig, und Blaines Kopf schnappte wie nach einem Schlag zurück. Vibrationen fuhren durch den Shuttle und ließen Blaines Zähne aufeinanderklappern.

»Wir haben einen Schutzschild verloren!« meldete der Copilot, den Blick auf ein rotes Licht gerichtet, das eins der vier grünen abgelöst hatte.

»Ich drehe das Schiff, um die Seite mit dem ausgefallenen Schild zu schützen«, sagte Petersen und begann mit dem Manöver.

Der Killer-Satellit nahm die Position für einen weiteren Angriff ein. Sein Umriß spielte mit der Zielautomatik auf Blaines Bildschirm, ließ sich jedoch nie ganz fassen. Trotzdem feuerte er, und erneut schossen zwei eisblaue Strahlen ins All und trafen einen der flügelähnlichen Ansätze. Erneut explodierte ein betörender Fächer aus weißem Licht, dessen einzelne Ströme die Dunkelheit des Alls durchdrangen.

»Entfernung dreitausendfünfhundert Meter . . .«

Der Satellit feuerte erneut; Petersen konnte seine Waffe nur als eine Art Energietorpedo bezeichnen. Wieder färbten sich ihre Sichtscheiben milchig und bewahrten sie vor dem hellen Blitz, der überall gleichzeitig aufzuleuchten schien und die gesamte *Pegasus* in seine weißglühende Aura einhüllte. Der Shuttle mußte den bislang schwersten Treffer hinnehmen und schien im All zu taumeln. Die Kabinenbeleuchtung flackerte, erlosch und setzte wieder ein.

»Die Hauptbatterie ist ausgefallen!« rief der Copilot. »Wir laufen auf Notstromversorgung. Zweiter Schutzschild ausgefallen, und der dritte wird schwächer.«

»Jetzt sagen Sie nicht«, warf Blaine ein, »daß wir einen weiteren Treffer wie diesen nicht überstehen. Scotty, wo bist du, wenn wir dich am dringendsten brauchen? Beam uns endlich hoch!« Dann kam ihm etwas in den Sinn. »Bringen Sie mich näher an das Ding heran«, sagte er zu Petersen.

»Sind Sie verrückt geworden?«

»Ganz und gar nicht. Ich will nur aus geringer Entfernung auf das Ding schießen.«

Petersen gab leichten Gegenschub, während sein verwundeter Vogel rückwärts die Erde umkreiste. »Vergessen Sie aber nicht, daß das Ding jetzt auch aus geringerer Entfernung auf uns schießt . . .«

»Entfernung zweieinhalbtausend Meter«, meldete der Copilot. »Nimmt ab. Zweitausend . . .«

Blaine hatte den Satelliten in seinem Rechteck und feuerte beide Geschütze ab. Die Laserstrahlen schlugen auf die metallene Oberfläche, und das Ergebnis bestand, da die *Pegasus* ihr nun näher war, aus einer helleren und unheimlicheren Lichterkaskade. Ein paar reflektierte Strahlen schienen direkt an den Sichtfenstern entlangzuschießen; sie sahen aus wie die letzten Lichtspuren eines völlig weißen Feuerwerkskörpers.

Ein blendender Blitz brach aus dem Mittelpunkt des Satelliten hervor. Blaine hob unwillkürlich die Hand an die Augen, um sie abzuschirmen. Er hatte sie kaum oben, als der Treffer erfolgte. Der Kopf des Copiloten prallte gegen die Instrumententafel; an seiner Stirn klaffte eine häßliche Wunde auf. Erneut erlosch das Licht im Cockpit und setzte gedämpfter wieder ein.

»Entfernung siebzehnhundertfünfzig Meter«, murmelte der Copilot benommen.

»Ich bringe uns verdammt noch mal hier heraus!« rief Petersen.

»Der Energietorpedo«, fragte Blaine schnell. »Haben Sie gesehen, woher er kam?«

»Was?« erwiderte der Captain, während er den Shuttle herumzog.

»In der Mitte all dieser Reflektoren war ein schwarzer Fleck. Es muß eine Luke in der Hülle sein, die dieses Ding öffnen muß, wenn es auf uns schießen will. Ich habe sie gesehen!«

»Das heißt nicht, daß Sie sie auch treffen können«, erwiderte Petersen.

»Aber wenn ich sie treffe, ist es ein Schuß direkt in die Eingeweide, der dem Ding den Rest geben wird.«

»Klasse«, stöhnte Petersen.

Er hatte die *Pegasus* mittlerweile gedreht und flog mit höchster Beschleunigung der sich abzeichnenden kalifornischen Küste entgegen.

»Entfernung fünfzehnhundert Meter«, sagte der Copilot. »Die Hilfsmotoren haben gerade den Geist aufgegeben. Wir haben das linke Lasergeschütz verloren und können mit dem rechten nur noch ein paar Schüsse abgeben . . . Reichweite siebzehnhundertfünfzig.« Dann, zu Petersen: »Wir hängen es ab.«

»Nur, bis wir kein Benzin mehr haben . . .«

»Das ist es!« rief Blaine. »Drehen Sie dieses Ding herum!«

»Was?«

»Drehen Sie es herum und schalten Sie alle Triebwerke und Verteidigungssysteme aus. Lassen Sir mir nur einen letzten Schuß mit der Laserkanone.«

»Sind Sie endgültig verrückt geworden?« brüllte Petersen.

»Nein! Denken Sie doch nach! Das Ding ist ganz nah an die *Adventurer* herangeflogen, bevor es feuerte, weil der Shuttle sich nicht verteidigen konnte. Der Satellit hat das gespürt. Er denkt nicht, er reagiert nur. Wir müssen ihn so reagieren lassen, wie er es bei der *Adventurer* getan hat!«

»Entfernung zweitausendfünfhundert«, sagte der Copilot.

»Captain!«

Petersen preßte die Lippen zusammen und feuerte noch einen Stoß aus den Düsen ab, um die *Pegasus* wieder zu dem Satelliten herumzuziehen. Als das Manöver abgeschlossen war, unterbrach er die Stromversorgung der Schilde und ließ den Shuttle in der Erdumlaufbahn treiben.

»Entfernung zweitausend, und abnehmend«, meldete der Copilot. »Fünfzehnhundert, und abnehmend . . .«

Blaine nahm das Ding in den Mittelpunkt seiner Zieloptik. Er mußte sicher gehen; sein nächster Schuß mußte sitzen. Seine Hände fühlten sich steif wie Bretter an, hatten ihm jedoch noch nicht den Gehorsam versagt.

Der Satellit näherte sich ihnen weiterhin und füllte dabei immer mehr Quadrate des Gitternetzes aus,

»Entfernung eintausend, und abnehmend . . .«

»Worauf zum Teufel warten Sie noch?« rief Petersen. *»Schießen Sie das Scheißding ab!«*

Der Killer-Satellit bäumte sich neben ihnen auf wie ein gewaltiger Falke, der über seiner Beute die Schwingen ausbreitet, wobei die stählernen Stützbeine wie Klauen wirkten.

Blaine hob die Joysticks, so daß sich der Teil des Satelliten, in dem sich beim Abschießen des letzten Energietorpedos die Luke geöffnet hatte, im Mittelpunkt der Zieloptik befand.

»Entfernung siebenhundertfünfzig Meter . . .«

Blaine sah, wie auf der reflektierenden Oberfläche des Satelliten eine schwarze Fläche von der Form eines Rechtecks erschien, ein Hinweis, daß sich die Luke wieder geöffnet hatte. Er schloß die Augen und drückte beide rote Feuerknöpfe.

Es gibt keine Geräusche im Weltraum, doch es gibt Vibrationen, und die, die erfolgte, als der letzte Schuß der Laserkanone der *Pegasus* ins Innere des Killer-Satelliten eindrang, ließ McCrackens Magen einen Satz bis zum Hals machen. Seine Zähne schlugen aufeinander, und er fühlte, wie er gegen seinen Sitz geschleudert wurde. Seine Augen schlossen sich einen Augenblick lang, und als er sie wieder öffnete, hätte er vor Freude am liebsten geschrien und geheult und hätte es auch getan, wenn er den Atem dazu gehabt hätte.

Denn die Sichtscheiben waren mit einem wunderschönen Kreis aus stummem Gelb erfüllt, der die Überreste des Killer-Satelliten verschluckt und ins Vergessen gerissen hatte. Seine wenigen verbliebenen Teile stürzten harmlos dem Rand der Erdatmosphäre entgegen.

»Heeeiiiii-aaaahhhhh!« rief Petersen, der mit der einen Hand die *Pegasus* aus der Reichweite der Schockwellen lenkte und mit der anderen Blaine auf die Schulter klopfte. »Wir haben es geschafft! Wir haben es verdammt nochmal geschafft!«

Als das blaue Licht auf dem Hauptkontrollschirm in Houston erlosch, nahmen die meisten Mitglieder des Bodenkontrollpersonals mit gesenkten Köpfen wieder Platz und weinten stumme Tränen. Nathan Jamrock saß mit versteinertem Gesicht unter all seinen Kollegen. Er hielt den Telefonhörer in der Hand, der ihn mit dem Präsidenten verband, und wünschte sich, ihm fielen ein paar ermutigende Worte ein.

Dann durchdrang plötzlich eine Stimme das zähe Schweigen und die Stille im Raum; sie schien aus dem Himmel oder einem fast soweit entfernten Gefilde zu kommen.

»Houston, hier *Pegasus*. Tut mir leid, daß ihr Jungs den ganzen Spaß verpaßt habt . . .«

Petersen sagte mehr, doch durch das Geschrei und den Jubel konnte ihn niemand verstehen.

»Der Hitzeschild war meine größte Sorge«, wiederholte Petersen zum Abschluß seines Berichts. »Alle anderen Funktionen haben wir wieder zusammengeflickt, doch wir haben eine Menge Pfannen verloren, an der Spitze vielleicht sogar ein Drittel.«

Nathan Jamrock schob sich vier weitere Rennies in den Mund. Die Knoten in seinem Magen wollten sich nicht lösen. »Was ist mit der Unterseite?« fragte er, sich wohl bewußt, daß der Hitzeschild dort am wichtigsten war.

»Die Pfannen sind zu fünfundneunzig Prozent vorhanden, doch ich weiß nicht, was nach dem, was dieses Baby durchgemacht hat, der Wiedereintritt mit ihnen anstellt.«

»Sie werden halten, Paul. Ich habe sie eigenhändig angeklebt. Aber es wird ein wenig warm werden.«

»Wir ziehen unsere Sommerklamotten an, Nate. Oh, da ist noch etwas. Die Toiletten sind ziemlich stark beschädigt worden. Sieht so aus, als hättet ihr eine Entschuldigung dafür, daß sie diesmal nicht funktioniert haben.«

»Ich übernehme die Verantwortung.«

»Wie ist das Wetter in Edwards?«

»Klar und ruhig. Keine Bewölkung bei Sonnenaufgang. Der wird um sechs Uhr drei sein.«

»Wir werden um sieben herunterkommen.«

»Ich bestelle schon mal die Kapelle.«

»Und laß Wasser in die Badewanne ein.«

»Eine kleine Änderung in unseren Plänen, Paul«, sagte Blaine leise nach sieben Stunden erschöpfender Reparaturarbeiten, von denen Petersen einige außerhalb des Shuttles verbracht hatte, um die Navigationsdüsen der *Pegasus* zu richten.

»Ach ja?«

»Schauen Sie, Paul, man kann es ausdrücken, wie man will,

aber ich werde noch gesucht. Es arbeiten noch immer zahlreiche Leute für den Burschen, der diesen Satelliten ins All geschickt hat, und ich bin eine Bedrohung für sie. Ich hätte zwar nichts dagegen, vom Präsidenten eine Medaille zu bekommen, doch im Augenblick reicht es mir, am Leben zu bleiben.«

Petersen hob die Achseln. »Ich nehme an, Sie kennen diese Leute ziemlich gut.«

»Nur zu gut. Omega ist noch nicht vorüber. Es wird erst vorbei sein, wenn alle Leute in wichtigen Positionen entlarvt worden sind. Sie werden auf mich warten; wenn nicht in Edwards, dann irgendwo anders auf meinem Weg.«

»Ich verstehe. Was verlangen Sie von mir?«

Blaine sagte es ihm.

Die *Pegasus* trat planmäßig in die Atmosphäre ein. Der Verlust so vieler Hitzepfannen erhöhte die Kabinentemperatur auf über vierzig Grad, was zwar unangenehm, aber nicht lebensbedrohend war. Wichtiger war, daß die Hitzepfannen an der Unterseite großartig funktionierten. Die Bodenmannschaft auf dem Luftwaffenstützpunkt Edwards in Kalifornien brach in spontanen Applaus aus, als erklärt wurde, der Shuttle sei auf dem Weg.

In Houston hatte Nathan Jamrock den Rennies einmal mehr abgeschworen und wieder auf Zigarren zurückgegriffen, die einen unendlich überlegeneren beruhigenden Einfluß auf seinen Magen ausübten. Auf dem Hauptmonitor senkte sich der blaue Punkt, der die *Pegasus* darstellte, immer tiefer. Dann würde ein dreiminütiger Radarausfall erfolgen, bevor die Bodenstation in Edwards den ersten Sichtkontakt bekam.

»Sehen Sie sie schon?« fragte er über seine Direktverbindung mit Kalifornien.

»Ist sie nicht mehr auf Ihrem Bildschirm?«

»Was reden Sie da?« fragte Jamrock und warf seine Zigarre beiseite. »Ich habe sie jetzt seit über drei Minuten nicht mehr auf dem Bildschirm.«

»Hier ist keine Spur von ihr zu sehen, Sir.«

Auf Jamrocks Schreibtisch klingelte ein anderes Telefon. Er

sagte dem Mann in Kalifornien, er solle dranbleiben, und hob ab.

»Houston, hier ist der kalifornische Bodenradar. Wir haben Ihren zurückkehrenden Shuttle gerade auf unseren Schirmen erfaßt.«

»Wo zum Teufel ist er?«

»Soweit wir es sagen können, landet er gerade in der Salzwüste von Utah.«

Jamrock griff nach einigen herumliegenden Magen-Tabletten . . .

»Danke fürs Mitnehmen«, sagte McCracken, als er die Stufen des Space Shuttles *Pegasus* hinabtrat.

»Es war uns ein Vergnügen«, antwortete Petersen von der Luke. »Sie können jederzeit wieder mitfliegen.«

Blaine winkte ab. »Einmal im Leben reicht.«

»Wie Sie wollen.«

Ein Landrover mit Johnny Wareagle am Steuer raste die Ebene zum Shuttle entlang. Blaine winkte ihm zu.

»Tut mir leid, daß Sie wegen mir den großen Bahnhof in Edwards verpassen mußten«, entschuldigte er sich bei Petersen.

Der Captain blinzelte. »Ich hasse Parties.«

Sie lächelten einander zu, und Blaine drehte sich um. Der Landrover hielt an, und McCracken kletterte neben Wareagle auf den Beifahrersitz.

»Die Geister waren dort oben bei dir, Blainey.«

»Sie würden verdammt gute Astronauten abgeben, Indianer.«

Epilog

»Eins verstehe ich nicht an der Sache«, sagte Sandy Lister, nachdem McCracken seinen Bericht von den Ereignissen beendet hatte, die sich zugetragen hatten, nachdem er und Wareagle Maine verlassen hatten. Sandy lag auf einem Sofa in einem Zimmer der Praxis des diskreten Arztes. Ein Krankenhaus war unter diesen Umständen nicht in Frage gekommen, doch sie erholte sich auch hier ausgezeichnet von ihrer Verletzung. Die Behinderung an ihrem Bein würde nicht von Dauer sein. »Wenn Hollins von Anfang an hinter diesem Plan gesteckt hat – warum hat er dann einem Interview mit mir zugestimmt?«

»Weil er nicht beabsichtigte, Ihnen etwas zu verraten, das gründliche Recherchen nicht sowieso ans Tageslicht gebracht hätten. Und er hatte Angst, wenn er Sie abweisen würde, würden Sie noch tiefer graben und irgendeinen Beweis für seine Verbindung mit den Krayman Industries finden.«

»Das ergibt Sinn. Also ist es jetzt vorbei.« Als Blaine nicht antwortete, legte sich Besorgnis auf Sandys Gesicht. »Es *ist* doch vorbei, nicht wahr?«

»Das glaube ich nicht«, entgegnete er schließlich. »Ich meine, in den Köpfen der Leute in Washington schon, und das ist das Problem. Es gibt Hunderte Leute da draußen, vielleicht sogar Tausende, die ihre Positionen den Krayman Industries verdanken. Sahhans Truppen sind noch da draußen und die Söldner ebenfalls. Und vergessen Sie nicht die Milliarden von Krayman-Chips überall im Land. Also könnte ein kluger Kopf in der Krayman-Hierarchie dort anfangen, wo Hollins und Dolorman aufgehört haben. Mit ein paar Modifikationen könnte man das Omega-Kommando noch immer geben.«

»Wollen Sie damit sagen, die Regierung würde das zulassen, bei allem, was sie jetzt weiß?«

»Sie weiß überhaupt nichts. Sie kann sich nur an das halten, was ich im Space Shuttle gesagt habe, und ich ging nicht in die

Details. Die Regierung kann nicht zuschlagen, weil sie nichts hat, gegen das sie zuschlagen könnte.«

»Was ist mit Terrells Vorschlag, die Namen der Infiltranten der Krayman Industries aus dem Computer auf der Horse Neck Island zu holen?«

»Ohne die richtigen Zugangscodes haben wir keine Chance.«

»Dann müssen Sie zu ihnen gehen und ihnen alles erklären.«

»Wie weit würde ich wohl kommen? Glauben Sie, Hollins' Leute würden einfach aufhören, auf mich Jagd zu machen? Ich nicht. Der Befehl, mich zu töten, hat weiterhin Gültigkeit. Ich vertraue vielleicht dem Präsidenten, aber damit hat sich die Sache.«

»Was, wenn ich es mit meinem Sender versuche oder einem anderen?«

»Versuchen Sie es ruhig, Lady, doch rechnen Sie nicht damit, sehr weit zu kommen. Wir haben keine Beweise, und jeder, der ohne Beweise über diesen Stoff eine Fernsehreportage drehen will, wäre ein ausgemachter Narr.«

»Sie glauben also, Washington wird nichts tun und die Sache auf sich beruhen lassen?«

»Indem Washington nichts tut, tut es doch etwas – es rettet seinen Arsch. Die Leute an der Spitze fürchten eine Bloßstellung mehr als ein Attentat. Sie können nicht riskieren, daß herauskommt, wie nahe sie daran waren, die Kontrolle zu verlieren. Sie würden dann unfähig wirken, was sie ja auch sind, doch wen stört das, solange die Illusion aufrecht erhalten wird? Selbst, wenn ich an Kraymans Leute herankommen würde, bin ich nicht sicher, daß ich in der Hauptstadt jemanden finden werde, der mir überhaupt zuhören will. Vergessen Sie nicht Terrells Worte, alles liefe auf eine Gruppe hinaus, die von einer schwächeren die Herrschaft übernähme. Nun, wenn alles über Omega herauskäme, könnte genau das passieren, und zwar ganz rechtmäßig – am Wahltag. Dieses Risiko können sie nicht eingehen.«

»Also wollen uns die Bösen tot sehen und die Guten zum Schweigen bringen«, schloß Sandy grimmig.

»Es gibt kein Gut, nur Abstufungen von Böse.«

Sandy richtete sich noch ein Stück auf. »Warum vergessen

Sie die ganze Sache dann nicht und ziehen sich auf Ihre private Insel in der Karibik zurück?«

Blaine schüttelte den Kopf. »Nein, das kann ich nicht. Der Job ist noch nicht erledigt, und solange es so bleibt, könnte das Land in Gefahr sein. Ich glaube noch immer an unser Land, Sandy. Letztlich ist dieser Glaube sogar alles, was ich habe.«

Sie sahen einander lange an. Sandy kniff die Lippen zusammen. »Sie hätten Blumen und eine Karte schicken können, Blaine, doch statt dessen sind Sie selbst gekommen. Das hat irgend etwas zu bedeuten, nicht wahr?«

»Ja, aber was, weiß ich selbst nicht. Ich weiß nur, daß die Bloßstellung von Kraymans Leuten unsere beste, ja unsere *einzige* Chance ist, am Leben zu bleiben und die Sache endgültig zu beenden.«

»Aber wie?«

»Ich habe da eine verrückte Ahnung, doch bevor ich ihr nachgehen kann, muß ich Ihnen ein paar Fragen stellen.«

»Sie wollen mir nicht sagen, was das für eine Ahnung ist?«

»Nicht, solange ich mir nicht sicher bin. Sobald ich mir sicher bin, werden Sie es als zweite erfahren. Sagen wir, es gibt nur einen Weg, Omega unwiderlegbar bloßzustellen, und nur einen Mann, der uns helfen könnte, dieses Ziel zu verwirklichen. Ich werfe die Angel sehr weit aus, aber das ist alles, was wir tun können.«

»Fragen Sie schon«, sagte Sandy.

Weihnachten hatte Temperaturen über null Grad und ein frühes Tauwetter gebracht. Der Schiffer hatte das Fest mit seinem Whisky verbracht. Wenn er einmal nüchtern war, hatte er die Reparaturen an seinem mitgenommenen Schiff fortgesetzt. Auf der Insel war jetzt alles still; sie wirkte weniger bedrohlich und lag bewegungslos wie ein geschundener Körper in den Schatten am anderen Ende der Bucht. Der Schiffer war endlich allein, und dies war ihm mehr als nur recht.

Als er hörte, wie draußen im Matsch Schritte erklangen, steckte er den Kopf durch die Öffnung im Maschinenraum des

Bootes. Ein großer, bärtiger Mann näherte sich, besser gekleidet und weniger besorgt als beim letzten Mal, als der Schiffer ihn gesehen hatte.

»Guten Tag«, sagte McCracken.

»Ist es ein guter?« erwiderte der Bootsmann, als er zurück auf Deck seines Schiffes stieg.

»Wenn Sie mir ein Weihnachtsgeschenk bringen wollen, mein Freund, kommen Sie einen Tag zu spät. Und wenn Sie wieder mein Boot chartern wollen, fällt Ihnen vielleicht auf, daß es sich nicht gerade in einem seetüchtigen Zustand befindet.«

»Ich habe es nicht auf das Boot abgesehen, sondern auf Sie.«

»Ich glaube, ich verstehe Sie nicht, mein Freund.«

»Ich glaube doch . . . Mr. Krayman.«

Das Gesicht des Schiffers verlor jegliche Farbe. Der Mann setzte sein Spant an und hockte sich auf die Kante.

»Wie haben Sie es erfahren?« Mehr sagte er nicht.

»Gar nicht. Zumindest war ich mir nicht sicher. Aber ich habe ein paar Untersuchungen über den Autounfall vor fünf Jahren in New York angestellt, bei dem Sie angeblich ums Leben gekommen sind. Die Leichen sind bis zur Unkenntlichkeit verbrannt, und eine war überhaupt nicht mehr zu identifizieren.«

Randall Kraymans Blick schweifte in die Ferne. »Sie kamen in einem Hubschrauber, um sich zu vergewissern, daß sie den Job erledigt hatten.«

»Dolormans Leute?«

»Oder Hollins'. Es spielte keine große Rolle.«

»Und Sie haben sich vor ihnen versteckt, indem Sie sich in den Schnee eingegraben haben, genau, wie Sie es vor zwei Tagen auf der Insel machten, nicht wahr?«

Krayman nickte.

»Bei dieser Frau, die Weihnachten bei uns war, handelt es sich um eine Reporterin«, sagte Blaine zur Erklärung. »Sie hat seit Monaten über Sie recherchiert. Sie berichtete mir von Ihrer Militärdienstzeit und Ihrer Ausbildung, bei der Sie glernt haben, mit einer M-16 umzugehen. Sie haben uns das Leben gerettet, indem Sie Wells' Leute unter Feuer genommen haben. Das waren offensichtlich keine Glückstreffer.«

»Ahjoh«, gestand Krayman leise ein. »Ich war ganz zufrieden.«

»Rache, Mr. Krayman?«

»Gerechtigkeit, mein Freund, etwas, das Sie besser verstehen sollten als die meisten, wenn ich Sie richtig eingeschätzt habe.«

»Mir lag jede Kritik fern.«

»Was sonst hat die Reporterin Ihnen über mich verraten?«

»Allgemeine Daten, wie Ihre Größe und Augenfarbe, und natürlich, daß Sie in Maine geboren sind. Sie kamen hierher zurück, um sich vor ihnen zu verstecken, wollten sie aber auch beobachten, ihre Schachzüge verfolgen. Eine Landzunge gegenüber der Horse Neck Island kann keine zufällige Wahl sein.«

Kraymans leerer Gesichtausdruck bestätigte Blaines Worte. »Zuerst wollte ich nur weiterhin als tot gelten. Ich war sogar der Ansicht, daß Dolormann und Hollins mir vielleicht einen Gefallen getan hatten. Von Hollins wußte ich zuerst nichts, doch ich hatte einen Verdacht, und im Lauf der Jahre . . . nun, ich hatte genug Zeit, um mir über alles klarzuwerden. Die Sache war nur, ich saß hier und hatte alles hinter mir . . .« Plötzlich schärfte sich sein Blick wieder. »Aber ich konnte es nicht dabei bewenden lassen, mein Freund. Damals nicht.«

»Und heute?«

»Sie wollen, daß ich mit Ihnen in die Zivilisation zurückkehre?«

Blaine nickte. Sie sind der einzige, der Omegas Existenz ein für alle Mal aufdecken und seine Überreste zerschlagen kann. Sie sind der einzige, dessen Worte man nicht einfach abtun kann . . . weil Sie die Operation ursprünglich geplant haben.«

»Aber nicht so, wie Dolorman und Hollins sie sich vorgestellt haben. Das habe ich noch rechtzeitig begriffen. Doch sie hatten sich entschlossen, mich aus dem Weg zu räumen, bevor ich etwas dagegen unternehmen konnte.«

»Dolorman ist tot. Hollins auch.«

»Und ich auch, mein Freund, und ich möchte, daß das so bleibt. Meinen Sie nicht auch, ich hätte zurückkehren und der Welt die Wahrheit sagen können, wenn ich es gewollt hätte?

Nun, ich wollte es nicht. Ich wollte einfach tot bleiben. Ich hatte genug.« Eine Pause. »Ich habe noch immer genug.«

»Ich möchte mich mit Ihnen nicht über die Vorzüge unserer Gesellschaft unterhalten, Mr. Krayman. Ich habe genug gesehen, um zu wissen, daß Ihre Position gerechtfertigt ist. Aber wenn ich mir die Welt so betrachte, so wäre sie wesentlich schlimmer dran, würde Omega sie noch bedrohen.«

»Glauben Sie das wirklich, mein Freund?«

»Ganz bestimmt. Die Welt ist nicht perfekt und unser Land auch nicht. In der Tat stinkt es in großen Teilen zum Himmel. Doch wir können nicht zulassen, daß sich die Dolormans und die Hollinses von dieser Fäulnis ernähren.«

»Ich nehme an, Sie werden mich auffliegen lassen, wenn ich mich nicht selbst stelle«, sagte Krayman und fuhr sich über die Bartstoppeln.

Blaine schüttelte den Kopf. »Nein, Mr. Krayman, die Entscheidung liegt bei Ihnen. Sie haben mir das Leben gerettet, und ich bin Ihnen etwas schuldig.«

»Gott im Himmel, ein ehrenwerter Mann . . . Wo waren Sie vor fünfzehn Jahren?«

»Da habe ich irgendwo in Indochina Menschen getötet. Seitdem haben sich die Dinge nicht sehr geändert.«

»Nein«, sagte Krayman nachdenklich. »Das haben sie wahrscheinlich wirklich nicht. Sie haben seither in einer Menge Kriege gekämpft, mein Freund.«

»Nein, nur in einem großen. Eine Menge Leute meinen, es sei verlorene Liebesmüh'. War's nicht, erwidere ich darauf. Die Welt ist von Natur aus ein beschissener Ort, doch wenn Menschen wie Hollins die Macht an sich reißen, werden die Dinge noch schlimmer. Sie müssen nur zugreifen, die Welt liegt vor ihnen, und es gibt nicht mehr viele, die ihnen eins auf die Finger geben können.«

Randall Krayman schlug sich auf den Oberschenkel und stand auf. Er blickte zur Sonne empor und setzte seine lederhafte Haut ihrer Wärme aus.

»Haben Sie einen Wagen, mein Freund?«

»Vollgetankt und fahrbereit.«

»Meinen Sie, ich müßte mich rasieren?«

McCracken schüttelte langsam den Kopf. »Der Dreitagesbart steht Ihnen.«

»Nun«, sagte Randall Krayman, »dann geben Sie mir nur ein paar Minuten, um meine Sachen zusammenzupacken. Ich nehme nicht an, daß ich hierher zurückkommen werde«, fügte er dann hinzu, den Blick ins Leere gerichtet. Sie gingen zu der Hütte hinüber. Der Schnee auf dem Dach schmolz bereits.

»Verraten Sie mir, mein Freund, was habe ich in diesen fünf Jahren verpaßt?«

»Nicht viel«, lächelte Blaine, »überhaupt nicht viel.«

ENDE